蔡东藩中国历代通俗演义丛书

全批全评全绣像版

元史演义

蔡东藩 撰

华夏出版社
HUAXIA PUBLISHING HOUSE

总　序

杨天石

　　历史是既往的人类生活。人们渴望了解历史，了解本身所属国家、民族、社会的过去，总结成败经验，吸取智慧，于是，历史著作应运而生。历史著作以真实地记录历史过程、历史人物为目的，一般比较枯燥，趣味性差。为了克服这一毛病，于是，就有了创作历史文艺的需要。历史文艺虽以历史上发生过的某些情节为依据，但可以虚构、想象，作者有不同程度的自由挥洒的空间，自然，作品就远较历史著作生动、有趣。人们熟知《三国志》和《三国演义》的故事。前者至今仍是人们认识那段时期的权威著作，但它大抵只是少数历史学家的案头读物；后者深受老百姓的喜爱，长期流传不衰，但它并不是三国时期的真实历史。鲁迅曾说："我们讲到曹操，很容易就联想起《三国演义》，更而想起戏台上那一位花面的奸臣，但这不是观察曹操的真正方法。"近年来，影视界流行"戏说"，有几位皇帝、后妃及若干臣僚的形象在屏幕上活灵活现，收视率很高，说明老百姓爱看，但是，由于大异于历史记载，更大异于历史真相，不满者似乎也很不少。可见，真实性和趣味性历来是历史著作和历史文艺的两难问题。要严格忠实于历史，作品就很难生动；要提高生动性、趣味性，就必须虚构，从而在不同程度上损害历史的真实。蔡东藩先生的《中国历代通俗演义》总结前人经验，试图解决这一矛盾，努力使自己的著作既有真实性，又有趣味性，在中国丰富繁多的演义作品中，是很具特色的一部。

　　蔡东藩（1877—1945），浙江萧山人。1890年（光绪十六年）考中秀才。1910年赴北京朝考得中，分发福建，以知县候补，因不满官场恶习，于1911年称病归里。其后长期以写作和在小学教书为生。抗日战争爆发，他不愿意在日寇的刺刀下生活，辗转避难，颠沛流离，逝世于抗战胜利前夕。

　　清朝末年，严复、夏曾佑等人看中小说的巨大社会教化作用，企图借小说宣传变法维新思想;戊戌政变后,梁启超流亡海外,创办《新小说》杂志,提倡"小说界革命"。自此,小说受到前所未有的重视,包括"历史演义"在内的各种小说风起云涌。民国时期,此风相沿,小说创作日趋繁荣。蔡东藩是个爱国者。他为武昌起义、共和初建兴奋过,欢呼过,但不久即遭逢袁世凯窃国。蔡东藩幽愤时事,立志"借说部体裁,演历史故事",以历史小说作为救国工具。自1916年至1926年的十年间,他夜以继日,笔耕不辍,陆续写成中国历代通俗演义11部,1040回,以小说形式再现了上起秦始皇,下讫民国的2166年间的中国历史,加上另撰的《西太后演义》和他增补改写的《二十四史通俗演义》,总计约七百余万字,成为中国有史以来最大的历史演义作家。出版以后,迅速风行,多次再版。

　　蔡东藩的作品用章回体,取其为中国老百姓所喜闻乐见;用白话,取其浅显易懂。这些,他和明清以来的"演义"作家并无区别。蔡东藩作品的最大特色在于他对历史真实的严格追求。蔡东藩自幼爱好历史,熟读传统的经、史、子集各类书籍,对中国历史作过深入的研究,甚至养成了"考据癖"。他写历史演义,"语皆有本",力求其主要情节均有历史记载作为根据;对于文献中的歧说和模糊不清之处,他常常博览群书,多方钩稽,力求找出客观真相;一时难以做出结论的,他就诸说并存;对他认定的史籍中的错误说法,就直接加以批驳。可以说,他是在用研究历史的精神和方法在写"演义"。对于前人所写同类作品,蔡东藩颇多批评,或认为荒诞不经,或认为乖离史实,子虚乌有。他自称所编历史演义,"以正史为经,务求确凿:以逸闻为纬,不尚虚诬"。自然,作为"演义",他也有虚构,特别是人物对话,史无记载,他不能不动用自己的想象力,但是,他很谨慎,力求符合特定历史环境和特定历史人物的性格,不敢任意编造。因此,他的书,可以当作历史读。倘若读者要大体,而不是精确地了解中国历朝历代的大事经纬与主要人物,蔡东藩的书是值得一读的。1937年1月,毛泽东为了解决延安干部学习中国历史的需要,曾致电李克农,要他购买"中国历史演义"两部。这里所说的"中国历史演义",就是蔡东藩所著《中国历代通俗演义》。毛泽东卧室床侧,就放有蔡氏此书。由此不难看出,毛泽东对蔡著的喜爱。

　　中国历史学家有史德、史识、史才之说。所谓史德,指的是忠于历史,忠于史实,能在任何状况下"秉笔直书";所谓史识,指的是对历史判断方面的真知灼见;所谓史才,指的是掌握、剪裁史料以及叙事、表达能力。在这三方面,蔡东藩都颇多可取之处。据记载,当他写《民国通俗演义》时,曾有军人以请他吃"红丸子"(子弹)相威胁,书局因此要他"隐恶扬善",他断然拒绝,声称:"孔子作《春秋》,为惩罚乱臣贼子。我写的都有材料根据,要我捏造,我干不来!"自此愤然辍笔,以致书局不得不另请许廑父,将该书的后四十回续完。蔡东藩不屈于强权,宁可不写,决不伪造历史,表现出历史家的可贵操守。他的书,努力寻求历代兴亡"关键",劝善惩恶,褒是斥非,洋溢着鲜明的历史正义感和爱国主义、民主主义精神。读蔡著,既可轻松愉快地获得历史知识,又可得到思想上的教育和启迪。当然,蔡著中也有一些陈腐观念,这是那个时代的烙印,在所难免。这一点,相信读者当能了解并鉴别。

2017 年 11 月写于中国社会科学院

说　　明

一，本书以 1935 年上海会文堂新记书局的铅印本为底本，参考了其他版本做了比较细致的校订，改正了原书中明显的错谬。

二，本书保留了蔡东藩先生的全部夹批和回评，并用楷体标志，以示区别。

三，本书收录了石印线装书中的全部人物绣像和插图。

自　序

　　古史之美且备者多矣，而元史独多缺憾，非史官之失职也，文献不足征耳。元起朔漠，本乏纪录，开国以后，即略有载籍，而语不雅驯，专属蒙文土语，搢绅先生难言之。逮世祖朝，始有实录，相沿至于宁宗，共十有三朝。然在世祖以前，仍多阙略；世祖以后，则往往详于记善，略于惩恶，史为国讳，无足怪也。元亡明兴，洪武二年，得元十三朝实录，命修《元史》，以李善长为监修，宋濂、王祎为总裁，二月开局，八月书成。惟顺帝一朝，史犹未备。又命儒士欧阳佑等，往北平采遗事。明年二月，重开史局，阅六月书成，颁行后，已有窃窃然滋议者。盖其时距元之亡，第阅二、三年，私家著述，鲜有所闻，无由裒合众说，核定异同。观徐一夔与王棉书，谓："考史莫备于日历及起居注，元不置日历，不设起居注，惟中书时政科，遣一文学掾掌之，以事付史馆，即据以修实录，其于史事已多疏略。至顺帝一朝，且无实录可据，唯凭采访以足成之，恐事未必核，言未必驯，首尾未必贯穿"云云。然则元史之仓卒告成，不克完善，在徐氏已豫知之矣。厥后商辂等续撰《纲目》，薛应旗复作《通鉴》，陈邦瞻又著《纪事本末》，体制不同，而所采事实，不出正史之外，其阙漏固犹昔也。他若《皇元圣武亲征录》，记太祖、太宗事。《元秘史》亦如之，语仍鄙俚，脱略亦多。《丙子平宋录》，记世祖事；《庚申外史》，记顺帝事，一斑之窥，无补全史。而《元朝名臣事略》，暨《元儒考略》等书，更无论已。自明迄今，又阅两朝，后人所作，可为《元史》之考证者，惟《蒙鞑备录》、《蒙古源流》及《元史译文证补》等书。《元史译文证补》，出自近年，系清侍郎洪钧所辑，谓从西书辗转译成，其足正《元史》之阙误者颇多，顾仅至定、宪二宗而止。《蒙鞑备录》及《蒙古源流》亦一秘史类耳。明清二代多宿儒，容有钩隐索沉，独成善本，惜鄙人见闻局隘，未能一一尽窥也。本年春，以橐笔之暇，偶阅东西洋史籍译本，于蒙古西征时，较中史为详，且于四汗分封，及其存亡始末，亦足补中史之阙，倘所谓礼失求野者非耶？ 不揣谫陋，窃欲融合中西史籍，编成元代野乘以资参考。寻以材力未逮，戏成演义，都六十回，事皆有本,不敢臆造。语则从俗,不欲求深,而于元代先世及深宫逸事,外域异闻,凡正史之所已载者,酌量援引,或详或略;正史之所未载者,则旁征博采,多半演入,茶余酒后,取而阅之,非特足供消遣,抑亦藉广见闻。海内大雅,其毋笑我芜杂乎?是为序。中华民国九年一月古越蔡东帆自识于海上寓庐。

元代世系图

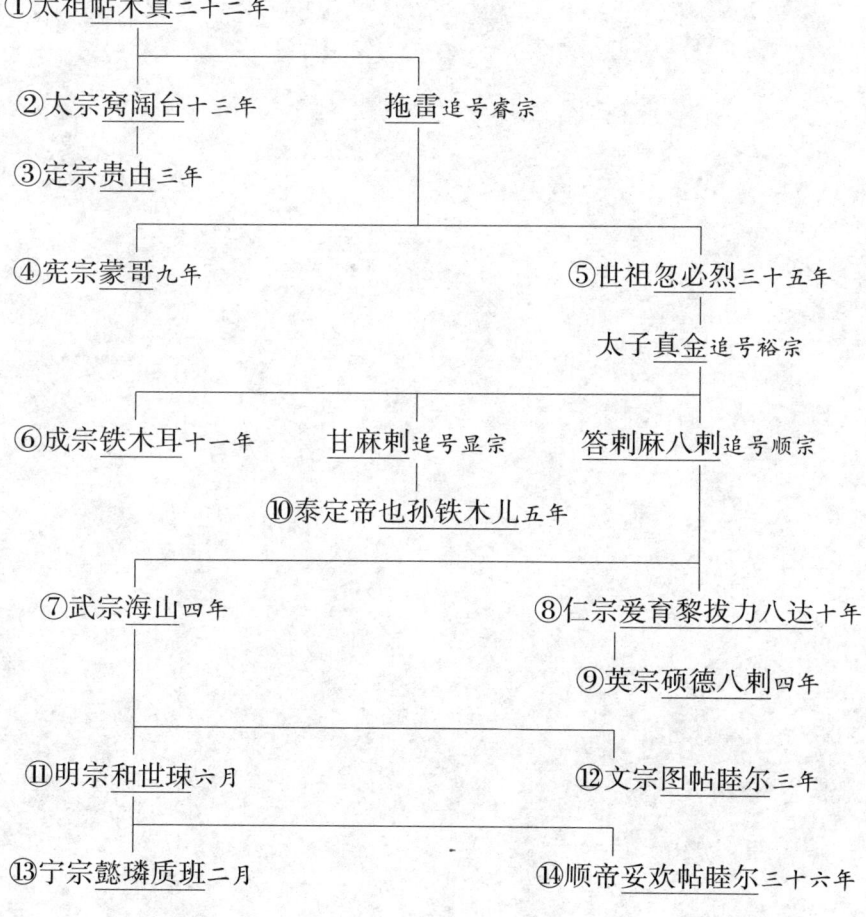

目　　录

第　一　回	感白光孀姝成孕　劫红颜异儿得妻	/1
第　二　回	拥众称尊创始立国　班师奏凯复庆生男	/8
第　三　回	女丈夫执旗招叛众　小英雄逃难遇救星	/15
第　四　回	追失马幸遇良朋　喜乘龙送归佳偶	/22
第　五　回	合浦还珠三军奏凯　穹庐返幕各族投诚	/28
第　六　回	帖木真独胜诸部　札木合复兴联军	/34
第　七　回	报旧恨重遇丽姝　复前仇叠逢美妇	/41
第　八　回	四杰赴援以德报怨　一夫拼命用少胜多	/48
第　九　回	责汪罕潜师劫寨　杀脱里恃力兴兵	/55
第　十　回	纳忽山孱主亡身　斡难河雄酋称帝	/62
第十一回	西夏主献女乞和　蒙古军入关耀武	/70
第十二回	拔中都分兵南略　立继嗣定议西征	/77
第十三回	回酋投荒窜死孤岛　雄师追寇穷极遐方	/84
第十四回	见角端西域班师　破钦察归途丧将	/92
第十五回	灭西夏庸主覆宗　遭大丧新君嗣统	/99
第十六回	将帅迭亡乞盟城下　后妃被劫失守都中	/106
第十七回	南北夹攻完颜赤族　东西遣将蒙古张威	/113
第十八回	阿鲁思全境被兵　欧罗巴东方受敌	/120
第十九回	姑妇临朝生暗衅　弟兄佐命立奇功	/127
第二十回	勤南略赍志告终　据大位改元颁敕	/134
第二十一回	守襄阳力屈五年　覆崖山功成一统	/141
第二十二回	渔色徇财臣致乱　表忠流血信国成仁	/149
第二十三回	征日本全军尽没　讨安南两次无功	/155
第二十四回	海都汗连兵构衅　乃颜王败走遭擒	/162
第二十五回	明黜陟权奸伏法　慎战守老将骄兵	/169
第二十六回	皇孙北返灵玺呈祥　母后西巡台臣匿奏	/176

第二十七回	得良将北方靖寇　信贪臣南服丧师	/183
第二十八回	蛮酋成擒妖妇骈戮　藩王入觐牝后通谋	/190
第二十九回	诛奸慝怀宁嗣位　耽酒色嬖幸盈朝	/197
第 三 十 回	承兄位诛逐奸邪　重儒臣规行科举	/204
第三十一回	上弹章劾佞无功　信俭言立储背约	/211
第三十二回	争位弄兵藩王两败　挟私报怨善类一空	/218
第三十三回	隆孝养迭呈册宝　泄逆谋立正典刑	/225
第三十四回	满恶贯奸相伏冥诛　进良言直臣邀主眷	/232
第三十五回	集党羽显行弑逆　扈銮跸横肆奸淫	/239
第三十六回	正刑戮众恶骈诛　纵奸盗百官抗议	/246
第三十七回	众大臣联衔入奏　老平章嫉俗辞官	/252
第三十八回	信佛法反促寿征　迎藩王入承大统	/260
第三十九回	大明殿称尊颁敕　太平王杀敌建功	/267
第 四 十 回	入长城北军败溃　援大都爵帅驰归	/274
第四十一回	倒剌沙奉宝出降　泰定后别州安置	/281
第四十二回	四女酬庸同时厘降　二使劝进克日登基	/287
第四十三回	中逆谋途次暴崩　得御宝驰回御极	/293
第四十四回	怀妒谋毒死故后　立储君惊遇冤魂	/300
第四十五回	平全滇诸将班师　避大内皇儿寄养	/307
第四十六回	得新怀旧人面重逢　纳后为妃天伦志异	/313
第四十七回	正官方廷臣会议　遵顾命皇侄承宗	/320
第四十八回	迎嗣皇权相怀疑　遭冥谴太师病逝	/326
第四十九回	履尊择配后族蒙恩　犯阙称兵豪宗覆祀	/332
第 五 十 回	辱谏官特权停科举　尊太后变例晋徽称	/338
第五十一回	妨功害能淫威震主　竭忠报国大义灭亲	/345
第五十二回	逐太后兼及孤儿　用贤相并征名士	/352
第五十三回	宠女侍僭加后服　闻母教才罢弹章	/359
第五十四回	治黄河石人开眼　聚红巾群盗扬镳	/365
第五十五回	失军心河上弃师　逐盗魁徐州告捷	/371
第五十六回	番僧授术天子宣淫　嬖侍擅权丞相受祸	/378
第五十七回	朱元璋濠南起义　董搏霄河北捐躯	/385

第五十八回	扫强虏志决身歼　弑故主行凶逞暴	/392
第五十九回	阻内禅左相得罪　入大都逆臣伏诛	/399
第 六 十 回	群寇荡平明祖即位　顺帝出走元史告终	/406

第 一 回

感白光孀姝成孕　劫红颜异儿得妻

"成则为王,败则为寇",无论古今中外,统是这般见解,这般称呼,这也是成败衡人的通例。起语已涵盖一切。惟我中国自黄帝以后,帝有五,王有三,历秦、汉、晋、南北朝及隋、唐、五季、南北宋,虽未尝一姓,毕竟是汉族相传,改姓不改族。其间或有戎狄蛮貊,入寇中原,然亦忽盛忽衰,自来自去,如獯鬻,如狎狁,如匈奴,不过侵略朔方,没有甚么猖獗。后来五胡契丹、女真铁骑南来,横行腹地,好算得威焰熏天,无人敢当,但终不能统一中国;几疑天限南北,地判华夷,中原全境,只有汉族可为君长,他族不能羼入的。谁知南宋告终,厓山尽覆,赵氏一块肉,淹入贝宫,赤胆忠心的陆秀夫、张世杰、文天祥,或溺死,或被杀,荡荡中原,竟被那蒙古大汗,囊括以去。一朝天子一朝臣,居然做了八十九年的中国皇帝,这真是有史以来的创局!有的说是天命,有的说是人事,小子也莫名其妙,只好就史论史,把蒙古兴亡的事实,演出一部元朝小说来。诸君细阅一周,自能辨明天命人事的关系了!暗中注重人事,为现今国民下一针砭,是有心爱国之谈。

且说蒙古源流,本为唐朝时候的室韦分部,向居中国北方,打猎为生,自成部落。嗣后与邻部构衅,屡战屡败,弄到全军覆没,只剩了男女数人,逃入山中。那山名叫阿儿格乃衮,层峦叠嶂,高可蠹天,惟一径可通出入,中有平地一大方,土壤肥美,水草茂盛。不亚桃源。男女数人,遂借此居住,自相配偶,不到几年,生了好几个男女。有一男子名叫乞颜,生得膂力过人,所有毒虫猛兽,遇着了他,无不应手立毙。他的后裔,独称繁盛。有此大力,宜善生殖。土人叫他作乞要特,"乞要"即"乞颜"的变音,特字便是统类的意义。种类既多,转嫌地狭,苦于旧径芜塞,日思开辟。为出山计,辗转觅得铁矿,洞穴深邃,大众伐木炽炭,篝火穴中,又宰了七十二牛,剖革为筒,吹风助火,渐渐的铁石尽熔。前此羊肠曲径,坍的坍、塌的塌,忽变作康庄大道,因此衢路遂辟。不借五丁,竟蚕辟丛,蜀主不能专美于前。

数十传后,出了一个朵奔巴延,《元史》作托奔默尔根,《秘史》作朵奔蔑儿干。尝随乃兄都蛙锁豁儿,出外游牧。一日到了不儿罕山,但见丛林夹道,古木参天,隐隐将大山笼住。都蛙锁豁儿,向朵奔巴延道:"兄弟!你看前面的大山,比咱们居住地,好歹如何?"朵奔巴延道:"这山好得多哩。咱们趁着闲暇,去逛一会子何如?"都蛙锁豁儿称善,遂携手同行,一重一重地走将进去。到了险峻陡峭的地方,不得已援着木,扳着藤,猱升而上,费了好些气力,竟至山巅。兄弟两人,拣了一块平坦的磐石,小坐片刻。四面了望,烟云缭绕,岫屿回环,仿佛别有天地。俯视有两河萦带,支流错杂,映着那山林景色,备觉鲜妍。好一幅画图。

朵奔巴延看了许久,忽跃起道:"阿哥!这座大山的形势,好得很!好得很!咱们不如迁居此地,请阿哥酌夺!"说了数语,未闻回答,朵奔巴延不觉焦躁起来,复叫了数声哥哥,方闻得一语道:"你不要忙!待我看明再说!"

朵奔巴延道:"看什么?"都蛙锁豁儿道:"你不见山下有一群行人么?"朵奔巴延道:"行人不行人,管他做甚!"都蛙锁豁儿道:"那行人里面,有一个好女儿!"朵奔巴延不待说毕,便说道:"哥哥痴了!莫非想那女子做妻室么?"都蛙锁豁儿道:"不是这般说,我已有妻,那女儿若未曾嫁人,我去与她说亲,配你可好?"朵奔巴延道:"远远的恰有几个人影,如何辨别妍媸?"都蛙锁豁儿道:"你若不信,你自去看明!"朵奔巴延少年好色,闻着有美女子,便大着步跑至山下去了。

看官到此,未免有一疑问,都蛙锁豁儿见有好女,何故朵奔巴延独云见得不清?原来都蛙锁豁儿一目独明,能望至数里以外,所以部人叫他一只眼。他能见人所未见,所以命弟探验真实,自己亦慢步下来。

那时朵奔巴延一口气跑到山下,果见前面来了一丛百姓,内有一辆黑车,坐着一位齐齐整整、袅袅婷婷的美人儿。想是天仙来了。不由得瞅了几眼,那美人似已觉着,也睁着秋波,对朵奔巴延睒了一睒。象煞吊膀子,可想这美人身品。朵奔巴延竟呆呆立住。等到美人已近面前,他尚目不转睛,一味地痴望。忽觉得背后被击一掌,方扭身转看,击掌的不是别人,就是那亲哥哥都蛙锁豁儿。他也不遑细问,复转身去看着美人,但听得背后朗声道:"你敢是痴么!何不问她来历?"朵奔巴延经这一语，方把痴迷提醒，忙向前问道："你们这等人，从哪里来的？"有一老者答道："我等是豁里剌儿台蔑儿干一家。当初便是巴儿忽真地面的主人。"朵奔巴延道："这年轻女子，是你何人？"那老者道："是我外孙女儿。"朵奔巴延道："她叫什么名字？"那老者道："我名巴尔忽歹篾尔干。只生一个女儿，名巴儿忽真豁呵，嫁与豁里秃马敦的官人。"朵奔巴延听了这语，不觉长叹道："晦气！晦气！"便转身向都蛙锁豁儿道："这事不成，咱们回去吧！"活绘出少年性急。

都蛙锁豁儿道："你听得未曾清楚，为何便说不成？"朵奔巴延道："他说的名字，什么巴儿豁儿，我恰记不得许多，只他女儿确曾嫁过了。"都蛙锁豁儿道："瞎说！他说的是他女儿，并不是他外孙女儿！"朵奔巴延想了一想，才觉兄言果确。便道："阿哥耳目聪明，还是请阿哥问他为是。"于是都蛙锁豁儿前行一步，与老者行了礼，问明底细，方知美人的名字，叫作阿兰郭斡。旧作阿兰果火，《元史》作阿伦果斡，《秘史》作阿兰豁阿。且由老者详述来历。因豁里秃马敦地面，禁捕貂鼠等物，所以投奔至此。都蛙锁豁儿道："这山已有主人么？"那老者道："这山的主人，叫作哂赤伯颜。"都蛙锁豁儿道："这也罢，但不知你外孙女儿曾否字人？"老者答称尚未，都蛙锁豁儿便为弟求亲。老者约略问了姓氏家居，去对那外孙女儿说明。

这时候的朵奔巴延，眼睁睁望着美人儿，只望她立刻允许，谁知这美人偏低头无语。故作反笔，妙。寻由老者说了数语，那美人竟脸泛桃花，越觉娇艳，好一歇，急杀朵奔巴延。方蒙这美人点首。蒙字妙。朵奔巴延喜出望外，不待老者回报，急移步走至老者前，欲向老者行甥舅礼，不意被乃兄伸手拦住。朵奔巴延退了一二步，心中还恨着阿哥。嗣经老者与都蛙锁豁儿说明允意，才由都蛙锁豁儿叫过朵奔巴延，谒过老者。复订明迎婚日期，方分手告别。

朵奔巴延在途次语兄道："他既肯把好女儿嫁我，为何今日不缴与我们，恰还要挨延日子？"急色儿。都蛙锁豁儿道："你不是强盗，难道便抢劫不成！"朵奔巴延才噤口无言。

过了数天，都蛙锁豁儿拣出鹿皮二张、豹皮二张、狐皮二张、鼠獭皮数张，装入车中，令朵奔巴延着了喜服，率着车辆仆役，至不儿罕山迎婚。自昼至夕，已将美人儿迎回，对天行过夫妇礼，拥入房帏。这一夜的欢娱，不消细述。嗣后一索得男，再索复得男，长子取名布儿古讷特，次子取名伯古讷特。《元史》作布固合塔台及博克多萨勒，《蒙古源流》作伯勒格特依及伯衮德依。两儿尚未长成，不意乃兄都蛙锁豁儿竟一病身亡。

都蛙锁豁儿生有四子，统是倔强得很，不把那朵奔巴延作亲叔叔般看待。朵奔巴延气愤填胸，带着一妻二子，至兄墓前哭了一场，便往不儿罕山居住。昼逐牲犬，夜对妻孥，倒也快活自由。老天无意做人美，偏偏过了数年，朵奔巴延受了感冒，竟尔卧床不起。临终时，与娇妻爱子，诀了永别，又把那善后事宜，嘱托那襟夫玛哈赉，一声长叹，奄然逝世了。人人有此结果，何苦贪色贪财。

朵奔巴延既死，那阿兰郭斡青年寡偶，寂寂家居，免不得独坐神伤，唏嘘终日。幸亏玛哈赉体心着意，时常来往，所有家事一切，尽由他代为筹办，所以阿兰郭斡尚没有什么苦况，做日和尚撞日钟，也觉得破涕为笑了。寓意于微。

转瞬一年，阿兰郭斡的肚腹，居然膨胀起来，俄而越胀越大，某夕，竟产下一男。说也奇怪，所生男子，尚未断乳，阿兰郭斡腹胀如故，又复产了一男。旁人议论纷纷，那阿兰郭斡毫不在意，以生以养，与从前夫在时无异。偏这肚中又要作怪，膨胀十月，又举一男。临产时，祥光满室，觉有神异，乳儿啼声，亦异常人。阿兰郭斡很是欣慰，头生子名不衮哈搭吉，次生子名不固撒儿只，第三子名字端察儿。蒙古人种，目睛多作栗黄色，独孛端察儿灰色目睛，甫越周年，即举止不凡，所以阿兰郭斡格外钟爱。

独古讷特两兄弟，年已长成，背地里很是不平，尝私语道："我母无亲房兄弟，又无丈夫，为何生了这三个儿子？家内独有襟丈往来，莫不是他生的么？"说着时，被阿兰郭斡闻知，便叫二子一同入房，密语道："你等道我无夫生子，必与他人有私情么？哪里知道三个儿子，是从天所生的！我自你父亡后，并没有什么坏心，惟每夜有黄白色人，从天窗隙处进来，将我腹屡次摩挲，把他的光明，透入我腹，因此怀着了孕，连生三男。看来这三子不是凡人，久后他们做了帝王，你两人才识得是天赐！"欺人乎？欺己乎？

古讷特两兄弟，彼此相觑，不出一词。阿兰郭斡复道："你以为我捏谎么？我如不耐寡居，何妨再醮，乃作此暧昧情事！你若不信，试伺

第一回 感白光孀妹成孕 劫红颜异儿得妻

我数夕,自知真假!"古讷特兄弟应声而出。是夕,果见有白光闪入母寝,至黎明方出。于是古讷特兄弟也有些迷信起来。我却不信。

到了孛端察儿已越十龄,阿兰郭斡烹羊炰羔,斗酒自劳,一面令五子列坐侍饮。酒半酣,便语五子道:"我已老了,不能与你等时常同饮,但你五人都是我一个肚皮里生的,将来须要和睦度日,幸勿争闹!"语至此,顾着孛端察儿道:"你去携五支箭来!"孛端察儿奉命而往,不一刻即将五支箭呈奉。阿兰郭斡即命余子起立,教他各折一箭,五人应手而断。阿兰郭斡复令把五支箭辫,束在一处,更叫他们轮流折箭。五人按次轮着,统不能折。阿兰郭斡微笑道:"这就是单者易折,众则难摧的语意。"魏书《吐谷浑传》,其主阿豺曾有此语,不识阿兰郭斡何亦知此。五子拱手听命。

又越数年,阿兰郭斡出外游玩,偶然受了风寒,遂致发寒发热。起初还可勉强支持,过了数日,已是困顿床褥,羸弱不堪。阿兰郭斡自知不起,叫五人齐至床侧,

感白光孀妹成孕

便道:"我也没有什么嘱咐,但折箭的事情,你等须要切记,不可忘怀!"言讫,瞑目而逝。想是神人召去。

五子备办丧礼,将母尸敛葬毕,长子布儿古讷特,创议分析,把所有家资,作四股均派,只将孛端察儿一人搁起,分毫不给。孛端察儿道:"我也是母亲所生的,如何四兄统有家产,我独向隅!"布儿古讷特道:"你年尚少,没有分授家产的资格。家中有一匹秃尾马,给你就是!你的饮食,由我四家担任。何如?"孛端察儿尚欲争论,偏那诸兄齐声赞

同,料知彼众我寡,争亦无益。

　　勉强同住了数月,见哥嫂等都甚冷淡,不由得懊恼道:"我这里长住做什么?我不如自去寻生,死也可,活也可!"颇有丈夫气。遂把秃尾马牵出,腾身上马,负着弓矢,挟着刀剑,顺了斡难河流,扬长而去。

　　到了巴尔图鄂拉,鄂拉,蒙古语,山也。望见草木畅茂,山环水绕,倒也是个幽静的地方。他便下了骑,将秃尾马拴在树旁。探怀取刀,顺手斩除草木,用木作架,披草作瓦,费了一昼夜工夫,竟筑起一间草舍。腰间幸带有乾粮,随便充饥。次日出外瞭望,遥见有一只黄鹰,攫着野鹜,任情吞噬。他眉头一皱,计上心来,就拔了几根马尾,结成一条绳子,随手作圈,静悄悄地蹑至黄鹰背后;巧值黄鹰昂起头来,他顺手放绳,把鹰头圈住,牵至手中,捧住黄鹰道:"我孑身无依,得了你,好与我做个伙伴,我取些野物养你,你也取些野物养我,可好么?"黄鹰似解他语言,垂首听命。孛端察儿遂携鹰归来,见山麓有一狼,含住野物,跟跄奔趋。他就从背后取出短箭,拈弓搭着,飕的一声,将狼射倒。随取了死狼,并由狼吃残的野物,一并挟着,返至草舍。一面用薪煨狼,聊当粮食;一面将狼残野物,豢给黄鹰。这黄鹰儿恰也驯顺,一豢数日,竟与孛端察儿相依如友。有时飞至野外,搏取食物,即啣给孛端察儿。孛端察儿欣慰非常,与黄鹰生熟分食。

　　转瞬间已过残冬。到了春间,野鹜齐来,多被黄鹰搏住,每日可数十翼,吃不胜吃,往往挂在树上,由他干腊。只有时思饮马乳,一时无从置办。孛端察儿登高遥望,见山后有一丛民居,差不多有数十家,便徒步前行,径造

孛端儿巽颜虹蜺

第一回　感白光孀姝成孕　劫红颜异儿得妻

该处乞奶浆。该处的人民，起初不肯，嗣经孛端察儿与他熟商，愿以野物相易，因得邀他应允。自是无日不至该地，只两造名姓，彼此未悉。

适同母兄不衮哈搭吉忆念幼弟，前来寻觅。先至该地探问，居民说有此人，惜未识姓氏住址。不衮哈搭吉尚在盘诘，不期有一伟少年，臂着鹰，跨着马，得得而至。那居民哗然道："来了，来了！"不衮哈搭吉回首一望，那少年不是别人，便是幼弟孛端察儿。当下两人大喜，握手相见，各叙别后情形。不衮哈搭吉劝弟回家，孛端察儿先辞后允，遂与不衮哈搭吉返至草舍，约略收拾，即日起行。自此该地无孛端察儿踪迹。

谁知过了数日，该地有一怀妊妇人正在河中汲水，忽见孛端察儿带了壮士数名，急行而来，妇人阻住道："你莫非又来吃马奶么？"孛端察儿道："不是，我邀你到我家去。"妇人道："邀我去做什么？"正诘问间，不防孛端察儿伸出两手，竟将她抱了过去，那时连忙叫喊，已是不及。奇兀得很。小子尝吟成一诗道：

　　天道非真善者昌，胡儿得志便猖狂；
　　强权世界由来久，盗贼居然育帝王！

未知这妇人性命如何？且看下回分解。

本回为全书弁冕，叙述蒙古源流，为有元之所自始。按《元史·太祖本纪》，载阿抡果斡（即阿兰郭斡）事，谓其夫亡寡居，夜寝帐中，梦白光自天窗入，化为金色神人，来趋卧榻，惊觉遂有娠。产一子名孛端察儿。《源流》谓梦一伟男与之共寝，久之生三子。《秘史》谓黄白色人，将肚皮摩挲。是姑勿论，惟史家于帝王肇兴，必述其祖宗之瑞应。姜嫄履敏，刘媪梦神，真耶幻耶？未足尽信。本书即人论人，就事叙事，言外寓意，不即不离，至描摹朵奔巴延，暨孛端察儿处，尤觉得一片天真，口吻俱肖。庸庸者多厚福，意者其或然欤！末后一结，兔起鹘落，益令人匪夷所思。

第 二 回

拥众称尊创始立国　班师奏凯复庆生男

却说孛端察儿抱住该妇,疾行而归。该地居民,闻有暴客,竞来趋视,不意强人蜂拥到来,各执着明晃晃的刀杖,大声呐喊,动者斩,不动者免死。居民见这情形,都错愕不知所为。有几个眼快脚长,转身逃走,被那强人大步赶上,刀剑齐下,统变作身首两分。大众格外惧怕,只好遵令不动。强人遂把他们一一反剪,复将该民家产牲畜,劫掠殆尽,方带了人物,一概回寨。

看官到此,几不辨强徒何来,待小子一一交代。原来孛端察儿随兄归去时,途次语兄道:"人身有头,衣裳有领,无头不成人,无领不成衣。"奇语。不衮哈搭吉茫然莫辨,待孛端察儿念了好几遍,方诘问道:"你念什么咒语?"孛端察儿答道:"我说的不是咒语,乃是目前的好计。"不衮哈搭吉续问底细,孛端察儿道:"哥哥你到过的地方,虽有一丛百姓,恰无头领管束。若把他子女财产,统去掳来,那时有妻妾,有奴隶,有财宝,岂不是快活一生么!"确是盗贼思想。不衮哈搭吉道:"你说亦是,待回去与弟兄商量。"

孛端察儿非常高兴,与阿哥急趋到家。既入门,见了布儿古讷特等人,不但忘却前仇,便提议抢劫的事情。布儿古讷特素性嗜利,连忙称善。顿时兴起家甲,命孛端察儿做头哨,不衮哈搭吉及不固撒儿只做二哨,自己与同父弟伯古讷特做后哨,陆续前进。孛端察儿趋入该地,先将一孕妇抢劫归来;至不衮哈搭吉兄弟,暨布儿古讷特兄弟扫尽民居,返入寨中。检点手下从人,不缺一名,只少了孛端察儿。当下问明妻女,方知孛端察儿早已驰归,与抱住的妇人,入帐取乐去了。

布儿古讷特道:"且暂由他,现在是发落该民要紧。"当下命家役牵入俘房,问他愿充仆役否。该民被他威吓,统已神疲骨软,只好唯唯听命。布儿古讷特便命放绑,令他散住帐外,静候号令。该民含泪趋出。复将抢来的家产牲畜,安置停当。

第二回　拥众称尊创始立国　班师奏凯复庆生男

是时孛端察儿方慢慢地踱将出来。大约是疲倦了。布儿古讷特道："你好！你好！青天白日，便做那鸳鸯勾当！"孛端察儿道："哥哥等都有嫂子，难道为弟的不能纳妇？"布儿古讷特正思回答，忽见一妇人徐步至前，红颜半晕，绿鬓微松，只腹间稍稍隆起，未免有些困顿情状。布儿古讷特道："好一个妇人，不愧做我弟妇！"言下便问她名氏，那妇人便喘吁吁地答道：喘吁吁三字，摹绘最佳。"我叫作勃端哈屯，是札儿赤兀人氏。"说着时，已由孛端察儿叫她拜见诸兄，妇人勉强行过了礼，即返入后帐。

布儿古讷特道："你有这个美妇，我等没有，奈何！"孛端察儿道："俘虏中也有几个好妇女，何不叫她入侍？"布儿古讷特道："不错！"便与兄弟四人，出了帐，拣了几名美人儿，带回侍寝。几个妇女，本没有什么名节，况经他威胁势迫，哪里还敢抗拒，只好由他拥抱寻欢。可见世人不能独立，做了他族的奴隶，男为人役，女为人妾，是万万不能逃避的！暮鼓晨钟，请大众听着。

这且休表。且说孛端察儿的妻室，怀孕满月，生下一子，名札只剌歹。《源流》作斡齐尔台。旋由孛端察儿所产，再生一男，名巴阿里歹。两男生后，那妇人华色已衰，孛端察儿又从他处娶了一妇，复把那陪嫁来的女佣，据为己妾。任情纵欲，有何道德。后妻生子合必赤，妾生子沾兀列歹，合必赤子名土敦迈宁。《秘史》作篾年土敦。土敦迈宁生子甚多，约有八九人。《元史》谓八子，《译文证补》谓九子。嗣是滋生日蕃，氏族愈众。五传至哈不勒，拓土开疆，威势颇盛，各族推他为蒙古部长，称名哈不勒汗。

是时金邦全盛，并有辽地，复兴兵南下，据三镇，中山、太原、河间三镇。入两河，直捣宋都，掳徽、钦二帝，且追宋高宗至杭州，一意前进，不暇后顾。哈不勒汗乘这机会，拥众称尊，隐隐有雄长朔方的意思。金主晟闻他英名，遣使宣召，命他入朝。哈不勒汗遂带着壮士数名，乘了骏马，趋入金京。谒见毕，金主晟见他状貌魁梧，颇加敬礼。每赐宴，饬臣下殷勤款待。哈不勒汗恐饮食中毒，尝托词沐浴，离席至他处，呕吐食物，乃复入席。因此百觥不醉，八簋无余。金人多豪饮善啖，非常诧异。

一日在殿上筵宴。哈不勒汗连飞数十觞，遂有醉意，不觉酒兴大发，手舞足蹈起来。舞蹈才罢，复大着步直至帝座，捋金主须。不脱野蛮旧习。那时廷臣都欲来杀哈不勒汗的呼叱声、剑佩声,杂沓一堂。亏得金主度量过人,和颜悦色道:"你且去入席,不要上来!"哈不勒汗方才知过,惶恐谢罪。金主复谕道:"这是小小失仪,不足为罪。"当下赐他帛数端,马数匹,令即返辔。哈不勒汗称谢而出,便扬鞭就道,直回故寨。无如金邦的大臣,统说哈不勒汗怀有歹意,此时不除,必为后患。金主初欲怀柔远人,厚赠遣归,嗣被廷臣怂恿,众口一辞,也未免有些怀疑,遂遣将士兼程前进,追还哈不勒汗。哪知哈不勒汗已有戒心,早风驰电掣地回到寨中。待至金使到来,他却抗颜对使道:"你国是堂堂的大国,你主是堂堂的君长,昨日遣我归,今又令我去,出尔反尔,是何道理!这等叫作乱命,我不便依从!"这言颇有至理。金将见他辞意强横,只好怏怏而归。

不数日,金使又到,适值哈不勒汗出猎未返,他妇翁吉拉特氏,率众欢迎,把自居的新帐,让金使暂住。至哈不勒汗归来,闻着这事,便语他妻室及部众道:"金使到此,定是又来召我,欲除我以绝后患,我与他不能两立,有他无我,有我无他;为今日计,不如将他杀却,先泄我忿!"部众不答,哈不勒汗道:"你等莫非怀有异心么?你等若不助我杀金使,我当先杀你等!"言毕,怒发直竖,须眉戟张,部众忙称遵命。哈不勒汗遂一马当先,驰入帐中,手起刀落,把金使砍为两段。金使的侍从,出来抗拒,被部众一同赶上,杀得一个不留。

先下手为强。

这消息传达金廷,金主大怒,遣万户胡沙虎率兵往讨。胡沙虎本是个没用的家伙,一入蒙古境内,不谙道

蒙古始创尊号立国

第二回　拥众称尊创始立国　班师奏凯复庆生男

里,不知兵法,只是一味地乱撞。那哈不勒汗很是能耐,率部众避伏山中,坚壁不出。胡沙虎往来蒙地,不见一人,日久粮尽,只好勒兵回国。不意出了蒙境,那蒙兵却漫山遍野地追来。看官,你想这时的胡沙虎还有心恋战么?当时你逃我窜,被蒙古兵大杀一阵。可怜血流山谷,尸积道涂,胡沙虎勒马先逃,还算保全首领。金人出手就是献丑,已为金亡元兴张本。哈不勒汗得此大胜,遂仇视金邦,益发秣马厉兵,专待金兵再到,与他厮杀。会金主晟谢世,从孙亶嗣位,因从叔挞懒专权,与叔父兀术密谋,诱杀挞懒。挞懒遗族逃往漠北,至哈不勒汗处乞师复仇。哈不勒汗有隙可乘,自然应允。嗣是连寇金边,把西平、河北二十七团寨,陆续攻取。金主亶闻边疆被侵,遂与南宋议和,催归将士,专顾北防。螳螂捕蝉,不知黄雀已在其后。其时金邦的百战能臣,要算皇叔兀术。自南归国,奉了主命,出征蒙古,满望马到成功,谁知大小数十战,迁移一二年,犹是胜负未分,相持莫决。语所谓强弩之末,不能穿鲁缟者,兀术是已。兀术恐师老财匮,致蹈胡沙虎覆辙,遂决计议和;把西平、河北二十七团寨,尽行割与,又每岁给他牛羊若干头,米豆若干斛,并册哈不勒为蒙兀国王,方得罢兵修好。这是宋高宗绍兴十七年间的事情。有史可考,乃编年以清眉目。

　　哈不勒汗生有七子,到年老病危时,偏叫他从弟俺巴该进来,奉承国统,又嘱诸子敬奉从叔,不得违命。诸子一律遵嘱,哈不勒汗才瞑目去世了。

　　俺巴该嗣立后,国势如旧。会哈不勒汗的妻弟,名叫赛因特斤,偶罹疾病,往邻近塔塔儿部,聘一巫者疗治,日久无效,竟至殁世。家众因巫者无灵,将他斩首。塔塔儿人不肯干休,遂兴兵复仇。哈不勒汗七子,闻母族被兵,立率部众往援。两下酣斗起来,哈不勒汗第六子合丹,《秘史》作合答安。骁健善战,手持长枪一杆,所向无敌。塔塔儿酋木秃儿不及防备,竟被合丹刺于马下,幸部众奋力抢救,方得暂保性命。医治一载,才得痊愈,再发兵进攻,鏖战两次,丝毫不能取胜。到着末的一战,塔塔儿部大败,木秃儿仍死于合丹手下。

　　塔塔儿人阴图雪愤,阳为乞和,一味甘言重币,来哄这俺巴该。俺巴该信以为真,竟与塔塔儿结亲,愿将爱女嫁与该部嗣酋,仇人之子,招为女夫,俺巴该也太不小心。自己送女成礼,到了塔塔儿部,不防伏兵四起,将父女一概掳去。哈不勒汗长子斡勤巴儿哈合,闻俺巴该被抢,忙至塔塔儿部索还,并责他无礼。塔塔儿部不由分说,复将斡勤巴儿哈合拘住,一并送与金邦。

金人正怀宿忿,将俺巴该钉住木驴背上,令他辗转惨毙。俺巴该令从人布勒格赤,告金主道:"你不能以武力获我,徒借他人手下置我死地;又用这般惨刑,我死,我的子侄很多,必来复仇。"金主大怒,把斡勤巴儿哈合亦加死刑,并纵布勒格赤使还,令他归告族众,速即倾国前来,决一雌雄。

布勒格赤归国,会议复仇,立哈不勒第四子忽都剌哈为汗,合寨齐起,攻入金界。金人杀他不过,高垒固守。忽都剌哈汗屡攻不克,方大掠而归。蒙俗以尚武为本旨,忽都剌哈汗勇武绝伦,力能折人为两截,每食能尽一羊,声大如洪钟,每唱蒙兀歌,隔七岭犹闻彼声,因此嗣位数年,威名益振。他于子侄辈中,独爱也速该,《元史》作伊苏克依。尝谓此儿英武,不亚自己,遂有传统的意思。

也速该父名把儿坛把阿秃儿,系哈不勒汗次子,忽都剌哈汗仲兄。把儿坛生四男,长名蒙格秃乞颜,次名捏坤太石,三子即也速该,最幼的名答里台斡勒赤斤。也速该少有膂力,善骑射,能弯七石弓,也是个杀人不翻眼的魔星。他平时尝在斡滩河畔游猎,所得禽兽,比他人为多。到年将弱冠时,想得个美貌妇女作为配偶,无如部落中少有丽姝,所以因循迁延。

一日,又往斡滩河放鹰,遇着一男骑马,一妇乘车,从河曲行来。那妇人生得秋水为眉,芙蓉为骨,映入也速该眼中,确是生平罕见。冶容诲淫。他即迎上前道:"你等是何方的人民?来此做甚?"那男子道:"我是蔑里吉部人,《元史》称蔑里吉为默尔奇斯。名叫客赤列都。"也速该复指着妇人道:"这是你何人?"那男子道:"这是我的妻室。"也速该怀着鬼胎,便撒谎道:"我有话与你细说,你且少待,我去去就来。"那男子正要问他缘故,他已三脚两步似飞的去了。

不一刻,遥见也速该率着壮士两人,疾奔而来。那男子不觉心慌,忙语妇人道:"他有三人同来,未知吉凶若何?"妇人远远一瞧,也觉得着急起来,便道:"我看那三人的颜色,好生不善,恐要害你性命。你快走去!你若有性命呵,似我这般妇女很多哩,将来再娶一个,就唤作我的名字便是。"说罢，就脱下衣衫，与男子做个纪念。那男子方才接着。也速该三人已到，男子拨马就走。也速该令弟守着妇人，自与仲兄捏坤太石赶这男子，跑过七个山头，那男子已去远了。

也速该偕兄同返，牵住妇人的乘车，令兄先行，饬弟后随。那妇人带哭带语道："我的丈夫向来家居，不曾受着什么惊慌。如今被你等逐走，扒山过岭，何等艰难。你等良心上如何过得去！"也速该笑道："我的良心是最好的，逐去你的丈夫，再还你的好丈夫！"调侃得趣。那妇人越加号啕，几乎把河内的川流，山边的林木，都振动了。答里台斡勒赤斤道："你丈夫岭过得多了，水也渡得多了，你哭呵，他也不回头寻你，就使来寻，也是不得见了。你住声，休要哭！咱们总不亏待你！"妇人方渐渐止啼。

到了帐中，也速该便去禀知忽都剌哈汗。忽都剌哈汗道："好！好！就给你为妻罢。"那妇人又哭将起来，忽都剌哈汗道："我是此处国王，他是我的爱侄，将来我死后，他便接我的位置，你给他为妻，岂不是现成的夫人么！"妇人闻着夫人两字，心中也转悲为喜，眼中的珠泪，立刻停止。到底水性杨花。当下忽都剌哈汗，令该妇入后帐整妆，安排与也速该成婚。也速该喜不自禁，至与该妇交拜后，挽入洞房，灯下细瞧，比初见时更为美艳。那时迫不及待，便拥该妇同寝。欢会后问妇姓名，方知叫作诃额仑。《元史》作谔楞，《源流》作鸟格楞。自此朝欢暮乐，几度春风，竟由诃额仑结下珠胎，生出一个大名鼎鼎的人物来。迤逦写来，与朵奔巴延暨字端察儿得妇时，又另是一种笔墨。

忽都剌哈汗因伐金无功，复思往讨塔塔幅部。也速该愿为前锋，当即点齐部众，浩浩荡荡地杀奔塔塔儿部。塔塔儿部恰也预防，闻报也速该到来，忙令帖木真兀格及库鲁不花两头目率众抵御。也速该怒马直前，无人敢当。帖木真出来阻拦，与也速该战了数合，一声吆喝，已被也速该只手擒来。库鲁不花急忙趋救，也速该故意奔还，等到库鲁不花追至马后，他却扭转身来，将手中握定的长枪，刺入库鲁不花的马腹，那马受伤坠地，眼见得库鲁不花也随扑地下。蒙古部众，霎时齐集，将库鲁不花活擒了去。那时塔塔儿部大加恼惧，忙选了两员健将，前来抵敌。一个名叫阔湍巴刺合，一个名叫扎里不花，两将颇有智勇，料知也速该艺力过人，不可小觑，便用了坚壁清野的法子，来困也速该。的是好计。

也速该无计可施,愤急得了不得,会后队兵到,又会同进攻,也是没效。俄闻忽都剌哈汗罹疾,只得奏凯班师。

到了迭里温盘陀山,见他阿弟到来向也速该贺喜。也速该道:"出师多日,只拿住敌酋两名,不能报我大仇,有何足贺!"阿弟道:"擒住敌人,已是可喜,还有一

桩绝大的喜事,我的嫂子,已产下一个麟儿了!"也速该道:"果真么?"小子又有一诗道:

  天生英物正堪夸,铁血只凭赤手拿。
  古有名言今益信,深山大泽出龙蛇。

  欲知也速该得子情形,且由下回交代。

  抢掠劫夺,是他们惯技,如字端察儿以下,何一不作如是观!唯哈不勒汗粗豪阔达,颇有英雄气象,所以蒙兀得以建国。也速该劫妇怀胎,偏产出一大人物,岂朔方果为王气所钟耶?本回夹叙夹写,斐然成章,而命意则全为成吉思汗蓄势,如看山然,下有要穴,则上必有层峦叠嶂;如观水然,后有洪波,则前必有曲涧重溪。大笔淋漓,不落小家气象。

第 三 回

女丈夫执旗招叛众　小英雄逃难遇救星

却说也速该班师回国,也速该的兄弟及妻室诃额仑,统远道出迎。至迭里温盘陀山前,诃额仑忽然腹痛,料将生产,遂就山脚边暂憩。不多时,即行分娩,产了一个头角峥嵘的婴儿,大众都目为英物。还有一种怪异,这婴孩初出母胎,他右手却握得甚紧,由旁人启视,乃是一握赤血,其色如肝,其坚如石,大家莫识由来,只说他是吉祥预兆。分明是个杀星。是儿生后,巧值也速该到来。由他阿弟详报,也速该似信非信,忙即过视诃额仑母子。诃额仑虽觉疲倦,犹幸丰姿如旧,及瞧这婴儿形状,果然奇伟异常,双目且炯炯有光。也速该不禁大喜,便道:"我此番出征,第一仗便擒住帖木真,是我生平第一快事。今得此儿,也不妨取名帖木真,亦作铁木真,《元史》作特种津。留作后来纪念。"大众很是赞成。

当下挈眷同归,省视忽都剌哈汗疾病,已觉危急万分,也速该不觉泪下。就是喜极生悲的影子。忽都剌哈汗执也速该手,凄然道:"我与你要永诀了!国事待你做主,你不要畏缩,也不要莽撞,方好哩!"也速该应允了,复将俘敌及产子情状,略略陈明,忽都剌哈汗也觉心慰。也速该暂行退出,忽都剌哈汗即于是夕死了。

丧葬已毕,也速该统辖各族,远近都惮他威武,不敢妨命。因此也速该逍遥自在,闲着时,尝左拥娇妻,右抱雏儿,享这人间幸福。诃额仑此时,想只有笑无哭了。陆续生下三男,一名合撒儿,一名合赤温,一名帖木格。后复生了一女,取名帖木仑。也速该自合撒儿生后,曾别纳一妇,生一男子,名别勒古台,因此也速该共有五儿。

至帖木真九岁时,也速该引他出游,拟往诃额仑母家,拣一个好女郎,与帖木真订婚。行至扯克撒儿山及赤忽儿古山间,遇着弘吉剌族人德薛禅,《源流》作岱彻辰。两下攀谈,颇觉投契。也速该便将择妇的意思与他表明。德薛禅道:"我昨夜得了一梦,煞是奇异,莫非应在你的郎君!"语甚突兀。也速该问是何梦,德薛禅道:"我梦见一官人,两手擎着日月,飞至我手上立住。"愈语愈奇。也速该道:"这官人将日月擎来,料是畀汝,汝的后福不浅哩。"德薛禅道:"我的后福,要全仗你的郎君。"也速该惊异起来,德薛禅道:"你不要怪我说谎,我梦中所见的官人,状貌与郎君相似。如蒙不弃,我有爱女孛儿帖,愿为郎君妇。他日我家子孙,再生好女,更世世献与你皇帝家,怕不做后妃不成!"说得也速该笑容可掬,便欲至他家内,亲视彼女。

当由德薛禅引路,导入家中。德薛禅即命爱女出见,娇小年华,已饶丰韵。也速该大喜,即问她年龄,比帖木真只大一岁。当命留下从马,作为聘礼。叙帖木真聘妇事,笔法又是一变。便欲率子告辞,德薛禅苦苦留住,宿了一宵。

翌日,也速该启行,欲挈他爱女同去。德薛禅道:"我只有一二子女,现时不忍分离,闻亲家多福多男,何不将郎君暂留这里,伴我寂寥?亲家若不忍别子,我亦何忍别女哩!"也速该被他一激,便道:"我儿留在你家,亦属何妨!只年轻胆小,事事须要照管哩。"德薛禅道:"你的儿,我的女婿,还要什么客气。"

也速该留下帖木真,上马即行。回到扯克撒山附近,见有塔塔儿部人,设帐陈筵,颇觉丰盛。正在瞧着,已有塔塔儿人遮住马头,邀他入席。也速该生性粗豪,且因途中饥渴,遂不管什么好歹,竟下马入宴,酒酣起谢,跨马而去。途次觉隐隐腹痛,还道是偶感风寒,谁知到了帐中,腹中更搅痛得了不得。一连三日,医药无效。可为贪食者戒。不觉猛悟道:"我中毒了!"至此才知中毒,可谓有勇无智。忙叫族人蒙力克进内,与他说道:"你父察剌哈老人,很是忠诚,你也当似父一般。我儿子帖木真,在弘吉剌家做了女婿,我送子回来,途中被塔塔儿人毒害。你去领回我儿,快去!快快去!"

蒙力克三脚两步地去召帖木真,至帖木真回来,可怜也速该已早登鬼箓,只剩遗骸!史称帖木真十三岁遭父丧,此本《秘史》叙述。当下号啕大哭。他母亲诃额仑,本哭个不休,又要哭了,毕竟红颜命薄。至此转来劝住帖木真。殓葬后,嫠妇孤儿,空帏相吊,好不伤心!各族人且欺她孤寡,多半不去理会;只有蒙力克父子,仍遵也速该遗言,留心照拂。诃额仑以下,很是感激。一死一生,乃见交情。

是时俺巴该派下,族类蕃滋,自成部落,叫作泰赤乌部。《元史》作泰楚特,《秘史》泰亦赤兀惕姓氏。也速该在时,尚服管辖,祭祀一切,彼此皆跻堂称觥,不分畛域。也速该殁后一年,适遇春祭,诃额仑去得落后,就被他屏斥回来,连胙肉亦不给予。诃额仑愤着道:"也速该原是死了,我的儿子怕不长大么?为甚把胙肉一份子也不给我?"这语传到泰赤乌部,俺巴该尚有两个妻妾,竟向着部众道:"诃额仑太不成人!我等祭祀,难道定要请她!自今以后,我族休要睬她母子,看她母子怎生对待!"活肖妇女口吻。嗣是与诃额仑母子绝对不和,并且笼络也速该族人,叫他弃此就彼。各族统趋附泰赤乌部,也速该部下,也未免受他羁縻。

时有哈不勒汗少子脱朵延,《元史》作托多呼尔察。系帖木真叔祖行,向为也速该所信任,至此亦叛归泰赤乌部。帖木真苦留不从,察剌哈老人,亦竭力挽留。脱朵延道:"水已干了,石已碎了,我留此做甚?"察剌哈尚揽袪苦劝,恼动了脱朵延,竟取了一柄长枪,向察剌哈乱戳。察剌哈急忙避开,背上已中了一枪,负痛归家。脱朵延率众自去。

帖木真闻察剌哈受伤,忙至彼家探视。察剌哈忍着痛,对帖木真道:"你父去世未久,各亲族多半叛离。我劝脱朵延休去,被他枪伤。我死不足惜,奈你母子孤栖,如何过得下去!"说着,不禁垂泪。伤心语,我亦不忍闻。

帖木真大哭而出,禀告母亲诃额仑。诃额仑竖起柳眉,睁开凤目,勃然道:"彼等欺我太甚!我老娘虽是妇女,难道真一些儿没用么!"便携着帖木真,出召族众,尚有数十人,勉以忠义,令他追还叛人。

诃额仑亲自上马,手持旄纛一大杆,在后压队,并叫从人携了长枪,准备厮杀。说时迟那时快,脱朵延带去的族众,已被诃额仑追着。诃额仑大呼道:"叛众听者!"其声喤喤。脱朵延等闻声转来,见诃额仑面带杀气,妩媚中现出英武形状,想是从也速该处学来。不由得惊愕起来,诃额仑遥指脱朵延道:"你是我家的尊长,为什么舍我他去?我先夫也速该不曾薄待你,我母子且要仗你扶持!别人可去,你也这般,如何对我先人于地下!"脱朵延无言可答,只管拨马自走,那族众也思随往。诃额仑愈加性起,叫从人递过了枪,自己加鞭驰上,冲入叛众队间,横着枪杆,将叛众拦住一半,好一个娲嬉将军,所谓一夫拼命,万夫莫当者是也,妇女且然,况乎男子汉。喝声道:"休走!老娘来与你拼命!"那叛众不曾见诃额仑有此胆力,还道她藏着不用,此次方出来显技,几吓得面面相觑。诃额仑见他有些疑惧,又略霁怒颜道:"倘你等叔伯子弟们尚有忠心,不愿向我还手,我深是

女夫执大夫招旗叛众

感念你们!你休与脱朵延同一般见识,须知瓦片尚有翻身日子,你不记念先夫也速该情谊,也须怜我母子数人,效力数年,待我儿郎们有日长成,或者也与先夫一般武艺,知恩必报,衔仇必复。你叔伯子弟们,试一细想,来去任便!"说罢,令帖木真下马,跪在地上,向众哭拜。临之以威,动之以情,不怕叛众不入彀中。叛众睹这情状,不由得心软神移,也答拜道:"愿效死力!"于是前行的已经过去,后行的统同随回。

到家后,闻察哈剌老人已死,母子统去吊丧,大哭一场。族众见她推诚置腹,方渐渐有些归心诃额仑。怎奈泰赤乌部聚众日多,仇视诃额仑母子,亦日益加甚。诃额仑恐遭毒手,每教她五子协力同心,缓缓儿的复仇雪恨。她尝操着蒙语道:"除影儿外无伴党,除尾子外无鞭子。"两语意义,是譬如影不离形,尾不离身,要她五子不可拆开。因此帖木真兄弟,时常忆着,很是和睦,同居数年,内外无事。

一日,兄弟妹六人,同往山中游猎,不料遇着泰亦乌部的伴当,如黄鹰捕雀一般,来拿帖木真。别勒古台望见了,连忙将弟妹藏在壑内,自与两兄弯弓射斗。泰赤乌人欺他年幼,哪里放在心上,不防弦声一响,为首的被他射倒,余众望将过去,这放箭的不是别人,就是别勒古台。写别勒古台智勇,为后文立功张本。众人都向他摇手,大声叫着:"我不来掳你,只将你哥哥帖木真来!"帖木真闻他指名追索,不禁心慌,忙上马

第三回　女丈夫执旗招叛众　小英雄逃难遇救星

窜去。

泰赤乌人舍了别勒古台等，只望帖木真后追。帖木真逃至帖儿古捏山，钻入丛林，泰赤乌人不敢进蹑，只是四围守着。帖木真一住三日，只寻些果实充饥。当下耐不住饥渴，牵马出来，忽听得扑通一声，马鞍坠地。帖木真自叹道："这是天父止我，叫我不要前行！"可见蒙人迷信宗教。复回去住了三日。又想出来，行了数步，蓦见一大石挡住去路，又踌躇莫决道："莫非老天还叫我休出么？"又回去住了三日。实饥渴得了不得，遂硬着心肠道："去也死，留也死，不如出去！"遂牵马径出，将堵住的大石，用力拨开，徐步下山。猛听得一声胡哨，顿时手忙脚乱，连人带马跌入陷坑，两边垂下铙钩，把他人马扎起，待帖木真张目旁顾，已是身子被缚，左右都是泰赤乌人。一险。捕一孩童如搏虎一般，并非泰赤乌人没用，实为帖木真隐留声价。

帖木真叹了口气，束手待毙。可巧时当首夏，泰赤乌部依着故例，在斡难河畔筵宴，无暇把帖木真处死，只将他枷住营中，令一弱卒守着。帖木真默想道："此时不走，更待何时。"便两手捧着了枷，突至弱卒身前，将枷撞去。弱卒不及预防，被他打倒，就脱身逃走。绝处逢生。一口气奔了数里，身子疲乏不堪，便在树林内小坐。嗣怕泰赤乌人追至，想了一计，躲在河水内溜道中，只把面目露出，暂且休息。正倦寐间，忽有人叫道："帖木真，你为何蹲在水内？"帖木真觉着，把双眼一擦，启目视之，乃是一个泰赤乌部家人，名叫锁儿罕失剌，不由得失声道："哟呵！"二险。还是锁儿罕失剌道："你不要慌！你出来便是。"帖木真方才动身，拖泥带水的走至岸上。锁儿罕失剌愀然道："看你这童儿，煞是可怜，我不忍将你加害。你快去！自寻你母亲兄弟，若见着别人，休说与我相见！"言讫自去。

帖木真暗想：自己已困惫异常，不能急奔，倘或再遇泰赤乌人，恐没有第二个锁儿罕，不如静悄悄地跟着了他，到他家里，求他设法救我。主见已定，便蹑迹前行。锁儿罕才入家门，帖木真也已赶到。锁儿罕见了帖木真，大惊道："你为何不听我言，无故到此？"帖木真垂泪道："我肚已饿极了，口已渴极了，马儿又没有了，哪里还能远行！只求你老人家救我！"

锁儿罕尚在迟疑，室内走出了两个少年，便问道："这就是帖木真吗？雀被鹯逐，树儿草儿，尚能把它藏匿，难道我等父子，反不如草木！阿爹须救他为是。"锁儿罕点着了头，忙唤帖木真入内，给他马奶麦饵等物。帖木真饱餐

小英雄逃难过牧星

一顿，竭诚拜谢。问了两少年名字，长的名沈白，次的名赤老温。《源流》作齐拉滚，即后文四杰之一。帖木真道："我若有得志的日子，定当报答老丈鸿恩，及两位哥哥的大德。"志不在小，的是奇童。

言未已，忽又有一少女来前，由锁儿罕命她相见。帖木真见她娇小可人，颇生爱慕。只听锁儿罕道："这是我的小女儿，叫作合答安，你在此恐人察觉，不如暂匿在羊毛车中，叫我小女看着。如有饥渴事情，可与我女说明。"又转向女子道："他如要饮食，你可取来给他。"女子遵嘱，导帖木真至羊毛车旁，开了车门，先搬出无数羊毛，方令帖木真入匿，再将羊毛搬入，把他掩住。这时天气方暑，帖木真连声呼热。女子恰娇声嘱道："休叫，休叫！你要保全性命，还须忍耐方好！"帖木真闻言，才不敢出声。

到了夜间，女子取进饮食，将羊毛拨开，俾他充腹，那时彼此问答，很觉投机。帖木真忽叹道："可惜！可惜！"女子道："你说甚么？"帖木真道："可惜我聘过了妻！"言下有垂涎意，暗为后文伏线。那女子听了，垂着脸道："你不要乱想！今夜想无人来此，便可卧在羊毛上面，我与你车门开着，小觉凉快。"帖木真应着，看那女子徐步而去；辗转凝思，几难成寐，未曾脱险，遂思少艾，可见胡儿好色。后勉抑情肠，方朦揳睡去。约莫睡了三四个时辰，猛听鸡声报晓，未免吃了一惊，静候了好一刻，忽见

第三回　女丈夫执旗招叛众　小英雄逃难遇救星

那女子踉跄奔来道："不好了！不好了！外面有人来捉你了！快快将羊毛掩住！"三险。小子述此，曾有一诗咏帖木真云：

　　不经患难不成才，劳饿始邀大任来；
　　试忆羊毛车上苦，少年蹉跌莫心灰。

未知帖木真果被捉住否，且至下回说明。

　　是回为寡妇孤儿合传，见得孤寡之伦，易受人欺，可为世态炎凉，作一榜样。惟寡妇孤儿之卒被人欺者，虽由人情之叵测，亦缘一己之庸愚。试看诃额仑之临危思奋，居然截住逃亡；帖木真之情急智生，到底得离险难。人贵自立，如寻常儿女之哭泣穷途，自经沟渎而莫之知者，果何补耶！读此应为之一叹，复为之一奋。

第 四 回

追失马幸遇良朋　喜乘龙送归佳偶

却说帖木真匿身羊毛车内，被那女子一吓，险些儿魂胆飞扬，忙向女子道："好妹子！你与我羊毛盖住，休被歹人看见，我心内一慌，连手足都麻木不仁了。"应有这般情景，但也亏作书人描摹。女子闻言，急将羊毛乱扯，扯出了一大堆，叫帖木真钻入车后，外面即将羊毛堵住，复将车门关好，跑着腿走了。女子方去，外面已有人进来，大声道："莫非藏在车内？快待我一搜！"话才毕，车门已被他开着，窸窸窣窣地掀这羊毛。四险，我为帖木真捏一把汗。帖木真缩做一团，屏着气息，不敢少动，只听着锁儿罕道："似这般热天气，羊毛内如何藏人！热也要热死的了。"

语后片刻，方闻得大众散去。从帖木真耳中听出，用意深入一层。帖木真默念道："谢天谢地谢菩萨！"谐语。念了好几遍，又闻有人唤他出来，声音确肖那女子，才敢拨开羊毛，下车出见。锁儿罕也踱入道："好险呀！不知谁人漏着消息，说你躲住我家，来了好几个人，到处搜索，险些儿把我的父子性命，也收拾在你手里！幸亏天神保佑，瞒过一时。看你不便常住我家，早些儿去寻你母亲兄弟去！"又叫他次子入内，嘱道："马房内有一只没鞍的骡子，你去牵来，送他骑坐，可以代步。"复命那女儿道："厨下有煮熟的肥羔儿，并马奶一盂，你去盛在一皮筒内，给他路上饮食。"两人遵命而出，不一时，陆续取到。锁儿罕又命长子取弓一张，箭两支，交给帖木真道："这是你防身的器械，你与那皮筒内的食物，统负在肩上。就此去罢！"帖木真扑身便拜，锁儿罕道："你不必多礼，我看你少年智勇，将来定是过人，所以冒险救你。你不要富贵忘我！"帖木真跪着道："你是我重生的父母，有日出头，必当报德，如或负心，皇天不佑！"说罢，复拜了数拜。有此义人，我亦愿为叩首。锁儿罕把他扶起，他又对着赤老温弟兄，屈膝行礼。起身后，复向女子合答安也一屈膝，并说道："你为我提心吊胆，愁暖防饥，我终身不敢忘你！"女子连忙避开，当由帖木真偷眼瞧着，桃腮晕采，柳眼含娇，不由得恋恋不舍。

第四回　追失马幸遇良朋　喜乘龙送归佳偶

是前生注就了姻缘,统为后文伏笔。还是锁儿罕催他速行,才负了弓箭等物,一步一步地挨出了门,跨上骡子,加鞭而去。

行了数步,尚勒马回头,望那锁儿罕家门。见那少女也是倚门望着,描摹殆尽。硬着头皮与她遥别。顺了斡难河流,飞驰疾奔,途中幸没遇着歹人,经过别帖儿山,行到豁儿出恢山,只听有人拍手道:"哥哥来了!"停鞭四望,遥见山南有一簇行人,不是别个,就是他母亲兄弟。当即下了骡子,相见时,各叙前情,母子相抱大哭。合撒儿劝阻道:"我等记念哥哥,日日来此探望,今日幸得相见,喜欢得了不得,如何哭将起来!"母子闻言,才止住了哭声。

数人相偕归来,至不儿罕山前,有一座古连勒古岭,内有桑沽儿河,又有个青海子,与泊同义。貔貍甚多,形似鼠,肉味很美。帖木真望着道:"我等就在这里居住,一则此地不让故居,二则也可防敌毒害。"蒙俗逐水草而居,所以随地可住。诃额仑道:"也好!"便寻了一块旷地,扎住营帐,把故居的人物骡马,都移徙过来。也速该遗有好马八匹,帖木真很是爱重,朝夕喂饲,统养得雄骏异常。

某日午间,那马房内的八匹好马,统被歹人窃去,只有老马一匹,由别勒古台骑去捕兽,未曾被窃。帖木真正在着忙,见别勒古台猎兽回来,忙与他说明。别勒古台道:"我追去!"合撒儿道:"你不能,我追去!"帖木真道:"你两人都尚童稚,不如我去!"手足之情可见。就携了弓箭,骑着那匹老马,蹑着八马踪迹,向北疾追。行了一日一夜,天色大明,方遇着一少年,在旷

追失马幸遇良朋

野中挤马乳。便拱手问道："你可见有马八匹么？"那少年道："日未出时，曾有八匹马驰过。"帖木真道："八匹马是我遗产，被人窃去，所以来追。"那少年把他注视一回，便道："看你面色，似带饥渴，所骑的马，也已困乏，不如少歇，饮点马乳，我伴着你一同追去。何如！"

帖木真大喜，下了骑，即在少年手中，接过皮筒，饮了马乳。少年也不回家，就将挤乳的皮筒，用草盖好，把帖木真骑的马放了。自己适有两马，一匹黑脊白腹的，牵给帖木真骑住，还有一匹黄马，作了自己坐骑，一先一后，揽辔长驱。途次由帖木真问他姓氏，他说我父名纳忽伯颜，我名博尔术，亦四杰之一，《秘史》作孛斡儿出。乃孛端察儿后人。帖木真道："孛端察儿是我十世前远祖，我与你恰同出一源，今日又劳你助我，我很是感谢你！"博尔术道："男子的艰难，都是一般，况你我本出同宗，理应为你效力！"以视同室操戈者相去何如？两人有说有笑，倒也不嫌寂寞。

行了三日，方见有一个部落，外有圈子，羁着这八匹骏马。帖木真语博尔术道："同伴，你这里立着，我去把那马牵来。"博尔术道："我既与你做伴来了，如何叫我立着！我与你一同进去。"说着，即抢先赶入，把八匹马一齐放出，交给帖木真。帖木真让马先行，自与博尔术并辔南归。

甫启程，那边部众来追，博尔术道："贼人到了，你快将弓箭给我，待我射退了他。"帖木真道："你与我驱马先行，我与他厮杀一番！"曲写二人好胜心，然临敌争先，统是英雄的气概。博尔术应着，驱马先走。是时日影西沉，天色已暝，帖木真弯弓而待。见后面有一骑白马的人，执着套马竿，大呼休走！声尚未绝，那帖木真的箭干，早已搭在弓上，顺风而去，射倒那人。帖木真拨马奔回，会着博尔术，倍道前行。

又越三昼夜，方到博尔术家。博尔术父纳忽伯颜正在门外了望，见博尔术到来，垂着泪道："我只生你一个人，为什么见了好伴当，便随他同去，不来通报一声？"博尔术下马无言，帖木真忙滚鞍拜谒道："郎君义士，怜我失马，所以不及禀明，同我追去。幸得马归来，我愿代他受罪！"纳忽伯颜扶着帖木真道："你不要错怪，我因儿子失踪，着急了好几日，今见了面，由喜生怨，乃有此言，望你见谅！"帖木真道："太谦了！我不敢当！"随顾着博尔术道："不是你呵，这马如何可得？我两人可以分用,你要多少?"博尔术道:"我见你辛苦艰难,所以愿效臂助,难道是羡你的马么!我父亲只生了我,所有家财,尽够使用,我若再要你的马,不就如那贼子不成!"施恩不望报,固不愧为义士。帖木真不敢再言,便欲告辞,博尔术挽着了他,同赴原处,将原盖下的皮筒,取了回去。到家内宰一肥羔,烧熟了,用皮裹着,同皮筒内的马奶,一并送给帖木真,作为行粮。

看官,前叙锁儿罕送帖木真时,也是赠他马奶儿,肥羔儿,今番博尔术送行,又是如此,莫不是蒙人只有这等礼物么?小子尝阅《蒙鞑备录》,方知蒙地宜牧羊马,凡一牝马的乳,可饱三人,出行时止饮马乳,或宰羊为粮。本书据实叙录,因复有此复笔。看官休要嫌我陈腐哩。百忙中叙此闲文,这是作者自鸣。

闲文少表。且说帖木真接受厚赠,谢了又谢,即与他父子告辞,抽身欲行。纳忽伯颜语博尔术道:"我须送他一程。"帖木真忙称不敢,纳忽伯颜道:"你两人统是青年,此后须互为看顾,毋得相弃!"纳忽伯颜也是识人。帖木真道:"这个自然!"那时博尔术已代为牵马,向前徐行,帖木真也只好由他。遂别了纳忽伯颜,与博尔术徒步相随,彼此谈了一回家况,不觉已行过数里。帖木真方拦住博尔术,不令前进,两人临歧握手,各言珍重而别。惺惺惜惺惺。

博尔术去后,帖木真就从八马中选了一匹,跨上马鞍,跑回桑沽儿河边的家中。他母亲兄弟,正在悬念,见他得马归来,甚是欣慰。安逸了好几年,诃额仑语帖木真道:"你的年纪也渐大了,曾记你父在日,为了你的婚事,归途中毒,以致身亡,遗下我母子数人,几经艰险,受尽苦辛,目下还算无恙。想德薛禅亲家,也应惦念着你,你好去探望他呵。若他允成婚礼,倒也了结一桩事情;且家中多个妇女,也好替我作个帮手。"语未毕,那别勒古台在旁说道:"儿愿随阿哥同去。"异母兄弟,如此亲热,恰是难得。诃额仑道:"也好,你就同去罢。"

次日,帖木真弟兄,带了行粮,辞别萱堂,骑着马先后登途。经过青山绿水,也不暇游览,专望弘吉剌氏住处,顺道进发。约两三日,已到德薛禅家。德薛禅见女夫到来,很是喜悦,复与别勒古台相见。彼此寒暄已毕,随即筵宴。德薛禅向帖木真道:"我闻泰赤乌部,尝嫉妒你,我好生愁着,今得再会,真是天幸!"帖木真就将前时经过的艰苦,备述一遍。德薛禅道："吃得苦中苦，方为人上人，你此后当发迹了。"别勒古台复将母意约略陈明。德薛禅道："男女俱已长大了，今夕就好成婚哩。"北人心肠，恰是坦率。便命他妻室搠坛出见。帖木真弟兄又避席行礼。搠坛语帖木真道："好几年不见，长成得这般身材，令我心慰！"复指别勒古台，与帖木真道："这是你的弟兄么？也是一个少年英雄！"两人称谢。席散后即安排婚礼。到了晚间，布置已妥，德薛禅即命女儿孛儿帖换了装，登堂与帖木真行交拜礼。礼成，夫妇同入内帐，彼此相觑，一个是雄纠纠的好汉，气象不凡；一个是玉亭亭的丽姿，容止不俗。两下里统是欢洽，携手入帏，卿卿我我，大家都是过来人，不庸小子赘说了。

　　过了三朝，帖木真恐母亲悬念，便思归家。德薛禅道："你既思亲欲归，我也不好强留。但我女既为你妇，亦须同去谒见你母，稍尽妇道，我明日送你就道好了。"帖木真道："有弟兄同伴，路上可以无虞，不敢劳动尊驾！"搠坛道："我也要送女儿去，乘便与亲家母相见。"帖木真劝他不住，只得由他。

　　翌晨，行李办齐，便即启程。德薛禅与帖木真兄弟骑马先行，搠坛母女，乘骡车后随。到了克鲁伦河，距帖木真家不远，德薛禅就此折回。搠坛直送至帖木真家，见了诃额仑，不免有一番周旋，又命女儿孛儿帖行谒姑礼。

诃额仑见她戴着高帽，衣着红衣，楚楚丰姿，不亚当年自己，心中很是喜慰。那孛儿帖不慌不忙，先遵着蒙古俗例，手持羊尾油，对灶三叩头，就用油入灶

翁姑妹送龙乘喜

燃着，叫作祭灶礼；然后拜见诃额仑，一跪一叩。诃额仑受了半礼。复见过合撒儿等，各送一衣为贽。就蒙古俗例作为点缀语，小说中固不可少。另有一件黑貂鼠袄，也是孛儿帖带来，帖木真见了，便去禀知诃额仑道："这件袄子，是稀有的珍品。我父在日，曾帮助克烈《元史》作克埒。部恢复旧土，克烈部汪罕《元史》作汪汗。与我父很是莫逆，结了同盟。我目下尚在穷途，还须仗人扶持，我想把这袄献与汪罕去。"《本纪》汪罕之父忽儿扎卒。汪罕嗣位，多杀戮昆弟，其叔父菊儿逐之于哈剌温隰，汪罕仅以百骑走奔也速该。也速该率兵逐菊儿，夺还部众，归汪罕，汪罕德之，遂与同盟。诃额仑点头称善。

至挪坛归去后，帖木真复徙帐克鲁伦河，叫兄弟妻室，奉着诃额仑居住，自己偕别勒古台，携着黑貂鼠袄，竟往见汪罕。汪罕脱里，晤着他兄弟二人，颇表欢迎。帖木真将袄子呈上，并说道："你老人家与我父亲从前很是投契，刻见你老人家与见我父亲一般！今来此无物孝敬，只有妻室带来袄子一件，乃是上见公姑的贽仪，特转奉与你老人家！"措辞颇善。脱里大喜，收了袄子，并问他目前情状。待帖木真答述毕，便道："你离散的百姓，我当与你收拾；逃亡的百姓，我当与你完聚；你不要担忧，我总替你帮忙呢！"帖木真磕头称谢。一住数天，告辞而别，脱里也畀他赆仪，在途奔波了数日，方得回家休息。忽外边走进一老媪道："帐外有呼喊声、蹴踏声，不知为着甚事？"帖木真惊起道："莫非泰赤乌人又来了？如何是好！"正是：

　　一年被蛇咬，三年烂稻索；
　　厄运尚侵寻，剥极才遇复。

毕竟来者为谁，且看下回分解。

　　霸王创业，必有良辅随之，而微贱时所得之友，尤为足恃。盖彼此情性，相习已久，向无猜忌之嫌，遂得保全后日，如帖木真之与博尔术是也。但博尔术初遇帖木真，见其追马情急，即愿与偕行，此非有特别之远识，及独具之侠义，亦岂肯骤尔出此？至德恭禅之字女于先，嫁女于后，不以贫富贵贱之异辙，遂异初心，是皆所谓久要不忘者，谁谓胡儿无信义耶？读此回，殊令人低徊不置！

第 五 回

合浦还珠三军奏凯　穹庐返幕各族投诚

却说帖木真闻帐外有变，料是歹人到来，忙令母亲兄弟等，暂行趋避。仓猝不及备装，大家牵了马匹，跨鞍便逃。诃额仑也抱了女儿，上马急行。帖木真又命妻室孛儿帖，与进报的老妇同乘一车，拟奔上不儿罕山。谁知一出帐外，那边来的敌人，已似蜂攒蚁拥，辨不出有若干名。帖木真甚是惊慌，只护着老母弱妹，疾走登山，那妻室孛儿帖的车子，竟相离得很远了。仿佛似刘先主之走长坂坡。孛儿帖正在张皇，已被敌人追到，喝声道："车中有什么人？"那老妇战兢兢地答道："车内除我一人外，只有羊毛。"一敌人道："羊毛也罢。"又有一人道："兄弟们何不下马一看！"那人遂下了骑，把车门拉开，见里面坐着一个年轻妇人，已抖作一团，不由得笑着道："好一团柔软的羊毛！"说未毕，已将孛儿帖拖出，驮在背上，扬长去了。帖木真的祖父，专掳人妻，不料他子孙的妻室，亦遭人掳。

那时帖木真尚未知妻室被掳，只挈了母亲兄弟，藏在深林里面，只听山前山后，呼喊之声接连不断。等到天色将昏，方敢探头出望，才一了着，见敌人正在刺斜里趋过。还幸他已背着，不为所见，但闻得喧嚷声道："夺我诃额仑的仇恨，至今未忘！可恨帖木真那厮，窜伏山中，无从搜获，现在只拿住他的妻，也算泄我的一半愤恨！"说讫，下山去了。只可怜这帖木真，如鸟失侣，似兽失群，还要藏头匿脑，一声儿不敢反唇。

是晚在丛林中歇了一宿。次日，方令别勒古台，在山前后探察。返报敌人已去，帖木真尚不敢出来。正是惊弓之鸟。接连住了三日，探得敌人果已去远，方才与母亲兄弟整辔下山。到了山麓，搥着胸哭告山神道："我家神灵庇护，得延性命，久后当时常祭祀，报你山神大德！就是我的子子孙孙，也应一般祭祀。"说着，已屈膝跪拜，拜了九次，跪了九次，又将马奶子洒奠了。

第五回 合浦还珠三军奏凯 穹庐返幕各族投诚

　　看官,你道这敌人究是何人? 听他的语意,便可晓得是蔑里吉部人。帖木真的母亲诃额仑,本是蔑里吉人客赤列都妻,由也速该抢劫得来,此次特纠众报复,掳了孛儿帖去讫。

　　帖木真穷极无奈,只有去求克烈部长,救他妻室。当下与合撒儿、别勒古台两弟,倍道至克烈部,见了部长脱里,便哭拜道:"我的妻被蔑里吉人掳去了!"脱里道:"有这等事么? 我助你去灭那仇人,夺还你妻。你可奉了我命,去通知札木合兄弟,他在喀尔喀河上流,你去教他发兵二万,做你左臂;我这里也起二万军马,做你右臂,不怕蔑里吉不灭,你妻不还!"

　　帖木真叩谢而出。即语合撒儿道:"札木合也是我族的尊长,幼小时与我作伴过的;且他与汪罕邻好,此去乞救,想必肯来助我。"合撒儿道:"我愿去走一遭,哥哥不必去!"言毕,挺身欲走。好弟兄。帖木真又语别勒古台道:"看来这番动众,不灭蔑里吉不休,我的好伴当博尔术,你可替我邀来,做个帮手!"别勒古台应命,临行时,帖木真示他路径,当即去讫。

　　帖木真走回家内候着。不两日,别勒古台已与博尔术同来,帖木真正在接着;见合撒儿亦到,便向帖木真道:"札木合已允起兵,约汪罕兵及我等弟兄,在不儿罕山相会。"帖木真道:"照这般说,须要去通报汪罕。"合撒儿道:"我已去过了。汪罕大兵,也即日就道哩。"帖木真大喜道:"这么快! 我有这般好弟兄,总算是天赐我的! 倘得你嫂子重还,我夫妇当向你磕头。"兄弟同心,不患不兴。合撒儿道:"哪有兄嫂拜弟叔的道理! 这且休谈,我等快带了粮械,去会两部的大军。"

　　于是帖木真、合撒儿、别勒古台三人,整鞭前往,令博尔术为伴。到了不儿罕山下停了一宿。但见风飘飘的旗影,密层层的军队,自北而来,忙上前欢迎,乃是札木合兄弟,率着大军,兼程而至。两下相见,很是欢洽,只汪罕兵马,尚未见到。过了一日,仍是杳然。又过一日,还是杳然。帖木真非常焦急,直至第三日午间,方有别部兵到来。札木合恐是敌军,饬军士整槊立着。那边过来的军士,也举着军械,步步相逼,及相距咫尺,才都认得是约会的兵士。札木合见了汪罕,便嚷道:"我与你约定日期,风雨无阻,你为何误限三日?"脱里道:"我稍有事情,因此逾限!"札木合道:"这个不依,咱们说过的话儿,如宣誓一般,你误期应即加罚!"脱里有些不悦起来。纠集时已伏参商之意,隐为下文伏线。还是帖木真从旁调停,才归和好,于是逐队进发。

札木合道:"蔑里吉部共有三族,分居各地;住在布拉克地方的头目,叫作脱黑脱阿;住在斡儿寒河的头目,叫作歹亦儿兀孙;住在合剌只旷野的地方,叫作合阿台答儿马剌。我闻得脱黑脱阿,就是客赤列都的阿哥,他为弟妇报怨,所以与帖木真为难。查布拉克卡伦蒙古屯戍之所曰卡伦。就在这不儿罕山背后,我等不如越山过去,潜兵夜袭,乘他不备,掳他净尽,岂不是好计么!"帖木真欣然答道:"果然好计。我弟兄愿充头哨!"实是寻妻性急。札木合道:"很好!"帖木真弟兄,遂与博尔术控马登山,大众跟着。

不一日,尽到山后,削木为筏,渡过勤勒豁河,便至布拉克卡伦,乘夜突入,将帐内所有的大小男妇,尽行拿住。天明检视俘虏,并没有脱黑脱阿,连帖木真的妻室孛儿帖,也不见下落。帖木真把俘虏唤来,挨次讯明,问到一个老妇,乃是脱黑脱阿的正妻,她答道:"夜间有打鱼捕兽的人前来报知,说你等大军,已渡河过来,那时脱黑脱阿忙至斡儿寒河,去看歹亦儿兀孙去了。我等逃避不及,所以被掳。"可见扎木合的计尚未尽善。帖木真道:"我的妻子孛儿帖,你见过么?"老妇道:"孛儿帖便是你妻么?日前劫到此处,本为报客赤列都的宿仇。因客赤列都前已亡过,所以拟给他阿弟赤勒格儿为妻。"帖木真惊问道:"已成婚么?"我亦要问。老妇半晌道:"尚未。"以含糊出之,耐人意味。帖木真复道:"现在到哪里去了?"老妇道:"想与百姓们同走去了。"

帖木真匆匆上马,自

合滿遠眺
三軍责凯

第五回　合浦还珠三军奏凯　穹庐返幕各族投诚

寻孛儿帖。这边两部大军,先到斡儿寒河,去拿歹亦儿兀孙,谁知已与脱黑脱阿做伴逃走,只遗下子女牲畜,被两军抢得精光。转入合剌只地方,那合阿台答儿马剌才闻着消息,思挈家属遁逃,不意被两军截住,凭他如何勇悍,也只好束手成擒。家族们更不必说,好似牵羊一般,一股脑儿由他牵出。两军欢跃回营,独帖木真未到。

且说帖木真上马加鞭,疾趋数里,沿途遇着难民逃奔,便留心探望。眼中只有那蓬头跣足的妇女,并没有娇娇滴滴的妻室,他心里很是焦急。不知不觉地行了多少路程,但见遍地苍凉,杳无人迹,不禁失声道:"我跑得太快,连难民统已落后了,此地荒僻得很,鬼物都找不出一个,哪里有我的娇妻,不如回去再寻!"

当下勒马便回,行到薛凉格河,又遇见难民若干,仍然没有妻儿形迹。他坐在马上,忍不住号哭道:"我的妻,你难道已死么?我的妻孛儿帖,你死得好苦!"随哭随叫,顿引出一个人来,上前扯住缰绳,俯视之,乃是一个白发皤皤的老妪。总道是孛儿帖,谁知恰还未是,这是作者故作跌笔。便道:"你做什么?"老妪道:"小主人,你难道不认得我么!"帖木真拭目一看,方认得是与妻偕行的老媪,忙下骑问道:"我的妻尚在么?"老妪道:"方才是同逃出来的,为被军民一挤,竟离散了。"帖木真跌足道:"如此奈何!"老妪道:"总在这等地方。"

帖木真也不及上马,忙牵着缰随老妪同行。四处张望,见河边坐着一个妇人,临流啼哭。老妪遥指道:"她可是么?"帖木真闻言,舍了马,飞似的走到河旁,果然坐着的妇人,是日夜思念的孛儿帖!便牵着她手道:"我的妻,你为我受苦了!"

孛儿帖见丈夫到来,心中无限欢喜,那眼中的珠泪,反较前流得越多了。应有此状,亏他摹写。帖木真也洒了几点英雄泪,便道:"快回去罢!"遂将孛儿帖扶起,循原路会着老妪。幸马儿由老妪牵着,未曾纵逸,当将孛儿帖挽上了马,自与老妪步行回寨。

这时候,合撒儿等已带部众数十名,前来寻兄,途次相遇,欢迎回来。脱里、札木合接着,统为庆贺。帖木真称谢不尽。是日大开筵宴,畅饮尽欢。夜间便把那掳来的妇女,除有姿色的,归与部酋受用,其余都分给两部头目,好做妻的做了妻,不好做妻的做了奴婢。蔑里吉的妇女,不知是晦气,抑是运气?只帖木真恰爱着一个五岁的小儿,名叫曲出,乃是蔑里吉部酋撒下的小儿子,面目皓秀,衣履鲜明,口齿亦颇伶俐。帖木真携着他道:"你给我做个养子罢!"曲出煞是聪明,便呼帖木真为爷,孛儿帖为娘,这也不在话下。

次日,札木合、脱里合议,把所得的牲畜器械等,作三股均分,帖木真应得一股。他恰嚷着道:"汪罕是父亲行,札木合是尊长行,你两人怜我穷苦,兴兵报仇,所以蔑里吉部被我残毁,我的妻也得生还;两丈鸿恩,铭感无已,何敢再受此物!"札木合不从,定要给他,帖木真辞多受少,方无异言。于是拔寨起行,把合阿台以下的仇人,统行剪缚,带了回去。行至忽勒答合儿崖前,旷地甚多,就将大军札住。札木合语帖木真道:"我与你从幼相交,曾在这处,同击髀石为戏,蒙俗多以髀石击兽。我给你一块狍子髀石,你与我一个铜铸的髀石,现虽相隔多年,你我交情,应如前日!回应帖木真前言。我就在这处设下营帐,你也去把母亲兄弟接来,彼此同住数年,岂不是好!"帖木真大喜,便令合撒儿兄弟,去接他母亲弟妹,惟汪罕部长脱里,告辞回去。

过了两日,合撒儿等,奉着诃额仑到营。嗣是与札木合同帐居住,相亲相爱,住了一年有余。时当孟夏,草木阴浓。札木合与帖木真揽辔出游,越山过岭,到了最高的峰峦,两人并马立着。札木合扬鞭得意道:"我看这朔漠地方,野兽虽多,恰没有绝大貔貅,若有了一头,怕不将羊儿羔儿吃个净尽!"自命非凡。帖木真含糊答应,回营后对着母亲诃额仑,把札木合所说的话,述了一遍,随道:"我不晓得他是什么意思?一时不好回答,特来问明母亲。"诃额仑尚未及答,孛儿帖道:"这句话,便是自己想作貔貅哩。有人曾说他厌故喜新,如今咱们与他相住年余,怕他已有厌意。听他的言语,莫非要图害咱们。咱们不如见机而作,趁着这交情未绝的时候,好好儿地分手,何如?"也有见识。诃额仑点头称善。帖木真听了妻言,隔宿便去语札木合道:"我母亲欲返视故帐,我只好奉母亲命,伴着了去。"札木合道:"你想回去么!莫非我待慢你不成!"言下有不满意。帖木真忙道:"这话从何处说来?暂时告别,后再相见!"札木合道:"要去便去!"

  帖木真应声而出,随即点齐行装,与母妻弟妹等,领了数十名伴当,即日启程,从间道回桑沽儿河。途遇泰赤乌人,泰赤乌人疑帖木真进攻,慌忙散走,撇下一个叫阔阔出名字的小儿,由帖木真伴当牵来。帖木真瞧着道:"这儿颇与曲出相似,好做第二个养子,服侍我的母亲。"当下禀知诃额仑,诃额仑倒也心喜。到了桑沽儿河故帐,那时伴当较多,牲畜亦众,帖木真遂蓄着大志,整日里招兵养马,想建一个大部落起来。稍稍得手,便思建树,自古英雄,大抵如此。自是从前散去的部众,亦逐渐归来。帖木真不责前愆,反加优待,因此远近闻风,争相趋附。到三四年后,帖木真帐下各部族,差不多有三四万人,比也速该在日,倍加兴旺了。大众遂推戴帖木真为部长,分职任事,居然一王者开创气象。小子有诗赞他道:

    有基可借即称雄,豪杰凡庸迥不同;
    大好男儿须自立,莫将通塞诿天公!

  欲知此后情事,且至下回表明。

  汪罕、札木合助帖木真袭蔑里吉部,不可谓非厚谊,然汪罕误期三日,已是未足践信。若札木合遵约而来,报捷而返,及至中途设帐,与帖木真同居年余,厚谊如此,宜可历久不渝矣。乃得志即骄,片言肇衅,以致帖木真怀疑自去,卒致凶终隙末。为札木合计,毋乃拙欤!或谓帖木真之去,由于孛儿帖之一言,妇言是用,不顾友谊,幸其后侥幸战胜,才得自固;否则未有不因此偾事者。是说虽似,然寄人篱下,何时独立,有忽勒答、合儿崖之走,而后有桑沽儿河畔之兴,是妇言亦非全未可从者。要之求人不如求己,他乡何似故乡,丈夫子发愤其所为天下雄,安在无土不王,观此而古语益信。

第 六 回

帖木真独胜诸部　札木合复兴联军

却说帖木真为部长后，招携怀远，举贤任能，命汪古儿、雪亦客秃、合答安答勒都儿三人司膳，元重内膳之选，非笃敬素著者不得为之，语见《元史·石抹明里传》。迭该管牧放羊只；古出沽儿修造车辆；朵歹管理家内人口；忽必来、赤勒古台、脱忽剌温同弟合撒儿带刀；合勒剌歹同弟别勒古台驭马；阿儿该、塔该、速客该、察兀儿罕主应对；速别额台勇士掌兵戎；又因博尔术为患难初交，始终相倚，特擢为帐下总管。处置已毕，遂遣答该、速客该往见汪罕，合撒儿阿儿该、察兀尔罕往见札木合。及两处回报，汪罕却没甚异言，不过要帖木真休忘前谊。独札木合语带蹊跷，尚记着中道分离的嫌隙。帖木真道："由他罢，我总不首去败盟。倘他来寻我起衅，我也不便让他，但教大家先自防着，随机应变方好哩。"预备不虞，实是要诀。

大众应命，各自振刷精神，缮车马，搜卒乘，预防不测。果然不出两年，撒阿里地方，为了夺马启衅，伤着两边和谊，竟闯出一场大战祸来。笔大如椽。原来撒阿里地以萨里河得名，在蔑里吉部西南境，旧为忽都剌哈汗长子拙赤所居。忽都剌哈汗为也速该之叔，则其长子拙赤，应即为帖木真之叔父行。他尝令部众牧马野外，忽来了别部歹人，将他马夺去数匹，部众不敢抵敌，前去报知拙赤。拙赤愤甚，忙出帐外，也不及跨马，竟独自一人，持着弓箭，追赶前去。胡儿大都有胆。自朝至暮，行了数十里，天已傍晚，方见有数人牵马前来，那马正是自己的牧群。因念众寡不敌，静悄悄地跟在后面，等到日色昏黑，他却抢上一步，弯弓搭箭，把为首的射倒。蓦然间大喊一声，山谷震应，那边的伴当，不知有若干追人，霎时四散。拙赤将马赶回。拙赤颇能。

看官，你道射倒的乃是何人！便是札木合弟秃台察儿。札木合闻报，不禁悲愤道："帖木真背恩负义，我已思除灭了他。今他的族众，又射杀我阿弟，此仇不报，算什么人！"随即四处遣使，约了塔塔儿部、泰

第六回　帖木真独胜诸部　札木合复兴联军

赤乌部，及邻近各部落，共十三部，塔塔儿、泰赤乌两部为帖木真世仇，所以特书。合兵三万，杀奔至桑沽儿河来。

帖木真尚未闻知，亏得乞剌思种人孛徒，先已来归。他父捏坤，闻着札木合出兵消息，忙遣木勒客脱、塔黑两人，由僻径奔报帖木真。帖木真正在古连勒古山游猎，古连勒古山，即桑沽儿河所出。得这警报，连忙纠集部众，把所有的亲族故旧，侍从仆役，统行征发，共得了三万人，分作十三翼。以三万人对三万人，以十三翼敌十三部，这是开卷以后第一次大战。连老母诃额仑，也着了戎服，跨着骏马，偕帖木真起行。老英雌，又出风头。

到了巴勒朱思的旷野，遥见敌军已逾岭前来，如电掣雷奔一般，瞬息可至。帖木真忙饬各军扎住阵脚，严防冲突。说时迟，那时快，这边的部众，方才立住，那边的敌军，已是趋到。两边仓猝交绥，凭你帖木真什么能耐，抵不住那锐气勃张，蛮触敢死的敌人。帖木真知事不妙，且战且退，不意敌人紧紧随着，你退我进，直逼至斡难河畔。帖木真各军，驰入一山谷中，由博尔术断后，堵住谷口，方得休兵。当下检点部众，伤亡的恰也不少，幸退兵尚有秩序，不致纷散。帖木真怏怏不乐，还是博尔术献议道："敌人此来，气焰方盛，利在速战，我军只好暂让一阵，休与角逐，待他师老力衰，各怀退志，那时我军一齐掩杀，定获全胜！"不愧为四杰之一。

帖木真依了他计，便集众固守，相戒妄动。札木合数次来争，都被博尔术选着箭手，一一射退。凡胡俗行兵，不带粮饷，专靠着沿途掳掠，或猎些飞禽走兽，充作军食。此时札木合所率各部，无从抢夺，军士未免饥饿，遂四处去觅野物，整日里不在营中。博尔术登高瞭望，只见敌军相率游猎，东一队，西一群，势如散沙，随即入帐禀帖木真道："敌人已懈散了，我等正好乘此掩击哩。"帖木真遂命各翼备好战具，一律杀出。

这时札木合正在帐中，遥听得胡哨一声，忙出帐探视，只见侦骑来报道："帖木真来了！"先声夺人。札木合急号令军士，速出抵御，怎奈部下多四出猎兽，一时不及归来。那帖木真的大军，已如秋日的大潮，汹涌澎湃，滚入营来，弄得札木合心慌意乱，手足无措，余十二部中的头目，也不知所为。朵儿班部、散兄兀部、哈答斤部，先自奔溃，就是札木合的部众,也被他摇动,窜去一半。看官,你想此时的札木合,还能支持得住么?三十六着,走为上着,忙拣了一匹好马,从帐后逃去。札木合一逃,全

军无主,还有哪个向前抵挡!霎时间云散风流,只剩了一座空帐。帖木真部下十三翼军,已养足全力,锐不可当,将敌帐推倒后,尽力追赶,碰着一个杀一个,打倒一个捆一个,那札木合带来的十三部众,抱头鼠窜,只恨爹娘生了脚短,逃生不及,白白地送了性命!趣语!

帖木真赶了三十里,方鸣金收军。大众统来报功,除首级数千颗外,还有俘虏数千名。帖木真圆着眼道:"这等罪犯,一刀两段,还是给他便宜,快去拿鼎镬来,烹杀了他!"他部下的士兵奉了这命,竟去取出七十只大锅,先将兽油煮沸,然后把俘虏洗剥,一一掷入,可怜这种俘虏,随锅旋转,不到一刻,便似那油炸的羊儿羔儿!羔羊是宰后就烹,人非禽兽,乃活遭烹杀,胡儿残忍,可见一斑。大众还拍手称快。俘虏烹毕,都唱着凯歌,同返故帐。于是威声大振,附近的兀鲁特、布鲁特两族,亦来投诚。

一日,帖木真率领侍从,至西北出猎,遇泰赤乌部下的朱里耶人。侍从语帖木真道:"这是咱们的仇人,请主子出令,捕他一个净尽。"帖木真道:"他既不来加害咱们,咱们去捕他做甚?"朱里耶人初颇疑惧,嗣见帖木真无心害他,也到围场旁参观。帖木真问道:"你等在此做什么?"朱里耶人道:"泰赤乌部尝虐待我等,我等流离困苦,所以到此。"帖木真问有粮食否?答云不足。及问有营帐否?答云没有。帖木真道:"你等既无营帐,不妨与我同宿,明日猎得野物,我愿分给与你。"朱

第六回　帖木真独胜诸部　札木合复兴联军

里耶人欢跃应命。帖木真果践前言,且教侍从好生看待,不得有违。于是朱里耶人非常感激,都说泰赤乌无道,惟帖木真衣人以己衣,乘人以己马,真是一个大度的主子,不如弃了泰赤乌,往投帖木真为是。这语传入泰赤乌部,赤老温先闻风来归。帖木真感念旧谊,应第三回。待他与博尔术相似。还有勇士哲别,素称善射,当巴勒朱思开战时,曾为泰赤乌部酋布答效力,射毙帖木真的战马,至是亦因赤老温为先容,投入帖木真帐下。哲别亦元朝名将,故特表明。帖木真不念前嫌,推诚相与。齐桓公用管仲,唐太宗用魏征同是此意。此后邻近的小部落,多挈了妻孥,投奔帖木真。帖木真很是喜慰,便命在斡难河畔,开筵庆贺。

先是巴勒朱思开仗,帖木真的从兄弟薛撒别吉,亦从战有功。薛撒别吉有两母,大母名忽儿真,次母名也别该,帖木真俱邀他与宴,伴着那母亲诃额仑。司膳官失乞儿,于诃额仑前奉酒毕,次至也别该前行酒,又次至忽儿真,但觉得扑剌一声,失乞儿面上,已着了一掌。失乞儿莫名其妙,只见忽儿真投着袂道:"你为何不先至我处行酒,却诡奉那小娘子?"真是妒妇的口角。失乞儿大哭而出,诃额仑嘿然无言,帖木真从旁解劝,才算终席。

不料一波未平,一波又起。薛撒别吉的侍役,从帐外私盗马缰,别勒古台见了,把他拿住。忽斜刺中闪出一人,拔剑砍来,别勒古台连忙躲让,那右肩已被斫着,鲜血直流,便忍痛问那人道:"你是何人?"那人道:"我叫播里,为薛撒别吉掌马。"别勒古台的左右,闻了这语,都嚷道:"如此无礼,快杀了他!"别勒古台拦住道:"我伤未甚,不可由我开衅;我且去通知薛撒别吉,教他辨明曲直。"言未已,薛撒别吉已出来了。别勒古台正思表明,他却不分皂白,大声喝道:"你何故欺我仆从?"说得别勒古台气愤填胸,便去折着一截树枝,来与薛撒别吉决斗。薛撒别吉也不肯稍让,拾着一条木棍,抵敌别勒古台。酣斗了好一歇,薛撒别吉败下了,夺路而去。别勒古台走入帐中,又闻忽儿真掌挞司厨,便阻住忽儿真,不容他回去。

正争论间,忽有探马入报,金主遣丞相完颜襄,去攻塔塔儿部。帖木真道:"塔塔儿害我祖父,大仇未报,如今正好趁这机会,前去夹攻。"正说着,薛撒别吉遣人议和,并迎忽儿真。帖木真语来使道:"薛撒别吉既自知罪,还有何说?他母便偕你同回。你去与薛撒别吉说明,我拟攻塔塔儿部,叫他率兵来会,不得误期!"使者奉命,偕忽儿真去讫。

帖木真待至六日,薛撤别吉杳无音信,便自率军前往。至浯勒札河,与金兵前后夹攻,破了塔塔儿部营帐,击毙部酋摩勤苏里徒。金丞相完颜襄嚷着道:"塔塔儿无故叛我,所以率兵北征。今幸得汝相助,击死叛酋。我当奏闻我主,授你为招讨官。你此后当为我邦效力!"帖木真应着,金丞相自回去了。帖木真复入塔塔儿帐中,搜得一个婴儿,乘着银摇车,裹着金绣被,便将他牵来。见他头角峥嵘,命为第三个养子,取名失吉忽秃忽。《元史》作忽都忽。随即凯旋。不期薛撤别吉潜兵来袭,把那最后的老弱残兵,杀了十名,夺了五十人的衣服马匹,扬长去了。

帖木真闻报,大怒道:"前日薛撤别吉在斡难河畔与宴,他的母将我厨子打了;又将别勒古台的肩甲斫破了,我为他是同族,格外原谅,与他修和,叫他前来合攻塔塔儿仇人。他不来倒也罢了,反将我老小部卒,杀的杀,掳的掳,真正岂有此理!"遂带着军马,越过沙漠,到客鲁伦河上游,攻入薛撤别吉帐中。薛撤别吉已挈眷属逃去,只掳了他的部众,收兵而回。

越数月,帖木真余怒未息,又率兵往讨,追薛撤别吉至迭列秃口,把他擒住,亲数罪状,推出斩首,并杀其弟泰出勒,惟赦他家属;又见他子博尔忽,《秘史》作孛罗兀勒。少年英迈,取为养子,后以善战著名。亦四杰之一。归途遇着札剌赤儿种人,名叫古温豁阿,《元史》作孔温窟哇。引着数子来归。有一子名木华黎,《秘史》作木合黎,《源流》作摩和赉,《通鉴辑览》作穆呼哩,亦为四杰之一。智勇过人,嗣经帖木真宠任,与博尔术、赤老温等一般优待。这且慢表。

且说札木合自败退后,愤闷异常,日思纠合邻部,再与帖木真决一雌雄。闻西南乃蛮部土壤辽阔,独霸一方,遂去纳币通好,愿约攻帖木真。乃蛮部在天山附近,部长名太亦布哈,《通鉴辑览》作迪延汗。曾受金封爵,称为大王。胡俗呼大王为汗,因连类称他为大王汗,蒙人以讹传讹,竟叫他作太阳汗。太阳汗有弟,名古出古敦,与兄交恶,分部而治,自称不亦鲁黑汗。会札木合使至,太阳汗犹迟疑未决,不亦鲁黑汗愿发兵相助,出师至乞湿勒巴失海子。海子亦称淖尔,为蒙古语,犹华人之言湖也。帖木真闻报,用了先发制人的计策,邀集汪罕部落,从间道出袭不

第六回　帖木真独胜诸部　札木合复兴联军

亦鲁黑汗，不亦鲁黑仓猝无备，全军溃散。帖木真等得胜告归。

那时哈答斤部、散只兀部、朵鲁班部、弘吉剌部闻帖木真强盛，统怀恐惧，大会于阿雷泉，杀了一牛一羊一马，祭告天地，歃血为誓，结了攻守同盟的密约。札木合乘机联络，遂由各部公议，推札木合为古儿汗。还有泰赤乌蔑里吉两部酋，以及乃蛮部不亦鲁黑汗，也思报怨，来会札木合，就是塔塔儿部余族，另立部长，趁着各部大会，兼程赶到，大众齐至秃拉河，由札木合作为盟主，与各部酋对天设誓道："我等齐心协力，共击帖木真，倘或私泄机谋，及阴怀异志，将来如颓土断木一般！"誓毕，共举足踏岸，挥刀斫林，作为警戒的榜样。是谓庸人自扰。遂各出军马，衔枚夜进，来袭帖木真营帐。

偏偏豁罗剌思种人豁里歹，与帖木真出自同族，驰往告变。帖木真连忙戒备，一面遣使约汪罕，令速出师，同击札木合联军。汪罕脱里，率兵到客鲁伦河，帖木真已勒马待着，两下相见，共议军情。脱里道："敌军潜来，心怀叵测，须多设哨探方好哩。"帖木真道："我已派部下阿勒坛等，去做头哨了。"脱里道："我也应派人前去。"当下叫他子鲜昆为前行，带领部众一队，分头侦探，自与帖木真缓缓前进。

过了一宿，当由阿勒坛来报道："敌兵前锋，已到阔奕坛野中了。"帖木真道："阔奕坛距此不远，我军应否迎战？"脱里道："鲜昆不知何处去了？如何尚未来报？"阿勒坛道："鲜昆么？闻他已前去迎仗了！"帖木真急着道："鲜昆轻进，恐遭毒手，我等应快去援他！"脱里不信阿勒坛，帖木真独急援鲜昆，后日成败之机，已伏于此。于是两军疾驰，径向阔奕坛原野进发。

这时候，札木合的联军，已整队前来。乃蛮部酋不亦鲁黑汗，仗着自己骁勇，充作前锋统领，你前时如何溃散，此时恰又来当冲。望见汪罕前队军马，只寥寥数百人，便是鲜昆军。不由得笑着道："这几个敌兵，不值我一扫！"慢着！正拟遣众掩击，忽望见尘头大起，脱里、帖木真两军，滚滚前来，又不禁变喜为惧，愕然道："我等想乘他不备，如何他已前知？"忽喜忽惧，恰肖莽夫情状。

方疑虑间，札木合后军已到，不亦鲁黑忙去报闻。札木合道："无妨！蔑里吉部酋的儿子忽都，能呼风唤雨，只叫他作起法来，迷住敌军，我等便可掩杀了！"不亦鲁黑汗道："这是一种巫术，我也粗能行使。"札木合喜道:"快快行去!"不亦鲁黑汗,遂邀同忽都,用了净水一盆,各从怀中取出石子数枚,大的似鸡卵,小的似棋子,浸着水中,两人遂望空祷诵。不知念着什

札木合复兴妖革

么咒语,咕里咕噜了好一回,果然那风师雨伯,似听他驱使,霎时间狂飙大作,天地为昏,滴滴沥沥的雨声也逐渐下来了!各史籍中,曾有此事,不比那无稽小说,凭空捏造。小子恰为帖木真等捏一把汗,遂口占一绝云:

祷风祭雨本虚词,谁料胡巫果有之!

可惜问天天不佑,一番祈祷转罹危。

毕竟胜负如何?且看下回续表。

　　札木合两次兴师,俱联合十余部,来攻帖木真,此正帖木真兴亡之一大关键。第一次迎战,用博尔术之谋,依险自固,老敌师而后击之,卒以致胜,是所赖者为人谋。第二次迎战,敌人挟术以自鸣,几若无谋可恃,然观下回之反风逆雨,而制胜之机,仍在帖木真,是所赖者为天意。天与之,人归之,虽欲不兴得乎?本回上半段,叙斡难河畔之胜,归功人谋,故中间插入各事,所有录故释嫌,敕孥恤孤之举,俱一一载入,以见帖木真之善于用人;下半段叙阔弈坛之战,得半而止,独见首不见尾,此是作者蓄笔处,亦即是示奇处。名家小说,往往有此。否则,便无气焰,亦乌足动目耶!

第 七 回

报旧恨重遇丽姝　复前仇叠逢美妇

　　却说不亦鲁黑汗等用石浸水,默持密咒,果然风雨并至。看官到此,未免怀疑。小子尝阅方观承诗注,谓蒙古西域祈雨,用楂达石浸水中,咒之辄验。楂达石产驼羊腹内,或圆或扁,色有黄白。驼羊产此,往往羸瘦,生剖得者尤灵。就是陶宗仪《辍耕录》,也有此说。_{原原本本,殚见洽闻,是小说中独开生面。}小子未曾见过此石,大约如牛黄、狗宝等类,独蕴异宝,所以有此灵怪。

　　闲文少表。单说札木合见了风雨,心中大喜,忙勒令各军静待,眼巴巴地望着对面。一俟帖木真等阵势自乱,便掩杀过去,好教他片甲不回。那边帖木真正思对仗,忽觉阴霾四布,咫尺莫辨,骤风狂雨,迎面飘来,免不得有些惊慌,只饬令部众严行防守。那汪罕部下,却有些鼓噪起来,脱里禁止不住。帖木真也恐牵动全军,急上加急。蓦然间风势一转,雨点随飞,都向札木合联军飘荡过去。札木合正在得意,不防有此变幻,忙与不亦鲁黑汗等商议。怎奈不亦鲁黑汗等,只能祈风祷雨,恰不能逆雨反风,只得呆呆地望着天空,一言不答。无如对面的敌军,已是喊杀连天,摇旗疾至。札木合满腹喜欢都变作愁云惨雾,不禁仰天叹道:"天神呵!何故保佑帖木真那厮,独不保佑我呢?"言未毕,见军中已皆倒退,料已禁止不住,只好拨马而逃。_{幸亏得是逃惯,倒还没有什么。}那时各部酋都已股栗,还有何心恋战,自然一哄儿走了。于是全军大溃,有被斫的,有受缚的,有坠崖的,有落涧的,有互相践踏的,有自相残杀的,统共不知死了若干,伤了若干。

　　帖木真想趁此灭泰赤乌部,便请脱里追札木合,自率众追泰赤乌人。泰赤乌部酋阿兀出把阿秃儿走了一程,见帖木真追来,复收拾败残兵马,返身迎战。怎奈军心已乱,屡战屡败,只得顾着性命,乘夜再走。那部众不及随上,多被帖木真军掳掠过来。

　　帖木真忽忆着锁儿罕情谊,自去找寻。到了岭间,蓦听得有一种娇音,在岭上叫着道:"帖木真救我!"帖木真望将过去,乃是一个穿红的妇人。忙饬随身的部卒,上前讯明,回报是锁儿罕女儿,名叫合答安。帖木真闻着合答安三字,抢步行去。到了合答安前,见她形神虽改,丰采依然。便问道:"你何故在此?"合答安道:"我的夫被军人逐走了,我见你跨马前来,所以叫你救我!"帖木真大喜道:"快随我前去!"邂逅相逢,适我愿兮。说着,便叫部卒牵过一骑,自扶合答安上马,并辔下山。合答安在途间,尚口口声声叫帖木真饬寻丈夫。帖木真含糊应着,一面令部卒传着军令,饬大众就此下营。

设帐已毕,却无心检点俘虏,只令部众留意巡逻,严防不测。是晚在后帐备好酒筵,挽合答安并坐畅饮。合答安不好就座,只在帖木真座旁侍着。帖木真

报旧恨遇虎妹

情不自禁,竟将她搂入怀中,令坐膝上,低声与语道:"我从前避难你家,承你殷勤侍奉,此心耿耿不忘!早思与你结为夫妇,只因我那时艰险万状,连一聘就的妻室,尚不知何日可娶,所以不敢启口。目今我为部长,又与你幸得再逢,看来这凤世姻缘,总当配合哩!"合答安道:"你已有妻,我已有夫,如何配合?"帖木真道:"我为一部主子,多娶几个夫人,算做什么?你的丈夫,闻已被军人杀死了,剩你孤身只影,正好与我做个第二夫人!"合答安闻丈夫已死,不禁泪下。帖木真道:"你记念着丈夫吗?人死不能重生,还要念他做甚!"眼前的丈夫比前日的丈夫好得许多,合答安真是多哭。说着时,并替她拭泪。合答安心中,好似小鹿儿乱撞,不知所为。帖木真恰欢饮了数大觥,乘着酒兴,拥合答安入寝。昔

第七回　报旧恨重遇丽姝　复前仇叠逢美妇

与共患难，今与共安乐，总算是有情有义的好男儿。意在言外。

翌日，合答安的父亲锁儿罕，也入帐来见。来做国丈了。帖木真迎着道："你父子待我有恩，我日夕廑念，你如何此时才来？"锁儿罕道："我心早倚仗着你，所以命次儿先来归附。我若也是早来，恐此间部酋不依，戮我全家，所以迟迟吾行。"帖木真道："昔日厚恩，今当图报！我帖木真不是负心人，教你老人家放心！"子为人臣，女为人妾，好算是知恩报恩。锁儿罕称谢，帖木真命拔帐齐回。

到了客鲁伦河上流，饬部卒探听汪罕消息。及返报，方知札木合被追，穷蹙无归，已投降汪罕，汪罕收兵自回去了。帖木真道："他何不遣人报我！"言下有不悦意。别勒古台在旁说道："汪罕既已回兵，咱们也不必过问。唯塔塔儿是我世仇，我正好乘胜进攻，除灭了他！"帖木真道："且回去休息数日，往讨未迟！"

过了一月，帖木真发兵攻塔塔儿部。塔塔儿部已早防着，纠集族众，决一死战。帖木真闻知敌人势众，倒也不敢轻敌，当下号令诸军，约法三章。第一条，临战时不得专掠财物；第二条，战胜后亦不得贪财，待部署妥定，方将敌人财物，按功给赏；第三条，军马进退，都须遵军帅命令，不奉命者斩。既退后，再令翻身力战，仍须前进，有畏缩不前者斩。军令既肃，壁垒一新，接连与塔塔儿部战了数次，塔塔儿人虽然奋力上前，怎奈寡不敌众，弱不敌强，终被那帖木真占了胜着，弄到一败涂地。塔塔儿部酋依然逃去，塔塔儿前已屡败，势不能敌帖木真，所以叙笔从略。帖木真军追赶不及，方才收军。检查帐下，只阿勒坛、火察儿、答力台三人违令，私劫财物。帖木真愤甚，命哲别、忽必来两将，把他三人传入，申明军法，拟令加刑。部下都屈膝哀求，代他乞免。帖木真道："你三人，与我祖父同出一源，我也何忍罪你，但你等既立我为部长，并誓遵我令，我自不敢以私废公。现由大众替你乞免，你等应悔过效诚，将功赎罪！"言讫，又命哲别、忽必来道："你去把他所得财物，取来充公，休得代他隐饰！"哲别、忽必来依令而行，阿勒坛等亦退出帐外，未免怏怏失望。为后文往投汪罕张本。原来阿勒坛系忽都剌哈汗次子，是帖木真从叔；火察儿系也速该亲侄，是帖木真从弟；答力台系也速该胞弟，是帖木真叔父。帖木真做部长时，阿勒坛等首先推戴，顾遵命令，所以帖木真记在胸中，有此劝勉。那三人颇自恃功高，背誓负约，这也是人心难料，防不胜防了。

帖木真召集宗族，与他密议道："塔塔儿的仇怨，我所切记，今幸战胜了他，他所有的百姓，男子尽行诛戮，妇女各分做奴婢使用，方可报仇雪恨。"族众相率赞成。议定后，别勒古台出来，塔塔儿人也客扯连与别勒古台向颇认识，便问商议何事，别勒古台把真情说了，也客扯连便去传报塔塔儿人。塔塔儿人自知迟早一死，索性拼了命来攻帖木真营帐，亏得帖木真尚有防备，急命部下出来敌住，塔塔儿人杀他不过，复一哄儿走到山边，倚山立寨，负嵎死守。帖木真率军进攻，足足相持两日，方将山寨攻破。那时，塔塔儿人除妇女外，各执一刀，乱斫乱砍，彼此杀伤，几至相等。<small>所谓困兽犹斗。</small>及至塔塔儿的男子，丧亡殆尽，那时帖木真部下，也好多死伤了。

帖木真查得泄露军机，乃是别勒古台一人所致，便命别勒古台去拿也客扯连。别勒古台去了半晌，返报也客扯连查无下落，大约已死在乱军中，只有他一个女儿，现已掳到。帖木真不待说毕，便怒道："为你泄了一语，累得军马死伤，此后会议大事，你不准进来！"别勒古台唯唯遵命。帖木真复道："你掳来的女子现在何处？"别勒古台道："在帐外，我去押她进来。"

当下把那女押入帐中，衣冠颠倒，发鬓蓬松，战兢兢地跪在地上。帖木真喝声道："你父陷死咱们多人，就是碎尸万段，不足偿我部下的生命。你既是他的女儿，也应斩首！"那女子更觳觫万状，抖做一团，勉强说了"饶命"二字。谁知才一开口，那种天生的娇喉，已似笙簧一般，送入帖木真耳中。帖木真不禁动了情肠，便道："你想我饶命么？你且抬起头来！"那女子闻言，慢慢儿地举首，由帖木真瞧将过去。只见她愁眉半锁，泪眼微抬，仿佛是带雨海棠，约略似欺风杨柳。便默想道："似这般俊俏的面庞，恐我那两个妻室，也不能及她。"随语道："要我饶你的命，除非做我的妾婢！"那女道："果蒙赦宥，愿侍帐下！"<small>此女无耻。</small>帖木真喜道："很好！你且至帐后梳洗去吧。"

说至此，当有帐后婢媪，前来搀扶那女，冉冉进去。帖木真才命别勒古台退出，复将营中应办的事情，嘱咐诸将，然后至帐后休息。才入后帐，那女子已前来迎着，由帖木真携住她的纤手，赏鉴了好一回，只觉得丰容盛鬋，妆抹皆宜，<small>新妆如绘。</small>因柔声问着道："你叫什么名字？"那

第七回 报旧恨重遇丽姝 复前仇叠逢美妇

女子道："我叫作也速干。"帖木真道："好一个也速干！"那女子把头一低，拈着腰带，一种娇羞的态度，几乎有笔难描。是一种淫妇腔。帖木真携她并坐，便道："你的父亲，实是有罪，你可怨我么？"比初见时言语如出两人。也速干答称不敢。帖木真笑道："你若做我的妾婢，未免有屈美人，我今夜便封你作夫人吧！"也速干屈膝称谢。绝不推辞，想是待嫁久矣。帖木真即与她开饮，共牢合卺，情话喁喁，自傍晚起，直饮到昏黄月上，刁斗声迟，随令婢役等撤去酒肴，催也速干卸了艳妆，同入鸳帏，饱尝滋味。写也速干共寝时，与合答安不同，是为各人顾着身份。

翌晨，也速干先行起来，安排妆束。帖木真也醒着了，也速干过去侍奉，但见帖木真睁着两眼，觑着自己的面庞，一声儿不出口。情魔缠住了。也速干不觉嫣然道："看了一夜，尚未清楚么？"恐不止相看而已。帖木真道："你的芳容，令人百看不厌！"也速干道："堂堂一个部长，眼孔儿偏这么小，对我尚这般模样，若见了我的妹子也遂，恐怕要发狂了！"帖木真忙道："你的妹子在哪里？"也速干道："才与他夫婿成亲，现不知何处去了。"背父事仇，已是靦颜，还要添个妹子，不知她是何心肝！帖木真道："你妹子果有美色，不难找寻。"当即出帐命亲卒去寻也遂，嘱咐道："你如见绝色的妇女，便是那人。"

去了半日，那亲卒已牵一美妇进来。帖木真瞧着，芙蓉为面，秋水为眸，肤如凝脂，领如蝤蛴，状貌颇肖也速干，至绰约轻盈，又比也速干似胜一筹。便问道："你可名也遂么？"那妇答声称是。帖木真道："妙极了！你姊已在后帐，可进去一会。"也遂便入晤也速干，也速干便邀她同嫁帖木真。也遂道："我的丈夫，被他军人逐走了，我很是怀念，你为何叫我嫁那仇人？"也速干道："我塔塔儿人先去毒他父亲，所以反受其毒。他现在富贵得很，威武得很，嫁了他，有什么不好？胜似嫁那亡国奴哩！"也遂默然无语。已动心了。也速干又劝她数语，也遂道："他既为部长，年又盛强，料他早有妻子，我如何做他妾媵？"心已默许，不过想做正妻耳。也速干道："闻他已有一两个妻室。别人的心思，我不能料，若我的位置，情愿让与阿妹！"也遂徐答道："且待再商！"

语未毕，只听得一人接着道："还要商议什么？好一位姊姊，位置且让与妹子，做妹子的总要领情哩。"我亦云然。说至此，帐已揭开，龙行虎步的帖木真已扬眉进来。也遂慌忙失措，忙避至阿姊背后，不意阿姊反将她推出,正与帖木真撞个满怀,帖木真顺手揽住,也速干乘隙走出。看官,你想一个怯弱的妇女,如何能抗拒强人?若非殉节丧身,定然是随缘凑合,任人戏弄了。又是一种笔墨。

越日,帖木真升帐,令也遂侍右,也速干侍左,<small>欲要好,大做小,也速干想明此理。</small>各部众都上前庆贺。帖木真很是欣慰,不意也遂独短叹长吁,几乎要流下泪来。帖

<small>复仇首塔真妇</small>

木真顾着,暗暗生疑,随叫木华黎传令,饬大众分部站立。众人依令行着,只有一个目光灼灼的少年,形色仓皇,孑身立着。<small>怪不得他。</small>帖木真问他是什么人。那人道:"我是也遂的夫婿。"<small>直言不讳,难道想还你妻儿?</small>帖木真怒道:"你是仇人子孙,我倒不来拿你,你反自来送死,左右将他推出去,斩首完结!"不一刻,已将首级呈上。也遂从旁窥着,禁不住泪珠莹莹,退入后,呜呜咽咽地哭了片刻,由也速干从旁婉劝,方才止泪。后来境过情忘,也乐得安享荣华了。<small>这是妇女最坏处。</small>

帖木真凯旋后,复思讨蔑里吉部。忽有人报蔑里吉人已由汪罕部下自行剿捕,把他部酋脱黑脱阿逐去,杀了他长子,掳了他妻孥,并人物牲畜,满载而归了。帖木真迟疑半晌,方道:"由他去吧!"<small>第二次生嫌。</small>小子有诗咏道:

　　交邻有道莫贪财,利欲由来是祸胎。
　　谁酿厉阶生衅隙,蒙疆又复起兵灾。

后来帖木真与汪罕曾否失和,且至下回分解。

第七回　报旧恨重遇丽姝　复前仇叠逢美妇

前回多叙战事,写得如火如荼,本回多述私情,写得又惊又爱。此如戏角登台,有武戏又有文戏;武戏必用几个武生,文戏必杂几个旦角,英雄儿女,陆续演出,方能使阅者屡目。小说亦然,然或词笔复沓,连篇一律,则味同嚼蜡,亦乏趣味,作者于帖木真得三美时,词意迭变,为个人各占身份,即为本书焕出精神,是即文字夺色处。

第 八 回

四杰赴援以德报怨　一夫拼命用少胜多

却说汪罕大掠蔑里吉部,得了无数子女牲畜回去享受,并没有遗赠帖木真,也未尝遣使报闻。帖木真尚是耐着,约汪罕去攻乃蛮。汪罕总算引兵到来,两军复整队出塞。闻不亦鲁黑汗在额鲁特地方,当即杀将过去。不亦鲁黑汗料不能敌,竟闻风远飑,越过阿尔泰山去了。帖木真麾众穷追,擒住他部目也的脱孛鲁,讯知不亦鲁黑已是远遁,只得收队回营。谁知甫到半途,突来了乃蛮余众,由曲薛吾、撒八剌两头目统带,掩袭帖木真。帖木真驰入汪罕军,与汪罕再约迎战,汪罕自然应允。因天色已晚,两军各分驻营中,按兵静守了。

次日黎明,帖木真部下齐起,整备开仗,遥望汪罕营帐,上面有飞鸟往来,不觉惊诧异常。急命军士探明,返报汪罕营内,灯火犹明,只帐下却无一人!怪极!帖木真道:"莫非他去了不成,我与他联军而来,他弃我远适,转足扰我军心,我不如暂行退兵,待探听确实,再来未迟!"是亦所谓临事知惧者。嗣后探得汪罕系信札木合谗言,谓帖木真后必为变,因此不谋而去。

四杰赴援以德报怨

回应札木合投降汪罕事。帖木真虽恨那汪罕,然犹因他误信谗人,曲为含忍。这是第三次生嫌。

未几,忽有人报称汪罕的部众,被

第八回　四杰赴援以德报怨　一夫拼命用少胜多

乃蛮、曲薛吾等从后追袭，掠去辎重，连那儿子鲜昆的妻孥，也被劫去了。帖木真道："谁叫他弃我归去？"言未已，又有人来报，汪罕遣使乞援。帖木真道："着他进来！"汪罕使入见，详述本部被掳情形，并言蔑里吉酋两子，先已作本部俘虏，今亦逃去。现虽遣将追击乃蛮，终恐不足胜敌。且闻贵部有四良将，所以特来求援，请速令四将与我同去！帖木真笑道："前弃我，今求我，是何用心？"来使道："前日误信谗言，所以速返，若贵部肯再发援兵，助我部酋，此后自感激不浅，就使有十个札木合，也无从进谗了。"来使颇善辞令。帖木真道："我与你部酋，情谊本不亚父子，都因部下谗间，因此生疑。现既情急待援，我便叫四良将与你同去。何如？"来使称谢。于是命木华黎、博尔术、赤老温、博尔忽四杰，带着军马，随使同去。

行到阿尔泰山附近，遥闻喊声震地，鼓角喧天，料知前途定在开仗。登山了望，见汪罕部兵，被乃蛮军杀得大败亏输，七零八落地逃下阵来。木华黎等急忙下山，率兵驰去。那时汪罕已丧了二将，首领鲜昆，马腿中箭，险些儿被敌人擒去。正危急间，木华黎等已到，便救出鲜昆，上前迎战。乃蛮头目曲薛吾等，虽已战胜，也未免乏力，怎经得一支生力军，似生龙活虎一般，见人便杀，逢马便刺！不到几合，曲薛吾部下，渐渐却退，木华黎等愈战愈勇，把敌人杀得四散奔逃。曲薛吾等管命要紧，也只得弃了辎重，落荒遁去。鲜昆的妻子，及一切被掠人物，统已夺转，交鲜昆带回。

鲜昆返报脱里，脱里大喜道："从前帖木真的父亲，尝救我的危难，今帖木真又差四杰救我，他父子两个，真是天地间的好人！我今年已老了，此恩此德，如何报得！"本心未尝忘，如何后复设计。随命使召见四杰，只博尔术前往，脱里奖他忠义，赠他锦衣一袭，金樽十具，复语道："我年已迈，将来这百姓，不知教谁人管领！我诸弟多无德行，只有一子鲜昆，也如没有一般。你回去与你主说，倘不忘前好，肯与鲜昆结为兄弟，使我得有二子，我也好安心了！"博尔术奉命返报，帖木真道："我固视他为父，他未必视我如子，既已感恩悔过，我与鲜昆做弟兄，有何不可！"遂遣使再报汪罕，约会于土兀剌河，重修和好。脱里如约守候，帖木真当即前去，便在土兀剌河岸，置酒高会，两下欢饮，甚是和洽，遂双方订约，对敌时一同对敌，出猎时一同出猎，不可听信谗言！必须对面晤谈，方可相信。约既定，帖木真遂认脱里为义父，鲜昆为义弟，告别而回。

既而帖木真欲与汪罕结为婚姻，拟为长子术赤，求婚脱里女抄儿伯姬。帖木真既认脱里为父，如何求其女为子妇？胡俗之不明伦序，于此可见。鲜昆子秃撒哈，亦欲求帖木真长女火真别姬为妻。帖木真以他女肯为子妇，己女亦不妨遣嫁。独鲜昆不乐，勃然道："我的女儿到他家去，向北立着；他的女儿到我家来，面南高坐，这如何使得。"于是婚议未谐。第四次生嫌。

札木合又乘隙思逞，密通阿勒坛、火察儿、答力台三人，令他们背叛帖木真，归顺汪罕。三人素怀怨望，应上回。竟听了札木合的哄诱，潜归汪罕去讫。札木合遂语鲜昆道："帖木真为婚事未谐，与乃蛮部太阳汗私相往来，恐将图害汪罕。"鲜昆初尚不信，经阿勒坛等三人来作口证，鲜昆遂差人告脱里道："札木合闻知帖木真将害我等，宜乘他未发，先行除他！"脱里道："帖木真既与我为父子，为什么反复无常？若果他有此歹心，天亦不肯佑他！札木合的说话，不可相信的！"

越数日，鲜昆又自陈父前，谓他的部下阿勒坛等前来投诚，亦这般通报，父亲何故不信？脱里道："他屡次救我，我不应负他。况我来日无多，但教我的骸骨，安置一处，我死了亦是瞑目！你要怎么干，你自去干着，总要谨慎方好哩！"既云不应负他，又云你自去干着，真是老悖得很。

鲜昆便与阿勒坛等，商量一条毒计出来。看官，你道是什么毒计？原来是佯为许婚，诱擒帖木真的法儿。既定议，即差人去请帖木真前来与宴，面订婚约。帖木真坦然不疑，只带了十骑，即日起行。道过明里也赤哥家中，暂时小憩。明里也赤哥尝隶帖木真麾下，至是告老还乡，与帖木真会着。帖木真即述赴宴的原因，明里也赤哥道："闻鲜昆前日妄自尊大，不欲许婚，今何故请吃许婚筵席，莫非其中有诈？不若以马疲道远为词，遣使代往，免致疏虞！"幸有此谏。

帖木真许诺，乃遣不合台、乞剌台两人赴席，自率八骑径归，静待不合台、乞剌台返报。孰意两日不至，乃复率数百骑西行，至中途候着。忽来了快足一名，说有机密事求见。当由部众唤入，那人向帖木真道："我是汪罕部下的牧人，名叫乞失里，因闻鲜昆无信，阳允婚事，阴设机谋，现已留下贵使，发兵掩袭。我恨他居心叵测，特来告变。贵部快整

第八回　四杰赴援以德报怨　一夫拼命用少胜多

备对敌,他的军马就要到了!"帖木真惊着道:"我手下不过数百人,哪能敌得住大队军马,我等回帐不及,快至附近山中,避他兵锋!"言毕,即刻拔营。行里许,至温都尔山,登山西望,没有什么动静,稍稍放心。是晚便在山后住宿。

天将明,帖木真侄儿阿勒赤歹,合赤温子。正在山上放马,适见敌军大至,慌忙报知帖木真。帖木真等住宿山后,所以未曾闻知。帖木真仓猝备战,恐寡不敌众,特集麾下商议。大众面面相觑,独畏答儿奋然道:"兵在精不在多,将在谋不在勇,为主子计,急发一前队,从山后绕出山前,扼敌背后;再由主子率兵,截他前面,前后夹攻,不患不胜!"帖木真点首,便命术撒带做先锋,叫他引兵前去。术撒带置若罔闻,只用马鞭擦着马鬃,嗫不发声。畏答儿从旁瞧着,便道:"我愿前去!万一阵殁,有三个黄口小儿,求主子格外抚恤!"帖木真道:"这个自然!天佑着你,当亦不至失利。"蒙古专信天鬼,所以每事称天。畏答儿正要前行,帐下闪出折里麦道:"我亦愿去。"折里麦素随帖木真麾下,也是个患难至交,至此愿奋勇前敌,帖木真自然应允,并语他道:"你与畏答儿同去,彼此互为援应,我很为放怀。到底是多年老友,安危与共呢!"遣将不如激将。两将分军去讫。

帐下闻帖木真夸他忠勇,不由得愤激起来,大家到帖木真前,愿决死战,连术撒带也摩拳擦掌,有志偕行。正要你等如此。帖木真即命术撒带辖着前队,自己押着后队,齐到山前立阵。

是时畏答儿等已绕出山前,正遇汪罕先锋只儿斤,执着大刀,迎面冲来。畏答儿也不与答话,便握刀与战。只儿斤是有名勇士,刀法很熟,畏答儿抖擞精神,与他相持,正在难解难分的时候,那畏答儿部下的军士,都大刀阔斧,向只儿斤军中,冲杀过去。只儿斤军忙来阻挡,不料敌人统不畏死,好似疯狗狂噬,这边拦着,冲破那边,那边拦着,复冲破这边,阵势被他牵动,不由得退了下去。只儿斤不敢恋战,也虚幌一刀走了。畏答儿不肯舍去,策马力追。折里麦亦率众随上,那汪罕第二队兵又到,头目叫作秃别干。只儿斤见后援已到,复拨转马头,返身奋斗。折里麦恐畏答儿力乏,忙上前接着。秃别干亦杀将上来,当由畏答儿迎战。汪罕兵势越盛,畏答儿尚只孤军,心中一怯,刀法未免一松,被秃别干举枪刺来,巧中马腹,那马负痛奔回,畏答儿驾驭不住,被马掀倒地上。秃别干赶上数步,便用长枪来刺畏答儿,不防前面突来一将,将秃别干枪杆挑着,豁剌一响,连秃别干一支长枪,竟飞向天空去了。句法奇兀。秃别干剩了空手,忙拨马回奔。那将便救起畏答儿,复由敌人中夺下一马,令畏答儿乘着。畏答儿略略休息,又杀入敌阵去了。看官,你道那将是什么人,便是术撒带部下的前锋,名叫兀鲁,力大无穷,所以吓退秃别干,救了畏答儿。兀鲁去追秃别干,汪罕第三队援兵又到,为首的叫作董哀。当下来截住兀鲁,又是一场恶战,术撒带驱兵进援,大家努力,把董哀军杀退。董哀方才退去,汪罕勇士火力失烈门,复领着第四队军来了。句法又变。术撒带大喝道:"杀不尽的死囚!快上来试吾宝刀!"火力失烈门并不回答,便恶狠狠地携着双锤,来击术撒带。术撒带用枪一挡,觉来势很是沉重,料他有些勇力,遂格外留神,与他厮杀,大战数十合,不分胜负。兀鲁见术撒带战他不下,也拨马来助。火力失烈门毫不畏怯,又战了好几合,忽见对面阵中,竖着最高的旌纛,料知帖木真亲自到来,他竟撇下术撒带等,来捣中军。术撒带等正思转截,那汪罕太子鲜昆,又率大军前来接应。这时术撒带等,只好抵敌鲜昆,不能回顾帖木真。帖木真身旁,幸有博尔术、博尔忽两将,见火力失烈门蹿入,急上前对仗。两将是有名人物,双战火力失烈门,尚不过杀个平手,恼了帖木真三子窝阔台,也奋勇出斗,把他围住。火力失烈门恐怕有失,眉头一皱,计上心来,竟向博尔忽当头一锤,博尔忽把头避开,马亦随动,火力失烈门乘这机会,跳出圈外,望后便走。博尔术等哪里肯舍,相率追去,那火力失烈门引他驰入大军,复翻身来战,霎时间各军齐上,把博尔术等困住垓心。博尔术等虽知中计,无如事到其间,无可奈何,只得拼命鏖战,与他争个你死我活!逐层写来,变幻莫测。于是两军齐会,汪罕的兵胜过帖木真军五六倍,帖木真军,人自为战,不管什么好歹,统将爹娘所生的气力,一齐用,尚杀不退汪罕军。

鲜昆下令道:"今日不擒住帖木真,不得退军!"语才毕,忽有一箭射来,不偏不倚,正中鲜昆面上。鲜昆叫了一声,向后便倒,伏鞍而走。这支箭系由术撒带发出,幸得射着,遂趁势追赶鲜昆。鲜昆军恰尚不乱,且战且走。术撒带追了一程,恐前途遇伏,中道旋师。帖木真望见敌兵渐退,亦遣使止住各将,不得穷追。于是各将皆敛兵归还。畏答儿独捧着头颅,狼狈回来。帖木真问他何故,畏答儿道:"我因闻旋师的

第八回　四杰赴援以德报怨　一夫拼命用少胜多

命令,免胄断后,不意脑后中了流矢,痛不可忍,因此抱头趋归。"帖木真垂泪道:"我军这场血战,全由你首告奋勇,激动众心,因得以寡敌众,侥幸不败。你乃中着流

矢,教我也觉痛心!"遂与并辔回营,亲与敷药,令他入帐卧着。自己检点将士,伤亡虽有数十人,还幸不至大损。惟博尔术、博尔忽及窝阔台三人,尚未见到,忙令兀鲁、折里麦等带着数十骑,前去找寻。

　　看官,上文说他三人,被火力失烈门率军围着,两下恶斗。这时两军皆退,三人尚没有回营,莫非阵殁了不成?看官不要性急,待小子补叙出来。原来博尔术、博尔忽及窝阔台三人,被火力失烈门引兵围住,正在万分危急的时候,幸亏术撒带射中鲜昆,各军多已退去,火力失烈门亦被牵着,不免顾此失彼,三人遂并力上前,夺路而走,及至杀出重围,人已困了,马也乏了,窝阔台且项上中箭,鲜血直流,由博尔忽将他颈血咂去,拣一僻静的地方,歇了一宿,方才回来。那时兀鲁、折里麦等,足足找寻了一夜,始得会着。小子有诗叹道:

　　　　天开杀运出胡儿,奔命疆场苦不辞。
　　　　待到功成身已老,白头徒忆少年时!

　　欲知后事如何,且由下回交代。

　　帖木真之待汪军,不可谓不厚,而汪军则时怀猜忌,谋害帖木真,天道有知,宁肯佑之!当鲜昆妻子被掠之时,若非四杰赴援,则被掠者何自归还?乃不思报德,阳许婚而阴设阱,诱帖木真而帖木真不至,鲜昆当日,宜亦因计之未成,而幡然悔

悟,借以弭衅可也,不此之图,犹欲潜师掩袭,出其不备,彼自以为得计,而其如天意之不容何哉!史称温都尔山之役,为帖木真一生有名战事,蒙古人至今称道之。作者叙述此战,亦觉精警绝伦,文生事耶,事生文耶?有是事不可无是文,读罢当浮一大白!

第 九 回

责汪罕潜师劫寨　杀脱里恃力兴兵

却说博尔术、博尔忽及窝阔台三人回营,由帖木真慰劳毕,博尔忽道:"汪罕的兵众,虽已暂退,然声势尚盛,倘若再来,终恐众寡不敌,须要别筹良策为是!"帖木真半晌无言,木华黎道:"咱们一面移营,一面招集部众,待兵势已厚,再与汪罕赌个雌雄。若破了汪罕,乃蛮也独立不住,怕不为我所灭!那时北据朔漠,南图中原,王业亦不难成呢!"志大言大,后来帖木真进取之策,实本此言,可见兴国全在得人。帖木真鼓掌称善,当即拔营东走,竟至巴勒渚纳,即班珠尔河。暂避军锋。天寒水涸,河流皆浊,帖木真慷慨酌水,与麾下将士,设誓河旁,凄然道:"咱们患难与共,安乐亦与共,若日久相负,天诛地灭!"将士闻言,争愿如约,欢呼声达数里。

当下命将士召集部众,不数日,部众渐集,计得四千六百人。帖木真分作两队,一队命兀鲁领着,一队由自己统带。整日里行围打猎,贮作军粮。畏答儿疮口未瘥,亦随着猎兽,帖木真阻他不从,积劳之下,疮口复裂,竟致身亡。帖木真将他遗骸葬在呼恰乌尔山,亲自致祭,大哭一场。军士见主子厚情,各感泣图报。帖木真见兵气复扬,遂令兀鲁等出河东,自率兵出河西,约至弘吉剌部会齐。

既到弘吉剌部,便命兀鲁去向部酋道:"咱们与贵部本属姻亲,今如相从,愿修旧好;否则请以兵来,一决胜负!"那部酋叫作帖儿格阿蔑勒,料非帖木真敌手,便前来请附。帖木真与他相见,彼此叙了姻谊,两情颇洽。这姻谊出自何处?原来帖木真的母亲诃额仑及妻室孛儿帖,统是弘吉剌氏,所以有此情好。弘吉剌部在蒙古东南,他既愿为役属,东顾可无忧了。帖木真便率领全军,向西进发,至统格黎河边下营,遣阿儿该、速客该两人,驰告汪罕,大略道:

> 父汪罕!汝叔古儿罕《本纪》菊儿。尝责汝残害宗亲之罪,逐汝至哈剌温之隘,汝仅遗数人相从。斯时救汝者何人?乃我父也。

我父为汝逐汝叔,夺还部众,以复于汝,由是结为昆弟,我因尊汝为父。此有德于汝者一也!父汪罕!汝来就我,我不及半日而使汝得食,不及一月而使汝得衣。人问此何以故?汝宜告之曰:在木里察之役,大掠蔑里吉之辎重牧群,悉以与汝,故不及半日而饥者饱,不及一月而裸者衣。此有德于汝者二也!曩者我与汝合讨乃蛮,汝不告我而自去,其后乘我攻塔塔儿部,汝又自往掠蔑里吉,虏其妻孥,取其财物牲畜,而无丝毫遗我,我以父子之谊,未尝过问。此有德于汝者三也!汝为乃蛮部将所掩袭,失子妇,丧辎重,乞援于我。我令木华黎、博尔术、博尔忽、赤老温四良将,夺还所掠以致于汝。此有德于汝者四也!昔者我等在兀剌河滨两下宴会,立有明约:譬如有毒牙之蛇,在我二人中经过,我二人必不为所中伤,必以唇舌互相剖诉,未剖诉之先,不可遽离。今有人于我二人构谗,汝并未询察,而即离我,何也?往者我讨朵儿班、塔塔儿、哈答斤、散只兀、弘吉剌诸部,如海东鸷鸟之于鹅雁,见无不获,获则必致汝。汝屡有所得而顾忘之乎?此有德于汝者五也!父汪罕!汝之所以遇我者,何一可如我之遇汝?汝何为恐惧我乎?汝何为不自安乎?汝何为不使汝子汝妇得宁寝乎?我为汝子,曾未嫌所得之少,而更欲其多者;嫌所得之恶,而更欲其美者。譬如车有二轮,去其一则牛不能行,遗车于道,则车中之物将为盗有;系车于牛,则牛困守于此将至饿毙;强欲其行而鞭箠之,牛亦惟破额折项,跳跃力尽而已!以我二人方之,我非车之一轮乎?言尽于此,请明察之!

又传谕阿勒坛、火察儿等道:

汝等嫉我如仇,将仍留我地上乎?抑埋我地下乎?汝火察儿,为我捏坤太石之子,曾劝汝为主而汝不从;汝阿勒坛,为我忽都剌哈汗之子,又劝汝为主而汝亦不从。汝等必以让我,我由汝等推戴,故思保祖宗之土地,守先世之风俗,不使废坠。我既为主,则我之心,必以俘掠之营帐牛马,男女丁口,悉分于汝;郊原之兽,合围之以与汝,山薮之兽,驱迫之以向汝也。今汝乃弃我而从汪罕,毋再有始无终,增人笑骂!三河之地,三河指土拉河、鄂尔昆河、色楞格河,皆为汪罕所居地。汝与汪罕慎守之,勿令他人居也!

又传语鲜昆道:

第九回　责汪罕潜师劫寨　杀脱里恃力兴兵

"我为汝父之义儿，汝为汝父之亲子，我父之待尔我，固如一也，汝以为我将图汝，而顾先发制人乎？汝父老矣！得亲顺亲，惟汝是赖，汝若妒心未除，岂于汝父在时，即思南面为王，贻汝父忧乎？汝能知过，请遣使修好；否则亦静以听命，毋尚阴谋！"

汪罕脱里见着二使，倒也不说什么，只说着我无心去害帖木真。阿勒坛、火察儿等模棱两可。惟鲜昆独愤然道："他称我为姻亲，怎么又常骂我？他称我父为父，怎么又骂我父为忘恩负义？我无暇同他细辩，只有战了一仗罢！我胜了，他让我；他胜了，我让他！还要遣什么差使，讲什么说话！"真是一个蛮牛。

言毕，即令部目必勒格别乞脱道："你与我竖着旄纛，备着鼓角，将军马器械，一一办齐，好与那帖木真厮杀哩！"

阿儿该等见汪罕无意修好，随即回报帖木真。帖木真因汪罕势大，未免有些疑虑起来，木华黎道："主子休怕！我有一计，管教汪罕败亡。"帖木真急忙问计，木华黎令屏去左右，遂与帖木真附耳道："如此！如此！"不说明妙。喜得帖木真手舞足蹈，当下将营寨撤退，趋回巴勒渚纳，途遇豁鲁剌思人搣干思察罕等叩马投诚；又有回教徒阿三，亦自居延海来降，帖木真一律优待。

到了巴勒渚纳，忽见其弟合撒儿狼狈而来。帖木真问故，合撒儿道："我因收拾营帐，迟走一步，不料汪罕竟遣兵来袭，将我妻子掳去；若非我走得快，险些儿也被掳了。"帖木真奋然道："汪罕如此可恶！我当即率兵前去，夺回你的妻子，何如？"旁边闪出木华黎道："不可！主子难道忘记前言么？"帖木真道："他掳我弟妇，并我侄儿，我难道罢了不成！"木华黎道："咱们自有良策，不但被掳的人可以归还，就是他的妻子，我也要掳他过来。"帖木真道："你既有此良谋，我便由你做去。"木华黎遂挽了合撒儿手，同入帐后，两人商议了一番，便照计行事。葫芦里卖什么药。

不数日，闻报答力台来归，帖木真便出帐迎接。答力台磕头谢罪，帖木真亲自扶着，且语道："你既悔过归来，尚有何言？我必不念旧恶！"答力台道："前由阿儿该等前来传谕，知主子犹念旧好，已拟来归，只因前叛后顺，自思罪大，勉欲立功折赎。今复得木华黎来书，急图变计，密与阿勒坛等商议，除了汪罕，报功未迟，不意被他察觉，遣兵来捕，所以情急奔还,望主子宽恕!"木华黎之计,已见一斑。帖木真道:"阿勒坛等已回来么?"答力台道:"阿勒坛、火察儿等恐主子不容,已他去了。只有浑八邻与撒哈夷特部呼真部随我归降,诸乞收录!"帖木真道:"来者不拒,你可放心!"当下见了浑八邻等,都用好言抚慰,编入部下。一面整顿军马,自巴勒渚纳出师,将从斡难河进攻汪罕。

甫到中途,忽见合里兀答儿及察兀儿罕两人,跨马来前,后面带了一个俘虏,不由得惊喜起来。便即命二人就见。二人下骑禀道:"日前受头目合撒儿密令,叫我两人去见汪罕。汪罕信我虚言,差了一使,随我回来,我两人把他擒住,来见主子。"帖木真道:"你对汪罕如何说法?"二人道:"合撒儿头目想了一计,假说是往降汪罕,叫我先去通报,汪罕中了这计,所以命使随来。"

言未已,那合撒儿已从旁闪出,便向二人道:"叫来人上来!"二人便将俘虏推至。合撒儿问道:"你叫什么名字?"那人道:"我叫亦秃儿干……"说到干字,已由合撒儿拔刀出鞘,砉然一声,将那人斩为两段。奇极怪极。

帖木真惊问道:"你何故骤斩他人?"合撒儿道:"要他何用,不如枭首!"帖木真道:"你莫非想报妻子的仇么?"合撒儿道:"妻子的仇怨,原是急思报复,但此等举动,统是木华黎教我这般的。"帖木真道:"木华黎专会捣鬼,想其中必有一番妙用!"合撒儿道:"木华黎教我遣使伪降,捏称哥哥离我,不知去向;我的妻子,已被父汪罕留着,我也只可来投我父,若能念我前劳,许

蒙叔师潜罕汪营

第九回　责汪罕潜师劫寨　杀脱里恃力兴兵

我自效,我即束手来归。谁意汪罕竟中我诡计,叫了这个送死鬼到来见我,我的刀已闲暇得很,怎么不出出风头?"言毕大笑。木华黎之计,于此尽行叙出。

帖木真道:"好计!好计!以后当如何进行?"木华黎时已趋至,便道:"他常潜师袭我,我何不学他一着?"总算还报。合里兀答儿道:"汪罕不防我起兵,这数日正大开筵席,咱们正好掩袭哩。"木华黎道:"事不宜迟,快快前去!"于是不待下营,倍道进发,由合里兀答儿为前导,沿客鲁伦河西行。将至温都儿山,合里兀答儿道:"汪罕设宴处,就在这山上。"木华黎道:"咱们潜来,他必不备,此番正好灭他净尽,休使他一人漏网!"帖木真道:"他在山上,闻我兵突至,必下山逃走,须断住他的去路方好哩。"木华黎道:"这个自然!"当下命前哨冲上山去,由帖木真自率大队,绕出山后,扼住敌人去路。计划既定,随即进行。是时汪罕脱里正与部众筵宴山上,统吃得酩酊大醉,酒意醺醺,猛听得胡哨一声,千军万马,杀上山来。大众慌忙失措,人不及甲,马不及鞍,哪里还敢抵御敌军!霎时间纷纷四散,统向山后逃走。甫至山麓,不意伏兵齐集,比上山的兵马,多过十倍,大众叫苦不迭,只得硬着头皮,上前厮杀。谁知杀开一层,又是一层,杀开两层,复添两层,整整地打了一日夜,一人不能逃出,只伤亡了好几百名。次日又战,仍然如铜墙铁壁一般,没处钻缝。到了第三日,汪罕的部众,大都困乏,不能再战,只好束手受缚。帖木真大喜,饬部下把汪罕军一齐捆缚定当,由自己检明,单单少了脱里父子。再向各处追寻,茫如捕风,不知去向。又复讯问各俘虏,只有合答黑吉道:"我主子是早已他去了!我因恐主子被擒,特与你战了三日,教他走得远着。我为主子受俘,死也甘心,要杀我就杀,何必多问!"帖木真见他气象纠纠,相貌堂堂,不禁赞叹道:"好男子!报主尽忠,见危授命!但我并非要灭汪罕,实因汪罕负我太甚,就使拿住汪罕脱里,我也何忍杀他!你如肯谅我苦衷,我不但不忍杀你,且要将你重用!"说着,便下了座,亲与解缚,合答黑吉感他情义,遂俯首归诚了。帖木真善于用人。此时合撒儿的妻子,早由合撒儿寻着,挈了回来。还有一班被虏的妇女,由帖木真检阅,内有两个绝代丽姝,乃是汪罕的侄女,一名亦巴合,一名莎儿合。亦巴合年长,帖木真纳为侧室;莎儿合年轻,与帖木真四子年龄相仿,便命为四子妇。姊做庶母,妹做子妇,绝好胡俗。

其余所得财物,悉数分给功臣。大家欢跃,自在意中,不消细说。是亡国榜样。

且说汪罕脱里领着他儿子鲜昆,从山侧逃走,急急如漏网鱼,累累如丧家狗,走到数十里之遥,回顾已静无声响,方敢少息。脱里仰天叹道:"人家与我无嫌,我偏要疑忌他,弄得身败名裂,国亡家破,怨着谁来!"悔已迟了。鲜昆闻言,反怪着父亲多言,顿时面色改变,双目圆睁。脱里道:"你闯了这般大祸,还要怪我么?"鲜昆道:"你是个老不死的东西!你既偏爱帖木真,你到他家去靠老,我要与你长别了!"该死!言讫自去。剩得脱里一人,孑影凄凉,踽踽前行。走至乃蛮部境上,沿鄂昆河上流过去,偶觉口渴,便取水就饮。谁知来了乃蛮部守将,名叫火力速八赤,疑脱里是个奸细,把他拿住,当下不分皂白,竟赏他一刀两段!还有鲜昆撇了脱里,自往波鲁士伯特部,劫掠为生,经部人驱逐,逃至回疆,被回酋擒住,也将他斩首示众!克烈部从此灭亡。可为背亲负义者鉴。

单说乃蛮部将火力速八赤杀了脱里,即将他首级割下,献与太阳汗。太阳汗道:"汪罕是我前辈,他既死了,我也要祭他一祭。"遂将脱里头供

在案上,亲酹马奶,作为奠品,复对脱里头笑道:"老汪罕多饮一杯,休要客气!"语未毕,那脱里头也晃了一晃,目动口开,似乎也还他一笑。太阳汗不觉大惊,险些儿跌倒地上。帐后走出一个盛妆的妇人,娇声问道:"你为什么这般惊慌?"太阳汗视之,乃是爱妻古儿八速,便道:"这、这死人头都笑起我来,莫非有祸祟不成!"实是不祥之兆。古儿八速道:

第九回　责汪罕潜师劫寨　杀脱里恃力兴兵

"好大一个主子,偏怕这个死人头,真正没用!"说着,已轻移裙履,走近案旁,把脱里头携在手中,扑地一掷,跌得血肉模糊。太阳汗道:"你做什么?"古儿八速道:"不但这死人头不必怕他,就是灭亡汪罕的鞑子,也要除绝他方好!"乃蛮素遵回教,所以叫蒙人为鞑子。太阳汗被爱妻一激,也有些胆壮起来,便将脱里头踏碎。一面向古儿八速道:"那鞑子灭了汪罕,莫不是要做皇帝么?天上只有一个日,地上如何有两个主子!我去将鞑子灭了,可好么?"古儿八速道:"灭了鞑子,他有好妇女,你须拿几个给我,好服侍我洗浴,并替我挤牛羊乳!"慢着,恐怕你要给人。太阳汗道:"这有何难!"遂召部将卓忽难入帐,语他道:"你到汪古部去,叫他做我的右手,夹攻帖木真。"卓忽难唯唯遵命,忽有一人入帐道:"不可,不可!"正是:

　　毕竟倾城由哲妇,空教报国出忠臣。

　　欲知入帐者为谁,且至下回表明。

　《元史》称汪罕为克烈部,所居部落,即唐时回纥地,是汪罕非部名,乃人名也。然《本纪》又云,汪罕名脱里,受金封爵为王,则汪罕又非人名;若以汪王同音,罕汗同音,疑汪罕为称王称汗之转声,则应称克烈部汪罕,何以史文多单称汪罕,未尝兼及克烈乎?《太祖纪》又云:"克烈部札阿绀孛者,部长汪罕之弟也。"即云部长,又云汪罕,词义重复。要之蒙汉异音,翻译多讹,本书以汪罕为统称,以脱里为专名,似较明显,非谬误也。汪罕之亡,为子所误;乃蛮之亡,为妇所误。妇子之言,不可尽信也如此!然脱里未尝不负恩,太阳汗未尝不好战。祸福无门,人自召之,读此可以知戒,文字犹其余事耳。

第 十 回

纳忽山屠主亡身　斡难河雄酋称帝

却说太阳汗欲攻帖木真，遣使卓忽难至汪古部，欲与夹击，帐下有一人进谏道："帖木真新灭汪罕，声势很盛，目下非可力敌，只宜厉兵秣马，静待时衅，万万不可妄动呢！"太阳汗瞧着，乃是部下的头目，名叫可克薛兀撒卜剌黑，不禁愤愤道："你晓得什么？我要灭这帖木真，易如反掌哩！"好说大话的人，多是没用。遂不听忠谏，竟遣卓忽难赴汪古部。

看官，这汪古部究在何处？上文未曾说过，此处如何突叙！原来汪古部在蒙古东南，地近长城，已与金邦接壤，向与蒙古异种，世为金属，至是乃蛮欲联为右臂，乃遣使通好。难道是远交近攻之计么？汪古部酋阿剌兀思，既见了卓忽难，默念蒙古路近，乃蛮路远，远水难救近火，不如就近为是。主见既定，遂把卓忽难留住，至卓忽难催索复音，恼动了阿剌兀思，竟把他缚住，送与帖木真，随遣使赍酒六榼，作为赠品。帖木真大喜，优待来使，临别时，酬以马二千蹄，羊二千角，并使传语道："异日我有天下，必当报汝！汝主有暇，可遣众会讨乃蛮。"来使奉命去讫。

帖木真便集众会议，拟起兵西攻乃蛮。部下议论不一，有说是乃蛮势大，不可轻敌。有说是春天马疲，至秋方可出兵。帖木真弟帖木格道："你等不愿出兵，推说马疲，我的马恰是肥壮，难道你等的马恰都瘦弱么？况乃蛮能攻我，我即能攻乃蛮，胜了他可得大名，可享厚膊，胜负本是天定，怕他什么！"还有别勒古台道："乃蛮自恃国大，妄思夺我土地，我苟乘他不备，出兵往攻，就是夺他土地，也是容易哩！"此时木华黎如何不言？帖木真道："两弟所见，与我相同，我就乘此兴师了。"遂整备军马，排齐兵队，克日起行。汪古部亦来会，既到乃蛮境外，至哈勒合河，驻军多日，并没有敌军到来。

一年容易，又是秋风，帖木真决议进兵，祭了旂纛，命忽必来、

第十回　纳忽山屠主亡身　斡难河雄酋称帝

哲别为前锋，攻入乃蛮。太阳汗亦发兵出战，自约同蔑里吉、塔塔儿、斡亦剌、朵儿班、哈答斤、撒儿助等部落，及汪罕余众，作为后应。两军相遇于杭爱山，往来相逐。适帖木真前哨有一部役，骑着白马，因鞍子翻堕，马惊而逸，突入乃蛮军中，被乃蛮部下拿去，那马很是瘦弱，由太阳汗瞧着，与众谋道："蒙古的马瘦到这般，我若退兵，他必尾追，那时马力益乏，我再与战，定可制胜。"部将火力速八赤道："你父亦难赤汗，生平临阵，只向前进，从没有马尾向人；你今做主子，这般怯敌，倒不如令你妻来，还有些勇气！"对主子恰如此说，可见胡俗又无君臣。太阳汗的儿子，名叫屈曲律，也道："我父似妇人一般，见了这等鞑子，便说退兵，煞是可笑！"又是一个鲜昆。太阳汗听着，老羞成怒，遂命部众进战。

帖木真命弟合撒儿管领中军，自临前敌，指挥行阵。太阳汗登岭东望，但见敌阵里面，非常严整，戈铤耀日，旗旄蔽天，不由得惊叹道："怪不得汪罕被灭，这帖木真确是厉害呢！"正说着，只听得鼓角一鸣，敌军排墙而出，来攻本部，本部前哨各军，也出去迎战。你刀我剑，你枪我矛，正杀得天暗地昏，忽又闻了一声胡哨，那敌阵中拥出一大队弓箭手，向本部乱射，羽镞四飞，当者立靡。自己正在惊惶，蓦来了一个部酋，猛叫道："太阳汗快退！帖木真部下的箭手，向是有名，不可轻犯的。"看官，你道这是何人？便是那先投汪罕后投乃蛮的札木合。原来札木合因汪罕败亡，转奔乃蛮部，此时见帖木真势盛，料知乃蛮必败，所以叫太阳汗退走。太阳汗闻言，越发惊心，哪里还忍耐得住，自然麾众西奔。为这一走，遂令军心散乱，被帖木真追杀一阵，竟至七零八落，亏得日色已暮，帖木真已鸣金回军，方才收集败兵，暂就纳忽山崖扎住。此段叙述战事，与前数次又是不同。

是晚太阳汗正思就寝，忽报敌营中火光四起，了如明星，恐怕要来劫营，须赶紧防备。太阳汗急忙发令，饬部众严装以待。到了夜半，毫无影响，又思解甲息宿，那军探复来报道："敌营中又有火光哩。"太阳汗不能再睡，只好坐以待旦，营中也扰乱了一夜，片刻未曾合眼。

一到天明，闻报帖木真已率军前来，太阳汗急带了札木合，上山瞭望；眼光中惟映着敌军杀气，前队有四员大将，威武逼人，差不多如魔家四将一般。便问札木合道："他四将是什么人？"札木合道："他是帖木真部下著名的四狗；一叫忽必来，一叫哲别，一叫折里麦，一叫速不台，统是铜额凿齿，锥舌铁心，专会噬人的。"太阳汗道："果真么？应离远了他！"遂拾级上升，又是数层，回望来军气焰越盛，为首的一员大将，骑着高头骏马，追风般地过来。又问札木合道："那后来的是何人？"札木合道："他叫兀鲁，有万夫不当之勇。帖木真临阵冲锋，尝要靠着他哩。"太阳汗道："这也须离远了他，方好！"又走上几层山峦。返顾敌人，最后的押队大帅，龙形虎背，燕颔虬髯，相貌堂堂，威风凛凛，不由得惊叹道："好一个主帅！莫非就是帖木真么？"札木合道："不是帖木真，是哪个！"太阳汗不待说毕，即转身再上，几已走到山峰，方才立着。如此胆小，安能却敌？本段文字实从《左传》楚共王问伯州犁脱胎而来，然亦可见札木合之心术。

札木合尚未随上，语左右道："太阳汗初拟举兵，看蒙古军似小羔儿一般，方谓可食他的肉，剥他的皮；一经瞧着，更吓得什么相似，步步倒退，这等形状，定要被帖木真破灭了。我等须赶紧逃生，免与他一同受死！"说罢，遂率着左右下山，复差人至帖木真军，报称太阳汗实无能为，你等乘此上山，便好把他歼灭了。反复小人，我所最恨。

帖木真闻报，心中大喜，重赏来人去讫。原来帖木真本意，正要吓退太阳汗，所以夜间立营，专在营外放火，使他疑虑。日间却耀武扬威，摆着模样，令太阳汗不敢轻视。此时得了札木合的密报，正拟乘机进攻，大众统踊跃得很，巴不得立刻上山。独木华黎进言道："且慢！待至夜间未迟。我军且堵住山口，防他逸出便好哩。"帖木真便在山下，扎营布阵。乃蛮兵也来争着，都被帖木真军杀回。当下恼了乃蛮将火力速八赤，一口气跑上山顶，向太阳汗道："帖木真来了，你为何不下山督战？"问了数声，并不见他回答，反叉着腰坐到地上。火力速八赤道："不能下山督战，只好上山固守，奈何噤不发声？"太阳汗仍然不答。火力速八赤又高声道："你妇古儿八速，已盛妆待你凯旋，你快起来杀敌吧！"借古儿八速以激之，可见太阳汗平日

第十回　纳忽山屠主亡身　斡难河雄酋称帝

之怕妻。语至此,方闻太阳汗缓语道:"我、我疲乏极了!明、明日再战。"等你不得奈何?火力速八赤摇头而返,只令部众上山守着。转瞬间,夕阳西下,夜色微茫,帖木真营内,毫无动静,乃蛮军因昨宵失睡,未免神志昏迷,多半卧着山前,到黑甜乡去了。不意睡魔未去,强敌纷乘,有几个不曾起立,已做了无头之鬼,有几个方才动身,便做了无足之夫。只有火力速八赤,带着几名勇士,前来拦截,与帖木真军混战多时,恰也丝毫不让,怎奈众志已离,土崩瓦解,单靠这几个力士,济什么事,眼见得力竭身亡,同登鬼箓了。火力速八赤实是一个莽夫,乃蛮之亡,彼实主之,惟一死报主,情尚可恕。

帖木真瞧着道:"乃蛮部下,有此勇夫,若个个如此,咱们何能取胜?可惜我不能生降他呢!"言下黯然。那时部下争逐乃蛮军,乃蛮军都上山逃走,

欲向山顶绕越山后,不防山后统是峭崖,前无去路,后有追兵,只好拼着命逃将下去,十个人跌死八九个,就是侥幸不死,也是断胫折胫了。太阳汗尚在山上卧着,缩作一团,被帖木真部下搜着,好似老鹰捕小鸡,一把儿将他抓去。还有杀不尽的乃蛮军士,统跪地乞降。余如朵儿班、塔塔儿、哈答斤、撒儿助诸部落,亦俱投诚。只太阳汗子屈曲律,及蔑里吉部酋脱黑脱阿,即《元史》脱脱。相偕遁去。帖木真率兵穷追,顺道至乃蛮故帐,把子女牲畜,尽行夺取,连太阳汗妻古儿八速亦一并拿住。当下升帐,先将太阳汗推入,约略问了数声,太阳汗毂觫万状。帖木真笑道:"这等没用的家伙,留他何用!"命

即斩讫，次将古儿八速献上。用一献字妙。她不待帖木真开口，便竖着柳眉，振起珠喉道："可恨你这鞑子！灭我部落，杀我夫主，我也为你所擒，有死而已，何必多问。"说着，把头向案撞去。如果撞死，也好保全名节。不意帖木真已举起双手，顺势把她头托住，偶觉得一种芬芳沁入心脾，凝眸细盼，蝉鬓鸦鬟，光彩可鉴，再举起她的面庞儿，益发目眩神迷，眼如秋水，脸似朝霞，虽带着几分颦皱，愈觉得楚楚可怜。不禁失声道："你恨着咱们鞑子，我偏要你做个鞑婆！"调侃语不可少。古儿八速把头移开，垂泪答道："我是乃蛮皇后呵！怎肯做你妾媵？"语已软了。帖木真道："你不肯做妾媵，也有何难！我便教你做皇后何如？"古儿八速闻了这语，随把帖木真瞟了一眼，复低着首道："我却不愿！"这是假话。帖木真知她芳心已动，便命投降的妇女拥她入内，一面发落余房，一面安排牲醴，与古儿八速成婚。是夕，在乃蛮故帐中，同古儿八速行交拜礼，仪制如蒙古例。礼毕，大开筵席，与众共欢。只有一个古儿八速，是独享的权利。酒阑席散，帖木真步入帐后，就搂住古儿八速同入寝帏。古儿八速已不如从前的抗命，半推半就，又喜又惊，一夜的枕席风光，似比故夫胜过十倍。以太阳汗比帖木真，强弱迥殊，宜乎胜过十倍。嗣是死心塌地，侍奉那帖木真，帖木真也格外爱宠，比也速干姊妹等，尤加亲昵，这且慢表。

且说帖木真既灭了乃蛮，复西追蔑里吉部酋脱黑脱阿。到了喀喇喀拉额西河，见脱黑脱阿背水而阵，即麾众杀去。战了数十回合，脱黑脱阿败走。帖木真军赶了一程，擒不住脱黑脱阿，只虏了他的子妇，及他部众数百人。帖木真见被虏的妇人颇有姿色，问明底细，乃是脱黑脱阿子忽都的妻室，便唤第三子窝阔台入见，把妇人给他，窝阔台自然心喜，不在话下。蒙俗专喜纳再醮妇，不知何故？正拟率兵再进，忽有蔑里吉部人，来献一个女子，父名答亦儿兀孙，女名忽阑。帖木真道："你为何今日才行献女？"答亦儿兀孙道："途次为巴阿邻种人诺延所阻，留我住了三宿，因此来迟。"帖木真道："诺延在哪里？"答亦儿兀孙道："诺延也随来投诚。"帖木真怒道："诺延留你女儿，敢有什么歹心？"便命左右出帐，去拿诺延，那女子忽阑道："诺延恐途中有乱兵，所以留住三日，并没有意外邪心。我的身体，原是完全，若蒙收为婢妾，何妨立即试验！"胡女无耻如此，可叹。言

第十回　纳忽山孱主亡身　斡难河雄酋称帝

未毕，诺延已由左右推入，也禀着道："我只一心奉事主人，所有得着美女好马，一律奉献，若有歹心，情愿受死！"帖木真点首，便命答亦儿兀孙及诺延出帐，自己挈着女子忽阑，亲加试验去了。过了半日，帖木真复召诺延入见，与语道："你果秉性忠诚，我当给你要职。"诺延称谢而出。独答亦儿兀孙未得赏赐，不免失望，暗中联络蔑里吉降众，叛走色楞格河滨，筑寨居住。嗣由帖木真遣将往讨，小小一个营寨，不值大军一扫，霎时间踏成平地。所有叛众，尽作鬼奴。答亦儿兀孙也杳无下落。最不值得。帖木真闻叛徒已平，遂进兵追袭脱黑脱阿。到了阿尔泰山，岁将残腊，便在山下设帐过年。既有古儿八速，复有忽阑女子，途中颇不寂寞。

越岁孟春，闻脱黑脱阿已逃至也儿的石河上，与屈曲律会合，当即整治军马，逐队进发。适斡亦剌部酋忽都哈别乞，穷蹙来降，遂令他作为向导，直至也儿的石河滨。脱黑脱阿等仓猝抵御，战了半日，部下已杀伤过半，势将溃散。那帖木真军恰是厉害，一阵乱箭，竟将脱黑脱阿射死。只有他四子逃免。屈曲律亦带了蔑里吉部余众，及乃蛮部遗民，投奔西辽去了。西辽国的源流，后文再详，今且慢表。

且说帖木真既逐去屈曲律等，恐道远师劳，不欲穷追，便下令旋师。临行时忽闻札木合被人拿到，当由帖木真召见来人。来人进告道："我是札木合的伴当，因惧主子天威，不敢私匿，所以将他拿来！"帖木真尚未回答，只听帐外有喧嚷声，便喝问何事？左右道："札木合在外面说话哩。"帖木真道："他说什么？"左右道："他说老鸦会拿鸭子，奴婢能拿主人。"帖木真点头道："说得不错！"便命左右将来人绑出，叫他在札木合面前杀讫。并着合撒儿传语道："札木合，你我本系故交，我先曾受你的惠，不敢相忘，你何故离了我去？如今既又相合，不妨做我的伴当，我却不是记仇忘恩的！况我与汪罕厮杀，你也曾与汪罕离开，及与乃蛮厮杀，你又将乃蛮实情通告我军，我亦时常惦念，劝你不要多心，留在我帐下吧！"札木合叹道："我前时与汝主相交，情谊很密，后因被人离间，所以彼此猜疑，我今日羞与汝主相见。汝主已收服各部，大位子定了，从前好做伴时，我不与做伴；如今他为大汗，要我做伴什么？他若不杀我呵，似肤上虮虱，背上芒刺一般，反教汝主不得心安！天数难逃，大福不再，不如令我自尽罢!"合撒儿入报帖木真,帖木真道:"我本不忍杀他,他欲自尽,依他便了!"猫哭老鼠假慈悲。札木合即日自杀,帖木真命用厚礼葬了。当下奏凯东还,到了斡难河故帐,与母妻欢叙,大家畅慰。恐孛儿帖未免吃醋。宋宁宗开禧三年冬月,大书年月。帖木真大会部族于斡难河,建着九旄白旗,顺风荡漾,上面坐着八面威风的帖木真,两旁侍从森列,各部酋先后进见,相率庆贺。帖木真起座答礼,各部酋齐声道:"主子不要多礼,我等愿同心拥戴,奉为大汗!"帖木真踌躇未决,合撒儿朗声道:"我哥哥威德及人,怎么不好做个统领?我闻中原有皇帝,我哥哥也称着皇帝,便好了!"快人快语。部众闻言,欢声雷动,统呼着皇帝万岁!只有一人闪出道:"皇帝不可无尊号,据我意见,可加'成吉思'三字!"众视之,乃是阔阔出,平时好谈休咎,颇有应验。遂同声赞成道:"很好!"帖木真也甚喜欢,遂择日祭告天地,即大汗位,自称成吉思汗。"成吉思"三字的意义:成者大也,吉思,最大之称。《元史》作青吉斯。嗣复在杭爱山下,建了雄都,审度形势,地名叫作喀喇和林。小子叙述至此,只好把帖木真三字搁起,以后均名成吉思汗,且系以俚句道:

旄纛居然建九旄,朔方气象有谁侔?
岂真王气钟西北,特降魔王括九州!

欲知以后情形,容至下回再述。

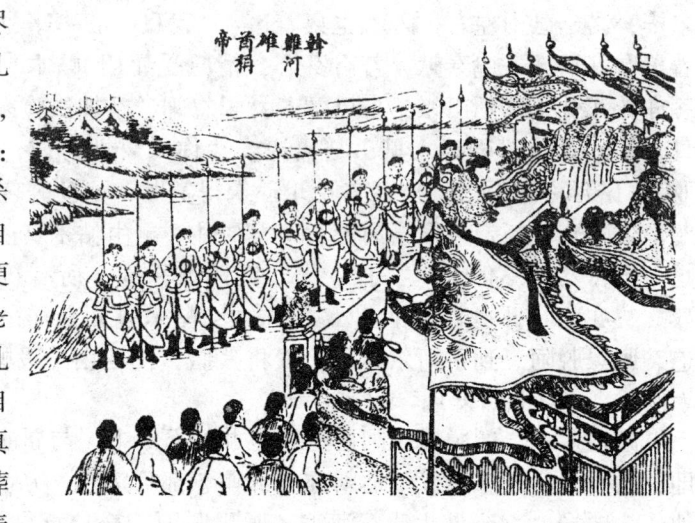

第十回　纳忽山屡主亡身　斡难河雄酋称帝

乃蛮势力，过于帖木真，卒因主子孱弱，部将粗鲁，以致灭亡。古儿八速激成兵衅，初虏以后，被意尚欲殉节，似非他妇女比，迨闻作皇后，即降志相从，长舌妇之不可恃也如此！以视火力速八赤犹有惭色。可见家有哲妇，尚不莽夫若也。若札木合之反复无常，死当其罪，史录谓札木合权略，次于项籍、田横，而胜于袁绍、公孙瓒，毋乃过于重视耶！惟不愿再事帖木真，较诸奴颜婢膝，犹差一间。作者抑扬尽致，褒贬得宜，而于描摹处尤觉逼真，是小说家，亦良史家也！

第 十 一 回

西夏主献女乞和　蒙古军入关耀武

却说成吉思汗即位后，大封功臣，除兄弟封王外，以木华黎为首功，博尔术次之，封他为左右万户；其余诸将，按功给赏，共九十五人，各封千户。又因术撒带临敌敢先，得平汪罕、乃蛮两大部，特命他世统兀鲁兀四千人，又赏他一个特别的禁脔。看官！你道这禁脔是什么东西？就是前回说起的汪罕女子亦巴合。亦巴合自被掳后，曾为成吉思汗的侧室，至是不知什么缘故，赐予术撒带。相传亦巴合出帐时，成吉思汗曾语她道："我不是嫌你无性行，无颜色，亦不曾说你身体不洁，不过因术撒带从征有功，所以将你赐他。"亦巴合嘿然趋出，成吉思汗命将奁资家产，一律带去，只留下一只金杯，作为纪念。自是亦巴合与术撒带遂做长久夫妻了。或说成吉思汗得一恶梦，以亦巴合为不祥，所以拨给，小子终不敢妄断，只就事叙事罢了。想是亦巴合不善房术之故。

封赏既毕，再宰牛杀马，大飨群臣。饮至半酣，成吉思汗问木华黎等道："人生世上，何事算为最乐？"木华黎道："荡平世界，统一乾坤，这是人生第一乐事。"成吉思汗道："是的，但尚知其一，不知其二。"博尔术道："臂名鹰，控骏骑，御华服，乘着暮春天气，出猎旷野，这也是人生乐事呢。"成吉思汗不答。博尔忽道："鹰鹯在天空搏击飞禽，凭骑仰观，倒也是人生一乐。"成吉思汗仍是不答，忽必来道："围猎的时候，众兽惊突，瞧着很是一乐。"成吉思汗摇头道："你等所说，统不及木华黎的志愿，但我与木华黎有同处，亦有异处。"群臣道："愿闻主子的乐事！"成吉思汗道："人生至乐，莫如杀灭仇敌，似摧枯木，夺他的骏马，得他的财物，并把他妻女掠了回来，教他伴着寝室，这是最快乐的事情！"实是一个强盗思想，不知老天何故佑他？言毕，掀髯大笑。

嗣复语木华黎、博尔术道："平定朔漠，实是汝等功劳。我与汝等，譬如车有辕，身有臂，汝等宜善体我心，始终勿替方好！"木华黎遂进规取中原的计议。成吉思汗点首道："规划中原，须仗着你呢！"木华黎

第十一回　西夏主献女乞和　蒙古军入关耀武

道:"先图西夏,次图金,再次图宋,逐渐进行,总有成功的日子哩!"名论不刊。成吉思汗道:"就从西夏开手吧!"政策既定,举酒尽欢。看官记着,是年岁次丙寅,即为成吉思汗即位之元年,历史上就称为元太祖元年。蒙古人以寅年肖虎,称为虎儿年,点醒眉目。这且按下。

且说西夏建国,源流甚远,始祖拓跋思恭,乃朔方党项部后裔。唐末黄巢作乱,拓跋思恭入援,以功封夏国公,赐姓李,世称夏州,就在蒙古南境。传至元昊,拓地渐广,僭号称帝,定都兴庆,有雄兵五十万,屡寇宋边。金兴以后,西夏渐衰,且屡有内乱,当李仁孝嗣位时,奸臣擅权,国势岌岌,幸亏金世宗发兵扶助,削平乱事,国乃不亡,只以后专为金属。仁孝殁后,子纯祐嗣,仁孝从弟李安全篡位自主,国中又复不靖。适成吉思汗混一蒙古,有志南下,于是气息奄奄的西夏国,遂首当其冲了。叙明西夏始末,为致亡之因。成吉思汗本拟即日发兵,因初登大位,不免有一番经营,如筑宫室,设堡寨,定官制,正陛仪,统是创始举行,不是一月两月,可办就的。光阴易过,又是一年,拟整顿军马,南攻西夏,俄闻吐麻部作乱,乃命博尔忽率兵往讨。吐麻部在额尔齐斯河附近,系属蒙古东北境。从前成吉思汗族人豁儿赤,自小做伴,尝语成吉思汗道:"你若得做大汗,我要在你的部属内,拣美女三十人,作为妻妾,你休忘怀!"此次成吉思汗果然登位,便命他在降服百姓中,挑选妇女三十个,以践前言。前言原是要践,但以三十人为妻,未免不端。

豁儿赤奉命而行,访得美貌女子,以吐麻部为最多,遂令吐麻部人忽都合别乞,到部中去选美女。谁知部民不肯服从,竟将他拿住,送与部酋。适值部酋都剌莎合儿病重去世,由其妻孛脱灰塔儿浑代为管辖,当下将忽都合别乞拘住。豁儿赤闻报,自然去报成吉思汗。成吉思汗即遣博尔忽率兵西征。博尔忽藐视吐麻部,行军时不曾戒备,将到吐麻部,日色已晚,便在林深径杂处,扎住营寨。夜间忽起伏兵,竟将博尔忽军冲散,博尔忽措手不及,被吐麻部人杀死。四杰中死了一个。

警报传达成吉思汗,成吉思汗怒气勃勃,便欲自行往讨。木华黎、博尔术齐声谏阻,别荐都鲁伯为大将,引兵再发。都鲁伯惩着前辙,自然格外小心,他在博尔忽殉难地方,设着空营,虚张旗帜,自己却领了健卒,由间道绕入吐麻部。那吐麻部内的女酋,闻知博尔忽杀死,喜得什么相似,在帐中摆着筵席,与众饮酒。想是再嫁的预兆。正在兴高采烈的时候，突被那都鲁伯军一拥而入，大家吓得魂飞天外，连躲避都来不及，个个束手就缚。女酋孛脱灰塔儿浑逃入帐后潜藏，正遇那忽都合别乞，由都鲁伯军放出，导入搜寻，四面一瞧，已被窥着，当由忽都合别乞把女酋牵出，拦腰一抱，大踏步去了。得趣。此外如帐外的百姓，统由都鲁伯军一并拿住，驱至斡难河。成吉思汗遂命豁儿赤就掳来的妇女中，挑了三十人，轮流伴宿。夜夜换新人，豁儿赤不怕死么？只女酋孛脱灰塔儿浑赏给了忽都合别乞，忽都合自然称心，女酋亦不得已相从，总算是怨女旷夫，各得其所了。总算成吉思惠泽。

于是往攻西夏，连拔数城。会闻西北吉里吉思荒原，有二部遣使通好，一部名伊德尔讷呼，一部名阿勒达尔，皆与乃蛮部接壤，因乃蛮被灭，是以通诚。成吉思汗领兵归国，接见来使。二使献上名鹰，并白骟马、黑貂鼠等，成吉思汗大悦，殷勤款待，遣令去讫。是时成吉思汗已有数女，长女火真别姬，曾议配鲜昆子秃撒哈，见第八回。嗣因婚议未谐，别适亦乞剌思人孛徒。次女名扯扯干，年已长成，因忽都阿别乞先来归附，有子名脱亦列赤，令他与次女作配，算作报酬。三女名阿勒海别姬，许字汪古部酋的侄儿镇国。这三女中，要算阿勒海别姬最称明慧，至遣嫁后，镇国多得其助，毋庸细表。

兔儿年过去，龙儿蛇儿年顺次相继，成吉思汗威名，震耀西域，回疆的畏兀儿部，亦通使输诚。《元史》称畏兀儿为辉和尔。成吉思汗遣使答好，并征他贡献方物。畏兀儿部酋亦都护，遂收集金珠缎匹，差使臣阿惕乞剌黑等随来谒见，且向成吉思汗道："咱们听得皇帝的声名，如云净见日，冰消见水一般，好生喜欢了。若蒙皇帝恩赐，许做藩属，我部主情愿拜为义儿，始终效力！"成吉思汗道："你主既肯归我，我愿收他做第五个义儿罢。我还有一个好女儿，给他为妻，叫他快来谒我！"阿惕乞剌黑等奉命去后，亦都护果然亲来，成吉思汗便命将庶出女子阿勒敦，许给亦都护。亦都护也不推辞，只说于回国后，差人来迎，至亦都护归去，杳无音信。看官道是何故？乃因亦都护正室，怀着妒忌，不令迎娶，所以蹉跎过去，至窝阔台嗣位，亦都护的正妻已死，方完结嫁娶的事情。人家的妇女硬夺来做妻妾。自己的女儿偏要给人家作妻妾，我正不解其意？

这且搁下不提。且说成吉思汗既收服畏兀儿部，遂一心一力地去攻西夏。夏主李安全，不得不发兵抵敌，令长子做了元帅，部将高令公

第十一回　西夏主献女乞和　蒙古军入关耀武

做了副手,率兵拒守乌梁海城。蒙古兵一到城下,高令公出城迎战,不到数合,已被蒙古兵活捉了去,余众败入城中。怎禁得敌军猛攻,昼夜不绝,吓得李安全的儿子,屁滚尿流,乘夜开了后门,抱头窜去。还有一个西壁氏,系西夏太傅,走迟了一步,又被蒙古军生擒去了。蒙古军夺了乌梁海城,进攻克夷门,如入无人之境。夏将明威令公不管死活,居然带了兵马,前来拦阻,一仗鏖战,复被拿去。虎头上抓痒。嗣是无人敢当,竟由蒙古军长驱直入,围攻夏都。李安全惶急得很,一面遣使至金邦乞援,一面召集全国人马,守着城池。蒙古军攻了数次,因城颇坚固,急切不能下,成吉思汗想了一策,命掘坏河防,将城外的河水,灌入城中。不意堤防一溃,大水奔流,城中未曾漂没,城外先已泛滥,成吉思汗只得撤围,别遣文臣额特

西夏主献女乞和

入都招谕。李安全待援未至,不得已与他议款,并把亲生爱女察合,献与成吉思汗。成吉思汗得了美女,便命她侍寝,枕席之间,欢爱非常,乃暂准西夏和议,撤兵而还。<u>美人计大有用处。</u>

李安全迁怒金人,出师攻金邦的葭州,被金将庆山奴所败,遂北诉蒙古,怂恿伐金。<u>名谓安全,好构兵衅,是谓名不副实。</u>成吉思汗正拟南略,得了此信,遂练兵秣马,造箭制盾,指日兴师南下。可巧金使到来,说是新君嗣位,特来颁敕,成吉思汗道:"新君是何人?"金使道:"就是卫王永济。"成吉思汗道:"我道中原皇帝,是天上人做的,似这般庸碌人物,也想做着皇帝,真正怪极!"金使道:"你曾受大金封爵,今日颁敕到此,理应竭诚拜受,怎么说出这般话来?"<u>成吉思为招讨官,见前第六回。</u>成吉

思汗怒道："我宗亲俺巴该汗,被你金人活活处死,我正思发兵报仇,你反要我拜受诏敕,忘八混账,快与我滚出去吧!"俺巴该事见前第二回。金使快快去讫。原来金主永济,是熙宗亶的侄儿,金主亶亦见第二回。其间经过三传,废帝亮、世宗雍、章宗璟。始由永济嗣立。他本没有什么威望,从前成吉思献金岁币,曾至静州,与永济相见,因永济孱弱得很,向存轻视,至是闻他嗣位,料他无能为力,不由得笑骂起来。

至金使去讫,遂乘着秋高马肥的时候,率着长子术、赤、《元史》作卓齐特。次子察合台、《元史》作察平罕。三子窝阔台、《元史》作谔格德依。统兵数万,祭旗出发。前队由哲别领着,将到乌沙堡,闻报金将通吉迁、嘉努、完颜和硕亦率兵到来。哲别兼程前进,掩入金营,金将不及设备,纷然溃散,哲别遂拔了乌沙堡,遣人至后队报捷。成吉思汗闻前锋得胜,也急趋而至,会同前队军马,径攻金国西京。守将胡沙虎,硬支持了七日,率麾下突围东走,被蒙古兵大杀一阵,伤亡无数。成吉思汗遂取了西京及抚州,复遣他三子分兵略地,把金邦所有的西北诸州,陆续攻下。

金主永济,闻胡沙虎败还,别遣招讨使完颜纠坚,监军完颜鄂诺勒等,带着四十万大军,出屯野狐岭,防御成吉思汗。这野狐岭系西北要隘,势甚高峻,雁飞过此,遇风辄堕,俗称此岭隔天,只十八里。金兵就此驻扎,本有一夫当关,万夫莫开的形势,只完颜纠坚,恰仗着一点气力,硬要与蒙古军对垒。麾下有将名明安,进谏道:"蒙古势盛,锐不可当,不如屯兵固守,休与他开战!"完颜纠坚道:"我奉命退敌,如何不战!"明安道:"既欲开仗,宜速进兵至抚州,攻他不备。"完颜纠坚道:"我有马兵二十万,步兵二十万,堂堂正正,与他厮杀一场,免他再来滋扰!"仿佛春秋时的宋襄公。言毕,叱退明安。俄报蒙古兵已到岭西,复叫明安进见,令他诘责蒙古,何故兴兵犯界?迂腐极了。明安趋出,即驰至蒙古营中,入见成吉思汗,自称愿降,把金军虚实,详细上陈。成吉思汗便率领精锐,乘夜进击。那时完颜纠坚,尚眼巴巴待着明安回信,不防蒙古兵已经杀到,迅雷不及掩耳,凭你带着四十万大兵,简直是没人中用;况且日落天昏,连自己的军马都分辨不清,接仗的人,自相屠戮,逃走的人,自相践踏,蒙古兵趁势乱杀,闹到天明,已是积尸满野,金兵一个儿都不见了。完颜纠坚固自取其咎,明安为虎作伥,罪更难辞。

成吉思汗乘胜驰追,到了宣德州,一鼓而下,复遣前锋哲别,去夺居

第十一回　西夏主献女乞和　蒙古军入关耀武

庸关。这关凭山建筑,是一座天险。哲别到了关下,相度形势,望见山路崎岖,整守完固,倒也不敢轻意,先猛攻了一阵,不损分毫,他却拔寨退去。守将还道他力怯,出兵追袭,谁知半途遇伏,杀得大败回来。及到关前,见关上已插着蒙古旗帜,顿时逃的逃,降的降,看官不必细问,便可晓得是哲别的诡计了。一语表明,省却无数笔墨。

哲别既得了居庸关,遂迎成吉思汗入关驻扎。成吉思汗又进兵中都,沿途杀戮甚惨。既到都下,金主永济大恐,欲南徙汴都,亏得卫兵誓死决战,出城鏖斗,战了一

日一夜,竟把蒙古兵杀退。成吉思汗乃回驻居庸关,是年已是羊儿年了。元太祖六年。居关数旬,因天已隆冬,免不得人马疲乏,遂留兵守关,自率三子等旋国,再图后举。

越年为猴儿年,金降将耶律留哥,故辽人。纠集故辽遗众占据辽东州郡,自称都元帅,遣使归附蒙古。成吉思汗命居广宁,坐伺金衅。到了夏季,得着军报,金主永济被弑,改立升王珣,成吉思汗大喜道:"这是天假机缘,不可坐失哩。"原来金主被弑的逆臣,就是西京失守的胡沙虎。自胡沙虎败还,金主把他革职,放归田里,寻复召为右副元帅,整日驰猎,金主遣使诘责。他便挟嫌倡乱,逼金主永济出宫,把他酖死,另立升王珣。于是成吉思汗复分兵三道,浩浩荡荡,杀奔金都。

金左副元帅高琪,拒战失利,蒙古兵进薄中都。胡沙虎方染足疾,乘车督战。金卫卒本有些能耐,更兼胡沙虎严厉异常,自然格外奋勇,争先杀敌。蒙古兵虽是厉害,却被他杀死多人,退至十里下寨。翌日,

胡沙虎又拟出战,召高琪兵不至,遂矫诏去杀高琪,不料高琪反率兵进来,围住胡沙虎居宅。胡沙虎逾垣欲走,衣襟被墙角牵住,坠地伤股,由高琪兵突入,乱刀斫死。*为弑主者鉴。*高琪取胡沙虎首,诣阙待罪。金主珣下诏特赦,并宣布胡沙虎罪状,追夺官阶,所有兵士,都归高琪统带,固守都城。成吉思汗也不去力攻,只遣兵分略东南,所至郡邑皆下,凡破金九十余郡,两河山东数千里,尸骸累累,鸡犬为墟。*惨不忍闻。*

　　蒙古兵将拟再攻中都,成吉思汗不从。只遣使告金主道:"汝山东、河北郡县,尽为我有,汝只有一个燕京,难道我不能踏乎!但天既弱汝,我复迫汝,未免助天为虐,汝能感我仁慈,速发金帛犒军,我亦当归去了!"金主珣犹豫未决,右丞完颜承晖道:"天佑蒙儿,不若与他议和,待他回军,再图补救。"金主珣乃遣承晖乞和,成吉思汗道:"金珠财帛,我军已够用了,只你主应有子女,何不遣来侍我。"*故态复萌。*承晖唯唯听命,返报金主珣。没奈何将故主永济的女儿,饰为公主,送与成吉思汗;又将金帛童男女各五百,马三千匹,作为犒劳费;再命完颜承晖送蒙古军出居庸关。小子有诗咏道:

　　　　一成一败本无常,弱国求和总可伤!
　　　　帝女作奴男作仆,空劳稗史记兴亡。

　　欲知成吉思汗后事,请至下回再阅。

　　成吉思汗之野心,无非欲多得金帛,多得子女而已!而迫之规取中原者,实出是木华黎。是木华黎之大志,实出成吉思上。乃天偏令成吉思为主,木华黎为臣,无怪老子谓天道不仁,以万物为刍狗也!西夏方衰,金邦又弱,成吉思汗乘机而起,本即可灭夏亡金,乃以献女之故,俱允和议,是其所耽耽逐逐者,尤在美妇人,天亦何苦令强暴之徒,糟蹋若干妇女耶!读此回,令人疑愤交集,几欲向天阍而一问之!

第 十 二 回

拔中都分兵南略　立继嗣定议西征

却说成吉思汗得了金公主，出关回国。金公主姿色，不过平常，成吉思汗因她是大邦女子，待以后礼。且金公主年甫及笄，成吉思汗年周花甲，成吉思即位之年，已五十二岁，此时已逾八年，正六十岁了。老夫配少女，不得不格外爱宠，令她感恩知报，勉侍巾栉，话休叙烦，单说金主珣闻蒙古兵还，拟迁都汴京，防敌再至。左丞相图克坦镒等力谏不从，遂命完颜承晖为都元帅，与左丞穆延尽忠，奉太子守忠，驻守中都，自率六宫启行。事为成吉思汗所知，愤然道："他既与我修和，何故南徙？我想他必挟嫌怀恨，不过借着和议，作个缓兵的计策，我偏要先发制人，破他诡计呢！"明明是有意为难。于是大阅军马，择日启行。巧值金纠军纠军，所收之军也，《金史兵志》有此名。卓多等，戕杀主帅，击败金都防兵，北走蒙古，遣使请降，成吉思汗命萨木哈、舒穆噜、明安等率兵相会，由卓多导入长城，再围中都。

金太子守忠走汴，留完颜承晖及穆延尽忠固守，蒙古兵不能拔。成吉思汗复遣木华黎为后援，率兵南下。先是木华黎随征金都，曾收降史天倪兄弟，天倪，永清人，有从兄名天祥，弟名天安、天泽，皆智勇深沈，足为大用，木华黎倚为心腹，曾荐举天倪为万户，余亦擢为队长。至是又奉命南征，带着天倪等出发，天倪语木华黎道："金弃幽燕，迁都汴梁，最是失算，辽水东西，系金邦咽喉地，我不若夺他北京，略定辽东西诸郡，塞住他的咽喉，那时中都孤立，自然唾手可得了。"

木华黎称善，便引兵趋辽西，攻金北京。金守将银青，领兵二十万，出御于和托戍堡，被蒙古兵一阵杀败，逃入城中。部将完颜昔烈、高德玉等，不服银青节制，因将银青杀死，改推寅答虎为帅。木华黎探知消息，遂令史天祥进攻，寅答虎遂以城降。北京既下，辽西诸郡，闻风归附，眼见得中都岌岌，危在旦夕了。史天倪之计验矣，然亦未免为虎作伥耳。

金留守完颜承晖，焦急非常，遣人向汴京告急。金主珣命御史中丞李英等,率师驰援,与蒙古兵遇于霸州。英素嗜酒,驭军无纪,至两下对垒,英尚饮酒百觥,临阵时,骑着马上,东倒西歪,麾下多相视而笑。看官,你想蒙古初兴,军锋甚锐,就使兵精将勇,也恐不能胜他,况遇这个酒糊涂,哪里支撑得住!蒙古兵冲杀过来,势如虓虎,金将遮拦不住,被他杀入中军,李英酒尚未醒,在马上晃了数晃,突然坠地,蒙古兵将,眼明手快,就将他一枪刺死!一道魂灵驰入酒乡去了。

军中失了主帅,当即溃归,自是中都援绝,内外不通。完颜承晖与穆延尽忠商议,决计死守。尽忠目动言肆,满口糊涂,承晖自知不妙,即辞家庙作遗表,抗论穆

蒙兵攻破中都南门

延尽忠及左副元帅高琪罪状。付尚书省令史师安石,赍送汴都,自别家人,仰药以殉。表扬忠节,不没幽光。穆延尽忠整装南行,将出通元门,金妃嫔等统相率候着,请他挈归。尽忠道:"我当先出,与诸妃启途。"诸妃嫔信为真言,让尽忠先出,尽忠带着爱妾等,飘然出城,绝不返顾,可怜众妃嫔进退无路,仓皇失措,待蒙古兵一拥杀入,老丑的俱死刀下,有几个容色美丽的,统被他扯的扯,抱的抱,调笑取乐去了!中都一破,宫室被焚,府库财宝,搜掠殆尽,金祖宗的神主,一股脑儿弃掷粪坑,阿骨打有灵,应亦泪下。算作金都燕京的结束。

那时安石赍表至汴,尽忠亦即到来。金主阅表,只追封完颜承晖为广平郡王,赦尽忠不问,反命他作平章政事。失刑如此,安得不亡!嗣后尽忠谋逆,方才伏法。

话分两头。且说成吉思汗闻燕都得手,遂自率精兵趋潼关。潼关

第十二回 拔中都分兵南略 立继嗣定议西征

立继嗣定议西征

为汴京西塞,势甚险峻,屡攻不下,别遣将由间道入关,为金花帽军所败,乃北还。寻命木华黎统辖燕云,建设行省,并封他为国王,职兼太帅,赐誓券金印,且语他道:"我略北方,汝略南方,分途进取,勉立大功!"木华黎应命,遂自中都调遣兵卒,攻取河东诸州郡,并拔太原城。金元帅乌库哩德升力竭身亡。金降将明安,领偏师趋紫荆关,擒金元帅张柔。柔素任侠,乡曲多慕义相从,金中都副经略苗道润,深加器重,荐为昭义大将军,权署元帅府事。道润为其副贾瑀所害,柔率众报仇,途次忽遇蒙古兵,逆战狼牙岭间,马蹶被执。明安闻其名,劝之投诚,柔乃降,更招集部曲,下雄、易、安、保诸州,进兵攻贾瑀。瑀据孔山台坚守,柔围攻兼旬,断其汲道,乃破台获瑀,剖瑀心祭道润,尽有其众,徙治满城。金真定帅武仙,会兵数万来攻。张柔全军适出,帐下只数百人,乃令老弱妇女登城。自率壮士潜出,突攻武仙背后,毁敌攻具。仙军猝不及防,还疑是援兵大至,相率惊愕,旋见后山旗帜飞扬,愈加退缩,遂四散奔逃。柔乘胜追击,伏尸数千,自是威震河朔,凡深、冀以北,镇、定以东,三十余城,次第收取;武仙率兵来争,匝月间经十七战,都得胜仗。张柔算是好汉,然总未免为金室贰臣。武仙穷蹙,又因木华黎遣将夹攻,遂把真定城奉献,乞降军前。木华黎命史天倪权知河北西路兵马事,武仙为副,事且按下再表。为后文武仙戕史天倪张本。

且说乃蛮部被灭后,太阳汗子屈曲律逃奔西辽。西辽国据葱岭东西地,系耶律大石所建,一名黑契丹。从前辽为金灭,余众随皇族耶律大石西走回疆,联合回纥诸部,成一大国,有志恢复,未成而死。再传至孙直鲁克,君临如故,惟东方属部,多判归蒙古,国势渐衰。适屈曲律奔至,进谒直鲁克,泣请规复。直鲁克正仇视蒙古,且闻屈曲律熟谙东土,因留为帮手,并允乘间出师。直鲁克妃子格儿八速,有女名晃,年才十五,姿首颇佳,屈曲律瞧着,很是艳羡,便格外献媚,日夕趋承;直鲁克年老好谀,渐加宠爱,嗣因屈曲律露求婚意,遂把女儿给他为妻。下手便骗了王女,小人心术可怕。

　　屈曲律既得了王女,权力日盛,暗思东收旧部,袭夺西辽。一层进一层。便入见直鲁克道:"我父虽亡,旧部尚众,目今蒙古侵略南方,无暇西顾,我正可出招溃卒,相率同来,一则可卫我妇翁,二则可报我父仇。"直鲁克大喜,便令屈曲律东行。又中他的诡计了。

　　屈曲律到了东方,乃蛮旧众,果来归附,遂乘势劫掠各部。道遇花刺子模王遣使通好,因邀他密议,使共谋西辽。约以东西夹攻,如获成功,东方归屈曲律,西方归花刺子模。议既定,花刺子模使臣归去,报知国主,兴师前来。看官,你道花刺子模乃是何国?便是唐书所称的货利习弥国,国主名谟罕默德,系突厥后裔,素奉回教,其父伊儿亚尔司兰在日,为西辽所败,岁奉贡币,至谟罕默德嗣立,虽照旧贡献,心中很以为辱。既得屈曲律的密约,哪有不允之理。屈曲律即带领遗众,入攻西辽国都。直鲁克遣将塔尼古,出城迎战,把屈曲律一阵杀退。会花刺子模酋长谟罕默德已到西辽,屈曲律与他会着,再行前进。西辽将塔尼古,又出来接仗,谟罕默德与屈曲律前后夹击,杀败塔尼古,并将他生生擒住。

　　西辽都内的守卒,闻报大惧,顿时溃乱,屈曲律乘机杀入,直鲁克不及逃遁,被众围住。屈曲律恰向众人道:"直鲁克是我妇翁,不得加害!"浑身是假。于是留住部众,在外守着,自率数骑入内,谒见直鲁克。直鲁克惊惶无措,便道:"你不要害我,我便让位罢!"屈曲律道:"你是我妻的父亲,就与我父亲一般,怎么教你让位?"好听。直鲁克道:"你不要我让位,如何纠众围我?"屈曲律道:"部众因你年迈,不便行政,教我帮你办事哩。"直鲁克道:"既如此,你去安抚叛众,我便依你说话!"

　　屈曲律遂出抚众人,并与谟罕默德会议,将西部西尔河以南地,让与花刺子模,并除免岁币。谟罕默德如愿而去。屈曲律遂自执国事,阳

第十二回　拔中都分兵南略　立继嗣定议西征

尊直鲁克为主,所有政务,概不令直鲁克闻知。直鲁克忧悉成病,越岁死了。屈曲律遂继了主位,闻故相女有美色,娶为妃子。这妃子不信回教,劝他从佛,屈曲律方加爱宠,言无不从,便令民间奉佛,不得仍信回教。回教徒阿拉哀丁抗词不屈,屈曲律大怒,把他手足钉住门首,威吓众人。又复暴敛横征,派兵监谤,民间痛苦异常,恨不得有人除他。

这消息传到蒙古,成吉思汗遂差哲别前征。哲别到了西辽,先饬民间各仍旧教,毋庸改易,并将所有苛敛,一律撤免,民间很是欢跃,统来迎接。屈曲律料不能敌,预率眷属遁去。哲别长驱直入,追屈曲律至巴克达山,径路狭隘,苦无可寻,适有牧人前来,询知屈曲律踪迹,便令他前导,搜出屈曲律,请他饮刀,所有眷属,尽作俘虏。于是西辽全土,统为蒙古属部,西境即与花剌子模接壤了。

哲别归国后,蒙古商人往花剌子模,被讹答剌城主掠去金银,一一杀死。成吉思汗遣使诘问,又复被杀,因下令亲征。

是时为成吉思汗十四年六月,成吉思汗将西行,与各皇后话别,只命忽阑夫人从行。忽阑见第十回。也遂皇后道:"主子年已老了,天方盛暑,何苦涉历山川,倒不如遣各皇子去!"也遂岂有妒意耶?抑欲长图快乐耶?成吉思汗道:"我不在军中,总难放心,况我筋力尚强,一时应不至就死,就是死了,也不枉创业一场。"也遂含泪道:"诸皇子中,嫡出的共有四人,主子千秋万岁后,应由何人承统?"成吉思汗半响道:"你说也是,我宗族大臣,都未曾提起,所以我也蹉跎过去。我去问明皇子再说!"

当下出召四子,先问术赤道:"你是我的长子,将来愿否继统?"立嫡以长,古有常经,成吉思汗乃胸无主宰,先行详问,是始基未慎,何以图终。言未毕,察合台勃然道:"父亲何故问他?莫不是要他继统么?他是蔑里吉种带来的,我等如何叫他管辖!"成吉思汗道:"胡说。"察合台道:"我母不是被蔑里吉掳去么?后来返归,途中便生了术赤,父亲可否记得?"补第五回所未及,惟从察合台口中叙出,彰母之丑,可见蒙儿不情。成吉思汗尚未答话,那术赤已奋然跃起,突将察合台衣领揪住,厉声道:"我父亲未曾分拣,你敢这般说么?你不过强硬些儿,此外有何技能!我今与你赛射,你若胜我,我便将大指剁去;我与你再赛斗,我若被你击倒,我便死在地下,不起来了!"察合台不肯少让,也把术赤衣领揪住。

正喧嚷间,宗族都前来劝解。阔阔搠思道:"察合台,你为何着忙?你未生时,天下扰扰,互相攻劫,人不安生,所以你贤明的母,不幸被掳!似你这般说,岂不伤着你母的心?你父初立国时,与你母亲一同辛苦,将你儿子们抚养成人,你母如日同明,如海同深,你尚未报亲恩,怎么出言不逊!"成吉思汗接着道:"察合台,你听着么?术赤明是我的长子,你下次休这般说!"恐怕做元绪公,所以如此抵赖。察合台微笑道:"似术赤的气力技能,也不用争执,我与术赤,只愿随父亲效力便了。我弟窝阔台,敦厚谨慎,可奉父教!"成吉思汗闻言,复问术赤。术赤道:"察合台已说过了,我照允便是!"成吉思汗道:"你兄弟须要亲昵,勿再吵闹,被人耻笑!我看天高地阔,待大功成后,各守封国,岂不更好!"二人无语,成吉思汗又问窝阔台道:"你两兄教你继统,你意如何?"窝阔台道:"承父亲恩赐,并二兄抬举,但做儿子的也不能遵允!自己没有什么智力,还好小心行去,只恐后嗣不才,不能承继,奈何?"窝阔台言语近情,较诸两兄粗莽,似胜一筹,但自己未曾嗣立,先已顾到后嗣,虑亦深了。成吉思汗道:"你既能小心行事,还有何说!"又问四子拖雷道:"你承认否?"拖雷道:"我只知饥着便食,倦着便睡,差去征战时便行,此外无他志了!"

　　成吉思汗便召合撒儿,别勒古台,帖木格及侄儿阿勒赤歹道:"我母已经去世,我弟合赤温,亦已病亡,母弟之殁,俱从成吉思汗口中叙明,无非为省文计耳。目下只有三弟,及我弟合赤温子阿勒赤歹,算是最亲骨肉,我今与你等说明:我第三子窝阔台将来接我位子;当使术赤、察合台、拖雷三人各有封土,自守一方。我子原不应违我,但愿你等亦永记勿忘!倘若窝阔台子孙,没有才能,我的子孙,总有一两个好的,可以继立,大家能秉公去私,同心协力,自然国祚延长,他日我死后,也瞑目了!"

　　合撒儿等应着。成吉思汗因立储已定,遂命哲别为先锋,速不台继之,自率四子及忽阑夫人统着大军为后应,即日启程。又遣使至西夏,命他会师西征。及去使还报,西夏不肯发兵。成吉思汗怒道:"他敢小觑我么!待我征服西域,再去剿灭了他!"为后文灭夏张本。于是排齐军马祭旗启行。祝告甫毕,忽觉狂风骤起,黑云密布,转瞬间大雪飘飘,飞舞而下,不到半日,竟着地三尺。成吉思汗怏怏道:"现在时当六月,天应炎热,为什么下起雪来?"忽从旁闪出一人道:"主子休疑,盛夏时候骤遇严寒,这是上天肃杀气象,正要吾主奉天申讨哩!"成吉思汗闻言大喜。正是:

　　　　天道无端开杀运,雪花先已报功成。

毕竟何人作此慰语,俟至下回表明。

　　金主珣自燕徙汴,固为失算,我能往,寇亦能往,徙都何为者?然成吉思汗之背好兴师,反借徙都为口实,是所谓欲加之罪,何患无辞,非真由徙都而致也。若屈曲律之诱人女,胁人主,种种权术,无非狡诈,及得国以后,且借势横行,以滋众怒,盖不啻为丛驱雀,而导蒙古以西略者。成吉思汗武力有余,文教不足,观其立储贰时,已开兄弟阋墙之渐,信乎以马上得天下者,不能以马上治也。本文依事直叙,文似拉杂,而暗中恰隐寓线索,阅者可于夹缝中求之!

第 十 三 回

回酋投荒窜死孤岛　雄师追寇穷极遐方

却说夏天雨雪,煞是奇怪,独有人谓系杀敌预兆。这人为谁?乃是辽皇族耶律楚材。楚材曾仕金员外郎,博览群书,旁通天文、地理、律历、术数。至蒙古南征,中都残破,适楚材在中都,为成吉思汗所闻知,召为掾属。每有谘询,无不通晓,令他占兆,尤为奇验。成吉思汗称为天赐,言听计从,至是谓雪兆瑞征,自然信而不疑。<u>耶律楚材为蒙古良辅,故叙述独详。</u>

当下令楚材随行,发兵西进,楚材复订定军律,所过无犯。至也儿的石河畔,柯模里、畏兀儿、阿力麻里诸部落,皆遣使来会,愿发兵随征。成吉思汗便就此屯驻。过了残腊,至各部兵会齐,方命进兵,直指讹答剌城。城主伊那儿只克,《元史》作哈济尔济兰图。有众数万,缮守完备。成吉思汗屡攻不下,顿师数月;将要破城,又来了花剌子模援军,头目叫作哈拉札,入城助守,城复固完。成吉思汗以顿兵非计,拟分军四攻,乃留察合台、窝阔台一军,围攻讹答剌城;别遣术赤一军,向西北行,攻毡的城;阿剌黑、速客图、托海一军,向东南行,攻白讷克特城;自率第四子拖雷,带着大军,向东北渡忽章河,即西尔河,趋布哈尔城,横断花剌子模援军。

四路并举,小子只有一支秃笔,不能兼叙,只好依次写来。察合台、窝阔台一军,奉命留攻,又是数月,城中粮尽援绝,哈拉札意欲出降,伊那儿只克自知万无生理,誓死坚守。两人异议,哈拉札遂夜率亲军,突围出走。察合台奋力穷追,竟将哈拉扎擒住。询得城内虚实,立将他斩首示众。当下督兵猛攻,前仆后继,顿把城堞攀毁,鱼贯而入。伊那儿只克巷战不胜,退守内堡,尚相持了一月。怎奈部众食尽力乏,一半饿死,一半战死,只余二卒,还登屋揭瓦,飞掷蒙古军。察合台、窝阔台并马突入,见伊那儿只克握着双刀,单身出来,两人忙将他截住,并饬各兵重重围住。任你伊那儿只克如何凶悍,终被蒙古兵射倒,擒入囚笼,押

第十三回　回酋投荒窜死孤岛　雄师追寇穷极遐方

送至成吉思汗大军,命把生银熔液,灌他口耳,报那杀商戍使的仇怨。用银液杀人,得未曾有,想是因他贪银,故用此刑。世之拜金主义者,亦当以此刑待之。

是时术赤挥师西北,先至撒格纳克城,遣畏兀儿部人哈山哈赤入城谕降,被他杀死。术赤大愤,力攻七昼夜,破入城中,屠戮殆尽,留哈山哈赤子为城主。复西陷奥斯恳、八儿真、遏失那斯三城,行近毡的,守将先遁,术赤兵傅城而上,城即被陷。再西拔养吉干城,各置守吏。前叙攻讹答剌军,此叙攻毡的军。

惟阿剌黑三将至白讷克特城,一攻即下,随驱城中壮丁,进攻忽毡城。城主帖木儿玛里克守河中小洲,矢石不能及,与城守遥为犄角,并造舟十二艘,裹毡涂泥,抵御火箭。蒙古三将,与他战了六七次,不能取胜,且伤亡兵卒千余名。于是遣了急足,向成吉思汗处乞师。适成吉思汗收降布哈城、塔什干城,进兵布哈尔。途次得阿剌黑等军报,遂拨偏师赴援。师至忽毡,阿剌黑等兵力复盛。再督壮丁运石填河,筑堤达洲。玛里克荡舟来争,俱被蒙古兵杀败,没奈何返至洲中,招集各舟,将所有兵士辎重,黾夜装载,拟运往白讷克特城中。谁知阿剌黑等先已防着,用铁索锁住河间,阻他前进。一闻有挺撞声,斫击声,便举起胡哨,号召各军,霎时间两岸军马,齐集如猬,都用强弩猛箭,攒射过来。玛里克料难入城,便舍舟登陆,且战且行。蒙古兵一同赶上,乱戳乱劈,杀伤殆尽,只玛里克走脱。叙阿剌黑等一军。

各路军共报大捷,次第进行,来会大军。那时成吉思汗已拔布哈尔城,追溃卒至阿母河,除投降免死外,一体枭首。成吉思汗亲登回教讲台,传集民众,谕以背约杀使,起兵复仇等情形,并令富民出资犒军。回民力不能抗,只好应命。会闻花剌子模王谟罕默德引兵驻撒马耳干,《元史》作薛迷思干。遂返斾东征。原来撒马耳干在阿母河东,所以成吉思汗大军,又自西转来。谟罕默德闻大军将至,先期逃去。城中尚有兵四万,墙堞高固,守具完备,成吉思汗料不易攻,令先围城。既而术赤等三路军马,共集城下,遂四面围攻。城中守兵出战,被成吉思汗用了埋伏计,诱他入险,尽行杀毙。守将阿儿波引亲卒突围出走,城中无主,只好乞降。成吉思汗佯许免死,至兵民出来,叫各兵剃发结辫,令入军籍,民仍旧制,到了夜间,潜命部下搜杀降兵,没一个不死刃下。随俘工匠三万名,分隶各营;壮丁三万名,充当奴隶;余民五万,令出金钱二十万,始得安居。部署既定,即命哲别、速不台二将,各率万人追谟罕默德。二将领命去了。

当谟罕默德出走时,因母妻居乌尔鞑赤城,《元史》作玉龙杰赤。与撒马耳干仅隔一阿母河,恐罹兵锋,乃遣使劝母妻速遁。成吉思汗也探悉他的母妻住址,令部下丹尼世们,至乌尔鞑赤,语其母道:"你儿子谟罕默德开罪我邦,我所以发兵来讨。你所主地,我不相犯,速遣亲信人前来议和!"那母亲名支尔干,置之不理,将丹尼世们逐出,自领妇女西走。支尔干,故康里部人,康里部旧在阿拉海,即忽章西尔两河潴集处。东北岸,为突厥种族的支部。花剌子模将士,多属康里部人,平时仗着母后威势,专横无度,不奉谟罕默德命令。谟罕默德自知力弱,因望风溃去。长子札兰丁随父出奔,愿号召部民,扼守阿母河,谟罕默德不从。札兰丁复请自任统帅,任父他避,谟罕默德又不许。其次子屋克丁,向驻义拉克,至是遣人迎父,报称有兵有饷,可以固守,谟罕默德遂决计西进。从兵皆康里人,阴谋叛乱,幸亏谟罕默德先时戒备,宿辎易处,一夕已经他徙,所留空帐,被丛矢攒射,几无遗隙。寻为谟罕默德闻知,心益悚惧,托词出猎,仅带札兰丁及心腹数人,潜往义拉克去了。内部已溃,即从札兰丁言,亦属无补。

哲别、速不台二将昼夜穷追,兵至阿母河,无舟可渡,便下令伐木编篾,内置辎重器械,外裹牛羊兽皮,就马尾系着,驱马泅水,得不沉没。将士攀援以随,全军遂渡。既渡河,分道巡行,哲别趋西行,速不台趋西南,沿路招抚,将至宽甸吉思海滨,即里海。两军复会。谟罕默德已至义拉克,闻蒙古军将到,立即西走。屋克丁差人侦探,据报蒙古军沿海南来,距义拉克不过数十里,他也心惊肉跳,坐立不安,竟行了三十六着中的上着。统是饭桶。

谟罕默德遁至伊兰,住了数日,复东遁马三德兰,行李尽失。马三德兰旧有部酋,为谟罕默德所杀,地亦被并。其子闻仇人到来,纠众报复,杀入谟罕默德帐中,不图谟罕默德已先遁去。可谓善逃。追至宽甸吉思海,见谟罕默德登舟离岸,有三骑踊跃入水,竟至溺毙。在岸上的人,用箭射去,那舟行驶如飞,任他有穿杨百步的能力,也是无从射着。谟罕默德得了生命,亟至东南隅小岛中居住,可怜胸胁中寒,忧悸成疾。

第十三回　回酋投荒窜死孤岛　雄师追寇穷极遐方

濒危时,遗命札兰丁嗣立,把自己的佩剑解下,令他系在腰中。嘱咐已毕,两眼一翻,呜呼哀哉！保全首领,还算幸事。

札兰丁把父尸槁葬,再自岛中潜出,东回乌尔鞑赤。这时候,支尔干早遁,尚有守兵六万,大半是康里部人,欲加害札兰丁,札兰丁闻风又遁。道遇帖木儿玛里克,

回酋窜死孤岛

率三百骑西行,遂与他会合,绕道东南,至哥疾宁地方去了。

哲别、速不台两军,至马三德兰,探知谟罕默德已窜死海岛,遂勒兵不追。只在马三德兰一带,搜剿余众。忽闻左近伊拉耳堡有谟罕默德母妻等,避匿不出,二将遂率军围堡。堡在万山中间,丛林深箐,阴翳晦暗,两军不便骤进,各远远地围着,只令它水泄不通。这老天亦似助强欺弱,竟尔匝月不雨,堡民无处汲水,口渴欲死,各思出外逃生,无如出来一人,一人被捉,出来两人,一双被捉,及至纷纷出来,二将知已内乱,引军直入堡中,把谟罕默德的母妻女孙一并拿住,当即槛送成吉思汗军前。成吉思汗赦了支尔干,不令她侍寝,想是嫌她老了。只杀了她的幼孙。所有女子四人,一个给了丹尼世们,前日出使一场,总算不枉跋涉。两个给了察合台。察合台留下一女,一女给了部将。颇为慷慨。还有一个,给了前时被杀商人的儿子。以父易妻,也还值得。算是谟罕默德家眷的结局。

哲别、速不台方拟回军,忽接成吉思汗命令,宽甸吉思海北面,有钦察部,曾收纳蔑里吉部的溃卒,应前往致讨,毋遽班师等语。二将不好违慢,只得再接再厉,复向西北杀入。所有战事,容待下文再详。

单说成吉思汗，自平定撒马耳干后，驻跸多日，复至渴石避暑，直到秋季，自率拖雷略南方，别命术赤、察合台、窝阔台，往征乌尔鞑赤。

　　乌尔鞑赤无主帅，由兵民公推，以康里人库马尔为首领，防御蒙古军。术赤等军将到城下，前哨劫掠牛马。守兵出城抗御，被诱至数里外，中伏败溃。嗣是城内兵民，一意坚守，不复出战。城跨阿母河，垣堞坚厚无匹，猝不可拔。术赤先遣使招降，因城主库马尔不从，乃伐木为桥，令兵三千进攻。不意守兵大出，把三千人困在垓心，杀得片甲不留。术赤急发兵往援，怎奈桥已被毁，前后隔断，只好双眼睁着，静看这三千人，做了无头之鬼！想是屠城之报。

　　察合台欲乘风纵火，毁他城堞，偏术赤思王此土，不许焚掠，由是兄弟不和，你推我诿。仍是前日积怨。迁延至七阅月，尚是未下，使人禀报成吉思汗，成吉思汗询得实情，颁敕诘责，改命窝阔台统领诸军。窝阔台即至两兄处，极力和解；乃并力亟攻，数日罔效。寻决河水灌城，城中不免惊忙。窝阔台遂督军掩入，将城攻陷。城主库马尔，犹带领守兵死战七昼夜，至力尽身亡，方才罢手。兵民多被屠戮，只工匠妇女幼稚，算是幸免。术赤留驻城中，察合台、窝阔台赴成吉思汗军去了。

　　成吉思汗此时正略定阿母河两岸，渡河指塔里寒山，所向征服。分军给拖雷带领，命往呼罗珊地方，荡平各寨，作哲、速二将后援，拖雷自去。成吉思汗进攻塔里寒寨，寨极坚固，四面皆山，土兵非常悍鸷，遇着敌军，统是拼命杀来。蒙古军虽经百战，到底也怕死贪生，战了数仗，一些儿没有便宜，反伤亡了无数。成吉思汗亲自督攻，也被寨兵战退。乃就山下扎营，召回拖雷军合攻，待久未至。原来拖雷军北往呼罗珊，沿阿母河西岸进发，所过城寨，剿抚兼施，倒也觉得顺手。既至呼罗珊西北隅，接着成吉思汗召还消息，乃从宽甸吉思海东岸绕还。海南有木乃奚国，素崇回教，由拖雷军大掠一番，再从东南回趋，冲破匿察兀儿及也里等城，方到塔里寒山，与成吉思汗军相会。成吉思汗已待了好几月了，遂合兵再攻坚寨，接连数日，方得毁坏城垣，杀败守卒，步兵尽死，惟骑兵奔溃。约计攻寨起讫日子，共七阅月。大众休息寨中，兼且避暑。与上文渴石避暑又隔一年。察合台、窝阔台，亦领军到来。术赤等攻乌尔鞑赤亦经七月，两两相对，前后接笋。

　　凉风一至，暑气渐消。看似寻常叙景，实则为过脉要诀。成吉思汗接到

第十三回　回酋投荒窜死孤岛　雄师追寇穷极遐方

侦报,谟罕默德长子札兰丁,在哥疾宁纠集余众,与班里《元史》作班勒纥。城主蔑力克汗,《元史》作灭里可汗。联合,声势颇盛;又札兰丁兄弟屋克丁,亦出屯合儿拉耳地方,有众千人。于是再议亲征,南下攻札兰丁;遥命哲别等分兵攻屋克丁。哲别奉谕,遣裨将台马司、台纳司二人往攻合儿拉耳。屋克丁在合儿拉耳地方尚没有什么兵力,闻蒙古军又至,便遁入苏吞阿盆脱堡,经台马司等率兵追入,围攻半年,堡破被杀。随笔了结。只札兰丁整备年余,集众六七万,又得蔑力克汗相助,有恃无恐,遂出御蒙古军。成吉思汗统兵南征,逾巴达克山,至八米俺城,围攻未下,乃令养子失吉忽秃忽名见第六回。领前哨军,先向东南进发。忽秃忽到了喀不尔,一作可不里,即今阿富汗都城。正遇着札兰丁,两军会战,自昼至暮,互有杀伤。次日再战,忽秃忽虑众寡不敌,密令军中缚毡像人,置在军后,仿佛似援军一般。临阵时,前面的军士,仍照常厮杀,战至半酣,将毡像载着马上,从后推至。札兰丁军果疑有后援,渐渐退却。独札兰丁奋然道:"我众甚盛,怕他什么?"随即分士卒为三队,自率中军,令蔑力克汗率右翼,邻部阿格拉克率左翼,两翼包抄,将忽秃忽军围住。忽秃忽知计已被破,忙令军士视旗所向,冲突敌阵。谁知敌众已四面攒集,似铜墙铁壁一般,来困忽秃忽,那时忽秃忽顾命要紧,只好擎着大旗,率众猛突,冲开一条血路,向北而逃。敌骑乘势追杀,死亡无算,军械马匹,亦被夺去不少。自蒙古军出征西域。这次算是第一遭损失。

败报至八米俺,成吉思汗正因爱孙莫图根一作莫阿图堪。攻城中箭,身死含哀。莫图根系察合台子,少年骁勇,骑射皆精。此次阵亡,不但察合台恸哭不休,就是成吉思汗也悲泪不止。忽又接到忽秃忽败报,不禁咬牙切齿,誓将八米俺城攻下,以便赴援。即日督军力攻,亲负矢石,察合台报仇心切,不管什么厉害,只麾军士登城,城上城下,积尸如山,蒙古兵只是不退。当即移尸作梯,奋勇杀入,把城中所有老幼男女,一律杀死,连牛羊犬马,统共剁毙,并将城垣尽行拆毁,至今斯地尚无人烟,可算得一场惨劫了!太属不顾人道。

成吉思汗不待部署,亟麾军南行,军不及炊,只啖米充饥。途次遇着忽秃忽败军,责他狃胜轻敌,并令忽秃忽导至战处,追溯前日列阵形状,指示阙失,更命倍道进行。到了哥疾宁,闻札兰丁已奔印度河,乃舍城不攻,引军疾追。

　　看官,这札兰丁已战胜忽秃忽军,为什么先期远飏,竟往印度河奔去?原来忽秃忽败北时,曾有骏马一匹为敌所夺,蔑力克与阿格拉克二人皆欲得此马,相争不下,恼得蔑力克性起,突执马鞭,将阿格拉克面上挥了一下,阿格拉克大愤,竟率部众自去。札兰丁失了左臂,未免惶惧,及闻成吉思汗亲来报复,所以先自南奔,蔑力克汗亦随往。

　　距河里许,回顾后面尘头大起,料是成吉思汗军赶到,自知不及西渡,只好列阵以待,一决雌雄。那成吉思汗大军,煞是厉害,甫经交绥,即握着大刀阔斧,突入

阵中。忽秃忽奉了密谕,猛攻右翼蔑力克军。蔑力克支持不住,向后倒退,退至印度河畔,不料蒙古军已绕至前面,阻住去路,一时措手不及,被蒙古军刺于马下,眼见得不能活了。

　　札兰丁又失右臂,势孤力弱,进退彷徨,自晨战至日中,手下仅数百人,幸成吉思汗意欲生擒,饬禁军士放箭,因得突围而出。奔到河边,复被忽秃忽军堵住,顿时上天无路,入地无门,他却穷极智生,竟纵马上一高崖,复将马缰扯起,扑地一跳,连人带马,投入印度河中去了!小子诌着俚句,成七绝一首云:

　　　　全军弃甲复抛戈,奔命穷途可奈何?
　　　　尽说悬崖宜勒马,谁知纵辔竟投河!

　　未知札兰丁性命如何?请看官续阅下回。

第十三回　回酋投荒窜死孤岛　雄师追寇穷极遐方

本回叙成吉思汗西征事,皆在今中央亚细亚境内。《元史》所载甚略。余如《亲征录》、《元秘史》、《元史》、《译文证补》等书,亦皆错杂不明,令阅者茫如测海,几有望洋之叹。一经作者叙述,逐层分析,依次表明,自觉井井有条,不漏不紊。若并是书而以为难阅,则从前史乘,更不必过问矣!本书所载地理,南北东西各有分别,阅《元史》地图自知。看似容易恰艰辛,阅者幸勿滑过!

第十四回

见角端西域班师　破钦察归途丧将

却说札兰丁投入印度河,蒙古军瞧着,总道他身入水中,一落数丈,不是跌死,也是淹死;谁料他却不慌不忙,从水中卸了军装,凫水逸去。诸将以穷寇被逃,不禁气愤,争欲赴水追捕,还是成吉思汗力阻,并语诸子道:"好一个健儿,是我生平所未曾见过的!若竟被他漏网,必有后患!"部将八刺,愿渡河穷追,成吉思汗允他前行。八刺遂役令兵丁,斩木为筏,渡河南去。成吉思汗复返攻哥疾宁城,城中守将,早已遁去,兵民开城迎降。窝阔台奉成吉思汗密谕,伪查户口,教兵民暂住城外,工匠妇女,不得同居。到了晚间,潜带麾下出城,把哥疾宁的兵民,一一戮毙,只工匠妇女,留作军中使用。专用此计,毋乃残酷。

成吉思汗再沿印度河西岸北行,捕札兰丁余党,闻阿格拉克与他族寻仇,已被杀死,遂乘机荡平各寨,所有丑类,无一孑遗。又因西域一带,叛服无常,索性遣将分兵,四处巡行,遇着携贰的部落,统加屠戮,共杀一百六十万人,方才收刀!民也何辜,遭此荼毒。

见角端西域班师

嗣得八刺军报,破壁耶堡,进攻木而摊城,因天气酷暑,一时不便开仗,只好扎住营寨,静待秋凉,札兰丁不知去

第十四回　见角端西域班师　破钦察归途丧将

向,俟探实再报等语。成吉思汗道:"我意在一劳永逸,所以征战数年,并无退志。现在余孽在逃,不得不再行进取,为山九仞,功亏一篑,如何使得!"耶律楚材婉谏道:"札兰丁孤身远窜,谅他亦没有什么能力,况我军转战西陲,越四五年,威声已经大震,得休便休,还求主子明察!"成吉思汗道:"我进彼退,我退彼进,奈何?"耶律楚材道:"坚城置吏,要隘屯兵,就使死灰复燃,亦属无妨!"成吉思汗半晌道:"且待哲别等军报,再作计较。"耶律楚材不便再说。大众休息数日,接到哲别军消息,已西逾太和岭,<u>即高加索山</u>。战胜钦察援军,进兵阿罗思,<u>即俄罗斯</u>。去了。成吉思汗道:"哲别等远征得手,一时总未能回来,我军守着这地,做什么事,不如渡河南行,接应八剌,平定印度方好哩!"随即下令再进。

　　时方盛夏,暑气逼人,印度地方,又在赤道下,益加炎燔,军行数里,便觉气喘神疲,汗流不止。既到印度河,遥见水蒸气磅礴天空,日光被它遮住,对面迷蒙,不见有什么影子。军士各下骑饮水,那水的热度似沸,几难入口,都皱着眉,蹙着额,恨不得立刻驰归。耶律楚材复思进谏,忽见河滨来一大兽,身高数丈,形似鹿,尾似马,鼻上有一角,浑身绿色,不觉暗暗惊异。成吉思汗也已瞧着,便语将士道:"这等大兽,见所未见,你等快用箭射它!"将士奉令,统执着弓矢,拟向大兽射去。蓦听得一声响亮,酷肖人音,仿佛有"汝主早还"四字。耶律楚材即出阻弓箭手,令他休射,一面到成吉思汗面前。方欲启口,成吉思汗已问道:"这是何兽?"耶律楚材道:"名叫角端,能作人言,圣人出世,这兽亦出现,它能日驰万八千里,灵异如鬼神,矢石不能伤它。"语至此,成吉思汗复问道:"据你说来,这可是瑞兽吗?"耶律楚材道:"是的!这兽系旄星精灵,好生恶杀,上天降此,所以儆告主子。主子是上天的元子,天下的百姓,统是主子的儿子,愿主子上应天心,保全民命!"<u>楚材所说,未必果真,但借异兽以规人主,可谓善谏</u>。成吉思汗方欲答言,又见大兽叫了数声,疾驰而去。随向耶律楚材道:"天意如此,我亦不便进行,不若就此班师罢。"耶律楚材道:"主子奉天而行,便是下民的幸福!"<u>语虽近谀,然谀言最易动听,善谏者宜知之</u>。

　　当下命师返斾,并遣人渡印度河,促八剌旋师。八剌即日北归,<u>想已眼望久了</u>。会着大军,由北趋东,过阿母河,历布哈尔,回民多叩谒马首。成吉思汗召主教入见。主教名曷世哀甫,谒见毕,详述教规。成吉思汗道:"所言亦是,但我闻回民礼拜,必须赴教祖墓所,回教祖名穆罕默德墓在麦加城。这也未免太拘。上帝降鉴,何地不明,为什么限着地域呢?"曷世哀甫不复再辩,唯唯听命。成吉思汗复道:"我已征服此处,此后祈祷,可用我名。你为主教,还有各处教士,尽行豁免赋役,你可替我申谕!"因势利导,谅亦由耶律楚材所教。成吉思汗便在布哈尔暂驻,一面遣使召术赤来会,一面遣使召哲别、速不台班师。

一住数日,复起行东归,经撒马尔干,渡忽章河,令谟罕默德母妻,辞别故土。两妇不能抗命,只好向着西方,恸哭一场,复随大军东行。到了叶密尔河,皇孙忽必烈、《元史》作呼必赉。旭烈兀《元史》作辖鲁。来迎。成吉思汗大喜,命二孙侍着行围。二孙皆拖雷子,忽必烈才十一岁,旭烈兀才九岁,随成吉思汗入围场,统能骑马弯弓,发矢命中,忽必烈射杀一兔,旭烈兀射杀一鹿,奉献成吉思汗。成吉思汗喜上添花,遂命将捕获各兽,及西域所得的财宝,大犒三军。嗣复住了数日,待长子术赤,及哲别、速不台,均尚未至,方徐徐地回国去了。归结成吉思汗西征。

且说哲别、速不台二将,北讨钦察,引兵绕宽甸吉思海展转至太和岭,凿山开道,俾通车骑,适遇钦察部头目玉里吉,及阿速、撒耳柯思等部,集众来御,仓猝间不及整阵,几被敌军迫入险地。哲别、速不台商定一策,遣西域降将曷思麦里至玉里吉军,说是:"我等同族,无相害意,不过西征到此,闻岭北有数大部落,特来通好,请勿见疑!"玉里吉等信以为真,麾兵退去。哲、速二将,引军出险,登高遥望,犹隐隐见阿速部旗旐。速不台语哲别道:"敌军信我伪言,统已退归,在途必不防备,若就此掩将过去,杀他一个下马威,可好么?"哲别连称妙计,便饬兵士尾追前军。疾行数里,已至阿速部背后,一声呼啸,好似电劈雷轰,猛扑前去。阿速部后队,方欲返顾,不料身上都受着急痛,霎时晕厥,纷纷落马。力避俗套。前队尚莫名其妙,等到硬箭飞来,长枪戳入,始知有敌到来。正欲拔剑弯弓,那头颅不知何故,已歪倒肩上,手臂不知何故,分作两段,顿时你忙我乱,只好鞭着马,飞着腿,四散奔逃!语语新颖。阿速部已经溃散,前面就是钦察部众。玉里吉闻着后面呐喊,惊问何事?大众都摸不着头脑,便命子塔阿儿领着数骑,向后探望,冤冤相凑,与蒙古

第十四回　见角端西域班师　破钦察归途丧将

军相值。方开口问着,已被一枪洞胸,坠骑死了。余骑不值一扫,统赴枉死城中。此时玉里吉待子未回,就勒马悬望。突然间来了蒙古军,错疑塔阿儿导他来会,笑颜迎着,蒙古军不分皂白,枪起刀落,又将玉里吉杀死。父子同归冥途,不寂寞了。余众大骇,急忙奔溃,已被蒙古军杀了一半。蒙古军再追数里,前面已寂无一人,料得撒耳柯思部已自飏去,略去撒耳柯思部,繁简得宜。当即择地下营。

哲、速二将,虽已得胜,终恐深入重地,寡不敌众,遂遣使至术赤处告捷,并请济师。术赤方攻下乌尔鞑赤城,驻军宽甸吉思海东部,俱回应前回。闲暇无事,即分兵大半往援。

哲别等既得援师,北向至浮而嘎河,入里海。适值河冰凝冱,遂履冰徒涉,攻下阿斯塔拉干大埠,纵兵焚掠。会得探报,钦察部酋霍脱思罕,领着部众来了。原来霍脱思罕系玉里吉兄长,闻知弟侄阵亡,倾寨前来,意图报复。哲别命曷思麦里诱敌,只准败,不准胜,自与速不台分军埋伏,专候钦察兵到,奋起厮杀。说时迟,那时快,曷思麦里方才出发,钦察兵已是驰到,望见曷思麦里麾下不过数千人,衣履不整,器械无光,统呵呵大笑,不把他放在眼里。曷思麦里恰突出阵前,指挥士卒与钦察前队酣战一场,不分胜负。霍脱思罕,见前队战敌不下,便督军齐上,拟包围曷思麦里军,曷思麦里恐陷入重围,乃率兵退走。曷思麦里之徐徐退走,为哲、速二将埋伏起见,非违命也。

钦察部众,只道是蒙古军败退,大众赶先争功,已无军律,曷思麦里令部下抛甲弃杖,惹得追军眼热,统下骑拾取,曷思麦里复回军来争,与钦察部众略斗,便又退走。恐他不追,所以回军。此退彼进,到了一座大山,峰崖险峻,岭路崎岖,曷思麦里麾军径入,霎时间都进去了。霍脱思罕报仇心切,又不防有他变,奋力追入。到了山间,峰转路迷,不辨去向。正疑虑间,山上号炮齐起,矢石雨下,忙即下令退军,把后队当作前队,觅路而出。将出山口,被速不台一军堵住,尚没有什么恐慌,当下麾众夺路,与速不台军鏖战起来,颇也有些起劲。谁知曷思麦里军已从他背后杀到,霍脱思罕顾了前面,不能顾后,顾了后面,不能顾前,才觉手忙脚乱,只好拼了老命,冲开一条血路,出山急走。前后夹攻的蒙古军,只在山内屠杀敌兵,一任霍脱思罕走脱。霍脱思罕急行数里,才敢喘息,检阅兵马,十成中少了六七成,便垂头丧气,向前再行。途穷日暮,夜色凄其,猛听得喊声复起,前后左右,又是蒙古军杀到,险些儿吓落马下!亏得手下尚有健卒数百,尽力保护,以一当百,等到杀透重围,已经十有九死。看官欲问这支蒙古军,只教再阅前文,便自分晓。不言而喻。

且说霍脱思罕走脱后,回入本部,恐蒙古军进攻,无兵可敌,没奈何遁入阿罗思境内。阿罗思就是俄罗斯,唐懿宗初,在北海立国,拓地渐广;北宋时,创行封建制度,分七十部,子孙相继,日事争夺。南俄列邦,有哈力赤部,酋长名密只思腊,系霍脱思罕女夫,粗知兵事,尝战胜同族,意气自豪。闻妻父远来,迎入城中,问明底细,即投袂道:"偌大蒙古,敢如此强横!待我出兵与战,怕不把它踏平呢。"喜说大话的人,最不可靠。

霍脱思罕道:"蒙古将士,很有蛮力,并且诡计多端,防不胜防。幸亏我走得快,才得保全性命,与你重逢。"密只思腊笑道:"他来的只是孤军,我等邻部甚多,一经号召,立集千万,总要与妇翁报仇哩!"于是遣使四出,召集各部酋长,会议发兵。计掖甫部酋罗慕,扯耳尼哥部酋司瓦托司拉甫,与密只思腊最是莫逆,一闻消息,赶先驰到。南方各部长,也陆续趋至。大众开议,定计出境迎击,毋待敌至。并遣告阿罗思首邦物拉的迷尔部,请他出师协助,分运军粮。部酋攸利第二,也即照允。

不到数日,各部兵均已会齐,共得八万二千人,仗着一股锐气,趋入钦察部。复由霍脱思罕收集残兵,专待蒙古军至,一齐掩杀。那时哲、速二将,已得知阿罗

破钦察
将遂衣饰

第十四回　见角端西域班师　破钦察归途丧将

思会师来御,也未免有些胆怯。是谓临事而惧。想了一计,复遣十人至阿罗思军,由密只思腊召入,问明来意。十人道:"钦察部容纳叛众,所以我军前来,声罪致讨。若与阿罗思诸部素无衅隙,定不相犯;况我国敬信天神,与阿罗思宗教相似,何不助我共敌仇人!"言未毕,霍脱思罕闪出道:"从前我弟玉里吉,也信了他的诡话,遭他毒手,我婿千万不可再信!"密只思腊道:"如此可恶,杀了来使再说!"便喝令左右,缚住八人,立即斩首,只令二人回报。

　　哲别又命二人至阿罗思军,说是两国相争,不斩来使,今无端杀我行人,上天必不眷佑,速即约定战期,与你决一胜负。霍脱思罕又欲杀他,还是密只思腊道:"杀他一二人何用,不如借他的口,回报战期!"随命二使道:"饶你狗命!快叫你主将前来受死!"二使抱头趋归。想是二人命不该绝,故一再得脱,不然,哲别前次已欺玉里吉,此次又欲欺密只思腊,安得令人信用耶!

　　密只思腊遣还来使,即麾兵万骑,东渡帖尼博耳河,巧值蒙古裨将哈马贝,沿河探望,手下只带数十骑,被密只思腊军一鼓掩来,逃避不及,个个受缚,个个饮刀。哲别闻报,亟命全军东退,伪耶真耶!那时密只思腊越发趾高气扬,追逼蒙古军直至喀勒吉河,遥见蒙古军列营东岸,便在河北扎住阵脚。霍脱思罕亦引兵来会,还有计掖甫扯耳尼哥诸部众,到了河滨,与密只思腊南北列阵。密只思腊轻敌贪功,并未与南军计议,独率北军渡河,来杀蒙古军。蒙古军如何肯让,就在铁儿山附近,枪对枪,刀对刀,大战起来。自午至申,杀伤相当。速不台见钦察军也在敌阵,竟带着锐卒,突入钦察军中,去杀霍脱思罕。钦察军惩着前辙,未战先慌,蓦见蒙古军冲入,立即惊溃。霎时间阵势大乱,密只思腊禁止不住,也只得奔还,急忙渡河西走,令将船只凿沉,人马溺毙,不计其数,后队兵士,不及渡河,眼见得是身首两分,到鬼门关上挂号去了!妙语解颐。

　　蒙古军乘势渡河,径攻计掖甫扯耳尼哥等部。各部尚书知密只思腊的胜负,毫不设备,被蒙古军掩至,把他围住,冲突不出。哲、速二将,料他窘迫,诱令纳贿行成,暗中恰四面埋伏,待他出营,却令伏兵齐起,见人便捉,捉不住的,便乱戳乱斫,俘获甚众,歼馘无算。总计各部酋长,伤亡六人,侯七十,兵士十死八九。于是蒙古军置酒欢宴,把生擒的头目,缚置地上,覆板为坐具。哲别、速不台以下将领,统在板上高坐,饮酒至数小时,至兴阑席散,板下的俘虏,已多压死,只扯耳尼哥部酋,尚是活着,哲别令曷思麦里,押送至术赤处,斩首示众。想是命中注定,必须过刀。

阿罗思首部攸利第二汗,正遣侄儿康斯但丁引兵南援,行至扯耳尼哥部,闻各部统已战败,慌忙逃归。阿罗思境内,全土震动。哲别再拟进兵,不意二竖为灾,竟染重疾。何止二竖,恐各部枉死鬼都来缠扰。不得已屯兵休养,适成吉思汗遣使亦至,促他班师,当即奉令回辕。到了宽甸吉思海东部,将术亦部兵尽行交还,别后登程,哲别病势越重,竟在中途谢世了!小子有诗咏哲别道:

　　百战归来力已疲,叙功未及竟长辞;
　　男儿裹革虽常事,死后酬庸总不知!

哲别逝世,速不台命部下舁尸。率众东归,欲知后事,请阅下回。

《元史》太祖十九年,帝至东印度国,角端见,班师。《耶律楚材》传,亦载及之,别史多辨其讹,且谓太祖未渡印度河,何由至东印度? 是皆史家饰美之词,不足为信。本书两存其说,谓见角端时,适在印度河滨,角端之能作人言与否,不下考实语,独归美于楚材之善谏。是盖独具卓见,较诸坊间所行诸小说,于无可援证之中,且任情捏造者,固大相径庭矣!下半回叙哲、速二将征钦察事,亦考据备详,不稍夸诞,而演笔则又奇正相生。作者兼历史家小说家之长,故化板为活,不落恒蹊。

第十五回

灭西夏庸主覆宗　遭大丧新君嗣统

却说速不台班师回国,由成吉思汗接着,闻知哲别已殁,悲悼不置,便命哲别子生忽孙为千户,承袭父祀。再遣使颁谕术赤,命他就钦察以东,忽章河以北,新定各部,俱归镇治。至西北未定地方,亦须随时勘定。术赤虽曾奉谕,恰不愿再出征战,只在宽甸吉思海北岸萨莱地,设牙驻帐,游猎度日,一面遣使返报,只称得病,不便他征。成吉思汗亦暂置不问。威及遐方,独不能驭众子弟,这是历代雄主通病。

惟因西征时曾征师西夏,夏师不至;至此复饬夏主遣子入质,夏主又不从;且闻汪罕余众,多逃匿西夏,心中愈愤,遂议下令亲征,也遂皇后闻着征夏信息,又来劝阻。总是她来出头。成吉思汗不从,也遂道:"南方已设国王,为什么还劳圣驾?"成吉思汗道:"国王木华黎已早死了,嗣子孛鲁,虽命他袭封,究竟经验尚少,不及乃父。况现在降将武仙,又复叛我,都元帅史天倪被杀,孛鲁方调兵遣将,出讨叛贼,还有什么余力,去平西夏?"也遂道:"主子西征方归,又要南征,虽是龙马精神,不致劳瘁,但士卒亦恐疲乏,总须略畀休息,方可再用!"语颇近理,我亦服之。成吉思汗屈指道:"我即大位,已二十年,西北一带,总算平定,只南方尚未收服,必须亲往一遭,就使今冬不征,明春定要往讨哩。"木华黎之殁,武仙之乱,及成吉思汗所历年月,俱就此带出,是即行文时销纳之法。也遂道:"明岁主子亲征,须要准我随行哩。"成吉思汗道:"忽兰随我西征,尝自谓困乏得很;似你这般身躯,比她还要娇怯,何苦随我南下呢?"也遂道:"主子栉风沐雨,妾等安坐深居,自问良心,亦觉愧赧,若蒙慨许随行,侍奉左右,就使跋涉闲关,亦所甚愿,怕甚么劳苦呢?"成吉思汗喜形于色,且语道:"你的阿姊很是谦恭,你又这般忠诚,好一对姊妹花,同侍着我,也算是我的艳福,死也甘心呢!"说一死字,为下文隐伏谶语。说着时,已将也遂抱入怀中,亲狎了一回。是晚并召也速干作伴,做个联床大会,云雨巫山,双双涉历,彼此都极尽欢娱,不劳细说。

插入一般艳情，隐寓乐极悲生之意。

小子叙到此处，又不得不将木华黎去世，及武仙再叛等情，再行表明。应十一回。木华黎自得真定后，复连岁出兵，尽得辽河东西，黄河东北诸郡县；复东下齐鲁，西入秦晋，把金邦所有土地，占去大半，《元史》推为开国第一功臣。惟屡攻凤翔未下，还至解州，遂有疾，以成吉思汗十八年三月卒。时成吉思汗尚在西域，闻报大恸，追赠鲁国王，谥忠武，其子孛鲁嗣爵。详叙木华黎生死，以其为第一功臣也。木华黎既殁，山东州县，复起叛蒙古，武仙亦怀着异心，诱杀都元帅史天倪。天倪弟天泽，方奉母归燕，闻变折还，遂遣使至孛鲁处，乞师讨逆。孛鲁命天泽嗣兄统师，并遣兵赴援，与天泽军会，击败武仙。武仙与宋将彭义斌连和，再攻天泽，天泽复发兵与战，擒斩义斌，武仙遁去，后事慢表。纳入此段，庶不阙略。

且说成吉思汗过了残腊，转瞬孟春，元宵一过，即下令南征，从新整点军马，陆续起行。也遂皇后也着了戎装，铁甲蛮鞾，黑骊雕鞍，随在戎骅后面，缓辔行着。仿佛出塞明妃。成吉思汗却骑着一匹红鬃马，红黑相间，煞是好看。由大众簇拥前去。既到郊外，命部众就地设围，亲自行猎。忽一野豕突出，奔至马前，成吉思汗不慌不忙，仗着平生射技，抬弓搭箭，一发殪豕。心中正在得意，突觉马首昂起，马足乱腾，一时羁勒不住，竟将成吉思汗掀翻马下。不祥之兆。

部将忙来救护，扶起成吉思汗，易马上坐，尚有些头昏目眩，神志不安，随命大众罢猎，扎住军营。看官，这马无端腾踔，恰是何故？原来被大豕所惊，因致骇跃。惟成吉思汗南征北讨，纵辔多年，已不知驾驭若干马匹；就是所骑的红鬃马，定然天闲上选，偏偏为豕所惊，以致失驭，这也是天不永年的预兆！是晚成吉思汗即身体违和，生起寒热病来。

翌晨，也遂皇后向众将道："昨夜主子罹疾，南征事不如暂罢，还请大家商议方好。"大众计议一回，自然依了也遂意见，入内奏知成吉思汗。成吉思汗道："西夏闻我回去，必疑我是怕他，我现在这里养病，先差人到西夏，责他不纳质子，擅容逃人，看他有何话说？"

当下遣使至夏，语夏主道："你前时与我议款，情愿归降，我军出征西域，你却不从；近又不遣子入质，并擅纳汪罕余众，你可知罪么？"是时夏主李安全早死，族子遵顼嗣立，复传位于子德旺。德旺本庸弱无

第十五回　灭西夏庸主覆宗　遭大丧新君嗣统

能,闻蒙古使臣诘责,战栗不能言,旁闪出一人道:"都是我的主使!要与我厮杀时,你到贺兰山来战;要金银缎匹时,你到西凉来取,此外不必多说,快快走吧!"好大胆。

蒙古使回报,成吉思汗勃然起床,喝令大军速进。左右都来谏阻,成吉思汗怒道:"他说这般大话,我怎么好回去?就是死了,魂灵儿也要去问他,况我还未曾死哩!"遂扶病上马,直指贺兰山。贺兰山在河套附近,距宁夏府西六十里,夏人倚以为固,树木青白,望如骏马,北人呼骏马为贺兰,所以借此名山。大军到了山前,见夏兵已在山麓驻扎,问他领兵的头目,便是前说大话的阿沙敢钵。我见前文,早欲问他姓名,至此才出现,作者未免促狭。

阿沙敢钵见有蒙古军,便率众下山,来冲头阵。谁知蒙古兵全然不动,只把硬箭射住,没些儿缝隙可寻,只得退回。好一歇,又复前来冲突,蒙古兵仍用老法子,依旧无效。直至第三次冲突,方听得喇叭一号,营门陡辟,千军万马,如怒潮一般,锐不可当。那边气焰已衰,这边气势正盛,任你阿沙敢钵如何能言,如何大胆,至此阻不胜阻,拦不胜拦,没奈何逃上山寨。蒙古军哪肯干休,就奋力上山,一哄儿杀入寨中,又将阿沙敢钵部下斫死了一大半,阿沙敢钵落荒走了。彼竭我盈,战无不克,可见成吉思汗善于用兵。

成吉思汗占据了贺兰山,便进拔黑水等城,嗣因天势体衰,在珲楚山避暑。至暑往寒来,复转攻西凉府及绰罗和拉等县,所过皆克,遂逾沙陀至黄河九渡,取雅尔等县,再围灵州。夏主遣兵来援,又被蒙古军击退。陷入灵州城,进次盐州川,天气凛冽,雨雪载涂,乃命在行帐度年。转眼间腊尽春回,已是成吉思汗二十二年了。复书岁次,为成吉思汗道殂张本。

河冰方泮,成吉思汗即率师渡河,下积石州,破临洮府,据洮河、西宁二州,进攻德顺。西夏节度使马肩龙正坐镇德顺城,颇有威名,闻蒙古兵至,居然开城出战,酣斗三日,蒙古兵受伤不少,马肩龙部下,也死了好几百名。因遣人报知夏主,即请济师。时夏主李德旺忧悸成疾,已经去世。还是侥幸。国人立他儿子,单名只一睍字。睍尚幼弱,晓得什么军政,各将士统得过且过,专务趋避,大家穿凿山谷,藏匿财物,行个狡兔营窟的法儿,愚甚痴甚,无怪国亡。便把马肩龙军书搁起。

马肩龙待援不至,自叹道:"城亡与亡,尚有何说?"复坚守了数日,禁不住敌军猛攻,自率左右出城,舍命死斗,至蒙古兵围绕数匝,尚拔刀瞋目,斫死蒙古兵数名,后来箭如飞蝗,身中数矢,遂大叫一声,呕血而亡。不没忠臣。肩龙一死,城中无主,自然被陷。

成吉思汗得了德顺州,复至六盘山避暑,遣将直逼夏都。夏主睍惊惶失措,急召文武会议,哪知所有臣民,统向土窟中避难去了。嗣闻土窟中的臣民,又被蒙

灭夏两属覆宗主

古兵搜着,财物夺去,身命了结,国亡身亡,土窟非真安乐窝,请后人听者。满野都成白骨,料知都城难保,只好把祖宗传下金佛一尊,并金银器皿,及男女马驼等物,皆以九九为数,赍献军前。成吉思汗闻报,定要夏主睍亲自出降。睍已束手无策,复泣告宗庙,出城至六盘山,谒见成吉思汗。成吉思汗止令门外行礼。行礼毕,将他系住帐下,饬将士入徇夏都。将士一入都城,掠了财物,掳了子女,见有美色的佳人,当即恣情污辱,不由她不忍受,连夏主睍的宫眷,也只得横陈榻上,任他戏弄一番。独耶律楚材,取书数部,驼两乏,大黄数担,饬兵役携回。后来军士途中遇疫,亏得大黄救命,所活至万人。

闲文休表。且说夏主睍被絷三日,由成吉思汗令他改名,叫作失都儿。夏主睍不敢不从,又越日,传令将夏主睍杀了,并把他父母子孙亦命一律处死。夏自元昊称帝,共传十主,历二百有一年而亡。

成吉思汗正欲班师,忽觉寒热交作,哮喘不休。也遂皇后日夕侍奉,所有军医,统来诊视,怎奈寿命已终,参苓罔效。弥留时,见也遂皇

第十五回　灭西夏庸主覆宗　遭大丧新君嗣统

后在旁，挈她的纤手道："你侍我有年，没甚错处，今又随我远征，灭了西夏，只望归国以后，与你等再聚数年，共享荣华，不意病入膏肓，无可救药。我死后，你回去告知各皇后，及你阿姊，须要节哀，不必过悲！"也遂不待说毕，早已扑簌簌地垂下泪来。成吉思汗也忍着泪，强说道："人生如朝露，有什么伤心处？你与我叫大臣进来！"也遂便传集群臣，各至榻前问疾。成吉思汗道："我病是不起的了，可惜诸皇子都未随着！术赤在西域死了，我教察合台前去视丧，尚未回来；窝阔台呢，我叫他去攻金国，责贡岁币；拖雷又监守故都，不能远离。目今惟你等随着，算来也都是亲戚故旧，后事全仗你等辅助！窝阔台谨厚性成，我前已命他嗣位，只一时未能回都，你等替我传谕，叫拖雷暂行监国罢了！"诸子远离，统借成吉思汗口中叙出，无非节省闲文，但戎马一生，送终无子，也是可叹！又指也遂皇后道："她随我征夏，又侍我疾病，劳苦极了，我也无可报她，只西夏的子女玉帛，多分给她一份，不枉她辛苦一场！"群臣齐声遵嘱，成吉思汗静养片刻，复顾群臣道："还有一桩大事，为我传谕嗣君：西夏已灭，金国势孤，但金国精兵，西集潼关，南据连山，北限大河，此后我军往攻，就使战胜攻取，也恐不能速究；计惟假道南宋，宋、金世仇，必肯许我，我下兵唐邓，直捣大梁，金都被困，定要征兵潼关，那时缓不济急，已成无用，就使他兵远来，千里赴援，人马疲敝，也不是我的对手，灭金很容易哩！"到死不忘拓地，真不愧为雄主。言讫，遂瞑目不视，悠然而逝了。

总计成吉思汗出世以来，享寿六十六岁。即大汗位，凡二十二年。南征北讨，所向克服，如近今内外蒙古，辽东三省，及中国西北部，并天山南北两路，暨中央亚细亚，阿富汗斯垣，波斯东半部，与高加索山附近部落，俱为成吉思汗所有。史家称其用兵如神，所以灭国四十，遂平西复。其实是西北一带，各族散处，既没有独立的精神，又没有永久的团体，彼此猜忌，互为仇敌，就使勉强联络，总不免凶终隙末，因此成吉思汗乘时崛起，削平各部。武如四杰，文如耶律楚材，又皆任用得当，就是所立兵制，亦比众不同，小子尝考得大略，随录如下：

（一）蒙古人自幼临狩猎，习骑射，所以骑兵尤精；此等骑兵，每人有乘马三四头，可彼此互代，终日驰骋。

（二）骑兵远行，遇紧急军事，只用马奶及干酪为食；或刺马出血，吞食充饥，可支十日，所以进行甚速。

（三）编定军队，以十递进，每十人为一队，队长叫作十户；十户以上有百户，统十户百人；百户以上有千户，统百户千人；千户以上有万户，万户直隶大汗。此等大小部长，对他部下，各有无限权力，部下无论何事，统须禀命后行，一经驱遣，不得迟谖，否则无论贵贱，必加刑罚。

（四）蒙古兵虽经出阵，仍须纳税，必令他妻儿守家，岁完税额，因之频年兴兵，军饷仍不缺乏。

这且慢表。且说成吉思汗逝世后，就借行在举丧。窝阔台贪夜奔至，察合台、拖雷等亦陆续到来，三子毕集，乃由蒙古诸王诸将等，大会于吉鲁尔河，承认成

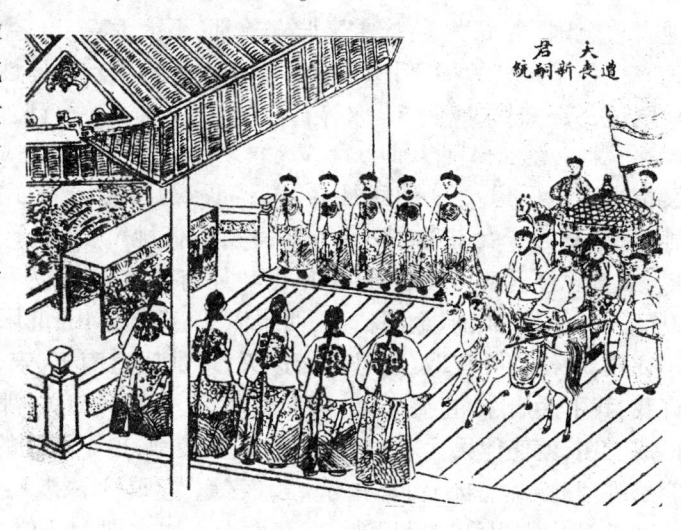
大汗新丧君嗣统道

吉思汗遗命，奉窝阔台为大汗。看官，这窝阔台嗣统，早经成吉思汗亲口布告，为什么要开着大会，经过公认呢？这也有个缘故，因成吉思汗在日，也有一条特立的法制：凡蒙古大汗，如当新旧绝续的时候，必须由诸王族诸将，及所属各部酋长，特开公会，议定嗣续，方得继登汗位，这会叫作"库里尔泰会"。自有此制，所以窝阔台虽承遗命，也要经"库里尔泰会"通过呢。详哉言之，实为后文伏线。窝阔台既即位，重用耶律楚材，楚材以旧制简率，未足表示尊严，更请窝阔台汗增修朝仪。窝阔台汗自然乐允，遂由楚材参订仪注，令皇族诸王尊长，皆列班罗拜，共效嵩呼。这就是俗语所谓前人承粮，后人割稻哩。《元史》尊成吉思汗为太祖，窝阔台为太宗，这都是统一中国以后追加的庙号。小子有诗咏成吉思汗道：

第十五回　灭西夏庸主覆宗　遭大丧新君嗣统

　　开邦端仗出群材，基业全从百战来；
　　试向六盘山下望，一回凭吊一低徊！
欲知以后情形，且至下回再表。

　　西夏与金，唇齿之邦也，唇亡齿必寒，夏亡则金曷能保！成吉思汗之南征，志不徒在灭夏，盖已视金为囊中物矣。观其临殁之时，犹嘱及攻金遗策，是可知其成算在胸，预图吞并。脱令稍假以年，则灭金固易易也。不然，窝阔台承父遗嘱，约宋灭金，何以相应如响乎？本回叙成吉思汗事，为成吉思汗衰年之结局，实括成吉思汗毕生之隐衷，彼固一世之雄也，而今安在哉！著书人述元代史，于成吉思汗较详，我知其固有所感矣。

第 十 六 回

将帅迭亡乞盟城下　后妃被劫失守都中

却说窝阔台嗣位为汗,颁定法令,比成吉思汗在日,体制益崇。复承父遗志,以西域封察合台,令他坐镇。西顾既可无忧,乃一意攻金。适金国遣使吊丧,并赠赗仪,窝阔台汗语来使道:"汝主久不归降,今我父赍志以殁,我方将出师问罪,区区赗仪,算作什么!"金尚立国,遣使吊丧遗赠,亦是应有之仪文,窝阔台汗乃强词夺理,卒以灭金。强国之无公理也久矣,可慨可叹!随命发还赗仪,遣归来使。金主珣时已去世,子守绪嗣立,得使人回报,未免恟惧。复遣人赍送金帛,至蒙古庆贺新君。窝阔台汗又不受。至金使去讫,遂召集诸王大臣议事,定计伐金。先是成吉思汗连年出征,所得财物,立即分散,并无丝毫储积;蒙古诸将,尝谓得了人民,毫无用处,不若尽行杀戮,涂膏衅血,灌润草木,作为牧场。独耶律楚材以为未然,至此因伐金议定,遂奏立十路课税所,以充军饷,每路设副使二员,悉用士人。楚材复进陈周、孔道德,且谓以马上得天下,断不可以马上治。窝阔台汗深服是言,由是尚武以外,稍稍尚文,这也不在话下。

且说窝阔台汗既整兵储饷,秣马积刍,遂于即位二年春季,偕皇弟拖雷,及拖雷子蒙哥,《元史》作莽赉扣。率众入陕西,连下诸山寨六十余所,进逼凤翔。金主遣平章政事完颜哈达,及伊喇丰阿拉引军赴援,行至中道,闻蒙古兵势甚强,料非敌手,竟逗留不进。至金主屡促进兵,哈达、丰阿拉只是因循推诿。嗣闻蒙古兵分攻潼关,乃禀称潼关被攻,较凤翔为尤急,不如先救潼关,次及凤翔。金主无可奈何,只得依他。他二人便引军赴潼关。潼关本系天险,且早有精兵屯驻,可以固守,哈达等避难就易,所以改道出援。于是凤翔空虚,守了两三月,终被蒙古兵攻陷,只潼关依然未下,拖雷自往督攻,亦不克。

部下有降将李国昌道:"金迁汴将二十年,全仗这潼关、黄河,倚为天险,我军若从间道出宝鸡,绕过汉中,沿汉江进发,直达唐邓,那时攻汴不难了。"拖雷点头称善,便返报窝阔台汗,窝阔台汗道:"从前父亲

第十六回　将帅迭亡乞盟城下　后妃被劫失守都中

遗命,曾令我等假道南宋,下兵唐邓,我且遣使至宋邦,向彼假道:彼若允我,进取尤便,否则再用此计未迟。"于是命绰布干为行人,往宋假道。到了沔州,谒见统制张宣,一语不合,竟被张宣杀死。窝阔台汗得着此信,乃命拖雷率骑兵三万人,竟趋宝鸡,攻入大散关,破凤州,屠洋州,出武休东陵南,围兴元军;复遣别将取大安军路,开鱼鳖山,撤屋为筏,渡嘉陵江,略地至蜀。蜀系宋地,宋制置使桂如渊逃去,被蒙古兵拔取城寨,共四百四十所。拖雷尚不欲绝宋,召使东还,会兵陷饶风关,飞渡汉江,大掠而东。

警报如雪片一般,递入汴都,金主守绪,急召宰执台谏入议。大众都说北军远来,旷日需时,劳苦已极,我不如在河南州郡,屯兵坚守,且由汴京备粮数百斛,分道供应;北军欲攻不能,欲战不得,师老食尽,自然退去。看似好计,奈各处不能坚守何。金主守绪叹道:"南渡二十年来,各处人民,破田宅,鬻妻子,豢养军士,只望他杀敌御侮,保卫邦家;今敌至不能迎战,望风披靡,直至京城告急,尚欲以守为战,如此怯弱,何以为国!我已焦思竭虑,必能战然后能守。存亡有天命,总教不负吾民,我心才少安哩!"所言亦是,可惜无补国亡。乃诏诸将出屯襄邓,并促哈达、丰阿拉两帅,速即还援。哈达、丰阿拉驰归。至邓州,别将杨沃衍、禅华善,及前被史天泽杀败的武仙,俱率兵来会。哈达胆子稍壮,麾诸军出,屯顺阳。嗣探悉蒙古兵方渡汉江,部将急欲往截,为丰阿拉所阻。至蒙古兵毕渡,乃进至禹山,分据地势,列阵以待。蒙古兵到了阵前,不发一矢,骤然退去,哈达亦下令收军。诸将请追蒙古军,哈达道:"北军不战自走,定怀诡谋,我若追去,正中彼计!"料敌亦明,无如尚差一着。遂勒马南归,返行里许,忽觉尘雾蔽天,呼啸不绝;哈达忙觅一小山,登冈瞭望,但见蒙古军骑、步相间,分作三队,迅奔前来。哈达叹道:"绕我背后,潜来袭我,正是变生不测,我看他军伍严肃,行列整齐,定是不可轻敌呢!"急忙下山麾兵,拟从旁道走避,怎奈蒙古军已是到来,只好与他对仗。两下厮杀,蒙古军少却,丰阿拉驱兵追去,谁知蒙古军复回马驰突,十荡十决,几乎被他蹂躏,亏得部将富察鼎珠,奋力截杀,蒙古兵始退。哈达便沿山扎营,语丰阿拉道:"北兵号三万名,辎重要居一成,今相持二三日,若乘他退兵,出军奋击,不患不胜!"丰阿拉道:"江路已绝,黄河不冰,彼入重地,已无归路,我等可待他自毙,何用追击!"想已被前日吓慌，故胆怯乃尔。

　　翌日，蒙古兵忽不见。逻骑谓已他去，哈达、丰阿拉遂欲返邓州。正在前行，忽斜剌里闪出敌军，竟将金军冲作两截。哈达、丰阿拉忙分兵接战，等到敌军杀退，后面的辎重，已是不见。哈达顿足不已，丰阿拉谈笑自若，与哈达并入邓州，收集部兵，伪称大捷。总是丰阿拉奸猾。金廷百官，上表庆贺。丑甚。

　　民堡城壁，皆散还乡社，满望烽烟无警，鸡犬不惊。哪知拖雷军尚自留着，窝阔台汗且自河清县白坡镇渡河，进次郑州，遣速不台攻汴城。城中兵民，不意北兵猝至，惊愕万分，金主也惶急异常，忙命翰林学士赵秉文，草旨罪己，改元施赦，文中大意，说得声情兼至，凄楚动人，闻者为之泣下。徒有文辞，何济于事。

　　时京城诸军，不盈四万，城周百二十里，未能遍守，只得飞召哈达、丰阿拉军还援汴城。哈达、丰阿拉一行，拖雷即用铁骑三千，追尾金军；金军还击，他偏退去，金军启行，他又来袭，弄得金军不遑休息，且行且战。至黄榆店，雨雪不能进。蒙古将速不台，已派兵阻金援师，于是哈达、丰阿拉军，前后被蒙古军遮断。会雪已稍霁，又得汴京危急消息，不得已引军再行。途次遇大树塞道，费着无数兵力，始得通途。既到三峰山，蒙古兵两路齐集，四面麇围。相持数日，料得金军困惫，恰故意开了一面，纵他奔走。金军果然中计，甫经逸出，被蒙古军夹道奋击，顿时大溃，声如崩山。武仙率三十骑先走，杨沃衍等战死，哈达知大势已去，忙邀丰阿拉面商，拟下马死战，孰料丰阿拉已杳如黄鹤，不知去向！只有禅华善等，尚是随着，乃相偕突围，走入钧州。

　　窝阔台汗在郑州，闻拖雷与金相持，遣琨布哈、齐拉衮等，作为援应。至则金军已溃，遂会兵到钧州城下，合力攻击。未几城陷，哈达匿窟室中，由蒙古军寻着，牵出杀死。且下令招降道："汝国所恃，地理惟黄河，将帅惟哈达，今哈达被我杀了，黄河被我夺了，此时不降，更待何时！"金军降者半，死者半，独禅华善先匿隐处。至杀掠稍定，竟自至蒙古军前，大声道："我金国大将，欲进见白事。"蒙古军将他牵住，入见拖雷。拖雷问他姓名，禅华善道："我名禅华善，系金国忠孝军统领，今日战败，愿即殉国。只我死乱军中，人将谓我负国家，今日明白死，还算得轰轰烈烈，不愧忠臣！"恰是好汉。拖雷劝他投降，他却眦裂发指，痛口叫骂。恼得拖雷性起,命左右斫他足胫,戳他面目,他尚喋血大呼,至死不屈。蒙古将悲他死义,用马奶为奠,对尸祝道:"好男儿,他日再生,当令与我做伴!"奠毕,将尸掩埋,不在话下。

将帅迭亡乞盟城下

只丰阿拉先已远走,被蒙古兵追获,押见拖雷。拖雷亦迫他投诚,反复数百言,丰阿拉恝慨然道:"我是金国大臣,只宜死在金国境内!"余无他言,亦被杀死。丰阿拉实是误金,只为金死义,尚堪曲恕。自是金国的健将锐卒,死亡殆尽,汴京已不可为了。潼关守将纳哈塔赫伸,闻哈达等战殁,很是惊慌,竟与秦蓝守将完颜重喜等,率军东遁。裨将李平,以潼关降蒙古。蒙古兵长驱直入,追金军于卢氏县。金军已无战志,且因山路积雪,跋涉甚艰,随军又多妇女,哀号盈路,至是为蒙古兵追及,未曾接仗,重喜先下马乞降。蒙古将以重喜不忠,把他斩首。该杀。乌登赫伸引数十骑走出谷间,亦被追骑搜获,一概祭刀。蒙古兵进围洛阳,留守萨哈连背上生疽,不能出战,投濠自尽。兵民推警巡使强伸,登陴死守,历三月余,无懈可击,蒙古军乃退去。

金主守绪因汴城围急,没奈何遣使请和。蒙古将速不台道:"我受命攻城,不知他事。"是时蒙古已创制石炮,运至城下,每城一角,置炮百余,更迭弹击,昼夜不息。幸汴城垣堞坚固,相传五季时周世宗修筑,用虎牢土叠墙,坚密如铁,虽受炮石,不过外面略损,未尝洞穿。金主又募死士千人穴城,由濠径渡,烧他炮座。蒙古兵虽曾防着,究未免百密一疏,因此攻城历十六昼夜,内外死伤,约数十万名,城仍兀然岿峙,不能攻陷。会窝阔台汗欲自郑州还国，因遣使谕金主降，并饬速不台缓攻。速不台乃语城守道："你主既欲讲和，可出来犒军！"金主乃遣户部侍郎杨居仁出城，带着牛羊酒炙，并金帛珍异，犒给蒙古军，且愿遣子入质蒙古。于是速不台许即退兵，散屯河、洛间，金主封荆王守纯子鄂和为曹王，遣他为质。鄂和不好违慢，涕泣辞去。

金参政喀齐喀以守城为己功，欲率百官入贺。历代亡国，多被此辈所误。金内族思烈道："城下乞盟，春秋所耻，何足言贺！"喀齐喀反怒道："社稷不亡，君臣免难，难道不是喜事么？"嗣因金主守绪亦不欲受贺，因而罢议。汴京总算解严。

一波才平，一波又起。蒙古行人唐庆等来答和议，暂就客馆，竟被金飞虎兵头目申福，驰入馆内，将唐庆杀死，并及随官三十余人。和议复绝，蒙古兵又长驱而至，招之使来，曲在金国，政刑如此，安得不亡。金主守绪，复飞檄各处勤王。时武仙遁驻留山，收集溃兵十万人，奉檄援汴。还有邓州行省完颜思烈，巩昌统帅完颜仲德，也引兵入援。甫至京水，不虞蒙古兵已先候着，呐一声喊，似狼虎攒羊一般，乱突乱杀，吓得金军胆战心惊，没一个不退走了。

且说窝阔台汗返国后，以金主背和杀使，复亲自出师至居庸关，为拖雷后援。忽得暴疾，昏愦不省人事，乃召师巫卜祝。巫言金国山川神祇，为了军马掳掠，尸骨堆积，以此作祟，应至各山川祷祀，或可禳灾。既而命巫往祷，病仍不愈，且反加重。巫返谓祈祷无益，必须由亲王代死，方可告痊。正说着，窝阔台汗忽开眼索饮，神气似觉清醒，左右以巫言告，窝阔台汗道："哪个亲王，可为我代？"言未已，忽报拖雷驰来问疾。由窝阔台召入，与述巫言。拖雷道："我父亲肇基择嗣，将我兄弟内，选你做了大汗，我在哥哥跟前，忘着时要你提说，睡着时要你唤醒。如今若失了哥哥，何人提我？何人唤我？且所有百姓，何人管理？不如我代了哥哥吧！我出征数年，屠掠蹂躏，造成无数罪孽，神明示罚，理应殛我，与哥哥无涉！"遂召师巫人告道："我代死罢，你祷告来！"师巫奉命出去。过了片响，又取水入内，对水诵咒毕，即教拖雷饮讫。拖雷饮着这水，好似饮酒一般，觉得头晕目昏，便向窝阔台汗道："我若果死，遗下孤儿寡妇，全仗哥哥教导！"窝阔台汗应着，拖雷便出宿别寝，是晚竟逝世了。本段文字，从《秘史》采来，并非著书人捏造，但事之真伪，不可考实，而蒙俗信巫，或有此离奇之史。拖雷生有六子，长即蒙哥，次名末哥，一作默尔根。三名忽都，一作瑚图克图。四即忽必烈，五即旭烈兀，六名阿里不哥。一作阿里克布克。后来蒙哥、忽必烈，皆嗣大汗位，忽必烈且统一中原，待后慢表。

且说拖雷死后，蒙古兵经略中原，要推速不台为主帅。速不台尚未至汴，金主守绪，先已东走。原来汴京城内，食粮已尽，括粟民间，不及三万斛，已经满城萧索，饿莩载途。兼且城中大疫，匝月间死数十万人。金主知大势已去，乃集军士于大庆殿，谕以京城食尽，今拟亲出御敌；遂命右丞相萨布，平章博索等，率军扈从，留参政讷苏肯，枢密副使萨尼雅布居守，自与太后皇后妃主等告别，大恸而去。既出城，茫无定向。诸将请往河朔，乃自蒲城东渡河，适大风骤起，后军不能济，蒙古将辉尔古纳追至，杀毙无算，投河自尽者六千余人。金元帅贺德希战死。

金主渡河而北，遣博索攻卫州，不意蒙古将史天泽复自真定杀到。博索连忙遁还，走告金主，请速幸归德。金主遂与副元帅阿里哈等六七人，乘夜登舟，潜涉而南，奔归德府。诸军闻金主弃师，沿路四溃。归德总帅什嘉纽勒缰，迎见金主，禀告各军怨愤情形，乃归罪博索，枭首伏法。跛胡虺尾，亡象已见，即杀博索，亦属无益。嗣遣人至汴京，奉迎太后及后妃，谁知汴京里面，又闹出一桩天大的祸案。

先是金主守绪出走时，命西面元帅崔立，驻守城外。崔立性甚淫狡，潜谋作乱，闻归德有使来迎两宫，他即带兵入城，问讷苏肯及萨尼雅布道："京城危困已极，你等束手坐视，做什么留守？"二人尚未及答，他即麾兵将二人杀死。随即闯入宫中，向太后王氏道："主子远出，城中不可无主，何不立卫王子从恪？他的妹子，曾在北方为后，应十二回。立了他，容易与北军议和。"太后战栗不能答，崔立遂矫太后旨，遣迎从恪，尊为梁王监国。自称太师都元帅尚书令郑王，兄弟党羽皆拜官。并托辞金主出外，索随驾官吏家属，征集妇女至宅中，有姿色者迫令陪寝，每日必十数人，昼夜裸淫，尚嫌未足。且禁民间嫁娶，闻有美女，即劫入内室，纵情戏狎，稍有不从，立即加刃。百姓恨如切骨，只有他的爪牙，说他功德巍巍，莫与比伦。名教扫地。正欲建碑勒铭，忽报速不台大军到了。诸将问及战守事宜，他却从容谈笑道："我自有计！"是晚，即出诣速不台军前，与速不台议定降款。还城后，搜括金银犒军，胁迫拷掠，惨无人道，甚至丧心昧良，卖国求荣，竟把那金太后王氏，皇后图克坦氏，以及梁王从恰，荆王守纯，暨各宫妃嫔，统送至速不台军，作为犒军的款项。看官，你想毒不毒，凶不凶呢？史称荆、梁二王，为速不台所杀，其余后妃人等，押送和林，在途艰苦万状，比金掳徽、钦时为尤甚。小子叙此，不禁潸然，有诗为证：

岂真天道好循环？北去和林泪血斑。
回忆徽钦当日事，先人惨刻后人还。

汴京失陷，后事如何，俟小子下回交代。

都宁失被妃后中报

金至哀宗，已不可为矣。哈达名为良将，而临阵多疑，不能决断，欲以之敌蒙古军，勇怯悬殊，宜乎其有败无胜也！金主守绪，城下乞盟，遣子入质，应亟筹生聚教训之道，外慎邦交，内固国事，则金虽残弱，尚可图存。乃议和之口血未干，而戕使之衅端又启；申福擅杀，不闻加罪，辛之寇氛又逼，汴京益危，日暮途穷，去将焉适！加以逆臣叛国，背主求荣，后妃可作犒款，都城可作赞仪，虽曰天道好还，前之迫人也如此，后之迫人也亦如此；然亦何尝非人事致之耶？本回全叙亡金事迹，而金之所以致亡，已跃然纸上。徒谓其录述之详，犹皮相之见也。

第十七回

南北夹攻完颜赤族　东西遣将蒙古张威

却说金叛臣崔立,既劫后妃等送蒙古军,遂迎速不台入汴城。速不台遣使告捷,且以攻汴日久,士卒多伤,请屠城以雪愤,窝阔台汗欲从其请,亏得耶律楚材多方劝阻,乃令除完颜氏一族外,余皆赦免。是时汴城民居,尚有百四十万户,幸得保全。速不台检查完毕,出城北去。崔立送出城外,及还家,想与妻妾欢聚,谁知寂无一人,忙视金银玉帛,亦已不翼而飞!方知为蒙古兵所劫,顿时大哭不已。妻妾金银,是身外之物,失去尚不足忧,恐怕你的头颅也要失去,奈何!转思汴京尚在我手,既失可以复偿,遂也罢了。慢着!

且说金主守绪,既到归德,总帅什嘉纽勒緷与富察固纳不合。固纳谓不如北渡,好图恢复。纽勒緷从旁力阻,被固纳麾兵杀死,又将金主幽禁起来。金主愤甚,密与内侍局令宋珪,奉御纽祜禄温绰、乌克逊爱锡等,谋讨固纳。适东北路招讨使乌库哩,运米四百斛至归德,劝金主南徙蔡州。金主与固纳商议,固纳力陈不可,且号令军民道:"有敢言南迁者斩!"于是金主与宋珪定计,令温绰、爱锡埋伏左右,佯邀固纳入内议事。固纳不知是计,大踏步进来,甫入门,温绰、爱锡两边杀出,立将固纳刺死。固纳系忠孝军统领,闻固纳被诛,擐甲谋变。嗣由金主抚慰,总算暂时安静。金主遂由归德赴蔡州。途次遇雨,泥泞没胫,扈从诸臣,足几尽肿。至亳州,父老拜谒道左,金主传谕道:"国家涵养汝辈,百有余年,我实不德,令汝涂炭,汝等不念我,应念我祖功宗德,毋或忘怀!"父老皆涕泣呼万岁。君臣上下,统是巾帼妇人,济什么事?

留驻一日,又复启行,天气尚是未霁,但觉得风雨沾衣,蒿艾满目。两语已写尽凄凉状况。金主不禁太息道:"生灵尽了!"为之一恸。及入蔡,仪卫萧条,人马困乏。休息数旬,乃令完颜仲德为尚书右丞,统领省院事务。乌库哩镐为御史大夫,富珠哩洛索为签书枢密院事。仲德有文武材,事无巨细,必须躬亲,尝选士括马,缮甲治兵,欲奉金主西幸,依险立国。奈近侍以避危就安，多半娶妻成家，不愿再徙；商贩亦逐渐趋集；金主又得过且过，也命拣选室女，备作嫔嫱，且修建山亭，借供游览。本是卧薪尝胆之时，乃作宫室妻妾之计，谁谓守绪非亡国主耶！仲德屡次切谏，虽奉谕褒答，究竟良臣苦口，敌不过孱王肉欲，所以形式上虽停土木，禁选女，暗中且仍然照行。仲德无可如何，只得勉力招募，尽人事以听天命。乌库哩镐也怀着忠诚，极思保全残局。无如忠臣行事，往往招忌，媚子谐臣，不免在金主面前播弄是非，以致金主将信将疑，日益疏远。镐忧愤成疾，辄不视事。千古同慨。

蒙古将塔察尔布展陷入洛阳，执中京留守强伸。伸不屈被杀。会窝阔台汗遣王檝至京湖，议与南宋协力攻金，许以河南地为报。宋京湖制置使史嵩之以闻。是时宋理宗昀嗣立，以金为世仇，正可乘此报复，遂饬史嵩之允议，发兵会攻。王檝返报窝阔台汗，即命塔察尔布展，顺道至襄阳，约击蔡州。金主守绪，反遣完颜阿尔岱至宋乞粮。临行时语阿尔岱道："我不负宋，宋实负我！我自即位以来，常戒边将无犯南界，今乘我疲敝与我失好。须知蒙古灭国四十，遂及西夏。夏亡及我，我亡必及宋，唇亡齿寒，理所必然；若与我连和，贷粮济急，我固不亡，宋亦得安。你可将我言传达，令宋主酌夺！"言虽近理，然不忆你的先人也曾约宋灭辽么？

看官，你想这时的宋朝，方遣将兴师，志吞中原，难道凭金使数语，就肯改了念头么？阿尔岱奉命而去，自然空手而回。金主无奈，只好誓守孤城，听天由命。蒙古将布展，先到蔡州，前哨薄城下，被金兵出城奋击，纷纷退去。后队再行攻城，又被金兵杀退。布展不敢进逼，只分筑长垒，为围城计。嗣由宋将孟珙等，率兵二万，运米三十万石，来赴蒙古约。布展大喜，与孟珙议定南北分攻，两军各不相犯。于是蒙古兵攻打北面，南宋军攻打南面。城内虽尚有完颜仲德、富珠哩、洛索等人，仗着一股血诚，誓师分御，怎奈北面稍宽，南面又紧，南面稍宽，北面又紧，防了矢石，难防水火，防了水火，难防钩梯；况且外乏救兵，内乏粮草，单要靠这兵民气力，断没有永久不敝的情理。两军分攻不下，复合兵猛攻西城，前仆后继，竟被陷入，幸里面还有内城，由完颜仲德纠集精锐，日夜战御。金主见围城益棘，镇日里以泪洗面，且语侍臣道："我为人主十年，自思无大过恶，死亦何恨！只恨祖宗传祚百年，至我而绝，与古时荒

第十七回 南北夹攻完颜赤族 东西遣将蒙古张威

淫暴乱的君主,等为亡国,未免痛心!但古时亡国的主子,往往被人囚絷,或杀或奴,我必不至此,死亦可稍对祖宗,免多出丑。"语语呜咽,然自谓无甚罪恶,实难共信。侍臣俱相向痛哭。金主复以御用器皿赏战士,既而又杀厩马犒军,无如势已孤危,无可图存。

　　勉强支持了两月,已是残年。越宿为金主守绪着末的一年,就是蒙古窝阔台汗嗣位之第六年。百忙中又点醒岁序,是年为宋理宗端平元年。蔡城上面,黑气沉压,旭日无光。守城的兵民统已面目枯瘠,饥饿不堪,俯视敌军,会饮欢呼,越觉得凄惶万状。金主晨起,巡城一周,咨嗟了好一回,到了晚间,召东西元帅承麟入见,拟即禅位与他。承麟泣拜不敢受,金主道:"我把主座让汝,实是不得已的计策!我看此城旦夕难保,自思肌体肥重,不便鞍马驰突,只好以身殉城。汝平日矫捷,且有将略,万一得免,保全宗祊,我死也安心了!"亡国惨语,我不忍闻。承麟尚欲固辞,金主复召集百官,自述己意,大众颇也赞成,于是承麟不得不允,起受玉玺。

　　翌日,承麟即位,百官亦列班称贺。礼未毕,忽报南城火起,宋军已入城了,完颜仲德忙出去巷战,奈蒙古军亦相继杀到,四面夹攻,声震天地。仲德料不可敌,复返顾金主守绪,但见已悬在梁上,舌出身僵。他即拜了数拜,出语将士道:"我主已崩,我将何去?不如赴水而死,随我君于地下!诸君其善为计!"言讫,跃入水中,随流而逝。将士齐声道:"相公能死,难道我辈不能么?"由是参政富珠哩、洛索以下,共五百余人,统望水中投入,与河伯结伴去了。承麟退保子城，闻金主自尽，偕群臣入哭，因语众道："先君在位十年，勤俭宽仁，图复旧业，有志未就，终以身殉，难道不是可哀么？宜谥曰哀！"史家因称为金哀宗。哭奠甫毕，子城又陷。遂举火焚金主尸。霎时间刀兵四至，杀人如麻，可怜受禅一日的金元帅承麟，亦死于乱军中，连尸骸都无着落！金自阿骨打建国，传六世，易九君，凡百二十年而亡。

蒙古将布展，与宋将孟珙，扑灭余火，检出金主守绪余骨，析为两份，一份给蒙古；一份给宋，此外如宝玉法物，一律均分；遂议定以陈、蔡西北地为界，蒙古治北，宋治南，两军分道而回。

约过半年，忽南宋会兵攻汴，窝阔台汗怒道："汴城分为我属，宋兵何故犯我，自败前盟？"遂欲下令伐宋。王族扎拉呼请行，遂发兵数万，使他统率南下。

时宋将赵范、赵葵，拟收复三京，因请调兵趋汴。宋臣多言非计，不见从，竟命赵葵统淮西兵五万人，会同庐州全子才，会攻汴城。蒙古方盛，非孱宋敌，是谓之不量力，贪利忘义，败盟挑衅，是谓之不度德。汴京都尉李伯渊，素为崔立所侮，密图报怨。闻宋兵将至，通使约降，佯邀崔立商议守备，崔立至，伯渊即阴出匕首，刺入立胸，立猛叫而死。从骑为伏兵所歼。伯渊把立尸系着马尾，出徇军前道："立杀害劫夺，淫暴虐，大逆不道，古今无有，是否当杀？"大众齐声道："把他寸磔，还未蔽辜！"乃枭斩立首。先祭哀宗，嗣把尸首陈列市上，一任军民脔割，须臾而尽。叙崔立伏辜事，所以正贼子之罪。

宋兵既入汴，师次半月，赵葵促子才进取洛阳。子才以粮饷未集，尚拟缓行，葵督促益急，乃檄淮西制置司徐敏子，统兵万人趋洛阳。登程时仅给五日粮，别命杨谊统庐州兵万五千，作为后应。徐敏子至洛，城中毫无兵备，一拥而入。既入城，只有穷民三百余户，毫无长物。宋兵一无所得，自顾粮食又尽，不得已采蒿和面，作为军食。杨谊军至洛阳东，方散坐为炊，突闻鼓角喧天，喊声动地，蒙古大帅扎拉呼，竟领军杀到！杨谊仓猝无备，哪里还敢抵敌，只好上马逃走，军遂溃散。扎拉呼进薄城下，徐敏子却出城迎战，厮杀一番，倒也没有胜负。无如粮食已罄，士卒呼饥，没奈何班师东归。赵葵、全子才在汴，所复州郡，统是空城，无食可因，屡催史嵩之运粮济军，日久不至。蒙古兵又来攻汴，决

第十七回　南北夹攻完颜赤族　东西遣将蒙古张威

河灌水,宋军多被淹溺,遂皆引师南还。于是一番计议,都成画饼。蒙古使王檝至宋,严责负约,河淮一带,从此无宁日了！咎由自取,于敌何尤。

窝阔台汗七年,命皇子库腾及塔海等侵四川,特穆德克及张柔等侵汉阳,琨布哈及察罕等侵江淮,分道南下。师方进发,忽接东方探报,高丽国王杀死使臣,遂又派撒里塔为大将,统兵东征。原来高丽国在蒙古东,本为宋属,辽兴,屡寇高丽,高丽不能御,转服于辽。及辽亡,复属于金。至蒙古攻金的时候,故辽遗族,乘隙据辽东,入侵高丽,高丽北方尽陷。会蒙古部将哈真东来,扫平辽人,把高丽故土,仍然给还,高丽因臣服蒙古。窝阔台汗遣使征贡,时值高丽王瞰嗣位,夜郎自大,竟思拒绝蒙古。使臣与他争辩,他却恼羞变怒,杀死来使,因此构怨开衅。迨至蒙古兵到,居然招集军马,与他开仗。看官,你想一个海东小国,向来为人役使,至此忽思发愤,欲与锐气方张的蒙古军争一胜负,岂不是螳臂当车,自不量力么？后来屡战屡挫,终弄得兵败地削,斗大的高丽城,也被撒里塔攻入。国王瞰带领家眷,遁匿江华岛,急忙遣使谢罪,愿增岁币。撒里塔报捷和林,且请后命。窝阔台汗以西南用兵,无暇东顾,乃允高丽的请求,命他遣子入质,不得再叛。高丽王瞰,只得应命,才算保全残喘,幸免灭亡。

话分两头,且说蒙古兵东征的时候,西域亦扰乱不靖,倡乱的人,就是前次凫水西遁的札兰丁。札兰丁自逃脱后,溃卒亦多渡河,沿途掠衣食以行。嗣闻八剌渡

东西遣将蒙古张威

河追来，复避往克什米尔西北，及八剌军还，成吉思汗亦退兵，乃回军而西，复向北渡河，收拾余众，占据义拉克、呼罗珊、马三德兰三部。复北入阿特耳佩占部，逐其酋鄂里贝克，将他妃子蔑尔克掳了回来，作为己妻。又北侵阿速、钦察等部，未克而回。适令部凯辣脱入侵阿特耳佩占属地，并挟蔑尔克而去。札兰丁大愤，遂纠众围凯辣脱城。城主阿释阿甫因其兄谟阿杂姆在达马斯克地病殁，往接兄位，留妃子汤姆塔及部众居守，相持数年，竟被攻陷，部众多半溃遁。只汤姆塔不及脱逃，被札兰丁截住，牵入侍寝。去了蔑尔克，来了汤姆塔，也算损害赔偿。阿释阿甫闻故部陷没，竟邀集埃及国王喀密耳，罗马国王开库拔脱，联兵东来攻击札兰丁。札兰丁寡不敌众，竟致败走，载汤姆塔回原部。阿释阿甫不欲穷追，反遣使报札兰丁，令其东御蒙古，毋再相扰，此后各罢兵息民。想是得了蔑尔克，不欲汤姆塔回去，因有此举。

札兰丁许诺，甫欲议和，忽报蒙古窝阔台汗，遣将绰马儿罕，统三万人到来。此处叙蒙古遣将，从札兰丁处纳入，免与上文重复。时适天寒，札兰丁方在饮酒，想是汤姆塔作陪。闻了军报，毫不在意，只道是天气凛冽，敌军不能骤进，因此酣饭如故，饮毕酣睡。到了次日，蒙古前锋已到，未及调兵，只好舍城远遁。汤姆塔不及随去，以其城降。札兰丁奔至途中，拟西入罗马，乞师御敌，不意蒙古兵又复追至，被杀一阵，只剩了一个光身，逃入库尔忒山中，为土人劫住，送至头目家，结果是一刀两段！相传札兰丁身材，不逾中人，寡言笑，饶胆略，临阵决机，虽当众寡不敌，也能意气自如。只自恃勇力过人，好示整暇，往往饮酒作乐，以致误事，而且驭下太严，将士多怨，因此转战数年，终致败没。断制谨严。

绰马儿罕既平札兰丁，飞章告捷，由窝阔台汗优词嘉奖，并令他留镇西域，后来绰马儿罕荡平各部，并遣汤姆塔及各部降酋入朝。窝阔台汗以他知礼，厚抚令归，且谕绰马儿罕尽返侵地，每岁除应贡岁币外，不得额外苛敛。于是里海、黑海间，统已平定了，惟钦察以北，尚未归服。

窝阔台汗欲乘机进讨，遂复起兵十五万，令拔都为统帅，速不台为先锋，继以皇子贵由，皇侄蒙哥等，陆续进发。拔都系术赤次子，与兄鄂尔达相友爱，从父驻西北军中。术赤既殁，鄂尔达以才不如弟，情愿让位，乃定拔都为嗣。补前文所未及。拔都既受命，俟大军齐到，即遣速不台前行，自率军继进。速不台至不里阿里城，其城昔已降服，至此复叛，

第十七回　南北夹攻完颜赤族　东西遣将蒙古张威

经速不台一到，众不能御，复缴械乞降，转攻钦察。遇别部酋八赤蛮，屡次抗拒，与速不台战了数仗，杀伤相当。蒙哥等率军大进，乃败走。追军分道搜捕，他却狡猾得很，一日数迁，往避敌踪。蒙哥令众军兜围，仍然不能捕获。嗣搜得病妪一名，讯问八赤蛮下落，方知他已逃入海中去了。

当下麾军亟追，南至宽甸吉思海，擒得八赤蛮妻子，又不见八赤蛮，料他必避匿近岛。正苦海面镜平，茫无涯岸，忽觉大风刮起，水势奔流，海中陡浅数尺，连海底的蕴藻，都望得明明白白。蒙哥令军士试涉，仅没半身，不禁大喜道："这是上天助我，替我开道呢！"便即麾兵徒涉，去捉八赤蛮。正是：

　　河伯效灵应顺轨，悍渠奔命且成擒。

毕竟八赤蛮曾受擒否？试看下回便知。

南宋约元灭金，与北宋约金灭辽相类，史家早有定评，无庸絮述，且本书以《元史》为主脑，故于宋事从略；宋人攻汴一段，不过为崔立伏诛，借以声罪耳。看下文蒙古攻宋，都约略叙过，可知本书之或详或简，自有深意，非徒事补叙也。至若征高丽，灭札兰丁，非一二年间事；第为便利阅者起见，不得不事从类叙。证诸正史，或年限稍有参差，亦不应指为疵累也。

第 十 八 回

阿鲁思全境被兵　欧罗巴东方受敌

却说八赤蛮避匿海岛,总道可以安身,谁知蒙古军又复追到,他只赤手空拳,何能抗拒,生生地被他擒去。到了蒙哥前,立而不跪,蒙哥喝他跪下,八赤蛮笑道:"我也是一国的主子,兵败被擒,一死罢了;且身非骆驼,何必跪人。"

蒙哥见他倔强,遂令絷入囚车,饬部卒监守。八赤蛮语守卒道:"我窜入海岛,与鱼何异,不意仍然被擒,料是天意绝我,我死无恨,只风力一息,海水便回,你等若不早归,也要被水淹没哩!"八赤蛮之意,欲借是言以冀赦宥,非惊服蒙古之得天助也。守卒传报蒙哥,蒙哥道:"杀了八赤蛮,当即旋师!"遂命将八赤蛮斩讫,率军离了宽甸吉思海,复北向攻入阿罗思部,直至也烈赞城。《元史》作额里齐。城主幼里,急着人至首邦乞缓,自率子妇出战。蒙哥躬亲督阵,与幼里战了半日,不能取胜,便即收兵。

次日复战,蒙哥令速不台接仗。两下酣斗,速不台见幼里背后,立着一位年少妇人,身长面白,跨着征鞍,眉目间隐带杀气,私下夸美不已。便麾兵猛斗,自辰至午,竟将幼里兵杀败,退入城中。速不台心思美妇,恨不得立时踏破,黉夜进攻。三日未下,复佯诱幼里出降,令出民赋十分之一,作为岁贡,幼里不从。速不台愤极,纠军合围,亲自督兵猛攻。城内待援不至,未免惊惶,略一疏懈,竟被速不台攻入,把幼里的儿子拿住,幼里逃入土圌,登楼固守。速不台审问幼里子,才知前日所见的美妇,乃是他的妻室,便向幼里子道:"你去叫你妻出来,我便饶你。"幼里子无法,只好至土圌下叫他妻室。速不台在后待着,好一歇,见楼上有美妇出现,双眉耸竖,凛若寒冰,俯视幼里子道:"你叫我做什么?你殉城,我殉夫罢了!"速不台道:"你若出来谒我,我总恕你夫妇,且叫你得着好处!"有什么好处?我要问速不台。那妇却冷笑道:"鞑狗!你当我作什么看?别人由你凌辱,我却不能,我死也要杀你鞑子!"速不台

第十八回　阿鲁思全境被兵　欧罗巴东方受敌

大怒,把刀一挥,竟把幼里子杀死。猛听得扑通一声,那美妇亦从楼上跃落,跌得血肉模糊,芳容狼藉,一道贞魂,已随那丈夫同逝了。烈哉西妇,亟宜表扬。

幼里见子妇俱死,也即自刎。速不台因欲壑难偿,愤无从泄,竟下令屠城,将城内所有兵民,一律杀尽。为一妇人故,致全城被屠,此尤物之所以招祸也。复攻邻近的克罗姆讷城,城主罗曼阵殁。阿罗思首邦攸利第二汗遣子务赛服洛特来援,正遇着蒙古军。一阵截杀,务赛服洛特大败逃归。蒙古兵长驱前进,至莫斯科城,城建甫百年,守具未备,攸利第二汗的长孙,正在城中,被蒙古兵突入,将他拿住。移军趋阿罗思首都,攸利第二汗令子务赛服洛特及木思提思拉甫守城,自引兵北驻锡第河,招集各部,准备抵御。蒙古兵到城下,令攸利第二汗长孙招降。城中不肯听命,蒙古军将他斫死,便合力围城。数日城陷,两王子巷战而死,妃嫔官绅,统入礼拜堂拒守,礼拜堂颇坚固,经蒙古军纵火焚烧,烟焰熏天,墙垣尽赤。看官!你想堂内的居人,还能苟延残喘么?未经烧着,已先熏死。差不多做了烧烤。

蒙古军复分着数道,攻掠附近各部落,又合兵趋锡第河,正值攸利第二汗纠集各部兵马,来敌蒙古军。那蒙古军煞是厉害,不管什么死活,总是碰着就砍,见着
就杀,一味地横冲直撞。等到敌军溃乱,他却变了战式,套成一个圆圈儿,把敌军团团围住。攸利第二汗从没有见过这般凶勇,忙带了两个侄儿,突出重围。行不到数十步,却被蒙古军射倒,眼见得丧了性命。攸利第二汗,《元史》作也烈班。

　　蒙古兵再向北进发,只见林木荫翳,道路泥泞,骑兵步兵,统不便行走。于是中道折回,转入西南,至秃里思哥城。城主瓦夕里倒是个血性男儿,他闻蒙古军将到,早已广浚城濠,增筑城堞,安排着强弓毒矢,秣马以待。至蒙古兵已逼濠外,他便带兵冲出城来,不待蒙古兵接近,就令弓弩手一齐放箭,箭头有毒,射入肌肤,凭你是条铁汉,也落得一命身亡。速不台兵先到,被城卒一鼓射退;蒙哥兵继至,又遇着这条老法儿,仍被射退。各军只好筑起长围,堵住他的出入,令他自乱。约已过了两三旬,那城中依然镇静,毫不见有恐慌情状,蒙哥欲退军他去,速不台不从,复督军逾濠力攻。谁料城上掷下大石,每块约重数十斤,杂以火箭,把逾濠的蒙古军,都打得伤头烂额。速不台料难攻入,急忙鸣金,已伤亡了一二千人。

　　话休叙烦。惟自围城起手,一日过一日,此攻彼守,已五六十日,蒙古军约死了七八千名。速不台很是郁愤,一面向大营乞援,一面与蒙哥定计,引军骤退。瓦夕里见敌军退去,出城追赶。那蒙古兵如风扫残云,瞬息百里,任他如何力追,总是赶他不上,没奈何返入城中。过了两日,蒙古兵又到城下。瓦夕里忙登城守御,望将过去,兵马比前时尤多。他知敌人得了援兵,又来攻城,且恐城中有歹人混入,饬兵民小心防着。也是乖刁。接连守了三日,蒙古兵虽然来攻,恰幸守备无疏,不曾失手。到了夜间,因两宵未睡,觉着疲乏,略思休息一时。方欲就寝,忽城内火起,连忙出来巡阅,不意城门大启,蒙古兵已蜂拥进来。当下拦阻不及,只好拼命死斗。杀到天明,部众已是零落,举目四望,血流成渠。正思跃马逃走,猛听得弓弦一响,躲闪不及,已被中肩,便翻身落马。来了一蒙古兵头目,将他擒住,他却突出刺刀,戳入敌手,竟尔挣脱。至蒙古兵一齐追上,自知不免,便投入血渠,死于非命!死有余勇,不愧血性男儿。

　　小子于上文中,曾叙过速不台乞援,及与蒙哥定计,此处再行补入。原来拔都未曾亲到,因速不台乞援,令合丹不里率兵往助,途中与速不台军会合,速不台恰先令军士易装,混入城中。只因城内昼夜严查,不便下手,过了三日,城守渐懈,遂纵火开城,放入蒙古军。《元史》所以有三日下城之语。

　　屠城已毕,复南下钦察。时霍都思罕已还,一闻蒙古军至,遁入马

第十八回　阿鲁思全境被兵　欧罗巴东方受敌

加部。马加即今之匈牙利。余众多降,遂平撒耳柯思、阿速等部,并拔灭怯思城,直至高加索山西北地。大众休养一月,进略南俄。计掖甫系南俄大城,先时曾建都于此,历三百年,乃以物拉的迷尔为首邦。攸利第二汗既战殁,计掖甫城主雅洛斯拉甫往援不及,乘蒙古军南下,入首都为酋长,扯耳尼哥城主米海勒,转据计掖甫城。蒙古军先攻扯耳尼哥,守卒用沸汤泼下,攻城人多被泡伤。退谕计掖甫城,令其速降,不意去使被杀。惹得拔都恼恨,驱动全军,昼夜围攻。米海勒料不能守,逃往波兰,留部将狄米脱里居守。狄米脱里出战受伤,乃乞降。拔都因他忠勇可嘉,免他死罪。狄米脱里遂献议拔都,劝他西征。速不台道:"他恐我蹂躏这处,所以劝我西行。"狄米脱里意旨,就速不台口中叙出,可见他为国尽忠。

拔都道:"霍都思罕逃入马加,米海勒逃入波兰,我何妨乘胜长驱,声罪致讨哩。"当下议定,于是派速不台军入波兰,自率军入马加。速不台有子兀良合台,骁勇不亚乃父,自请为前锋。当由速不台允从,攻入波兰。

波兰时分四部,一部名撒洛赤克,酋长叫作康拉忒;一部名伯勒斯洛,酋长叫作亨力希;一部名克拉克,酋长叫作波勒司拉弗哀;一部名拉低贝尔,酋长叫作米夕司拉弗哀。蒙古军先薄克拉克城,波勒司拉不能御,遂遁去,城被焚毁。进攻拉低贝尔城米夕司拉亦望风北遁。亨力希闻两部败溃,急邀集各部,来拒敌军,共得三万人,分作五军。第一军系日耳曼人,第二、第三军统系波兰人,第四军亦日耳曼人,亨力希自统所部,作为第五军。

日耳曼人恃勇轻进,至勒基逆赤城,遇着兀良合台。兀良合台未与交锋,先登高遥望,见前面来兵甚多,络绎不绝,他便下山收军,向后倒退。一面遣人飞报速不台。速不台引军趋前,兀良合台麾军退后,父子会着,两下定计,速不台自去。那边日耳曼军还道兀良合台怯敌,争先追来。兀良合台恰勒马待着,一俟追军近前,便奋呼搏战。此时日耳曼军,锐气正盛,也各上前奋斗,彼此搅作一团,约有两小时,蒙古兵弃甲抛戈,一哄而逃,兀良合台也落荒走了。明明是诈。日耳曼军如何肯舍,自然尽力追上,蒙古军走得很快,日耳曼军亦追得起劲。约行数十里,速不台从旁杀到,放过兀良合台军,竟与日耳曼军厮杀。日耳曼军虽然惊愕,却还有些余勇,兀自招架得住。不意战了片刻,兀良合台已绕出背后,所率铁骑,横厉无比,与前次大不相同,杀得日耳曼人,没处躲闪。忽觉炮声迭响,四面

敌受方束已罹殴

都是大石飞来,日耳曼人走投无路,霎时间尽殁阵中。速不台父子,整军复进,巧值波兰军又到。兀良合台乘他初至,忙麾骑突入,大众一齐随着,将波兰军冲作数段。波兰军向北败走,天色已晚,前面正撞着第四军日耳曼人,两边不及招呼,竟自相厮杀起来,迨至彼此说明,蒙古军已经杀到。那时日耳曼军,闻得前队战殁,统已魂飞天外,还有何心对仗,自然纷纷逃去。亨力希带着后军,因天时昏黑,不敢骤进,只探听前军下落。及得败溃消息,方拟退回,已被蒙古军赶到。勉强前来抵敌,哪禁得蒙古军的势力,荡决无前,不到半时,已被杀得人仰马翻,零零落落。亨力希知是不妙,亟思逃走,身上中着一矛,顿时昏晕坠地,残众欲来救护,怎奈蒙古军东驱西逐,无从下手。突然间火炬齐明,仰见蒙古军的大纛旗上,悬着一颗血淋淋的首级。看官不必细猜,便可晓得是亨力希头颅。万众骇逃,五军尽殁,<small>叙述五军战事,逐段变化,便似五花八门,不致呆板。</small>只米海勒查无去向。

蒙古军复分掠四乡,连下各寨,遂向东南绕行,去接应拔都军。是为承上起下之笔。拔都将入马加部,先遣使谕降,并教他执送霍脱思罕,免得进兵。马加部长贝拉<small>《元史》作恢怜。</small>正容纳霍脱思罕,得了四万户人民,勒令改从天主教,方自以得众为幸,哪里肯归附蒙古,当下拒绝来使,遣将士守住山隘,伐木塞途。拔都闻马加抗命,遂令军士斩木开路,

顺道而入。守兵闻风溃去,贝拉亟下令征兵,兵尚未集,蒙古军头哨,已到城下。天主教士乌孤领,请命贝拉,愿率教徒及兵士出战。贝拉不允,乌孤领自恃勇敢,竟出城开仗,被蒙古军迫入淖中,教徒尽殪,只乌孤领遁归。

城内兵民大哗,统归咎贝拉纳降构衅。贝拉不得已,将霍脱思罕处置狱中,嗣又把他处死,遣告拔都。拔都军只是不退。贝拉坚守数日,兵已渐集,便来战蒙古军。蒙古军屡胜而骄,不免疏忽,骤遇贝拉出来,一时未及招架,竟被贝拉冲破阵角,杀毙多人。拔都亟引兵东退,贝拉又大驱人马,追杀过来。看官须知行军的道理,总要随时小心,有备无患;若一经挫退,如水东流,断没有挥戈再奋的情事。至理名言,颠扑不破。拔都军正在危急,忽东北角上击着鼓鼙,扬着旌纛,又是一彪军驰到,吓得拔都叫苦不迭。及瞧着旗上大字,才知是速不台父子的兵马。从此处接入速不台父子,也有声色。心中大喜,便驱军杀回,贝拉见拔都得援,也收兵归去。拔都也不追赶,与速不台父子会叙,彼此谈及兵事,拔都道:"贝拉兵势方强,未可轻敌。"速不台道:"待我去窥度形势,再定行止。"

翌日,速不台挈数骑出营。约半日,方回见拔都道:"此去有漖宁河,上流水浅可渡,中复有桥,若渡过此河,便是马加城。我军不若诱敌出来,佯与上流争杀,我恰从下流结筏潜渡,绕出敌后,绝他归路;他既腹背受敌,哪得不败!"拔都点头道:"此计甚善,明日即行!"速不台道:"事不宜迟,我去黉夜结筏便是,大约明日下午,上流也好进兵了。"拔都应允,速不台引兵自去。

翌晨,拔都即升帐点兵,未午饱食,便出军至漖宁河。贝拉得了侦报,果然发兵来争,此时蒙古兵见他中计,越发耀武扬威,乱流争渡。到了桥边,贝拉兵杂集如蚁,枪刀并举,弓箭齐施,蒙古兵连番夺桥,统被杀退。恼动猛将八哈秃,左手持盾,右手执刀,大声喝道:"有胆力的随我来!"声甫绝,得敢死士百人,跟着八哈秃上桥,只向敌兵多处杀入。余众亦从后随上。待杀过了桥,八哈秃身上,矢如猬集,狂叫而死,敢死士亦亡了三十名。一将功成万骨枯。贝拉退回城中,速不台方才渡河。拔都恼怒异常,便欲还军。速不台道:"王欲归自归,我不拔马加城,誓不收兵!"遂引兵进攻马加城,拔都不欲同往,便在河滨扎营。惟诸将争请进攻,乃拨兵相助。贝拉自争桥后,颇畏蒙古军凶猛,及速不台兵到,益加悃惧。嗣见蒙古兵越来越多,竟从夜间潜遁,城遂陷。速不台及诸将,返报拔都。拔都尚有余愤,语诸将道:"潺宁河战时,速不台误约迟到,致丧我良将八哈秃!"速不台道:"我曾说下午发兵,乃午前已经进攻,彼时我结筏未成,何能渡河相救?"诸将亦各为解免,且谓现已夺得马加城,不必追忆前事,拔都方才无言。

越数日,复分军追贝拉,闻贝拉逃入奥斯,蹑迹而进,所过杀掠,欧罗巴洲全土震动,捏迷思<u>即今之德意志</u>。诸部民均欲荷担远遁。忽蒙古军中,传到急讣,乃是窝阔台汗逝世,第六后乃马真氏称制了。拔都一面急遣贵由先归奔丧,一面部署军马,班师东还。小子有诗咏蒙古西征道:

> 欧亚风原等马牛,兵锋忽及尽成愁;
> 若非当日鼎湖讣,战祸已教遍一洲!

欲知窝阔台汗临殁情形,且从下回说明。

　　拔都西征钦察,即今俄罗斯东部,至分军入波兰,入马加,则已在东欧地矣。波兰近为俄、奥、德三国所分(近自欧洲大战,德败俄乱,欧洲各国始许波兰独立),马加即匈牙利也,匈牙利之北,即奥大利亚国,亦称奥斯,向与匈牙利国,或合或分,今则合为一国,故又名奥斯马加。蒙古军亦曾至奥斯地,奥斯马加之西,即德意志联邦,日耳曼与捏迷思,皆德国联邦之一部分也。明宋濂等修《元史》因欧、亚间之地理未明,故于拔都西征事,多略而不详。近儒所译西史,亦人地杂出,名称互歧,本回参考中西史乘,两两对勘,择要汇叙;而于烈妇之殉夫,猛将之死义,且衷辑遗闻,力为表彰,是足以补中西史乘之阙,不得以小说目之!

第 十 九 回

姑妇临朝生暗衅　弟兄佐命立奇功

却说窝阔台汗晚年,溺情酒色,每饮必彻夜不休。耶律楚材屡谏不从,至持酒槽铁口以献,且进言道:"这铁为酒所蚀,尚且如此,况人身五脏,远不如铁,宁有不损伤的道理?"忠言逆耳利于行。窝阔台汗虽亦觉悟,然事过情迁,总不免故态复萌。即位至十三年二月,因游猎归来,多饮数觥,遂致疾笃。召太医诊治,报称脉绝,六皇后不知所为,急召楚材入议。楚材推"太乙数",谓主子命数未终,只因任使非人,卖官鬻爵,囚系无辜,因干天谴,宜颁诏大赦,以迓天庥。六皇后亟欲颁敕,楚材道:"非主命不可!"少顷,窝阔台汗复苏,后以为言,乃允下赦旨。既而疾愈,楚材奏言此后不宜田猎,窝阔台汗倒也静守数旬。

转瞬隆冬,草萎木枯,又欲乘时出猎,只恐旧疾复作,未免踌躇。左右道:"不骑射何以为乐?况冬狩本系旧制,何妨循例一行!"窝阔台汗遂出猎五日,还至谔特古呼兰山,在行帐中纵情豪饮,极夜乃罢。次日迟明,尚未起床,由左右进视,已不能言。亟舁还宫中,已是呜呼哀哉!

窝阔台汗初政时,颇能励精图治,勉承先业,及夏、金灭亡,渐成荒怠。七年时曾大兴土木,筑和林城,并建万安宫;九年时筑璨林城,并建格根察罕

姑妇临朝生暗衅

殿；十年时筑托斯和城，并建迎驾殿。于是广采美女，贮入金屋，后宫妃嫔，不下数百，称皇后者六人。第六后乃马真氏，貌既绝伦，才尤迈众，蛾眉不肯让人，狐媚偏能惑主；用徐敬业檄中语，颇合身分。因此窝阔台汗很是宠信，宫中一切，都由乃马真氏主持，别人不得过问。她生下一子，名叫贵由，就是随军西征，尚未归国。乃马真后便与耶律楚材商议立后事宜，楚材道："这事非外姓臣子，所敢与闻！"乃马真后道："先帝在日，曾令皇孙失烈门《元史》作锡哩玛勒。为嗣，但失烈门年幼，嗣子贵由，在军未归，一时却难定议。"楚材道："先帝既有遗命，应即遵行。"言未已，忽闪出一人道："嗣子未归，皇孙尚幼，何不请母后称制！"楚材视之，乃是窝阔台汗生前嬖臣，名叫奥都剌合蛮。一作谔多拉哈玛尔。楚材道："这事还须审慎！"乃马真后笑道："暂时称制，谅亦无妨！"楚材尚欲再谏，只见奥都剌合蛮怒目而视，便也默然。

　　看官！欲知奥都剌合蛮的来历，待小子补叙明白。原来奥都剌合蛮是回回国商人，从前窝阔台汗西征掳获回来，因他心性敏慧，善于推算，特命为监税官。嗣复擢掌诸路税课，置诸左右，他便曲承意旨，日夕逢迎，尝侍窝阔台汗作长夜饮，窝阔台汗固非他不欢，就是六皇后乃马真氏，也爱他便佞，异常信任。曾否与为长夜欢？至是创议母后称制，耶律楚材不敢与辩，只好办理国丧，再作计较。窝阔台汗在位十三年，享寿五十六，庙号太宗。

　　丧葬事毕，乃马真后遂临朝听政，擢奥都剌合蛮为相国，无论大小政务，悉听裁决。还有一个西域回妇，名叫法特玛，亦由窝阔台汗西征所得，选入后宫，作为役使，乃马真后也很宠爱。奥都剌合蛮与她勾通，遇有反对的官僚，辄令法特玛从旁进谗，内外蒙蔽，斥贤崇奸，以此朝右旧臣，黜去大半。也好唤作回回国。

　　耶律楚材很是郁闷，有时入朝谏争，听者一二，不听者八九。一日，闻乃马真后以御宝空纸付奥都剌合蛮，令他遇事自书，遂勃然进谏道："天下是先帝的天下，朝廷诏敕，自有宪章，奈何得以御宝空纸，竟畀相臣！臣不敢奉诏！"乃马真后虽命收还，心中很是不乐。过了数日，又降下懿旨，凡奥都剌合蛮所建白，令史若不为书，罪应断手。时楚材为中书令，又进谏道："国家典故，先帝悉委老臣，于令史何与？且事若合理，自当奉行，如不可从，死且不避，何况截手呢！"乃马真后不禁气愤，

第十九回　姑妇临朝生暗衅　弟兄佐命立奇功

喝令退出。楚材大声道："老臣事太祖、太宗三十余年，无负国家，后岂能无罪杀臣么？"言毕，免冠自去。奥都剌合蛮在旁，即语乃马真后道："躁妄如此，理应加罪。"乃马真后道："他是先朝功臣，我所以格外优容，今日却再行恕他，日后再说。"

自是楚材常称疾不朝，乃马真后也乐得清静。忽接东方密报，帖木格大王带兵来了。时成吉思汗兄弟皆殁，惟帖木格尚存，先曾封镇东方，至是闻权奸蠹国，因率兵西来。乃马真后不禁大骇，忙召奥都剌合蛮商议。奥都剌合蛮道："可战便战，不可战便守；不可守，便西迁，怕他什么！"开口便想西奔，真是一个好相国！

乃马真后闻言，暗令左右甲士，预备西迁，心中恰未免彷徨。猛然记起耶律楚材，遂饬内臣宣召。楚材既至，便与述及西迁事。楚材道："朝廷乃天下根本，根本一摇，天下将乱。臣观天道，当无他虞。若恐帖木格大王入京，何不令他子前往诘问，教他留兵中道，入朝面陈？"乃马真后道："他子曾在都内么？"楚材答一"是"字。乃马真后道："你替我传敕，遣他子速往何如？"楚材即前去照行。

帖木格在途中，闻皇子贵由带领西北凯旋军将到和林，又经自己的儿子，奉敕诘问，乐得顺水推船，便道："我来视丧，没有他意！"饬子归报，自率兵东归。贵由既至，乃马真后欲立他为汗。独奥都剌合蛮及法特玛两人，以新君嗣立，定失权势，便在乃马真后前，说要俟拔都回国，方可定议，免有后言。乃马真后听信了他，速召拔都还朝，偏偏拔都心怀不平，只是托故推病，屡愆行期。奥都剌合蛮权势益盛，招摇纳贿，无所不至，耶律楚材竟以忧卒。他既知太乙数，为何不谢职归隐？乃马真后以旧勋谢世，例加赙赠。奥都剌合蛮以为未然，并说楚材历事两朝，全国贡赋，半入伊家，还要什么抚恤？乃马真后将信将疑，命近臣麻里札往视，只有琴玩十余，及古今书画金石遗文数千卷，乃据实还报，才给赙赠如例。后来至顺元年，方追封广宁王，赠太师，予谥文正。意在尚贤，所以备录。这且按下不提。

且说乃马真后临朝，倏忽间将及四年，西征军早已尽归，独拔都不至。会后罹重疾，几致不起，乃亟召集诸王大臣，开库里尔泰会，立贵田为大汗。即位之日，边远属国，多来朝贺，所得赏赐，备极优渥。贵田汗在位一月，已查悉海内疡蔽，夤缘为奸，只因母后尚在，不便骤发。过了数月,乃马真后竟病逝了,奥都剌合蛮,方才倒运,被贵由汗执置诸狱,加以大辟;嗣又查得回妇法特玛,行巫蛊术,害皇弟库腾,遂把她裹入毡内,投诸河中。随从妇女多处死,惟拖雷妃唆鲁禾帖尼,向在宫中静居,不作私弊,贵由汗遂敬礼有加。所有内外事宜,亦时与商议,拖雷妃遂渐渐干政。

贵由汗在位二年,除整饬宫禁外,无甚大政,且因手足有拘挛病,尝不视事。秋间西巡,至叶密尔河,沿路犒赏无算。居西数月,自谓西域水土与身体相宜,颇有恋恋不舍的意思。拖雷妃唆鲁禾帖尼还道贵由汗与拔都有隙,久停西域,必有他图,遂遣心腹密告拔都,令他善自为备。谁知贵由汗并无意见,不过在外养疴。一过残年,病竟大渐,遽尔去世。

皇后斡兀立海迷失曾随驾西幸,至此秘不发丧,先遣人赴告拖雷妃及拔都处,自请摄国以待立君。拔都得拖雷妃密报,正启程东行,来见贵由汗,剖明心迹。途次接着耗闻,并皇后摄国的意旨,权词应允。于是皇后乃发丧回宫,号贵由汗为定宗,自抱犹子失烈门,临朝视事。

是年国内大旱,河水尽涸,野草自焚,牛马多死亡,民不聊生。诸王及各部,群言失烈门无福,不宜为汗,因此人人觖望,咸怀异心。拔都在阿勒塔克山待着,拟召集诸王,开库里尔泰大会。迨及会期,只术赤、拖雷后裔赴议,他如察合台已死,其子也速、蒙哥未到;窝阔台汗诸子,也都裹足不前,仅由皇后海迷失,遣使巴拉与会。各人都依次坐定,巴拉起坐道:"从前太宗在日,命以皇孙失烈门为嗣,谅诸王百官,亦曾闻着,今由皇后抱失烈门听政,实是遵着太宗遗嘱,诸王百官,应无异议。"正说着,忽听有一人高声道:"太宗既欲立失烈门,应该早立,何故太宗崩后,别立定宗,难道也有太宗遗命么?"巴拉视之,乃是拖雷子忽必烈,便道:"太宗崩逝,失烈门甚幼,国家不可无长君,所以改立定宗;今定宗复崩,失烈门稍长,自应遵着太宗遗命!"言至此,拖雷第二子末哥,失笑道:"太宗遗命,何人敢违? 只六皇后乃马真氏及汝等大臣,前时立定宗,已违遗嘱,今日反教我等遵着,岂不是自相矛盾么?"一唱一和,无非为自己兄弟计。大众鼓掌如雷,弄得巴拉面红颊赤,无词可答。这使本是难为,何故独来献丑。

是时速不台亦已殁世,其子兀良合台在会,亦起座道:"据巴拉说,

第十九回　姑妇临朝生暗衅　弟兄佐命立奇功

国不可无长君,我意亦是云然;现在年长望重,诸王中莫如拔都,何不推他继立呢!"又是一派。拔都道:"我无才德,不愿嗣位!"大众齐声道:"王既不自立,惟王审择一人,早决大计!"拔都道:"我国幅员甚广,若非聪明睿智,似太祖一般人物,不能继立,我意不如蒙哥!"推重蒙哥,殆隐受拖雷妃之运动耶！大众道:"就此定议!"蒙哥起座固辞,末哥道:"大众都要拔都选择。哥哥前无异言;今选了哥哥,奈何不从!"拔都道:"末哥言是!"

议既定,巴拉返报,皇后海迷失及诸子等,很是不悦。复遣使告拔都,以会议应在东方,不应在西土;且宗王未集,义不能从。拔都复称祖宗大业,未可轻授,今已推立蒙哥为主,请屈意相从;如必须开会东方,亦可照允等语。遂令蒙哥东行,由拔都弟伯尔克率着大军拥卫。拔都仍自驻西方,作为外援。于是东方又拟开会,由拖雷妃唆鲁禾帖尼为主,再召诸王大臣与议。奈太宗、定宗后裔,仍然未至,拔都着人往劝,亦不见答。当下拔都大愤,申令各地,决立蒙哥为主,宗亲中如或梗议,有国法在,不得相贷。诸王大臣,惧拔都威势,再开大会于斡难河,除太宗、定宗子孙,及察合台后王不至外,统推戴蒙哥,择日即位。即位之日,亲王列右,妃主列左,末哥、忽必烈等列前,武臣以忙哥撒儿为首,文臣以孛鲁合为首。孛鲁合一作博勒和。礼成,追尊拖雷为皇帝,庙号睿宗,命大众均筵宴七日。

正宴飨时,忽有御者克薛杰告变,说是失骡出觅,途中遇有来车,一乘折辕,露出兵械,恐来车不怀好意,特来预告云云。忙哥撒儿闻言道:"待我

弟兄佐命立奇功

出去查问，便可分晓。"蒙哥汗允着，便令忙哥撒儿去讫。过了半日，忙哥撒儿带着二十人进来，由蒙哥汗问悉，为首的名叫按赤台，系奉失烈门命，特来谒贺。内有几名武士，据说是也速蒙哥遣至，也是谒献贡物的。蒙哥汗笑着道："既蒙兄弟们雅谊，所来人士，统应令他与宴。"忙哥撒儿答道："来人不止此数，我叫他留着一大半，在途候着。"蒙哥汗复笑道："你何不叫他同来！"暗中已是窥破，看官莫被瞒过。忙哥撒儿无言。

及至宴罢，蒙哥汗即与忙哥撒儿密谈数语。忙哥撒儿应着，当夜即将二十名拿下，并遣兵将途中卫士，尽行捉到。次日由蒙哥汗亲鞫，按赤台等俱连声呼冤，再令忙哥撒儿审讯，加以严刑。失烈门的差官，不堪受虐，遂放声痛骂，自到以死。

蒙哥因新近践祚，不欲多行杀戮，大众多以为未然。正犹豫间，有西域人牙剌挖赤立在门外，向在蒙哥麾下，服役甚勤，蒙哥汗便问道："你是个老成人，阅历已多，可为我解决疑团！"牙剌挖赤道："我是西域人，只晓得西域故事：从前希腊王阿来三得已灭波斯，欲入印度，将领中多异议，令出不行。阿来三得遣使谘其傅阿里斯托忒尔，阿里斯托忒尔并不回答，只与差人游园中，遇着荆棘当道，悉令从人芟刈无遗，另种新株。差人已悟，即返报阿来三得，乃将异议的将领，尽行诛逐，立发兵平定印度。主子可照此参观哩！"蒙哥汗点头称善；遂命将按赤台等一律枭首，复查出那知情不报的官吏，杀死数人。于是改更庶政，分命职官，禁诸王征求货财，驰使扰民；免耆老丁税，及释道等教徒服役，所有蒙古汉地民户，就令忽必烈领治，乃乘辇赴和林，和林官民，多来迎接。

及入城，复查究定宗党派，或杀或逐。定宗后海迷失及失烈门生母系太宗侄库春之妃。在宫中怀着愤恨，时有怨言。蒙哥汗就命忙哥撒儿带兵入宫，将她两人拖出，尽法鞫治。忙哥撒儿何苦专作虎伥。可怜这两人蓬头跣足，熬受苦刑，结果是屈打成招，只说是有心厌禳，置定宗后于死罪。将失烈门生母，裹毡投河，失烈门兄弟等，悉加贬置，移至摩多齐处禁锢，不准居住和林。连太宗故后乞里吉帖忽尼，也徙出宫中，令居和林西北；凡太宗后妃家资，尽行抄没，分赐诸王，并遣贝喇往察合台藩地，严究违命诸臣。自是太宗子孙与拖雷子孙，永成仇敌，一个蒙古大帝国，就不免隐生分裂了。为后文埋根。

第十九回　姑妇临朝生暗衅　弟兄佐命立奇功

且说忽必烈以佐命大功，得受重任，总理漠南军事。开府金莲川，召用苏门隐士姚枢，河内学子许衡，及辉和尔部人廉希宪，讲求王道，体恤民艰。京兆的劝农使委任姚枢；宣抚使委任廉希宪，提学使委任许衡。三人皆一时名宿，感怀知己，各展才能，京兆大治。一统之基亦兆于此。忽必烈乃一意略地，命兀良合台统辖诸军，分三道攻大理。大理即唐时的南诏，国王段智兴偏据一方，与中原不通闻问。至是遇蒙古兵三路夹攻，吓得脚忙手乱，不知所为，勉强召集数千兵民，出城抵敌，被蒙古兵一扫而空。智兴愈加惶急，再四踌躇，毫无良策，只落得肉袒牵羊，出城乞降。

蒙古兵分略鄯善、乌爨等部，进入吐蕃。吐蕃即今西藏地，唐时曾与中国和亲，宋以后亦间或入贡，惟俗尚佛法，尊信喇嘛。喇嘛二字，指高僧言，乃无上的意义。其祖师名巴特玛撒巴巴，当唐玄宗时，自北印度入吐蕃，倡行喇嘛教，风靡全土，嗣是喇嘛势力，凌驾国王。蒙古兵入吐蕃，所向无敌，且随地颁谕，降者免死，所有旧教，概行仍旧。喇嘛扮底达，迎谒蒙古军，兀良合台以礼相待，扮底达遂导入都城，谕酋长唆火脱降。唆火脱一作苏固图。唆火脱不得已归命。

是时忽必烈自为后应，亦驱军入吐蕃，与扮底达相见，优礼有加。扮底达有从子拔思巴，一作帕思巴。年甫十五，善诵经咒，忽必烈爱他颖慧，命侍左右。会蒙哥汗有敕召还，乃令兀良合台进军西南，自挈拔思巴北旋，后来忽必烈即位，拜拔思巴为帝师。小子有诗咏道：

　　建牙开府耀雄威，转战西南血染衣；
　　不解枭雄何佞佛？偏教释子北随归。

欲知忽必烈归后情事，且至下回分解。

"牝鸡司晨，惟家之索"，古人之所以垂戒者，非他，由妇人心性，专图近利，未识大局，不至乱家败国不止也。观太宗、定宗两后，相继临朝，卒至奸邪用事，宗亲构衅，乃马真后尚获幸免，而定宗后则不得令终，戚本自贻，咎由己取，不得专为他人责也。惟蒙哥汗自戕宗族，亦属太过，作法于凉，弊将若之何！厥后同族阋墙，始终为患，兵争凡数十年，而国家之元气敝矣！忽必烈开府漠南，用姚枢、许衡、廉希宪诸贤，似属究心治道；而信任释教，挈释子拔思巴北归，后且尊为帝师，酿成末世演揲之祸，贻谋不臧，卒致荒亡。观此回，可知祸为福伏，福为祸倚之渐，而世之为子孙谋者，应知所审慎矣！

第 二 十 回

勤南略赍志告终　据大位改元颁敕

却说忽必烈奉敕北归,至京兆地方,闻有阿拉克岱尔及刘太平二人,奉蒙哥汗命,钩稽诸路财赋,京兆所属官吏,相率得罪。忽必烈道:"此处官属,归我管辖,大半是我所派遣,难道都贪婪不成?这次我出师西南,距主太远,朝右定有谗佞,说我短处,我却要入朝辩白,力除奸蔽哩!"适劝农使姚枢进见,闻忽必烈言,遂进谏道:"大王虽为皇弟,究竟是个人臣,不应与主子争辩。现不若挈王邸妃主,尽归朝廷,示无他意,庶几谗间无从,疑将自释!"调停骨肉,无逾此言。忽必烈道:"你言亦是。"乃归入和林,谒见蒙哥汗,遂将姚枢所说的大意,约略禀陈。蒙哥汗道:"我恐皇弟远征,日久身劳,是以召归休养;此外别无他意。"忽必烈又欲续陈,只见蒙哥汗目中含泪,也不觉悲从中来,为之涕下。两人对泣了一回,彼此不作别语。

到了次日,兄弟复会,蒙哥汗欲另建城阙宫室,作一都会,忽必烈遂保荐一人,叫作刘秉忠。秉忠邢台人,英爽不羁,因家贫为府令史,嗣即弃业为僧。会忽必烈召僧海云,邀秉忠与俱,应对敏捷,尤长易理及邵康节经世书,大得忽必烈称赏,因此忽必烈就事举荐。随命秉忠相度地宜,择定桓州东面,滦州北面的龙冈,作为吉地,督工经营,定名开平府。蒙哥汗尝移居于此,免不得采选妃嫔,增修朝市。国家方隆,喜气重重,兀良合台的捷书,又奏闻阙下;还有皇弟旭烈兀,前时奉命西征,也驰书报捷。所有战胜情形,待小子叙明大略。兀良合台自吐蕃进攻白蛮、乌蛮及鬼蛮诸部,皆在今云南省境。所过风靡,罗罗斯及阿伯两国,统大惧乞降。又乘胜攻下阿鲁诸酋,西南夷悉平。复南下侵入交趾。交趾即安南地,唐时曾设安南都护府,故名安南,世为中国藩属。蒙古兵南下,其主陈日煚防战不利,走入海岛,都城被屠。陈日煚遣使议和,蒙古兵亦患天热,乃约定岁币若干,准他和议,留九日而还。其时西域适有回乱,皇弟旭烈兀自和林发兵,沿天山北麓,经阿力麻里,直至阿母河畔,

第二十回　勤南略赍志告终　据大位改元颁敕

招致西域诸侯王，合军西进，侵入木乃奚国。木乃奚在宽甸吉思海南，前时拖雷引军过境，只在城外大掠一番，应第十三回。未曾侵入城内。此次旭烈兀以回徒所集，实在该城，因分军三路，同时进攻。左军命布喀帖木儿、库喀伊而喀统带，右军命台古塔儿怯的不花统带，旭烈兀自将中军，杀奔木乃奚城。木乃奚主兀克乃丁，遣弟萨恒沙至军前，情愿求和。旭烈兀谓须尽隳城堡，亲来归降，方可恕罪等语。萨恒沙归去数日，未见动静，乃驱军捣入，连下数堡。兀克乃丁复遣使求宽限一载，当自来谒。旭烈兀不从，且语来使道："你主愿降，速即遵约，待以不死！"来使去后，仍复杳然，恼得旭烈兀性起，饬三路大军，昼夜围攻。兀克乃丁无法延宕，乃出降，即将城外五十余堡，尽行毁去。旭烈兀因兀克乃丁诱约多端，不无反侧，意欲将他诛戮，奈已有约在前，未便食言，遂劝令入朝，就途中刺死。且下令屠城，无论少长，一概杀死。于是木乃奚都内，变作一个血肉模糊的枉死城，有几个死里逃生的人，潜出城外，联络回教徒，逃往八哈塔等国。八哈塔在今阿剌伯东岸，系回教祖谟罕默德降生地，著有《可兰经》，为人民所信仰，风称天方教。嗣后教旨盛传，主教的人叫作哈里发，译以华文乃代天治事的意义。至蒙古平西域，哈里发属地，所存无几。其时正当木司塔辛嗣位，庸懦无能，只喜听乐观剧，国事皆由臣下主持。旭烈兀乘势进军，先贻木司塔辛书，责以延纳逃人，能战即来，不能战即降。木司塔辛复书不逊，旭烈兀遂西渡波斯湾，遇八哈塔军，前锋少挫，后军继进，背水列阵，竟日无胜负。两军分驻河滨，蒙古军夜决河堤，灌水敌营，复引兵进袭。八哈塔军未曾防着，蓦闻敌至，急起捍御，不料脚下统是大水，霎时间半身淹没，溺毙大半，就是逃脱的人，也被蒙古军杀尽。旭烈兀又合军攻城，城甚坚固，旭烈兀命军士筑垒，四面合围，撤民居屋甓，遍设炮台，上面密布巨炮，向城弹放，劈劈拍拍的声音，昼夜不绝，木司塔辛惧甚，遣使乞降。何前倨而后恭。旭烈兀不从，只令猛攻，木司塔辛又遣长子次子出见，皆被拒绝，不得已自缚出降。旭烈兀入城屠戮，凡七日，始下令停刃。被杀者约八十万人，惟天主教徒，及他国人居屋不入。哈里发宫内，金宝充斥，悉数被掠。还有妇女七百人，内监千人，杀的杀，留的留，回民已尽成鬼荠，蒙古军反喜跃异常。无恻隐之心，非人也！旭烈兀以城中伏尸积秽，移驻乡间，命军士将木司塔辛推至，责他傲慢不恭，词甚严厉，木司塔辛自知不免，请沐浴后乃毕命。已经就死，还要沐浴何益？还有长子及内监五人，亦愿从死，旭烈兀命将数人同裹毡内，置诸大路，驱战马往来蹴踏，辗转就毙。如此惨无人道，自古罕有！

　　次日复将木司塔辛次子及他亲族故旧，尽行杀死。只幼子谟拔来克沙，总算蒙恩赦宥，后娶蒙古女，生二子，保存一脉，不没宗祀。想是教祖有灵，所以孑遗。遂一面飞章告捷，一面分军为二，遣大将郭侃东略印度，自率军西略天方即阿剌比亚。去了。

　　蒙哥汗闻西南连捷，心中甚慰，遂欲大举灭宋。先是乃马真后称制时，曾遣使月里麻思，一作伊拉玛斯。赴宋议和，至淮上，为守将所囚。于是蒙古兵又尝侵宋，淮蜀一带，兵革不息。只因蒙古屡有内讧，未发大军，所以宋将尚能守御。迨蒙哥汗嗣位，闻月里麻思已死，早思南侵，至是遂举军而南，留少弟阿里不哥守和林。是时川陕一带，虽有宋将蒲择之、刘整、杨立、张实、杨大渊等，据险防守，奈遇着蒙古军马，无不披靡。蒙哥汗南渡嘉陵江，入剑门，守将杨立战死，张实被擒，蒲择之、刘整等守成都，亦被蒙古前锋纽璘一作㸺㺑。攻陷，择之等败溃。及蒙哥汗入阆州，守将杨大渊以城降。进围合州，先遣宋降将晋国宝，招谕守将王坚，坚不从。国宝还次峡口，被王坚遣将追还，执至阅武场，说他负国求荣，罪在不赦，当即传令斩首。便涕泣誓师，开城出战，将士无不感奋，争出死力相搏，战至天晚，蒙哥汗不能取胜，退军十里下寨。阅数日，复进薄城下，又被坚军击退。自是一攻一守，相持数月不下。蒙古前锋将汪德臣，挑选精锐，决计力攻，当下缮备攻具，誓以必死，遂于秋夜督兵登城，王坚亦饬军力御。鏖战一夜，直至天明，城上下尸如山积。汪德臣愤呼道："王坚快降！"语未毕，猛见一大石从顶击下，连忙将首一偏，这飞石已压着右肩，连手中所握的令旗，都被击落。蒙古军见主将受伤，自然缓攻，适值大雨倾盆，攻城梯折，只好相率退去。是夕，汪德臣毙命。适应前誓。

　　蒙哥汗因顿兵城外，将及半年，复遇良将伤毙，郁怒中更带悲伤，遂致成疾。合州城外有钓鱼山，蒙哥汗登山养病，竟致不起。左右用二驴载尸，蒙以绘　，北行而去，合州解围。

　　蒙哥汗在位九年，沉毅寡言，不乐宴饮，宫禁亦严，虽后妃不得过制。遇有诏敕，必亲自起草，数易乃定，因此群臣不得擅政。素精骑射，

第二十回　勤南略赍志告终　据大位改元颁敕

好畋猎,只酷信卜筮,不无缺点,庙号宪宗。

亲王末哥等遂以凶闻讣中外。时忽必烈方将兵渡淮,直至黄坡,接着宪宗死耗,诸将请北还。

忽必烈道:"我前时受先皇敕命,东西并举,今已越淮南下,岂可无功退还?从忽必烈口中叙出宪宗敕命,亦是补前文之阙。况兀良合台已平交趾,应前文。正好约他夹击;就使不能灭宋,也好叫他丧胆呢?"正说着,旁有人进言道:"长江向称天险,宋恃此立国,势必死守,我军非破他一阵,不足扬威,末将愿当此任!"忽必烈视之,乃是大将董文炳。便道:"很好!你就引左哨军前去。"文炳领命,与弟文用等去讫。

忽必烈乃遣人赍书,往送兀良合台,一面统带全军,出应董文炳。文炳令弟文用等,驾着艨艟大舰,鼓棹渡江,自率马军在岸搏战。宋军沿江扼守,倒也不少,江中亦有大舟扎住,奈都是酒囊饭袋,遇着蒙古军来,未战先怯,就使勉强接仗,也没有一些勇气。文炳兄弟,水陆大进,杀得宋军东倒西歪,望风股栗。至忽必烈驱军进发,文炳军已过江了。

次日全师毕济,破临江,入瑞州,合军围鄂。南宋大震,用了一个奸邪贪佞的贾似道,集军汉阳,为鄂州援,似道毫无胆略,逗留中道,诸将亦不遵约束。会闻鄂州守将张胜败死,城中死伤至万三千人,似道大惧,密遣心腹将王㸑,诣蒙古营,请称臣纳币。忽必烈不许,部下郝经谏道:"今国遭大丧,神器无主,宗族诸王,孰不窥伺。倘或先发制人,抗阻大王,势且腹背受敌。不如与宋议和,即日北归,别遣一军迎先帝灵舆,收取帝玺,召集诸王会丧,议定嗣位,那时大王应天顺人,自可坐登大宝了。"忽必烈之得嗣为君,恃此一谏。

忽必烈大悟,遂与宋京定议,令纳江北地,及岁奉银绢各二十万,乃退兵北旋。兀良合台方东应忽必烈军,引师攻潭州,嗣得议和消息,移师而东,及至鄂,闻忽必烈已还,遂亦北去。贾似道反令夏贵等,杀他殿卒百余人,诈称诸军大捷,献俘宋廷。昏头磕脑的宋理宗,竟信他有再造功,召使还朝,封卫国公,大加宠眷,真正奇事!不是奇事,实是呆鸟。

话分两头,且说忽必烈北还燕京,闻途中方括民兵,托词宪宗遗命。忽必烈道:"我兵已足,何用括民。此必和林阴图变乱,所以有此创举。"随出示

登大位改元颂

纵还民兵,人心大悦。进至开平,诸王末哥、哈丹、塔齐尔等俱来会,愿拥戴忽必烈为大汗。忽必烈辞不敢受,嗣接西域旭烈兀来书,内称西征军已振旅班师,应上文,并殷勤劝进。忽必烈遂允所请,不待库里尔泰会推许,竟登大位。是时姚枢、廉希宪等,方膺重任,上马杀贼,下马能文,乃承旨草诏,颁告天下道:蒙古文与汉文不同,在忽必烈即位前,惟太祖与汪罕书载史乘中,然亦不甚雅驯,至此始尚文律,故特录之。

朕惟祖宗肇造区宇,奄有四方,武功迭兴,文治多缺,五十余年于此矣。盖时有先后,事有缓急,天下大业,非一圣一朝所能兼备也。先皇帝即位之初,风飞雷厉,将大有为。忧国爱民之心,虽切于己,尊贤使能之道,未得其人。方董夔门之师,遽遗鼎湖之泣。岂期遗恨,竟勿克终。肆予冲人,渡江之后,盖将深入焉。乃闻国中重以签军之扰,黎民惊骇,若不能一朝居者。予为此惧,驲骑驰归。目前之急虽纾,境外之兵未戢,乃会群议,以集良规。不意宗盟辄先推戴,左右万里,名王巨公,不召而来者有之,不谋而同者皆

第二十回　勤南略赍志告终　据大位改元颁敕

是。咸谓国家之大统,不可久旷,神人之重寄,不可暂虚。求之今日太祖嫡孙之中,先皇母弟之列,以贤以长,止予一人。虽在征伐之中,每存仁爱之念,博施济众,实可为天下主。天道助顺,人谋与能,祖训传国大典,于是乎在,孰敢不从!朕峻辞固让,至于再三,祈恳益坚,誓以死请。语太过分。于是俯顺舆情,勉登大宝。自惟寡昧,属时多艰,若涉渊冰,罔知攸济。爰当临御之始,宜新弘远之规。祖述变通,正在今日,务施实德,不尚虚文。虽承平未易遽臻,而饥渴所当先务。呜呼!历数攸归,钦应上天之命;勋亲斯托,敢忘列祖之规?体极建元,与民更始,朕所不逮,更赖我远近宗族,中外文武,同心协力,献可替否之助也!诞告多方。体予至意!

此旨下后,又仿中夏建元的体例,定为中统元年。其敕文云:

祖宗以神武定四方,淳德御群下。朝廷草创,未遑润色之文,政事变通,渐有纲维之目。朕获缵旧服,载扩丕图,稽列圣之洪规,讲前代之定制。建元表岁,示人君万世之传;纪时书王,见天下一家之义。法《春秋》之正始,体大易之乾元,炳焕皇猷,权舆治道,可自庚申年五月十九日建元为中统元年。惟即位体元之始,必立经陈纪为先,故内立都省以总宏纲,外设总司以平庶政。仍以兴利除害之事,补偏救弊之方,随诏以颁。于戏!秉箓握枢,必因时而建号,施仁发政,期与物以更新。敷宣恳恻之辞,表著忧劳之意。凡在臣庶,体予至怀!

建元既定,乃敕修官制。先是成吉思汗起自朔方,部落野处,设官甚简,最重要的叫作断事官,兼掌政刑;统兵官叫作万户,余无别称。后仿金制置行省,及元帅、宣抚等官。至忽必烈即位,命刘秉忠、许衡酌定内外官制:总政务的叫作中书省,握兵权的叫作枢密院,司黜陟的叫作御史台;其次有寺、监、院、司、卫、府。外官有行省、行台、宣抚、廉访,牧民长官,有路有府,有州有县;官有常职,食有常禄,大约以蒙古人为长,汉人南人为副,一代规模,创始完备。此段文字似无关紧要,不知下文叙述各官,便可就此分晓。正在百度纷纭的时候,忽报少弟阿里不哥,也居然称帝和林了。原来阿里不哥闻宪宗已殂,遂分遣心腹,易置将佐,并联络宪宗诸子,及定宗察合台子弟,开库里尔泰会,自称大汗。命部下刘太平、霍鲁怀等,乘传至燕京。不意廉希宪已先至京兆,遣人诱执太平、鲁怀,毙诸狱中。六盘守将浑塔噶,正举兵应和林,希宪不待请旨,即遣总帅汪良臣,率秦、巩诸军往讨。忽必烈亦遣诸王哈丹,率军来会,击毙浑塔噶。希宪乃自劾擅命遣将诸罪。忽必烈下敕嘉奖,反赐他金虎符,行省秦蜀,自统军攻阿里不哥,与战于锡默图地方。阿里不哥败遁,忽必烈乃引军还,嗣从刘秉忠请迁都燕京,在位五年,复改中统为至元。后又建国号曰元,也是秉忠所拟定的。曾记得有一敕云:

  诞膺景命,奄四海以宅尊;必有美名,绍百王而纪统。肇从隆古,匪独我家。且唐之为言荡也,尧以之而著称;虞之为言乐也,舜因之而作号。驯至禹兴而汤造,互名夏大以殷中,世降以还,事殊非古。虽乘时而有国,不以利而制称。为秦为汉者,著从初起之地名;曰隋曰唐者,因即所封之爵邑。且皆徇百姓见闻之偶习,要一时经制之权宜,概以至公,不无少贬。我太祖圣武皇帝,握乾符而起朔土,以神武而膺帝图,四震天声,大恢土宇,舆图之广,历古所无。顷者耆宿诣庭,奏草申请,谓既成于大业,宜早定于鸿名。在古制以当然,于朕心乎何有!可建国号曰大元,盖取《易经》乾元之义,兹大冶流形于庶品,孰名资始之功。予一人底宁于万邦,尤切体仁之要,事从因革,道协天人。于戏!称义而名,固非为之溢美;孚休惟永,尚不负于投艰。嘉与敷天,共隆大号!

小子此后叙述,称蒙古为元朝,又因至元十六年,忽必烈汗灭宋,奄有中国,殁后庙号世祖,所以后文亦竟称元世祖。阅者不要误会,说我称号两歧。爰系以七绝一首道:

  华夏由来属汉家,何图宋后遍胡笳?
  史官据事铺扬惯,我亦随书不避瑕。

欲知元朝混一情形,请看官续阅下回。

  本回叙蒙哥忽必烈之绝续,而首插两军远征一段,所以承前回之末,接入本回正传,非好为芜杂也。有兀良合台之平西南,有旭烈兀之平西域,于是蒙哥汗决意侵宋。著书人详于西征,略于南下,盖因《宋史》当自成演义,不必琐述,蛮戎各方,他处罕见,即《元史》亦多从略,悉心裒录,正所以示特长耳。忽必烈班师称汗,改元立号,虽隐启纷争之祸,而化野为文,入长中原,实于此基之。迻录原敕,未始非保存国粹之意。主非汉人,而文则从汉,故宋亡而文不亡,用夏变夷,此之谓欤?

第二十一回

守襄阳力屈五年　覆崖山功成一统

却说元世祖即位,曾遣翰林侍读学士郝经,为国信使,翰林待制何源,礼部郎中刘人杰为副,赴宋修好。宋少师卫国公贾似道,以前时称臣纳币,乃是权宜的计策,未曾禀闻理宗,此次北使到来,定要机关败露,瞒了一日好一日,不如将来使幽禁,省得泄露奸谋,掩耳盗铃,终归失败。遂将郝经等数人,幽住真州忠勇军营。郝经屡上书宋帝,极陈和战利害,且请入见及归国,统被贾似道一手抹煞,并不见报。元世祖待使未归,复遣人质问宋帅李庭芝。庭芝据实奏闻,也似石沉东海,毫无影响。于是元世祖拟举兵攻宋,颁谕各路将帅道:

朕即位之后,深以戢兵为念,故前年遣使于宋,以通和好。宋人不务远图,伺我小隙,反启边衅,东剽西掠,曾无宁日。朕今春还宫,诸大臣皆以举兵南伐为请,朕重以两国生灵之故,犹待信使还归,庶有悛心,以成和议。留而不至者,今又半载矣,往来之礼遽绝,侵扰之暴不已,彼尝以衣冠礼乐之国自居,理当如是乎?曲直之分,灼然可见!今遣王道贞往谕卿等,当整尔士卒,砺尔戈矛,矫尔弓矢。约会诸将,秋高马肥,水陆分道而进,以为问罪之师。尚赖宗庙社稷之灵,其克有勋!卿等当宣布腹心,明谕将士,各当自勉,毋待朕命! 曲直有归,故全录诏敕。

是时阿里不哥虽已败遁,尚有余党未靖,且因元江淮都督李亶,居心反复,尝把恫疑虚吓的言辞,入奏世祖,因此攻宋的诏敕,颁发于中统二年,各路兵马,尚未大举。三年春季,李亶竟以京东降宋。世祖大怒,立遣史天泽总诸道兵,攻李亶于济南,长围数月,破城擒亶,支解以徇。五年,世祖复改元,称为至元。阿里不哥率众来降,世祖以兄弟至亲,格外赦宥,免他罪名。由是内讧悉平,一意对外。

适宋潼川副使刘整,为贾似道所嫉忌,籍泸州十五郡,归降元朝。又是贾贼殴使。整系南宋骁将,且尽知国事虚实,至此为元所用,授夔路行省,兼安抚使。整遂与元帅阿术,同心筹划,议筑白河口城,断宋饷道,进规襄阳。宋四川宣抚使吕文德,阿附似道,好为大言,闻刘整筑城消息,毫不介意。且谓襄阳城池坚深,兵储可支十年,元兵即来,亦不足惮。襄阳守将吕文焕,遣人报知文德,请先事预防,反见斥责。待刘整筑城已就,遂与阿术合兵攻襄阳。文焕登陴固守,数月未下,元世祖复遣史天泽等,督师援应。天泽到襄阳,见城高濠阔,料非旦夕可破,遂筑起长围,联络诸堡,把一座襄阳城,围得铁桶相似,水泄不通。

那时宋理宗已经归天,太子禥循例嗣统,号为度宗。度宗昏庸,过于乃父,一经登基,便封贾似道为太师,倍加宠眷。似道入朝,度宗必答拜,有所谘询,必称师相;因此这位贾太师,越加尊严,一班蝇营狗苟的贼臣,且拍马吹牛,称似道为周公。似道益发刁狡,屡求辞职,甚至度宗拜留,为之泣下。且恐他不别而去,令卫卒夜卧第外,监住行踪。后复命他三日一朝,治事都堂,且就西湖中的葛岭,替他筑起大厦,以资休养,总道他是擎天柱石,保国元勋。若不如此,赵氏何致即亡。他遂颐指气使,无论军国重事,总须先行关白,方可举行,朝右大臣,偶或龃龉,立加窜逐;或因度宗稍有可否,即称疾求去,以故言路壅塞,苞苴公行。这度宗也全然昏迷,整日里宴坐深宫,与妃嫔等饮酒调情,乐得将国家政务,付于师相。师相恰日居葛岭,起楼阁亭榭,作半闲堂,筑多宝阁,取了一个宫人叶氏,作为己妾。他尚嫌不足,常令手下密访美姝,如果姿色可人,任她是娼妓,是尼觋,一股脑儿招入宅中,日夕肆淫。这叫作盲子吃蟹,只只道鲜。还有一桩最喜欢的事情,乃是与群妾斗蟋蟀儿。大约是寓意教战。自是累日不出,有诏令六日一朝,继复令十日一朝,他还是不能遵旨,阳奉阴违。那时襄阳日危,吕文焕连岁支持,很是惶急,一面向吕文德乞援,一面请贾似道济师。吕文德疽发背死,女夫范文虎代任,与乃翁同一糊涂,哪里肯发兵往援。贾似道没有别策,总教瞒着一个主人翁,便算妙计。

一日入朝,度宗问道:"襄阳被围,已是三年,如何是好?"似道怫然道:"北兵已退,这语从何处得来?"度宗道:"日前有女嫔言及,因此怀疑。"似道问女嫔姓氏,度宗不答。似道又要求去,经度宗固留不从。度宗没法,只好将女嫔遣出,活活赐死。可怜这红粉佳人,只为了一句话儿,平白地丧了性命! 冤乎不冤。廷臣见这般情形,哪个敢再言边事。

第二十一回　守襄阳力屈五年　覆崖山功成一统

既而似道良心发现,饬李庭芝往援襄阳,又被这范文虎从旁阻挠,多方牵掣。后来文虎奉旨促师,没奈何督兵十万,进至鹿门,被元将阿术截杀一阵,吓得心胆俱裂,连忙逃走。李庭芝闻文虎败还,特遣勇将张顺、张贵,率锐卒往襄阳。两将趁汉水方涨,鼓舟而进,至高头港口,满江扎着敌舰,几乎无缝可钻。张贵冒险杀入,张顺后继,竟冲开一条走路,直抵襄阳城下。城卒出来接应,把张贵迎入,独不见张顺,过了数日,江上始浮出顺尸,身中四枪六箭,怒气勃勃如生,方知张顺已死了。张贵见城中大困,募死士二人,遣赴范文虎处乞援。返报如约,贵遂辞别文焕,突围东行。既出险地,已是天晚,望见前面来了无数军舰,总道是援军过来,急忙欢迎。谁知来舟统是元军,一时不能趋避,被他困在垓心,杀伤殆尽。张贵身受数十创,力尽被执,不屈而死。嗣是襄阳绝援。

未几,樊城又失。樊城与襄阳为犄角,守将范天顺、朱富,本与吕文焕誓约死守。至是两将战死,襄阳益孤,元兵复用西域人所献新炮,攻破襄

守襄阳力屈五年

阳外郭,内城益急。文焕每一巡城,南望恸哭而后下。元将阿里海涯复招谕城中道:"尔等拒守孤城,至今五年,为主尽忠,也是应分的事情;但势孤援绝,徒害生灵,尔心何忍?若能纳款归降,悉赦勿治,且加迁擢,凭你等酌择!"又折矢与文焕为誓,文焕乃出降。偕阿里海涯朝燕,元主以文焕为襄、汉大都督,与刘整一体重用。文焕之罪,似减于整。

襄樊既失,江南失险,警报连达宋廷。给事中陈宜中上疏,归咎范文虎,乞即行正法。贾太师暗中庇助,止降一官。就是度宗优礼似道,

也始终勿衰。似道母死,诏用天子卤薄饰葬,并令似道墨绖还朝。师相的气焰未衰,主子的福寿已尽。度宗病逝,子显立,年仅四龄,由太后谢氏临朝听政,仍把那元恶大憨,倚作长城。想尚有一块干净土耳。惹得元主连番下诏,数贾似道背盟拘使的罪名,饬史天泽、伯颜总诸道兵,与阿术、忙兀、逊都思塔出等,及降将刘整、吕文焕,大举南侵。途次天泽遇病,有旨召还,饬各军统归伯颜节制。伯颜遂分各军为两道,自与阿术由襄阳入汉济江,以吕文焕将舟师为前锋;别命忙兀东出扬州,以刘整将骑兵为先行,旌旗招飐,戈戟纵横。看官!你想这区区南宋,还能保得住么?伯颜军顺汉水南下,屠沙洋镇,擒守将王虎臣;破新郢城,杀都统边居谊;进拔阳逻堡,走淮西置制使夏贵;取鄂州,降城守张晏然、程鹏飞。

宋廷大惧,只得请出这三朝元老,督领诸路军马,抵御元军。可奈诸路将士,统已离心,陈弈以黄州叛,吕师夔以江州叛,都奉款降元,连贾太师极力庇护的范文虎,也居然反颜迎敌,叩首阿术军前。这等小人最不足恃,然安富尊荣,偏在若辈,令人恨煞!元朝虽亡了史天泽,死了刘整,锐气仍然未衰。贾似道闻刘整死,还自称天助,调集精兵十三万人,陆续起行。前哨委了孙虎臣,中权委了夏贵,自己带着后军,出驻江上。元伯颜率同阿术,渡江南来,与虎臣军遇着,两下接战,炮声如雷,虎臣惧甚,忙过其妾所乘舟。出战时带着美妾,究属何用。岂亦学韩蕲王之挈梁夫人耶!大众疑他遁走,顿时散乱。夏贵以虎臣新进,权出己上,本已事前观望,此时亦不战而奔。剩了似道一军,还有什么能耐,索性也走了他娘,管什么国计民生!

元兵趁势残杀,江水尽赤。于是镇江、宁国、江阴守臣,皆弃城遁去,上行下效,捷如影响。太平、和州、无为军,俱相继降元。似道还想奉币请和,遣使至元军,被伯颜拒绝。奔至扬州,束手无策,只上书请迁都。太皇太后谢氏不许。廷臣窥见微旨,遂连劾似道,陈宜中初得似道援,骤登政府,至是也奏请诛逐。乃罢似道平章都督,并遣元使郝经等北归。已无及了。一面下诏勤王,诸将多不至。只鄂州都统张世杰,率师入卫;江西提刑文天祥起兵赴难;湖南提刑李芾,也募壮士三千人,令将吏统带,东出勤王。无如大势已去,无可挽回。建康守将赵潜,弃城先遁,元伯颜安然入城。宋江淮招讨使汪立信,闻建康被陷,料知宋不

第二十一回　守襄阳力屈五年　覆崖山功成一统

可为，扼吭而死。宋吭已被元扼，汪公也只好绝吭了。元兵遂长驱入常州，下无锡，宋廷亟命张世杰总统人马，分道拒敌，稍稍得手。

元世祖复遣尚书廉希宪，工部侍郎严忠范，奉国书南来，还有意与宋议和。希宪至建康，与伯颜会晤，请兵自卫。伯颜道："行人在言不在兵，兵多反招疑忌。"嗣经希宪固请，发兵五百名送行。到了独松关，宋守将张濡部曲，不分皂白，竟袭杀忠范，执希宪送临安。及伯颜遣书诘责，宋廷遣使答报，只说是边将所为，未曾禀报。伯颜再遣议事官张羽，同宋使返临安，不意到了平江，又被杀死。还要乱杀使人，真是坏事！

元兵愈加气愤，直逼扬州。李庭芝遣将苗再成、姜才等，率兵阻截，皆败绩。接连是荆南被陷，嘉定诸城叛去。军报日紧一日，于是张世杰大出舟师，与刘师勇、孙虎臣等屯驻焦山，连舟为垒，示以必死。元阿术登高遥望，想了一个火攻的计策，遂精选弓弩手，载舸直进，连发火箭，迭射宋军。霎时间烟焰蔽江，篷樯俱焚，宋军进退两穷，相率赴水，师勇、虎臣等都截舟自遁。单剩了张世杰，已不能军，只得奔回圌山，再请济师。坚壁中流，并非万全之策，即非火攻，亦难持久，张世杰殆忠有余、而识不足者。

是时王熵、陈宜中，并为丞相，意见不协，各自求去。至世杰败溃，王熵以二相在朝，反多顾忌，不如遣一人出督吴门。太后不从，熵遂乞罢，因免相，未几遂卒。还是死得干净。文天祥到临安，上疏请分建四镇，各专责成，亦不报。此时虽有明主，亦未能转败为胜，况妇人秉国乎！只把贾似道贬置循州，被监押官郑虎臣杀死，总算为天下雪愤！罪不容于死。嗣是泰州失守，孙虎臣自杀，常州被屠，知州姚訔等战死，刘师勇逸去，独松关也被残破，张濡不知去向。既而知州李芾，复殉难潭州，都统密佑，又遇害抚州。湖南、江西，尽为元有。宋廷又遣工部侍郎柳岳，赴元军请和。伯颜愤然道："汝国执戮我行人，所以兴师问罪。从前钱氏纳土，李氏出降，统是汝国祖制。汝国何不遵行？况汝国得天下于小儿，今亦由小儿失国，天道不爽，何必多言？"柳岳不得已还朝。复遣宗正少卿陆秀夫，再至元军，求称侄纳币。伯颜不从。降称侄孙，亦不见许。陆秀夫还，陈宜中奏白太后，请再使元军，求封为小国。太后依议，仍令柳岳赍表前行。到高邮，被民人稽耸所杀。太后妇人，尚不足责，陈宜中堂堂宋相，厚颜如此，实是可杀。

元兵进降嘉兴，陷安吉，直捣临安。文天祥、张世杰请移三宫入海，自率众背城一战。陈宜中不以为然，商诸太后，遣监察御史杨应奎，奉了传国玺印，出降元军。伯颜受玺，并召宜中出议降事，宜中惶惧，夜遁温州。张世杰愤甚，与刘师勇、苏刘义等率所部入海。只文天祥尚是留着，太后令为右丞相，如元军议降。天祥辞去相职，竟赴元军面责伯颜。伯颜将他拘住，遂遣将入临安府，封府库，收图籍符印，并胁宋太皇太后手诏谕降。

　　过了数日，遂掳帝显及皇太后全氏，福王与芮等北去。只太皇太后谢氏，因疾暂留，后来亦被元兵舁出，送至燕都。惟度宗尚有二子，长名昰，封益王，年十一岁；次名昺，封广王，年六岁。当临安紧急时，与母杨淑妃潜行出城，奔至温州。陈宜中迎着，同航海赴福州，奉为嗣皇帝，尊杨淑妃为太后，同听政。张世杰、苏刘义、陆秀夫等继至，复组织朝堂，仍命陈宜中为左丞相，都督诸路军马。还要用他，可笑可恨。张世杰等任官有差。那时文天祥亦自镇江逃归，浮海至闽，杨太后令为右丞相。嗣与宜中议事未协，出督南剑州。

　　元兵一面入广州，摧锋军将黄俊战死，一面破扬州，宋右丞相李庭芝，指挥使姜才被执，劝降不从，俱被害。闽中因此被兵，任你文天祥开府招军，张世杰传檄勤王，都弄得落花流水，不见成功，帝昰与太后杨氏，舍陆登舟，今日走这里，明日走那里，受尽惊风骇浪，支持到两年有余，可怜那十余岁的小皇帝，已受了急惊病，到了硇州，一命呜呼！再立其幼弟昺，年仅八龄。陈宜中遁死海南，用陆秀夫为左丞相，与张世杰共秉朝政。秀夫正笏垂绅，犹把那大学章句，训导嗣君。未免迂腐。

　　嗣闻元兵又至，复逃至崖。元将张弘范，潜师至潮阳，先袭执了文天祥，复进兵崖山。张世杰又用这联舟为垒的法儿，守住峡口，复用水泥涂舰，防备火攻。张弘范倒也没法，只遣人招降，世杰不许。弘范分兵堵截，断宋军樵汲孔道。宋军大困。元兵复四面攻击，不由宋军不走，就是赤胆忠心的张世杰，也只好断维突围，带着十六舟，夺港自去。陆秀夫先驱妻子入海，自负幼帝同溺。太后杨氏抚膺大恸道："我忍死至此，无非为了赵氏一块肉，今还有什么望头？"也赴海死。世杰至海陵山下，适遇飓风大作，遂焚香祷天道："我为赵氏，也算竭力，一君亡，又立一君。今又亡了，我尚未死，还望敌军退后，别立赵氏以存宗祀。

第二十一回 守襄阳力屈五年 覆崖山功成一统

若天意应亡赵氏,风伯有灵,速覆我舟!"言已,舟果覆,世杰亦溺死。

宋自太祖至帝昺,共三百二十年,若从南渡算起,共一百五十二年。小子走笔至此,也觉满腹凄怆,欲做一首吊宋诗,想了半晌,竟无一字,只记得文信国文天祥封信国公。目击崖山诗,很是沉痛。诸君试一阅看,其诗曰:

覆崖山功成一统

长平一坑四十万,秦人欢忻赵人怨,大风吹砂水不流,为楚者乐为汉愁。兵家胜负常不一,干戈纷纷何时毕?必有天吏将明威,不嗜杀人能一之;我生之初尚无疚,我生之后遭阳九,厥角稽首二百州,正气扫地山河羞!身为大臣义当死,城下师盟愧牛耳。闲关归国洗日光,白麻重拜不敢当!出师三年劳且苦,咫尺长安不可睹!非无虓虎士如林,一日不戒为人擒。楼船千艘下天角,两雄相遭相喷薄。古来何代无战争,未有锋猬交沧溟。游兵日来复日往,相持一月为鹬蚌。南人志欲扶昆仑,北人气欲河带吞。一朝天昏风雨恶,炮火雷飞箭星落。谁雄谁雌顷刻分,流尸浮血洋水浑。昨朝南船满崖岸,今朝只有北船在。昨夜两边桴鼓鸣,今夜船船鼾睡声。北家去军八千里,椎牛酾酒人人喜。惟有孤臣泪两垂,明明不敢向人啼,六飞杳霭知何处,大水茫茫隔烟雾。我期借剑斩佞臣,黄金横带为何人?

欲知文信国后事,试看下回便知。

本回叙南宋亡国，独于攻守襄阳事，叙述较详，盖襄阳为南宋咽喉，襄阳一失，南宋之亡，可翘足待也。此外俱从简略，随笔叙上，此由《宋史》当有专属，不必于《元史》中详述。惟于贾似道、陈宜中之误国，文天祥、张世杰、陆秀夫之尽忠，仍行表白。彰善瘅恶，史家之责，著书人夙存此志，不嫌烦复也。且观其全回用笔，一气赶下，"嘈嘈切切错杂弹，大珠小珠落玉盘"，此文似之。

第二十二回

渔色徇财计臣致乱　表忠流血信国成仁

却说元将张弘范,既破崖山,置酒大会,邀文天祥入座,语他道:"汝国已亡,丞相忠孝已尽,若能把事宋的诚心,改作事元,难道不好作太平宰相么!"天祥流涕道:"国亡不能救,做人臣的死有余辜,况敢贪生事敌么!天祥不敢闻命!"弘范也称他忠义,遣使送天祥赴燕,弘范亦率军北还。只有一个西僧杨琏真珈,曾掌教江南,借了元兵势力,到处奸淫妇女,并发掘宋朝陵寝,及大臣坟墓,凡一百余所,陵墓里面的金玉,尽行掠取,不必说了,他还想将诸陵尸骨,与牛马枯骼,聚作一堆,作为镇南浮屠。亏得会稽人唐珏,目不忍睹,典鬻借贷,凑得百金,阴召诸恶少饮酒,席间泣语道:"你我皆宋人,坐着陵骨暴露何以为情?我拟窃取陵骨,易以他骨,望诸君助我臂力!"诸恶少许诺,乃于夜间易取陵骨,邀与唐珏。珏已造石函六具,刻纪年一字为号,随号收殓,瘗葬兰亭山后;又移宋故宫冬青树,植立冢上,作为标志,后人才晓得宋帝遗骸,不与畜类为伍,这也可谓宋祖有灵了。皇帝尸骸,几侪牛马,后世枭雄,何苦再作皇帝梦耶!

张弘范北还后,未几病卒,此外开国功臣,或亦因百战身疲,相继谢世。还有一位贤德皇后,也于灭宋后两年,抱病而终。后弘吉剌氏系德薛禅的孙女,父名按陈,从前太祖后孛儿帖,与按陈为姊弟行。太宗时,曾赐号按陈为国舅,封王爵,令统弘吉剌部,且约生女为后,生男尚公主,世世不绝,所以有元一代的皇后,多出自弘吉剌氏。世祖后天性明敏,晓畅事机,宋帝㬎被虏,入朝燕都,宫廷皆欢贺,惟后不乐,世祖道:"我今平江南,从此不用兵甲,众人皆喜,尔何为独无欢容!"后跪奏道:"从古无千年不败的国家,我子孙若能幸免,方为可贺!"世祖默然,又尝把南宋珍宝,聚置殿廷,令后遍视,后一览即去。世祖徐问所欲,后复答道:"宋祖历年积蓄,留与子孙,子孙不能守,为我朝有,难道我忍私取吗?"是时宋太后全氏至京,不服水土,后尝代她乞奏,遣回江南。世祖不允，且语道："你等妇人，没有远虑，今日若遣她南归，倘或浮言一动，反令我没法保全，倒不如留她在此，时加存恤，令她安养便罢。"后闻言，格外厚待全太后。此外如婉言进谏，随时匡正，恰非小子所能尽述。

自后殁后，继后系故后从侄女，仍是弘吉剌氏，虽史家也称她贤德，究竟不及故后；且因世祖年迈，辄预闻朝政，未免贻诮司晨。世祖待遇继后，亦不及从前的爱敬，所以采选民女，时有所闻，又尝游幸上都，托词避暑，其实是纵情声色，借此图欢。上都就是开平府，世祖称燕京为中都，所以号开平为上都。上都里面，旧有妃嫔等人，未曾南徙。蒙古以往的陋俗，做阿弟的可收兄妻，做儿子的可烝父妾，就是淫奔苟合，易妻掠妇的事情，也是数见不鲜，很少顾忌。这元世祖粗豪豁达，哪里愿作柳下惠，鲁男子，看了前朝的妃嫔，多半年轻守孀，寂寂寡欢，乐得与之解闷，做一个风流天子。这妃嫔们见主子多情，难免顺水使舟，迎云作雨，还管什么名分不名分，节烈不节烈，所以羊车望幸，百转柔肠，麀聚为欢，五伦废置。古人说得好，上行下必效！元世祖既这般同乐，那皇亲国戚，中间，自有不肖之徒，怎么不相率效尤，上烝下淫，习成风气！民间有奸淫等情，有司也不欲过问，且闻于岁首元宵，纵民为非，淫污宸极，秽渎闺门，自古以来，也是罕见呢！始谋不臧，奚怪子孙。

还有一桩连带的关系，好色的人主，大率好财。世祖在位三年，就用了回人阿合马专理财赋。阿合马竭智尽能，想出了两条计策：一条是冶铁；一条是榷盐。从前河南钧徐等州，俱有铁矿，官吏随铁多寡，作为税额。阿合马欲大兴鼓铸，遂括民三千，日夕采冶，每岁输铁，定要他一百三万七十斤，不准短少。于是冶铁的民工，无论曾否如额，只好照数补足，这叫作整顿铁冶的效果。河东素多盐池，小民越境私贩，价值较廉，竞相买食，以此官盐滞销，岁课短绌，每年止七千五百两。阿合马请岁增五千两，不问诸色兵民，皆要出税，这叫作增加盐课的效果。名为理财，实是硬派，且恐贪吏中饱尚是不少，历代财政，多蹈此弊，可叹！

世祖称他为能，遂擢为平章政事。阿合马得势益横，竟欲罢御史台及诸道提刑司，还是廉希宪面折廷争，方才罢议，嗣复添立江南榷官，什么榷茶运司，什么转运盐使司，什么宣课提举司，多至五百余人，大半是阿合马的爪牙。他的子侄，不做参政，就做尚书，恼了廷臣崔斌，把他参

第二十二回　渔色徇财计臣致乱　表忠流血信国成仁

奏一本,说他设官害民,一门悉处要津,有亏公道。世祖虽略加采纳,裁并冗吏,奈始终宠任阿合马,不以为罪。寻迁斌为江淮行省左丞,阿合马遂乘机报复,遣使清算江淮钱谷,捏称左丞崔斌,与平章阿里伯、右丞燕铁木儿,私自勾结,盗取官粮四十万,及擅易命官八百余员,应命官查勘治罪。世祖准奏,令都事刘正往验,查无实证,参政张澍等,奉旨再往,迎合阿合马微意,竟将崔斌等锻炼成狱,置诸死刑。

皇太子真金一作精吉木。素怀仁孝,闻崔斌等已定死罪,方食投箸,急遣快足止住,已是不及。于是远近咸愤,民怨沸腾,益都千户王著,密铸大锤,与妖人高和尚

渔色徇财计臣致乱

谋,拟击杀阿合马。适皇太子从帝赴上都,留阿合马守燕京,著遂遣二僧至中书诈称太子还都做佛事。被禁卫高觿、张九思盘诘,仓卒失对,遂将二僧拘讯,尚未得供,不意枢密副使张易,又受了伪太子命,率兵至东宫。高觿问他来意,易与附耳道:"太子有敕,速诛左相阿合马。"这语一传,弄得各人似信非信,不得不遣使出迎。王著令党人冒称太子,见一个,杀一个,夺马驰入建德门。时已二鼓,至东宫前,传呼百官,阿合马扬鞭而来,被王著手下的党羽,推坠马下,责他欺君害民,立出铜锤,击他脑袋,甫一下,即脑浆迸出,仆地死了。民脂民膏,吸得太多,所以叫他迸出。又杀死中书郝镇,拘执右丞张惠。顿时禁中大闹,秩序紊乱。高觿、张九思开门呼道:"这是贼人倡乱,哪里是真皇太子?"便叱卫士速捕乱党。留守布敦,持梃击倒伪太子,乱党遂奔,被擒数十名。高和尚逃去,惟著挺身请囚。高觿等亟遣报上都,世祖闻报,立命和尔郭斯

驰归讨逆,拿住高和尚及张易与王著,皆弃市。著临刑大呼道:"王著为天下除害,今日虽死,他日必令人纪念,我死也值得了!"王著虽自称除害,然矫令擅杀,不为无罪。

乱已定,世祖已返燕都,还道阿合马等冤死,拟加抚恤。枢密副使孛罗一作博罗。历陈阿合马罪状,方大怒道:"该杀!该杀!只难为了王著。"复命剖棺戮尸,纵犬拖食,人民聚观,无不称快。阿合马家产,籍没充公,复逮其子忽辛一作湖逊。至。忽辛时为江淮右丞,既被逮,敕廷臣杂问,忽辛历指道:"汝等曾受我家钱财,怎么问我?"嗣至参知政事张雄飞,先问忽辛道:"我曾受过你家钱财否?"忽辛答称没有,雄飞道:"如此说来,我应当问你!"遂审实忽辛的罪名,正法伏辜。世祖复闻郝镇党恶,亦令戮尸。还有右丞耿仁,与郝镇同罪,下狱论死。其余奸党,一律罢黜,并汰冗官七百十四人,罢官署二百余所,内外总算一清。

世祖乃加意求治,遣都实一作笃什。穷探河源,命郭守敬定授时历,焚毁道书,创始海运,诏诸路岁举儒吏,蠲免燕南、河北、山东逋赋。招衍圣公孔洙,为国子祭酒,提举浙东学校,统是一时美政,传播人口。

忽有闽僧上言,报称土星犯帝座,防有内变。世祖本尊崇僧侣,曾拜拔思巴为帝师,皈依释教。至是闻闽僧告变,自不免迷信起来。且因平宋以后,江南多盗,漳州民陈桂龙及兄子陈吊眼,起兵据高安砦。建宁路总管黄华,叛据崇安、浦城等县,自号头陀军,称宋祥兴年号,福州民林天成,也揭竿相应。又有广州民林桂方、赵良钤等,拥众万余,号罗平国,称延康年号。虽经诸路元帅,剿抚兼施,或杀或降,然大势尚未平定。各处小丑未为小害,故随笔略过。自闽僧告变后,复闻有中山狂人,自称宋主,有众千人,欲取丞相。京城亦得匿名揭帖,内言某日烧蓑城苇,率两翼兵起事,定卜成功,愿丞相无忧等语!先是帝㬎被虏,至燕京,降封瀛国公,令与宋宗室大臣,寓居蓑城苇。既得揭帖,乃将蓑城苇撤去,迁瀛国公及宋宗室至上都。疑丞相为文天祥,有旨召见。

天祥初入燕,至枢密院,见使相孛罗。孛罗欲使拜,天祥长揖不屈,仰首自言道:"天下事,有兴有废,自帝王以及将相,灭亡诛戮,何代没有?天祥今日,愿求早死!"孛罗道:"汝谓有兴有废,试问从盘古至今,有几帝几王?"天祥道:"一部十七史,从何处说起?我今日非应考博学鸿词,何必泛论?"孛罗道:"汝不肯说兴废事,倒也罢了,但汝既奉了主

第二十二回　渔色徇财计臣致乱　表忠流血信国成仁

命,把宗庙土地与人,何故复逃?"天祥道:"奉国与人,是谓卖国,卖国的人,只知求荣,还愿逃去么?我前除宰相不拜,奉使军前,即被拘执,已而贼臣献国,国亡当死;但因度宗二子,犹在浙东,老母亦尚在粤,是以忍死奔归!"侃侃而谈,纯是忠孝。孛罗道:"弃德祐嗣君,别立二王,好算得么?"天祥道:"古人有言,'社稷为重,君为轻'。我别立君主,无非为社稷计算!从怀、愍而北,非忠,从元帝为忠;从徽、钦北,非忠,从高宗为忠。"孛罗几不能答。忽又道:"晋元帝、宋高宗,皆有所受命,你立二王,并非正道,莫不是图篡不成?"天祥大声道:"景炎帝显年号。乃度宗长子,德祐亲兄,难道是不正么?德祐去位,景炎乃立,难道是图篡么?陈丞相承太皇命,奉二王出宫,难道是无所受命么?"说得孛罗面赤颊红,变羞成怒道:"你立二王,究有何功?"遁辞知其所穷。天祥道:"立君所以存宗社,存一日,尽臣子一日的责任,管什么有功无功?"孛罗复道:"既知无功,何必再立?"天祥亦愤愤道:"汝亦有君主,汝亦有父母,譬如父母有疾,明知年老将死,断没有不下药的道理!总教吾尽吾心,才算无愧,若有效与否,听诸天命!天祥今日,一死报国,便算了事,何必多言!"义正词严,足愧孛罗。

孛罗即欲杀天祥,还是世祖及廉、许各大臣,悯他孤忠,不欲用刑。至谣言迭起,召谕天祥,要他变志事元,即拜丞相,天祥答道:"天祥系宋朝宰相,不能再事二姓,请即赐死,便算君恩!"世祖心犹未忍,麾之使下,经孛罗等进谏,不如从天祥志,免生谣诼,世祖乃下诏杀天祥。

天祥被押至柴市,态

表忠孤血信国成仁

度从容，语吏卒道："吾事毕了。"南向再拜，乃就刑，年四十七岁。忽又有诏敕传到，令停刑勿杀，事已无及。返报世祖，并呈天祥衣带赞，大书三十二字，分作八句。看官记着，首二句是："孔曰成仁，孟曰取义"；中二句是："惟其义尽，是以仁至"；末四句是："读圣贤书，所学何事？而今而后，庶几无愧！"世祖连读连叹，且太息道："好男子！好男子！可惜不肯为我用，现已死了，奈何！"能令雄主赞惜，毕竟忠义动人。乃赠天祥卢陵郡公，谥忠武。命王积翁书神主，设坛祭酹。饬孛罗行奠礼。孛罗方临坛奠爵，忽然狂飙大作，烛灭烟销，上面摆着的神主，好似生有两翼，陡然腾起，卷入云中。此事见诸正史，并非作者捏造。孛罗大惊，乃令改书神主，写着前宋少保右丞相信国公数字，仓皇祭毕，天始开霁。燕京人民，相率骇异。

天祥卢陵人，所居对文笔峰，因自号文山。平生作文，未尝属草，一下笔，便数千言，流离中感慨悲悼，一发于诗，阅者见之，莫不流涕。其妻欧阳氏收天祥尸，面色如生，义士张毅甫，给资归葬，适母夫人曾氏遗柩，亦由家人自粤奉归，同日至城下，相传为忠孝的报应。后儒有挽文丞相诗二首道：

尘海焉能活蟄舟？燕台从此筑诗囚。雪霜万里孤臣老，光狱千年正气收。诸葛未亡犹是汉，伯夷虽死不从周。古今成败应难论，天地无穷草木愁。

徒把金戈挽落晖，南冠无奈北风吹。子房本为韩仇出，诸葛安知汉祚移？云暗鼎湖龙去远，月明华表鹤归迟。何人更上新亭饮？大不如前洒泪时。

天祥一死，谣言渐靖。不意辽东来一警报，说是十多万大兵，俱死在日本海中了。是何原因，请看下回。

读元奸臣阿合马传，令人生恨，莫不欲举刀斫之。读宋忠臣文天祥传，令人起敬，莫不欲顶礼奉之，可见天道虽或无凭，人心尚有公理。是回前叙阿合马事，后叙文天祥事，一则显揭其奸，一则详述其忠，语浅意深，老妪都解，较诸史传之饷人，为益尤大。史传非尽人能读，且非尽人得读，获此一编，非举两弊而悉去之耶！此外杂以他事，有美有恶，虽循史家依事毕书之例，而盛衰之感，隐寓其中，不特简略之分已也。

第二十三回

征日本全军尽没　讨安南两次无功

却说中国海东,有一日本国,与高丽国仅隔海峡,以其地近日出,故名日本。唐时曾遣使入贡,至元代征服高丽,与日本尚未通使。世祖至元二年,高丽人赵彝等,来元修好,奏称日本可通,请世祖遣使东往。世祖本是个好大喜功的雄主,好大喜功四字,是世祖一生注脚。一闻赵彝等言,自然乐从。当于次年秋季,命兵部侍郎赫德德,充国信使,礼部侍郎殷弘为副,赍国书东行。至高丽,国王王禃,亦遣使为导,航海至日本。既抵岸,未见有人出迎,只得西归。世祖又命起居舍人潘阜等,持书复往,留居日本六月,全然不得慰问,也只好回来。

至元六年,高丽权臣林衍作乱,倡议废立,国王禃情急入朝,乞为援师。世祖乃发兵万人,送禃回国。会林衍已死,乱党闻元军大至,相率远窜。禃复王位,高丽无事。乃复命秘书监赵良弼东往,并饬高丽王禃,派人送至日本,期在必达。良弼到了日本,始终不见国王,只与日本官吏弥四郎相见,弥四郎引他至太宰府西守护所。据守吏言及,从前被高丽所绐,屡云上国要来伐我,所以不接来使。今闻上国好生恶杀,实出意料。可惜我国王京,去此尚远,只好先遣人从使回报,他日再当通好等语。良弼无奈,乃遣从官张锋,先偕日使二十六人,驰还燕京。世祖召姚枢、许衡等入见,并问道:"日使此来,恐是受主差遣,来窥我国强弱,他称由守护所差来,不尽确实,卿等以为何如?"姚枢、许衡齐声道:"诚如圣虑,现不应准他入见,只宜待他宽仁,看他以后作何对待,再作计较。"以人治人,计非不是,然怀柔之道究不在此。世祖点头称善。

姚、许退后,留日使居住客舍,兼旬不得召见。日使索然无味,即乞归。赵良弼闻日使返国,也即启程回来,嗣后良弼复往返一次,仍是徒劳跋涉。看官!这日本是东方旧国,也有君主臣民,为什么元朝行人,往来如织,他竟置诸不理,似痴聋一般哩!我亦要问。说来话长,小子不遑细叙,只好略说数语,令看官粗识原因。原来日本当日,藩臣擅权,方主闭关政策,首藩北条时宗尤为顽固,无论何国使臣,一概拒绝。元使入境,还算格外客气,任他来去自由。至若遣使偕行,虚与周旋,是第一等好意。偏偏元主不明情由,硬要向他絮聒,反令他恼恨起来,决计谢绝。

　　至元十一年,高丽王王禃殂,世子晴袭爵。世祖以高丽归顺有年,把皇女忽都鲁揭里迷失遣嫁嗣王,并命他发兵五千,助征日本。于是命凤州经略使实都,及高丽军民总管洪茶邱,率大小舟九百艘,载水师一万五千,会同高丽兵士,航海入日本境。日本闻元兵到来,也不遣将出战,只令兵民守住要隘,坚壁以待。元兵路陌生疏,不敢卤莽进攻,耽延了好几日,费了若干粮饷,若干弓箭。迨至矢尽粮竭,不得已掳掠四境,捉住几个日人,夺了一些牛马,便算了事,回来报命。日境虽是难攻,元将恰也没用。

　　越年,世祖又遣礼部侍郎杜世忠,兵部侍郎何文著等,往使日本,被他拒绝。到了至元十七年春间,再命杜世忠等东行,只知遣使,何益于事,反要送他性命。所赍国书,未免说得严厉,恼动了日本大臣,竟将杜世忠等杀死。那时世祖闻报,自然大怒,遂命右丞相阿喇罕,右丞范文虎,及实都、洪茶邱等,调兵十万,浩荡东征。

　　阿喇罕年老力衰,无志远行,只因君命所委,不敢推辞,没奈何硬着头皮,率师东指。途中屡次延宕,及到高丽,竟逗留不进,只说是风水不利,未便行军。嗣后接连会议,或说宜进兵壹歧岛,可扼日本要口;或说宜先取平壶岛,作屯兵地,然后转攻壹歧。阿喇罕茫无头绪,未免心绪不宁,自是食不安,寝不眠,遂致老病复发,拜表辞职。未几死于军中。

　　世祖令左丞相安塔哈往代,尚未到军,范文虎志欲图功,从前受制阿喇罕,不能自专,尝讥他老朽无用,至阿喇罕死后,军中要推他为统帅,一朝权在手,便把势来行,当下出令发兵,竟往平壶岛进发。平壶岛四面皆水,日本人称为悬海,西面有五岛相错,叫作五龙山。元兵既到平壶岛,一望无垠,方拟觅地寄泊,俄觉天昏地黑,四面阴霾,那车轮般的旋风,从海面腾起,顿时白浪翻腾,啸声大作。各舟荡摇无主,一班舵工水手,齐声呼噪,舟内的将士,东倒西歪,有眩晕的,有呕吐的,就是轻举妄动的范文虎,也觉支持不定。当下各舟乱驶,随风飘漾,万户厉德彪,招讨王国佐,水手总管陆文政等,统是逃命要紧,不管什么军令,竟

第二十三回　征日本全军尽没　讨安南两次无功　· 157 ·

带着兵船数十艘,乘风自去。

范文虎见各船散走,心中焦急起来,忙饬大众趋避五龙山。既到山下,检点各舟,十成中已散去三四成。留着的兵舰,多半是帆折樯摧,篷倾舵侧。可见海军不可不练,轮船不可不制。叹息了一回,只得令兵士休息数天,将船中所有器械,渐渐修整。可奈海上的风势,接连不断,稍静片刻,又是怒号。况此时正值凉秋天气,商飙司令,不肯遽停。到了仲秋朔日,飓风复至,范文虎以下各将,惩着前辙,统吓得魂不附体,三十六计,走为上计,慌忙拣择坚船,解缆西遁。虎是文的,无怪外强中干。

军中失了主帅,又没有完善的舟楫,进退无据,只有一个张百户,算作最高的官长,当由军士推戴,号为张总管,听他约束。张总管乘风势少舒,令军士登山伐木,修造船只,意图归还。不料日本兵舰,竟从岛中驶出,来杀元军。看官!你想元军虽有数万,到此还能厮杀么?你推我让,彼惊此骇,结果是上天无路,入地无门,有二三万人丧身刃下,有二三万人溺毙海中,还有二三万人,作日本俘囚。日本问是蒙古兵、高丽兵,尽行杀死。惟赦南人万余名,令作奴隶,后来逃还中国,只有三人。中国向迷信星命,未知这三人命中究属何如?那时这位张总管不知下落,想总是与波臣为伍了。

范文虎逃归后,报称败状,并归咎厉德彪、王国佐等,先自遁还,不受节制。诿过于人,庸夫长技。嗣经安塔哈调查,厉德彪等逃至高丽,将部兵遣散,自己也隐姓埋名,避匿他方,一时捕获不着,遂成悬案。世祖复命安塔哈为日本行省丞相,与右丞彻尔特穆尔,左丞刘二巴图尔,募兵造舟,再图大举。中丞彧及淮西宣慰使昂吉尔,都上书谏阻,世祖不从,可巧占城抗命,有事南征,只好将东征问题,暂时搁起一边。

且说占城在交趾南方,旧称占婆国。自兀良合台征服交趾后,曾遣使招致占城,未得实报。世祖令右丞唆都,一作索多。引兵南下,就国立省。占城王子补的,负固不服,遂命唆都进讨。唆都率战船千艘,道出广州,浮海至占城。占城发兵迎战,号称二十万,两军在南海中,鏖斗起来,鱼龙避匿,鲸鳄潜踪,自辰牌杀到午牌,未分胜负。唆都大愤,带着敢死士数百名,鼓舟直进,各军亦不敢怠慢,鱼贯而入,顿将敌舰冲开,趁势掩杀。占城兵不能抵御,立刻奔溃,被杀及被溺的兵卒,共五万人。唆都复进兵大浪湖,与占城兵再战,又斩首数万级,遂乘势薄城。王子补的遁入山谷,城中乞降。

唆都入城抚民,拟穷追补的,忽来了占城大吏,名叫宝脱秃花,说是奉王子命,纳款输诚。唆都道:"既愿归降,应即来见!"宝脱秃花只称贡品未备,须延期数日,唆都照允,遣他归去,转瞬经旬,杳无音信。唆都方知是诈,引兵深入。转战至木城下,四面都是堡砦,不由唆都不惧,下令还军。行未数里,斜刺里忽闪出占城人马,来截归路,唆都猝不及防,几乎被他蹂躏。亏得众军死战,方得走脱。检点军士,已是一半伤亡,只得退出占城,奏请济师。唆都亦非将材。

世祖封第九子脱欢为镇南王,令与左丞李恒,领兵南下,往会唆都军。脱欢欲假道安南,乘便出占城,并命安南国王陈日烜,接济军粮。去使还报,日烜愿随力助饷,但不肯假道。脱欢不问允否,只管前进,行入安南,见境上俱有重兵扎住,拒绝元军,乃扎住大营,整备与战。安南管军官阮烜,竟出兵接仗,不到数合,阮败走。元军奋勇驱入,杀得安南兵七零八落,擒住安南将杜伟、杜祐。当下审问,始知日烜从兄陈峻,职封兴道王,扼守界上,不许通道。脱欢遂行文招谕,教他退兵开路,未见答复。乃再麾兵深入,迭破要隘,获安南大将段台,兴道王陈峻遁走。

元军在途中,拾得遗弃文字二纸,乃日烜致脱欢公文。内称:"前奉诏敕,军不入境,今因占城抗命,大军经过本国,残害百姓,是太子所行违误,本国不能任咎。伏望仍遵前诏,勒回大军,本国当具贡物驰献"等语。脱欢阅毕,即令书状官复文,略说:"我朝命讨占城,曾移文

第二十三回　征日本全军尽没　讨安南两次无功

汝国，命汝开路备粮，不意汝违朝命，使兴道王等提兵迎敌，射伤我军。我军不得已接战，是祸及汝民，实由汝自己开衅。今与汝约，即日收兵开道，安谕百姓，各务生理，我军所过，秋毫无犯，否则蹂躏汝国，毋贻后悔云云。"恃强胁迫，未免不情。

　　这书方发，忽由侦探来报，安南王日烜，调集军船千余艘，来助兴道王拒战了。脱欢道："他既如此倔强，不如从速进兵。"遂督师亲往，直抵富良江，只见江中排着一字儿战船，高悬兴道王旗帜，彩色鲜明。徒有形色。乃命将士驾筏前攻，大小并进，四面驶击，夺得敌船二十余艘，兴道王复败走。元军缚筏为桥，渡过江北，岸上统竖着木栅，由元军用炮猛攻，守兵亦发炮还击，声震天地。到了晚间，来了安南使臣阮效锐，奉书谢罪，且请班师。脱欢不允，次日复攻木栅，栅内已寂无一人。即令军士拆卸，通道进兵，径薄安南城下。日烜已弃城遁去，其弟益稷，率属迎降。脱欢入城，搜查宫内，毫无珍物，只留文牍等件，亦尽行抹毁，料知日烜已尽室而去。亟遣将士追袭，获住官吏多人，惟日烜不知去向。是时唆都已引兵来会，奉脱欢命，亦穷追日烜，向南去讫。

　　脱欢寓居安南城，无粮可因，军士亦多劳瘁，加以水土不服，瘴疠交侵，未免日有死亡，不得已议定退兵。于是出城北旋，仍抵富良江口，方登山伐木，以便筑桥通渡，不防山林里面，统是安南兵伏着，一声呼啸，伏兵四起，都恶狠狠地来杀元军。元军仓猝迎战，纪律不整，军械不全，眼见得为敌所乘，有败无胜。脱欢一面督战，一面令军役速筑浮桥，等到桥可通人，岸上的元军，已有一半受伤。脱欢先自过桥，留李恒断后。顾己不顾人，好一个大元帅。那安南兵见元军渡江，索性用着毒箭，顺风四射。元军且战且行，桥狭人多，不堪普济。更兼毒矢飞来，左右闪避，就使幸免箭镞，也要失足落水。因此元军各队，不是中箭，就是被溺，好多时才得渡完。李恒亦带队过来，右颊已受箭伤，血流满面。安南兵尚思追逐，亏得元军手快，把桥拆断，方能止住追兵。这一番厮杀，元军吃亏不小，狼狈入思明州，李恒创重死了。还有唆都一军，与脱欢相去二百里，追寇不及，中道折回。总道脱欢尚在故处，仍由原路还军，谁知到了乾满江，前后左右，统是安南兵杀到。唆都无从趋避，拼着命与他奋斗。可奈杀开一重，又是一重，杀开两重，又有两重，等到杀透重围，手下已是零落，身上亦受重伤，看看前面又是江流，无桥可渡，后面的呼杀声，尚是不绝,进退无路,投江而死。残众亦都随着,扑通扑通的数十响,葬身鱼腹去了。统是枉死。

世祖闻报,愤急得了不得,更发蒙古军千人,汉军新附四千人,南往思明,归镇南王节制,再讨安南。复命左丞相阿尔哈雅等,大征各省兵,陆续接济。吏部尚

讨安南两次无功

书刘宣,奏称安南臣事已久,岁贡并未愆期,似在可赦之列。且镇南王出兵方回,疮痍未复,若再令进讨,兵士未免寒心。况且南交一带,蛮瘴甚深,不如少缓时日,徐作后图。世祖览奏,乃遣使往谕脱欢,令其自筹行止。脱欢复称从缓进行,惟日烜弟益稷,为兄所逐,自拔来归,应如何处置?请旨遵行云云。世祖乃令脱欢还军,并居益稷于鄂州,容图后举。

至元二十三年,诏封益稷为安南国王。复命镇南王脱欢,统率江淮、江西、湖广三省蒙古军,及汉军七万人,云南军六千人,海外四州黎兵万五千人,再伐安南,并纳益稷。所有右丞阿八赤,程鹏飞暨参政樊楫以下,统归镇南王调遣,于是水陆并举,分道南进。安南王陈日烜,闻元兵大举,也分道防守。元兵锐气大张,逢关即破,遇险即登,大小十七战,都得胜仗,遂深入国都。日烜仍用旧法,弃城入海,脱欢再入城中,仍令将士航海追寻。看官!你想,这大海茫茫,渺无津涯,凭你东寻西觅,哪里获得住日烜?不过徒然跋涉,多劳军士罢了。前详后略,用笔得体。用兵数月,已是至元二十五年仲春,右丞阿八赤语脱欢道:"敌弃巢穴,远窜入海,意将待吾疲敝,再出争战。我军统是北人,到了春夏交

第二十三回　征日本全军尽没　讨安南两次无功

季,瘴疠将作,何能支持!敌弗就擒,吾粮且尽,不如退归为是!"脱欢迟疑未决,会日烜复遣使请降,<u>仍是缓兵之计</u>。乃顿兵待着。相持有日,仍无音耗。脱欢遣阿八赤等沿海巡查,返报海口有安南兵。正拟遣兵往攻,奈天气日炎,疫疠又作,所得险隘,连报失守,不得不率众退还。那陈日烜恰是厉害,从海上集众三十万,绕出安南国北方,到了东关,截住元军归路,连营以待。元军也自防着,步步为营。<u>变换前文,不特免复沓之病,且揆情度理,亦应如此。</u>不然脱欢为元帅,岂竟不戒覆辙耶!既近东关,侦知安南兵在前,各怀着小心,上前夺路。安南兵初次接战,倒也不甚起劲,只沿途散处,日与元军战数十合,他惟抢夺军械,任他自走。迨元军行至东关,面面皆山,安南兵都占住山脚,差不多如蚂蚁一般。元军正在骇愕,不期敌军队里,鼓声一响,千万杆箭镞,复扑面飞来。正是:

日暮途穷天地黑;风凄血薄鬼神愁。

毕竟元兵如何抵御?且看下回便知。

元世祖即位以后,统一中原,宜乘此休养士民,修文偃武,古人放牛归马之风,何不可遵而行之?况元自太祖称尊,至世祖灭宋,相传其屠戮人数,共一千八百四十七万有奇。既已统一海内,更宜止杀行仁,乃复穷兵东伐,黩武南征,天道恶盈,宁肯令其常胜耶?故无论阿喽罕等之不足将兵,皇子脱欢等之未克料敌,而揆诸理数,亦断无永久不败之理。本回虽第述战事,而于篇首之"好大喜功"四字,已评定世祖人品。以下逐节写来,处处寓着讥刺,知寓戒之意深矣!

第二十四回

海都汗连兵构衅　乃颜王败走遭擒

却说元军至东关遇敌,被安南兵连放毒箭,将士又复遭伤,当下裹疮力战,还是杀不退敌兵。阿八赤、樊楫两人,保住脱欢先行,只望突过东关,便好脱险。那安南兵偏专望大纛杀来,势不可当,任你阿八赤、樊楫等努力冲突,总是无路可走。阿八赤遂语脱欢道:"王爷顾命要紧,须扮作兵士,莫令敌军注目,方可逃生。我等愿誓死报国了!"脱欢闻言,便卸下战袍,带着亲卒,混入各军队里,伺隙逃走。曹阿瞒割须弃袍,倒被他模仿得来。阿八赤、樊楫两人,竟尔战死。脱欢正偷出重围,安南兵又复追上。幸前锋苏都尔领了健卒,回身奋战,才将安南兵截住。可笑这位镇南王脱欢,穷极智生,不敢径行大道,只望僻处奔逃,亏此一着,保全性命,要算大幸。

到了思明州,败军始陆续奔来。仔细检查,十死五六,比前次损失,还要加倍。脱欢懊恼异常,只好据实奏闻。世祖以脱欢两次败还,勃然震怒,便下诏切责,令他留镇扬州,终身不准入觐。一面拟另简良将,指日再征。

寻得安南来使,贡入金人一座,且卑词谢罪,方把南征事暂行搁置。是时连岁用兵,多半无功。只诸王相答吾儿一作桑阿克达尔。及右丞台布等,分道攻缅国,还算得手,收降西南夷十二部,直指缅城。缅国即今缅甸,与云南接壤,役属附近各部落,声焰颇盛。至是为元兵所败,遁入白古。嗣复遣人乞降,愿纳岁币,元军方还。所有印度、暹罗及南洋群岛诸部落,亦闻风入贡,元威算遍及西南了。

世祖雄心未已,复拟敛财储饷,再征日本及安南。卢世荣以言利邀宠,尝自谓生财有法,不必扰民,可以增利。因即擢他为右丞。他遂滥发交钞,妄引匪人,专权揽势,毒害吏民。嗣经陈天祥奏弹,方召世荣入朝对质,由世祖亲自鞫讯,一一款服,才命正法。

天下事福无双至,祸不单行。卢计臣方才伏辜,皇太子偏又病剧。

第二十四回　海都汗连兵构衅　乃颜王败走遭擒

这皇太子便是真金,起病的原因,自王著矫杀阿合马,真金心中,已不自安。到至元二十二年,忽有南台御史,奏请内禅。台臣以世祖精神矍铄,定不准奏,遂将原奏搁起。其时卢世荣未戮,引用阿合马余党,竟借公济私,奏称太子阴谋禅位,台臣擅匿奏章;那时世祖未免忿怒,只因太子素来尽孝,还算勉强容忍,不加诘责。嗣被太子闻知,忧惧成疾,医药罔效,竟与老父长别,仙逝去了。真金以仁孝闻,所以转笔加褒。

世祖方悲悼未休,忽西北一带,警耗迭传,竟有同族相残的祸案,酿成分裂。于是接连用兵,扰扰了好几十年。这乱源早已伏着,小子久思叙入,因恐文字夹杂,转眩人目,不如总叙一回,省得枝枝节节。看官阅着,由小子一一叙来。原来,元太祖即大汗位,至世祖统一神州,先后不过七十年,除亚细亚洲极北部,及亚细亚洲极南部外,全洲统为元有,就是欧洲东北土,亦为元威所及,真是一个大帝国,自中国黄帝以来,所绝无仅有的。当时蒙古诸王族,各有分土,最大者有四国,分述如下:

(一)伊儿汗国自阿母、印度两河以西,凡西方亚细亚一带地,统归管领,亦称伊兰王国。旭烈兀子孙,君临于此,都城在玛拉固阿。

(二)钦察汗国在伊儿汗国北方,东自吉利吉思荒原,西至欧洲马加境,举秃纳河即多瑙河。下流,及高加索以北地,统归管领,或称金党汗国。拔都子孙,君临于此,都城在萨莱。

(三)察合台汗国阿母河东面,及西尔河东南,凡天山附近的西辽故土,统归管领。察合台子孙,君临于此,都城在阿力麻里。

(四)窝阔台汗国凡阿尔泰山附近的乃蛮故土,统归管领。窝阔台即太宗。子孙,君临于此,以也迷里附近,作为根据地。

这四汗国就封后,一切内政,由他自理,名义上仍由元主统驭。世祖乃建阿母河行省,监制伊儿、钦察两汗国;置岭北行省,监制窝阔台汗国;设阿力麻里及别失八里两元帅府,监制察合台汗国。还有一班皇族宗亲,分镇满洲,因立辽阳行省,作为监督。总道是内外相维,上下相制,好作子孙帝王万世的基业。秦始皇以郡县治天下,元世祖以分封治天下,俱欲长治久安,后来都生祸乱,可知徒法不能自行。无如法立弊生,福兮祸倚。窝阔台汗国,自宪宗嗣位后,早怀不平。应第十九回。至世祖入继,阿里不哥构衅,太宗孙海都,为窝阔台汗国首领,曾隐助阿里不哥,谋倾世祖。阿里不哥败亡,海都汗静蓄兵力,志图大逞。

是时察合台早死,其从孙亚儿古为察合台汗,与海都联盟。世祖探知底细,遣使至察合台汗国,黜

海都汗建兵搆衅

逐亚儿古,别立察合台族曾孙八剌为汗。且命联结钦察汗国,与拔都孙蒙哥帖木儿彼此相倚,共制海都。谁知八剌不怀好意,反嗾使海都,合图钦察汗国。海都引兵入钦察境,蒙哥帖木儿已早闻知,潜出兵袭击海都后面。海都还军抵敌,八剌又背了海都,竟将海都所侵地,占据了去。杨畏三变,尚愧勿如。海都愤不可遏,卑辞向钦察汗乞和,且得钦察援兵,杀退八剌。八剌很是刁狡,贻书海都,只说要乞师燕都,与他拼命。海都正防这着,不得已与他讲和。由是三汗勾连,同会于怛罗斯河畔,模仿库里尔泰会,推海都为蒙古大汗。

海都传檄伊儿汗国,令他一同推戴,共抗燕都。伊儿汗国的始祖,是旭烈兀,系世祖亲弟,向来服从世祖。旭烈兀殁后,他子阿八哈,承父遗志,不肯附和海都。海都遂与八剌联兵,攻入伊儿汗国东境,一面约钦察汗、蒙哥帖木儿侵略伊儿汗国西北。阿八哈颇有父风,熟娴兵事,竟调集部众,逆击海都、八剌的联合军。两军相遇,阿八哈略战即退,诱敌兵深入险地,用四面埋伏计,冲破敌兵。海都八剌几乎被擒,幸亏逃走得快,方得保命。

阿八哈既战退联合军,复去迎截钦察兵。这钦察兵颇是厉害,闻着阿八哈到来,他竟退归,至阿八哈回去,他复出来,弄得阿八哈疲于奔命,积劳成疾,未几身死。子阿鲁浑嗣立。阿八哈弟阿美德不服,屡与相争。阿鲁浑虽尚能支持,究竟内乱未平,不暇对外,所以海都的势焰,

第二十四回　海都汗连兵构衅　乃颜王败走遭擒

愈加鸱张,竟欲入逼燕都。

元廷早议往讨,世祖以谊关宗族,不忍发兵,只遣使招谕。假惺惺。海都不肯应诏,乃遣皇子耶木罕为大帅,与宪宗子昔里吉,及木华黎孙安童,统兵防御。不意昔里吉反叛应海都,竟将耶木罕、安童两人,拘禁营中。那时世祖闻报,急令右丞相伯颜,率兵往救耶木罕等。伯颜兼程而进,闻昔里吉已导海都部众,将入和林。于是火速进兵,遇昔里吉于鄂尔坤河畔,麾众直前,攻破昔里吉营帐,救出耶木罕、安童。昔里吉遁走。正拟乘胜穷追,忽来了燕都钦使,促伯颜还朝。

伯颜班师南归,入见世祖,世祖语伯颜道:"海都未平,乃颜一作纳延。又复谋逆,所以促卿归来,商决军事。"伯颜道:"乃颜也敢谋逆么?究竟有无实据?"世祖道:"乃颜屡次征兵,朕命行省阇里帖木儿不得辄发,闻他时出怨言,将来必要为逆了。"伯颜道:"西北诸王,多得很哩。若乃颜一反,胁从王族,恐怕乱祸蔓延。现不如乘他未发,遣使宣抚为是。"世祖问何人可遣?伯颜自请一行,遂奉旨去讫。

看官,你道乃颜究属何人?原来就是太祖弟别勒古台的曾孙。别勒古台曾受封广宁路、恩州二城,以斡难克鲁伦两河间为驻牙地,子孙世袭为王。传至乃颜,适当海都倡乱,受他运动,遂思征兵助逆。叙述明晰。

伯颜既奉命北行,车中满载衣裘,每至一驿,辄把衣裘颁给,驿吏很是感激。为大事者,不惜小费。及与乃颜相见,反复慰谕,乃颜含糊答应。伯颜窥出私意,料非口舌所能挽回,竟不待告辞,黉夜出走。驿吏争献健马,遂得速遁。至乃颜发兵来追,已是驰出境外。

追返报世祖,很是忧虑。宿卫使阿沙不花道:"欲讨乃颜,须先安抚诸王,诸王归命,乃颜势孤,不怕不受擒了!"世祖称善,便命他往说诸王。阿沙不花有口辩才,一入西北境内,就扬言乃颜投诚。诸王闻言,为之气沮,自是所如无阻,把诸王说得屏足敛容,不敢抗衡。可见应对之长,断不可少。

至阿沙不花归还,世祖遂决议亲征,用桑哥一作僧格。为尚书,敛财助饷。桑哥本卢世荣余党,一握政权,免不得暴敛横征。世祖急于讨逆,哪里管得许多。将要启跸,先遣谕北京等处宣慰司,令与乃颜部民,禁绝往来。所有京内兵吏,不得持弓挟矢,于是乘舆北发,肃静无哗。

既入乃颜境内，见麾下将校，多与乃颜部兵，立马相向，释仗对语。世祖很以为忧。左丞叶李密启道："兵贵奇不贵众，临敌当用计取。现看蒙古将士，与乃颜部多是亲昵，哪个还肯为陛下出力？徒然劳师糜饷，不见成功。臣请令汉军列前，用汉法督战，再用大军断他后路，示以死斗。乃颜玩视我军，必不设备，待我大军冲入，无虑不胜！"元代尝重用蒙古军，所以叶李有此计议。

　　世祖依言，谕左丞李庭等，部勒汉军，充作前锋。至撒儿都鲁地方，见前面尘飞沙起，料知叛兵到来，便下令布阵，列马以待。乃颜兵如排墙，号称十万，前哨头目，名叫塔布台，随后的头目，名叫金嘉努。乃颜自领中军，疾驰而至。世祖麾军与战，厮杀了一日，未分胜败，薄暮收军。

　　次日世祖再督军逆战，乃颜坚壁不出，当即还军。两下相持数日，彼此没甚动静，司农卿铁哥献议道："乃颜不来出战，明是有意顿兵，他欲待我师老，方来邀击，若与他相持，正中诡计。现请布一疑阵，淆乱敌心，令他自行退去，才可用奇兵制胜哩。"世祖问计将安出？由铁哥附耳道："如此如此！"世祖大喜，依计行事。

　　乃颜虽然坚守，每日侦探元军。一夕，得侦骑来报，说是元主据着胡床，张盖饮酒，态度很是从容，旁有大臣陪着，很是闲适，莫非长此驻扎不成。密计从侦骑叙出。乃颜忙与塔布台等商议，塔布台道："元主如此闲暇，定是兵粮饶足，我若与他久持，反受牵制，不如乘夜退去，据险扼守罢了。"乃颜被他一语，倒也心动，便令部众潜退。部众得了归命，巴不得即日回去，顿时收拾行装，全营忙乱。

　　事被李庭探悉，即请世祖发令，引敢死士十余人，执着火炮，夜入敌阵。乃颜部众，正要奔走，不防炮火射入，声如震雷，斯时大众无心恋战，便一哄儿地逃散。李庭遂率汉军奋击，继以玉昔帖木儿所领的蒙古军，先后追杀，如虎逐羊。汉军向被蒙古轻视，至此格外猛厉，显些威风。蒙古军见汉军奋勇，也有争功思想，顾不得什么情谊，况已得了胜仗，乐得乘势驱逐，杀个爽快。遣将不如激将，便是此意。只乃颜部众，确是晦气，走到东遇着汉军，跑到西碰着蒙古军，更且黑夜迷濛，辨不出道路高低，就是幸免锋刃，也因心慌脚乱，随地乱仆。塔布台受创身死，金嘉努不知去向。乃颜抱头乱窜，已达数里，正虑元军追着，喘吁吁地纵

第二十四回　海都汗连兵构衅　乃颜王败走遭擒

辔急逃。不意道路崎岖，马行未稳，猛觉得一声崩塌，那马足陷入泥淖中，竟将乃颜掀翻地下。残众只管自逃，一任元军追到，将他擒去。看官，你想叛逆不道的罪犯，还能保全性命么？枭首以后，还要分尸，这也毋庸琐述。

世祖班师而回，既到燕京，忽由辽东宣慰使塔出，飞驿驰奏，略说乃颜余党失都儿等，入犯咸平，请速济师。世祖遂令皇子爱牙赤，领兵万人，驰驿往援。时咸平东北一带，多与乃颜连结，塔出恐他蔓延，急与麾下十二骑，星夜前行，沿途征集数百人，直抵建州。适遇失都儿前军，约有数千名，头目叫作大撒拔都儿，来攻塔出。塔出毫不畏怯，当先陷阵，麾下数百人，也各自为战，以一当十，竟将大撒拔都儿杀退。

塔出两中流矢，仍指挥自如，与未受痛楚一般。忽得侦报，叛党从间道西出，将袭皇子爱牙赤军，遂又调兵千名，绕道遮截。至懿州附近，与叛党帖古歹相遇，两阵对圆，只见帖古歹执旗麾众，意气扬扬，塔出拈弓搭箭，飕的一声，穿入敌阵，不偏不倚地中了帖古歹口中，镞出项间，顿时坠马身死，余众不战自溃。塔出追至阿尔泰山，方才收兵。

回至懿州，懿州人民焚香罗拜道旁，都涕泣道："非宣慰公到此，吾辈无噍类矣！"塔出下马慰谕道："今日逐出叛党，上赖皇帝洪福，下赖将士勇力，我有什么功绩，劳汝等敬礼？"劳谦君子有终吉。遂慰谕人民，令他们归去；一面露布告捷，世祖下诏嘉奖，赏他明珠虎符，充蒙古兵万户。皇子爱牙赤亦引还，无如乃颜余党，尚是未靖，海都又屡寇和林，于是令皇孙铁木耳，一作特穆尔。巡守辽河，右丞相伯颜，出镇和林。小子有诗叹道：

  胡人好杀本无亲，构怨连年杀伐频；
  为语前车宜后鉴，莫教骨肉未停匀！

毕竟叛党能否平靖？容俟下回续陈。

  海都构乱，两汗响应，即西北诸王如乃颜者，亦起而响应，是为元代分裂之原因，即为蒙俗残忍之报应。宪宗蒙哥不经库里尔泰会通过，即窃据大位，妄肆杀戮。彼非应承大统之人，乃恃强称帝，自残同类，亦何怪宗族之解体乎？世祖得国，与乃兄无异，加以穷兵黩武，暴敛横征，外患未靖，而内乱迭作，谁为为之，以至于此！幸其时犹称全盛，不致遽亡；然履霜坚冰，其象已见，读此回应为之黯然！

第二十五回

明黜陟权奸伏法　慎战守老将骄兵

却说乃颜余党，尚出没西北，头目为火鲁火孙及哈丹等，攻掠边郡未下。经皇孙铁木耳北巡，遣都指挥土土哈等击破火鲁火孙，复战胜哈丹，收复辽左，置东路万户府，嗣是西北稍安。哈丹虽屡来扰边，终被守兵击退；只海都屡寇和林。伯颜尚未出发，世祖命皇孙甘麻剌一作葛玛拉，系铁木耳长兄。往征，会同宣慰使怯伯等军，共击海都，一面命土土哈移军接应。怯伯阳迓甘麻剌，阴与海都勾通，军至航爱山，怯伯反引海都部众，来击甘麻剌，将他困在垓心。甘麻剌左冲右突，卒不得脱，心中焦急万分。幸土土哈率军杀到，突入围中，将甘麻剌翼出，令他先行，自率军断后，敌众不肯就舍，统跨马追来。土土哈挑选精锐，依山设伏，俟追军将近，先与截杀，佯作败走形状，诱敌众入山，呼令伏兵齐起，一律杀出。敌兵腹背受敌，几乎败溃，亏得人数众多，分队抵敌。杀了一场，究竟有输无赢，只好夺路遁去。

世祖闻报，复议亲征，师至北方，土土哈率军来会，由世祖抚背慰谕道："从前我太祖经营西北，与臣下誓同患难，尝饮班珠尔河流水，作为纪念。今日得卿，不愧古人，卿其努力，毋负朕意！"应第九回。土土哈拜谢。海都闻世祖亲到，不战自退。

世祖回军，适福建参知政事，执宋遗臣谢枋得，送至燕京。枋得天资严厉，素负奇气，尝为宋江西招谕使。宋亡，枋得遁入建阳，卖卜驿桥，小儿贱卒，亦知他为谢侍御。至元二十三年，世祖遣御史程文海，访求江南人才，文海博采名士，选得赵孟适、叶李、张伯淳，及宋宗室赵孟頫等，赵孟頫字子昂，为宋秦王德芳后裔，善书画，冠以宋宗室三字，所以愧之。共二十人，枋得亦列在内。时枋得方居母丧，遣书文海，力辞当选。嗣宋状元宰相留梦炎，亦已降元，复荐枋得，枋得复致书痛责，极言江南士人，不识廉耻，非但不及古人，即求诸晚周时候，如瑕吕饴甥，及程婴、杵臼厮养卒，亦属没有，令人愧煞等语。梦炎见书，未免心报，亏得脸皮素厚，乐得做我好官，由他笑骂。谁要你做过前朝的状元宰相！此编大书前朝头衔，已足令羞。会天祐闻元廷求贤，佯召枋得入城卜易。既至，劝他北行。枋得不答，再三慰勉，乃嫚词谯诃。天祐曲为容忍，偏枋得愈加倨肆，令他难堪。有意为此。遂反唇相讥道："封疆大臣，当死封疆。你为宋臣，何故不死？"枋得道："程婴、公孙杵臼，两人皆尽忠赵氏，程婴存孤，杵臼死义。王莽篡汉，龚胜饿死。汉司马子长尝云：死有重于泰山，或轻于鸿毛。韩退之亦云，盖棺方论定，参政何足语此？"天祐道："这等都是强辞！"枋得道："从前张仪尝对苏秦舍人云：'苏君得志，仪何敢言？'今日乃参政得志时代，枋得原不必多言了！"天祐愤甚，硬令役夫舁他北行，临行时，故友都来送别，赠诗满几。独张子惠诗最切挚，中有一联佳句道："此去好凭三寸舌；再来不值半文钱！"确是名言。枋得览至此句，叹息道："承老友规我，谨当铭心！"遂长卧眠篅中，任之舁行。途中有侍从进膳，他却不食半菽，饿至二十余日，尚是未死。既渡江，侍从屡来劝食，乃踌躇一番，何故踌躇？看官试猜。复少茹蔬果。及到燕京，已是困惫不堪。勉强起身，即问故太后攒所，及瀛国公所在地，见二十二回。匆匆入谒，再拜恸哭。所以踌躇者，只为此耳。归寓后，仍然绝粒。留梦炎使医持药，杂米饮以进。枋得怒，掷诸地上，过了五日，奄然去世。世祖闻枋得死节，很是叹息，命他归葬。其子定之，遂往奉骸骨，还葬信州。忠臣足以服枭雄。

还有一位庸中佼佼的处士，姓刘名因，系保定容城人。他并未受职宋朝，只因蒙儿得国，不愿委贽，专力研究道学，笃守周、邵、程、朱学说，并爱诸葛孔明静以修身一语，表所居曰静修。嗣经尚书不忽术举荐，有诏征辟，乃不得已入朝。世祖擢为右赞善大夫。他敷衍了数日，奏称继母年老，乞归终养，遂辞职去。所给俸禄，一律缴还。后复征为集贤学士，仍以疾辞，世祖称他为不召之臣，由他归休。旋于至元三十年去世。赠翰林学士，封容城郡公，谥文靖。刘因有知，恐不愿受。

刘因以外，第二个要算杨恭懿，他籍隶奉元。至元初年，与许衡俱被召，屡辞不起。太子真金，用汉聘四皓故事，延他入朝，与定科举制度，及考正历法。至历成，授他为集贤学士，兼太史院事。恭懿辞归，寻又召他参议中书省事，仍不就征，与刘因同年告终。

元初大儒，应推这两人为巨擘了。特别揄扬。此外要算国子监祭酒

第二十五回　明黜陟权奸伏法　慎战守老将骄兵

许衡。只许衡久食元禄，老归怀孟，至七十三岁寿终。尝语诸子道："我为虚名所累，不能辞官，死后慎勿请谥，勿立碑，但书许某之墓四字，使子孙知我墓所，我已知足了！"隐有愧意。及死后，世祖加赠司徒，封魏国公，谥文正。衡虽悔事元朝，究竟有功儒教，元制有七匠、八娼、九儒、十丐等阶级，幸有许衡维持，方将周、孔遗泽，绝而复续，略迹原心，功不可没，这且按下不提。

且说世祖自西北还师，驻跸龙虎台，忽觉空中有震荡声，地随声转，心目为之眩晕，不觉惊讶异常。越日得各处警报，地震为灾，受害最剧，要算武平路，黑水涌出地中，地盘突陷数十里，坏官署四百八十间，民居不可胜计。于是命左丞阿鲁浑涯里——作谔尔根萨里。召集贤翰林两院官，询及致灾的原因。各官都注意桑哥，只是怕他势大，不敢直言。地震之灾，未必由桑哥所致，然桑哥虐民病国，诸臣不敢直言，仗马寒蝉，太属误事。独集贤直学士赵孟頫，因桑哥钩考钱谷，有数百万已收，未收还有数千万，纵吏虐民，怨苦盈道，遂奏请下诏蠲除，借弭天灾。世祖遂命草诏，适为桑哥所见，悻悻道："此诏必非上意。"孟頫道："钱谷悬宕，历征未获，此必由应征人民，死亡殆尽，所以不曾奉缴，若非及时除免，他日民变骤起，廷臣得便上书，怕不要归咎宰辅么？"桑哥嘿然无言，方得颁诏。

后来世祖召见孟頫，与言叶李、留梦炎优劣。孟頫道："梦炎是臣父执，操行诚实，好谋能断，有大臣风。叶李所读的书，臣亦读过，所知所能，臣亦自问不弱。"世祖笑道："你错了！梦炎在宋为状元，位至丞相，当贾似道执政时，欺君误国，他却阿附取容，毫无建白。李一布衣，尚知伏阙上书，难道不远胜梦炎么？"

孟頫撞了一鼻子灰，免冠趋出。乃与奉御彻里相遇，便与语道："上论贾似道误宋，责留梦炎不言，今桑哥误国几过似道，我等不言，他日定难逃责！但我是疏远的臣子，言必不听，侍御读书明义，又为上所亲信，何不竭诚上诉，拼了一人的生命，除却万民的残贼，不就是仁人义士么！"你于宋亡时何不拼命，至此却教人拼命，自己又袖手旁观，好个聪明人，我却不服。彻里不觉动容，答称如命。

一日，世祖出猎漷北，彻里侍着，乘间进言，语颇激烈，世祖黜他诋毁大臣，命卫士用锤批颊，血流口鼻，委顿地上。少顷，复由世祖叫问，彻里朗声道："臣与桑哥无仇,不过为国家计,所以犯颜进谏。若偷生畏死,奸臣何时除?民害何时息!今日杀了桑哥,明日杀臣,臣也瞑目无恨了!"如彻里者,不愧忠

明赃沙
法难奸
伏

臣。世祖大为感动,遂召不忽术密问,不忽术数斥桑哥罪恶多端,乃降敕按验。廷臣遂相率弹劾,你一本,我一折,统说桑哥如何不法,如何应诛。世祖召桑哥质辩。那时台臣百口交攻,任你桑哥舌吐莲花,也是辩他不过。况且事多实据,无从抵赖,没奈何俯伏请罪。世祖遂把他免职,一面命彻里查抄家产,所积珍宝,差不多如内藏一般。返奏世祖,世祖愤愤道:"桑哥为恶,始终四年,台臣宁有不知的道理?知而不言,应得何罪?"御史杜思敬道:"夺官追俸,惟上所裁!"你前时何亦溺职。于是台臣中斥去大半,阿鲁浑涯里与桑哥同党,亦夺职抄家。叶李同任枢要,一无匡正,亦令罢官。先是桑哥专宠,一班趋炎附势的官员,称颂功德,为立辅政碑,奉谕俞允;且命翰林学士阎复撰文,说得非常赞美。至是已改廉访使,亦坐罪免官。未免冤枉。

　　世祖欲相不忽术,与语道:"朕过听桑哥,以致天下不安,目下悔之无及,只可任贤补过!朕识卿幼时,使从学政,正为今日储用,卿毋再辞!"不忽术道:"桑哥忌臣甚深,幸蒙陛下圣鉴,谅臣愚忠,得全首领。臣得备位明廷,已称万幸,若再不次擢臣,无论臣不敢当,就是朝廷勋旧,亦未必心服呢!"世祖道:"据你看来,何人可相?"不忽术道:"莫如太子詹事完泽。《元史》作旺札勒。曩时籍阿合马家,抄出簿籍,所有赂遗近臣,统录姓氏,惟完泽无名。完泽又尝谓桑哥为相,必败国事,今果

第二十五回　明黜陟权奸伏法　慎战守老将骄兵

如彼所料，有此器望，为相定能胜任了！"不忽术有让贤之美。世祖乃命完泽为尚书右丞相，不忽术平章政事，朝右一清。

会中书崔彧，奏劾桑哥当国四年，卖官鬻爵，无所不为，亲戚故旧，尽授要官，宜令内外严加考核，凡属桑哥党羽，统应削职为民云云。真是打落水狗。有旨准奏，遂彻底清查，把京内外官吏，黜逐无数。有湖广平章政事要束木，一作约苏穆尔。系桑哥妻舅，尤为不法，系逮至京，籍没家产，得黄金四千两，遂将他正法。今之官吏拥资数千万，比要束木为何如？自是穷凶极恶的桑哥，也被拘下狱，无可逃免，结果是推出朝门，斩首示众。贪官听着。嗣又有纳速剌丁、忻都、王巨济等亦被台臣纠参，说他党附桑哥，流毒江南，乞即加诛以谢天下。世祖以忻都长于理财，欲特加赦宥，经不忽术力争，一日连上七疏，乃一并伏罪，与桑哥的鬼魂，携手同去了。生死同行，可谓亲昵。

小子把朝事叙毕，又要回顾前文，把海都的乱事，接续下去。世祖自亲征回跸后，因穷究桑哥余党，不遑顾及外务。且因江南连岁盗起，如广东民董贤举，浙江民杨镇龙、柳世英，循州民钟明亮，江西民华大老、黄大老，建昌民邱元，徽州民胡发、饶必成，建平民王静照，芜湖民徐汝安、孙惟俊等，先后揭竿，更迭起灭，看似随笔叙述，实是隐咎元朝。累得世祖宵旰勤劳，几无暇晷。还要开会通河，凿通惠渠，沟通南北，累兴大役，因此把北方军务，都付与皇孙甘麻剌，及左丞相伯颜。

伯颜出镇和林，威望素著，海都有所顾忌，不敢近边。会诸王明里铁木儿被海都唆使，来攻和林。伯颜出兵阻截，至阿撒忽突岭，已见敌军满布，倚险为营。当下举着令旗，当先陷阵，任他矢下如雨，只管冒险前进。各军望风争奋，顿时闯入敌营。明里铁木儿忙来拦阻，看伯颜军似潮涌入，锐不可当，料知抵敌不住，索性回转营后，扒山逃去。伯颜令速哥梯迷秃儿等追杀敌军，自引兵徐徐退还。

到必失秃岭，夕阳下山，伯颜仰望岭上，飞鸟回翔，仿佛似怕惧蛇蝎，不敢投林；遂令军士向山扎营，严装待命。诸将入禀伯颜，愿即回军。伯颜道："你等不见岭上的飞鸟么？天色已晚，不敢归巢，岂不是内有伏兵！若卤莽前进，正中他计！"老成持重，何至败衄。诸将道："主帅既料有伏兵，何不上山搜寻，痛剿一番！"伯颜道："夜色苍茫，不便搜剿。"诸将再欲有言，被伯颜叱退，并下令军中道："违令妄动者斩！"成竹在胸。已而暮夜沉沉,连营寂寂,猛听岭上四起胡哨,不待侦卒还报,就令各营坚壁固守,遇有敌兵冲突,只准在营放箭,不得出营接仗,如有擅动,虽胜亦斩!是谓军令如山。吓得将士战战兢兢,谨守号令,果然敌兵来袭数次,统被飞箭射退。守至天明,军令复下,饬各将士越岭速追,迟缓者斩!叠写斩字,咸声凛凛。当下将士遵令,立刻拔营登山,遥望敌兵,已向山后退去,便摇旗呐喊,纵辔奔驰。敌兵前行如飞,伯颜军后追如电。将要追着,只见敌兵后队停住,前队纷乱,便即乘势杀入。看官,你道敌兵何故失律?原来速哥梯迷秃儿追赶明里铁木儿,未及而还,从间道来会伯颜军,巧遇敌兵遁走,就此截住。这时敌兵穷蹙异常,怎禁得两路夹攻,有几十百个生得脚长,还算侥幸逃生,此外都作刀头之鬼。

伯颜扫尽敌兵,当即收军。各将士都将首级报功,共得二千数百颗,遂打着得胜鼓,回至和林。会侦骑获到间谍一名,由伯颜召入慰问,赐他酒食。诸将争欲杀他,伯颜不许,放他归去。临行时,给发回书,并赏以金帛,谍使感谢而去。过了数日,得明里铁木儿复音,情愿率众归降,诸将方知伯颜妙用,胜人一等。始惧以威,继感以德,确是大将权谋。

是时海都闻明里铁木儿败还,大举入寇,伯颜只令各处要隘,严守不战。元廷还道伯颜怯敌,遂劾他久镇北方,观望迁延,无尺寸功,甚或说他通好海都。信而见疑,忠而被谤,无怪豪杰灰心。世祖半信半疑,遂诏授皇孙铁木耳军符,统握北方军务,以太傅玉昔帖木儿一作约苏特穆尔。辅行,召伯颜还居大同,静待后命。

伯颜闻旨,并无愠色,诸将却很是不平,咸请

第二十五回 明黜陟权奸伏法 慎战守老将骄兵

发兵对敌,先除海都,后接钦使。伯颜笑道:"要除海都,也没甚难事,只恐诸君不听我命。"诸将齐声遵约,伯颜道:"既如此,且遣人止住钦使,待我除灭海都。"诸将喜甚,遂遣使止住铁木耳等,一面麾军出境,既遇敌营,伯颜令各军往战,只准败,不准胜,违者斩。又出奇谋。诸将闻令,疑惑得很,奈因前誓遵令,不敢有违。便出与海都交绥,略略争锋,当即败退。伯颜亦退军十里下寨。次日便齐集听令,见伯颜号令如故,仍复照行。伯颜复退军十里下寨。一连五日,交战五次,连败五阵,退军至五十里。诸将忍耐不住,都交头接耳地谈论伯颜。到第六日,伯颜下令,仍然照旧。诸将遂齐声禀道:"连日退兵,长他人锐气,灭自己威风,莫怪谗人鼓舌!还求改令方好!"伯颜道:"我与诸君定有前约,如何违慢?多言者斩!"复出二斩字,煞是奇异。诸将忍气吞声,不敢不去,不敢不败。接连又是两日,复退军二十里,一边着着退步,一边着着进行,恼得诸将性起,不管什么死活,又来与伯颜争辩。伯颜道:"这便所谓骄兵之计,你等哪里知道!"诸将齐声道:"战了七日,败了七阵,退了七十里,骄兵计也用得够了,难道还要这般么!"伯颜不禁长叹。诸将复道:"我等愿出灭海都,如或不胜,甘当重罚!"伯颜道:"诸君少安,待我说明。"正是:

　　老将骄兵操胜算,武夫好斗觊奇功。

毕竟伯颜说出什么话来?看下回明白交代。

谢枋得为宋尽忠,气节不亚文山,足为后人圭臬。刘因、杨恭懿等,未曾仕宋,亦能高尚志节,许莫庐对之,应有愧色,此著书人之所以亟亟表彰也。世祖名为重儒,实是好武,因用兵而敛财,因敛财而任佞,阿合马、卢世荣后,复有桑哥,三奸肆恶,元气斫丧,虽先后伏诛,而民已不胜困敝矣。伯颜为元室良将,匪特用兵如神,即谨守不战,亦为休养兵民起见,乃谗口嚣嚣,媒蘖其短,卒至瓜代之使,奉敕遥来,雄主好猜,老臣蒙谤,乃知刘因、杨恭懿之屡征不至,固有特识,非第华黍之防己也。阅者于夹缝中求之,庶识著书人深意。

第二十六回

皇孙北返灵玺呈祥　母后西巡台臣匿奏

却说伯颜因诸将争议，复说明本意道："海都悬军入寇，十步九疑，我若胜他一仗，他即遁去。我拟诱他入险，使他自投罗网，然后一战可擒。诸君定欲速战，倘或被他逃走，哪个敢当此责？"诸将还是未信，复道："主帅高见，原是不错，但皇孙及太傅等，停止中道，彼未知我密计，又向朝廷饶舌，恐多未便，所以利在速战。主帅若虑海都脱逃，当由末将等任责！"伯颜复长叹道："这也是海都的侥幸，由你等出战罢！"一声令下，万众欢跃，便大开营门，联队出去。

海都因连日得胜，满怀得意，毫不防着。正在饮酒消遣，侦卒来报，敌军来了。海都笑道："不过又来串戏。"随即整队上马，出营督战。说时迟，那时快，伯颜军已踹入营盘，似生龙活虎一般，无人可当。海都部众，纷纷退下，究竟海都老于戎事，见伯颜军此次来攻，与从前不大相同，料得前番屡退，明是诱敌，遂招呼部众，且战且走。幸喜尚未入险，归路平坦可行，不过兵马受些损伤，自己还算幸脱。伯颜军力追数十里，只夺了些军械，抢了些马匹，杀伤了几百个敌兵，看着海都远飏，不能擒获，没奈何收军而回！伯颜道："我说何如？"诸将惶恐请罪。徒勇无益。伯颜道："此后你等出兵，须要审慎，有主帅的总须奉命；自己做了主帅，越宜小心，老夫年迈力衰，全仗你等努力报国，今日错误，他日可以改过，我也不愿计较了！"言下感慨不尽。诸将感谢。

伯颜遂遣人往迓钦使。俟铁木耳等到来，置酒接风，谈了一番国务。次日即将印信交与玉昔帖木儿，告别欲行。铁木耳亦还酒相饯，举杯问伯颜道："公去何以教我？"伯颜亦举杯还答道："此杯中物请毋多饮！还有一着应慎，就是女色二字！"名论不刊。铁木耳道："愿安受教！"只恐受教一时，未必时时记着。饮毕，伯颜自赴大同去讫。

是年已是至元三十年，安南遣使入贡，有旨拘留来使，再议南征。看官道是何故？原来至元二十八年，世祖曾遣吏部尚书梁曾，出使安

第二十六回　皇孙北返灵玺呈祥　母后西巡台臣匿奏

南,征他入朝。这时安南王陈日烜已死,其子日燇袭位,闻元使到来,拟自旁门接诏。梁曾以安南国原有三门,舍中就偏,明是怀着轻视的意思,遂寓居安南城外,致书诘责。三次往还,始允从中门接入。相见毕,曾复劝日燇入朝。日燇不从,只遣臣下陶子奇偕曾入贡。曾进所与日燇辩论书,世祖大喜,解衣为赐。廷臣见了,未免嫉忌,只说曾受安南赂遗。妒功忌能之臣何其多乎？世祖又召曾入问,曾答道:"安南曾以黄金器币遗臣,臣不敢受,交与来使陶子奇。"世祖道:"有人说你受赂,朕却不信;但你若禀过朕躬,受亦何妨。"恐亦是现成白话。廷臣又以日燇终不入朝,请拘留陶子奇。世祖允他所请,复命诸王亦里吉䚟等,整兵聚粮,择日南征。

师尚未发,忽彗星出现紫微垣,光芒数尺。似为世祖殂逝之兆。世祖颇为忧虑,夜召不忽术入禁中,问如何能弭天变？不忽术道:"天有风雨,人有栋宇;地有江河,人有舟楫;天地有所不能,须待人为。古人与天地参,便是此意。且父母发怒,人子不敢嫉怨,起敬起孝;上天示儆,天子亦宜恐惧修省。三代圣王,克谨天戒,未有不终。汉文帝时,同日山崩,多至二十有九,就是日食、地震,也是连岁频闻,文帝求言省过,所以天亦悔祸,海内承平。愿陛下善法古人,天变自然消弭了！"善补衮阙！世祖闻言,不觉悚然,不忽术复诵文帝《日食求言诏》。世祖道:"古语深合朕意。"复相与讲谈,直至四更方罢。是冬蠲赋赈饥,大赦天下。

越年元旦,世祖不豫,停止朝贺。次日,召丞相知枢密院事伯颜入京。越十日,伯颜自大同归。又越七日,世祖大渐。伯颜与不忽术等入承顾命。又三日,世祖崩于紫檀殿,在位三十五年,享寿八十。亲王诸大臣,发使告哀于皇孙。知枢密院事伯颜,总百官以听。兵马司请日出鸣晨钟,日入鸣昏钟,借防内变。伯颜叱道:"禁内何得有贼？难道你想作贼吗？"会有役夫至内库盗银,被执,宰执欲立置死地,伯颜道:"嗣皇未归,禁中无主,理应镇静为是！寻常小窃,稍稍加惩,便可了事,不宜施用大刑,自示张皇！且杀人必须主命,目今何命可承？"可谓得大臣之度。说得宰执哑然无语,自是宫廷肃静,一如平时。过了数日,灵驾发引,葬起辇谷,从诸帝陵。总计世祖一生,功不补过,如迭任贪佞,屡兴师徒,尊崇僧侣,污乱宫闱四大件,最为失德。史臣称他度量洪广,规模宏远,未免近于谀颂,小子也不必细辩了。

且说皇孙铁木耳闻讣,从和林还朝,将至上都,遇着右丞张九思率兵迎驾,并奉上传国玺一枚。这传国玺并非世祖御宝,乃是历代相传的玺印。先是木华黎曾孙硕迪,已死而贫,其妻出玉玺一枚,鬻诸市间,为中丞崔彧所得。彧召秘书监丞杨桓,辨认印文,说是"受命于天,既寿永昌"八大篆字。彧惊异道:"这莫非是秦玺不成!"秦玺早付灰炉,如何复能出现,况木华黎系元代世臣,既得此玺,安敢藏匿不献,这是明明赝鼎,借此以献谀耳。遂献诸故太子妃弘吉剌氏。皇孙铁木耳,系故太子真金第三子,是弘吉剌妃所生。妃得此玺,遂遍示群臣,丞相以下,次第入贺,俱称世祖晏驾以后,方出此玺,明是上天留赐皇太孙,真可谓绝大喜事。乃遣右丞张九思,率禁卒数百名,赍玺迎献。皇孙铁木耳受玺后,喜形于色,慰劳有加。遂驰入上都,诸王宗亲,文武百官,同日毕至,议奉皇孙为嗣皇帝。亲王中或有违言,时太傅玉昔帖木儿亦随皇孙同还,遂与晋王甘麻剌道:

皇孙返銮 玺非详□

"宫车晏驾,神器不可久虚,曩日天赐符玺,已有所归,王系宗亲首领,何不早言?"甘麻剌点头,正欲发言,见伯颜带剑上殿,宣扬顾命,备述选立皇孙的意旨。甘麻剌遂乘势附和,决立皇孙铁木耳。诸王至此,不敢不从,遂皆趋殿下拜。铁木耳乃南面即尊,下诏大赦,其辞道:

朕惟太祖圣武皇帝,受天明命,肇造区夏,圣圣相承,光熙前绪。迨我先皇帝体元居正以来,然后典章文物大备,临御三十五年,薄海内外,罔不臣属,宏规远略,厚泽深仁,有以衍皇元万世无疆之祚。我昭考早正储位,德盛功隆,天不假年,四海属望。顾维眇质,仰荷先皇帝殊眷,往岁之夏,亲授皇太子宝,付以抚军之任。

第二十六回　皇孙北返灵玺呈祥　母后西巡台臣匦奏

今春宫车远驭,奄弃臣民,乃有宗藩昆弟之贤,戚畹官僚之旧,谓祖训不可以违,神器不可以旷,体承先皇帝夙昔付托之意,合词推戴,诚切意坚。朕勉徇所请,于四月十四日即皇帝位,可大赦天下,尚念先朝庶政,悉有成规,惟慎奉行,罔敢失坠。更赖祖亲勋戚,左右贤良,各尽乃诚,以辅台德。布告远迩,咸使闻知!

是诏下后,复上大行皇帝尊谥曰圣德神功文武皇帝,庙号世祖。追尊故太子真金为裕宗皇帝,生母弘吉剌氏为皇太后,改太后所居旧太子府为隆福宫。以玉昔帖木儿为太师,伯颜为太傅,月赤察尔 一作伊彻察喇。为太保,并封赏各宗亲百官有差。又放安南使陶子奇归国,罢伐安南兵。朝政大定,乃移驾入燕都。铁木耳后号成宗,小子依前文世祖故例,以下就改称成宗了。

成宗即位后,河东守臣使献嘉禾,称为瑞征。平章政事不忽术问道:"汝境内所产,是否皆同?"来使答道:"只此数茎。"不忽术笑道:"照此说来,于民无益,有什么好处?"遂搁置不提。又西僧做佛事,每请释放罪囚,谓可祈福,梵语叫作"秃鲁麻"。豪民犯法,统纳赂西僧,乞他设法免罪;甚至奴仆戕主,妻妾弑夫,亦往往呼吁西僧,但教西僧答应,无论弥天罪恶,亦可邀免。有时西僧且为代请,被罪犯以帝后服,乘坐黄犊,款段出宫门,即谓增福消灾,得度一切苦厄,帝后亦深信不疑。据这般法制,无罪的人,不如有罪的好。不忽术却愤愤道:"赏善罚恶,是政治的根本,今第据西僧一言,便将罪犯赦免,就使逆伦伤化,也不足责,自古以来,无此法度呢!"成宗闻言,责丞相完泽道:"朕尝有言戒汝,毋使不忽术知道,今他退有后言,转令朕生惶愧!"欲要不知,除非莫为,况王道荡荡,岂可无故纵恶,讳莫如深耶!成宗之所以为成者,恐第成人之恶,非成人之美也。又使人语不忽术道:"卿且休言,朕今听卿!"

未几有奴告主人,主已坐罪被诛,诏令将主人官爵,给奴承袭。不忽术又进奏道:"奴可代主,大坏天下风俗,将来连君臣上下,都可不管,请即收回成命!"成宗悔悟,乃将前旨取消。视国事如儿戏,元政之颠倒可知。完泽以不忽术位在己下,特膺宠眷,且遇事直言,不少回护,心中未免衔恨。不忽术曾保荐完泽,今反恨他直言,人心之难料如此!廷臣亦多与不忽术有嫌,怂恿完泽。直道难行,令人浩叹。完泽遂请不忽术外用,调授陕西行省平章政事,成宗亦以为然。无非恐他多言。诏已下,被太后弘吉剌氏闻知,呼帝入内,与语道:"不忽木系朝廷正人,先皇帝所付托,汝奈何令他外用?我实不解。"成宗乃留使在京,仍供原职。

是年十二月,有大星陨于西北,声如雷鸣。廷臣共以为不祥,但未知有何变故。越数日,忽报太傅知枢密院事伯颜病殁,备书官职,一如史家书法。成宗悲悼辍朝。伯颜智勇深沉,曾将二十万军伐宋,如将一人,诸将仰之如神明。元将最喜屠戮,伯颜亦时申禁令,还朝未尝言功,嗣后出御外务,入靖内讧,朝廷倚作长城,中外推为柱石,好算是一位出将入相的全材。卒年五十九,赠太师,谥忠武。

越年即成宗元年,年号元贞,寰宇承平,宫廷静谧,没有大事可表,惟授嗣汉三十八代天师张与材,为太素凝神广道真人,管领江南道教。信释及道,所以特书。又册立驸马托里斯女伯岳吾氏为皇后。伯岳吾一作巴约特。后有才略,册立后,成宗颇加敬惮,因此渐预外事,容后再表,暗伏下文。

元贞二年,赣州民刘六十,聚众万余,私立名号。成宗遣将往征,多半退缩不前,匪势益盛。亏得江淮行省左丞董士选,亲自往讨。至兴国,距贼营百里,命将校分守待命,先把奸吏贪民,查实正法。百姓很是感奋,争出投效,遂导兵入贼寨,一鼓荡平,六十就擒。士选拜表奏捷,但请黜赃吏数人,并不言杀贼功绩。舆论称他不伐,这也可谓元室良臣了。不没善人。

越年,复改元大德,五台山佛寺告成。山在山西五台县东北,五峰耸立,高出云表,山上无林木,状如台然,因名五台。先是世祖在日,深信

学西台奏官
匾筌起后

第二十六回　皇孙北返灵玺呈祥　母后西巡台臣匿奏

佛教，尝推拔思巴为帝师，尊信备至。凡西域郡县土番地方，设官分职，尽归帝师管辖。每遇大朝会，百官班列，帝师独专席座旁，以此朝右大臣，莫得与帝师敌体。甚且帝后妃主，亦须向帝师前受戒，膜拜顶礼，帝师居然受拜。拔思巴又靠着些小才，创制蒙古新字，字仅千余，字母四十有一，世祖令颁行天下，与梵文并重。升号拔思巴为大宝法王。至拔思巴死，赠他嘉号，几乎记不胜记。看官记着，乃是皇天之下，一人之上，宣文辅治，大圣至德，普觉真智，佑国如意，大宝法王，西天佛子，大元帝师。奇称怪号，自古罕闻。其弟亦怜真嗣职，亦怜真夭逝，西僧答儿麻八剌乞列承袭，权力如故。

世祖殂后，宫廷中迷信益深，成宗母弘吉剌氏，因饬建五台山佛寺，命司程陆信等统率工役，驱役民夫，冒险入山谷，伐木运石，压死至万余人。寺既成，弘吉剌太后，备驾临幸，惹动了监察御史李元礼，竟草奏数百言，力为谏阻。中有扼要数语，录述如下道：

　　五台山创建寺宇，工役俱兴，供亿烦重，民不聊生。伏闻太后临幸五台，尤不可者有五：盛夏禾稼方茂，民食所仰，骑从经过，不无蹂躏，一也。亲劳圣体，经冒风日，往复数千里山川之险，万一调养失宜，悔之何及！二也。天子举动，必书简策，以贻万世，书而不法，将焉用之，三也。财非天降，皆出于民，今日支持调度，百倍曩时，而又劳民伤财，以奉土木，四也。佛以慈悲为教，虽穷天下珍玩供养不为喜，虽无一物为献亦不怒，今太后欲为兆民求福，而亲劳圣体，使天子旷定省之礼，五也。伏望回辕中道，端处深宫，上以循先皇后之懿范，次以尽圣天子之孝诚，下以慰元元之望；如此，则不祈福而福自至矣！

奏上，中丞崔彧见他言词鲠直，不敢上闻，遂将原奏搁起。于是慈舆西幸，千乘万骑，前后拥护，说不完的热闹，写不尽的庄严。所过地方，供给浩繁，有司一律跪迎，盛称太后仁慈，为民祈福。只河东廉访使王忱，独述建工时的损害；并谓建寺所以福民，福尚未及，害已先受，恐朝廷初意，未必如是云云。太后亦为动容，令颁给国帑，抚恤工役家属。迨到了五台，拈香已毕，赏赐僧侣也费了巨万，实则统是民膏民脂。为了泥塑木雕的佛像，吸尽万民血液，这又何苦呢！当头棒喝。

太后回銮后，忽侍御史万僧，取元礼封章入奏，略称崔中丞私昵汉人，李御史大言谤佛，俱应坐罪。惹得成宗恼恨起来，令完泽、不忽术逮讯。完泽道："往时臣亦入谏，太后谓先皇帝已有此心，非臣所知。"不忽术恰云："他御史惧不敢言，独一元礼直谏，不特无罪，还当加赏！"两人枉直，可于言下见之。成宗沉吟半晌，瞿然道："御史元礼说的很是。"遂任元礼原职，万僧罢职。弄巧成拙，世之好讦人者，俱应如此处置。小子有诗咏道：

　　害人反把自身当，天道原来善恶彰；
　　我佛有灵应亦笑，痴迷唤醒即慈航。

　　五台事了，八邻又来警报，说是海都复猖獗得很，已由钦察都指挥使床兀儿，领兵抵敌去了。事详下回，请看官续阅。

　　故太子真金已死，世祖之意，将递授皇孙，不应出使镇边，致有绝续之虑；况世祖年已八十，宁能长生不死乎？宫车晏驾，方遣使告哀，直至三月无君，幸有伯颜总己以听，方得无事，否则殆矣！然犹须假玺愚民，带剑宣命，以定策之大政，凭诸神道武力，侥幸成功，是固不足为后世训，宜乎后嗣之奇变迭出也。成宗嗣立，佞佛如故。太后虽贤，卒不能脱妇人之见，以致亲幸五台。李元礼一谏，千古不朽，崔彧之匪不上闻，果奚为者？元之兴不恃僧侣，元之衰亡，实自僧侣贻之。上昏下蔽，何以为国耶？惩前毖后，请鉴是书！

第二十七回

得良将北方靖寇　信贪臣南服丧师

却说海都被伯颜战退，两年不敢入寇。嗣闻世祖已殂，伯颜随殁，复乘隙进兵，即将八邻据去。八邻亦称巴林，在今阿尔泰山西北，势颇险要。钦察都指挥使床兀儿，一作绰和尔。系土土哈三子，曾以从征有功，封昭勇大将军，出镇钦察。既闻海都袭据八邻，遂一面驰驿奏闻，一面率北征军越过金山，即阿尔泰山。攻八邻地。

八邻南有答鲁忽河，两岸宽广。海都将帖良台阻水扎营，伐木立栅，把守得非常严密。俟床兀儿师驰至，命将士下马跪坐，持着弓矢，一排儿的待着。床兀儿本欲渡河，看他这般严备，不敢轻渡，但矢不能及，马不能前，如何可以进攻！他竟想出一法：命麾下吹起铜角，清音激越，又令举军大呼，声震林野。这也是疑兵计。帖良台部下，大吃一惊，不知所措，相率起身上马。床兀儿趁他慌乱，立即麾军齐渡，涌水拍岸，木栅为之浮起。宁军失恃，吓得脚忙手乱，所持弓矢，不是呆着，就是乱放，经床兀儿奋师驰击，已没有招架能力。帖良台拨马先逃，余众四散奔逸。床兀儿追奔五十里，不及乃还，把他人马庐帐，一律搬回。

行至雷次河，遥见山上有大旗招展，料是海都遣来的援军，当下挑选精锐，作为前锋，由自己带着，径自渡河，奔山上冈。那山上的敌将，名叫孛伯，刚思下山对仗，不防床兀儿已经上山，执着令旗，舞着短刀，纵辔跃马而来。孛伯亦仗胆上前，与他接战，两马方交，床兀儿部下，已大呼杀入。那时不及争锋，急忙领兵拦截，无如顾彼失此，阻不胜阻，未到一时，已是旗靡辙乱，无可约束。大众沿山奔窜，马多颠踬，被床兀儿痛杀一阵，十死八九。只无从追寻孛伯，想是乘间脱逃，穷寇勿追，收军回营，复遣使奏捷。成宗闻报，免不得有一番奖赏。

是时诸王也不干，系太宗庶孙，也叛应海都。驸马阔里吉思，袭父高唐王孛要合封爵，叠尚公主。至是自请往讨，成宗不许。三请乃允行，命大臣出都饯别。阔里吉思酹酒誓道："若不平定西北，誓不南还!"又是死谶。遂慷慨北行。

至伯牙思地方,突遇敌军前来,差不多有数万人,即欲上前争杀。部将谓寡不敌众,应俟各军齐集,方可与战,阔里吉思道:"大丈夫矢志报国,临难尚且不避,况我奉军命北征,正为杀敌而来,难道定要靠人么?"语虽不错,然徒恃勇力,究嫌卤莽。当下激厉孤军,鼓噪前进,敌兵欺他兵少,未曾防备,被他杀得大败亏输。阔里吉思当即奏捷,由成宗赏他貂裘宝鞍,统是世祖遗物。

嗣至隆冬,诸王将帅,谓去岁敌兵未出,不必防边。阔里吉思独毅然道:"宁可多防,不可少防,今秋敌中候骑,来的很少,是如鸷鸟一般,将要击物,必先遁形,奈何不加防备!"此说很是。诸王将帅,反以为迂。阔里吉思不暇与辩,只整顿兵备,严行防守。到了残腊,果然敌兵大至。阔里吉思即与接仗,三战三胜,乘胜追杀过去,直入漠北。道旁多山泽,坳突不平,各军随行稍缓,独阔里吉思策马当先,不管什么利害,只自前进。谁知敌兵掘有陷坑,一不小心,竟尔失足,马蹶身仆,被伏兵活捉了去。后骑赶紧驰援,已是不及。

敌兵执送至也不干,也不干劝他归降。阔里吉思不答,也不干道:"你若肯投顺了我,我有爱女,愿给你为妻。"阔里吉思抗声道:"我乃天子婿,无天子命,令我再娶,岂可使得!况你身为王族,天子待你不薄,你何故背叛天子,私通海都?我今日被执,有死无降,你也不必笼络我了!"也不干怜他骁勇,不肯即诛,将他拘住别室。

成宗得知消息,令他家臣阿昔思特,赴敌探视。阔里吉思只问两宫安否,次问嗣子何如?余不多言。次日复与相见,阔里吉思复语道:"归报天子,我捐躯报国了!"死得有名,但穷追致死,未免不智。

阿昔思特尚未归国,阔里吉思已经毕命。至阿昔思特返报,成宗追封为赵王。其子术安尚幼,令其弟木忽难袭爵。木忽难才识英伟,谨守成业,抚民御众,境内大安。才过乃兄。至术安年已成人,即将王爵让还,孝友可风。术安尚晋王甘麻剌女,且请旨迎父尸归葬,这是后话不提。

且说海都频年寇边,互有胜负,未能得志,至此又欲再举,因察合台汗八剌去世,遂令其子都哇一作都干。承袭为汗,并令他出兵为助,合军南侵。成宗命叔父宁远王阔阔出,一作库克楚。总兵北边,防御海都。

阔阔出怯弱无能，只连日奏闻警耗，乃改命兄子海山一作海桑。往代。海山有智略，既至军，即简练士卒，壁垒一新。会闻海都军已至阔别列地方，忙督兵出战，奋斗一昼夜，竟杀退海都军。

海都回军休息，养足锐气，过了一年有余，复与都哇合兵，倾寨前来。海山早已探悉，急檄令诸王驸马各军，会师迎敌。都指挥使床兀儿，闻命前来。海山闻他智勇过人，即迎入帐下，慰劳毕，即与商军事。床兀儿道："用兵无他道，只张吾锐气，毋先自馁，总可望胜。"言已，遂自请为先锋。海山应允，即令各军分为五队，向金山进发。时海都军已越山而南，至迭怯里古地，两军相遇，海都军倚山自固，声势锐甚。床兀儿引着精锐，向前突阵，左右奋击，所向披靡，海山麾军接应，海都收队退去。床兀儿奋勇欲追，由海山止住，方回军下寨。

次日，都哇引兵挑战，床兀儿复跃马出营。海山忙出督阵，见床兀儿挥刀前进，势不可当，约一时许，已连斩敌将数员，不禁惊叹道："好壮士！我自出阵以来，从没有见过这般力战。"方欲驱兵援助，那都哇兵已纷纷败去，乃鸣金收军。床兀儿还语海山道："我正欲追杀都哇，王爷何故鸣金？"海山道："海都此次入寇，闻他倾寨而来，其志不小，为什么不耐久战？想必别有诈谋！"料事颇明。床兀儿道："王爷所虑甚是。"海山道："我想明日出战，令诸王驸马，先与接仗，我与你从后接应何如？"床兀儿应命。

翌晨，进兵合剌合塔，由诸王驸马各军，前去攻击，与海都军混战一场。海都麾兵徐退，诸王驸马，一齐追上，忽敌军分作两翼，海都率右，都哇率左，从两面包抄过来，将诸王驸马各军，围住中心。顿时喊声震地，呼杀连天，几乎要把诸王驸马，都吞将下去。诸王驸马，知已中计，急欲突围逃命，偏偏敌军死不肯放，后来且箭如飞蝗，死伤甚众，任你如何能耐，一些儿都没用。方在惊惶失措，忽见敌军左翼，纷纷自乱，有一大将舞刀突阵，带着锐卒千名，随势扫荡，竟入垓心。大将非别，就是钦察亲军都指挥使床兀儿！一语千钧。诸王驸马大喜，便欲随他杀出。床兀儿道："且慢！"言未已，敌军右翼，复鼓噪起来，外面又闯入无数健卒，拥着一位大帅海山，联辔入阵，把敌军杀得东倒西歪。笔法又变。当下号召诸王驸马，分队驰杀，大败敌军。海都、都哇统行逃去，海山方整军回营。

是晓复与床兀儿密议,守至黎明,即令各军出营攻敌,自与床兀儿领着精锐,从间道去讫。此处用虚写,待后叙明。各军与海都交战,只恐蹈着前辙,不敢奋勇争先,海都军反得乘间掩杀,恃众横行。正在兴高采烈的时候,忽后面有两军杀到,一是元都指挥使床兀儿,一是元帅海山。海都见前后受敌,知难取胜,忙督军夺路,向北遁去。都哇迟了一步,被海山部将阿什,发矢中膝,号哭而逃。海山追了一程,夺得无数辎重,方才班师。这一次大战,方将海都的雄心,收拾了一大半,怅怅地回至本国去了。都哇亦负创自去。

海山连章报捷,盛称床兀儿战功,并使尚雅思秃楚王女察吉儿。成宗亦非常欣慰,遣使赐以御衣。嗣因海都积郁病亡,乃征使入朝。成宗亲谕道:"卿镇北边,

元将良弼方靖寇

累建大功,虽以黄金周饰卿身,尚不足尽朕意,况穷年叛逆,赖卿得除,不惟朕深嘉慰,就是先帝亦含笑九泉了。"遂赐以衣帽金珠等物,拜骠骑卫上将军,仍使回镇钦察部。

海都死后,子察八儿嗣,一作彻伯尔。都哇因惩着前败,劝察八儿降成宗。察八儿不得不从,遂与都哇同遣使请降。钦察汗忙哥帖木儿势孤,也束手听命。于是西北四十余年的扰攘,总算暂时安靖,作一段大结束。

后事慢表,且说缅国服元后,岁贡方物。大德元年,缅王的立普哇拿阿迪提牙,遣子僧合八的奉表入朝,并请岁增银帛。成宗嘉他恭顺,赐以册印,并命僧合八的为缅国世子,给赏虎符。未几,缅人僧哥伦作

第二十七回　得良将北方靖寇　信贪臣南服丧师

乱,缅王发兵往讨,执其兄阿散哥也,系诸狱中。寻将他释出,不复问罪。阿散哥也偏心中怀恨,竟归结余党,突入缅都,将缅王拘禁冢牢。旋且弑王,并害世子僧合八的,独次子窟麻剌哥撒八,逃诣燕京。成宗乃命云南平章政事薛绰尔,发兵万二千人往征。

薛绰尔奏报军务,言缅贼阿散哥也倚八百媳妇为援,气焰颇盛,应再乞济师。云南行省右丞刘深,且贻书丞相,备言八百媳妇应讨状。是时不忽术已卒,完泽当国,以刘深言为可信,遂入朝劝成宗道:"世祖聪明神武,统一海内,功盖万世。今陛下嗣统,未著武功,现闻西南夷有八百媳妇叛顺助逆,何不遣兵往讨? 彰扬休烈!"言未毕,中书省臣哈喇哈孙,出班奏道:"山峤小夷,远距万里,若遣使招谕,自可使之来廷,何必远勤兵力! 况目今太后新崩,大丧才毕,尤宜安民节饷,毋自贻忧。"从哈喇哈孙奏中归结太后,亦是省文。成宗不从,竟发兵二万,属刘深节制,往征八百媳妇。御史中丞董士选,复入朝力谏,大略谓轻信一人,劳及兆民,实是有损无益。成宗变色道:"兵已调发,还有何言?"说罢,即麾他出朝。士选怏怏趋出。

看官,你道八百媳妇究属何国? 相传是西南蛮部,为缅国西邻,其酋有妻八百,各领一寨,因名八百媳妇。荒诞无稽,不能尽信。刘深既奉命南征,取道顺元。时适盛暑,蛮瘴横侵,士卒死丧,十至七八,驱民运饷,跋涉山谷,一夫负米数斗,数夫为辅,历数十日乃达,死伤亦数十万人。于是中外骚然。刘深复发奇想,欲胁求蛮妇蛇节,作为己妾。蛇节系水西土官妻,素有艳名,且矫健多力,喜着红衣,土番号为红娘子。大约是美女蛇所变。土官闻刘深硬索己妻,哪里就肯缴出。遂去连结蛮酋宋隆济,抗拒元军。

隆济捏词谕众道:"官军将征发尔等,剪发黥面,作为兵役,身死行阵,妻子为虏,尔等果情愿否?"大众齐称不愿。隆济道:"如果不愿,如何对付官军?"大众呼嚷道:"不如造反!"正要他说此语。隆济道:"造反如何使得?"大众道:"同是一死,如何不造反!"隆济道:"造反须有头领。"大众道:"现在眼前,何必另举?"遂推隆济为头目,隆济复令水西土官,去挈蛇节。至蛇节到寨,果然美貌绝伦,武艺出众。名不虚传。隆济遂拨众千名,令她带着。夜间却召入蛇节,只说是密商兵事,谁知他已暗地勾通,肉身演战。水西土官,因要靠着隆济,不敢发言,隆济反得坐拥娇娃,先尝滋味。世之娶美妇者其慎诸。

不到数日,已胁从苗、獠诸蛮数千人,破杨、黄诸寨,进攻贵州。知府张怀德力战败死。刘深闻警赴援,恰巧狭路逢着冤家。看官道是何人?

信贪南服师丧臣

就是朝思暮想的红娘子。那时刘深拼命与战,恨不得立刻抱来,同她取乐,偏偏这个红娘子,狡猾异常,出阵打了个照面,偏回马逃走。刘深哪里肯舍,下令军中,生擒蛇节者赏金千两。于是各军力追,直至深山穷谷中,转了几个湾头,蛇节不知去向。偏来了数千名土番,面目狰狞,状貌可怖。一班罗刹鬼。他却不知阵法,一味地跳来跳去,乱斫乱砍,弄得军士手足无措,左支右绌。正惊愕间,蛮酋宋隆济,复率众驰到,将刘深军拦入洞壑,四面用蛮众围住。为了小洞,反入大洞。刘深陷入绝地,只好束手待毙。还是此时死了,省得后来枭首。亏得镇守云南的梁王阔阔,恐刘深穷追有失,率兵接应,方杀退隆济,将他救出。

隆济复进围贵州,刘深整兵再战,只是不能取胜。相持数月,粮尽矢穷,引兵退还,反被隆济追击,把辎重尽行委弃,又丧失了数千兵士,狼狈逃归。败耗传至燕京,成宗乃改遣刘国杰为帅,杨赛因不花原名汉英,其先太原人,自唐时平播州,世有其地,元时其父纳土,乃赐名杨赛因不花,一作杨赛音布哈。为副,率四川、云南、湖广各省兵,分道进讨诸蛮。

是时征缅统帅薛绰尔亦受缅人金赂,率兵遽退。元廷尚未闻知,封窟麻剌哥撒八为缅王,赐以银印,令他回国。方要出发,缅贼阿散哥也,已遣弟者苏入朝,自陈弑主罪状,乞加宽宥,并愿奉窟麻剌哥撒八回缅。至此讯悉征缅军,已退回云南。

第二十七回　得良将北方靖寇　信贪臣南服丧师

那时薛绰尔奏报亦到，只托词炎暑瘴疠，不便进兵，还师时反被金齿蛮邀击，士多战死等语。成宗大愤，遣吏按验，查得薛绰尔围缅两月，缅城薪食俱尽，将要攻陷，云南参知政事高庆，及宣抚使察罕，受纳缅金，怂恿薛绰尔还军，以致功败垂成。于是高庆、察罕正法，免薛绰尔为庶人。独刘深受完泽庇护，未曾加罪。南台御史陈天祥，遂抗词上奏，大旨是参劾刘深殃民激变，非正法无以弭祸。小子阅着原奏，不禁技痒起来，即信笔成诗道：

尧阶干羽化苗日；元室兵戈酿乱时。
谁是圣仁谁是暴？兴衰付与后人知。

欲知原奏详细，请看下回叙明。

海都肇乱四十年，战杀相寻，几无宁日，幸出镇有人，或善攻，或善守，以此北方千里，尚未陷没。海都不获逞志，抑郁以死。自是都哇倡议归降，察八儿等同时听命，三汗投诚，兵祸少弭；然劳师麋饷，已不知几许矣！为成宗计，当口不言兵，专谋富教，庶乎承平之治，可以期成。乃复征缅国，征八百媳妇，愤兵不戢，必致自焚。迨悍酋妖妇，连结构兵，扰扰云、贵者有年，刘深之肉，其足食乎？本回于北方之战，归功床兀儿；南征之役，归罪刘深，而隐笔仍注意成宗，皮里阳秋，可与言史矣。

第二十八回

蛮酋成擒妖妇骈戮　藩王入觐牝后通谋

却说御史陈天祥,因刘深未曾加谴,抗疏严劾,说得洋洋洒洒,为《元史》中仅见文字。小子不忍割爱,节录如下:

>臣闻八百媳妇,乃荒裔小夷,取之不足以为利,不取不足以为害。而刘深欺上罔下,远劳大众,经过八番,纵横自恣,中途变生,所在皆叛,不能制乱,反为乱众所制,食尽计穷! 仓皇退走,丧师十八九,弃地千余里,朝廷再发四省之兵,以图收复。比闻从征者言经过之地,皆重山复岭,陡涧深林,其窄隘处仅容一人一骑,贼若乘险邀击,我军虽众难施。或诸蛮远阻险隘,以老我师!进不能前,退无所掠,将不战自困矣!且自征伐诸夷以来,近三十年,未尝有尺土一民之益,计其所费,可胜言哉!去岁西征,及今此举,何以异之? 乞早正深罪,乃下明诏招谕,彼必自相归顺,不须远劳王师,与小丑夺一朝之胜负也。苟谓业已如此,欲罢不能,亦当详审成败,算定后行。彼诸蛮皆乌合之众,必无久能同心捍我之理。但急之则相救,缓之则相疑,以计使之互相仇怨,待彼有隙可乘,徐命诸军数道俱进,服从者怀之以仁,抗敌者威之以武,恩威兼济,功乃可成。若复舍恩任威,深蹈覆辙,恐他日之患,有甚于今日者也!谨奏。

奏入不报。只缅国嗣王,许者苏奉回为主,把征缅事搁置不提。于是天祥托病辞去,成宗也不慰留。

忽西南紧报,杂沓而来,如乌撒、乌蒙、东川芒部及武定、威楚、普安诸蛮,统托词供亿烦劳,不堪虐苦,这边发难,那边响应,攻掠州县,焚烧堡砦,几乎闹得一团糟。成宗乃急命陕西行省平章政事伊逊岱尔,统师往讨,并令会同刘国杰,以资策应。国杰方讨宋隆济等,不及来会。成宗命他兼顾,原是无谓。伊逊岱尔督军前进,分道驱杀,那蛮民本系乌合,趁着一时愤激,遽尔倡乱,一闻官军骤至,既无统领,又无机谋,仓猝对

第二十八回　蛮酋成擒妖妇骈戮　藩王入觐牝后通谋

敌,被官军杀得大败。顿时逃的逃,降的降,不到一月,已奏报肃清了。

只蛮酋宋隆济,已猖獗年余,集党数万人,肆行无忌,他竟自称为王,每日驱众四掠,自己恰与蛇节宣淫。蛇节妖媚得很,一心一意地从着隆济,要他封为王妃。水性杨花。隆济因她有夫,倒也碍着面目,不好发表。偏蛇节设心狡毒,竟唆隆济杀死土官,实足副名。那时隆济受她蛊惑,只说水西土官违命,将他斩首。家家床头有蛇节,幸勿轻意。越宿,遂命蛇节正式为妃。这一宿间兴味何如?

嗣是朝欢暮乐,两口儿非常愉快。忽闻元将刘国杰,带领数省大兵,前来征剿,不免忧虑起来。蛇节道:"无妨,只教给我五千人,便杀他片甲不回。"特有前胜。隆济大喜,便整备兵械,着于次日起程。是夜把蛇节竭力奉承,不消细说。翌晨,便拨众万名,令蛇节带着,先行起马,自率万人为后应。

蛇节闻官军自广西进兵,遂向东进发,行至播州,方遇着官军,她即抖擞精神,来与官军接战。刘国杰前军接着,望见敌队中的大旗,随风飘荡,露着数个大字,什么南蛮王妃字样。各军早闻蛇节美名,都睁着眼望那蛇节,但见蛇节跨着绣鞍,裹着铁甲,面上不涂脂粉,自然白中带红,兼且眉似初月,唇若朝霞,妖艳中露出三分杀气,越觉宜笑宜嗔,蛮妇中有此艳妇,真是尤物。顿时齐声喝彩,不由得目眙神呆。孰意蛇节竟挥着鸾刀,驱杀过来,官军无心恋战,竟被冲动阵角,往后倒退。蛮众个个奋勇,愈逼愈紧,有好几个晦气的官军,早已身首分离。幸刘国杰督军继至,一阵力战,才把蛮众驱退。收军后,察知前队情形,即把将士训斥一番,令他见敌即杀,不得为色所迷。

是夕无话。越日,两军复战,国杰令兵士不得退后,只向前进。蛇节不能抵御,败退十里。越日又战,蛇节复败走,官军追将过去,偏值隆济杀到,蛇节亦转身前来,合力奋斗,杀败官军。国杰忙鸣金收军,亲自断后,才得徐徐退回。入营检查,已伤亡千人。

当下与杨赛因不花共同商议,想了一策:令军士各在盾上加钉,准备要用。军士得令,统摸不着头脑,只能遵令办就。翌日,军士将盾献上,国杰传令道:"今日出战,前队携盾对敌,稍战即走,将盾弃地,不得取回;后队整械听令!"军士奉命,即如法施行。将近敌营,隆济、蛇节,并辔出来,蛮骑争先驰突,官军弃盾即走。隆济见部众得胜,忙令他前追,谁知地上都是弃盾,盾上有钉,马足蹀躞不稳,多半颠踬,骑马的人,自然随仆。原来如此,的是奇想。国杰麾军齐上,如削瓜砍菜一般。隆济、蛇节,慌忙走脱,部众已死了一半。

国杰得胜回营,只令坚壁弗动,过了数日,隆济、蛇节,又邀合蛮众,复来攻击。国杰仍令固守,不准出阵。隆济、蛇节无可奈何,收众回去。接连数日,不发一兵。隆济、蛇节更迭挑战,只是不应。国杰又要作怪。军士也不知何故,惟有严装待命。

一夕见侦骑入营密报,即由国杰发令,教杨赛因不花率军五千,夤夜去讫。越日仍无动静,直到天晚,方下令夜薄敌营。时至三更,淡月迷蒙,国杰令军士出营,亲自押队,衔枚疾走。行近隆济寨前,突发火炮,麾军直入。那时隆济正抱着蛇节,酣寝帐中,蓦闻炮声震天,方才惊醒,还道营内失火。揭帐一望,只闻一片喊杀声,吓得心惊胆落,连忙扯起蛇节,连外衣都不及穿着,飞步逃至寨后,觅得战马两匹,与蛇节跨鞍逃走。营内的蛮众,都从梦中惊醒,伸了足即被斫去,展了手又被戳断,大家是亲亲昵昵,同赴鬼门关。只营后守卒数百名,还有逃走工夫,拼命奔去。国杰扫尽敌营,天已黎明,即下令回军。

将士因渠魁脱走,禀请追赶。国杰道:"不必,自有人擒来!"妙极!回营甫一小时,果有军士入见,已将蛮妇蛇节擒到。国杰问道:"杨副帅来未?"军士答道:"隆济涉河遁走,杨副帅追觅去了。"

看官,你道这蛇节如何得擒?原来国杰计获叛蛮,先时曾遣人探路,料知隆济杀败,必往墨特川,方可归巢。因先命杨赛因不花率军绕道,截住川

紫荆成擒妖妇斩残

第二十八回　蛮酋成擒妖妇骈戮　藩王入觐牝后通谋

滨。隆济、蛇节果然中计，奔至川旁，被杨军截杀，隆济投入水中，凫水逃生。偏蛇节不能泅水，单身孤骑，如何对仗，只好下马乞降，所以先被拿到。国杰即命推入，军士见蛇节只着内衣，云鬟半坠，面色微青，睡容中又带惊容，好一幅美人图。喘呼呼地下跪案前。国杰拍案道："你是妖妇蛇节么？"蛇节凄声答道："是！"国杰复怒道："你擅拒天讨，加害生灵，曾否知罪？"蛇节复流泪答道："已经知罪！若蒙赦宥，恩同再造，就是收为奴妾，也所甘心！"国杰厉声道："好没廉耻的蠢妇！左右与我斩讫！"你若不要她作妾，何不送与刘深？将士闻了这令，都想求他释放，赏作小老婆，怎奈国杰满面杀气，不敢率请，眼见得一个美妇，倏忽间化作两段了。

又过一天，杨赛因不花回营，已将隆济获到，说是由他兄子宋阿重絷送，当问了数语，囚入槛车，一面请旨处置，旋奉诏就地正法。蛮境敉平，云、贵总算安靖，连八百媳妇，也不再征。惟刘深免官，嗣被哈喇哈孙再行奏弹，说他徼名首衅，丧师辱国，非正法不可，乃将刘深伏诛，南征事因此结局。暂作收束。

完泽也为台官所劾，且有纳赂嫌疑，几乎被谴，成宗格外包荒，释置不问。独冥官不肯饶他，偏叫二竖为灾，一病长逝。嗣职的便是哈喇哈孙。副相令阿忽台继任。阿忽台一作阿呼岱。两相为武宗继统所系，故特表明。且复征召陈天祥，授集贤院大学士。天祥再起就职，怀着一片忠心，屡欲畅陈时弊，偏成宗燕昵宫闱，常不视朝，后且时患寝疾，内政决于皇后，外政委诸廷臣。惹起天祥烦恼，忍不住意中郁勃，便极陈阴阳反复，天地易位，是今时大弊。且因宗庙被火，两浙大饥，河东地震，太白经天，种种灾祲，统陈列在内，说是咎由人致，很为切直。看官，你想这道奏疏，明明是内讥牝后，外斥权臣，难道能邀批准么？果然奏入留中，付诸冰搁，天祥复谢病去了。

大德九年，成宗以寝疾难痊，立子德寿为太子。德寿非元后亲出，乃是次后弘吉剌氏所生。元室宫闱，并后匹嫡，成为常例，所以皇后不止一人。弘吉剌氏性安简默，一切政务，俱由元后伯岳吾氏主持。太子德寿，立未数月而卒。或言由伯岳吾后暗中谋害，事无左证，不便直指。惟成宗从子爱育黎拔力八达，一作阿裕尔巴里巴特喇及其母弘吉剌氏，为伯岳吾后所忌，令他出居怀州。爱育黎拔力八达，就是海山的母弟。海山时封怀宁王,出镇青海,闻知此事,颇怀不悦。奈因道途修阻,鞭长莫及,不得已静待后命。

是冬,成宗老病复发,且比从前加甚,伯岳吾后恐有不测,密令心腹去召安西王阿难答,一作阿南达。及诸王明里帖木儿。阿难答系世祖庶孙,与成宗为兄弟行,接着密使,遂于次年正月,偕明里帖木儿入朝。伯岳吾后即阴令进见,与语道:"皇帝病日加重,恐不日就要宾天,我召你等来京,无非为嗣位问题,须要密商。现在太子已逝,爱育黎拔力八达从前颇觊觎神器,我所以令他出居怀州。若召立海山,他必为弟报怨,诸多不利。你等试为我一决!"明里帖木儿素与阿难答莫逆,便接着道:"何不就立安西王?"伯岳吾后以目视阿难答,端详一会,恰故作踌躇状。明里帖木儿复道:"皇后莫非虑嫂叔的嫌疑么?须知嫂溺援手,道贵从权,若安西王得立,想必感恩图报,皇后尽可临朝称制呢!"黜去从子,偏立皇叔,就是愚妇人亦不至出此,此中或有暧昧,何怪致人借口!伯岳吾后尚在沉吟,阿难答也说道:"这事恐怕未便。"明里帖木儿道:"有了,皇后临朝,皇叔摄政,还有何人可说?"伯岳吾后道:"此议甚是,你去预告宰辅罢。"二王便辞别出宫。

越数日,成宗病殂,在位十三年,寿四十二。伯岳吾后即下敕垂帘,命安西王阿难答辅政。右丞相阿忽台奉敕,集群臣商议祔庙及摄政事。太常卿田忠良,博士张升道:"先帝祔庙,神主上应书嗣皇帝名,今书谁人?"一语便即驳煞,如何可以有成。阿忽台道:"他日续书,有何不可?况先帝即位时,非亦

三月无君么？"亏他寻出故例。御史中丞何玮道："世祖驾崩，中外属意先帝，祔庙时已书就嗣君，何尝是没有呢？"阿忽台变色道："法制并非天定，全由人事主张，你等独不怕死么？敢阻国家大事！"何玮道："不义而死，恰是可怕；若舍生取义，怕他何为！"倒是硬汉。

是时右丞相哈喇哈孙未至，不好率行定议，当即散会。随由内旨去召哈喇哈孙，他却收拾百司符印，封储府库，自己守宿掖门，只是称疾未赴。阿忽台与明里帖木儿等密议，想寻隙谋害哈喇哈孙，然后奉皇后正式临朝。哈喇哈孙早已防着，适怀宁王遣康里脱脱在京，急命返报，一面遣使至怀州，迎爱育黎拔力八达入都。

爱育黎拔力八达闻报，怀疑未决，询其傅李孟。李孟道："支子不嗣，系世祖遗典，今宫车晏驾，怀宁王远居万里，请殿下急速入宫，借安众心。"爱育黎拔力八达乃奉母返燕都。行至中道，先遣李孟问哈喇哈孙。正要进去，不防有人兜头出来，见了李孟，停足不行。李孟面不动容，反上前问讯，那人说是奉后所遣，来此视疾。李孟道："丞相安否？我正为诊疾而来。"妙有急智。便即趋入，见了哈喇哈孙，长揖不拜，即引哈喇哈孙右手，作诊脉状，哈喇哈孙觑破情形，自然与他谈病，不及国政。至后使去后，乃与密言宫禁事，且令促爱育黎拔力八达入都。李孟返报爱育黎拔力八达，尚欲问卜，经李孟暗语卜人，教他言吉不言凶。卜人入筮，果得吉爻，李孟道："筮不违人，是谓大同。"遂拥爱育黎拔力八达上马，驰至燕京。诸臣皆步从，入临帝丧，哭泣尽哀，复出居旧邸。

伯岳吾后闻知，忙与安西王阿难答、左丞相阿忽台密商。阿忽台道："闻得三月三日，系爱育黎拔力八达生辰，可托词庆贺，逼他出见，凭老臣一些手力，立可扑杀此獠，并可除他党羽。"原来阿忽台素有勇力，人莫敢近，因此自信不疑。计划已定，便遣人通知哈喇哈孙，预约届期同往，庆贺生辰。

哈喇哈孙满口答应，密遣使报爱育黎拔力八达，并函授秘计。爱育黎拔力八达阅函毕，忙令都万户囊加特，去邀诸王秃刺。一作图刺。秃刺系察合台四世孙，力大无穷，见了囊加特，叙谈一番，允为臂助。囊加特归报。于是先二日率卫士入内，诈称怀宁王有使到来，请安西王、左丞相入邸议事。

安西王颇怀疑惧，阿忽台道："不妨，有我在此！"复邀同明里帖木儿,并马偕行。既至爱育黎拔力八达邸中,甫行交谈,那爱育黎拔力八达忽拂袖起座,抢步出外,大呼道:"卫士何在?"言未已,外面走进如虎如狼的卫卒,来拿安西王等。阿忽台亦即离座,扬眉大呼道:"来!来!你等莫非来送死么?"旁有一人接着道:"你自来送死!还敢妄言!"阿忽台瞧将过去,便失声叫着:"不好了!安西王快走!"正是:

　　弄巧不成反就拙,恃强无益适遭殃。

毕竟阿忽台瞧见何人?容俟下回续叙。

　　隆济一蛮酋,蛇节一番妇,何敢叛?乃以苛求胁迫故,揭竿而起,猖獗异常,可见怨不可丛,丛怨必生祸;戎不可启,启戎必罹殃。微刘国杰,云、贵陆沈矣!然因蛇节而隆济致叛,因隆济而刘深伏诛,妇人之害,一至于此,可胜慨哉!下半回叙牝后称制事,亦由妇人生事,蔑祖制,蓄异谋,酿成巨衅,故天下不能无妇人,而断不能授权于妇人。妇祸之兴,人自启之耳,于妇人乎何诛?

第二十九回

诛奸慝怀宁嗣位　耽酒色嬖幸盈朝

却说阿忽台正欲抵敌，猛见一起赳武夫，才知不是对手。这人为谁？就是诸王秃剌。秃剌指挥卫士，来擒阿忽台。阿忽台只怕秃剌，不怕卫卒，卫卒上前，被他推翻数人，即欲乘间脱逃。秃剌便亲自动手，把他截住。阿忽台至此，虽明知不敌，也只好拼命与斗。俗语说得好，棋高一着，缚手缚脚，况武力相角，更非他比，不到数合，已被秃剌搋住，饬卫士用铁索捆好。那时安西王阿难答，及诸王明里帖木儿，向没有什么本领，早被卫士擒住。缚扎停当，押送上都，一面搜杀余党，一面禁锢皇后。

事粗就绪，诸王阔阔一作库库、牙忽都一作呼图。入内，语爱育黎拔力八达道："罪人已得，宫禁肃清，王宜早正大位，安定人心！"现成马屁。爱育黎拔力八达道："罪人潜结宫闱，乱我家法，所以引兵入讨，把他伏诛，我的本心，并不要作威作福，窥伺神器呢。怀宁王是我胞兄，应正大位，已遣使奉玺北迎。我等只宜静等宫廷，专待吾兄便了。"

当下哈喇哈孙议定八达监国，自统卫兵，日夕居禁中备变，并令李孟参知政事。李孟损益庶务，裁抑侥幸，群臣多有违言。于是李孟叹息道："执政大臣，当自天子亲用，今銮舆在道，孟尚未见颜色，原不敢遽冒大任。"遂入内固辞，不获奉命，竟挂冠逃去。

是时海山已自青海启程，北抵和林，诸王勋戚，合辞劝进。海山道："吾母及弟在燕都，俟宗亲尽行会议，方可决定。"乃暂行驻节，专候燕都消息。

先是海山母弘吉剌氏，尝以两儿生命，付阴阳家推算。阴阳家谓"重光大荒落有灾"，"旃蒙作恶长久"。小子尝考据尔雅，大岁在辛曰"重光"，在巳曰"大荒落"，是重光大荒落的解释，就是辛巳年。又在乙曰："旃蒙"，在酉曰："作恶。"是旃蒙作恶的解释，就是乙酉年。海山生年建辛巳，爱育黎拔力八达生年建乙酉。弘吉剌妃常记在心，因遣近臣朵耳往和林，传谕海山道："汝兄弟二人，皆我所生，本无亲疏，但阴阳家言，运祚修短，不可不思！"

海山闻言，嘿然不答。既而召康里脱脱进内，语他道："我镇守北方十年，序又居长，以功以年，我当继立。我母拘守星命，茫昧难信，假使我即位后，上合天心，下顺民望，虽有一日短处，亦足垂名万世。奈何信阴阳家言，辜负祖宗重托！据我想来，定然是任事大臣，擅权专杀，恐我嗣位，按名定罪。所以设此奸谋，借端抗阻。你为我往察事机，急速报我！"星命家言原难尽信，但也未免急于为帝。

康里脱脱奉命至燕，禀报弘吉剌妃。弘吉剌妃愕然道："修短虽有定数，我无非为他远虑，所以传谕及此。他既这般说法，教他赶即前来罢。"

当下遣回脱脱，复差阿沙不花往迎。适海山率军东来，途次遇着两人。阿沙不花具述安西谋变始末，及太弟监国，与诸王群臣推戴的意思。脱脱复证以妃言。海山大喜，即与二人同入上都，命阿沙不花为平章政事，遣他还报母妃又母弟。爱育黎拔力八达遂奉母妃至上都，诸王大臣亦随至，当即定议，奉海山为嗣皇帝。

海山遂于上都即位，追尊先考答剌麻八剌为顺宗皇帝，母弘吉剌氏为皇太后。一面宣敕至燕京，废成宗后伯岳吾氏，出居东安州，又将安西王阿难答，及诸王明里帖木儿，与左丞相阿忽台等，一并处死。嗣以安西王阿难答与伯岳吾后同居禁中，嫂叔无猜，定有奸淫情弊，所以不立从子，反欲妄立皇叔，业已秽乱深宫，律以祖宗大法，罪在不赦，应迫她自尽。诏书一下，伯岳吾后无术可施，只好仰药自杀了。垂帘亦无甚乐趣，为此妄想，弄得身名两败，真是何苦！

海山后号武宗，因此小子于海山即位后，便称他为武宗。当时改元至大，颁诏大赦。其文道：

昔我太祖皇帝以武功定天下，世祖皇帝以文德洽海内，列圣相承，丕衍无疆之祚。朕自先朝肃将天威，抚军朔方，殆将十年，亲御甲胄，力战却敌者屡矣，方诸藩内附，边事以宁。遽闻宫车晏驾，乃有宗室诸王，贵戚元勋，相与定策于和林，咸以朕为世祖曾孙之嫡，裕宗正派之传，以功以贤，宜膺大宝。朕谦让未遑，至于再三，早已蓄谋为帝，偏说谦让再三，中国文字之欺诈，多半如此，可叹！还至上都，宗

第二十九回　诛奸慝怀宁嗣位　耽酒色嬖幸盈朝

亲大臣，复请于朕。间者奸臣乘隙，谋为不轨，赖祖宗之灵，母弟爱育黎拔力八达，禀命太后，

恭行天罚。内难既平，神器不可久虚，宗祧不可乏嗣，合词劝进，诚意益坚，朕勉徇舆情，于五月二十一日即皇帝位。任太守重，若涉渊冰，属嗣服之云初，其与民更始，可大赦天下，此诏。

嗣是驾还燕京，论功封赏，加哈喇哈孙为太傅，答剌罕一作达尔罕。为太保，并命答剌罕为左丞相，床兀儿、阿沙不花并平章政事。又以秃剌手缚阿忽台，立功最大，封为越王。哈喇哈孙谓祖宗旧制，必须皇室至亲，方可加一字的褒封，秃剌系是疏属，不得以一日功，废万世制。武宗不听，秃剌未免挟恨，暗中进谗，说是安西谋变，哈喇哈孙亦尝署名，自是武宗竟变了初志，将哈喇哈孙外调，令为和林行省左丞相，仍兼太傅衔，阳似重他，阴实疏他。浸润之谮，肤受之诉。一面立弟爱育黎拔力八达为皇太子，授以金宝，以弟作子，煞是奇闻。在武宗的意思，还道是酬庸大典，格外厚施。既欲酬庸，不妨正名皇太弟，何必拘拘太子二字耶！又令廷臣议定祔庙位次，以顺宗为成宗兄，应列成宗右，乃将成宗神主，移置顺宗下。成宗虽为顺宗弟，然成宗为君时，顺宗实为之臣，兄弟不应易次，岂君臣独可倒置耶？胡氏粹中谓如睿宗，裕宗，顺宗，皆未尝居天子位。但当祔食于所出之帝，其说最为精当。配以故太子德寿母弘吉剌后，因后亦早逝，所以升祔，这且不必细表。

单说武宗初，颇欲创制显庸，重儒尊道，所以即位未几，即遣使阙里，祀孔子以太牢，且加号"大成至圣文宣王，"敕全国遵行孔教。中书

右丞孛罗铁木儿,用蒙古文译《孝经》,进呈上览,得旨嘉奖,并云《孝经》一书,系《孔圣》微言,自王公至庶人,都应遵循,命中书省刻版模印,遍赐诸王大臣。宫廷内外,统因武宗尊崇圣教,有口皆碑。既而武宗坐享承平,渐眈荒逸,每日除听朝外,好在宫中宴饮,召集一班妃嫔,恒歌酣舞,彻夜图欢。酒色二字,最足蛊人。有时与左右近臣,蹴鞠击球,作为娱乐,于是媚子谐臣,陆续登进,都指挥使马诸沙一作茂穆苏。善角牴,伶官沙的一作锡迪。善吹笙,都令他平章政事。角牴吹笙的伎俩,岂关系国政乎?乐工犯法,刑部不得逮问;宦寺干禁,诏旨辄加赦宥,而且封爵太盛,赏赉过隆,转令朝廷名器,看得没甚郑重。

当时赤胆忠心的大臣,要算阿沙不花,见武宗举动越制,容色日悴,即乘间进言道:"陛下身居九重,所关甚大,乃惟流连曲蘖,昵近妃嫔,譬犹两斧伐孤树,必致颠仆。近见陛下颜色,大不如前,陛下即不自爱,独不思祖宗付托,人民仰望,如何重要!难道可长此沉湎么?"武宗闻言,倒也不甚介意,反和颜悦色道:"非卿不能为此言,朕已知道了!卿且少坐,与朕同饮数杯。"大臣谏他饮酒,他恰邀与同饮,可谓欢伯。

阿沙不花顿首谢道:"臣方欲陛下节饮,陛下乃命臣饮酒,是陛下不信臣言,乃有此谕,臣不敢奉诏!"武宗至此,方沉吟起来。左右见帝有不悦意,遂齐声道:"古人说的主圣臣直,今陛下圣明,所以得此直臣,应为陛下庆贺!"言未毕,都已黑压压地跪伏地上,接连是蓬蓬勃勃的磕头声。绘尽媚子谐臣的形状。武宗不禁大喜,立命阿沙不花为右丞相,行御史大夫事。阿沙不花道:"陛下纳臣愚谏,臣方受职。"武宗道:"这个自然,卿可放心!"

阿沙不花叩谢而出,左右又奉爵劝酒。武宗道:"你等不闻直言么?"左右道:"今日贺得直臣,应该欢饮,明日节饮未迟!"明日后,又有明日,世人因循贻误,都以此言为厉阶。武宗道:"也好!"遂畅怀饮酒,直至酩酊大醉,方才归寝。越日,又将阿沙不花的言语,都撇在脑后了。可谓贵人善忘。

太子右谕德萧㪍,前曾征为陕西儒学提举,固辞不至。武宗慕他盛名,召侍东宫,乃扶病至京师。入觐时,奉一奏折,内录尚书酒诰一篇,余无他语。别开生面。嗣因武宗未严酒禁,谢病乞归。或问故,萧㪍道:"朝廷尊孔,徒有虚名,以古礼论,东宫东面,师傅西面,此礼可行于今

第二十九回 诛奸慝怀宁嗣位 耽酒色嬖幸盈朝

日么?"遂还山。夔奉元人,操行纯笃,教人必以小学为基,所著有《三礼说》诸书。嗣病殁家中,赐谥贞献。元代儒臣,多不足取,如萧夔者亦不数觏,故特书之。过了数月,上都留守李璧,驰至燕都,入朝哭诉。由武宗问明原委,乃是西番僧强市民薪,民至李璧处诉状,璧方坐堂审讯,那西僧率着徒党,持梃入署,不分皂白,竟揪住璧发,按倒地上,捶扑交下。打到头开目肿,还将他牵拽回去,闭入空室,甚至禁锢数日,方得脱归。李璧气愤填胸,遂入朝奏报武宗。武宗见他面有血痕,倒也勃然震怒,立命卫士偕璧北返,逮问西僧,械系下狱。孰意隔了两日,竟有赦旨到上都,令将西僧释出。李璧不敢违命,只好遵行。

未几僧徒龚柯等,与诸王合儿八剌妃争道,亦将妃拉堕车下,拳足交加。侍从连忙救护,且与他说明擅殴王妃,应得重罪等语。龚柯毫不畏惧,反说是皇帝老子,也要受我等戒敕,区区王妃,殴她何妨!这王妃既遭殴辱,复闻讥詈,自然不肯干休,遣使奏闻。待了数日,并不见有影响。嗣至宣政院详查,据院吏言,日前奉有诏敕,大略谓殴打西僧,罪应断手,詈骂西僧,罪应断舌,亏得皇太子入宫奏阻,始将诏敕收回等语。

看官阅此,总道武宗酒醉糊涂,所以有此乱命,其实宫禁里面,还有一桩隐情,小子于二十六回中,曾叙及西僧势焰,炙手可热,为元朝第一大弊。然在世祖成宗时代,西僧骚扰,只及民间,尚未敢侵入宫禁。至武宗嗣位,母后弘吉剌氏,建筑一座兴圣宫,规模宏敞得很,常延西僧入内,讽经建醮,祷佛祈福,不但日间在宫承值,连夜间也住宿宫中。那时妃嫔公主,及大臣妻女,统至兴圣宫拜佛,与西僧混杂不清。这西僧多半淫狡,见了这般美妇,能不动心?渐渐地眉来眼去,同入密室,做那无耻勾当。渐被太后得知,也不去过问,自是色胆如天的西僧,越发肆无忌惮,公然与妃嫔公主等,裸体交欢,反造了一个美名,叫作:"舍身大布施。"元宫妇女最喜入寺烧香,大约是美慕此名。自从这美名流传,宫中旷女甚多,哪一个不愿结欢喜缘?只瞒着武宗一双眼睛。武宗所嗜的是杯中物,所爱的是床头人,灯红酒绿之辰,纸醉金迷之夕,反听得满座赞美西僧,誉不绝口,都受和尚布施的好处。未免信以为真。谁知已作元绪公。所以李璧被殴,及王妃被拉事,统搁置一边,不愿追究。就是太后弘吉剌氏,孀居寂寞,也被他惹起情肠,后来忍耐不住,也做出不尴不尬的事情来。为下文伏脉。

武宗忽明忽暗,宽大为心,今日敕造寺,明日敕施僧,后日敕开水陆大会,西僧教瓦班,善于献谀,令他为翰林学士承旨。并儒佛为一涂,也是创闻。还有宦官李邦宁,年已衰迈,巧伺意旨,亦蒙宠眷。他的出身,是南宋宫内的小黄门,从瀛国公赵㬎北行,得入元宫。世祖留他给事内廷,至此已历事三朝,凡宫廷中之大小政事,他俱耳熟能详。武宗嘉他练达,命为江浙平章。邦宁辞道:"臣本阉腐余生,蒙先朝赦宥,令承乏中涓,充役有年,愧未胜任。今陛下复欲置臣宰辅,臣闻宰辅的责任,是佐天子治天下,奈何以刑余寺人,充任此职,天下后世,岂不要议及圣躬么!臣不敢闻命!"武宗大悦,擢他为大司徒,兼左丞相衔,仍领太医院事。邦宁竟顿首拜谢,受职而退。江浙平章,与大司徒同为重任,辞彼受此,何异以羊易牛,此皆小人取悦惯技,武宗适堕其术耳。

越王秃剌自恃功高,尝出入禁中,无所顾忌,就是对着武宗,亦惟以尔我相称。武宗格外优容,不与计较,后来益加放肆,尝语武宗道:"你的大位,亏我一人助成;倘若无我,今日阿难答早已正位,阿忽台仍然柄政,哪个来奉承你呢?"武宗不禁色变,徐答道:"你也太啰唣了,下次不要再说!"秃剌尚欲有言,武宗已转身入内,那时秃剌恨恨而去。

后来武宗驾幸凉亭,秃剌随着,将乘舟,被秃剌阻住,语复不逊,自此武宗更滋猜忌。及宴万岁山,秃剌侍饮。酒半酣,座中俱有醉意,秃剌复喧嚷道:"今日置酒高会,原是畅快得很,但不有我,哪有你等。你等曾亦忆及安西变事么?"念兹在兹,可见小人难与图功。武宗咈然道:"朕教你不要多言,你偏常自称功。须知你的功绩,我已酬赏过了,多说何

第二十九回　诛奸慝怀宁嗣位　耽酒色嬖幸盈朝

为？"秃剌闻言，将身立起，解了腰带，向武宗面前掷来，并瞋目视武宗道："你不过给我这物，我还你便罢！"言毕，大着步自去。

武宗愤甚，便语左右侍臣道："这般无礼，还好容他么？"侍臣统与秃剌有嫌，哪里还肯劝解，自然答请拿问。当即命都指挥使马诸沙等，率着卫士五百名，去拿秃剌。好在秃剌归入邸中，沉沉地睡在床上，任他加械置锁，如扛猪一般，舁入殿中。迨至酒醒，由省臣鞫讯，尚是咆哮不服。省臣乃复奏秃剌不臣，阴图构逆，宜速正典刑，有诏准奏，秃剌遂处斩，一道魂灵，驰入酆都，与阿忽台等鬼魂，至阎王前对簿去了。小子有诗咏道：

褒封一字费评章，祖制由来是善防。
谁谓滥刑宁滥赏，须知恃宠易成狂！

欲知后事如何？且看下回分解。

本回全为武宗传真，写得武宗易喜易怒，若明若昧，看似寻常叙述，实于武宗一朝得失，俱囊括其间，较读《元史本纪》，明显多矣。夫以武宗之名位论，孰不谓其当立，然吾谓其得之也易，故守之也难。嗣位未几，即耽酒色，由是嬖幸臣，信淫僧，种种失政，杂沓而来。书所谓位不期骄，禄不期侈者，匪特人臣有然，人主殆尤甚焉！故武宗非一昏庸主，而其后偏似昏庸，为君诚难矣哉！读史者当知所鉴矣。

第三十回

承兄位诛逐奸邪　重儒臣规行科举

却说元武宗至大八年,复议立尚书省,分理财帛。先是世祖嗣位,审定官制,以中书省为行政总枢。长官称中书令,副以左右二丞相。中书令不常置,往往以右丞相兼摄。自阿合马、桑哥等相继用事,恐中书干涉,故特立尚书省,专握政柄。自是廷臣保八、乐实等,请复立尚书省,旧政从中书,新政从尚书,并推举乞台普济脱、一作奇塔特伯奇。脱虎脱一作托克托。为丞相。武宗准奏,乃命乞台普济脱为右丞相,脱虎脱为左丞相,三宝奴、一作三布干。乐实为平章政事,保八为右丞,蒙哥铁木儿为左丞,王罴参知政事。这一班新任大臣,统是阿合马、桑哥流亚,好言理财,其实并没有甚么妙法,只管从交钞上着想,滥发纸币,充作银两。从前中统交钞及至元交钞,统由计臣创议,颁行天下,民间只有纸币,并没有现银,以致物价日昂,民生日困。行钞无准备金,必受其弊,元代覆辙,今又将蹈之矣。乐实言旧钞未良,应改用新钞,方昭画一。乃改造至大银钞,凡十三等,每一两准至元钞五贯,白银一两,黄金一钱,随路立平准行用库,及常平仓以权物价,毋令沸腾。元代钞法,经此三变,无如有钞无银,总难信用,难道改造至大二字,便可作为金钱么?那计吏上下其手,从中刻削盘剥,却中饱了不少,只百姓又重重受苦了!言之痛心。

武宗反以脱虎脱、三宝奴两人,格外出力,加脱虎脱为太师,封义国公;三宝奴为太保,封楚国公。嗣又以乐实为尚书左丞相,封齐国公,这也不在话下。只武宗嗣位数年,已当壮岁,六宫妃嫔,罗列数百,却未曾正式立后,这也是史鉴上所罕闻的。想因妃嫔统得宠幸,一时难分差等耳。会皇太子举荐李孟,遣使访求,得孟于许昌陉山,征为中书平章事,集贤大学士。孟入见,首请立后以正阴教,乃立真哥皇后。后亦弘吉剌氏所出,才色轶群。真哥有从妹,名速哥失里,亦得武宗宠幸,武宗又称她为后。不立后则已,立后则必使匹嫡,元制之不经可知。还有妃子二人,一系亦

第三十回　承兄位诛逐奸邪　重儒臣规行科举

乞烈氏，一系唐兀氏。亦乞烈氏实生和世㻋，后为明宗，唐兀氏实生图帖睦尔，后为文宗，后文再表。

　　单说太后弘吉剌氏，颐养兴圣宫，除饬行佛事外，没甚事情，未免安闲得很。她忽然动了一种邪念，暗想妃嫔公主等人，多与僧徒结欢喜缘，只自己身为帝母，不便舍身布施，欲保全名节，又是意马心猿，按捺不住。武宗年已及壮，太后应亦将半百矣，乃犹因逸思淫，求逞肉欲，此逸豫之萌所以最足误人也。她本是青年守孀，顺宗于二十九岁去世，其时两孤尚幼，嫠妇在帏，孤帐凄清，韶光辜负。亏得同族周亲，有个铁木迭儿，常相往来，随时抚恤，每当花晨月夕，独居无聊时，得铁木迭儿与为谈心，倒也解闷不少。恐不止谈心而已。后为成宗后伯岳吾氏所忌，出居怀州，遂与铁木迭儿疏远。嗣成宗复令铁木迭儿为云南行省左丞相，路隔万里，一在天涯，一在地角，就是忆念着他，也只好付诸长叹，无可奈何。此次长子为帝，尊作太后，一切举动，无人监制，正好召幸故人，重寻旧约。当下遣一密使，遥征铁木迭儿。看官，你想这铁木迭儿得此机会，哪有不来之理？一鞭就道，两月至京，太后已待得不耐烦，迨见了面，如获异珍。既见君子，我心则降。那铁木迭儿向来巧佞，善承意旨，至此越发效力，竟在兴圣宫中，盘桓了好几天，杜门不出。云南行省，不见了铁木迭儿，遂禀报政府，说他擅离职守，应加处分。尚书省即据实奏陈，武宗尚莫名其妙，将奏牍批发下来，令尚书省访查下落，以便定罪。谁知他早入安乐窝中，穿花度柳，快活得很。吕不韦故事复见元宫。过了数日，尚书省复接诏敕，说是奉皇太后旨意，援议亲故例，赦铁木迭儿罪名。亲若皇父，安得不赦。尚书省中，统是一班狐群狗党，管甚么宫内勾当，自然搁起不提。武宗还想恣意游幸，令筑城中都，饬司徒萧珍监工，调发兵役数万名，限五阅月告竣，逾期加罪。无如福已享尽，天不假年，至大四年正月元旦，百官俱入殿朝贺，待了半日，竟由宫监传旨，帝躬不豫，免行大礼。廷臣始知武宗有疾，相率退班。过了七日，武宗竟崩于玉德殿，在位五年，寿只三十一。先是宦官李邦宁曾乘间入告武宗，谓陛下春秋日富，皇子渐长，自古以来，只有父祚子续，未闻有子立弟，应酌量裁断等语。武宗不悦，并叱邦宁道："朕志已定，你不必与我多言，可自去禀闻东宫。"武宗友于之心，也不可没。

　　邦宁碰了这大钉子，自然不敢再说。皇太子爱育黎拔力八达方得保全储位。至武宗殂后,遂入理大政,第一着下手,便饬罢尚书省,把丞相脱虎脱、三宝奴、平章乐实、右丞保八、左丞蒙哥帖木儿、参政王罴,一律免官,逮禁狱

欲凡位珠 逯岳邪

中。命中书右丞相塔思不花,知枢密院事,铁儿不花等参鞫。讯得脱虎脱等殃民误国,种种不法等情,遂命将脱虎脱、三宝奴、乐实、保八、王罴诸人,即日正法;蒙哥帖木儿犯罪较轻,杖了数百,充戍海南。第二着下手,罢城中都,追夺司徒萧珍符印,把他拘禁起来。凡中都所占民田,尽行发还。第三着下手,召还先朝通达政务,及素有闻望的老臣,如前平章程鹏飞、董士选、前太子少傅李谦、少保张闾、右丞陈天祥、尚文、刘正、前左丞郝天挺、前中丞董士珍、前太子宾客萧𣂏、前参政刘敏中、王思廉、韩从益、前侍御赵君信、前廉访使程文海、前杭州路达鲁噶齐等十六人,统令诣阙议政。只陈天祥、刘敏中、萧𣂏不至。一面重用李孟欲授为中书右丞相,偏皇太后已经降旨,将中书右丞相的职任,付与铁木迭儿。皇太子不便违命,只好顺从母意。敝笱之诗,宁尚未读。太后且信阴阳家言,命太子即位隆福宫。御史中丞张珪,以嗣君正位,应在正殿,乃于大明殿即皇帝位,受诸王百官朝贺。并下诏大赦道:

惟昔先帝事皇太后,抚朕藐躬,孝友天至,由朕得托,顺考遗体,重以母弟之嫡,加有削平内难之功,于其践阼,曾未逾月,授以皇太子宝,领中书令枢密使,百揆机务,听所总裁,于今五年。先帝奄弃天下,勋戚元老,咸谓大宝之承,既有成命,非与前圣宾天,而始征集宗亲,议所宜立者比,当稽周、汉、晋、唐故事,正位宸极。朕

第三十回　承兄位诛逐奸邪　重儒臣规行科举

以国恤方新,诚有未忍,是用经时。今则上奉皇太后勉进之命,下徇诸王劝戴之情,三月十八日,于大都大明殿即皇帝位,凡尚书省误国之臣,先已伏诛,同恶之徒,亦已放殛,百司庶政,悉归中书,命丞相铁木迭儿,平章政事李道复等,从新拯治,可大赦天下。此诏!

诏中所言李道复,就是李孟。孟字道复,因前时翊戴功深,并调停母子兄弟间,格外尽力,所以特别推重,称为道复而不名。即位礼毕,复谕以次年改元,议定皇庆二字。小子披览元史,武宗以后,就是仁宗,仁宗即爱育黎拔力八达的庙号,因此小子于他嗣位后,仍循例称作仁宗了。仁宗以脱虎脱等虽已伏诛,党羽尚多,拟尽加鞫讯。延庆使杨朵儿只_{一作杨多尔济}。上书谏阻,大旨以帝王为治,不嗜杀人,今当嗣服初年,尤以省刑为要,应寓恩于威,以敦治道等语。仁宗感悟,乃改从宽大,只拟用陕西平章孛罗铁木儿、江浙平章乌马儿、甘肃平章阔里吉思、河南参政塔失铁木儿、江浙参政万僧,俱由台官纠参,奉旨罢黜,不准再举。

于是尊重文教,优礼师儒,先命释奠先师孔子,行祭丁制,只主祭的人,却遣了一个宦官李邦宁。邦宁曾在武宗前劝易皇太子,至仁宗登基,左右亦奏述前言,请即加罪。还是仁宗宽弘大量,谕以帝王历数,自有天命,不足介憗,乃置不复问。此次命他为集贤院大学士,且饬释奠先师,_{亵圣甚矣}。那邦宁竟尔受命,摆着仪仗,入大成殿行礼。看官,你想大成至圣文宣王,愿受他拜跪么?太牢方设,鼎俎杂陈,邦宁整肃衣冠,向案前就位。忽然狂风大起,卷入殿中,两庑烛尽吹灭,烛台底下的铁镶,陷入地中尺许,吓得邦宁魂飞天外,慌忙屈膝俯伏,执事诸人,统伏地屏息。约过了几小时,风始停止,才勉强成礼,邦宁惭悔数日。就是仁宗闻知,也悚然起敬,由是益敬礼儒臣。

平章政事李孟,幼擅文名,博学强记,贯穿经史,尝开门授徒,远近争至。嗣入东宫为太子师傅,与仁宗很是契合。至此君臣相得,如鱼投水,尝谕他道:"卿系朕的旧学,朕有不及,全仗卿忠心辅佐。"孟受命后,也深感知遇,力以国事为己任,节滥费,汰冗员。贵戚近臣,多言不便,奈因帝眷方隆,无隙可乘,也只好忍耐过去。_{君子小人,总不相容}。

孟又因大德以后,封拜繁多,释道二教,俱设官统治,权抗有司,挠乱政事,大为时害,遂奏请信赏必罚,赏善惩恶,并罢免僧道各官。至若风俗日靡,车服僭拟,上下无章,尊卑无别,孟复请严加限制。仁宗一一准奏,且与之立约道:"朕在位一日,卿亦宜在中书一日。"遂赐爵秦国公,命画师图像,词臣加赞。入见必赐座,与语必称卿,或称字,一面增国子生,为三百人,令孟督率。孟因上言老成凋谢,亟应求材。四方儒士,如有德成艺进,请擢任国学翰林秘书太常,或儒学提举等职,以昭激劝。且谓人材所出,不止一途,汉、唐、宋、金,尝行科举,得人称盛,今欲兴贤举能,不如用科举取士,较诸多门干进,似胜一筹。惟必先德行经术,次及文辞,然后可得真才。仁宗乃决意进行,命中书省臣,规定条制。

先是世祖尝议立科举法,未及举行。至是乃命中书省颁定科条,科场每三岁一次,以皇庆三年八月为始,从士人本籍官司,于诸色户内推举,年及二十五,有孝

重儒臣规行科举

行可称,信义足述,以及经明行修的士子,以次敦遣。其或徇私滥举,并应举不举的有司,监察御史肃政廉访司,应体察究治。考试程式,蒙古色目人,第一场经问五条,《大学》、《论语》、《孟子》、《中庸》内设问,用朱氏章句集注,遇有义理精明,文词典雅,乃算中选。第二场,策一道,以时务出题,限五百字以上。汉人南人第一场,明经经疑二问,《大学》、《论语》、《孟子》、《中庸》内出题,并用朱氏章句集注,结以己意,限三百字以上。经义一道,各治一经,《诗》以朱氏为主,《尚书》以蔡氏为主,《周易》以程朱为主,以上三经,兼用古注疏,《春秋》许用三传,及胡氏传,《礼记》用古注疏,限五百字以上,不拘体格。第二场,古赋,诏

第三十回　承兄位诛逐奸邪　重儒臣规行科举

诰,章表。内科一道,古赋诏诰用古体,章表四六,参用古体。第三场,策一道,经史时务内出题,不矜浮藻,惟务直述,限一千字以上。蒙古色目人,愿试汉人南人科目,中选者加一等注授。蒙古色目人作一榜,汉人南人作一榜,第一名赐进士及第,从六品。第二名以下,及第二甲,皆正七品,三甲皆正八品,两榜并同,乃即下诏道：

> 惟我祖宗以神武定天下,世祖皇帝设官分职,征用儒雅,崇学校为育材之地,议科举为取士之方,规模宏远矣。朕以眇躬,获承丕祚,继志述事,祖训是式,若稽三代以来,取士各有科目,要其本末,举人宜以德行为首,试艺则以经术为先,词章次之,浮华过实,则所不取。爰命中书参酌古今,定其条制,其以皇庆三年八月为始。天下郡县,兴其贤者能者,充试有司。次年二月,会试京师,中选者朕将亲策焉。

到了皇庆三年,改元延祐,八年开试举人,至次年廷试,赐护都沓儿、张起岩等五十六人及第出身有差,分为两榜。蒙古色目人为右,汉人南人为左,嗣是垂为常例。元代之有科举,自延祐始,故详纪之。仁宗复用齐履谦、吴澄为国子司业。履谦字伯恒,汝南人,幼习推步星历诸术,及稍长,读洙泗、伊洛遗书,穷理格物。至元二十九年,授为星历教授,大德二年,擢任保章正,至大三年,升授侍郎,兼领冬官正事。仁宗即位,以履谦学行纯笃,命教国学子弟。与吴澄并司教养。每五鼓入学,风雨寒暑,未尝少怠。

吴澄字幼清,抚州人,宋末举进士不第,隐居布水谷,读书著述,夙负盛名。至元中曾召至燕京,欲授以官,澄乞归养母,遂辞去。至大元年,复召为国子监丞,皇庆元年,授为司业,澄用宋程颢学校奏疏,胡瑗六学教法,朱熹学校贡举私议,约为教法四条：一经学,二行实,三文艺,四治事,逐条规勉,不惮求详。嗣因履谦改佥太史院事,澄以同学乏人,托病归籍,学制稍废。

仁宗复调履谦为司业。履谦律己益严,教道益张,尝立升斋积分等法。每季考生徒学行,以次递升,既升上斋,逾再岁,始与私试。词理俱优为满分,词平理优为半分,岁终积至八分,得充高等,以四十人为额,然后集贤院及礼部岁选六人,充作岁贡。三年不通一经,及在学不满一年,定章黜革,所以人人励志,士多通材。元朝学术,惟皇庆延祐时,推为极盛。师道立则善人多,观此益信。

仁宗又尝将《贞观政要》《大学衍义》,并程复心所著《四书集注》,陆淳所著《春秋纂例》《辨微疑旨》,及《资治通鉴》《农桑集要》等书,悉令刊布,颁行学宫。复以宋儒周敦颐、程颢、程颐、张载、邵雍、司马光、朱熹、张栻、吕祖谦,暨元儒许衡,学宗洙泗,令从祀孔子庙廷,重儒尊道,也可谓元代第一贤君了。小子有诗咏道:

　　　大元制典太荒唐,竟把儒生列匄倡!
　　　幸有后王能干蛊,莘莘学子尚成行。

仁宗方有心求治,雅意得人,偏偏铁木迭儿,得宠太后,从中播弄,举佞斥贤,这也是元朝的气数。欲知详细,下回再述。

　　武宗在位四年,秕政甚多,惟孝友性成,不私天下,较之曹丕、萧绎,相去远矣!仁宗嗣服,首斥憸壬,召用老臣,并尊师重儒,兴学育才,不愧为守文之主。至若科举一端,以一日之长,即第其高下,似不得为良法。然旷观古代,因选举之穷,继以科举,殆亦有不得已之意,存于其间者。况科目亦曷尝不得人乎?即如今日之废科目,复选举,弊端百出,罄竹难书,是选举且不科目若也。元素贱儒,惟仁宗始注意及此,善善从长,故本回特备录之。

第三十一回

上弹章劾佞无功　信俭言立储背约

却说铁木迭儿奉太后弘吉剌氏敕旨,得居相位,起初还算守法,没甚举动。惟仁宗巡幸上都,留铁木迭儿等留守,铁木迭儿援丞相留治故例,出入张盖,颇为烜赫。廷臣不甚注目,统以为故例如此,不足为怪。越年铁木迭儿偶然得病,自请解职,昼值朝房,夜值宫禁,宜其劳病。乃以秃忽鲁代相。至延祐改元,秃忽鲁免官,仁宗拟命左丞相哈克缴继任,哈克缴自言非世勋族姓,不足当国,请再任铁木迭儿。仁宗乃复拜他为开府仪同三司,录军国重事。居数月,仍进为右丞相,他即想出一条理财政策,毅然上奏道:

　　臣蒙陛下垂怜,复擢首相,依阿不言,诚负圣眷。比闻内侍隔越奉旨者众,倘非禁止,致洛实难,请敕诸司,自今中书政务,毋辄干预。又往时富民往诸番商贩,率获厚利,商者益众,中国物轻,番货反重,今请以江、浙右丞曹立领其事,发舟十纲,给牒以往,归则征税如制,私往者没其货,又经用不给,苟不豫为规划,必至愆误。臣等集诸老议,皆谓动钞本则钞法愈虚,加赋税则毒流黎庶,增课额则比国初已倍五十矣,惟预买山东河间运使来岁盐引,及各冶铁货,庶可以足今岁之用。又江南田粮,往岁虽尝经理,多未核实,可始自江浙以及江东西,宜先事严限格,信罪赏,令田主手实顷亩状入官。诸王驸马学校寺观,亦令如之,仍禁私匿民田,贵戚势家,毋得阻挠,请敕台臣协力以成,则国用足矣。谨奏。

据奏中所言,不过清厘宿弊,澈查私贩,有益国用,无损平民,看似正当不易的政策。无如中国官吏,多是贪财黩货,凡遇计臣当道,变更旧制,往往被贪官污吏,乘间营私,无论若何良法,总归弊多利少,结果是民生受苦,国库仍枵,所得金钱,都入一班狗官的囊橐。历代以来,俱蹈此辙,惟前代贪官中饱之资,尚在本国流通,所谓楚得楚失,挹彼注兹,犹不足患,今则多寄存外国银行,自涸财源,其患益甚。做皇帝的身居九重,哪里晓得许多弊窦,即如元代仁宗,好算一个明主,览了铁木迭儿奏牍,也道是情真语当,立准施行。铁木迭儿遂分遣属吏,循行各省,括田增税,苛急烦扰,江西使臣昵匝马丁,酷虐尤甚,信丰一县,撤民庐千九百区,夷墓扬骨,作为所增田亩,居民怨恨入骨。

赣州土豪蔡五九,素有武力,且颇任侠,乡民推为首领,抗拒官长。一夫作难,万众响应,顿时江漳诸路,四起为乱,蔡五九乘此机会,占夺汀州、宁化县,戕杀有司,居然称王建号,号令四方。夺了一县,就想为王,器量如此,安能成事。江浙行省平章张闾,奉旨往剿,五九也率着众人,前来抵敌,究竟一时乌合,敌不住多大官军,战了数次,弄得十人九死,那时五九势穷力蹙,逃入山谷,被官军蹑迹追寻,生生拿住,讯实正法,做了无头之鬼。

张闾上章奏捷,仁宗才觉心慰。惟台臣上言五九作乱,由括田增税所致,乞罢各省经理,有旨准奏。只铁木迭儿揽权如故,反且贪虐加甚,凶秽愈彰,朝野虽然侧目,可奈铁木迭儿气焰熏天,欲要把他弹击,好似苍蝇撞石,非但不能动他,而且还要灭身,大家顾命要紧,自然相率箝口。

寻复由太后下旨,令铁木迭儿为太师。中书平章政事张珪,向来嫉恶如仇,至此不禁进言道:"太师论道经邦,须有才德兼全的宰辅,方足当此重任,如铁木迭儿辈,恐不称职!"仁宗本器重张珪,奈因迫于母命,不便违悖,只好不从珪言,加铁木迭儿为太师,兼总宣政院事。中国古典,夫死从子,况仁宗身为人主,岂可依徇母后,专擢权奸,是殆徒知有顺不知有孝者。会仁宗如上都,徽政院使失列门一作锡哩玛勒。传太后旨,召珪切责。珪抗论不屈,惹得失列门性起,竟喝令左右加杖,可怜这为国尽忠的张平章,平白无辜地受了一顿杖责!古时刑不上大夫,张珪身为平章,乃遭幸臣仗责,可叹可恨!皮开血出,奄奄归家。次日即缴还印信,挈了家眷,径出国门。珪子景元,随驾掌玺,宿卫左右,闻父因杖创乞休,遂奏请父病垂危,恳即赐归。仁宗惊问道:"卿别时,卿父无病,怎么今称病笃了?"景元顿首涕泣,不敢言父被杖事。仁宗心知有异,乃遣使赐珪酒,进拜大司徒。珪已回籍养疴,上表陈谢便罢。

至仁宗还都,并未追究失列门,廷臣心益不平。会上都富人张弼杀人系狱,纳贿铁木迭儿,铁木迭儿遂密遣家奴,胁上都留守贺巴延,令他

第三十一回　上弹章劾佞无功　信俭言立储背约

释弼。巴延不肯，据实陈奏。侍御史杨朵儿只，已升任中丞，与平章政事萧拜住蓄志除奸，遂邀同监察御史四十余人，联衔抗奏道：

铁木迭儿桀黠奸贪，阴贼险狠，蒙上罔下，蠹政害民，布置爪牙，威詟朝野，凡可以诬害善人，要功利己者，靡所不至；取晋王田千余亩，兴教寺后堧园地三十亩，卫兵牧地二十余亩，窃食郊庙供祀马，受诸王哈喇班第使人钞十四万贯，宝珠玉带氎罽币帛，又值钞十余万贯，受杭州永兴寺僧章自福赂金一百五十两，取杀人囚张弼钞五万贯。且既已位极人臣，又领宣政院事，以其子巴尔济苏为之使。诸子无功于国，尽居贵显，纵家奴凌虐官府，为害百端，以致阴阳不和，山移地震，灾异数见，百姓流亡。已乃恬然略无省悔，私家之富，在阿合马桑哥之上，四海疾怨已久，咸愿车裂斩首，以快其心，如蒙早加显戮，以示天下，庶使后之为臣者，知所警戒，臣等不胜迫切待命之至！

仁宗览了这奏，震怒有加，立即下诏，逮问铁木迭儿。铁木迭儿至此，也不免惶急起来，忙跑到兴圣宫内，向太后下跪，磕着响头，如同捣蒜。_{如摇尾乞怜一般。}太后惊问何事，铁木迭儿道："老臣赤心报国，偏遭台臣嫉忌，诬臣重罪，务乞太后为臣剖白，臣死且感恩！"_{赤体报后则有之，赤心报国则未也。}太后道："皇儿难道不知么？"铁木迭儿道："皇上已有旨，逮问老臣。"太后道："何故这般糊涂！"_{如非糊涂，恐不令太后胡行。}铁木迭儿道："台臣联衔奏请，怪不得皇上动怒。"太后道："你且起来，无论甚么大事，有我做主，怕他甚么！"铁木迭儿碰头道："圣母厚恩，真同再造，但老臣一时无可容身，奈何？"太后笑道："你这老头儿，也会放刁，你在宫中时常进出，今日便住在宫内，自然没人欺你。"铁木迭儿道："明日呢？"太后道："明日也住在这里，可好么？"铁木迭儿道："老臣常住宫中，不更要被人议论么？"太后把他瞅了一眼，便道："你怕议论，快些出去，休来惹我！"那时铁木迭儿故作惊慌，抱住太后玉膝，装出一副泪容，_{夫是之谓奸臣。}果然太后俯加怜恤，用手把他扶起，并命贴身侍女，整备酒肴，替他压惊，是夕，命铁木迭儿匿宿兴圣宫。_{一语够了。}

越日，杨朵儿只复入朝面奏，略说铁木迭儿匿居禁掖，非皇上亲自查拿，余人无从逮问，说得仁宗动容。退了朝，竟跸入兴圣宫来，侍女得知消息，忙去通报太后。太后即命铁木迭儿，避匿别室。待仁宗进来，佯若无事,仁宗谒母毕,由太后赐座,略问朝事,渐渐说到铁木迭儿。仁宗遂启奏道:"铁木迭儿擅纳贿赂,刻剥吏民,御史中丞杨朵儿只等,联衔奏劾,臣儿令刑部逮问,据言查无下落,不知他匿在何处?"太后闻言,怫然道:"铁木迭儿是先朝旧臣,现在入居相位,不辞劳怨,所以我命你优待,加任太师。自古忠贤当国,易遭嫉忌,你也应调查确实,方可逮问,难道凭着片言,就可加罪么?"仁宗道:"台臣联衔,约有四十余人,所陈奏牍,历叙铁木迭儿罪名,想总有所依据,不能凭空捏造。"太后怒道:"我说的话,你全然不信,台臣的奏请,你却作为实据,背母忘兄,不孝不义,恐怕祖宗的江山,要被你送脱了!"强词夺理。说至此,便扑簌簌地流下泪来。老妇也会撒娇。仁宗素具孝思,瞧这形状,心中大为不忍,不由得跪地谢罪。太后尚唠唠叨叨地说了许多,累得仁宗顿首数次,方才趋出。

越日诏下,只罢铁木迭儿右相职,令哈克伞代任,又迁杨朵儿只为集贤学士,台臣相率叹息,无可如何。

会接陕西平章塔察儿急奏,报称周王和世㻋,勾结陕西,变在旦夕了。原来和世㻋系武宗长子,从前武宗嗣位,既立仁宗为太子,丞相三宝奴,欲固位邀宠,曾与康里脱脱密谈,拟劝武宗舍弟立子。康里脱脱道:"太弟安定社稷,已经正式立储,入居东宫,将来兄弟叔侄,世世相承,还怕倒乱次序么?"持正不阿,难为脱脱。三宝奴道:"今日兄已授弟,他日能保叔侄无嫌么?"康里脱脱道:"古语尝云:'宁人负我,毋我负人!'我不负约,此心自可

无愧；人若失信，自有天鉴。所以劝立皇子，我不便赞成！"三宝奴嘿然而退。

至延祐改元，欲立太子，仁宗颇觉踌躇，以情理言，当立和世㻋，何待踌躇。铁木迭儿窥透上旨，便密奏道："先皇帝舍子立弟，系为报功起见，若彼时陛下在都，已正大位，还有何人敢说！就是先皇帝亦应退让。今皇嗣年将弱冠，何不早日立储，免人觊觎呢？"仁宗道："侄儿和世㻋，比朕子年龄较长，且系先帝嫡子，朕承兄位，似宜立侄为嗣，方得慰我先帝。"铁木迭儿道："宋太宗舍侄立子，后世没有訾议，况宋朝开国，全由太祖威德，太宗无功可录；加以金匮誓言，彼此遵约，他背了前盟，竟立己子，尚是相安无事。今如陛下首清宫禁，继让先皇，以德以功，应传万世，难道皇侄尚得越俎么？"仁宗闻言，尚是沉吟，铁木迭儿又道："陛下让德，即始终相继，恐后代嗣君，亦未必长久相安。老臣为陛下计，并为国家计，所以不忍缄口，造膝密陈。"仁宗不待说毕，便问道："你说舍子立侄，不能相安，莫非是争位不成？"铁木迭儿道："诚如圣论！自古帝王，岂必欲私有天下！特以储位未定，往往有豆萁相煎，骨肉相残的祸端。即如我朝开国，君位相传，非必父子世及，所以海都构衅，三汗连兵，争战数十年，至今尚未大定，陛下何不惩前毖后，妥立弘规，免得后嗣争夺呢？"佞臣之言，最易入耳，非明目达聪之圣主，鲜有不堕入彀中，试观铁木迭儿之反复陈词，何一非利害关系，动人听闻，此谗口之所以可畏也。仁宗矍然道："卿言亦是，容俟徐图。"已入迷团。铁木迭儿乃退。

静候年余，未见动静，不免暗中惶急，遂私与失列门商议。看官，你道失列门是何等人物？就是前日传太后旨，擅杖张珪的徽政院使。原来太后老而善淫，因铁木迭儿年力垂衰，未能逞欲，有时或出言埋怨。铁木迭儿善承意旨，遂荐贤自代。仿佛吕不韦之荐嫪毐。太后得了失列门，甚为合意，大加宠幸。因此失列门的权势，不亚铁木迭儿。铁木迭儿与他晤谈，叙述前日密陈事，失列门笑道："太师的陈请，还欠说得动人！"铁木迭儿道："据你的意思，应如何说法？"失列门道："太师才高望重，难道不晓得釜底抽薪的计策么？目今皇侄在都，无甚大过，你教主子如何处置！在下恰有一法，先将他调开远道，那时疏不间亲，自然好立皇子了。"铁木迭儿喜动颜色，不禁拱手道："这还要仰仗你呢！"失列门道："太师放心！在下有三寸舌，不怕此事不行。"一蟹胜似一蟹。果然过了数日，有旨封和世㻋为周王，赐他金印，出镇云南。失列门之入谗用虚写。

过了一年，复立皇子硕德八剌一作硕迪巴拉。为太子，兼中书令枢密使。和世㻋在云南，已置官属。闻仁宗已立太子，颇滋怨望，遂与属臣秃忽鲁、尚家奴及武宗旧臣厘日、沙不目丁、哈八儿、秃教化等会议。教化即常侍嘉珲。道："天下是我武宗的天下，如王爷出镇，本非上意，大约由谗构所致。请先声闻朝廷，杜塞谗口，一面邀约省臣，即速兴兵，入清君侧，不怕皇上不改前命！"密谋胁君,亦非臣道。大众鼓掌称善。教化复道："陕西丞相阿思罕，前曾职任太师，被铁木迭儿排挤，把他远谪；若令人前去商议，定可

钓特储立言怆怆

使为我助。"和世㻋道："既如此，劳你一行。"

教化遂率着数骑，驰至陕西，由阿思罕问明情形，很是赞成。当下召集平章政事塔察儿，行台御史大夫脱里伯，中丞脱欢，共议大事。塔察儿等闻命后，口中甚表同情，还说得天花乱坠，如何征兵，如何进军，不由阿思罕不信，议定发关中兵卒，分道自河中府进行，谁知他暗地里写了奏章，飞驿驰报，俗语说得好：

画虎画龙难画骨，知人知面不知心。

未知元廷如何宣救，请看下回表明。

铁木迭儿之奸，中外咸知，仁宗亦岂不闻之？况台官劾奏，至四十余人之众，即贤明不若仁宗，亦不至袒庇权奸，违众慢谏如此；就令重以母意，不忍遽违，而左

迁杨朵儿只,果胡为者,读史者或以愚孝讥之,实则犹未揭仁宗之隐,迨观舍侄立子之举,出自铁木迭儿之密陈,乃知仁宗之心,未尝不以彼为忠。私念一起,宵小得而乘之,是殆所谓木朽而虫生者。然则仁宗之心,得毋谓妇人之仁耶!前回叙仁宗之善政,不忍没其长;此回叙仁宗之失德,不敢讳其短,瑕不掩瑜,即此可见矣。

第三十二回

争位弄兵藩王两败　挟私报怨善类一空

却说陕西平章塔察儿，驰奏到京，当由仁宗颁发密敕，令他暗中备御。塔察儿奉旨遵行，佯集关中兵，请阿思罕、教化两人带领，先发河中，去迎周王和世㻋，自与脱欢引兵后随，陆续到河中府。待与周王相遇，托词运粮犒云南军，求周王自行检查，周王偏委着阿思罕、教化两人，代为察收。不防车中统藏着兵械，一声暗号，军士齐起，都在车中取出凶器，奔杀阿思罕等。阿思罕、教化手下，只有随骑数十名，哪里抵敌得住，一阵乱杀，将阿思罕、教化两人，已剁作数十段。塔察儿遂麾军入周王营，谁知周王命不该绝，已得逃卒禀报，从间道驰去。后来入都嗣位，虽仅半年，然究系一代主子，所以得免于难。塔察儿搜寻无着，还道他奔回云南，饬军士向南追赶，偏周王往北急奔，待至追军回来，再拟转北，那时周王已早远飏了。塔察儿一面奏闻，一面再发兵北追，驰至长城以北，忽遇着一支大军，把他截住，以逸待劳，竟将塔察儿军，杀死了一大半，剩得几个败残兵卒，逃回陕西。

看官！你道这支军从何而来？原来是察合台汗也先不花，遣来迎接周王的大军。也先不花系笃哇子。笃哇在日，曾劝海都子察八儿共降成宗，

第三十二回　争位弄兵藩王两败　挟私报怨善类一空

事见前文。应二十七回。嗣后察八儿复蓄异谋,由笃哇上书陈变,请元廷遣师,夹击察八儿。时成宗已殂,武宗嗣立,遣和林右丞相月赤察儿发兵应笃哇,至也儿的石河滨,攻破察八儿,察八儿北走,又被笃哇截杀一阵,弄到穷蹙无归,只好入降武宗。窝阔台汗国土地,至是为笃哇所并。笃哇死后,子也先不花袭位,又反抗元廷。初意欲进袭和林,不料弄巧成拙,反被和林留守,将他东边地夺去。他失了东隅,转思西略,方侵入呼罗珊,适周王和世㻋,奔至金山,驰书乞援。于是返斾东驰,来迎和世㻋。既与和世㻋相会,遂驻兵界上,专待追军,果然塔察儿发兵驰至,遂大杀一阵,扫尽追兵,得胜而回。和世㻋随他入国,与定约束,彼此颇是亲昵,安居了好几年。元廷也不再攻讨,总算内外静谧。

无如一波未平,一波又起,周王和世㻋,已经北遁,魏王阿木哥,却又东来。这阿木哥是仁宗庶兄。顺宗少时,随裕宗即故太子真金。入侍宫禁,时世祖尚在,钟爱曾孙,特赐宫女郭氏,侍奉顺宗。郭氏生子阿木哥,顺宗以郭氏出身微贱,虽已生子,究不便立为正室,乃另娶弘吉剌氏为妃,便是武宗仁宗生母,颐养兴圣宫中,恣情娱乐的皇太后。屡下贬辞,惩淫也。仁宗被徙怀州时,阿木哥亦出居高丽,至武宗时,遥封魏王。到了延祐四年,忽有术者赵子玉,好谈谶纬,与王府司马脱不台往来,私下通信,说是阿木哥名应图谶,将来应为皇帝。脱不台信为真言,潜蓄粮饷,兼备兵器,一面约子玉为内应,遂偕阿木哥率兵,自高丽航海,通道关东,直至利津县。途次遇着探报,子玉等在京事泄,已经伏法,于是脱不台等慌忙东逃,仍至高丽去了。

仁宗因两次变乱,都从骨肉启衅,不禁忆起铁木迭儿的密陈,还道他能先几料事,思患预防,幸已先立皇子,方得臣民倾向,平定内讧,事后论功,应推铁木迭儿居首,因此起用的意思,又复发生。这铁木迭儿虽去相位,仍居京邸,与兴圣宫中嬖幸,时通消息。大凡谐臣媚子,专能窥伺上意,仁宗退息宫中,未免提起铁木迭儿的大名。那班铁木迭儿的旧党,自然乘机凑合,撺掇仁宗,复用这位铁太师。仁宗尚有些顾忌,偏偏这兴圣宫中的皇太后,又出来帮忙,可谓有情有义。传旨仁宗,令起用铁木迭儿再为右相。仁宗含糊答应,暗思复相铁木迭儿,台臣必又来攻讦,不如令为太子太师,省得台臣侧目。主意已定,便即下诏。

越日即有御史中丞赵世延,呈上奏章,内陈铁木迭儿从前劣迹,凡数十事,仁宗不待览毕,就将原奏搁起。又越数日,内外台官,陆续上奏,差不多有数十本,仁宗略一披览,奏中大意,无非说铁木迭儿如何奸邪,不宜辅导东宫,当下惹起烦恼,索性将所有各奏,统付败纸篼中。适案上有金字佛经数卷,遂顺手取阅,展览了好几页,觉得津津有味,私自叹息道:"人生不外生老病苦四字,所以我佛如来,厌住红尘,入山修道。朕名为人主,一日万几,弄到食不得安,寝不得眠,就是任用一个大臣,还惹台臣时来絮聒,古人说得天子最贵,朕想来有甚么趣味! 倒不如设一良法,做个逍遥自在的闲人罢。"说毕,复嘿嘿地想了一番,又自言自语道:"有了,就照这么办。"便掩好佛经,起身入寝宫去了。故作含蓄。

小子录述至此,又要叙那金字佛经的源流。这金字佛经,就是《维摩经》。仁宗尝令番僧缮写,作为御览,共糜金三千余两。一部《维摩经》,需费如此,元僧之多财可知。此时已经缮就,呈入大内,所以仁宗奉若秘本,敬置览奏室内,每于披览奏牍的余暇,讽诵数卷,天子念佛,实是多事。这且不必细表。

且说仁宗有心厌世,遂诏命太子参决朝政。廷臣见诏,多半滋疑,统说皇上春秋正富,为何授权太子,莫非铁木迭儿从中播弄不成? 当下都密托近侍,微察上旨。侍臣在仁宗前,尝伺候颜色,一时恰探不出甚么动静。只仁宗常与语道:"卿等以朕居帝位,为可安乐么? 朕思祖宗创业艰难,常恐不能守成,无以安我万民,所以宵旰忧劳,几无暇晷,卿等哪里知我苦衷呢?"仁宗之心,不为不善,但受制母后,溺爱子嗣,终非治安之道。侍臣莫名其妙,只好面面相觑,不敢多言。过了数天,复语左右道:"前代尝有太上皇的名号,今太子且长,可居大位,朕欲于来岁禅位太子,自为太上皇,与尔等游观西山,优游卒岁,不更好么?"想了多日,原来为此。左右齐声称善,只右司郎中月鲁帖木儿道:"陛下年力正强,方当希踪尧舜,为国迎庥,为民造福,若徒慕太上皇的虚名,实属无谓。如臣所闻,前代如唐玄宗、宋徽宗皆身罹祸乱,不得已禅位太子,陛下为甚么设此念头?"这一席话,说得仁宗瞠目无词,才把内禅的意思,打消净尽。嗣是复勤求治道,所有一切佛经,也置诸高阁,不甚寓目。

会皇姊大长公主祥哥剌吉,令做佛事,释全宁府重囚二十七人,事为仁宗所闻,怫然道:"这是历年弊政,若长此不除,人民都好为恶了。"

想是回光返照,所以有此清明。遂颁发严旨,按问全宁守臣阿从不法,仍追所释囚,还置狱中。既而中书省臣奏参白云宗总摄沉明仁,强夺民田二万顷,诳诱愚俗十万人,私赂近侍,妄受名爵,应下旨黜免,严汰僧徒,追还民田等语。仁宗一一准奏,并诏沉明仁奸恶不法,饬有司逮鞫从严,毋得庇纵,违者同罪。这两道诏敕,乃是元代未曾见过的事情,不但僧侣为之咋舌,就是元廷臣僚,亦是意料不及。

到了延祐七年元旦,日食几尽,仁宗斋居损膳,命辍朝贺。甫及二旬,仁宗不豫,太子硕德八剌,焚香祷天,默祝道:"至尊以仁慈御天下,庶绩顺成,四海清晏。今天降大厉,不如罚殛我身,使至尊长为民主。天其有灵,幸蒙昭鉴!"叙及此语,不没孝思。祝毕,又拜跪了好几次。次夕,拜祝如故。无如人生修短,各有定数。既已禄命告终,无论如何祈祷,总归没有效验,太子祷告益虔,仁宗抱病益剧。正月二十一日驾崩光天宫,寿三十有六,在位十年。元世祖殂于正月,成、武、仁三宗亦然,这也是元史中一奇。史称仁宗天性慈孝,聪明恭俭,通达儒术,妙悟释典,不事游畋,不喜征伐,不崇货利,可谓元代守文令主。小子以为顺母纵奸,未免愚孝;立子负兄,未免过慈;其他行迹,原有可取,但总不能无缺点呢!得春秋责备贤者之义。

仁宗已殂,太子哀毁过礼,素服寝地,日歠一粥。那时太后弘吉剌氏,便乘机宣旨,令太子太师铁木迭儿为右丞相。越数日,复命江浙行省黑驴一作赫嚕。为中书平章政事。黑驴平时没甚功绩,且亦未有令望,只因族母亦列失八,在兴圣宫侍奉太后,颇得宠信,因此黑驴迭蒙超擢,骤列相班。为下文谋逆张本。自是铁木迭儿一班爪牙,又复得势。

参议中书省事乞失监,素谄事铁木迭儿,至是倚势鬻官,被台臣劾奏,坐罪当杖,他即密求铁木迭儿到太后处说情。太后召太子入见,命赦乞失监杖刑。太子不可,太后复命改杖为笞。太子道:"法律为天下公器,若稍自徇私,改重从轻,如何能正天下!"卒不从太后言,杖责了案。

徽政院使失列门,复以太后命,请迁转朝官。太子道:"大丧未毕,如何即易朝官!且先帝旧臣,岂宜轻动,俟即位后,集宗亲元老会议,方可任贤黜邪。"失列门惭沮而退。

于是宫廷内外,颇畏太子英明。独铁木迭儿以太子尚未即真,应乘此报怨复仇,借泄旧恨。当下追溯仇人,第一个是御史中丞杨朵儿只,第二个是前平章政事萧拜住,第三个是上都留守贺巴延,第四个是前御史中丞

赵世延,第五个是前中书平章政事李孟。上都距京稍远,不便将贺巴延立逮,赵世延已出为四川平章政事,李孟亦已谢病告归,独杨朵儿只、萧拜住两人,尚在都中共职,遂矫传太后旨,召二人至徽政院,与徽政使失列门、御史大夫秃秃哈,坐堂鞫问,责他前违太后敕命,应得重罪。杨朵儿只勃然大愤,指铁木迭儿道:"朝廷有御史中丞,本为除奸而设,你蠹国殃民,罪不胜言,恨不即斩你以谢天下!我若违太后旨,先已除奸,你还有今日么?"铁木迭儿闻言,又羞又恼,便顾左右道:"他擅违太后,不法已极,还敢大言无忌,藐视宰辅,这等人应处何刑?"旁有两御史道:"应即正法。"朵儿只唾两御史道:"你等也备员风宪,乃做此狗彘事么?"萧拜住对朵儿只道:"豺狼当道,安问狐狸?我辈今日,不幸遇此,还是死得爽快。只怕他也是一座冰山了!"两御史不禁俯首。

铁木迭儿怒形于色,顿起身离座,乘马入宫。约二时,即奉敕至徽政院,令将萧拜住、杨朵儿只二人处斩。左右即将二人反鄹起来,牵出国门。临刑时,杨朵儿只仰天叹道:"天乎!天乎!我朵儿只赤心报国,不知为何得罪,竟致极刑?"萧拜住也呼天不已。元臣大率信天。

既就戮,忽然狂飙陡起,沙石飞扬,吓得监刑官魂不附体,飞马逃回。都人士相率叹息,暗暗称冤。

杨朵儿只妻刘氏,颇饶姿容,铁木迭儿有一家奴,曾与觌面,阴加艳羡,至此禀请铁木迭儿,愿纳为己妇。铁木迭儿即令往取。那家奴大喜

第三十二回　争位弄兵藩王两败　挟私报怨善类一空

过望,赶车径去,至杨宅,假太师命令,胁刘氏赴相府。刘氏垂泪道:"丞相已杀我夫,还要我去何用?"家奴见她泪珠满面,格外怜惜,便涎着脸道:"正为你夫已死,所以丞相怜你,命我来迓,并且将你赏我为妻,你若从我,将来你要什么,管教你快活无忧。"此奴似熟读嫖经。

刘氏不待言毕,已竖起柳眉,大声叱道:"我夫尽忠,我当尽义,何处狗奴,敢来胡言?"说至此,急转身向案前,取了一剪,向面上划裂两道,顿时血流满面。复将髻子剪下,向家奴掷去,顿足大骂道:"你仗着威势,敢来欺我!须知我已视死如归,借你的狗口,回报你主,我死了,定要申诉冥王,来与你主索冤,教老贼预备要紧!"骂得痛快,我亦一畅。家奴无可奈何,引车自去,既返相府,适铁木迭儿在朝办事,便一口气跑至朝房,据实禀陈。铁木迭儿大怒道:"这般贱人,不中抬举,你去将她拿来,令她入鬼门关,自去寻夫便了。"旁有左丞张思明闻着这言,便向铁木迭儿道:"罪人不孥,古有明训。况山陵甫毕,新君未立,丞相恣行杀戮,万一诸王驸马等,因而滋疑,托词谋变,丞相还能诿咎么?"铁木迭儿沉吟半晌,方悟道:"非左丞言,几误我事。"遂叱退家奴,家奴怏怏自回,杨妻刘氏,才得守节终身。张左丞保全不少。

铁木迭儿毒心未已,复奏白太后,捏造李孟从前过失,诽谤宫闱,不由太后不信,遂命将前平章政事李孟封爵,尽行夺去,并将李孟先人墓碑,一律扑毁,总算为铁师相稍稍吐气。只赵世延出居四川,一时无隙可寻,他就百计图维,阴令党羽贿诱世延从弟,前来诬告世延。世延从弟胥益儿哈呼,利令智昏,竟诣刑部自首,只说世延如何贪婪,如何诞妄,其实统是无中生有,满口荒唐。刑部早承铁木迭儿微意,据词陈请,诏旨不得不下,饬缇骑至四川,逮问世延。小子有诗刺铁木迭儿道:

贤奸自古不相容,欲吁君门隔九重!
尤恨元朝铁师相,贪残已甚且淫凶。

未知世延曾否被害,且至下回表明。

仁宗本一守文主,其不能无失德者,类由铁木迭儿一人,炀蔽而成。大奸似忠,大诈似信,非中智以上之君,未由烛其奸诈。仁宗第一中智者耳!故一用不已,至于再用;再用不已,犹且令为太子太师。虽曰太后之主使,要亦仁宗之偏听不明,有以致之也!两藩之变,幸而即平,否则喋血宫门,宁俟他日耶!至仁宗崩逝,铁木迭儿更出为首相,睚眦必报,妄戮忠良,英宗虽明,内迫于太后,外制于师傅,且因居丧尽礼,无暇顾及,是英宗之纵奸,情可曲原,而仁宗之贻谋不臧,未能诿咎可知也,读此回犹慨然于仁宗之失云。

第三十三回

隆孝养迭呈册宝　泄逆谋立正典刑

却说赵世延为四川平章政事,虽经逮问,究竟燕蜀辽远,往返需时,未能刻日到京。京中帝位已虚,太子应承大统,自然择日登陛,遂于三月十一日即帝位于大明殿。循例大赦,当即颁诏道:

> 洪维太祖皇帝,膺期抚运,肇开帝业;世祖皇帝,神机睿略,统一四海,以圣继圣;迨我先皇帝至仁厚德,涵濡群生,君临万国,十年于兹。以社稷之远图,定天下之大本,协谋宗亲,授予册宝。方春宫之与政,遽昭考之宾天,诸王贵戚,元勋硕辅,咸谓朕宜体先帝付托之重,皇太后拥护之慈,既深系于人心,讵可虚于神器?合词劝进,诚意交孚,乃于三月十一日即皇帝位于大明殿,可大赦天下,咸与维新!此诏。

即位后,追号先帝为仁宗皇帝,尊皇太后弘吉剌氏为太皇太后,皇后鸿吉哩氏为皇太后。先是皇太后拟专国政,以和世㻋少有英气,恐不易制,不若太子硕德八剌,较为谦和,因此亦劝仁宗舍侄立子。仁宗既受权奸的怂恿,复承母后的劝告,所以决定主意,立硕德八剌为太子。

至仁宗殂后,太子居丧,所有政务,太后拟专任铁木迭儿,独断独行,偏太子尝出来干涉,免不得有些介意,到了即位的日子,太后也算来贺。太子见了太后,词色少严。太后回至兴圣宫,暗自悔恨道:"我不该命立此儿!"死多活少,亦可少休。嗣是太后变喜成忧,渐渐地酿成疾病了。惟太皇太后册文,元代未有此举,乃由词臣珥笔,敬谨撰成。其文云:

> 王政之先,无以加孝,人伦之本,莫大尊亲,肆予临御之初,首举推崇之典。恭维太皇太后陛下,仁施溥博,明烛幽微,爰自居渊潜之宫,已有母天下之望。方武宗之北狩,适成庙之宾天,旋克振于乾纲,谅再安于宗祐,虽有在躬之历数,实司创业之艰难,仪式表于慈闱,动协谋于先帝,莫究补天之妙,尤如扶日之升。位履至尊,

两翼成于圣子；嗣登大宝，复拥佑于藐躬，矧德迈涂山，功高文母，是宜加于四字，或益衍于徽称。谨奉玉册玉宝，加上尊号，曰：仪天兴圣慈仁昭懿寿元德泰宁福庆徽文崇佑太皇太后。于戏！兹虽涉于虚名，庶庸申于善颂。九州四海，养未足于孝心；万岁千秋，愿永膺于寿祉。录太皇太后册文，所以愧之也。

又有皇太后册文一篇，亦写得玉润珠圆。其文云：

坤承乾德，所以著两仪之称；母统父尊，所以崇一体之号。故因亲而立爱，宜考礼以正名。恭惟圣母温慈惠和淑哲端懿，上以奉宗祧之重，下以叙伦纪之常，恢王化于二南，嗣徽音于三母，辅佐先考，忧勤警戒之虑深，拥佑眇躬，抚育提携之恩至。迨于今日，绍我丕基，规模一出于慈闱，付托益彰于祖训。致天下之养以为乐，未足尽于孝心；极域中之大以为尊，庶可尊其懿美。式尊贵贵之义，用罄亲亲之情，谨遣某官某奉册上尊号曰皇太后。伏维周宗绵绵，长信穆穆，备洛书之锡福，粲坤极之仪天，启佑后人，永锡胤祚！元代之立皇太后，莫如仁宗后之正，且亦获令终，故亦举册文并录之。太皇太后及皇太后，递受诸王百官朝贺，说不尽的繁文缛节，小子也不必细叙。

单说太子硕德八剌既已嗣位，因身后庙号英宗，小子此后遂沿称英宗二字。英宗大赦后，复封赏群臣，特进铁木迭儿为上柱国太师，并诏中外毋沮议铁木迭儿敕令。铁木迭儿愈加横行,降李孟为集贤侍讲学士,召他就职。在铁木迭儿的意思,逆料李孟必不肯来,就好说他违旨不臣,心怀怨望,大大地加一罪名。不料李孟闻命,欣然就道。途次遇着翰林学士刘赓,正来慰问,遂与偕行至京,立赴集贤院中。

宣徽使以闻,并奏请李孟到任,例应赐酒。英宗愕然道:"李道复乃肯俯就集贤么?"适铁木迭儿子巴尔济苏在侧,便与语道:"你等说他不肯奉命,今果何如?"巴尔济苏俯首无言。英宗复召见李孟,慰劳有加,由是逭不得行。李孟尝语人道:"老臣待罪中书,无补国事,圣恩高厚,不夺俸禄,今已老了,欲图报称,恐亦无及了!"英宗闻言,格外称善。未几卒于官,御史累章辨诬,有旨复职,寻复追赠太保,进封魏国公,谥文忠。史称皇庆延祐时,每一乱命,人必谓由铁木迭儿所为,得一善政,必归李孟,所以中外知名。可奈母后擅权,奸人用事,以致怀忠未遂,赍志以终,这也真是可惜呢!<small>究竟流芳百世,不同遗臭万年,人亦何苦为铁木迭儿,不为李道复耶。</small>

是年五月,英宗幸上都,铁木迭儿随驾同去。他想中害留守贺巴延,使人往报,故意迟延一日。巴延计算道里,须五日方到,不料第四日午后,车驾已抵上都,累得巴延手忙脚乱,不及衣冠,先迎诏使,随后方穿了朝服,出迎英宗。俟英宗入居行宫,铁木迭儿即劾奏巴延便服迎诏,坐大不敬罪,请即严惩。英宗不欲究治,偏铁木迭儿抗声道:"如此逆臣,还好姑息么?此时不严行究办,将来臣工玩法,如何处治?"说得英宗不能不从。遂将贺巴延褫职,下五府杂治。铁木迭儿密嘱府吏,令将巴延置死,可怜秉正不阿的贺留守,为了张弼一案,触怒权奸,竟被他倾陷,冤冤枉枉地惨毙狱中。府吏报称巴延病死,由铁木迭儿作证,就使英宗知他舞弊,也只好模糊过去。

嗣铁木迭儿闻知赵世延已械系至都,飞饬刑部从严审讯。刑部又暗嘱世延从弟,教他坚执前言,不得稍纵,于是世延从弟胥益儿哈呼,与世延对簿,全不管弟兄情谊,一味瞎造,咬定世延罪状。<small>贷利之坏人心术,至于如此!</small>世延先与争辩,嗣见刑部左袒从弟,转忿为笑道:"我的弟兄,从前还是安分,不敢如此撒谎,今日骤然昧良,必是有人导坏。我想你等官吏,也须存点公道,明察曲直,不要专附权奸,构陷善类。须知天道昭彰,报应不爽,一时得势,能保得住将来么?"刑部犹大声呵叱,世延道："何必如此！铁太师仇我一人，只教我死便休，必导人为非，唆吏作奸，计亦太拙呢！"胥益儿哈呼闻着兄言，倒也自知理屈，寂然无语，偏刑部锻炼成狱，奏请置诸极典。会英宗已返燕都，览刑部奏牍，批谕世延犯法，已在赦前，现经大赦，毋庸再议等语。

　　看官！你想这铁木迭儿，用尽心思，想害世延，如何就肯干休？当下入奏英宗，以世延罪符十恶，不应轻赦。英宗不从，铁木迭儿复命刑部属吏，威吓世延，逼令自裁。世延道："我若负罪，应该明正典刑，借申国法，何必要我自尽！"刑部亦弄得没法，寻思暗杀世延，偏英宗下诏刑部，饬他慎重鞫囚，不得私自用刑，<small>想亦由巴延毙狱之故。</small>世延乃得安住狱中。铁木迭儿复令侍臣伺间奏请，会英宗出猎北凉亭，台官或上书谏阻，英宗不允。侍臣遂乘间进言道："狝狩是我朝祖制，例难废辍。台臣无端谏阻，借此邀名，此风殊不可长，即如前御史中丞赵世延，遇事辄言，朝右都称他敢谏，其实都是沽名钓誉，舞文弄法呢。"英宗道："你等为铁木迭儿作说客么？世延忠诚，先帝尚敬礼有加，只铁木迭儿与他有嫌，定欲加他死罪，朕岂肯替铁木迭儿报复私仇？你等亦不必向朕饶舌？"<small>英宗不愧英明，但既明知世延无罪，何不即为昭雪，立命释放，想是明哲有余，刚断不足，所以后卒遇弑。</small>侍臣被英宗窥破私情，不禁面颊发赤，忙跪下叩首，齐称万岁。<small>借此遮羞，亦是一法。</small>

　　嗣后世延从弟，自思言涉虚诬，不敢再质，竟尔逃去。后来世延尚囚系两年，至拜住入相，代他申冤，方得释放，这且按下。

　　再说铁木迭儿欲杀世延，始终不得英宗听信，心中很是愤闷，随入见太皇太后，适太皇太后抱病，奄卧在床，由铁木迭儿慰问一番。太皇太后也无情无绪地答了数语。铁木迭儿复与谈起朝事，太皇太后长叹数声。铁木迭儿道："嗣皇帝很是英明，慈躬何故长叹？"太皇太后道："我老了，你亦须见机知退，一朝天子一朝臣，休得自罹罗网！"<small>为铁木迭儿计，恰是周到。</small>铁木迭儿闻了这语，恍似冷水浇头，把身上的热度，降至冰点以下，顿时瞪目无言。

　　忽闪出一老妇道："太皇太后慈体不宁，正为了嗣皇帝！"语未说完，已被太皇太后听着，便瞋目视老妇道："你亦不必多说了，我病死后，你等不必入宫，大家若有良心，每岁春秋，肯把老身纪念，奠杯清酒，算不枉伴我半生！"言至此，潸然下泪。这等情形，都是激动人心，后来谋逆，

第三十三回 隆孝养迭呈册宝 泄逆谋立正典刑

不得谓非彼酿成。那老妇亦陪着呜咽。铁木迭儿也不知不觉地凄楚起来。看官欲知老妇名氏,由小子乘暇补出,此妇非别,就是上文叙过的亦列失八。

亦列失八呜咽了一会,便对着铁木迭儿以目示意,铁木迭儿即起身告别。亦列失八也随了出来,邀铁木迭儿另入别室,彼此坐定。亦列失八道:"太皇太后的情状,太师曾瞧透么?"铁木迭儿无语,只用手理须,缓缓儿的拂拭。绘出奸状。惹动亦列失八的焦躁,不禁冷笑道:"好一位从容坐镇的太师!事近燃眉,还要理须何用?"铁木迭儿道:"国家并没有乱事,你为何这般慌张?"亦列失八道:"太皇太后的病源,实从嗣皇激成。太皇太后要做的事,嗣皇帝多半不从,太师身秉国钧,理应为主分忧,奈何袖手旁观,反不若我妇人小子呢?"亦列失八也是一长舌妇。铁木迭儿道:"据你说来,教我如何处置?"亦列失八道:"这是太师故作痴呆哩。"再激一语。铁木迭儿道:"我并非痴呆,实是一时没法。既蒙指示,还须求教!"亦列失八道:"我一妇人,何知国计!就使有些愚见,太师亦必不见从。"又下激语。铁木迭儿道:"古来智妇,计谋多胜过男子,彼此相知,何必过讳!"亦列失八欲言又默,沉吟了好一歇,铁木迭儿起坐,密语亦列失八道:"有话不妨直谈,无论甚么大事,我誓不漏风声!"亦列失八道:"果真么?"铁木迭儿道:"有如天日!"亦列失八正要吐谋,复出至门外,四顾一周,然后转入室内,与铁木迭儿附耳密语。铁木迭儿先尚点首,继即摇头,又继即发言道:"我却不能!"亦列失八道:"太师不泄秘谋,料可行得。"铁木迭儿道:"我已宣誓,你休疑心!只我不便帮忙,你等须要谅我!"置身局外,习狡尤甚。亦列失八道:"事若得成,太师亦与有力,但未知天意何如?"铁木迭儿道:"我不任咎,何敢任功!"随即辞出。

亦列失八遂与平章政事黑驴,徽政使失列门,及平章政事哈克缴,御史大夫脱武哈,密议了许多次,专待机会到来,以便发作。不意英宗运祚未终,偏出了一位开国元勋的后裔,翊佐新君,窥破奸谋,令一场弑逆大案,化作雾尽烟消。这人为谁?名叫拜住,乃是木华黎后嗣安童之孙。每叙大忠大奸,必郑重出名,此是作者令人注目处。

拜住五岁丧父,赖母教养成人。母怯烈氏年二十二,寡居守节,拜住有所动作,必禀承母训,偶一越礼,母即谯诃不少贷,以此饬躬维谨,炼达成材。**不没贤母。**初袭为宿卫长,寻进任大司徒,熟谙掌故,饶有声望。英宗在东宫时,已闻拜住名,遣使召见。拜住道:"嫌疑所关,君子宜慎!我掌天子宿卫,私自往来东宫,我固得罪,皇太子亦干不便,请为我善辞!"来使返报英宗,英宗称善不置。

既即位,即擢拜住平章政事,且随时召见,令他密访奸党。拜住日夕留意,既略闻黑驴等事,便入奏英宗。英宗命内外官吏设法侦查,果得黑驴等谋变详情。

刑典正立铁送奸

原来英宗有心报本,拟四时躬享太庙,命礼部与中书翰林等集议典礼。议毕复奏,无非踵事增华,所有法驾祭服,应格外修备,先祭三日,宜出宿斋宫,表明诚洁等情,英宗自然准奏。黑驴等既已闻命,便与失列门商议,将乘英宗出宿斋宫,遣盗入刺。会英宗复擢拜住为左丞相,把哈克缴罢职,命出任岭北行省。哈克缴悻悻不平,走告失列门,失列门即引为同志,复阴报亦列失八,决议提早行事,改图废立,谁知谋变益亟,漏泄愈快。

英宗既知此事,立召拜住入议。拜住道:"这等奸人,擅权已久,早应把他诛黜;今幸上天瘅恶,得泄逆谋,及此不除,更待何时!"英宗尚未及答,拜住复道:"当断不断,反受其乱。万一奸党生疑,弄兵构祸,恐怕都门以内,必致大乱。"英宗动容道:"朕志已决,卿为我效力,擒此奸邪!"拜住即退,召集卫士千名,四处擒拿,不到一日,已将黑驴、失列门、哈克缴、脱忒哈等,一律拿到,复把亦列失八,亦擒出宫中。罪人既得,即复奏英宗,请交刑官鞫问。英宗道:"他若借太皇太后为词,朕反

第三十三回　隆孝养迭呈册宝　泄逆谋立正典刑

措词为难,不如速诛为是!"此言甚是。拜住领命,即饬将四男一妇,如法捆绑,推出国门外,斩首伏法。小子有诗咏此事道:

上苍覆帱本无私,莫谓天心不一知!
祸福惟凭人自召,及身戮没悔嫌迟。

五犯伏法以后,未知铁木迭儿有无获罪!容至下回叙明。

　　本回赓续前文,仍是叙述奸党,肆行不法事。开首录太皇太后册文,所以明祸阶之有自。太皇太后为顺宗正妃,母以子贵,筑宫颐养,二子一孙,皆为天子,自来后妃之极遇,鲜有逾此者。乃东朝既正,淫恣无忌,内则亦列失八用事,外则铁木迭儿、失列门、哈克缴等,朋比为奸,至于宫廷谋变,几成大逆,微丞相拜住,不待南坡之弑,而英宗已饮刃矣。故本回为群奸立传,实不啻为太后立传,宫闱浊乱之弊,固有若是其甚者!

第三十四回

满恶贯奸相伏冥诛　进良言直臣邀主眷

却说铁木迭儿，于黑驴等谋变事，本是置身局外，坐观成败。因此黑驴等同日授首，铁木迭儿不遭牵累，反得了许多赏赐。这赏赐从何而来？因黑驴、失列门、哈克缴家产，尽付查抄，不得藏匿。各家拥资甚富，失列门平日仗着太后宠幸，所有内府珍玩，统移置家中。最宝贵的禁脔，犹令尝试，何况珍玩。此外如金银钞币，裘马珠宝，几不胜数。此次经拜住督率卫士，一律抄出，半充国帑，半给功臣。铁木迭儿身居首辅，所得赏给，自然较多。又是他的运气。拜住以下，颁赐有差，奸党失势，正士扬眉，这也不在话下。

到了冬季，英宗始被服衮冕，亲祀太庙，先期斋戒，临事皇，这是元代第一次盛典。礼毕还宫，鼓吹交作，道旁人民，莫不耸观，英宗即下诏改元，年号至治。其文道：

朕祗裔贻谋，获承丕绪，念付托之维重，顾继述之敢忘，爰以延祐七年十一月丙子，被服衮冕，恭谢于太庙。既大礼之告成，宜普天之均庆，属兹逾岁，用协纪元，于以导天地之至和，于以法春秋之谨始。可以明年为至治元年，特此布敕，宣告有众。特录英宗改元诏，因其在亲祀宗庙之后，报本反始，嘉其知礼也。

至治元年元旦，英宗御大明殿，受诸王百官朝贺。越日，即令僧侣在文德殿修佛事。朝右诸臣，已有异议，只因元代素重佛教，不便奏阻。兼且英宗嗣位，曾饬各郡建帝师拔思巴殿，规制视孔庙有加，大家微窥上意，哪个肯来抗争，转瞬间已近元宵，英宗欲张灯禁中，叠成鳌山，于是礼部尚书兼参议中书省事张养浩，忍耐不住，缮具奏疏，亲至左丞相拜住宅中，托拜住入陈，拜住先展开奏牍，略去起首套语，览读要文道：

世祖临御三十余年，每值元夕，闾阎之间，灯火亦禁，况阙庭之严，宫掖之邃，尤当戒慎！

第三十四回　满恶贯奸相伏冥诛　进良言直臣邀主眷

读至此，顾张养浩道："你思奏阻张灯么？闻主子已命筹办，恐怕未必照准。"随又读下道：

今灯山之构，臣以为所玩者小，所系者大，所乐者浅，所患者深。伏愿以崇俭虑远为法，以喜奢乐近为戒，国家幸甚！臣民幸甚！

拜住又道："说得痛切！"张养浩接着道："大事多从小事起，今日张灯，明日酣歌，色荒酒荒，不期自至。公为大臣，蒙主亲信，所以养浩特来亲托。若主子肯纳刍言，就是杜渐防微的至计。公意以为何如？"拜住道："此等美举，自当玉成，我当即刻进去，奏闻主子便了。"养浩称谢而别。

拜住果即袖疏入宫，由英宗特别命见，问他何事，拜住即陈上养浩奏章。经英宗览毕，勃然道："朕以为什么要政，区区张灯的事情，也来谏阻，难道做主子的只可日日愁劳，连一日消遣，都动不得么？"拜住免冠叩首道："孔子说的为君难，为君有甚么难？只因一举一动，史官必书，宁善毋恶，宁得毋失，所以称作难为。张灯虽是小事，怎奈一夕消遣，千载遗传，倘后王因此借口，以致纵欲败度，岂不是贻讥作俑么？还求陛下明察！"英宗乃改怒为喜道："非张希孟不敢言，非卿亦不能再谏，朕即命他停办罢。"拜住复叩首而退。希孟系养浩字，呼字不呼名，系特别敬重的意思。

越宿，又诏赐张养浩尚服金织币帛各一袭，旌他忠直。_{君明臣良，故特书之。}未几，复饬改建上都行宫。拜住又进谏道："北地苦寒，入夏始种粟麦，陛下初登大宝，未曾轸恤民瘼，先自劳动大役，恐妨害农务，致失民望，不如宽待数年，再议兴工。"英宗点首称善，亦命停止工役。惟敕建万寿山大刹，驱役数万人，并冶铜五十万斤，铸造佛像。

监察御史观音保、锁咬儿哈的迷失及成珪李谦亨等，上书直谏，大旨以连岁洊饥，宜休民力，且时当春季，东作方兴，更不应病民动众。这书入奏，偏恼动英宗性子，把书驳斥，适铁木迭儿次子锁南，为治书侍御史，与观音保等有隙，密奏他讪上沽直，坐大不敬罪。英宗便饬逮观音保等，亲加鞫讯，观音保道："谏诤是人臣的职务，臣甘为龙逢、比干，不愿陛下为桀纣！"锁咬儿哈的迷失道："辇毂以下，僧侣横行，陛下还要这般迷信，难道靠着这班秃头，果可治国安家么？如治御史锁南，劾臣等讪上不敬，锁南专逢君恶，臣等愿格君非，孰为有罪？孰为无罪？就使一时不明，后世自有公论呢。"英宗道："你等谤朕犹可，诋僧及佛，实是有罪，朕不便宽恕！"僧徒比皇帝尤大，无怪不宜谤毁。便命交刑部谳罪，刑部复称应加大辟，遂诏杀观音保及锁咬儿哈的迷失，只成珪、李谦亨两人，罪从未减，杖徙辽东奴儿干地。

铁木迭儿以锁南得宠，自己亦好乘此图谋笼络英宗，左思右想，复将从前做过的把戏，再演一出。看官曾记忆周王和世㻋么？仁宗为了铁木迭儿一言，把和世㻋调往云南，激成变衅，逐出漠北。还有和世㻋胞弟图帖睦尔，安居燕都，未曾受累。偏铁木迭儿暗里藏刀，又想将他驱逐出去，当下与中政使咬住商议，咬住本是个蔑片朋友，见了铁木迭儿，非常奉承。至谈及图帖睦尔事，咬住道："不劳师相费心，但教晚辈一言，包管他徙谪远方。"铁木迭儿大喜，拱手告别。

咬住即密上奏疏，果然一牍甫陈，诏书即下，命图帖睦尔出居琼州。琼州系南海大岛，居粤东管辖，与京师相距七千余里，地多蛮瘴，炎熇逼人。廷右诸臣，尚不知图帖睦尔犯了何罪，充放到这般远地，嗣复接读诏敕，系禁术士交通诸王驸马，并掌阴阳五科吏士，不得妄泄占候，大众才有些觉悟起来。嗣复侦得咬住密奏，系说图帖睦尔与术士往来，恐将谋为不轨，魏王覆辙，可为前鉴，应三十二回。请先事预防，毋致噬脐等语。看官！你想九五之尊，谁人不欲？英宗的位置，本是从武宗两子中，攘夺而来，他在位一日，防着一日，此次得咬住密疏，比枪矢还要厉害，不论他是真是假，究不若先发制人，因此把图帖睦尔充发远方，免得他在京作梗。这是人情同然，不要怪这英宗呢！讽刺得妙。

铁木迭儿以事事得手，复思专宠，并引参知政事张思明为左丞，作为臂助。思明忌拜住方正，每与党人密谋，设计陷构。或告拜住预为戒备，拜住慨然道："我祖宗为国元勋，世笃忠贞，百有余年，我今年少，叨受宠命，无非因皇上念我祖功，俾得相承勿替。每念国家大利，莫如大臣协和。今若因右相仇我，我便思报，是朝局水火，自召纷争，非但吾两人不幸，就是国家亦必不利。我惟知尽我心力，上

第三十四回　满恶贯奸相伏冥诛　进良言直臣邀主眷

不负君父，下不负士民，此外一切功怨，非我思存，死生凭诸命，祸福听诸天，请你等不必多言！"言固甚是，然杀机已伏于此。自是拜住愈加效力，张思明

满恶贯奸相伏冥诛

等亦无隙可乘。会铁木迭儿奏请杀平章王毅、右丞高昉。英宗密问拜住，是否当诛。拜住惊问何事？英宗道："据原奏言在京诸仓，粮储亏耗，王、高两臣，责任清理，负恩溺职，罪在不赦，所以应加严刑！"拜住道："平章右丞，统是宰臣的副手，宰相应论道经邦，不应责他钱谷琐务。况且王、高二臣，曾由右相奏委，莫非他不善逢迎，因成嫌隙，否则，何故出尔反尔，前日奏委，今日奏诛？"料事如见。英宗沉思良久道："卿言亦是！"遂不从铁木迭儿言。

铁木迭儿大为失望，便奏请病假，数日不朝。英宗亦未尝慰问，只册立皇后亦启烈氏，命他持节往迎，专授册宝。立后礼成，铁木迭儿仍称疾不出。会拜住奉旨，回范阳原籍，为祖安童立忠宪王碑。铁木迭儿竟乘舆入朝，至内门，英宗遣左丞速速，赐以酒道："卿年老，宜自爱重！待新年入朝，亦未为晚。"铁木迭儿怏怏退出。

是时奸党布满朝端，遇有政务，必至铁木迭儿家，禀陈底细，铁木迭儿屡思倾陷拜住，无如拜住方得重用，任他百计营谋，终不得遂，因此这位铁师相，也弄得神志懊丧，咄咄书空。不到数旬，竟尔疾病缠身，卧床不起。假病弄成真病。偏偏不如意事，杂沓而来，他的心腹张思明，随英宗至上都，被拜住奏了一本，杖责数十，逐回原籍。铁木迭儿闻着，已经不安，不意拜住又叠奏两案，都牵连铁木迭儿,那时铁太师不是病死,也要气死。一案是司徒刘夔夔买田数千亩,赂宣政使八剌吉思,托词买给僧寺,矫诏出库钞六百五十万贯,偿付田直。八剌吉思免不得与铁木迭儿商量,铁木迭儿父子,及御史大夫铁失,共得赃巨万,经拜住讦发,刘夔夔、八剌吉思自然坐罪,不得复活,只赦了铁失一人。何不将他并诛。一案是术士蔡道泰,私通良家妇女,妒奸杀人,狱已备具,道泰论抵,他偏私赂铁木迭儿,打通关节,运动狱官,改供缓狱,又经拜住讦发,立诛道泰,狱官亦坐罪。铁木迭儿虽未曾拿问,毕竟贼胆心虚,又惊又愧,又恨又悔,恹恹床蓐,服药无灵,结果是一命呜呼,魂登鬼箓。不服明刑,难逃冥戮。

事有凑巧,那太皇太后弘吉剌氏,亦病势沉重,奄然逝世。距铁木迭儿病死,不过一二十日。总算亲昵。原来太皇太后自英宗即位后,便已得病,接连是失列门伏诛,失了一个贴肉的幸臣,亦列失八骈戮,又少了一个知情的伴媪,一枕凄凉,万般苦楚,且又不便说明,好似哑子吃黄连,只有自知,无人分晓,亏得参苓等物,朝晚服饵,总算勉勉强强地拖了一年,嗣复闻得铁木迭儿身死,不禁唏嘘道:"痴儿负我!痴儿负我!"嗣是病益加重,困顿了十数日,也即告终。英宗仍照例举丧,追谥昭献元圣皇后。特录谥法,与上叙述册文意同。

礼官以十月有事太庙,奏请国哀期以日易月,待旬有二日后,乃举祀事。英宗道:"太庙礼不可废,迎香去乐便了。"冬祭后,特授拜住为右丞相兼监修国史。拜住辞不敢受,英宗道:"卿佐朕二年,不避权贵,敢任劳怨,朕看满廷王公,无出卿右,意欲授卿公爵,为卿酬劳,至若右相一职,除卿外还有何人?卿毋再辞!"拜住顿首道:"陛下必欲以右相授臣,臣敢不祗遵上命,若三公秩位,所以崇德报功,臣无功德,何堪当此?"英宗道:"朕知道了。"

越日,即以立右丞相拜住,颁诏天下。惟左丞相一缺,不另设人。在英宗的意见,实是倚畀独专,不使掣肘,拜住亦感激图报,首荐张珪,令复为平章政事,并召用旧臣王约、韩从益等,令他食禄家居,每日一至中书省议事。又起吴澄为翰林直学士。澄年已老,因闻拜住求贤若渴,乃杖策入朝。

会英宗命写金字藏经,令左丞速速代传诏旨,饬澄为序,澄瞿然道:"主上写经,为民祈福,原是盛举;若用以追荐,臣所未解,如佛氏好言轮回,不过谓善人死去,上通高明,光齐日月,恶人死去,下沦污秽,微等

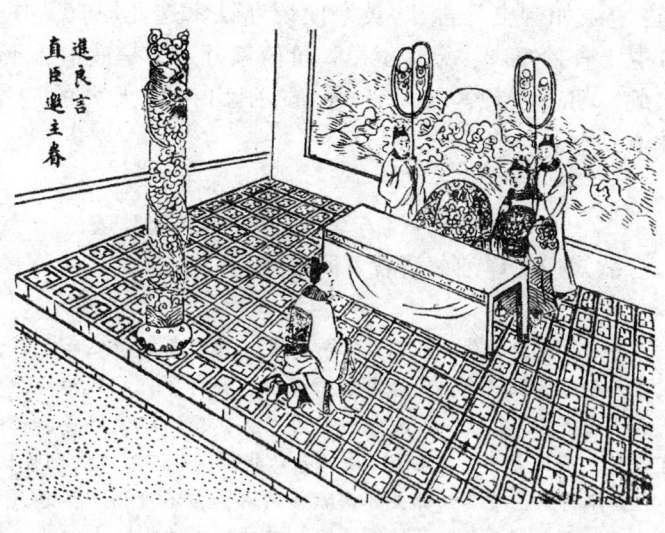

虫沙。徒侣不明此旨,反谓诵经设醮,可以超荐灵魂。试思我朝的列祖列宗,功德盖世,何用荐拔?且自国初以来,写经追荐,已不知若干次,若谓未效,是为蔑佛;若谓已效,是谓诬祖,是此两难,教臣如何下笔?就使遵旨撰就,也是一时欺人,不能示后,请左丞为我复奏罢!"至理名言。

速速据实奏陈,适拜住在侧,便道:"吴学士的言语,很是有理,从古以来,帝王得天下,总以得民心为本,失民心便失天下,若徒索虚无,何关实际?梁武帝以佞佛亡国,愿陛下详察!"英宗道:"近有人谓佛教可治天下,难道此言不确么?"拜住道:"清净寂灭,只可自治;若要治天下,除仁义道德外,殊无他法!陛下试想佛教宗旨,无君臣,无父子,无兄弟夫妇,天下若照此通行,人种都要灭绝,还有什么纲常呢!"剀切详明。英宗道:"唐太宗时有魏征,不愧谏臣,卿亦可算一魏征了!"拜住道:"槃圆水圆,盂方水方,有纳谏的太宗,自有敢谏的魏征,陛下能从谏如流,台官中不乏忠臣,何止一臣呢!"英宗道:"卿言甚善!朕当听卿,所有政务,亦愿卿熟虑慎行!"拜住遵旨而退。

越数日,监察御史盖继元、宋翼,奏言铁木迭儿奸贪负国,生逃显戮,死有余辜!应追夺官爵,籍没家资等语。英宗复问拜住,拜住

道："诚如御史等言。"英宗便诏夺铁木迭儿原官，并一切封赠，又令卫士查抄家产，金珠玉帛，价值累万。于是铁木迭儿的遗党，人人自危，朝思夜想，彼筹此划，遂闹出一场天大的逆案。小子有诗咏道：

　　芟恶宜如芟草严，胡为奸党未全歼？
　　须知蜂虿犹留毒，一误何堪再误添！

欲知逆案详细，请看下回便知。

　　英宗之失德，莫如杀观音保等一事。然观音保等之死，实铁木迭儿父子构成之。元自世祖以来，阿合马、卢世荣、桑哥等，相继为奸，累遭显戮。至如铁木迭儿之贪淫忮虐，较阿合马等为尤甚，而乃权宠终身，安死牖下，后虽夺官籍产，而放恣一生，竟逃国法，未始非仁、英二宗之失刑也！拜住专任相职，不可谓不得君，观其任贤去邪，陈善纳诲，亦不可谓不尽忠，然朝右奸党，未尽戮逐，死灰尚且复燃，能保奸党之不肆反噬乎？故本回为英宗君相合传，而褒中寓贬，自有微意，读者可于言外见之，毋徒视作断烂朝报也！

第三十五回

集党羽显行弑逆　扈銮跸横肆奸淫

　　且说御史大夫铁失,本是铁木迭儿的走狗,尝拜铁木迭儿为义父,自称干儿。至铁木迭儿夺官籍爵,其子锁南亦免职,两人很是怨愤,恨不得将英宗拜住两人,立刻捽去。无如君臣相得,如漆投胶,拜住说一事,英宗依一事,拜住说两事,英宗依两事,铁失、锁南只恐拜住再行奏劾,重必授首,轻必加谴,因此日夜筹谋,时思下手。还有知枢密院事也先铁木儿,大司农失秃儿,前平章政事赤斤铁木儿,前云南平章政事完者,典瑞院使脱火赤,枢密院副使阿散,金书枢密院事章台,卫士秃满,及诸王按梯不花,孛罗月鲁不花,曲吕不花,兀鲁思不花,及铁失弟索诺木等,统联结一气,伺机待发。巧值英宗幸上都,拜住随去,奸党或从或不从,内外煽谋,势愈急迫。

　　一夕,英宗在行宫,忽觉心惊肉跳,坐立欠安,上床就寝,仿佛似有神鬼在侧,倏寐倏醒。<u>为被弑预兆。</u>自思夜睡不宁,莫非有魔障不成,遂于次日起床,饬左右传旨,命做佛事。拜住闻命,即入奏道:"国用未足,佛事无益,请陛下收回成命。"英宗迟疑半晌,方道:"不做佛事,也属无妨。"拜住退后,不到半日,又有西僧进奏,略言陛下惊悸,国当有厄,非大做佛事,及普救罪囚,恐难禳灾徼福。英宗道:"右相说佛事无益,所以罢休,你去与右相说知,再作计较。"

　　西僧奉旨,即往与拜住商议。拜住瞋目道:"你等专借佛事为名,谋得金帛,这还可以曲恕;惟一做佛事,便赦罪犯,你想朝廷宪典,所以正治万民,岂容你僧徒弄坏?纵庇一因,贻害数十百人,以此类推,酿恶不少,你等借此敛财,佛如有灵,先当诛殛!我辅政一日,你等一日休想,快与我退去,不必在此饶舌!"

　　西僧撞了一鼻子灰,便出去通知奸党。原来西僧进言,实是奸党主使,意欲借此赦罪,免得谴戮。偏偏拜住铁面无私,疾词呵斥。那时奸党愤不可遏,齐声呼道:"不杀拜住,誓不干休!"铁失时亦在场,便道:

"你等亦不要瞎闹，须计出万全，方可成功。今日的事情，只杀一个拜住，也恐不能成事，看来须要连根发掘呢！"恶人除恶,唯恐不尽,故小则废主,大则弑君。大众连声道："甚好！这等主子，要他何用？不如并杀了他。"铁失道："去了一个主子，后来当立何人？"这一语却问住众口。铁失笑道："我早已安排定当了！晋王现镇北边，何妨迎立？"大众都齐声赞成。铁失道："晋王府史倒刺沙，与我往来甚密，他子哈散，曾宿卫宫中，我前已令哈散回告乃父，继复使宣徽使探忒密语晋王，诸已接洽，总教大事一成，便可往迎。"大众道："嗣皇已有着落，大事如何行得？"铁失道："闻昏君将回燕京，途次便可行事。好在我领着阿克苏卫兵，教他围住行幄，不怕两人不入我手，就使插翅也难飞去！"言毕，呵呵大笑。大众道："好极！好极！但也须遣人密报，免得临事仓皇。"铁失道："这个自然，我便着人去报便了。"当下派遣斡罗思北行。

斡罗思即日起程，一行数日，方到晋王府中。闻晋王出猎秃剌，只探忒留着，两下接谈。探忒道："我与倒刺沙已议过数次，倒刺沙很是赞成。只王意尚是未定。"斡罗思道："倒刺沙内史，想伴王同去。"探忒道："是的！"斡罗思道："事在速行，我与你同去见王，何如？"探忒应着，便跑至秃剌地方，入见晋王。

晋王问有何事？斡罗思道："铁御史令我前来，致辞王爷，现已与也先铁木儿、失秃儿、哈散等，谋定大事。若能成功，当推立王爷为嗣皇帝！"这语说出，总道晋王笑脸相迎，不意晋王颜色骤变，大声叱道："你敢教我谋死皇侄么？这等奸臣，留他何用，快推出斩讫！"斡罗思被他一吓，身子似杀鸡般抖将起来，但见旁边走过一人，跪禀晋王道："王爷如诛斡罗思，转使皇帝疑为擅杀，不如囚解上都，使证逆谋，较为妥当。"晋王视之，乃是府史别烈迷失，便道："你说得很是！便命你押解去罢。"于是命左右抬过槛车，把斡罗思加上镣铐，推入车内，由别烈迷失，带了卫卒百名，解送上都。

看官欲知晋王为谁？待小子补叙详明。晋王名也孙铁木儿。一作伊逊特穆尔。系裕宗真金长孙，晋王甘麻刺嫡子。甘麻刺曾封镇漠北，管辖太祖发祥的基址，领四大鄂尔多地，蒙语称为四大斡耳朵。世祖殂时，甘麻刺闻讣奔丧，至上都，拥立成宗。大德二年，甘麻刺殁，子也孙铁木儿袭位，仍镇北边。武宗、仁宗先后嗣立，也孙铁木儿统共翊戴，立

第三十五回　集党羽显行弑逆　扈銮跸横肆奸淫

有盟书。至是不愿附逆，因囚遣斡罗思赴上都。偏值英宗南还，祸机已发，好好一位英明皇帝，及一个忠良右相，竟被铁失兄弟等害死南坡。一声河满子。

逆弑行显羽党集

原来南坡距上都，约百余里，英宗自上都启跸，必至南坡暂驻。这日夜间，铁失已密命阿克苏卫兵，守住行幄，他即率领奸党，持刀而入。拜住正要就寝，蓦听外面有喧嚷声，即持烛出来，只见铁失弟索诺木，执着明晃晃的刀，首先奔至。拜住厉声喝道："你等意欲何为？"言未已，索诺木已抢前一步，手起刀落，将拜住持烛的右臂，剁落地上，拜住大叫一声，随仆于地，逆党乘势乱砍，眼见得不能活了。拜住已死，铁失复带着逆党，闯入帝寝。英宗时已就卧，闻声方起，正在披衣下床，逆党已劈门而入。英宗忙叫宿卫护驾，谁知卫士统不知去向，那罪大恶极的铁失，居然走至榻前，亲自动手，把刀一挥，将英宗杀死。英宗在位三年，年仅二十一，天资明睿，史称他刑戮太严，奸党畏诛，因构大变。小子以为铁失、锁南早罹罪案，若英宗先已加诛，便是斩草除根，难道还能图变么？这是史官论断太偏，不足凭信。小说中有此评笔，方合历史演义本旨。

这且休表，且说铁失等已杀了拜住，弑了英宗，便推按梯不花、也先铁木儿为首，奉着玺绶，北迎晋王也孙铁木儿。也孙铁木儿闻着此变，一时不好究治逆党，就在龙居河旁，*即克鲁伦河。*设起黄幄，受了御宝，先即皇帝位，布告天下。这诏敕却用蒙文，很足发噱，抄录如下道：

薛禅皇帝！*蒙语尊称，世祖为薛禅皇帝，薛禅云者，聪明天纵之谓。*可怜见嫡孙裕宗皇帝长子，我仁慈甘麻剌爷爷，根底封授晋王，统领成吉思皇帝四个大斡耳朵,及军马达达达达,即鞑子。国土都付来,依着薛禅皇帝圣旨,小心谨慎。但凡军马人民的,不拣甚么勾留里,遵守正道行来的。上头数年之间,百姓得安业,在后完泽笃呈帝,蒙语称成宗为完泽笃皇帝,完泽笃者,有寿之谓。教我继承位次,大斡耳朵里委付了来,已委付了的大营盘看守着。扶立了两个哥哥,曲律皇帝,蒙语称武宗为曲律皇帝,曲律者,杰出之谓。普颜笃皇帝,蒙语称仁宗为普颜笃皇帝,普颜笃者有福之谓。侄硕德八剌皇帝。我累朝皇帝根底,不谋异心,不图位次,依次本分,与国家出气力行来。诸王兄弟每,众百姓每,也都理会的也者。今我侄的皇帝,升天了也,道迤南诸王大臣军士的,诸王驸马臣僚达之百姓每,众人商量著大位次不宜久虚,惟我是薛禅皇帝嫡派,裕宗皇帝长孙,大位次里合坐体例有,其余争立的哥哥兄弟也无有。这般晏驾,其间比及整治以来,人心难测,宜安抚百姓,使天下人心得宁,早就这里即位。提说上头,从著众人的心,九月初四日,于成吉思皇帝的大斡耳朵里大位次里坐了也,交众百姓每心安的,上头敕书行有。此诏录诸《元史》,系是蒙文,原底未曾就译,故有数语在可解不可解之间,中国近日欲通行白话,恐其弊亦必至此,迂乔入谷,令人不解!

是日,即命也先铁木儿为中书右丞相,倒剌沙为中书平章政事,铁失知枢密院事,余如失秃儿、赤斤铁木儿、完者秃满等,俱授官有差。晋王初囚斡罗思,遣别烈迷失首告逆谋,可谓守正不亏,及闻英宗遇弑,不思入朝讨贼,即受玺践位加封逆党,是毋亦利令智昏耶!当下一面遣使赴上都,祭告天地宗庙社稷;一面令右相也先铁木儿准备法驾,调集侍从,择日启程,向京师进发。

也先铁木儿自恃功高,又得大位,心中欣慰异常,便致书铁失,教他前来迎驾。铁失以京师重地,不便轻离,彼非有意留守,实是固位希宠。只遣完者、锁南、秃满等,驰奉贺表,且表欢迎。完者等到了行在,谒见嗣皇,奉谕优奖,喜得心花怒开,欢跃得很!慢着!至与也先铁木儿相见,彼此道贺,大家都说铁失妙策,赞扬不尽。也先铁木儿掀着短须道:"老铁的功劳,原是不可没的;但非我帮助老铁,恐怕老铁也不能成事的。况现在的嗣皇帝,前已囚解斡罗思,拟告逆谋,后来我奉着玺绶,驰到此处,他还出言诘责,亏我把三寸妙舌,说得面面俱到,方得他应允即

第三十五回　集党羽显行弑逆　扈銮跸横肆奸淫

位,各给封赏,列位试想,我的功绩,比老铁何如?"言毕,呵呵大笑。完者等本是拍马长技,至此见也先铁木儿位居首辅,权势煊赫,乐得见风使舵,曲意奉承,且齐声说的是"全仗栽培"四字。那时也先铁木儿笑容可掬道:"诸君是我知己,我在位一日,总冀诸君安乐一日,富贵与共,子女玉帛亦与共,诸君以为好否?"你的相位,不过数日可保,奈何?完者等复连声称谢。也先铁木儿便命摆酒接风,大家吃得酩酊大醉,方才散去。

越数日,车驾扈从等,都已备齐,就禀闻嗣皇帝,启跸登程。沿途侍卫人员,统归也先铁木儿节制,跋山涉水,不在话下。只也先铁木儿行辕,比嗣皇帝的行幄,几不相上下。所有命令,反较嗣皇帝为尊严。看官试想:这时的也先铁木儿,你道他荣不荣呢,乐不乐呢?层层翻跌,亦文中蓄势之法。

既到上都,留守官吏,都出城迎接,谒过嗣皇帝,复谒右丞相,也先铁木儿只在马上点首。写尽骄态。入城后,免不得有一番筵宴。嗣拟留驻数日,再行启銮。上都旧有行宫,及中书行省各署,彼此都按着职掌,分班列居。是时正当秋暮,气候本尚未严寒,偏是年格外凛冽,朔风猎猎,雨雪霏霏,官吏拥着重裘,尚觉冷入肌骨。大宁、蒙古等地方,尤为奇冷,牛羊驼畜等,大半冻毙。疑是小人道长之兆。嗣皇帝念切民依,令发京米赈饥。朔方正在施赈,南方又报水灾,漳州、南康诸路,淫雨连旬,洪波泛滥,庐舍漂没,不计其数。当由中书省循例请赈,即奉旨照准,帝泽虽是如春,百姓终难全活。独也先铁木儿意气自豪,毫不把民生国计,系在心上,镇日里围炉御冷,饮酒陶情。

一日天气少暖,与完者、锁南等,并仆役数人,出门闲逛。只见盈山皆白,淡日微红,一片萧飒景象,无甚悦目。约行里许,愈觉寒风侵袂,景色苍凉。也先铁木儿便道:"天寒得很,不如回去罢!"完者等自然遵谕,便循原路回来。将到门首,忽有两舆迎面而至,当先的舆内,坐着一位半老佳人,红颜绿鬓,姿色未衰,也先铁木儿映入眼波,已是暗暗喝彩。随后的舆中,恰是一个娉婷妙女,艳如桃李,嫩若芙蕖,望将过去,差不多是破瓜年纪,初月丰神。便失色道:"好一个女郎!不知是谁家掌珠?"

锁南道:"何不问他一声!"完者即命仆役,询问舆夫,舆夫答是朱太医家眷。也先铁木儿闻着,也只好站住一旁,让他过去。一面低语完者道:"想她们总是母女,若得这般佳人,作为眷属,也不枉虚过一生了!"

完者道:"相爷的权力,何事不可行?"也先铁木儿道:"难道去抢劫不成?"完者道:"这亦何妨!"也先铁木儿道:"她是宦家妻女,比不得一个平民,如何可以抢劫?"难道平民的妻女,便可抢劫么?锁南道:"朱太医是一个微员,相爷若取他女为妾,还是把他赏收哩!"完者道:"我却去问他允否?再作计较。"也先铁木儿道:"也好!"

完者即领着仆役,抢前数步,喝舆夫停舆。舆夫尚不肯从,偏如虎如狼的仆役,将舆撤住,口称相爷有命,教你回舆,你敢不从么?舆夫无奈,把舆抬转至中书省门前,勒令停住,叫妇女二人下舆,吓得朱家母女,呆坐无言,只簌簌地乱抖。完者道:"装什么妇女腔?相爷要女郎为妾,你等快即下舆!"二人仍是坐着,完者叱仆役道:"快拽她出来!"仆役闻言,就一齐动手,把母女两人拽出,送入也先铁木儿寝所。也先铁木儿,并未命他强取,由完者等助成之,可见助纣为虐,罪尤甚于桀也。遂随也先铁木儿入门,并拱手作贺道:"相爷今日入温柔乡,明日要赏我等一杯喜酒哩!"

也先铁木儿道:"事已如此,倘她母女不从,奈何?"完者、锁南齐声道:"相爷这么权力,不能制此妇女,如何可以制人?"说得也先铁木儿无词可答。二人遂告别欲行,也先铁木儿道:"且慢,你等且为我劝此母女,何如?"完者奉命入也先铁木儿寝室,好一歇,方出来道:"她母女并不发言,想已是默许了！我等且退,何必在此观戏。"当下挈锁南手,与也先铁木儿告别。

也先铁木儿送出两人,竟入寝室,来视朱太医妻女。但见她二人相对坐着,玉容惨淡,珠泪双垂,不由得淫兴勃发,竟去抱这少女。谁知少女未曾入怀,面上已扑的一声,竟着了一掌。正是：

　　弑逆已难逃史笔,奸淫尚不顾刑章。

毕竟掌声从何而来？且至下回续叙。

英宗之被弑,人以为英宗之过严,吾以为英宗之过宽,其评已见上回。惟晋王即位,不先声明讨贼,且令也先铁木儿为首相,试思彼能弑英宗,独不能弑自己乎？且自漠北入上都,一切命令,皆出也先铁木儿之手,以致威权愈甚,肆意妄行,甚至太医家眷,亦可强拽入门,恣情奸宿,前如阿合马、卢世荣等,尚不若此凶横。国家愈衰,奸恶愈滋,读史者能无废书三叹乎！虽然,弑君之罪,尚可幸逃,强奸之罪,亦奚惮乎？大憝不诛,天下固无宁日也。

第三十六回

正刑戮众恶骈诛　纵奸盗百官抗议

　　却说也先铁木儿欲拥着少女寻欢，面上忽被击一掌。这掌非少女所击，乃是这半老佳人，旁击过来的。当下恼了也先铁木儿，出外呼婢媪多人，将她母女褪去衣裳，赤条条地系住床上，覆以重衾。一面煨着炉炭，借御寒气，一面煮着春酒，狂饮了几大觥。乘着酒兴，揭被探娇，先采老阴，后及少阴。朱家母女没法可施，口中虽是痛骂，奈身子不得动弹，只好任他淫污。事毕，就覆衾拥卧，呼呼地睡去了。令人发指。

　　次日起床，仍把她母女系住不放，只令侍媪强给饮食。到了晚间，依着昨夕的老法儿，复去奸淫两次。可怜这朱家母女，求生不得，求死不能，满望朱医设法相救，谁知望眼将穿，毫无音耗。只见这穷凶极恶的奸贼，日夕淫媟，直至三日将尽，方有侍媪进来，令母女穿好衣服，把她梳洗，拥出省门，勒上便舆，由舆夫抬还朱家去了。看官，试想朱家母女，得邀释放，不是朱太医从中运动，哪里有这般容易。原来朱太医闻妻女被留，早知情势不佳，先至中书省中，挽人设法，一些儿没有效果，转身去吁请留守。留守以新皇继统，方宠任也先铁木儿，不便在虎头搔痒。况他是随驾大臣，扈从人员，统归节制，亦非留守所得越俎劾奏，因此反劝朱太医得休便休，省得弄巧成拙。此何事也，乃便休乎！朱太医焦急万分，抓头挖耳的思想，竟没有头路可钻。哪里晓得天道祸淫，奸人数绝，竟来了一个大大的救星，不但救出朱太医妻女，并且将元恶大憝，及一班狐群狗党，尽行伏法！这也是绝大的快事。好笔仗。那位救星恰是何人？乃是元朝宗室中一位王爷，名叫买奴。一作满努。这买奴前曾随着英宗，自上都扈跸还京。至南坡变起，买奴孤掌难鸣，竟奔投晋邸，愿效力讨逆。偏晋王急于嗣位，将讨逆事暂搁不提，且命他在晋邸中，收拾简牍等件，自己启跸先发。及新皇帝寓上都，他方趱程到京。朱太医曾与相识，忙去谒见，求他怜救妻女。买奴闻言，不由得怒发冲冠，指天示朱太医道："我誓不与逆贼共戴此天！你回去候着消息，待我入见

第三十六回　正刑戮众恶骈诛　纵奸盗百官抗议

新帝,总有回报。"朱太医拜谢欲去,买奴复道:"奸淫事尚小,弑逆事实大,我为你计,亦不应说及奸淫,且与你面子上,亦过不下去,不如仍从讨逆入手,方好一网打尽哩。"买奴计划,很是妥当。朱太医道:"全凭大力!"于是朱医归家,买奴入觐。经新皇帝慰劳毕,买奴乞屏去左右,以便密陈。新帝照准,立命侍从退出,买奴遂密启道:"陛下嗣位,应天顺人,奈何命也先铁木儿作为首相呢?"新帝道:"他有奉玺的功劳,所以命为右相。"买奴道:"他若可自立为帝,早已黄袍加身了,还肯来奉玺么?他与奸贼铁失,合谋图逆,共弑英宗,陛下首宜把他正法,方觉名正言顺哩!"新帝默然不答,买奴道:"逆贼等忍弑先皇,岂真愿事陛下?他因陛下前镇漠北,恐声罪致讨,无术自全,所以奉上玺绶,请驾入都。若权归他手,陛下转成傀儡,此后一举一动,反被逆党所制,他得安享荣利,陛下反蒙恶名,天下后世,将疑陛下为篡国哩!"理正词醇,真好口才。新帝愕然道:"朕何尝有心篡逆?据汝说来,是朕且为彼受过,朕亦不得不急图讨逆了!"买奴道:"前后左右,多是逆贼心腹,陛下既决意讨逆,事不宜迟,便在今夕,休使他狗急跳墙!"新帝道:"甚善,劳汝替朕拿斩逆党。"买奴请即书诏。新帝即手写数行,给了买奴,并命遣晋邸卫兵,即夕前拿也先铁木儿等。买奴趋出,立即召集卫士,至中书省。此时也先铁木儿,已有人报知买奴密奏状,他只道是奸淫事泄,但发放朱医妻女,勒令归家,便好消灭证据,洗释罪恶;且可劾奏买奴诬妄,反坐罪名。因此将朱家母女逼归后,把酒浇愁,从容自在。偏偏不由你算,奈何?买奴率着卫士,急驰而入,见他兀坐自斟,便笑着道:"右相在此独酌么?何不令朱医妻女陪饮,格外欢畅哩!"也先铁木儿起座,佯作惊讶道:"王爷说什么?何来朱医妇女,休要含血喷人!"买奴道:"朱家事不遑追究,有旨拿你逆贼!"也先铁木儿道:"我是保主功臣,何贼可言!敢是你思谋逆么?"买奴道:"我不暇与你辩论,叫你去见先皇罢!"随喝令卫士快行动手。也先铁木儿尚欲抵拒,怎禁得卫士齐上,把他反剪起来,上了镣械,牵出省门,一面将完者、锁南、秃满等尽行拿到。也先铁木儿请入见嗣皇,面陈委曲。买奴道:"你是先皇的旧臣,应在先皇前自伏,何必再觐新帝!"当下设着御案,上供先皇帝灵牌,令也先铁木儿等,就案跪着,然后由买奴朗声宣诏道:

也先铁木儿、完者、锁南、秃满等,合谋弑逆,神人共愤,饬王买奴带领卫卒,即夕密拿。该逆等凶恶昭彰,罪在不赦;拿住后,着即斩首以谢天下,毋庸再鞫!

宣诏毕,即将也先铁木儿等绑出,一声炮响,刽子手刀随声落,统是身首两分!何苦为恶。当下奏闻新帝,遂改命宣政院使旭迈杰为中书右丞相,陕西行中书左丞秃鲁,及通政院使纽泽,并为御史大夫,速速为御史中丞,并令旭迈杰、纽泽率兵至京师,搜除逆党。旭迈杰恐铁失在京,抗命作乱,遂黉夜前进,既到京城,先遣使人报铁失,暨失秃儿、赤斤铁木儿、脱火赤、章台等,令他出城迎驾。铁失等曾邀封赏,至此不防有诈,便坦然出迎。旭迈杰、纽泽早已密嘱兵士,令他列队站着。待铁失等下骑相见,便命跪听诏敕。当由旭迈杰宣诏道:

先皇帝御宇三年,未闻失德,而铁失、也先铁木儿等,敢行大逆,竟有南坡之变,骇人听闻!朕因诸王大臣推戴,嗣登宸极,若非首除奸恶,既无以妥先帝之灵,并无以泄天下之愤,为此甫抵上都,即将也先铁木儿等,声罪正法。惟在京逆党,如铁失辈,尚逍遥法外,特命中书右丞相旭迈杰,御史大夫纽泽,率兵到京,立将铁失、失秃儿、赤斤铁木儿、脱火赤、章台等,拿下正法,余如逆党爪牙,亦饬令旭迈杰、纽泽,彻底查拿,毋得瞻徇,应加刑法,候复奏定议。

铁失等听着旭迈杰宣诏,开口便抬出先皇帝三字,已是魂魄飞扬;及读到"拿下正法"四字,越吓得心惊胆战,竟欲起身逃窜,只见两边排着卫士,好似天罗地网一般,插翅难飞。旭迈杰读罢诏敕,即叫卫士过来,将铁失等除去冠带,命即正法。霎时间头都落地,数道灵魂,入阿鼻地狱中去了。若有地狱,当为此辈特设。

铁失等既伏诛,旭迈杰即刻进城。搜拿诸王月鲁不花、按梯不花、曲吕不花、孛罗兀鲁思不花,及铁失弟索诺木,一并发交法司,并查得御史台经历朵儿只班、御史撒儿塔罕、兀都蛮郭、也先忽都等,素依附铁失,朋比为奸,遂并行奏复。月鲁不花等拟赐死,朵儿只班等拟充戍,至复诏到来,俱减罪一等,拟赐死的减为充戍,拟充戍的减为免官。

时中书平章政事张珪,闻得此诏,独勃然道:"国法上强盗不分首从,发冢伤尸者亦死;索诺木尝从弑逆,亲斫丞相拜住右臂,乃反欲保他生命么?"遂缮就奏牍,遣陈行在,略称贼党不宜逭诛,索诺木加刃故相,亲与逆谋,乞速付显戮以快人心等语。于是新帝准奏,即将索诺木枭首,流月鲁不花于云南,按梯不花于海南,曲吕不花于奴儿干,孛罗及兀鲁思不花于海岛,朵儿只班等皆褫职为民,一场逆案,总算处置明白,内外肃清。

新帝乃启驾入京,亲御大明殿,受诸王百官朝贺。礼成,追尊皇考晋王为皇帝,庙号显宗,皇妣弘吉剌氏为宣懿淑圣皇后。嗣复上先皇尊谥为睿圣文孝皇帝,庙号英宗。拟定次年改元,号为泰定元年。

台官复奏言曩时铁木迭儿专政,诬杀杨朵儿只、萧拜住、贺伯颜、观音保、锁咬儿哈的迷失,杖窜李谦亨成珪,罢免王毅、高昉、张志弼,天下咸知蒙冤,请旨昭雪。随即颁诏,命存者召还录用,死者赠官有差。旭迈杰又上言逆党作乱,诸王买奴赶赴晋邸,愿效死力,且言不除元凶,陛下美名不著,天下后世,无从察知。圣衷嘉纳,屡承奖谕,令臣等考察懿戚,能自拔逆党,为国效忠,莫如买奴一人,应加封赏以示激劝。因此买奴得赏泰宁县五千户,受爵泰宁王。又颁赏讨逆功臣,赐旭迈杰金十锭,银三十锭,钞七十锭;倒剌沙为中书左丞相;倒剌沙曾与铁失密议,理应加罪,胡反得迁擢,其私可知!知枢密院事马某沙,御史大夫纽泽,宣政院使锁㓥,应加授光禄大夫,各赐金银钞有差;追赠故丞相拜住为太师,爵东平王,谥忠献,称为清忠一德功臣,授其子答儿麻失里为宗仁卫亲军都指挥使,赏功录旧,恤死褒生,泰定初政,人民称美。转瞬间已是元年,小子因新帝殁后,未得立谥,史家亦称为泰定帝,所以后此称帝,我亦云然。上文统称新帝,与前数帝继位时名号不同,即是此意。元夕御殿,朝贺礼仪,悉如旧制,不必赘述。惟敕诸王各还本部,并召还图帖睦尔于琼州,阿木哥于大同。会浙江行省左丞赵简,能开经筵,及择师傅,令太子及诸王大臣子孙受学。泰定帝乃命平章政事张珪,翰林学士承旨忽都儿都鲁迷失,学士吴澄,集贤直学士邓文原,以《帝范》《资治通鉴》、《大学衍义》《贞观政要》等书,指日进讲。一面册定皇后弘吉剌氏,名叫巴巴罕。特书其名,一正《元史本纪》误名为氏之讹,一正后来下嫁燕帖木儿之罪。并立皇子阿速吉八—作阿苏奇布。为皇太子。册立之日,天大风雨,四面晦霾,官民颇为惊愕。已兆不祥。泰定帝不以为意,复选了两个丽姝,作为妃嫔,一名必罕,一名速哥答里,皆出弘吉剌氏,且系一对姊妹花。父名买住罕,曾封衮王,这且按下慢表。都为后文埋根。

且说泰定帝即位改元后,有事太庙,忽然庙内神主,失去两座,一是仁宗神主,一是仁宗后神主。先是太常博士李好文,曾建议在庙神主,应用木制,不宜金饰,所有金玉祭器,须贮诸别室,免致遗失等语。无如元代定制,神主概制以金,当时以李博士议论近迂,不足采用,况且宗庙社稷,各有守官,何人敢来盗窃,因此率由旧章,并未改革。至此竟有神主被盗一事,当令守京各官,派捕缉获,偏偏追索十日,毫无赃证。监察御史宋本、赵成庆、李嘉宾等,奏言盗窃太庙神主,由太常守卫不谨,应即议罪。奏入不报。是时参知政事马剌,兼领太常礼仪使,且有升迁左丞消息。恼动了平章政事张珪,抗言太常奉守宗祐,责有攸归,今神主被窃,应待罪而反迁官,赏罚不明,纪纲倒置,上何以谢祖灵,下何以惩盗风,应持以宸断,严核功过,方可报本追远,黜贪惩邪。这数语说得详明痛切,总道泰定帝准词究办,不料待了数日,也无批敕,只马剌升迁事,才算打消。

殿森盗百官抗议

第三十六回　正刑戮众恶骈诛　纵奸盗百官抗议

还有武备卿即烈,故太尉不花,受家吏撒梯贿托,强收寡妇古哈。古哈系郑国宝妻,曾为命妇。国宝死后,遗产颇多,撒梯阴加艳羡,且见古哈尚在中年,自己又值丧偶,遂浼人往讽古哈,劝她再醮。古哈以门阀相沿,颇欲守节,拒绝不从。偏这撒梯贪财恋色,定欲取她到手,就去请托即烈、不花两人,硬行出头,逼她改嫁撒梯。古哈仍不肯允,即烈等骑虎难下,诈称奉旨令古哈再嫁。逼令再嫁之旨,虽是诈传,然亦由元代之不尚节烈,致有此弊。看官!你想古哈是一介孀妇,哪里抗得过圣旨?只好除了丧服改着艳装,乘舆至撒梯家,与他成婚。何不就死,但死节最难,到欢娱时,或亦感念帝德。撒梯得了古哈,欢爱非常,并将她家人畜产,一并取来。偏台官不肯玉成,竟尔据实陈奏,殊杀风景。并劾即烈、不花矫旨的罪状,有旨令刑部讯鞫。即烈、不花无从图赖,暗中恰向左丞相倒剌沙处,奉送金银钞若干,托他挽回。果然钱神有灵,可以买命,不消两日,竟下了一道赦诏,只说是世祖旧臣,加恩贷罪。

又有辽王脱脱,镇守辽东,乘泰定帝新立,颁诏大赦以前,竟报复私仇,妄杀亲王妃主百余人,占夺羊马畜产。经台官奏请废徙,亦不见报。会值山崩地震,雷迅风烈诸灾异,泰定帝只令番僧大做佛事,以期禳解。且令在寿安山寺,集僧讽经,约以三年,自己却巡幸上都,备驾前去。于是平章政事张珪,邀集枢密院御史台翰林集贤两院官,会议时弊,决计谏诤。适上都亦有诏到来,戒饬百官,并命大都守臣,详言利病,各官遂公推张珪主稿。珪正满怀痛愤,即草就数千言,成了一篇旷前绝后的大奏章,拟亲至上都面奏。大众见了,无不称为大手笔,小子有诗咏道:

事君无隐由来久,千古争传谏士言;
留得一编遗草在,大元久邈直声存。

欲知奏疏中如何措词,待下回觊缕陈明。

泰定帝至上都,从买奴之请,诛也先铁木儿等,看似锄凶罚恶,足快人心,实则仍为一己计,欲自免助逆之名,不得不讨除逆党。《春秋》之法在诛心,桃园之弑,史书赵盾,泰定帝虽稍差一间,其心固不可问也。况倒剌沙亦与逆谋,卒因前时私宠,不加其罪,反擢其官;盗神主者得逃法外;逼再嫁者且恕罪名;藩玉有辜不之问;佛事屡修不之省,种种失政,安知不由倒剌沙辈,从中蛊惑乎?是回叙述,已将泰定帝之心迹,揭明纸上,史称其能守祖宪,号称治平,岂其然乎!

第三十七回

众大臣联衔入奏　老平章嫉俗辞官

却说平章政事张珪,既拟就奏稿,出示百官,由员外郎宋文瓒,代读奏稿,其词云:

国之安危,在乎论相。昔唐玄宗前用姚崇、宋璟则治,后用李林甫、杨国忠,天下骚动,几致亡国,虽赖郭子仪诸将,效忠竭力,克复旧物,然自是藩镇纵横,纪纲亦不复振矣。良由李林甫妒害忠良,布置邪党,奸惑蒙蔽,保禄养祸所致,死有余辜。如前宰相铁木迭儿,奸狡险深,阴谋丛出,专政十年,凡宗戚忤己者,巧饰危间,阴中以法,忠直被诛,窜者甚众。始以赃败,诏附权奸失列门,及嬖幸也里失班之徒,苟全其生。寻任太子太师。未几仁宗宾天,乘时幸变,再入中书。当英庙之初,与失列门等恩义相许,表里为奸,诬杀萧、杨等以快私怨,天讨元凶,失列门之党既诛,坐邀上功,遂获信任。诸子内布宿卫,外据显要,蔽上抑下,杜绝言路,卖官鬻狱,威福己出,一令发口,上下股栗,稍不附己,其祸立至,权势日炽,中外寒心。由是群邪并进,如逆贼铁失之徒,名为义子,实其腹心,忠良屏迹,坐待收系,先帝悟其奸恶,仆碑夺爵,籍没其家,终以遗患,构成弑逆。其子锁南,亲与逆谋,所由来者渐矣。虽剖棺戮尸,夷灭其家,犹不足以塞责。今复回给所籍家产,诸子尚在京师,夤缘再入宿卫,世祖时,阿合马贪残败事,虽死犹正其罪,况如铁木迭儿之奸恶者哉!臣等宜遵成宪,仍籍铁木迭儿家产,远窜其子孙于外郡,以惩大奸。

君父之仇,不共戴天,所以明纲常,别上下也。铁失之党,结谋弑逆,君相遇害,天下之人,痛心疾首,所不忍闻,比奉旨以铁失之徒,既伏其辜,诸王按梯不花、孛罗、月鲁不花、曲吕不花、兀鲁思不花,亦已流窜,逆党胁从者众,何可尽诛,后之言事者,其勿复举。臣等议古法弑逆,凡在官者杀无赦,圣朝立法,强盗劫杀庶民,其同情者犹且首从俱罪，况弑逆之党，天地不容，宜诛按梯不花之徒以谢天下。

书曰：惟辟作福，惟辟作威，臣无有作福作威。臣而有作福作威，害于而家，凶于而国。盖生杀予夺，天子之权，非臣下所得盗用也。辽王脱脱，位冠宗室，居镇辽东，属任非轻。国家不幸有非常之变，不能讨贼，而乃觊幸赦恩，报复仇怨，杀亲王妃主百余人，分其羊马畜产，残忍骨肉，盗窃主权，闻者切齿。今不之罪，乃复厚赐放还，仍守爵土，臣恐国之纪纲，由此不振，设或效尤，何法以治。且辽东地广，素号重镇，若使脱脱久居，彼既纵肆，得无忌惮；况令死者含冤，感伤和气，臣等议累朝宪典，闻赦杀人，罪在不原，宜夺削其爵土，置之他所，以彰天威。

刑以惩恶，国有常宪。武备卿即烈，前太尉不花，以累朝待遇之隆，俱致高列，不思补报，专务奸欺，诈称奉旨，令撒梯强收郑国宝妻古哈，贪其家人畜产，自恃权贵，莫敢如何，事闻之官，刑曹逮鞫服实，竟原其罪，辇毂之下，肆行无忌，远在外郡，何事不为！夫京师天下之本，纵恶如此，何以为政？古人有言："一妇衔冤，三年不雨。"以此论之，即非细务。臣等议宜以即烈、不花，付刑曹鞫之中卖宝物，世祖时不闻其事，自成宗以来，始有此弊。分珠寸石，售直数万，当时民怀愤怨，台察交言。且所酹之钞，率皆天下穷民膏血，锱铢取之，从以箠挞，何其用之不吝！夫以经国有用之宝，而易此不济饥寒之物，是皆时贵与斡脱中宝之人，妄称呈献，冒给回赐，高其直且十倍。蚕蠹国财，暗行分用，如沙不丁之徒，顷以增价中宝事败，具存吏牍。陛下即位之初，首知其弊，下令禁止，天下欣幸。臣等比闻中书，乃复奏给累朝未酬宝价四十余万锭，较其元直，利己数倍。有事经年远者，计三十余万锭。复令给以市舶番货。计今天下所征包银差发，岁入止十一万锭，已是四年征人之数，比以经费弗足，急于科征。臣等议番舶之货，宜以资国用，纾民力，宝价请俟国用饶给之日议之。

太庙神主，祖宗之所妥灵。国家孝治天下，四时大祀，诚为重典。比者仁宗皇帝皇后神主，盗利其金而窃之，至今未获，斯乃非常之事，而捕盗官兵，不闻杖责。臣等议庶民失盗，应捕官兵，尚有三限之法,监临主守,倘失官物,亦有不行知觉之罪。今失神主,宜罪太常,请拣其官属免之。

国家经费,皆出于民。量入为出,有司之事。比者建西山寺,损军害民,费以亿万计,刺绣经幡,驰驿江浙,逼迫郡县,杂役男女,动经年岁,穷奢致怨。近诏虽已罢之,又闻奸人乘间,奏请复欲兴修,流言喧播,群情惊骇。臣等议宜守前诏。示民有信,其创造刺绣事,非岁用之常者悉罢之。

人有怨抑,必当昭雪,事有枉直,尤宜明辨。平章政事萧拜住,中丞杨朵儿只等,枉遭铁木迭儿诬陷,籍其家以分赐人,闻者嗟悼。比奉明诏,还给原业,子孙奉祀家庙,修葺苟完,未及宁处,复以其家财仍赐旧人,止酬以直,即与再罹断没无异。臣等议宜如前诏,以原业还之,量其直以酬后所赐者,则人无冤愤矣。

德以出治,刑以防奸。若刑罚不立,奸宄滋长,虽有智者,不能禁止。比者也先铁木儿之徒,遇朱太医妻女,过省门外,强拽以入,奸宿馆所。事闻有司,以扈从上都为解,竟勿就鞫。元恶虽诛,羽翼未戢。臣等议宜遵世祖成宪,凡助恶为虐者,悉执付有司鞫之。臣等又议天下囚系,不无冤滞,方今盛夏,宜命省台选官审录,结正重刑,疏决轻系,疑者申问详谳。

边镇利病,宜命行省行台,体究兴除。广海镇戍卒更病者给粥食药,力死者人给钞二十五贯,责所司及同乡者归骨于其家。岁贡方物有常制,广州东莞县大步海,及惠州珠池,始自大德元年,奸民刘进、程连言利,分蜑户七百余家官给之粮,三年一采,仅获小珠五六两,入水为虫鱼伤死者众,遂罢珠户为民。其后同知广州路事塔察儿等,又献利于失列门,创设提举司监采。廉访司言其扰民,复罢归有司。既而内正少卿魏暗都剌,冒启中旨,驰驿督采,耗廪食,疲民驿,非旧制,请悉罢遣归民。

善良死于非命,国法当为昭雪。铁失弑逆之变,学士不花,指挥不颜忽里,院使秃古思,皆以无罪死,未得褒赠。铁木迭儿专权之际,御史徐元素以言事锁项死东平,及贾秃坚不花之属,皆未申理。臣等议宜追赠死者,优叙其子孙,且命刑部及监察御史体勘,其余有冤抑者具实以闻。

第三十七回　众大臣联衔入奏　老平章嫉俗辞官

政出多门,古人所戒。今内外增置官署,员冗俸滥,白丁骤升,出身入流,壅塞日甚,军民俱蒙其害。夫为治之要,莫先于安民,安民之道,莫急于除滥费,汰冗员。世祖设官分职,俱有定制。至元三十年以后,改升创设,日积月增,虽尝奉旨取勘减降,近侍各私其置,贪缘保禄,姑息中止。至英宗时,始锐然减罢崇祥寿福院之属十有三署,徽政院断事官江淮财赋之属六十余署,不幸遭罹大故,未竟其余。比奉诏凡事悉遵世祖成宪,若复寻常取勘调虚文,延岁月必无实效,即与诏旨异矣。臣等议宜敕中外军民,署置官吏,有非世祖之制,及至元三十年以后,改升创设员冗者,诏至日悉减除之。

自古圣君,惟诚于治政,可以动天地,感鬼神,初未尝徼福于僧道,以厉民病国也。且以至元三十年言之,醮事佛事之目,止百有二,大德七年,再立功德使司,积五百有余。今年一增其目,明年即指为例,已倍四之上矣。僧徒又复营干近侍,买做佛事,自称特奉传奉,所司不敢致问,供给恐后。夫佛以清净为本,不奔不欲,而僧徒贪慕货利,自违其教,一事所需,金银钞币,不可数计,岁用钞数千万锭,数倍于至元间矣。凡所供物,悉为己有,布施等钞,复出其外,生民脂膏,纵其所欲,取以自利,畜养妻子,彼既行不修洁,适足亵慢天神,何以邀福?比年佛事愈繁,累朝享国不永,致灾愈远,事无应验,断可知矣。臣等议宜罢功德使司,其在至元三十年以前,及累朝忌日醮祠佛事名目,止令宣政院主领修举,余悉减罢。近侍之属,并不得巧计擅奏,妄增名目。若有特奉传奉,从中书复奏乃行。

古今帝王治国理财之要,莫先于节用。盖侈用则伤财,伤财必至于害民。国用匮而重敛生,如盐课增价之类,皆足以厉民矣。比年游惰之徒,妄投宿卫部属,及官者女红太医阴阳之属,不可胜数。一人收籍,一门蠲复,一岁所请衣马刍粮,数十户所征人,不足以给之,耗国损民,莫此为甚。臣等议诸宿卫宫女之属,宜如世祖时支请之数给之,余悉简汰。

阔端赤牧养马驼,岁有常法,分布郡县,各有常数。而宿卫近侍,委之仆御,役民放牧,始至即夺其居,俾饮食之,残伤桑果,百害蜂起，其仆御四出，无所拘钤，私鬻刍豆，瘠损马驼。大德中始责州县正官监视，盖暖棚团槽枥以牧之。至治初复散之民间，其害如故。监察御史及河间路守臣屡言之。臣等议宜如大德团槽之制，正官监临，阅视肥瘠，拘钤宿卫仆御，著为令。

兵戎之兴，号为凶器，擅开边衅，非国之福。蛮夷无知，少梗王化，得之无益，失之无损。至治三年，参卜郎盗劫杀使臣，利其财物而已，至用大师，期年不戢，伤我士卒，费国资粮。臣等议好生恶死，人之恒性，宜令宣政院督守将，严边防，遣良使抵巢招谕，简罢冗兵，明敕边吏，谨守御，勿生事，则远人格矣。天下官田岁入，所以赡卫士，给戍卒。自至元三十一年以后，累朝以是田分赐诸王公主驸马，及百官宦者寺观之属，遂令中书酬直海漕，虚耗国储。其受田之家，各任土著，奸吏为赃官，催甲斗级，巧名多取，又且驱迫邮传，征求饩廪，折辱州县，闭偿逋负。至仓之日，变鬻以归，官司交怼，农民窘窘。臣等议惟诸王公主驸马寺观，如所与公主桑哥剌吉，及普安三寺之制输之公廪，计月直折支以钞，令有司。兼令输之省部，给之大都。其所赐百官及宦者之田，悉拘还官著为令。

国家经费，皆取于民。世祖时，淮北内地，惟输丁税。铁木迭儿为相，专务聚敛，遣使括勘两淮、河南田土，重并科粮，又以两淮、荆襄沙碛，作熟收征，徼名兴利，农民流徙。臣等议宜如旧制，止征丁税，其括勘重并之粮，及沙碛不可田亩之税悉除之。世祖之制，凡有田者悉役之民，典卖田随收入户。铁木迭儿为相，纳江南诸寺贿赂，奏令僧人买民田者，毋役之以里正主首之属，遂令流毒细民。臣等议惟累朝所赐僧寺田，及亡宋旧业，如旧制勿征；其僧道典买民田，及民间所施产业，宜悉役之著为令。

僧道出家，屏绝妻孥，盖欲超出世表，是以国家优视，无所徭役。且处之官寺，宜清净绝俗为心，诵经祝寿。比年僧道，往往畜妻子无异常人。如蔡道泰、班讲主之徒，伤人逞欲，坏教干刑者，何可胜数？俾奉祠典，岂不亵天渎神！臣等议僧道之畜妻子者，宜罪以旧刑，罢遣为民。

赏功劝善，人主大柄，岂宜轻以与人？世祖临御三十五年，左右之臣，虽甚爱幸，未闻无功而给一赏者。比年赏赐泛滥，盖因近

第三十七回 众大臣联衔入奏 老平章嫉俗辞官

侍之人,窥伺天颜喜悦之际,或称乏财无居,或称嫁女娶妇,或以技物呈献。殊无寸功小善,递互奏请,要求赏赐,奄有国家金银珠玉,及断没人畜产业。似此无功受赏,何以激劝?既伤财用,复启幸门。臣等议非有功勋劳效,著明实迹,不宜加以赏赐,乞著为令。

臣等所言弑逆未讨,奸恶未除,忠愤未雪,冤枉未理,政令不信,赏罚不公,赋役不均,财用不节,民怨神怒,感伤和气,惟陛下裁择以答天意,消弭灾变。臣等不胜翘切待命之至!

宋文瓒一气读毕,枢密院御史台翰林集贤两院官,统鼓掌道:"近今弊窦,统由张平章说尽。若此奏上去,能邀圣上允准,一一施行,乃是国家的大幸了!"张珪道:"我拟亲至上都,面陈此疏,免得内臣沮格。"宋文瓒道:"晚生愿随老平章同去,何如?"张珪道:"好极!但缮录奏稿,还仗大笔!我已老朽,不愿作蝇头小楷了。"文瓒道:"晚生理当效劳。"

当下百官散归,文瓒亦回寓,把奏稿恭楷录正,差不多至半日余,方才告竣。并将会议各官,联衔署名。到了次日,便偕张珪赴上都。珪即入觐泰定帝,递上奏

众大臣联衔入奏

疏。泰定帝展览多时,似乎有些讨厌的神气。张珪呕尽心血,不值泰定帝一顾奈何?淡淡地答道:"朕知道了!卿自京至此,未免劳顿,且在行辕休息,再作区处。"张珪叩谢而出。

待了两日,并不见有诏敕下来,转增烦闷。适宋文瓒亦来谒谈,张珪道:"我等奏议,共有数条,偏似大石沉海,一条未蒙敕行,难道就此

过去,便好治国么?"文瓒道:"老平章何不再行谒奏?总要宸衷酌行,方可渐除时弊。"张珪点头。次晨复至行宫朝泰定帝,行礼毕,复启奏道:"臣闻日食修德,月

老平章依城辞官

食修刑。应天以实不以文,动民以行不以言。目今刑政失平,所以天象垂变,陛下仰承天心,务乞矜察,臣等逐条奏议,即请施行!"泰定帝答道:"待朕返京师后,择要施行便了。"珪不便再陈,只得告退。

既而御史台臣秃忽鲁、纽泽等,复奏陈灾异屡见,宰相宜避位以应天变,可否仰自圣裁。且言臣等为陛下耳目,不能纠察奸吏,慢官失守,宜先退避以授贤能。泰定帝览了此奏,便批谕:"御史所言,失在朕躬,卿等不必辞职。"台官等无可奈何。只丞相旭迈杰、倒剌沙两人,心中未安,也递呈一疏。略说天象告儆,陛下以忧天心为心,反躬自责,谨遵祖宗圣训,修德慎行,饬臣等各勤乃职。手诏至大都,居守省臣,皆引罪自劾,臣等为左右相,才下识昏,当国大任,无所襄赞,以致灾祲迭见,罪在臣等,理应退黜。此外诸臣,各勤职守,无罪可言!语中带刺。泰定帝仍批谕道:"卿等若皆辞避,国家大事,谁与共理?总教靖供尔职,勉迪百工,自可徐回天变,不必再辞!"嗣是以后,不闻再诏,连回跸京师的期限,也悬宕过去。

张珪愤闷得很,遂托称老病,上表辞职。有诏常见免拜跪,并赐小车,得乘至殿门下。珪复请克日还京,总算邀准。回銮后,只望泰定帝践着前言,如议施行,偏诏旨下来,一道是禁言赦前事,一道是将赦前籍没的家产,如数给还。看官,你想此时的张平章,还肯在朝委蛇么?当

第三十七回　众大臣联衔入奏　老平章嫉俗辞官

下奏陈病势日剧,非扶掖不能行,恳即日放归,得返首邱,死且感恩云云。小子有诗咏张平章道:

　　忠臣不肯效阿容,可奈良言未见从!
　　从此挂冠林下隐,白云深处住行踪。

未知泰定帝曾否允准,且至下回叙明。

　　张珪一疏,为《元史》中仅见之文,列传中备录无遗。本回亦就此采入,一以扬张平章之忠,一以明泰定帝之失。泰定以旁支入承大统。龙飞九五,仰荷天休,不于此时从贤纳谏,除害兴利,何以孚舆望而贻孙谋乎?卒致晏驾以后,即滋内变,生无德政,殁无美谥,一代嗣君,反成闰位,是不得谓非咎由自取也!张珪屡谏不从,即托病乞归。古人云,以道事君,不可则止,吾于珪殆遇之焉。

第三十八回

信佛法反促寿征　迎藩王入承大统

却说张珪辞职甚力，泰定帝尚是未允，只命养病西山，并加封蔡国公，知经筵事，别刻蔡国公印作为特赐。不听良言，留他何用？张珪移居西山，过了残腊，复上疏乞归，乃蒙允准，解组归里，还我自由。未几复接朝旨，召他商议中书省事。珪不肯就征，引疾告免，至泰定四年卒于里，遗命上蔡国公印。珪系弘范子，字公端。少时从父灭宋，宋礼部侍郎邓光荐将赴水死，为弘范所救，待以宾礼，命珪就学。光荐乃以平生所得，著成相业一书，授珪熟读，珪因此成文武材。元朝中叶，要推这位老平章是一位纯臣了。补叙履历，所以旌善，且亦是文中绵密处。

这且休表。单说张珪回籍，朝右少一个直臣，泰定帝朝罢无事，一意佞佛。每做佛事，辄饭僧数万人，赐钞数千锭，并命各处建寺，雕玉为楹，刻金为像，所费以亿万计，毫不知惜。泰定帝又亲受佛法于帝师，连皇后弘吉剌氏以下，也都至帝师前受戒。这时候的帝师，名叫亦思宅卜，每年所得赏赐，不可胜计。帝师弟衮噶伊实戬，自西域远来，诏令中书持酒效劳，非常敬礼。帝师兄索诺木藏布，领西番三道宣慰司事，封白兰王，赐金印，给圆符，使尚公主。僧可尚公主，大约亦舍身大布施耳。僧徒多号司空、司徒、国公，佩带金玉印章，因此气焰薰灼，无所不为。在京尚敢横行，出都愈加恣肆，见有子女玉帛，无不喜欢，所求不遂，即大肆咆哮。西台御史李昌，尝痛心疾首，据实抗奏道：

臣尝经平凉府，静会、定西等州，见西番僧佩金字圆符，络绎道途，驰骑累百。传舍至不能容，则假馆民舍，因而迫逐男子，奸污妇女。奉元一路，自正月至七月，往返百八十五次，用马至八百四十余匹，较之诸王行省之使，十多六七，驿户无所控诉，台察莫得谁何。且国家之制圆符，本为边防警报之虞，僧人何事而辄佩之？乞更正僧人给驿法，且得以纠察良莠，毋使混淆；是所以肃僧规，即所以遵佛戒也，伏乞陛下准奏施行！

第三十八回　信佛法反促寿征　迎藩王入承大统

奏入不报,后闻僧侣扰民益甚,乃颁诏禁止,其实仍是一纸空文,敷衍了事。未几又命建显宗神御殿于卢师寺。这卢师寺在宛平县卢邱山,向称大刹,此次奉安御容,大兴土木,役卒数万人,縻财数百万两,装饰得金碧辉煌,一时无两。然后另建显宗神主,奉置殿中,悬额署名,号为大天源延圣寺。赐住持僧钞二万锭,并吉安、临江二路田千顷。中书省臣,未免看不过去,又联名奏道:

臣等闻养给军民,必借地利。地之所生有限,军民犹惧不足,况移供他用乎?昔世祖建大宣文、弘教等寺,赐僧永业,当时已号虚费。而成宗复构天寿万宁寺,较之世祖,用增倍半。若武宗之崇恩、福元,仁宗之承华、普庆,租榷所入,益又甚焉。英宗凿山开寺,损兵伤农,而卒无益。夫土地祖宗所有,子孙当共惜之,臣恐兹后借为口实,妄兴工役,徼福利以逞私欲,福示至而祸已集矣。唯陛下察之!

泰定帝得此奏后,却也优诏旌直。但心中总是迷信,遇着天变人异,总令番僧虔修佛事,默祈解禳。番僧依着故例,请释赦囚,所以赦诏叠见。凡有奸盗贪淫诸罪,统得遇赦邀恩,一律洗刷;就是出狱重犯,再被逮系,转瞬间又得释放。看官试想,天下有几个悔过的罪人?愈宽愈坏,辇毂之下,尚无王法,外省更不必论了。屡言佞佛之弊,是为痴人说法。

泰定帝始终未悟,并因次子诞生,疑为佛佑,甫离襁褓,即令受戒。为了拜佛情殷,反把郊天禘祖的大礼,搁过一边。监察御史赵思鲁,以大礼未举,奏言天子亲祀郊庙,所以通精诚,迎福釐,生蒸民,阜万物,历代帝王,莫不躬亲将事,应讲求故例,虔诚对越,方可隐格纯嘏。泰定帝不以为然。有了佛佑,自可不必郊祀。全台大哗,复入朝面陈。泰定帝道:"世祖成宪,不闻亲祀郊庙。朕只知效法世祖,世祖所行的事件,朕必遵行;世祖未行的事件,朕也不愿增添。此后郊天祭庙,可遣大臣恭代便了。"台官还想再陈,泰定帝竟拂袖退朝。

嗣因帝师圆寂,大修佛事,命塔失铁木儿、纽泽监督,召集京畿僧侣,诵经讽咒,差不多有数十天;一面另延西僧藏班藏卜为帝师,赍奉玉印,诏谕天下。又命作成宗神御殿于天寿万宁寺,一切规模,与显宗神御殿相似。

正在百堵皆兴的时候,忽由太常入奏,宗庙中的武宗金主,及所有祭器，统被盗窃去了。前时盗窃仁宗神主，至此又窃武宗神主，堂堂太庙，窝留盗贼，令人不解。泰定帝命再作金主，奉安庙中，应行捕盗等情，也模糊过去。后复因台官劾奏，才酌斥太常礼仪等官，只神主不翼而飞，终无下落。

会扬州路崇明州、海门县海溢，汴梁路扰沟、兰阳河溢，建德、杭州、衢州属县水溢，还有真定、晋宁、延安、河南等路屯田遇了旱灾，大都河间、奉元、怀庆等路遇了蝗灾，巩昌府通漕县山崩，硐门地震，有声如雷，昼色晦暝，天全道山亦爆裂，飞石毙人，凤翔、兴元、成都、峡州、江陵同日地震。各处警报络绎。泰定帝只与西僧商量，教他朝啈梵语，暮鼓钟钹，膜拜顶礼，祈福消灾。且遍饬京内外各官，恭祀五岳四渎名山大川。总道是神佛有灵，暗中庇佑，谁料旱荒水荒，虫灾风灾，种种状况，杂沓而来。百姓报官长，官长报皇上，弄得泰定帝胸无定见，却想了一个法儿，下诏改元！祈佛无益，改元更属无谓。当由廷臣议定"致和"二字，于泰定五年春季，改泰定为致和。且仍诏告帝师，命各僧佛事加虔；并饬于沿海各地，建造浮屠二百一十六座，镇压海隘。真是捣鬼。

帝师藏班藏卜上言，皇帝虽已受佛法，但欲增福延寿，还须亲受无量寿佛戒，泰定帝当即允准。择日御兴圣殿，邀请帝师到来，督设经坛，上供无量寿佛金牌，下设幢幡宝盖，乐簧钟悬。当由帝师座下的僧徒，吹起法螺，摇动金铃，接着大锣大钹，敲击起来。帝师着红衣，戴毗卢帽，先至坛前焚香祷告，口中不知念着什么番语，嘛咪叭吽地说了一回，然后导引泰定帝至坛前跪着，帝师在旁虔诵祝词，复念了无数佛号，方令泰定帝学着僧规，膜拜受戒。是时后妃人等，亦群集坛前，兴圣殿内外，拥挤得什么相似。那一班僧侣，多是张头探脑，摇目擦睛，你说是那个美丽，我说是这个妖娆，彼此评头品足，觑艳偷香，就是口中所念的波罗密多，阿弥陀佛，也觉颠倒错乱，语无伦次。无量寿佛未曾请到，女观音等先已值坛，安得不令僧侣动心？至受戒礼毕，泰定帝出殿，大众散去，帝师亦回寺，僧徒等也都退归，饮酒拥娇去了。乐得过。

次日，由宫中发出金银钞，赏给僧徒，又费了若干万两。泰定帝以福寿双增，非常欣慰。会出猎柳林，偶受感冒，不怿累日，遂思巡幸上都，游春解闷。当命西安王阿剌忒纳失里，及签书枢密院事燕帖木儿，一作雅克特穆尔。留守京师，自率皇后、皇太子，及丞相倒剌沙等，命驾北

第三十八回　信佛法反促寿征　迎藩王入承大统

去。自春至夏，留寓行宫，整日里流连酒色，不闻朝政。

会殊祥院使也先捏，自建康北来，密语丞相倒剌沙，以怀王将有他变，不可不防。倒剌沙立即奏闻，请旨徙怀王居江陵。这怀王却是何人？就是武宗次子图帖睦尔。先是泰定帝即位，召诸王还邸，图帖睦尔亦自琼州召归，见三十六回。受封怀王。泰定二年，命出居建康，以也先捏为怀王卫士。也先捏与怀王不协，乃私至上都，密进谗言。泰定帝不遑查察，竟照倒剌沙奏议，遣宗正扎鲁忽赤、雍古台南下，命怀王徙居江陵。怀王遵旨西迁，扎鲁忽赤等回报。时泰定帝已遘疾病，日甚一日，竟于七月新秋，晏驾上都，寿仅三十六。无量寿佛戒之效何如？

丞相倒剌沙言太子年幼，不即拥立，竟擅权自恣，独行独断，于是天怒人怨，众叛亲离，国家大变，又复从此发生。倡难的人，便是留守京师的燕帖木儿。燕帖木儿是元季大蠹，所以特别点醒。

信佛法反促寿徵

燕帖木儿是从前的钦察都指挥使床兀儿第三子，武宗镇朔方时，已备列宿卫，深得宠幸。床兀儿殁，承袭左卫亲军都指挥使。泰定二年，加授太仆卿，致和元年，进签书枢密院事，留守京都，实掌枢密院符印。自闻泰定帝罹疾，遂怀异谋，自思身受武宗宠遇，不能辅他二子，入承帝位，未免有负主恩。泰定帝亦擢你高官，何不自思图报。因此与继母察吉儿公主，族党阿剌帖木儿，及密友孛伦赤等商议，将乘泰定帝病殂后，迎立怀王图帖睦尔，篡承武宗遗统。

至泰定帝崩，皇后弘吉剌氏，遣使诣京，命平章政事乌都伯剌，一作额卜德呼勒。收掌百司印章，谕安百姓。燕帖木儿知势难再缓，即进语西安王道："故主已殂,太子尚幼,国家须择立长君,乃可无虞。况天下正统,应属武宗嗣子,英宗已不当立,大行皇帝,更出旁支,益加淆杂,今日宜正名定分,迎立武宗嗣子,时不可失,功在速成,王爷以为何如？"无非希定策功耳,遑期忠义。西安王阿剌忒纳失里道："言固甚是,但周王远居漠北,奈何？"燕帖木儿道："怀王曾居江陵,何不先行迎立？"西安王道："弟不先兄,此处还须商酌！"燕帖木儿道："先迎怀王入都,安定人心,然后再迓周王,仁宗故事,何妨踵行。"西安王道："上都方有命令,饬乌都伯剌收集印章,我欲举事,彼竟不从,这又未免为难了！"燕帖木儿道："昔人有言,先发制人,王爷果允行义举,只教募赏勇士,立可成功！"西安王点头道："你去妥行布置,我总无不赞成。"

燕帖木儿趋出,即日召集心腹,准备停当。翌日黎明,由西安王下令,召集百官至兴圣宫,会议要事。平章政事乌都伯剌、伯颜察儿,偕官属先到,西安王亦乘车而来。

既入座,乌都伯剌正要宣布后敕,令百官齐缴印章,忽见燕帖木儿,率着阿剌帖木儿、孛伦赤等十七人,带刀奔入,外面并有勇士数百人,趋立门外。乌都伯剌料知有变,遂叱问道："签书意欲何为？"燕帖木儿厉声道："武宗皇帝有子二人,孝友仁文,播名远迩,今乃一居朔漠,一处南陲,武宗有知,亦当深恫,况天下系武宗的天下,一误宁可再误？今日正统,应归还武宗嗣子,敢有再紊邦纪,不从义举,是与乱贼相等,例当处斩！"言毕,拔刀出鞘,怒目而立。仿佛强盗。

乌都伯剌、伯颜察儿两人,欲抗词答辩,偏燕帖木儿不容分说,竟令阿剌帖木儿、孛伦赤等,一齐动手,将他二人拿下。中书左丞朵朵等道："签书莫非造反不成？"言未已,已被燕帖木儿砍倒,顿时阖座大乱。燕帖木儿指挥勇士,缚住朵朵,并执参知政事王士熙,参议中书省事脱脱、吴秉道,侍御史铁木哥、邱士杰,治书侍御史脱欢,太子詹事丞王桓等,概置狱中,自与西安王入守内廷,分布腹心于枢密院,自东华门夹道,重列军士,使人传命往来,严防他变。一面再召百官,入内听命。即令前河南行省参知政事明里董阿,前宣政院使答剌麻失里,乘着快驿,迎怀王图帖睦尔于江陵。且使嘱河南行省平章伯颜,选兵扈驾,不得有误。

明里董阿等既去,遂封府库,拘百司印,遣兵守诸要害,推前湖广行省左丞相别不花为中书左丞相,詹事塔失海涯为平章,前湖广行省右丞

第三十八回　信佛法反促寿征　迎藩王入承大统

速速为中书左丞,前陕西行省参政王不怜台吉为枢密副使,萧忙古解仍为通政院使,与中书右丞赵世延等,分典庶务。于是募死士,买战马,运京仓米,饷输士卒,复遣使至各行省征发钱帛兵器。

当时有卫军失统,暨谒选与罢退军官,俱发给符牌,静候调遣。诸人受命后,未知所谢,各瞪目立着。当由中书省官,指使南向拜谢,大众惊悚,毛发凛然,方知内廷意属怀王了。极写秘密。

燕帖木儿宿卫禁中,一夕数徙,莫如所处,有时或坐以待旦。你亦怕死么?暗思母弟撒敦,子唐其势,尚在上都,因密遣塔失帖木儿,召使归京。两人都弃了家

迎藩王入承大统

眷,星夜奔还。是时京内无主,群议沸腾,燕帖木儿恐人心未安,诈令塔失帖木儿充作南使,只云怀王旦夕且至,民勿疑惧;又令乃马台诈为北使,称周王亦已南来。用心亦苦。复命撒敦率兵守居庸关,唐其势率兵屯古北口,抗御上都。一面再遣撒里不花、锁南班,往江陵促驾早发。

时董里明阿等早至河南,晤着平章伯颜,与语密谋,伯颜告知平章曲烈,右丞别铁木儿,令发兵南迎。偏两人不识时务,硬行阻拦,伯颜叹道:"我本受武皇厚恩,委以心膂,今爵位至此,还有何望?只因大义相临,不敢推诿,所以为此转告,愿两公不要阻挠。"曲烈仍是不从,惹得伯颜性起,竟将两人杀毙,遂别募勇士五千人,令蒙哥不花带着,驰迎怀王。自己亦秣马厉兵,严装以俟。参政脱别台进谏道:"今蒙古兵马,与卫卒同在上都,内地诸隘,守兵单弱,恐此事不易成功哩。"伯颜怒叱道:"你敢挠乱士心么?违令者斩!"脱别台慌忙退出。是夕竟怀刃入

刺伯颜，被伯颜察觉，拔剑砍死，并夺他所部军器，收马千二百骑。会怀王在江陵，经撒里不花等催促，即日动身。先令撒里不花往报伯颜，封为河南行省左丞相。至怀王到河南，伯颜属櫜鞬，擐甲胄，率百官父老，肃迎郊外，既导入，复俯伏称万岁，并上前叩首劝进，怀王解金铠御服宝刀，亲赐伯颜，又命他扈从北行。正是：

　　万骑遥从南陆发，六飞快向北郊来。

　　欲知入京后如何情状，容待下回表明。

　　元代之佞佛，自世祖始，后世子孙，益增迷信，此创业垂统之君，所由贵慎自贻谋者也。本回于泰定佞佛事，慨乎言之，至受无量寿佛戒一段，尤写出僧侣情弊。禹鼎铸奸，神犀照怪，无逾于此。此非著书人好为描摹，实因淫僧贼秃，大都尔尔，奉劝世间，善男信女，速即回头，毋为若辈播弄，其苦心固可见也。且泰定帝在位五年，乏善可述，所诛逆党，亦非本心，至其后好做佛事，意者其恐逆党之冥申报复，姑借此为忏悔计乎？晏驾以后，即生内变，佛其果有灵耶？抑无灵耶？彼知燕帖木儿之图立怀王，抗拒上都，尤足以见佞佛之主，非徒无益，反且速祸，读史者当亦知所戒矣。

第三十九回

大明殿称尊颁敕　太平王杀敌建功

却说怀王图帖睦尔,既至河南,令伯颜从行,以前翰林学士承旨阿不海牙,继伯颜后任,遣前万户孛罗等将兵守潼关;并分道遣使,召宣靖王买奴、镇南王铁木儿不花、威顺王宽彻不花、高昌王铁木儿补化等,率属来会。诸王陆续到来,然后整驾北发。是时上都诸王满秃、阿马剌台,宗正扎鲁忽赤、阔阔出,前河南平章政事买闾,集贤侍读学士兀鲁思不花,太常礼仪院使哈海赤等十八人,已得燕帖木儿密函,令他即日起事,响应京师,正在暗中安排。不料事机漏泄,被倒剌沙闻知,竟亲率卫兵,各处搜拿,不到一日,竟将十八人捉住九双,请了泰定皇后命令,斥他谋逆,个个处斩。

倒剌沙自思逾月无主,究竟不妥,遂入谒泰定皇后,愿拥立皇太子阿速吉八为帝,克期登位。泰定皇后自然乐从,遂于致和元年八月,召集梁王王禅,一作旺辰。辽王脱脱,右丞相塔什特穆尔,旧作塔失铁木儿,因与前大都使臣名重复,故用新名。太尉不花,御史大夫纽泽等,奉皇太子阿速吉八即位上都,尊皇后弘吉剌氏为皇太后,拟定次年改元天顺。泰定帝在位五年,其子已早为储贰,依父终子及之例,则阿速吉八之嗣位,亦属正当,故特书改元,以存书法。天顺帝年才九龄,书天顺帝,亦有徼意。朝贺时统由倒剌沙护持,方得终礼。遂命诸王失剌,平章政事乃马台,此乃马台与上文异人同名。詹事钦察,率兵袭京畿。巧值阿速卫指挥使脱脱木儿,由上都自拔来归,奉京师命令,驻守古北口。他已预知失剌等潜师进袭,遂领兵出据宜兴,四面埋伏。

失剌分军三队,先后南下。第一队归乃马台统率,第二队归钦察统率,第三队方由自己领着,乘着锐气,倍道而来。前军甫到宜兴,扎营造饭,炊烟甫起,号炮骤闻。大众正在四望,蓦见敌军蜂拥来前,连忙上马截杀。说时迟,那时快,众军未曾排齐,敌兵已经杀入,眼见得辙乱旗靡,人仰马翻,乃马台措手不及,被脱脱木儿刺落马下,生擒活捉去了。

第一队已了。

　　脱脱木儿已扫尽前队，便趁着现成的饭锅，令军士饱餐一顿，前驱疾进。那边第二队兵士，由詹事钦察押队前来，途次接得溃卒败报，忙上前来援，未达数里，已与脱脱木儿军相遇。脱脱木儿握着一柄大刀，当先突阵，麾下军士，随势冲入，钦察不知好歹，也拨马舞刀，来战脱脱木儿，才数合，忽听脱脱木儿喝声道着，那钦察的头颅，不知不觉地滚落地上。奇语。俗语说得好，蛇无头不行，钦察已身首两分，还有何人敢来抵敌？霎时间纷纷逃溃，走得慢的一大半都做了矮脚鬼，暴骨沙场。第二队又了。

　　还有失剌的所领的后军，悯悯南来，接连得着两队败耗，料知不能抵挡，忙令后队变作前队，前队变作后队，向北退还。待脱脱木儿赶去，失剌已逃得很远，只有殿卒数百名，被脱脱木儿军屠杀净尽，其余统侥幸生免了。失剌还算见几。

　　脱脱木儿追赶十余里，不及而还，当即报捷京师。燕帖木儿等属酒相贺。方在满座庆宴的时候，忽见撒里不花驰入，报称怀王已自河南登途，现距京师只百里了。燕帖木儿道："甚好！"撒里不花道："还有一事贺公，已奉命升公知枢密院事了！"燕帖木儿大喜，便于席间派使远迎。至宴飨毕后，即令太常礼仪使，整备法驾。

　　越两日，闻怀王驾已抵郊，遂偕诸王百官，恭奉法驾，出迎郊外。怀王慰劳有加，改乘法驾，驰入京师。燕帖木儿与西安王阿剌忒纳失里等，立即劝进。怀王道："大兄尚在朔方，我不得越次僭位，俟两都平靖，当遣使迎兄。目下暂由我监国，愿卿等勿生异议！"初意原是不错。燕帖木儿道："大王让德，卓越古今，惟时势相迫，亦贵从权，既承钧命，容后再议！"怀王乃入居宫中。

　　越宿命速速为中书平章政事，前御史中丞曹立为中书右丞，江浙行省参知政事张友谅为中书参知政事，河南行省左丞相伯颜为御史大夫，中书右丞赵世延为御史中丞，各官俱受职视事，不必细表。

　　又越两日，由侦骑入报，上都梁王王禅，右丞相塔什特穆尔，太尉不花，御史大夫纽泽等，又兴兵南犯了。怀王召燕帖木儿，商议军务，燕帖木儿自请效劳。怀王甚喜，遂发兵数万，供燕帖木儿调遣，命他便宜行事，不为遥制。燕帖木儿遂带兵至居庸关，由其弟撒敦迎入。燕帖木儿

第三十九回　大明殿称尊颁敕　太平王杀敌建功

道:"闻北兵已发上都,吾弟何不率兵急进,反在此游疑观望？难道待他自毙么？"撒敦道:"闻兄奉命督师,所以静候调度,不敢妄进。"燕帖木儿道:"我不害人,人将害我,你快率万人前去,截住北军,我当为你后应便了。"

撒敦依言,就率兵出关,浩浩荡荡地杀奔榆林。适值北军到来,也无暇答话,即麾兵猛击。北军不及布阵,顿时被他踹入,乱砍乱戮,不消片时,已将北军杀得七零八落,往北奔逃。

撒敦乘胜长驱,直到怀来,才见燕帖木儿督军到来。当下叩马报捷,并请径攻上都。燕帖木儿道:"且慢前进,回关再商。"撒敦道:"兄前责弟,今弟将诘兄;北军既已败去,不乘此入捣上都,还待何时？"燕帖木儿道:"吾弟有所未知,兵以气动,气盛乃胜,气馁必败。我前日并非责你,实所以激动弟心,鼓气御寇。今已得胜,锐气将衰,若再进兵,顿师城下,那时再衰三竭,不要进退两难么？"论兵却是有识。撒敦无言,乃随返关中。燕帖木儿即驰书报捷。嗣得复命,令他即日还京,燕帖木儿乃留弟守关,奉命还朝。入京后,把前时拿下的乌都伯剌,及擒住的乃马台,统置大辟。一面约诸王大臣,伏阙上书,请早正大位以安天下。怀王尚是固辞。燕帖木儿道:"人心向背,间不容发,现在兵戈扰攘,非速正大名,不足以系人心,万一中外失望,后悔何及？"怀王道:"必不得已,亦须将我的本意,明示天下,方可权摄帝位。"古时惟王莽称摄皇帝,怀王亦欲居摄,染鼎之意已动矣。乃命中书省臣,拟定诏旨,于九月十三日,即帝位于大明殿,受诸王百官朝贺,颁诏天下道：

洪维我太

祖皇帝，混一海宇，爰立定制以一统绪，宗亲各受分地，勿敢妄生觊觎，此不易之成规，万世所共守者也。世祖之后，成宗、武宗、仁宗、英宗，以公天下之心，以次相传，宗王贵戚，咸遵祖训。至于晋邸，具有盟书，愿守藩服，而与贼臣铁失、也先铁木儿等，潜通阴谋，冒干宝位，使英宗不幸罹于大故。朕兄弟播越南北，备历艰险，临御之事，岂获与闻？朕以叔父之故，顺承惟谨。于今六年，灾异迭见，权臣倒剌沙、乌都伯剌等，专权自用，疏远勋旧，废弃忠良，变乱祖宗法度，空府库以私其党类。大行上宾，利于立幼，显握国柄，用成其奸。宗王大臣以宗社之重，统绪之正，协谋推戴，属于眇躬。朕以菲德，宜俟大兄，固让再三，宗戚将相，百僚耆老，以为神器不可以久虚，天下不可以无主，周王辽隔朔漠，民庶皇皇，已及三月，诚恳迫切，朕固从其请，谨俟大兄之至，以遂朕固让之心。已于致和元年九月十三日，即皇帝位于大明殿，其以致和元年为天历元年，可大赦天下。自九月十三日昧爽以前，除谋杀祖父母父母，妻妾杀夫，奴婢杀主，谋故杀人，但犯强盗印造伪钞不赦外，其余罪无轻重，咸赦除之。于戏！朕岂有意于天下哉！重念祖宗开创之艰，恐隳大业，是以勉徇舆请，尚赖尔中外文武臣僚，协心相予，辑宁亿兆，以成治功，咨尔多方，体予至意！

是日封赏群臣，并赐大都将士金银钞，多寡有差。流朵朵、王士熙、伯颜察儿、脱欢等于远州，各籍没家资，分给诸王大臣。忽警报自辽东传来，平章秃满迭儿，及诸王也先帖木儿等，率兵入迁民镇，进袭蓟州。怀王怀王已即帝位，本文仍称怀王，一因天顺正位，国无两君，一因周王在北，怀王暂摄帝位故也。乃封燕帖木儿为太平王，以太平路为食邑，并命为中书右丞相，兼知枢密院事，赐黄金五百两，白金二千五百两，钞万锭，金素织缎色缯二千匹，平江官地二百顷，即日诏促出师蓟州，拒辽东军。

燕帖木儿闻命即行，且调撒敦会师北进。方到三河，接着通州急报，梁王王禅等已入居庸关，不由得大惊道："居庸被破，不特通州吃紧，连京师也要戒严。我军须回保京师，休被蹂躏为是！"乃留兵拒辽东军，自与撒敦星夜驰还。

既抵榆河关，闻怀王已出齐化门视师，益觉焦急万分。遂驱马直奔京城，谒见怀王，并面启道："陛下何故亲自视师？"怀王道："寇兵已入

第三十九回　大明殿称尊颁敕　太平王杀敌建功

居庸关,将要来犯京师了。"燕帖木儿道:"陛下一出,民心必惊,凡剿寇事尽可责臣。陛下亟宜还宫,安定人民,请勿轻动!"此时燕帖木儿确是怀王忠臣。怀王道:"待卿未来,所以躬自督师,今已到此,朕心安了,军事由卿作主,朕当从卿言,还宫安民。"言毕,即与燕帖木儿别去。

　　燕帖木儿复还至军中。梁王王禅等亦乘胜进逼,与燕帖木儿军遇于榆河。燕帖木儿升座誓师道:"寇已深入,大都戒严,孰胜孰负,在此一举。将士等为国前驱,理宜奋力杀敌,若有退避不前,本爵帅只有军法从事,休得后悔!"将士等唯唯听命,燕帖木儿遂命开营逆战。

　　两下里交锋起来,正是棋逢敌手,将遇良材,一边是誓扶幼主,期立大功;一边是力保长君,目无幺麽,足足战了三四个时辰,不分胜败。燕帖木儿执旗当先,引军突阵。部下见主帅奋勇,格外效力,无不以一当十,以十当百,北军渐渐败却,退至红桥。

　　燕帖木儿步步进逼,一些儿不肯放松,恼动了梁王部将。一名阿剌帖木儿,曾为枢密副使,一名忽都帖木儿,曾为上都指挥,两人素称骁勇,至此气愤填胸,挺身还战,竟攻入燕帖木儿阵中。燕帖木儿正挥刀前进,适值阿剌帖木儿突至马前,挺戈刺来,亏得燕帖木儿眼明手快,将身闪过一边,右手用刀格住戈铤,左手拔剑砍去,不偏不倚,正中阿剌帖木儿左臂。阿剌帖木儿狂叫一声,拨马就逃。燕帖木儿紧紧迫去,又来了忽都帖木儿,接住厮杀,奋斗了数十合,彼此尚不相让,仍恶狠狠地搏战。燕帖木儿手下,有一矮将名和尚,短悍绝伦,善使双锤,他恐主帅有失,忙拨马助战。忽都帖木儿欺他短小,

太平王杀敌建功

不以为意，谁知这和尚煞是矫捷，左右驰击，防不胜防，忽都帖木儿方思退避，左臂上已着了一锤，几乎跌落马下，幸他将前来救护，才得走脱。两帖木儿不敌一帖木儿，无愧为太平王。北军见两将败衄，人人夺气，遂驰过红桥，阻水而阵。燕帖木儿恐军士力疲，不欲再战，只命弓弩手用矢攒射，把北军一阵射退，然后收兵。

次日复分军为三队，令也速答儿率左，八都儿率右，进逼北军。时北军退至白浮，因燕帖木儿挑战，也出来对仗。燕帖木儿麾兵佯退，俟北军追来，命左右两队包抄过去。北军正杀得高兴，猛见也速答儿从右边杀来，忙分军抵敌。方在酣战，左边又遇着八都儿军，又分军敌住，不意燕帖木儿复转身杀到，所向披靡。那时北军招架不住，只好且战且走，复退十里下寨。燕帖木儿见北军虽败，行列尚是整齐，也即鸣金收军。

越宿复战，北军抖擞精神，前来冲突，燕帖木儿也不肯稍让，督军猛击，自辰至午，相持不下。蓦见燕帖木儿阵中，跳出锐卒数百名，由燕帖木儿亲自督领，冲杀过去。北军前来抵截，被燕帖木儿手刃七人，方才退却。燕帖木儿也即鸣金收军。

是夜二鼓，燕帖木儿召孛伦赤、岳来吉入帐，密议道："连日酣战，两军俱疲，长此坚持，何以退敌？"孛伦赤道："不如今夜发兵劫营，想寇兵应亦疲倦，定中我计！"燕帖木儿道："我亦想及此着，但彼此对垒下营，岂有不防之理？从前甘宁百骑，夜劫曹营，我何不仿他一行，也可扰乱敌心，使他自退？"燕帖木儿想曾阅过《三国演义》。孛伦赤、岳来吉二人齐声道："末将等愿效死力！"燕帖木儿大喜，便调集锐卒百骑，令各带弓箭，并持战鼓，随孛伦赤、岳来吉二人同去。临行时又吩咐道："你等抵敌营时，只宜左右鼓噪，四面驰射，不必与他厮杀，但能使他惊扰，便算头功。"孛伦赤等领命去讫。燕帖木儿恰高枕自卧。

那边梁王王禅，正恐燕帖木儿劫营，令兵士小心严防。到了三鼓，突闻外面鼓声大震，忙令各营出战，兵士开营出去，只见来兵东驰西射，散无纪律。当下冒矢追杀，走到这边，他到那边；走到那边，他到这边。嗣后来兵越多，混战一回，互有杀伤。战到天明，彼此相见，才知所杀伤的统是自家人，不禁懊丧异常。这时的孛伦赤、岳来吉两人，早已收集百骑，回营报功去了。小子有诗赞燕帖木儿道：

第三十九回　大明殿称尊颁敕　太平王杀敌建功

　　力战何如智取工？榆关犹忆大王风。

　　须知兵事无嫌诈，燕邸当年固善攻。

毕竟北军曾否再退，请看官续阅下回。

　　怀王之立，不当立也。以泰定之正统言，则皇太子已即位上都，怀王固不当立；以武宗之正统言，则嗣位者应属周王和世㻋，怀王亦不当立也。燕帖木儿希宠取媚，南迎劝进；借使怀王正言抗斥，则燕帖木儿之志不得逞，而兵祸可立弭矣。乃江陵遽发，飘然入都，御殿即真，封王拜爵，彼已南面称尊，讵尚肯北面为臣耶？让兄之言，徒虚文尔。然发难之首，实出自燕帖木儿，故本回中叙述各事，皆以燕帖木儿为前提，西安以下，概置后列。至如出师战胜之举，尤写得机变神智，非称美燕帖木儿，实隐诛燕帖木儿也。曹阿瞒以知兵闻，阿瞒得谓汉之忠臣否耶？吾于燕帖木儿亦云。

第四十回

入长城北军败溃　援大都爵帅驰归

却说孛伦赤、岳来吉等，回营报功，燕帖木儿时已起床，即将二人功绩，书录簿上；并命撒敦带着偏师，出营巡哨。是日大雾迷濛，瞑不见影，撒敦巡至敌营，已是空空洞洞，留着虚垒。走将进去，只有敌卒数名，尚在寨中收拾行李，见了撒敦等，一哄而逃，被撒敦兵追上，擒住二卒。经撒敦审讯，才知北军已窜匿山谷中。撒敦即将二卒带还，报知燕帖木儿。

燕帖木儿道："王禅未曾大挫，即行遁匿，我料他必有诈计，将乘我不备，前来掩击哩！"料事如神。便下令将士，教他裹粮坐甲，静待后命，不得私自出营，违令者斩！越夕，又命坚壁严装，如遇寇至，只准固守，不准出战，违令者斩！到了夜间，防备尤密，四面布着侦骑，探听消息。未几鸡声报晓，远远地接吹角声，燕帖木儿听着道："寇兵来了！"忙出升帐，见侦骑亦来禀报，说是北军成列出山，距此只数里了。燕帖木儿仍饬各军守着前令，不得有违。约一时许，北军鼓噪而至，冲突数次，坚不能入，没奈何退后下营。

燕帖木儿命撒敦、八都儿两人，各率一军，分授密计，命俟至天晚，分头趋出。两人依计而行。是夜天色愈暝，四面阴霾，北军也严行准备，不遑就寝。一更以后，但听后面有铜角声，吹得非常响亮，不由得慌忙起来，梁王王禅，惩着前辙，只令各营静守，不敢出头。忽前面又起角声，亦觉激越异常。时值深秋，寨外草衰，正是风声鹤唳，草木皆兵的时候，加以角声震荡，前后相应，益令军心胆怯，不寒而栗。梁王王禅，尚兀自守着，偏营内各兵，自相骚扰，不肯镇定。至三鼓以后，角声越吹得厉害，仿佛有千军万马，四面杀来，那时军心益乱，情势仓皇，任你王禅如何禁遏，也是弹压不住，遂不禁叹息道："罢了！罢了！看来幼主无福，偏遇这燕帖木儿，不如就此退兵罢！"你自己无将帅才，不足胜敌，反说看幼主无福，是谓肚痛埋怨灶司。当下撤营遁去。

看官道这铜角声如何而来？就是撒敦与八都儿，奉着燕帖木儿密计，虚吓敌兵。原来撒敦自营后出师，潜绕北军后部，吹角惧敌；八都儿自营前出师，直逼北军前面，鸣角相应。两军并不去厮杀，只仗这铜角为号，虚声恫喝，那北军竟堕计中，夤夜遁去。

撒敦等来报燕帖木儿，燕帖木儿即命倾寨穷追，直到昌平州，方见北军还在前面。一声鼓号，驱马杀去，北军心胆俱裂，哪个还敢拦阻？你奔我溃，彼跌此仆，被燕帖木儿军，乘势掩杀一阵，斩首约数千级，所有逃不及的北军，顾命要紧，管不得什么面子，只好匍匐乞降。燕帖木儿准他投诚，收降至万余人。

正拟饬兵再追，适值钦使到来，忙下马接旨。诏中所说，略称丞相亲冒矢石，恐有不测，万一受伤，朕恃谁人？自今以后，但教凭高督战，视察将士，用命行赏，不用命行罚，毋得再自冒险，以滋朕忧！燕帖木儿谢旨毕，即语来使道："我非好死恶生，但猝遇大敌，不得不身先士卒，为诸将法。现在寇已败退，自当遵旨小心，请钦使转达御前，免劳圣虑为是。"钦使应着，即行别去。

燕帖木儿麾军再上，杀得王禅等弃甲抛戈，抱头窜逸。于是燕帖木儿勒马中途，但令也速答儿、也不伦，及弟撒敦，率兵三万，再追北军，自率余军徐徐后行。将到居庸关，接也速答儿军报，北军已逃出关外去了。燕帖木儿即遣使上追，驰马入关，会也速答儿等亦已回军，遂命也速答儿居守，辅以佥院彻里帖木儿，并就他统卒三万名，留供驱遣，自率得胜军南还。

至昌平南，来了古北口急报，上都军已入古北口，进掠石漕。燕帖木儿愤愤道："居庸关才得收回，古北口又闻失守，如何是好！"撒敦即上前进言道："水来土掩，兵来将挡，怕他何为？弟愿前去，杀他片甲不回！"燕帖木儿道："吾弟前去，须要小心！"撒敦应命，即领着万人，倍道去讫。燕帖木儿，率军后应，亦兼程而进。

撒敦驱军至石漕，不管甚么利害，竟上前掩击，敌军正在午炊，仓猝遇敌，不及拦阻，便向北窜去。撒敦追击数十里，杀毙敌军无数。

正拟下营，燕帖木儿大军亦到，两下相会，当由撒敦报明胜仗。燕帖木儿问敌军主将，系是何人？撒敦嘿然。燕帖木儿道："吾弟杀了一日，难道连敌将姓名，尚未查明么？"撒敦道："问他何为？我只知见敌就杀，得胜报功。"是一员莽将口吻。燕帖木儿微笑道："幸你所遇的都是庸将，倘使遇着将材，恐怕有败无胜哩！"

当下令侦骑探明，返报敌将姓氏，一个是驸马孛罗帖木儿，一个是平章答失雅失帖木儿，一个是院使撒儿讨温。此处叙敌将姓氏，恰从侦骑探报，无非避文笔复沓耳。燕帖木儿道："这等乳臭小儿，也来将兵，真是可羞！待我用一条小计，便好擒住三人。"撒敦道："用什么计？小弟出去，包管擒来。"燕帖木儿道："你只知力战，不知智取，难道他束着双手，任你擒获么？"言毕，便问侦骑道："我见前面有一大山，此山叫作何名？"为将须明地理，观此益信。侦骑道："名叫牛头山。"撒敦道："哥哥专会使刁，查了敌将姓氏，还要问着山名，有何用处？"燕帖木儿之狡，借撒敦口中叙出，映带无痕。燕帖木儿怒道："你不要瞎说！我非顾着兄弟情谊，管教你一顿杖责。"从燕帖木儿口中自陈私弊，用笔尤妙。撒敦伸舌而退。燕帖木儿换了微服，带着侦骑数名，出营自去，直到天晚，方才回营。

次日升帐，召诸将面嘱道："我昨晚登牛头山，望见敌营扎住山后，料他是倚山自固的意思，但山中有小路可通，我若乘高压下，便可踏破敌营，可奈敌营虽破，敌将必逃，若要追擒，也是难事，不若引他入山，使入陷井，我却前后夹攻，令他无路可走，自然一鼓成擒了。"众将都拍手称善，燕帖木儿命八都儿道："你今夜引兵千名，潜上牛头山，就小路中掘着陷坑，斩木掩覆，上表暗记，令我军便于趋避，敌兵易致误入，方好成功。至陷坑造就，你可越山劫营，准败不准胜，俟敌兵赶来，你却诱他入小路，我自有兵接应，休得违慢！"八都儿依令去讫。又命裨将亦讷思道："你率兵千名，备着挠钩，就山上小路旁，左右伏着，待敌兵入井，便好一一擒住哩。"亦讷思亦去。又命撒敦道："你领兵万人，沿山绕转，就敌营左右埋伏，但听山上有号炮声，你便杀出，断他后路，不得有违！"撒敦亦领命去了。复命诸将道："你等随我上山，视我大纛所向，奋力杀敌，明日可灭此朝食了。"众将唯唯听命。到了傍晚，命将士饱餐毕，随饬各带干粮火具，向牛头山进发。

是时八都儿已掘好陷坑，乘夜越山，去劫敌营。敌营中设有探马，侦得八都儿到来，便去禀报主将。驸马孛罗帖木儿，年轻好胜，就上马领兵，出营搦战。八都儿上前对仗，略战数合，佯作慌张的形状，弃戈退走。孛罗帖木儿不知是计，即趋马奋追，平章答失雅失帖木儿，与院使

第四十回 入长城北军败溃 援大都爵帅驰归

撒儿讨温,亦出营接应,撒儿讨温道:"驸马追去,恐防有失,况夜色凄其,山岭狭隘,倘有不测,必致败挫,不如遣人禁他前进,方可无虞。"答失雅失帖木儿闻言,便遣使去讫,俄得去使回报,驸马言月色甚明,可以夜战,请平章院使速即接应,可以杀尽敌人。撒儿讨温复道:"营寨亦是要紧,请平章守住勿动,我带兵接应便了。撒儿讨温,亦颇仔细。答失雅失帖木儿应着,便分兵与撒儿讨温,长驱进发。

时孛罗帖木儿已被八都儿诱进山中,走入间道,猛听得一声鼓响,山冈上火炬齐明,竖着一面大纛,上书太平王右丞相等字样。孛罗帖木儿道:"燕帖木儿在此,我等快上冈去,刺杀了他。"言未毕,山上已驰下将士,来敌孛罗帖木儿。孛罗帖木儿尚不畏怯,奈因岭路逼窄,不便战斗,只好勒马退回,不期扑通一声,连人带马,跌入陷坑去了。亦讷思早已留意,便命军士钩起孛罗帖木儿,捆绑而去。

孛罗帖木儿部下士卒,争思来救,无如走近一个,陷落一个,走近两个,陷落两个,那时也只好寻路逃走。偏偏燕帖木儿的将士,四面杀来,心中一慌,足下更走立不稳,一半跌入陷坑,一半死于刃下。

此时的撒儿讨温,尚未知前军败状,领兵入山,步步为营。一入间道,已望见大纛飞扬,料知孛罗帖木儿必遇伏兵,前去定必无幸。奈又不能不急急驰救,只好硬着头皮,驱马进去,一面令左右分射,以备不虞。谁知山上的喊杀声,渐渐逼紧,虽是严行备御,究竟不免心虚。转瞬间敌已四至,任你如何放箭,总是射他不住。撒儿讨温,命军士随射随退,未及数武,见军士都钻入地中,慌忙察视,自身亦随马而陷。几似《封神传》中的

入长城北军败溃

土行孙。两旁突出亦讷思军,又被他搭上挠钩,捆缚去了。余众走投无路,只得大呼乞降。

答失雅失帖木儿坐守营盘,专听军报。远远地闻有炮声,心中正忐忑不定,忽营外有兵到来,还道是撒儿讨温等回营。正欲出来探问,不意来兵很是凶猛,如搅海龙一般,捣入营中。答失雅失帖木儿急上马抵敌,凑巧遇着撒敦,一枪刺来,正中左腕,倒仆马下。撒敦麾下的军士,便来抓住,拖了过去。

北军顿时骇散,由撒敦追击一阵,杀死多名。是时天尚未明,撒敦即缚送答失雅失帖木儿,上山报命。燕帖木儿复命他追赶溃卒,他即回马下山,逐溃卒出古北口,然后回军。

这边的燕帖木儿,收集各军,整辔回营。时方天晓,由军士推上孛罗帖木儿及撒儿讨温、答失雅失帖木儿。燕帖木儿拍案道:"你等助逆叛顺,死有余辜,本爵帅不便饶你!"孛罗帖木儿等亦大声诟骂,即由燕帖木儿申明军法,喝令斩首。须臾,已将首级三颗,呈上帐前。

燕帖木儿方遣人奏捷,帐外又递到紧急文书,由燕帖木儿展阅一周,即语诸将道:"叛王也先帖木儿,与秃满迭儿,又陷通州,将到京师。京中已召我还援,我等勤王要紧,速即启程。"此处北军,借燕帖木儿叙明,又是一种笔法。诸将不敢有慢,当即随燕帖木儿拔营而南。趱途两日,即到通州,时已日色衔山,晚烟四起。诸将请择地立营,燕帖木儿道:"寇敌将近,不驰去杀他一阵,还待何时!"说着,已挥兵疾进,约数里,即遇敌兵。敌兵未曾防备,狼狈奔趋,燕帖木儿追杀里许,因天色昏暮,才命下营。

次日黎明,复整兵追敌,西至潞河,见北军已在河北,列阵以待,人如排墙,燕帖木儿倒也不敢进逼。至夜间,欲渡河击敌,奈隔岸火光透澈,映入河流,好似掣电空中,群芒四射,因此按兵不动。待到黎明,遥望敌营中已无声响,只有人影模糊,尚是沿河立着。此时也无暇细辨,便麾兵结筏渡河,各军安然西渡。及达彼岸,各持刀砍人,不意统是秉做成,上披毡衣,地上积草,尚有余焰未熄,才晓得敌已夜遁,但放火植秸,作为疑兵罢了。燕帖木儿也有被欺之时。

燕帖木儿愤甚,复率兵穷追,将抵檀子山,四面都是枣林。这枣林中恰有敌兵伏着,陡从斜刺里杀出,亏得燕帖木儿军律素严,不为所迫,

第四十回　入长城北军败溃　援大都爵帅驰归

猛见也速帖木儿、秃满迭儿，纠合阳翟王太平，国王朵罗台，平章塔海军，踊跃前来，差不多有五六万人。燕帖木儿不敢轻敌，只先令军士列好阵势，前面持弓矢，后面执刀盾，又后面挺戈矛。直待敌兵逼近，一声令发，万矢齐射，势似飞蝗，偏敌兵持盾而前，冒死上来。燕帖木儿复令止射，驱刀盾、戈矛两队，直前抵格。两军混战一场，互有死伤，看看红日将落，敌兵毫不退却，只管舍命相持。

燕帖木儿子唐其势，见各军战敌不下，恼动性子，拨马临阵。阳翟王太平，挺枪来战，唐其势大吼一声，吓得太平倒退。未及数步，已被唐其势用戈刺着，翻身落马。军士乘势蹴踏，把太平肉体，变作烂屎相似了。敌兵见太平被杀，顿时惊溃。燕帖木儿就此赶上，杀得尸横遍野，血流成渠。方欲收军，巧值撒敦到来，得了一支生力军，便命引兵再追，自率大军南归。撒敦追了数十里，见敌兵四散逃去，杀毙了数百名，也即回来。

会上都诸王忽剌台，指挥阿剌铁木儿，及安童等，复攻入紫荆关，进犯良乡，游骑径逼京南。<small>此处用直叙法，视前又变。</small>燕帖木儿闻警，即循北山西行，令将士脱衔系囊，盛荳豆饲马，且行且食。晨夜兼程，至芦沟河，并不见敌。嗣得探报，忽剌台等已闻风西窜了。

燕帖木儿因已抵京师，遂入觐怀王，甫至肃清门，都人士焚香迎接，罗拜马前。燕帖木儿辞不敢受，都人齐声道："非王爷忠诚报国，民等何能更生？此恩此德，敢
不拜谢！"燕帖木儿下马慰劳道："此皆天子威灵，我有何力可言？"<small>此时</small>

的燕帖木儿，几似古之名将，无以加之。及至内城，怀王亲出迎师。燕帖木儿下马行礼，由御手扶起，相偕入城。随即赐宴兴圣殿，赏给无算，亲授太平王黄金印，尽欢乃散。燕帖木儿拟休息数日，再行出兵，忽接撒敦军报，古北口又被陷了。正是：

　　两都军报无虚日，万里烽烟未靖时。

未知何人陷入古北口，且看下回分解。

　　本回纯叙燕帖木儿战事，见得上都各军，均不足与燕帖木儿相敌，燕帖木儿，乃一元代之枭雄哉？读《元史·燕帖木儿列传》，未尝不胪叙战迹，而写生妙手，却不若此书之为良。盖彼第直录事实，而此且曲为描摹；不特渲染战争，并举燕帖木儿之权诈，亦揭露纸上，吴道子之手笔，亦无以过之。且旋师入京时，卑以自牧，让美君王，处处似忠，实处处是诈；周公恐惧流言日，王恭谦恭下士时，读此益无限生感矣。

第四十一回

倒剌沙奉宝出降　泰定后别州安置

却说燕帖木儿得撒敦来文，报言古北口复陷，心中大愤，即日召集各军，出京北去。途次又接紫荆关急报，苦难分身，只得遣快足至辽东，飞调脱脱木儿西援。看官！你道陷古北口及紫荆关的兵马，从何而来？原来就是秃满迭儿，及忽剌台、阿剌铁木儿等军。秃满迭儿等，被燕帖木儿杀败，逃出口外，会集散卒，定议分攻，秃满迭儿自率一军袭古北口，忽剌台、阿剌铁木儿、安童、朵罗台、塔海等，联军袭紫荆关，意欲两面夹攻，令燕帖木儿无暇兼顾，可以转败为胜。计非不佳，奈庸驽何？不意燕帖木儿煞是神勇，秃满迭儿方入古北口，燕帖木儿已到檀州，两军南北各进，即行对垒，一场大战，秃满迭儿复败，溃走辽东。后军被燕帖木儿截住，无处投奔，统军的头目，乃是东路蒙古万户哈剌那怀，看得兵势垂危，只好束手乞降。燕帖木儿收了降众，共得万人，也不暇悉心检查，只留部将数人，约束士卒，守住古北口，自率健卒兼程西进，去援脱脱木儿。余勇可贾。

脱脱木儿前奉调发兵，只带着四千人，到紫荆关，与忽剌台等对阵。两造人数，相去甚远，北军约三四万名，脱脱木儿与关上守将相合，尚不达万人。暗思众寡不敌，恐遭败仗，不如固关严守，还好勉力支持。至燕帖木儿星夜赶到，很是喜慰。燕帖木儿查明情形，便与脱脱木儿道："我兵远来，敌人尚未知晓，你且开关搦战，诱他入关，我出大军伏在关内，他若冒昧进来，便好闭住关门，杀他一个精光哩。"

脱脱木儿领命，即率本部四千人，大开关门，来战北军。北军逗留关外，已是数日，猛见脱脱木儿出战，倒也吃了一惊；及见出关的兵士，不过数千人，顿觉胆大起来，当下分作两翼，来围脱脱木儿。脱脱木儿不及退还，已被敌军裹住，他本恃有后援，一些儿没有害怕，便奋起精神，驰突围中。

燕帖木儿在关内觑着，见脱脱木儿不能脱身，恰变了一计，令关上故意鸣金，促脱脱木儿退归，一面命关吏虚掩半扉照燕帖木儿原计故意参换，是文中化板为活法。故车里面的阿剌铁木儿，望着关中的模样，大叫道："此时不急抢关，尚待何时？"言未毕，已挺戈跃马，奔入关中。自来寻死。忽剌台、安童、朵罗台、塔海等，只恐阿剌铁木儿占着头功，也即策马随入。一入关门，见守卒在前散走，还道他是避锋逃命，又紧紧地追了一程。蓦然间四面八方，互发炮声，伏兵一时齐起，统行杀到。忽剌台、安童、朵罗台、塔海等，知事不妙，忙即退回，奈后面的兵士，相率入关。前后挤紧，运动不灵。待退近关门，已是多半被杀。那时忽剌台、安童等，如漏网鱼，如丧家狗，只想跑出关外，逃脱性命，偏偏关门已闭得很紧。这一吓非同小可，险些儿连三魂六魄，都飞至鬼门关！如果吓死，或得保全首领。忙麾兵斩关欲遁，忽关门左右，又闪出无数健卒，大刀阔斧，前来阻住。背后又是燕帖木儿领军追来，忽剌台等只是哭不出的苦，勉强驰突，不消片刻，安童、塔海两人，马首被刺，俱堕马下，活活地被人擒去。忽剌台、朵罗台急得没法，左右乱撞，骤被流矢射着，一同坠马，也只得闭目就擒了。

　　是时的阿剌铁木儿，尚似疯犬一般，东冲西突。燕帖木儿知他骁悍，但令部将缠住了他，与他车轮般的厮杀。至忽剌台等俱已擒住，便一拥上前，任他力大如牛，也被众人牵倒。待捆缚停当，已是身受数创，奄奄一息。燕帖木儿宣令道："降者免死。"于是入关的北军，都做了矮人儿，情愿投诚。

　　当下重开关门，接应脱脱木儿，谁知关门外已虚无一人。惊人之笔。看官道是何故？原来阿剌铁木儿等入关时，各军俱随着主帅，一拥入关，外面与脱脱木儿相持，也不过数千人。脱脱木儿见北军中计，格外奋勇，一支大戟，随手飞舞，触着他原是丧生，让着他还要颠仆，故军正支持不住，又见关门忽闭，越加惊慌，一股脑儿向北遁去。脱脱木儿驱军力追，复斩杀了一大半，只有寥寥数百人，命不该死，四散逃脱。叙得明净。

　　脱脱木儿已经回军，方遇着大军接应，彼此说明，统喜欢得了不得，大家奏着凯歌，陆续归营。燕帖木儿休兵两日，即亲押囚车，送至京师。怀王迎入，又有一番宴赏，毋庸细说。

　　先是燕帖木儿曾遣人召陕西平章探马赤，行台御史马扎儿台，皆不

第四十一回　倒剌沙奉宝出降　泰定后别州安置

至。及怀王即位,颁诏陕甘,复被他焚毁诏纸,执使送上都。既而浙江省臣,亦拒绝诏使。由使臣还报,怀王大怒,即与燕帖木儿商议,欲一律诛戮。燕帖木儿模棱两可,因此诏尚未下。左司郎中自当,闻着此信,谒见燕帖木儿道:"云南、四川,今尚未定,若复杀行省大臣,转恐激变,不如俟上都平定,再议降罚未迟!"燕帖木儿尚沉吟未决,俄得河南警报,靖安王阔不花等,一作库库布哈。叛应上都,自陕西破潼关,克阌乡、陕州,复分兵北渡河中,趋怀孟,南过武关,逼襄阳,猖獗得了不得了。燕帖木儿阅毕,便进谒怀王,详述河南军事,并把自当所说的言语,亦复陈一遍。怀王道:"上都未平,原是可虑,看来又要劳卿一行。"燕帖木儿道:"毋劳圣虑,臣已密令齐王月鲁帖木儿,及东路蒙古元帅不花帖木儿,进攻上都去了。"遣齐王等攻上都,原是燕帖木儿妙算,但怀王尚未闻知,已见燕帖木儿擅权之渐。怀王道:"卿算无遗策,料必成功。"燕帖木儿谢奖而退。过了旬日,果然红旗报捷,上都已降服了。

自梁王王禅等败回上都,声势日衰,幸都城尚未被兵,所以残喘苟延。至齐王月鲁帖木儿,元帅不花帖木儿等,受燕帖木儿密令,举兵趋上都,于是都城受围。王禅等率兵出战,屡为所败,人心大骇。且因秃满迭儿逃还辽东,忽剌台等统已败没,城孤援绝,士无斗志。独倒剌沙谈笑自若,恰似没事一般。存心已坏,自可无忧。王禅与他会议数次,也不见有什么法儿,自思身陷围城,危险万状,不若乘夜逃走,还是三十六计中的上计。主意已定,便于夜间托词巡城,登陴四望,叹息了一口气,竟缒城自去了。

城中失了王禅,越加惶惧,倒剌沙竟暗中遣使,通款齐王,约

倒剌沙奉宝出降

定次日出降。齐王月鲁帖木儿，自然准约。越日迟明，果见南门大启，任他进去。月鲁帖木儿等，即麾兵入城，倒剌沙奉着御玺，伺候道旁，由齐王接着，他即屈膝请安，把玺呈上，且口称请死。齐王道："这事我难做主，须候大都裁夺！"遂令左右带着倒剌沙，一面将御玺藏好。方思驱马再进，忽见辽王脱脱，领着数十骑，持刀前来。齐王望将过去，不是来降的情状，即整备迎敌。脱脱到了齐王马前，竟用刀刺入，亏得齐王早已防着，也用刀相抵，不到数合，齐王麾下的将士，都上前效劳，你一枪，我一刀，兵锋环绕，将脱脱剁成数段，其余数十骑，统死于乱军之中。<small>脱脱还不愧为忠。</small>齐王驰入行宫，查明后妃人等，俱还住着，只小皇帝阿速吉八，不知去向。及诘问泰定皇后，但有满面泪痕，呜呜哭泣，反令人厌烦得很，遂抽身出外，只命部兵监守宫门，盘查出入罢了。<small>阿速吉八想为倒剌沙杀毙。</small>

上都已定，当由齐王饬使赍奉御宝，及诸王百司符印，概携送入京。还有倒剌沙等一班俘虏，也派兵押解京师。怀王闻上都捷音，快慰异常，诸王百官等统上表庆贺。中书省臣且奏言上都诸王大臣，不思祖宗成宪，遽被倒剌沙所惑，屡犯京畿，幸赖陛下神武，王禅等相继败亡，今上都亦已平靖，所有俘囚，应明正典刑，传首四方，借示与众共弃之意。奏入照准，先将阿剌帖木儿、忽剌台、安童、朵罗台、塔海等，斩首示众。一面御门受俘，命将倒剌沙等，暂羁狱中，自登兴圣殿受了御宝，分檄行省内郡，罢兵安民。

是时靖安王阔不花，方大破河南守兵，获辎重数万，进拔虎牢，转入汴梁。忽闻上都被陷，咨嗟不已。嗣又得怀王诏谕，料知独木难支，乃逡巡引去。惟四川平章政事囊嘉岱，自称镇西王，以左丞托克托为平章，前云南廉访杨静为左丞，烧绝栈道，独霸一隅。其余行省各官，都随风转篷，但教禄位保存，无不拱手听命。<small>一班饭桶。</small>

怀王又封赏功臣，以燕帖木儿为首功，赐号答剌罕，子孙世袭，又赐他珠衣两件，七宝带一条，白金瓮一，黄金瓶二，还有海东白鹘青鹘，及白鹰文豹等物，不计其数；寻设大都督府，令他统辖，饬佩第一等降虎符，并命他驱至上都，迁置泰定后妃，并料清军务。

至燕帖木儿出发后，又下诏悬赏，购缉逃犯。于是王禅、纽泽撒的迷失、也先铁木儿及倒剌沙兄马某沙等，尽被拿到。还有湘宁王八剌失

第四十一回 倒剌沙奉宝出降 泰定后别州安置

里,曾附和忽剌台等南侵冀宁,至是被元帅也速答儿捕获,械送京师。怀王命将倒剌沙磔死,王禅赐自尽,纽泽撒的迷失、也先铁木儿、马某沙等皆弃市。倒剌沙最不值得,若早知如此,想亦不愿奉宝出降了!并将罪犯的妻孥家产,分给功臣。只八剌失里,罪从末减,留锢狱中,总算还保全首领,九死一生,这且慢表。

且说燕帖木儿到了上都,由齐王月鲁帖木儿,及元帅不花帖木儿,出城迎入,彼此叙过寒暄,方谈及迁置后妃的命令。月鲁帖木儿道:"我早已饬兵守宫,除阿速吉八不知下落外,所有泰定所妃以下,尽行锢着,一个儿不曾放脱。"燕帖木儿点首称善。随即起身离座道:"我且入宫传旨,令他整备行装,以便迁置。明日就可要他动身了。"月鲁帖木儿道:"甚好!请公自便。"

燕帖木儿别了齐王,遂入行宫,早有宫女报知泰定后妃,泰定后闻知此信,恐有不测的命令,急得面色仓皇,形神黯淡。还有妃子必罕,及速哥答里两姊妹,统是娇躯发颤,带哭带抖,缩做一团。燕帖木儿到了宫门,守兵早已分队站着,让开正路,由燕帖木儿趋入。燕帖木儿一入宫中,见后妃等并不相迎,未免怀着懊恼。方欲瞋目呵叱,忽眼帘中映入红颜,不觉为之一迷。寻见泰定后欠身欲起,悲惨中带着数分袅娜,正是徐娘半老,犹存丰韵,已令人怜惜不禁。背后又立着一对姊妹花,绿鬟高拥,粉颈低垂,凤目中统含着一泡珠泪,尤觉楚楚可怜。_{是所谓尤物移人。}

当下站着一旁,向泰定后道:"皇后不必惊慌!大都也没有严命,不过因

泰定后奉宝出降安州

皇后在此，殊多不便，所以暂令移居，一切服食，尽可照常，毋庸耽忧！"泰定后潸然道："先皇殁后，拥立皇子，统是倒剌沙的主意，我辈女流，并无成见，目今嗣子已亡，大势一变，剩我嫠妇数人，备尝苦况，也是够了，还要移居何处？"只诬罪倒剌沙，不用正词驳诘，已见其志在偷生。燕帖木儿道："无非移居东安州，途程尚近，无虑艰阻，诸请放心！"泰定后复道："今日要我迁居，他日即索我性命，始终总是一死，不如死在此处！"燕帖木儿不待说毕，忙婉言慰劝道："皇后后福正长，休要自寻烦恼，将来要做太平王妃，自然有福。若虑有意外情事，但教我燕帖木儿存着，都可挽回。明日请皇后暂赴东安，所有宫中侍从，尽可带去，途中自有妥卒保护；如有人敢来欺凌，我燕帖木儿誓不与他干休！"独力爱护，泰定后妃应该以身报德。

泰定后方转悲为喜道："既有太平王照拂，我等如命起程便了。"一面说着，一面命两妃向前拜谢。此时一对姊妹花，也渐觉开颜，遵着泰定后嘱咐，分花拂柳地走近燕帖木儿前一同敛衽。急得燕帖木儿答礼不及，忙避开一旁，连称不敢。并将那一双色眼，细瞧两妃，两妃也似觉着，抬起头来，向他微笑。这样情景，几乎无可摹拟，只小子曾记有两句古诗，彼此凑合，颇得神似，其词云：

  目含秋水双瞳活，心有灵犀一点通。

毕竟泰定后妃，何日登程，容待下回说明。

  上都沦陷，天顺帝不知所终，著书人依史叙录，原不能凭空捏造，构一死证。但奉宝出降者为倒剌沙，则幼主之死，出自倒剌沙之手，应无疑义。倒剌沙始以宠利自私，致偾国事，及势处穷蹙，乃戕主夺玺，出降军前，是殆人类所不齿，较诸王禅等之临难遁去，尤觉死有余辜！大都磔尸，身名两裂，后世臣子，可作炯戒！若夫泰定后之身遘忧危，稍具节烈，应即捐躯以殉。况移置东安之命，接踵而来；燕帖木儿又为发难之首领，平昔未曾厚遇，能望其竭诚保护，不作他想乎？是回叙移置后妃事，已将燕帖木儿心迹，隐约表明，匣剑帷灯之妙，可即于本回中见之。迨阅至后文，图穷匕见，更知伏笔之不虚设矣。

第四十二回

四女酬庸同时厘降　二使劝进克日登基

却说泰定二妃，与燕帖木儿打了照面，一笑传情，这时候的燕帖木儿，心痒难搔，恨不得将两个丽姝，吞下肚去。只因众目共睹，不便动手蹑脚，没奈何定一回神，站定身躯。待两妃复了原处，方向泰定后道："明日后如动身，当备辇派兵，护送至东安州。"泰定后应着，燕帖木儿方出行宫。

是夕，竟不成寐，默默筹划，想定了一个法儿，方才有些疲倦。朦胧片刻，便闻鸡声，当即披衣起床，俟盥洗进膳后，就跑入行宫。见过泰定后妃，复代为收拾行装，连脂盝粉函等件，无不凝神检点，亲手安排。至料理清楚，方出来面嘱亲兵，教他途中伺候后妃，须格外周到，不得有误。吩咐毕，再入宫导引后妃，出宫驾舆，自己亦上马扬鞭，送她们出城。

正启行间，对面来了京使，不得不下马相见。当由京使宣诏，命他即日入朝。燕帖木儿很是懊丧，奈不好当面直言，只得与京使敷衍数语，要他入城待着，以便偕行。

京使驱马自入，燕帖木儿加鞭疾出，赶至泰定后妃舆旁，和颜悦色地说道："今日后妃东去，本拟护送出境，奈大都又颁敕召回，不好迟慢，万望此去自爱，切勿苦坏玉躯！他日相见有期，决不负言！"*好一个有情有义的真男子！*泰定后也即称谢，两妃亦从旁插口道："王爷亦须珍摄！我姊妹二人，得仗庇护，也不忘恩！"*此心已许君矣。*说着，又觉得四目盈盈，泪珠欲下。燕帖木儿几不忍舍，无如此时只好暂别，乃凄然语着道："我去了！前途保重！"*好似长亭送别。*于是勒马而回。临别时，犹返顾去车，怅望不已，直至去车已远，才纵马入城。

是日午后，即与京使并辔还朝，入见怀王，报明迁置后妃事，并问怀王何故立召。怀王道："上都平定，余孽扫除，这般大功，统由卿一人造成，朕所深感。但朕的本意，帝位须让与长兄，所以召卿还商，即拟遣使北迎。"燕帖木儿闻言，一时竟难置词，句中有眼。好一歇不答怀王。怀王复道："卿意如何？"燕帖木儿道："自古立君，有立嫡、立长、立功三大例。以立长言，陛下应让位长兄；以立功言，陛下亦不妨嗣位。唐太宗喋血宫门，后世尚称为贤君呢。"引唐太宗故事，直是教怀王杀兄。怀王道："说虽如此，然朕心终属未安，宁可让位朕兄，兄如不受，再作计较！"着眼在末二句。燕帖木儿道："今岁已值隆冬，漠北严寒，未便行道，俟来春遣使未迟。"怀王道："朕兄还京师，不妨以来春为期；惟朕处遣使，应在今冬，免得朕兄怀疑。"燕帖木儿道："但凭陛下裁处！"

怀王道："社稷已安，宗庙无恙，朕与卿亦可稍图娱乐。闻卿家只有一妃，何勿再置数人？宗室中不乏良女，由卿自择，朕可即日诏遣。"燕帖木儿道："陛下念臣微劳，竟替臣想到这层，天恩高厚，何以为报？但陛下且未册定正宫，臣何敢竟尚宗女，请陛下收回成命！"怀王道："朕及大兄生母，尚未追尊，如何便可立后？"怀王尚知有母，较燕帖木儿心术略胜一筹。燕帖木儿道："追尊皇妣，原是要紧，册立皇后，亦难从缓，上承庙祀，下立母仪，两事并重，应请同日举行。"怀王既欲让兄，何必骤立皇后，此由燕帖木儿乘隙盅君，欲立后为内间耳，看官莫被瞒过。怀王道："且待来春举行。"燕帖木儿才退。

过了一日，竟由怀王下诏，赐燕帖木儿以宗女四人。燕帖木儿道："我昨日已经面辞，如何今日邀赐？这事却使不得！我当入朝固谢。"意中已有他人，所以欲去固辞。便命役夫整舆，甫出大门，猛听得一阵弦管声，由风吹至，不禁惊讶起来。寻见有绣幰四乘，导以鼓乐，护以侍从，车马杂沓，冉冉来前。不由得失声道："哎哟！公主等已来了，如何是好？"正说着，宣敕官已加鞭至门，下马与燕帖木儿相见。燕帖木儿不得不敛容迎入。当由宣敕官恭读诏书，令燕帖木儿接旨。燕帖木儿照例跪听，诏中无非是盛叙功劳，合颁优赐，特遣宗女四人，侍奉巾栉，并媵女若干名，该王毋得固辞！

燕帖木儿谢恩而起，接过诏轴，悬挂中堂，宣敕官又向他贺喜。燕帖木儿道："这事从何说起？我已陛辞盛赐，今反命尚四公主，自问何德何能，敢邀厘降！还请公传语折回，我即来朝面奏，断不使公为难！"宣敕官笑道："王爷未免太迂！圣旨岂可违得？况四位公主，已经厘降，也不便中道折回，请王爷不必迟疑！今日系黄道良辰，即可谢恩成

第四十二回　四女酬庸同时厘降　二使劝进克日登基

礼呢。"言毕,即命侍从等导入绣幰,停住大厅。一面令从人治外,媵女治内,所有铺设等件,除太平王邸现成布置外,其余尽出帝赐。

四女酬庸同时厘降

太平王邸本阔大得很,从前罪犯第宅,大半拨给,京师里面,几乎占了半城。邸中仆从如云,更兼四公主带来的侍从,又不下千名,内外陈设,众擎易举,不消一二时,即已措办整齐。当请燕帖木儿祭告天地,并向北阙谢恩,然后请四公主下舆,先行了君臣礼,后行了夫妇礼。此时的燕帖木儿,又惊又喜,又喜又忧,但已事到其间,无从趋避,乐得眼前受享,再作区处。夫妇礼成,又请出继母公主察吉儿,再行子妇相见礼,然后洞房合卺。此时的太平王妃不知哪里去了。诸王百官,复陆续趋贺,绿酒红灯,大开绮席,琼浆玉液,尽是奇珍,说不尽的繁华,写不完的喜庆。

到了黄昏席散,宣敕官与贺客等,俱已散去,那时燕帖木儿返入洞房,由四公主列坐相陪,霞觞对举,绮縠生香,酒不醉人人自醉,色不迷人人自迷,况燕帖木儿本是个色中饿鬼,见这如花似玉的佳人,哪有不移篙相接?左拥右抱,解带宽衣,夜如何其,其乐无极!设非有牛马精神,安能当此。

次日,复入朝面谢。退朝后,又与那四位公主,把酒言欢。方在十目调情的时候,突见侍女中有一淡装妇人,年可花信,貌独鲜妍,比较四位公主,色泽不同,恰另有一种的天然丰韵。当下触目动心,未免呆定了神,连公主等与他谈话,也不暇理睬。公主等动了疑衷,殷勤动问,他自觉好笑,遂打着谎语道:"我适记起一桩国事,拟于今晚草奏,适与公主等饮酒谈心,几致忘却,所以一经想着,不觉驰神。"四公主齐声道:

"王爷既有军国重事,何不早说？免得以私废公。"燕帖木儿道："不妨！晚间起稿未迟。现在有花有酒,不如再饮数樽。"于是复同酌了一回,始命撤席。乘着酒兴,别了绣闼,竟踉跄至书斋,密命心腹小厮,潜召这淡装少妇。

不一时,小厮导着少妇,亭亭而至。见了燕帖木儿,便上前请安。燕帖木儿命她起立,仔细瞧着,眉不画而翠,唇不脂而红,颜不粉而白,发不膏而黑,秀骨天成,长短合度。俗所谓本色货。那少妇从旁偷觑,见燕帖木儿身材,长逾七尺,虎头猿臂,燕颔豹颈,精神充满,气宇深沉,似乎人间男子,要算他一时无两。妇人窥男子,较诸男子窥妇人,尤进一层。两下相对,脉脉含羞,又被这燕帖木儿盯住双目,顿觉桃花面上,愈映绯红,遂俯着首拈那腰带。燕帖木儿乃启口问道："你是何处人氏？"连询数声,竟不见答。

燕帖木儿不禁惊讶,猛见小厮尚站着一旁,就命他退去,然后再问少妇。只见少妇颦着双眉,呜呜咽咽地说道："承蒙见问,言之可愧,妾数年前亦为命妇,今则家亡身辱,充没官掖,随着公主前来,尚算皇恩高厚,命该如此,还有何说！"燕帖木儿见她愁容惨淡,口齿清明,益觉由怜生羡,由羡生爱,遂堆着满面笑容,婉词再诘。嗣经少妇说明,方知少妇不是别人,乃是前徽政院使失列门的继妻。闻名之下,我亦一惊。燕帖木儿太息道："宦途危险,家室仳离,失列门亦不必说了；累你青年少妇,寂守孤帏,岂不可痛？"少妇听了此言,禁不住泪下两行。燕帖木儿复语道："你既到了我家,我不愿辱没你！"如何叫作辱没。少妇道："全仗王爷庇护。"说至护字,已被燕帖木儿揽住娇躯,拟把她置诸膝上。看官！你想燕帖木儿膂力过人,虽明知少妇乏力,轻轻一扯,奈少妇已倒入怀中,仿佛如小儿吃奶一般,紧贴住燕帖木儿胸前。燕帖木儿替她拭泪,又温存了一番,情投意合,男贪女爱,竟携手入帏,同赴阳台去了。好一件军国重事。公主等只道出草奏牍,不去惊动,直至更深人静,方令侍女促眠。那时两人早云收雨散,一同起床,订了后约,各归内寝,这且慢表。

且说时光易过,残腊复催,转瞬间已是天历二年,怀王册妃弘吉剌氏为皇后。后名卜答失里,系鲁国公主桑哥吉剌女,曾与怀王出居建康,并徙江陵,至怀王入京,也随驾同行。怀王以艰苦同尝,应该

第四十二回　四女酬庸同时厘降　二使劝进克日登基

安乐与共，因册立为后。_{为后文谋杀明宗后及安置东安州张本，所以特书其名。}一面追尊生母唐兀氏，及兄母亦乞列氏，为武宗皇后。再遣使臣撒迪哈散等，驰赴漠北，恭迓周王。

撒迪等至周王行在，由周王召见，问明大都情状。撒迪一一陈明，并启周王道："大王以德以长，应有天下；况臣奉命前来，原是请大王早正帝位，一则安天下的人心，二则成皇弟的让德，事机相迫，幸勿迟疑！"周王道："平定上都，统是吾弟一手安排，且已称帝改元，君臣分定；我若再即尊位，岂不是多了一帝么？"_{周王自知亦明。}撒迪道："仁宗靖变，迎立武宗，至武宗宾天，仁宗始承大统，故例犹在，尽可踵行。"周王道："据你说来，我即位后，可规仿前制，立朕弟为皇太子么？"撒迪道："这个自然，兄弟禅让，仁德两全，颇不是追美尧舜么？"_{援仁宗故例，已是不符，又云可追美尧舜，尤属牵强。}周王意尚未决，复集府史等商议。府史等侍从多年，遇着这桩绝大的喜庆，哪个不想攀龙附凤，做个册命功臣！既遇周王咨询，自然极力赞成，殷殷劝进。周王乃决计即位，遂于天历二年春正月，设帝幄于和宁北陆，礼仪仍旧，气象式新。漠北诸王大臣及撒迪、哈散等，相率入贺。_{大出怀王意料。}越日，又有两使自燕都到来，系赍奉金银币帛，进供御用。两使为谁？一是前翰林学士不答失里，一是太府太监沙剌班。既到行幄，即入帐觐贺。是时周王和世㻋，已即位为帝，小子不得不改称；因他后来庙号，叫作明宗，自然遵例称明宗了。明宗见过两使，慰问数言，当由两使赍呈贡物。明宗很是心喜，便命撒迪等还京师。并谕撒迪道："朕弟向览书史，近时得毋废弃否？听政有暇，总宜与贤士大夫常相晤对，讲论史籍，考察古今治乱得失。卿等至京师，当将朕意转告，毋违朕命！"_{令尹子围故事，明宗胡未之读，乃丞丞于为帝耶？}撒迪等唯唯而返。

到了京师，即将明宗面命，传告怀王，怀王嘿然不答。_{已具异心。}是夕，即召燕帖木儿入议。燕帖木儿进谈多时，左右大都屏退，无从闻悉秘言。_{为下文伏线。}次晨，便遣燕帖木儿奉皇帝宝玺赴漠北，以知枢密院事秃儿哈帖木儿，御史中丞八即剌，翰林直学士马哈某，瑞典使教化的，宣徽副使章吉，金中政院事脱因，通政使那海，大医使吕廷玉，给事中咬驴，中书断事官忽儿忽答，右司郎中孛别出，左司员外郎王德明，礼部尚书八剌哈赤等从行。复命有司奉金千五百两，银七千五百两，币帛各四百匹，及金腰带二十，备行在赏赐之用。怀王

二使勤进魁日登基

又饬在京诸臣道："宝玺既已北上，继今国家政事，应遣人奏闻行在，我不便专擅了。"廷臣都赞扬怀王让德，冠绝古今。正是：

有口皆碑周泰伯，昧心谁识楚灵王？

欲知后事如何，请看下回分解。

　　读《燕帖木儿列传》，前后尚宗室女，至四十人，本回第称四公主，是举其最先厘降者而言。若失列门妻一段，观《文宗本纪》，亦曾有其事，并非著书人好为捏造。是燕帖木儿荒淫之渐，固自怀王导成之。其余所述大政，概见正史，惟经著书人略为渲染，则当时所行之政迹，俱属有陈可寻，谓之演义也可，谓之评史，亦无不可也。夫怀王袭位，本其初志，所谓让兄者，特其矫情耳。燕帖木儿知之最深，故受赐最厚。周王和世㻋，未曾入京，遽正大位，曾不知他人已耽耽其旁，欲以之为尝试地，而在己且愿供玩弄而不之悟也。哀哉！

第四十三回

中逆谋途次暴崩　得御宝驰回御极

却说明宗即位后，饬造乘舆服御，及近侍诸服用，准备启行。且命中书左丞跃里帖木儿，筹办沿途供张事宜。行在人员，俱忙个不了。未曾讲求初政，但从外观上着想，即令为君得久，亦未必德孚民望。适燕帖木儿奉宝来辕，率随员进谒明宗。明宗嘉奖有差，并封燕帖木儿为太师，仍命为中书右丞相，其余官爵，概从旧例。且面谕道："凡京师百官，既经朕弟录用，并令仍旧，卿等可将朕意转告。"燕帖木儿道："陛下君临万方，人民属望，惟国家大事，系诸中书省、枢密院、御史台三堵，应请陛下知人善任，方免丛脞。"

明宗称善，乃用哈八儿秃为中书平章政事，伯帖木儿知枢密院事，孛罗为御史大夫。这三人统是武宗旧臣，明宗以为不弃旧劳，所以擢居要职。既而宴诸王大臣于行殿。特命台臣道："太祖有训：美色名马，人人皆悦，然方寸一有系累，即要坏名败德。卿等职居风纪，曾亦关心及此否？恐非燕帖木儿所乐闻。世祖初立御史台时，首命塔察儿、奔帖杰儿两人，协司政务，纲纪肇修。大凡天下国家，譬诸一人的身子，中书乃是右手，枢密乃是左手，左右手有疾，须用良医调治，省院阙失，全仗御史台调治。自此以后，所有诸王百官，违法越礼，一听举劾，风纪从重，贪墨知惧，犹之斧斤善运，入木乃深；就使朕有缺失，卿等亦当奏闻，朕不汝责，毋得面从！"台臣等统齐声遵谕。

越日，又命孛罗传谕燕帖木儿等道："世祖皇帝，立中书省、枢密院、御史台，及百司庶府，共治天下，大小职掌，已有定制。世祖又命廷臣集议律令章程，垂法久远，成宗以来，列圣相承，罔不恪遵成宪。朕今承太祖、世祖的统绪，凡省院台百司庶政，询谋佥同，悉宜告朕；至若军务机密，枢密院应即上闻；其他事务，有所建白，必先呈中书省台，以下百司及近臣等，毋得隔越陈请，宜宣谕诸司，咸俾闻知。倘违朕意！必罚无赦！"注重中书省台，其如权臣雍蔽何？又越数日，遣武宁王彻彻秃及哈八儿秃至京,立怀王为皇太子。仍蹈武宗当日之弊。并命求故太子宝,缴给怀王。嗣闻故太子宝已失所在,乃申命重铸,姑不必细表。

且说彻彻秃等既到京师,传达行在诏命,怀王敬谨受诏。一面驰使行在,请明宗启跸。一面亲自出京,就中道恭迎。会陕西大旱,人自相食,太子詹事铁木儿补化等,请避职禳灾。太子亲谕道:"皇帝远居沙漠,未能即至京师,所以暂摄大位。今亢阳为灾,皆予阙失所致,汝等应勉尽乃职,祗修实政,庶可上达天变,辞职何为?"乃起前参议中书省事张养浩,为陕西行台御史中丞,命往赈饥。先是养浩辞官家居,七征不起,至是闻命,登车即行,见道旁饿夫,辄施以米,沟前饿莩,辄掩以土,迨经华山,祷西岳祠,泣拜不能起。忽觉黑云四布,天气阴翳,点滴淅沥诸甘霖,一降三日。及到官,复虔祷社坛,又复大雨如注,水盈三尺,始见天霁。陕西自泰定二年,至天历二年,其间更历五六载,只见日光,不闻雨声,累得四野槁裂,百草无生。这时遇了这位张中丞,泣祷天神,诚通冥漠,居然暗遣了风师雨伯,来救陕民,那时原隰润膏,禾黍怒发,一片赤地,又变青畴。看官!你想这陕西百姓,还有不感泣涕零,五体投地么?其时斗米值十三缗,百姓持钞出籴,钞色晦黑,即不得用,诣库掉换,刁吏党蔽,易十与五,且累日不能得,人民大困。养浩洞察民艰,立检库中旧钞,凡字迹尚清,可以辨认的钞数,得一千零八十五万五千余缗,用另印加钤,颁给市中,以便通用。又刻十贯五贯的钱券,给散贫乏,命米商视印记出粜,诣库验数,易作现银。于是吏弊不敢行。又率富民出粟,请朝廷颁行纳粟补官的新令,作为奖励。因此富民亦慨然发仓,救济穷民。养浩又查得穷民乏食,至有杀子啖母的奇情,为之大恸不已。遂出私钱给济。且命出儿肉遍示属官,责他不能赈贷。到官四月,未尝家居,止宿公署,夜则祷天,昼则出赈,几乎日无暇晷,每念及民生痛苦,即抚膺悲悼,因得疾不起,卒年六十。陕民如丧考妣,远近衔哀,后追封滨国公,谥文忠。养浩为一代忠臣,所以始终全录。

话分两头,单说皇太子遣使施赈后,复将铁木儿补化辞职等情,报明行在。明宗谕阔儿吉思等道:"修德应天,乃君臣当尽的职务,铁木儿补化等所言,甚合朕意。皇太子来会,当与共议,如有泽民利物的事件,当一一推行,卿等可以朕意谕群臣,务期上下交儆,仰格天心。"

于是监察御史把的于思,奏言"自去秋命将出师,戡定祸乱,凡供

第四十三回　中逆谋途次暴崩　得御宝驰回御极

给军需,赏赉将士,所费不可胜计。若以岁入经费相较,所出已过数倍。况今诸王朝会,旧制一切供亿,俱尚未给,乃陕西等处,饥馑荐臻,饿莩枕籍,加以冬春交际,雨雪愆期,麦苗槁死,秋田未种,民庶皇皇。臣窃以为此时此景,正应勉力撙节,不宜妄费。如果有功必赏,亦须视官级崇卑,酌量轻重,不惟省费,亦可示劝。其近侍诸臣,奏请恩赐,当悉饬停罢,借纾民力"云云。明宗览奏,为之动容,乃诏令上下节用,并启跸入京,所过地方,一切供张,俱宜从俭等语。有司虽都奉敕,究竟不敢过省,沿途供应,彼此争华。明宗虽明,仍是莫名其妙,无非以为例所当然,得过且过罢了。

这边按站登途,已到王忽察都地方,那边皇太子亦率着群臣,到了行辕。两下相见,握手言欢,名分上原隔君臣,情谊上终系骨肉。<small>恐怀王不作是想。</small>明宗格

外欢慰,遂大开筵宴,畅谈了好多时,兴阑席散,大家归寝。只燕帖木儿来见太子,又密谈了半夜。<small>到底为着何事。</small>太子尚踌躇未决,一连三日,方才决议。天历二年八月六日,天已迟明,明宗尚高卧未起。皇后八不沙,只道明宗连日劳顿,不敢惊动,待到巳牌,尚不闻有觉悟声,才有些惊讶起来。近床揭帐,不瞧犹可,仔细一瞧,顿吓得面无人色。原来此时的明宗,已七窍流血,四肢青黑,硬挺挺地奄卧床中。八不沙皇后,究系女流,被这一吓,连话语都说不出来。幸有侍女在旁,急报知近臣,令传太子入寝。

太子正与燕帖木儿同坐一室,静待消息。得了此信,即相偕趋入,

见了明宗的死状,太子情不能忍,恰也恸哭起来。良心原是未泯。燕帖木儿恰从容说着道:"皇帝已崩,不能复生,太子关系大统,千万不可张皇,现在回京要紧,倘一有不测,岂非贻误国家么?"说着,已向御榻间探望,见御宝尚在枕旁,便伸手取来,奉与太子道:"这是故帝留着,传与太子,太子不妨速受。况皇后亲在此间,论起理来,亦应命交太子,责无旁诿,何庸推辞!"无非为了此着。此时的八不沙皇后,只知恸哭,管什么御宝不御宝。就是燕帖木儿一派言语,亦未曾闻着。太子瞧这情形,料知皇后无能,遂老老实实地将御宝受了,并止住了哭,想去劝慰皇后。经燕帖木儿以目示止,遂也不暇他顾,径出行宫。燕帖木儿当即随出,扶太子上马,疾驰而去。途次传命伯颜为中书左丞相,并封太保,钦察台、阿儿思兰海牙、赵世延,并为中书平章政事,朵儿只为中书右丞,前中书参议阿荣,太子詹事赵世安,并为中书参知政事,前右丞相塔失铁木儿知枢密院事,铁木儿补化及上都留守铁木儿脱并为御史大夫。御玺到手,即易大臣,可谓如见肺肝。于是明宗所用的一班旧臣,又复束诸高阁,归去来兮。

　　及太子既到上都,监察御史徐爽,遂上书劝进,略言天下不可一日无君,神器不可一夕虚悬,先皇帝奄弃臣庶,已逾数日,伏望皇上早正宸极,上奠宗社,下安兆民,俾中外有所依归等语。蓄志久矣,何庸尔请。乃复择吉登位,亲御大安阁,受诸王百官朝贺。免不得又有一道诏敕,其文云:

　　　　朕惟昔上天启我太祖皇帝,肇造帝业,列圣相承。世祖皇帝,既大一统,即建储贰,而我裕皇天不假年!成宗入继,才十余载。我皇考武宗,归膺大宝,克享天心,志存不私,以仁庙居东宫,遂嗣宸极。甫及英皇,降割我家。晋邸违盟构逆,据有神器,天示谴告,竟陨厥身。于是宗戚旧臣,协谋以举义,正名以讨罪,揆诸统绪,属在藐躬。朕兴念大兄播迁朔漠,以贤以长,历数宜归,力拒群言,至于再四。乃曰:"艰难之际,天位久虚,则众志勿固,恐隳大业。朕虽从请而临御,实秉初志之不移,是以固让之诏始颁,奉迎之使已遣。寻命阿剌忒纳失里燕帖木儿奉皇帝宝玺,远迓于途。受宝即位之日,即遣使授朕皇太子宝。朕幸释重负,实获素心,乃率臣民北迎大驾。而先皇帝跋涉山川,蒙犯霜露,道里辽远,自春徂秋,怀

第四十三回　中逆谋途次暴崩　得御宝驰回御极

险阻于历年,望都邑而增慨。徒御勿慎,屡爽节宣。信使往来,相望于道路。彼此思见,交切于衷怀。八月一日,大驾次王忽察都,朕欣瞻对之有期,独兼程而先进。相见之顷,悲喜交集,何数日之间,而宫车勿驾,国家多难,遽至于斯,念之痛心,以夜继旦!欺人乎!欺己乎!诸王大臣以为祖宗基业之隆,先帝付托之重,天命所在,诚不可违,请即正位以安九有。朕以先皇帝奄弃方新,摧怛何忍,衔哀辞对,固请弥坚。执谊伏阙者三日,皆宗社大计,乃以八月十五日,即皇帝位于上都。可大赦天下,自天历二年八月十五日昧爽以前,罪无轻重,咸赦除之。于戏!戡定之余,莫急乎与民休息;丕变之道,莫大乎使民知义,亦惟尔中外大小之臣,各究乃心,以称朕意!

即位诏下,又命中书省臣等,议定先帝庙号,叫作明宗。可怜明宗称帝,只七阅月,连改元的诏旨,都未及下,竟尔被人暗算,中毒身亡!年仅三十,空留了一个明

得御宝驰回御极

字,作为尊号!其实这明字尚未切贴;若果甚明,何致为图帖睦尔及燕帖木儿两人一同谋毙呢?<u>坐实两人谋毙,书法无隐。</u>

话休叙烦,且说图帖睦尔既已正位,此次情形,与前次不同。前次犹称暂摄,此次正名定分,实行帝制,因他后来庙号,叫作文宗,小子不好仍称怀王,只得沿号文宗。<u>划清眉目。</u>文宗首命阿荣、赵世安两人,督建龙翔集庆寺于建康,又派台臣前往监工,南台御史恰联衔奏阻,说得剀切详明,不由文宗不从,其词道:

陛下龙潜建业,居民困于供给,幸而获睹今日,莫不跂望非常之恩。今夺民时,毁民居,以创佛寺,台臣表正百官,委以监造,岂其礼哉?昔汉高祖复丰沛两县,光武帝免南阳税三年,今不务此,而隆重佛教,何以慰斯民之望?且佛教慈悲方便,今尊佛氏而害生民,无乃违其教乎!臣等心以为危,故不避斧钺,惶恐上陈。

寻得诏旨,罢免台臣监役,台臣方免得往返,也算文宗肯纳嘉言了。但文宗的心中,总想皈依佛教,忏除一切罪厄。推刃同胞,宜乎自栗。所以余政未修,先已建寺。并因帝师圆寂,改立西僧辇真乞刺思为帝师。新帝师自西域到来,文宗命朝臣出迎,凡位列一品以下,俱应此役。帝师却大模大样,乘车入都。既登殿,文宗亦恭立门内,亲揖帝师,帝师傲睨自若,不过略略合掌,便算答礼。及入座,由文宗饬谕,命大臣俯伏进觞,帝师又傲然不为动。恼动了国子祭酒富珠里翀,大踏步走至帝师座前,满满地斟了一觥,递与帝师道:"帝师祖奉释迦,是天下僧人的宗师,我祖奉孔子,是天下儒人的宗师,彼此各有所宗,各不为礼,想帝师亦应原谅!"帝师闻言,无从驳辩,却一笑起身,受觞卒饮,大众为之栗然。富珠里翀恰徐徐地退入班中去了。难倒帝师。

文宗也不加斥责,尽欢而罢。嗣以燕帖木儿,功勋无比,追封三代,以他曾祖父班都察为郪阳王,曾祖妣王龙彻,为溧阳王夫人,祖父土土哈为升王,祖妣太塔你,为升王夫人;父床兀儿为扬王,母也先帖你及继母公主察吉儿并为扬王夫人。又命礼部尚书马祖常,铺张燕帖木儿功绩,制文立石,矗峙北郊。嗣复因种种赏赐,未足报功,特命专任宰辅,改伯颜知枢密院事,罢设左丞相,并颁诏以示宠眷道:

燕帖木儿勋劳惟旧,忠勇多谋,奋大义以成功,致治平于期月,宜专独运以重秉钧,授以开府仪同三司上柱国太师太平王答剌罕中书右丞相,录军国重事,监修国史,提调燕王宫相府事,大都督领龙翊亲军都指挥使司事。凡号令、刑名名、选法、钱粮、造作一切中书政务,悉听总裁。诸王公主驸马近侍人员,大小诸衙门官员人等,敢有隔越奏闻,以违制论,特诏。

自是燕帖木儿权势日隆,凡所欲为,无不如意,因此宫廷内外,只知有太平王,不知有文宗。正是:

拥戴功高无与匹;威权日甚易生骄。

欲知文宗此后行政,且从下回交代。

　　明宗即位和宁,观其所颁诏令,无非普通行政,并不闻有暴虐之行,致干民怨,而王忽察都之信宿,即致暴崩。值春秋鼎盛之时,遇此极大变故,而皇太子不加追究,右丞相亦未发言,且取得御宝,即上马南驰,此非太子、右相之暗中加毒,能如是之默尔而息手?太子未曾登极,即易旧臣,机一至而即发,情欲盖而弥张。至于内省多疚,欲假佛事以忏过,佛果有灵,岂为乱贼呵护乎?获罪于天,祷亦何益,多见其不知量也。

第四十四回

怀妒谋毒死故后　立储君惊遇冤魂

　　却说文宗天历三年，改元至顺。其时明宗后自漠北返京，文宗迎居宫中，敕有司供币帛二百匹，作为资用，并命明宗子懿璘质班一作额林沁巴勒。为鄜王。懿璘质班年才五岁，系明宗嫡子，乃八不沙皇后所出。还有一子名妥欢帖睦尔，一作托叹特穆尔。比懿璘质班年纪较长，其母名叫迈来迪，相传迈来迪系北方娼妇，前宋恭帝赵显，被虏至京，受封瀛国公，赵显安居北方，平日无事，未免寻花问柳，适见迈来迪姿容韶丽，遂与她结成外眷，产下一子，便是妥欢帖睦尔。嗣赵显病殁，迈来迪华色未衰，被明宗和世㻋所见，纳为侍妾，载与同归。妥欢帖睦尔随母入侍，子以母贵，居然为明宗长子。俗语所谓拖油瓶。因此明宗左右，啧有烦言，至是亦同入宫中。文宗却也不欲穷诘，待遇如犹子一般。任他出入宫禁，抚养成人。不过懿璘质班是嫡子，妥欢帖睦尔为庶子，嫡庶不能无别，所以一封王，一不封王，这且不必细表。

　　就中单说八不沙皇后，虽入宫中，受着文宗的敬礼，奈心中不无怨怼，有时暗中流泪，有时对人微言，文宗虽略有所闻，倒也不暇理睬。只文宗后卜答失里与八不沙本不相亲，此时同住宫中，面上似属通融，意中不无芥蒂。这是娣姒常态。彼此相见，免不得暗嘲热讽，冷语交侵。看官！你想这八不沙皇后，本是没甚材干，遇着这等尴尬的遭际，又不能处之泰然，每不如意，辄迁怒左右，侍女们有何知识，得着主宠，便是喜欢，逢着主怒，便是懊恼，哪个肯体心贴意，曲意奉承？况八不沙是个过去的皇后，留住宫中，好似一个寄生虫，怎及得卜答失里系当时国母，节制六宫？所以八不沙一言一动，统由侍女们传报，卜答失里遂无乎不知。非平时揣摩世态，不能如此详明。

　　冤家有孽，偏出了一个太监，与八不沙硬做对头，这太监的名字，与英宗时的贤相拜住同一大名。这正是名同心不同呢。某日太监拜住，在宫中住来，巧遇着八不沙皇后，他也不上前请安，反在旁边立着，指手

第四十四回　怀妒谋毒死故后　立储君惊遇冤魂

画脚，与小太监调笑。八不沙皇后，不禁气恼，便向他呵叱道："你是一个区区太监，也敢这般无礼！人家欺负我，是我命苦所致，似你这厮，也看我是奴仆一般！罢罢！你等仗着皇后威势，竟尔无法无天，须知我也是个皇后，不过先帝忠厚，不甚防着，反被那狗男女从中暗算，仓猝崩逝，难道皇天无眼，作善罹殃，作恶反得降祥？泰山有坍倒的日子，你等应留着余地，不要有势行尽呢！"妇女口吻，亏他描摹。说罢，负气竟去。

这太监拜住恰冷笑了几声，又慢腾腾地走入中宫，见了皇后卜答失里，便跪倒地上，呜呜咽咽地哭将起来。忽笑忽哭，写尽奸刁。卜答失里本宠爱拜住，瞧着这副情状，便问道："你受何人委屈，来到我处诉苦？"拜住道："奴婢不敢说！"卜答失里道："叫你说你却不说，你为何向我来哭？你莫非逗刁不成？"拜住磕头道："奴婢怎敢！只此事关系甚大，不说不可，欲说又不可。"卜答失里道："你尽管说来，有我做主何妨！"拜住才将八不沙皇后所言，转述一遍，且捏造几句谮词，惹动卜答失里盛怒，陡然起座，拟至八不沙皇后处，与她评理。拜住恰又劝阻。刁狡之极。

卜答失里顿足道："我与她势不两立，定要她死在我手，方出胸中恶气！"拜住道："这亦不难，总教禀明皇上，赐她自尽，便可了案。"卜答失里道："我也曾说过几次，奈皇上不肯见从，奈何！"拜住道："从太子入手，便好行事。"卜答失里沉吟道："你且起来，好好商酌为是。"拜住顿首起立。经卜答失里屏去侍女，密与拜住商量。拜住道："皇子虽幼，然将来总是储君，现在鄜王已立，同处宫禁，势必从旁窥伺，倘或皇上舍子立侄，如皇子何！如皇后何！"卜答失里道："我亦防这一着，目

怀妒谋毒死故后

今计将安出！"拜住道："只教禀闻皇上，但说明宗皇后潜结内外，谋立鄜王为太子，不怕皇上不信！"卜答失里道："皇上曾有立侄的意思，倘若弄假成真，如何是好？"拜住道："明宗暴崩，谣言蜂起，多说太平王燕帖木儿主谋，连皇上亦牵累在内，就是明宗皇后，也怀着疑心，所以语中含刺，我想皇上让德昭彰，断不如群情所料，若把此言一一奏闻，管教皇上动气，早些斩草除根，免得后患！"卜答失里尚在摇头，拜住道："再进一层，竟说她谋为不轨，将不利皇上，皇上莫非再让不成！"谗人罔极。

卜答失里不禁点首，便令拜住暂退，自己待文宗入宫，便一层一层地详告。文宗虽是动怒，然不肯骤用辣手，经卜答失里婉劝硬逼，弄得文宗心思亦被她摇惑起来。俗语说得好，枕席之言易入，况加以父子夫妇，关系生死，就是铁石人也要动心。不由得叹息道："凡事不为已甚，我已为燕帖木儿所惑，做到不仁不义；目今又被势逼，教我再做一着，岂不是已甚么？但箭在弦上，不得不发，我只好将错便错罢了！"误尽世人，莫如此言。便语皇后卜答失里道："据你说来，定要处死八不沙皇后，但我心终属未忍。宁可由别人去处置她，我却不好自行赐死！"分明是教她矫诏。卜答失里无言。

到了次日，文宗自去视朝，卜答失里即召拜住密议，并将文宗语述毕。拜住道："皇上太属仁慈，此事只可由皇后做主。"卜答失里道："你叫我去杀她么？"拜住道："请皇后传一密旨，只说皇上有命，赐她自尽，她向何人去说，只好自死罢了。"卜答失里道："事果可行么？"拜住道："何不可行？皇上绝不为难。"卜答失里道："你与我小心做去，何如？"

拜住遂出，拟好密旨，并亲携酖酒，径向八不沙皇后处行来。八不沙皇后梳洗才毕，骤见拜住入内，令她跪读诏旨，不禁战栗起来。拜住怒目道："快请受诏，以便复命！"八不沙皇后无可奈何，只得遵命跪着，由拜住宣读诏敕，乃说她私图不轨，谋立己子，应恩赐自尽等语。八不沙抚膺恸哭道："既杀我先皇，又要杀我，我死，必作厉鬼以索命！"言至此，即从拜住手夺过酖酒，一饮而尽。须臾毒发，身仆地上，拜住由她暴毙，竟回报卜答失里。卜答失里很是快慰。及文宗闻知，只说八不沙皇后，暴病身亡，文宗明知有变，但绝了后来的祸根，也是惬意的多，失意的少。既忍杀兄，遑问其嫂。

卜答失里遂欲正名定分，立子阿剌忒纳答剌，一作喇特纳达喇。为太

第四十四回　怀妒谋毒死故后　立储君惊遇冤魂

子，文宗倒也应允。先将八不沙皇后的丧葬，草草理毕，然后安排册命。正拟命太常各官，议定册立太子礼仪，偏皇后卜答失里，与太监拜住，计上生计，又复想出了一种毒谋。他想廊王懿璘质班，与妥欢帖睦尔尚处宫中，究竟不是了局，拟将他驱逐出外，拔去了眼中钉，庶几始终无患，遂日向文宗前絮聒，把祸福利害的关系，反复密陈。文宗以两人年尚幼弱，不便遣发，只说是从缓再商。文宗尚有良心。卜答失里总不肯放手，暗中唆使妥欢帖睦尔的乳母，叫她告知其夫，入见文宗，略言妥欢帖睦尔实非明宗所出，娼妓杂种，如何冒充天潢，自乱血统？且明宗在日，已欲将他驱逐，此刻正宜慎重名义，休使一误再误呢。于是文宗下令，将妥欢帖睦尔母子逐出，东戍高丽，幽居大青岛中，不准与人往来。去了一个。

　　妥欢帖睦尔既去，只有一个懿璘质班，孤苦伶仃，无人抚字。卜答失里还想将他调开，偏偏文宗不从。拜住复献计道："一个小孩子，晓得什么计策？只教糕饵中间，稍置毒药，便可将他酖死。"言未毕，忽似有人从后猛击，竟致头晕目眩，跌仆地上。卜答失里大为惊讶，忙令侍儿搀扶拜住，不防拜住反瞋目怒叱道："哪个敢来救他？他是一个小太监，恃宠横行，谋死了我，还要谋死我子么？"这语一出，吓得卜答失里牙床打战，面色似灰。拜住又戟指痛詈道："都是你这狠心人，妄逞机谋，欲将我母子置诸死地，所以家奴走狗，亦得肆行无忌，巧图迎合。须知天下是我家的天下，你等害我先皇，夺我帝位，还嫌不足，又将我矫旨酖死，我死得好苦吓！"说至此，槌胸大哭。嗣复惨然道："可怜我夫妇两人，俱遭你等毒毙，现只剩了一个血块，年只四五龄，你等亦应存点天良，好好顾全了他。人生修短，就使有数，总不该死于你手！此语为后文理根。你道害了我子，你子便得长寿延命，万岁为君么？你且看着，我先索了贼奴的性命，回去再说！"言毕，即寂然不动。至卜答失里渐定惊魂，再将拜住仔细一瞧，已经满口皆血，嚼舌而死。厉鬼未尝无有，并非作者迷信。

　　自是六院深宫，常带阴气，一班宫娥彩女，互相惊吓，不是说有鬼啸声，就是说有鬼履痕，白昼时结侣呼群，方敢进出，夜静时关门闭户，尚觉阴沉。这是疑心生暗鬼。卜答失里由惊生畏，由畏生忧，遂与文宗商议，欲向帝师前亲受佛戒。文宗本已心虚，又闻宫中时常见鬼，也觉毛发森然。至此闻皇后言,自然满口应允,当下告知帝师辇真乞剌思,择日受戒。辇真乞剌思无不从命。届期请帝师入兴圣殿,由文宗率着皇后,及皇子阿剌忒纳答剌,俱到坛前行受戒礼。好在一切仪制,都有成例可援,不过由太常官稍费手续,僧徒辈多念真言,便算大礼告成了。文宗又命懿璘质班,也受了佛戒。满望慈航普度,保合太和,宫内一切人等,也以为如来默护,可以消除魔障,纵有鬼物,不敢为殃,自此化怪为常,稍稍镇静。文宗遂封皇子阿剌忒纳答剌为燕王,立宫相府,命燕帖木儿总领府事。外无异议,内无妖孽,恰安安稳稳地度将过去。从此一心信佛,命西僧做佛事于明智殿,自四月朔日起,命至腊月方罢。

　　会故相铁木迭儿子锁住,复夤缘干进,得为将作使,他因将作使一职,位微秩卑,尚不满欲,因与弟观音奴,阴谋作乱。无如势孤力弱,一时无从发难,乃与姊夫太医使野理牙,暗谋镇魇。适闻宫中有鬼作祟,益滋迷信,以为乘机厌禳,应较灵验。野里牙姊阿纳昔木思,素信道教,遂向道教徒侣,乞得符篆数张,在庭中设起神坛,上供北斗星君牌位,朝夕顶礼,口中所祝,无非祈君相速死,另易真命天子,制治天下等语。可谓愚甚。还有前刑部尚书乌马喇,前御史大夫孛罗,及前上都留守马儿,统失职闲居,各怀怨望,这数人平日,与锁住等很是莫逆,至此闻锁住得了此法,相率赞成。哪知事机不密,竟被别人举发,当由燕帖木儿奏报文宗。看官!你想锁住等人,还能幸免么?缇骑一发,先将锁住、观音奴、野理牙三人逮问,中书省臣严刑审讯,后核得乌马喇、孛罗、马儿及野理牙姊阿纳昔木思等,一同与谋。随将他四人一并拿至,讯明属实,律以咒诅主上,大逆不道的罪名,便将他推出正法。

　　一波未了,一波已起,知枢密院事阔彻伯、脱脱木儿,通政使只儿哈郎,翰林学士承旨伯颜也不干,燕王宫相斡罗思,中政使尚家奴秃乌台,右阿速卫指挥使那海察拜住等,以燕帖木儿专权自恣,不忍坐视。意欲兴甲问罪,入清君侧,偏被燕帖木儿的爪牙,名叫也的迷失脱迷,洞察异图,先行密报。燕帖木儿先发制人,即率兵掩捕,共获住十二人,尽行弃市,并将他家产籍没充公。螳臂当车,自不量力。

　　诸王大臣等,以内乱叠平,统向太平王处贺喜。燕帖木儿,也率文武百官,暨耆老僧道,伏阙上书,请文宗宏加尊号。文宗也觉增欢,俯允所请,遂亲御大明殿,由燕帖木儿等奉玉册玉宝,上尊号曰:"钦天统圣

第四十四回　怀妒谋毒死故后　立储君惊遇冤魂

至德诚功大文孝皇帝。"弑兄杀嫂的美名,何不加入。御史台臣,又思踵事增华,请立燕王为皇太子。文宗道:"朕子尚幼,非裕宗为燕王时比,俟缓日再议。"

过了月余,复由诸王大臣,吁请立储。文宗又道:"卿等所言,未尝不是,但燕王尚幼,恐他识虑未弘,不堪负荷,稍从缓议,当亦未迟。"廷臣以再请未允,不
欲再言,奈皇后卜答失里,急欲立子,暗中通知诸王大臣,令他续请,自己亦乘间力陈,请文宗速从群议,以餍舆望。胆又放大了。文宗不好固执成见,乃先令太保伯颜,祭告宗庙,然后立燕王阿剌忒纳答剌为皇太子,礼成逾日,忽皇太子生起病来,热了三日三夜,全身露出红斑,仿佛似痘疹一般,急得帝后日夕不安。正在床前视疾,蓦闻皇太子大叫道:"你想立太子么?我两人特来索命呢!"文宗闻着,不觉惊倒床上。小子有诗咏道:

　　弑兄杀嫂太无良,用尽机能反惹殃。
　　我劝世人休昧己,人谋不及鬼谋臧!

毕竟文宗性命如何,且从下回说明。

八不沙皇后之死,谁杀之?文宗后卜答失里,及宦者拜住杀之也。史家多归罪卜答失里;吾谓卜答失里之罪犹居其次,为罪首者实文宗耳。明宗后之为厉鬼,史笔虽无明文,然无辜被逼,饮酖以终,鬼而有知,能不为厉乎!郑人相惊以伯有,子产明其为厉。夫伯有犹可死之罪,犹且如此,况饮恨如明宗后,必谓其无能为厉，识者亦知其未然也。若以本回为无端臆造，荒诞不经，试观文宗崩后，燕王虽殇，次子犹在，皇后卜答失里，胡竟命立廊王，甘舍己子？及廊王骤薨，又命迎立妥欢帖睦尔，非彼此隐怀畏惧，能如是之改行为善乎？揆情度理，必由明宗帝后，暗中为祟，有以慑其魄而褫其神耳。从无生有，即似寓真，是谓之善演史。

第四十五回

平全滇诸将班师　避大内皇儿寄养

却说文宗被冤魂一吓,惊倒床上,几乎晕厥过去。慌得皇后卜答失里,没了主意,忙匍伏床前,口称该死,只求先皇先后,休念前嫌,保护太子性命要紧。但听太子冷笑道:"早知今日,何必当初?你夫妇瞒心昧己,毒死我等,今朝权在我手,看你等再能害我么?"卜答失里又跪求道:"如能保全太子,愿做佛事三年,超度先灵。"全然妇女口吻。太子又冷笑道:"佛事么?只可欺人,不能欺鬼,我要索命,任你做佛事三十年,也无用处。"卜答失里又道:"先皇后如不肯饶恕,宁可将我作代,皇子无知,还乞矜宥!"太子又道:"似你狼心狗肺,自有现世的报应,不劳我辈出力。"隐伏后文。卜答失里还是磕头不已,太子复唏嘘道:"你既撇不掉你子,且再宽假数日,再作区处。"言已寂然。

斯时文宗亦已起床,闻得一派鬼言,不禁自怨自悔。寻见卜答失里尚是跪着,乃流泪道:"你可起来,前事已经做错,跪求亦恐无益。"卜答失里方才起身,瞧着文宗下泪,也觉满腹凄惶。转抚太子身上,仍同火炭一般,似醒非醒,似寐非寐,叫了数声,亦不见回答,急得无法可施,与文宗泪眼相对。文宗道:"我初意原不欲立储,为了内外交迫,乃成此举。看来先兄先嫂不肯容我过去,我只好改立皇侄,隐妥先灵,或可保全儿命呢。"卜答失里道:"如果皇子病愈,总可改易前议。"

正商议间,忽外面呈入奏报,乃是豫王从云南发来,详述军情。当由文宗披阅,军事甚是得手,请皇上不必忧虑等语。文宗心下少慰,遂嘱皇后善视病儿,自出宫视朝去了。

先是上都告变,各省多怀贰心,至燕帖木儿等战胜上都,内地方称平静。四川平章囊嘉岱,前曾僭称镇西王,四出骚扰。应四十一回。至明宗即位,由文宗遣使诏谕,囊嘉岱方束手听命,削王称臣。及明宗暴崩,文宗又复登极,闻囊嘉岱又有违言,乃召他入朝,诡称朝廷将加重任,囊嘉岱信为真言,动身离蜀。一出蜀道,便由地方官吏,奉着密诏,将他擒住，槛送入都。由中书省臣案问，责他指斥乘舆，立即枭首，籍没家资。

这消息传到云南，诸王秃坚，大为不服，遂与万户伯忽、阿禾等谋变。传檄远近，声言：文宗弑兄自立，及诱杀边臣等情弊；遂兴兵攻陷中庆路，将廉访使等杀死，并执左丞忻都，胁署文牍。一面自称云南王，以伯忽为丞相，阿禾等为平章等官，立城栅，焚仓库，拒绝朝命。

文宗闻警，乃以河南行省平章乞住，为云南行省平章八番顺元宣慰使，帖木儿不花为云南行省左丞，率师南讨，命豫王阿剌忒纳失里，监制各军。

时有云南土官禄余，骁勇绝伦，名震各部，文宗令豫王妥为招徕，夹攻秃坚。禄余初颇听命，召集各部蛮军，效力出征，连败秃坚军，有旨授他为宣慰使，并云南行省参知政事。不防秃坚亦暗中行赂，买嘱禄余，教他背叛元廷。禄余贪利如命，竟归附秃坚，率蛮兵千人，拒乌撒、顺元界，立关固守。

是时重庆五路万户军，奉豫王调遣，入云南境，为禄余所袭，陷入绝地，死得干干净净。千户祝天样，本为后应，亏得迟走一步，得了前军败耗，仓猝遁还。事为元廷所闻，再遣诸王云都思帖木儿，调集江浙、河南、江西三省重兵，与湖广行省平章脱欢，合兵南下。诸路兵马，尚未入滇，帖木儿不花，又被罗罗思蛮，邀击途次，斩首而去，云南大震。

枢密院臣奏言秃坚、伯忽等势益猖獗，乌撒、禄余亦乘势连约乌蒙、东川、茫部诸蛮，进窥顺元，请严饬前敌各兵，兼程前进，并饬边境慎固防守云云。于是文宗又颁发严旨，命豫王阿纳忒剌失里等，亟会诸军进讨。且以乌蒙、乌撒及罗罗思地，近接西番，与碉门安抚司相为唇齿，应饬所属军民，严加守备。又命巩昌都总帅府分头调兵，戍四川开元、大同、真定、冀宁、广平诸路，及忠翊侍卫左右屯田。那时军书旁午，烽燧谨严，战守兼资，内外巩固。

云南茫部路九村夷人，闻大军陆续南来，料知一隅小丑，不足抵御，乃公推头目阿榦阿里，诣四川行省，自陈本路旧隶四川，今土官撒加伯，与云南连叛，民等不敢附从，情愿备粮四百石，丁壮千人，助大军进征。当由四川省臣据实奏闻，文宗以他去逆效顺，厚加慰谕。

自此遐迩闻风，革心洗面，豫王阿纳忒剌失里，及诸王云都思帖木

第四十五回 平全滇诸将班师 避大内皇儿寄养

儿,分督各军,同时并集。还有镇西武靖王搠思班,系世祖第六子,亦领兵来会,差不多有十余万人,四面进攻。

先夺了金沙江,乱流而渡,既达彼岸,遇着云南阿禾军,并力冲杀,阿禾抵敌不住,夺路溃退,官军哪里肯舍,向前急迫。弄得阿禾无路可逃,只好舍命来争,猛被官军射倒,擒斩了事。

进至中庆路,又值伯忽引兵来战,两军相遇于马金山,官军先占了上风,如排山倒海一般,掩杀过去。伯忽虽然勇悍,怎禁得大军压阵,势不可当。又况所统蛮军素无纪律,胜不相让,败不相救。看看官军势大,都纷纷如鸟兽散。剩得伯忽孤军,且战且行,正在势穷力蹙的时候,斜刺里忽闪出一支伏兵,为首一员大将,挺枪入阵,竟将伯忽刺死马下。这人非别,乃是太宗子库腾孙,曾封荆王,名叫也速也不干,他与武靖王搠思班,同镇西南。至是闻大军进讨,他竟带领亲卒,绕出伯忽背后,静悄悄地伏着,巧巧伯忽败走,遂乘机杀出,掩他不备,刺死伯忽。

当下与豫王等相会,彼此欢呼,合军再进,直入滇中,秃坚走死,禄余远遁。云南战事,无甚关系,所以随笔叙过。乃遣使奏捷,回应上文。且请留荆王镇守,撤还余军。

文宗视朝,与中书省臣等会议,金云南征将士,未免疲乏,应从豫王等言。乃命豫王等班师还镇,留荆王屯驻要隘,另遣特默齐为云南行省平章,总制军事。

特默齐抵任后,复遣兵搜剿余孽,适值罗罗思土官撒加伯,潜遣把事曹通,潜结西番,欲据大渡河,进寇建昌。特默齐急檄云南省官跃里铁木

平全滇诸将班师

儿，出师袭击，将曹通杀毙，又一面令万户统领周戡，直抵罗罗思部，控扼西番及诸蛮部。土官撒加伯，无计可施，竟落荒窜去。

既而禄余又出招余党，进寇顺元等路。云南省臣，以禄余剽悍异常，欲诱以利禄，招他归降。乃遣都事诺海，至禄余砦中，授以参政制命。禄余不受，反将诺海杀死。都元帅怯烈，素有勇名，闻诺海遇害，投袂奋起，夤夜进兵，击破贼砦，杀死蛮军五百余人。秃坚长弟必剌都古象失，举家赴水死，还有幼弟二人，及子三人，被怯烈擒住，就地正法。只禄余不知下落，大约是远奔西裔了，余党悉平，云南大定。了结滇事。

文宗以西南平靖，外患已纾，倒也可以放心。只太子阿剌忒纳答剌疹疾未痊，反且日甚一日，有时热得发昏，仍旧满口谵语，不是明宗附体，就是八不沙皇后缠身。太医使朝夕入宫，静诊脉象，亦云饶有鬼气，累得文宗后卜答失里祈神祷鬼，一些儿没有效验，她已智尽能索，只好求教帝师，浼她忏悔。帝师有何能力，但说虔修佛事，总可挽回，乃命宫禁内外，筑坛八所，由帝师亲自登坛，召集西僧，极诚顶礼。今日拜忏，明日设醮，琅琅诵经，喃喃呪呪，阖宫男妇，没一个不斋戒，没一个不叩祷，吁求太子长生。连皇后卜答失里，时宣佛号，自昼至暮，把阿弥陀佛及救苦救难观世音等梵语，总要念到数万声。佛口蛇心，徒增罪过。怎奈莲座无灵，杨枝乏力，任你每日祷禳，那西天相隔很远，何从见闻。

卜答失里无可奈何，整日里以泪洗面，起初尚求先皇先后保佑，至儿病日剧，复以祝祷无功，改为怨诅。一夕坐太子床前，带哭带詈，忽见太子两手裂肤，双足捶床，怒目视后道："你还要出言不逊么？我因你苦苦哀求，留你儿命，暂延数天，你反怨我骂我，真是不识好歹！罢罢！似你这等狠妇，总是始终不改，我等先索你长儿的性命，再来取你次儿，教你看我等手段罢！"原来文宗已有二子，长子名阿剌忒纳答剌，次子名古纳答剌，两子都尚幼稚。此次卜答失里闻了鬼语，急得甚么相似，忙遣侍女去请文宗。

文宗到来，太子又厉声道："你既想做皇帝，尽管自做便罢，何必矫情干誉，遣使迎我？我在漠北，并不与你争位，你教使臣甘言谀词，硬要奉我登基。既已忌我，不应让我，既已让我，不应害我，况我虽曾有嗣，也不忍没你功劳，仍立你为皇太子，我若寿终，帝位复为你有，你不过迟做数年，何故阴谋加害？害了我还犹是可，我后与你何嫌？一个年轻孀

第四十五回　平全滇诸将班师　避大内皇儿寄养

妇,寄居宫中,任她有甚么能力,总难逃你手中。你又偏信悍妇,生生地将她酖死,全不念同胞骨肉,亲如手足？你既如此,我还要顾着什么？"文宗至此,也不禁五体投地,愿改立郯王为太子。只见太子哈哈笑道："迟了！你也隐受天谴了。善有善报,恶有恶报,积因成果,莫谓冥漠无知呢！"暗伏文宗崩逝之兆,然借此以唤醒世人,恰也不少！

文宗尚欲有言,太子已两眼一翻道："我要去了！你子随了我去,此后你应防着,莫再听那长舌妇罢！"这语才毕,文宗料知不佳,急起视太子,已经喘作一团,不消半刻,即兰摧玉折了。看官！你想此时的文宗,及皇后卜答失里心下不知如何难过。呼吁原是没效,懊悔也觉无益,免不得抚尸恸哭,悲痛一回。

文宗以情不忍舍,召绘师图画真容,留作遗念。兄嫂也是骨肉,如何忍心毒死！一面特制桐棺,亲自视殓,先把儿尸沐以香汤,然后着衣含玉,一切仪式,如成人一般。后命宫内广设坛场,召集西僧百人,追荐灵魂。忙碌了好多日,乃令宫相法里,安排葬事,发纼时,役夫约数千名,单是舁送灵柩人夫,也有五十八人,差不多如梓宫奉安的威仪。俟袝葬祖陵后,又饬营庐墓,即嘱法里等守护。一面将太子木主,供奉庆寿寺,仿佛与累朝神御相等。视子若祖考,慈孝倒置。

丧葬才毕,次儿古纳答剌,又复染着疹疾,病势不亚皇储。这一惊非同小可,不但文宗帝后,捏了一把冷汗,就是宫廷内外,也道是先皇先后不肯放手,顿时风声鹤唳,无在非疑,杯弓蛇影,所见皆惧。文宗图帖睦尔及皇后卜答失里凄凄惶惶,闹到发昏第一章,猛然记起太平王燕帖

避大内皇儿寄养

木儿足智多谋,或有意外良法,乃亟命内侍宣召。燕帖木儿如命即至,由文宗帝后与他熟商。奈燕帖木儿是个阳世权臣,不是冥中阎王,至此也焦思苦虑,想不出甚么法儿。及见帝后两人,衔着急泪,很是可悲,乃委婉进言道:"宫中既有阴气,皇次子不应再居,俗语有道,趋吉避凶,据臣看来,且把皇次子避开此地,或可化凶为吉。"文宗道:"何处可避?"燕帖木儿道:"京中不乏诸王公主,总教老成谨慎,便可托付。"皇后卜答失里即插口道:"最好是太平王邸中,我看此事只可托付了你,望你勿辞!"燕帖木儿道:"臣受恩深重,敢不尽力!但在臣家内,恐怕有亵,还求宸衷再酌!"文宗道:"朕子即卿子,说甚么亵渎不亵渎!"燕帖木儿又道:"臣家居比邻,有一吉宅,乃是诸王阿鲁浑撒里故居,今请陛下颁发敕令,将此宅作为皇次子居第,俾臣得以朝夕侍奉,岂不两便!"文宗道:"故王居宅,未便擅夺,不如给价为是。"燕帖木儿道:"这是皇恩周浃,臣当代为叩谢。"说罢,便跪地叩道。文宗亲手挽扶,叫他免礼,且面谕道:"事不宜迟,就定明日罢。"燕帖木儿领旨而出,即夕办理妥当,布置整齐。次日巳牌,又复入宫,当即备一暖舆,奉皇次子古纳答剌卧舆出宫。小子有诗咏道:

　　频年忏悔莫消灾,无怪皇家少主裁。
　　幸有相臣多智略,奉儿载出六宫来。

毕竟皇次子能否病愈,容俟下回续叙。

　　云南之变,声讨文宗,可谓名正言顺。事虽未成,亦足以褫文宗之魄,故本回于秃坚等有恕词。惟禄余反复无常,心怀叵测,且系群蛮首领,有志乱华,所以特别加贬耳。至于太子殁后,次子复遇疹疾,史称市阿鲁浑撒里故宅,令燕帖木儿奉皇子居之,后儒不察,以为遣子寄养,蹈汉覆辙。夫文宗溺爱情深,观于太子之逝,丧葬饰终,何等郑重,顾肯以子遗之次子,寄养他家乎?揆其原因,必由宫中遇祟,连日未安,一儿已殇,一儿又病,不得已而出此,著书人从明眼窥出,既足以补史阙,复足以儆世人。是固有心人吐属,非好谈鬼怪也。

第四十六回

得新怀旧人面重逢　纳后为妃天伦志异

　　却说皇次子古纳答剌,由燕帖木儿护送出宫,当至阿鲁浑撒里故第,安居调养。随来的宫女,约数十人,复从太平王邸中,派拨妇女多名,小心侍奉,还有太平王继母察吉儿公主,及所尚诸公主等,也晨夕过从,问暖视寒,果然冤魂不到,皇子渐瘳。燕帖木儿奏达宫中,帝后很是心喜,立赐燕帖木儿及公主察吉儿各金百两,银五百两,钞二千锭。就是燕帖木儿弟撒敦,也得蒙厚赉。又赐医巫乳媪宦官卫士六百人,金三百五十两,银三千四百两,钞三千四百锭。各人照例谢赏,正是天恩普及,舆隶同欢。

　　文宗又命在兴圣宫西南,筑造一座大厦,作为燕帖木儿的外第,并在虹桥南畔,建太平王生祠,树碑勒石,颂德表功。又宣召燕帖木儿子塔剌海,入宫觐见,赐他金银无算,命为帝后养子。一面令皇次子古纳答剌,改名燕帖古思,与燕帖木儿上二字相同,表明义父义子的关系。父子应避嫌名,元朝定例,偏以同名为亲属,也是一奇。燕帖木儿入朝辞谢,文宗执手唏嘘道:"卿有大功于朕,朕恨赏不副功;只有视卿如骨肉一般,卿子可为朕子,朕子亦可为卿子,彼此应略迹言情,毋得拘泥。"自己的亲兄,恰可毒死,偏引外人为骨肉,诚不知是何肺肝！燕帖木儿顿首道:"臣子已蒙皇恩,不敢再辞,若皇嗣乃天演嫡派,臣何人斯,敢认作义儿？务请陛下收回成命！"文宗道:"名已改定,毋庸再议！朕有易子而子的意思,愿否由卿自择。"燕帖木儿拜谢而出。

　　过了数日,太平王妃忽然病逝。文宗亲自往吊,并厚赠赙仪。丧葬才毕,复诏遣宗女数人,下嫁燕帖木儿,解他余痛。又因宫中有一高丽女子,名叫不颜帖你,敏慧过人,素得帝宠,至此也割爱相赠。何不将皇后亦给了他？燕帖木儿辞不胜辞,索性制就连床大被,令所赐美女相夹而睡,凭着天生神力,一夕御女数人,巫峡作云,高唐梦雨,说不尽的温柔滋味,把所有鼓盆余戚,早已撇过一边。但正室仍是虚位,未尝许他人承袭，大众莫名其妙，其实燕帖木儿恰有一段隐情，看官试猜一猜，待小子叙述下去。

　　小子前时叙泰定后妃事，曾已漏泄春光，暗中伏线。应四十一回。燕帖木儿本早有心勾搭，可奈入京以后，内外多故，政务倥偬，他又专操相柄，一切军国重事，都要仗他筹划；因此日无暇晷，连王府中的公主等，都未免向隅暗叹，辜负香衾。既而滇中告靖，可以少暇，不意皇子燕帖古思，又要令他抚养，一步儿不好脱离。至皇子渐痊，王妃猝逝，免不得又有一番忙碌。正拟移花接木，隐践前盟，偏偏九重恩厚，复厘降宗女数人；穿花蛱蝶深深见，点水蜻蜓款款飞，又不得不竭力周旋，仰承帝泽。可谓忙极。

　　过了一月，国家无事，公私两尽，燕帖木儿默念道："此时不到东安州，还有何时得暇？"遂假出猎为名，带了亲卒数名，一鞭就道，六辔如丝，匆匆地向东安州前来。既到东安，即进去见泰定皇后。早有侍女通报，泰定后率着二妃，笑脸出迎，桃花无恙，人面依然。燕帖木儿定睛细瞧，竟说不出甚么话来。泰定后恰启口道："相别一年，王爷的丰采，略略清减，莫非为着国家重事劳损精神么？"出口便属有情。燕帖木儿方道："正是这般。"二妃也从旁插嘴道："今夕遇着甚么风儿，吹送王爷到此？"燕帖木儿道："我日日惦念后妃！只因前有外变，后有内忧，所以无从分身，直至今日，方得拨冗趋候。"泰定后妃齐称不敢，一面邀燕帖木儿入室，与泰定后相对坐下。居然夫妻。二妃亦列坐一旁。居然妾媵。

　　泰定后方问及外变内忧情状，由燕帖木儿略述一遍，泰定后道："有这般情事，怪不得王爷面上，清瘦了许多。"燕帖木儿道："还有一桩可悲的家事，我的妃子，竟去世了！"泰定后道："可惜！可惜！"燕帖木儿道："这也是无可如何！"二妃插入道："王爷的后房，想总多得很哩。但教王爷拣得一人，叫作王妃，便好补满离恨了。"轻挑暗逗，想是暗羡王妃。燕帖木儿道："后房虽有数人，但多是皇上所赐，未合我意，须要另行择配，方可补恨。"二妃复道："不知何处淑媛，夙饶厚福，得配王爷！"燕帖木儿闻了此言，却睁着一双色眼，觑那泰定后，复回瞧二妃道："我意中恰有一人，未知她肯俯就否？"二妃听到"俯就"二字，已经瞧料三分。看那泰定后神色，亦似觉着，恰故意旁瞧侍女道："今日王爷到此，理应杯酒接风，你去吩咐厨役要紧！"侍女领命去讫。

第四十六回　得新怀旧人面重逢　纳后为妃天伦志异

燕帖木儿道:"我前时已函饬州官,叫他小心伺候,所有供奉事宜,不得违慢,他可遵着我命么?"泰定后道:"州官供奉周到,我等在此尚不觉苦。

惟王爷悉心照拂,实所深感!"燕帖木儿道:"这也没有甚么费心,州官所司何事?区区供奉,亦所应该的。"正说着,见侍女来报,州官禀见。燕帖木儿道:"要他来见我做甚?"言下复沉吟一番,乃嘱侍女道:"他既到来,我就去会他一会。"

侍女去后,燕帖木儿方缓踱出来。原来燕帖木儿到东安州,乃是微服出游,并没有什么仪仗。且急急去会泰定后妃,本是瞒头暗脚,所以州官前未闻知。嗣探得燕帖木儿到来,慌忙穿好衣冠,前来拜谒。经燕帖木儿出见后,自有一番酬应,州官见了王爷,曲意逢迎,不劳细说。待州官别后,燕帖木儿入内,酒肴已安排妥当,当由燕帖木儿吩咐,移入内厅,以便细叙。伏笔。

入席后,泰定后斟了一杯,算是敬客的礼仪,自己因避着嫌疑,退至别座,不与同席。燕帖木儿立着道:"举酒独酌,有何趣味?既承后妃优待,何妨一同畅饮,彼此并非外人,同席何妨!"泰定后还是怕羞,踌躇多时,又经燕帖木儿催逼,乃命二妃入席陪饮。燕帖木儿道:"妃子同席,皇后向隅,这事如何使得?"说着,竟行至泰定后前,欲亲手来挈后衣,泰定后料知难却,乃让过燕帖木儿,绕行入席。拣了一个主席,即欲坐下,燕帖木儿还是不肯,请后上座。泰定后道:"王爷不必再谦了!"于是燕帖木儿坐在客位,泰定后坐在主位,两旁站立二妃。燕帖木儿道:"二妃如何不坐?"二妃方道了歉,就左右坐下。

于是浅斟低酌，逸兴遄飞，起初尚是若离若合，不脱不粘，后来各有酒意，未免放纵起来。燕帖木儿既瞧那泰定后，复瞧着二妃，一个是淡妆如菊，秀色可餐，两个是浓艳似桃，芳姿相亚，不禁眉飞色舞，目逗神挑。那二妃恰亦解意，殷勤劝酌，脉脉含情，泰定后到此，亦觉情不自持，勉强镇定心猿，装出正经模样。

燕帖木儿恰满斟一觥，捧递泰定后道："主人情重，理应回敬一樽。"泰定后不好直接，只待燕帖木儿置在席上。偏燕帖木儿双手捧着，定要泰定后就饮，惹得泰定后两颊微红，没奈何喝了一喝。燕帖木儿方放下酒杯，顾着泰定后道："区区有一言相告，未知肯容纳否？"泰定后道："但说何妨！"燕帖木儿道："皇后寄居此地，寂寂寡欢，原是可悯；二妃正值青春，也随着同住，好好韶光，怎忍辜负！"泰定后听到此语，暗暗伤心，二妃更忍耐不住，几乎流下泪来。

燕帖木儿又道："人生如朝露，何必拘小节！但教目前快意，便是乐境。敢问皇后二妃，何故自寻烦恼？"泰定后道："我将老了，还想甚么乐趣？只两位妃子，随我受苦，煞是可怜呢！"燕帖木儿笑道："皇后虽近中年，丰韵恰似二十许人，若肯稍稍屈尊，我却要……"说到要字，将下半语衔住。泰定后不便再诘。那二妃恰已拭干了泪，齐声问道："王爷要什么？"燕帖木儿竟涎着脸道："要皇后屈作王妃哩！"满盘做作，为此一语。泰定后恰嫣然一笑道："王爷的说话，欠尊重了！无论我不便嫁与王爷，就使嫁了，要我这老妪何用？"已是应许。燕帖木儿道："何尝老哩！如蒙俯允，明日就当迎娶哩。"泰定后道："这请王爷不必费心，倒不如与二妃商量啰！"燕帖木儿道："有祸同当，有福同享。皇后若肯降尊，二妃自当同去。"说着，见二妃起身离席，竟避了出去。那时侍女人等，亦早已出外。都是知趣。只剩泰定皇后，兀自坐着，他竟立将起来，走近泰定后旁，悄悄地牵动衣袖。泰定后慌忙让开，抽身脱走，冉冉地向卧室而去。逃入卧房，分明是叫他进来。

燕帖木儿竟蹑迹追上，随入卧室，大着胆抱住纤腰，移近榻前。泰定后回首作嗔道："王爷太属讨厌！不怕先皇帝动恼么？"燕帖木儿道："先皇有灵，也不忍皇后孤栖。今夕总要皇后开恩哩。"看官！你想泰定后是个久旷妇人，遇着这种情魔，哪得不令她心醉！当下半推半就，一任燕帖木儿所为，罗襦代解，芗泽犹存，檀口微开，丁香半吐，脂香满

第四十六回　得新怀旧人面重逢　纳后为妃天伦志异

满,人面田田,谐成意外姻缘,了却生前宿孽。正在云行雨施的时候,那两妃亦突然进来,泰定后几无地自容。燕帖木儿却余勇可贾,完了正本,另行开场。二妃本已欢迎,自然次第买春,绸缪永夕。

自此以后,四人同心。又盘桓了好几天,燕帖木儿方才回京。临行时与泰定后及二妃道:"我一入京师,便当饬着妥役,奉舆来迎。你三人须一同进来,休得有误!"三人尚恋恋不舍。燕帖木儿道:"相别不过数日,此后当同住一家,朝欢暮乐,享那后半生安逸。温柔乡里,好景正多,何必黯然!"只恐未必。三人方送他出门,叮咛而别。

燕帖木儿一入京师,即遣卫兵及干役赴东安州,去迎泰定后妃,嘱以途次小心。一面就在新赐大厦中,陆续布置,次第陈设,作为藏娇金屋。小子前时曾表明泰定后妃名氏,至此泰定后已下嫁燕帖木儿,二妃也甘心作媵,自不应照旧称呼。此后称泰定后,就直呼她芳名八不罕,称泰定二妃,亦直呼她芳名必罕及速哥答里。称名以愧之,隐寓《春秋》书法。

八不罕等在东安州,日日盼望京使。春色未回,陌头早待,梅花欲放,驿信才来。三人非常欢慰,即日动身。州官亟来谒送,并献上许多赠仪。是否奁仪。八不罕也道一谢字。鸾车载道,凤翟呈辉,卫卒等前后拥护,比前日到东安州时,情景大不相同。

不数日即到京师,燕帖木儿早派人相接迎入别第。京中人士,尚未得悉情由,统是模糊揣测。只有燕帖木儿心腹,已知大概,大家都是蔑片,哪个敢来议长论短,只陆续入太平王府送礼贺喜。一传十,十传百,宫廷内外,都闻得燕帖木儿继娶王妃,相率趋贺。文宗尚未知所娶何人,至问及太保伯颜,才算分晓。蒙俗本没甚名节,况是一个冷落的故后,管她甚么再醮不再醮。当下也遣太常礼仪使,奉着许多赏品,赐予燕帖木儿。正是作合自天,喜从天降。

到了成礼的吉期,燕帖木儿先到新第,饬吏役奉着凤舆,及绣幰二乘,去迎王妃等人,八不罕等装束与天仙相似,上舆而来。一入新第中,下舆登堂,与燕帖木儿行夫妇礼,必罕姊妹,退后一步,也盈盈下拜,大家看那新娘娇容,并不觉老,反较前丰艳了些,莫不叹为天生尤物。大约夏姬再世。及与察吉儿公主相见,八不罕本是面熟,只好低垂粉颈,敛衽鸣恭。亏她有此厚脸。必罕姊妹,行了大礼,一班淫婢。方相偕步入香巢。

燕帖木儿复出来酬应一回，日暮归寝，八不罕等早已起迎。燕帖木儿执八不罕的手道："名花有主，宝帐重春，虽由夫人屈节相从，然夫人性命，从此保全，我今日才得宽心哩！"八不罕惊问何故？燕帖木儿道："明宗皇后，尚且被毒，难道上头不记着夫人么？我为此事，煞费周旋，上头屡欲加害，我也屡次挽回。只夫人若长住东安，终难免祸，现今做我的夫人，自然除却前嫌，可以没事哩。"占了后身，还想巧言掩饰，令她心感，真是奸雄手段。八不罕格外感激，遂语燕帖木儿道："王爷厚恩，愧无以报！"以身报德，还不够么？燕帖木儿道："既为夫妇，何必过谦！"复语必罕姊妹道："你二人各有卧室，今夕且分住一宵，明日当来续欢罢了。"

二人告别而去。燕帖木儿乃与八不罕并坐，揽住髻云，揾住香腮，先温存了一番，嗣后宽衣解带，同入鸳帏，褥底芙蓉，相证无非故物；巢间翡翠，为欢更越曩时。

异谋偷天　妃为后纳

一夜恩爱，自不消说。次夕，与必罕姊妹，共叙旧情，又另具一种风韵。小子有诗咏道：

纲常道义尽沦亡，皇后居然甘下堂；
万恶权臣何足责，杨花水性太荒唐！

未知后事如何，且至下回续叙。

本回表述风情，暗中恰深刺燕帖木儿及泰定后妃，泰定后虽迁置东安州，然名

第四十六回　得新怀旧人面重逢　纳后为妃天伦志异

分犹在,不可得而污蔑也,燕帖木儿贪恋酒色,甚至占后为妻,任所欲为,而八不罕皇后等,亦甘心受辱,屈尊下嫁,虽畏其权势之逼人,要亦由廉耻之扫地。盈廷大臣,唯唯诺诺,不闻有骨鲠之士,秉直纠弹,元其能不亡乎?故此回叙燕帖木儿事实,嫉其强暴,叙泰定后妃事实,恶其淫邪,幸勿视为香奁琐语也!

第四十七回

正官方廷臣会议　遵顾命皇侄承宗

却说燕帖木儿纳后为妃,又得了必罕姊妹,并有从前宗女等人,总计后房佳丽,已有二三十人,左拥右抱,夜以继日,正是快活得很。但女色一物,最足蛊人。寻常一夫一妇,尚宜节欲养精,不能旦旦而伐。况一个男子,陪着几十个妇人,若非自知节养,就使有牛马精神,也恐不能持久呢。至理名言。燕帖木儿日渐清羸,筋力已耗去大半,偏偏好色心肠,愈加炽张,得陇望蜀,厌故喜新,他若闻有美人儿,定要撺取到手。无论皇亲国戚,闺女孀姝,但教太平王一言,只可亲送上门,由他戏弄。自从至顺元年以及三年,这三年间,除所赐公主宗女,及娶纳泰定后妃外,复占夺了数十人,或有交礼三日,即便遣归。大众忍气吞声,背地里都祈他速死。他尚恃势横行,毫不知改,甚至后房充斥,不能尽识。天作孽,犹可违;自作孽,不可活,残喘虽尚苟延,死期已不远了。

话分两头。且说文宗登位以后,第一个宠臣是燕帖木儿,第二个就是伯颜。至顺元年,改任伯颜知枢密院事。应四十三回。文宗以未足酬庸,复命尚世祖子阔出女孙,名叫伯颜的斤,作为伯颜妻室。并赐虎士三百名,隶左右宿卫。嗣复给黄金双龙符,镌文曰:"广宣忠义正节振武佐运功臣。"组以宝带,世为证券。又命凡宴饮视宗王礼。至顺二年,晋封浚宁王,加授侍正府侍正,追封其先三世为王,寻又加封昭功宣毅万户,忠翊侍卫都指挥使。三年拜太傅,加徽政使。是时燕帖木儿,深居简出,每日与妻妾寻欢,不暇问及国事。因此朝政一切,多由伯颜主持;伯颜的权力,也不亚燕帖木儿。一个未死,一个又起。于是一班趋势的官儿,前日迎合太平王,此日迎合浚宁王,朝秦暮楚,昏夜乞怜,但蒙浚宁王允许,平白地亦可升官。就使遇着亲丧,不过休假数日,即可衰绖供职,且给以美名,称为夺情起复。监察御史陈思谦,目击时艰,痛心铨法,因上言内外各官,若非文武全才,关系天下安危,尽可令他终丧,不许无端起复。文宗虽优诏允从,奈暗中有伯颜把持,总教贿赂到

手,无人不可设法,陈思谦又抗词上奏道:

  臣观近日铨衡之弊,约有四端:入仕之门太多,黜陟之法太简,州郡之任太淹,朝省之除太速。欲救四弊,计有三策:一曰,至元三十年以后,增设衙门,冗滥不急者,从实减并,其外有选法者,并入中书。二曰,宜参酌古制,设辟举之科,令三品以下,各举所知,得材则受赏,失责则受罚。三曰,古者刺史入为三公,郎官出宰百里,盖使外职识朝廷治体,内官知民间利病。今后历县尹有能声善政者,授郎官御史,历郡守有奇才异绩者,任宪使尚书。其余各验资品通迁,在内者不得三考连任京官,在外者须历两任,乃迁内职。绩非出类,守不败官者,则循以年劳,处以常调。凡朝缺官员,须二十月之上,方可迁除,庶仕路澄清,贤者益劝,而不肖者无从干进矣。臣为整顿铨法计,故冒昧上陈,伏乞采择!

其时河北道廉访副使僧家奴,亦遥上一疏,乞御史台臣代奏。略云:

  自古求忠臣必于孝子之门,今官于朝者十年,不省觐者有之;非无思亲之心,实由朝廷无给假省亲之制,而有擅离官次之禁。古律诸职官父母在三百里外,三年听一给定省,假二十日;无父母者,五年听一给拜墓,假十日,以此推之,父母在三百里以至万里,宜计道里远近,定立假期。其应省觐,匿而不省觐者,坐以罪;若诈冒假期,规避以掩其罪,与诈奔丧者同科,则天下无背亲之人,亦即无背君之人!移孝作忠,端在此举,伏乞宸鉴!

御史台臣,恰也不好隐匿,便将原奏呈入,文宗与陈思谦奏折,一并发落,饬中书省、礼部、刑部,及翰林、集贤两院,详议以闻。各官明知所奏无私,因碍于伯颜情面,免不得模棱两可,参酌了一篇圆滑的奏章,复呈上去。文宗亦有诏下来,大旨须用人宜慎,临丧宜哀,说得理明词达,其实也是一纸具文,无补实际。下欺上,上欺下,此是中国积弊,不特元代为然。还有司徒香山,有意逢君,进陈符谶,援行陶弘景《胡笳曲》,有"负扆飞天历,终是甲辰君"二语,与皇上生年纪号,适相符合,足为受命的瑞征,乞录付史馆,颁告中外。有诏令翰林、集贤两院及礼部会议。此时文宗早改元至顺,如香山谰言,不值一辩,乃犹令群臣集议,真是好谀。嗣经翰林诸臣,以谓唐开元间,太子宾客薛让,进武后鼎铭云:"上玄降鉴,方建隆基。"隐为玄宗受命的庆兆。姚崇表贺，请宣示史官，颁告中外。至宋儒司马光，斥他强词牵合，以为符瑞，小臣贡谀，宰相证成，实是侮弄君上。今弘景遗曲，虽于生年纪号，似相符合，但陛下应天顺人，绍隆正统，于今四年，薄海内外，无不归心，何待旁引曲说，作为符命；若从香山言，恐启谶纬曲谈，反足以乱民志，淆政体，请毋庸议等语。文宗乃把此事搁起。

未几江浙大水，坏民田十八万八千七百三十八顷。越年，江西饥，湖广又饥，云南又大饥；既而荧惑犯东井，白虹并日出，长竟天。京师及陇西地震，天鼓鸣于东北，文宗一面遣赈，一面饬修佛事。始终佞佛，至死不悟。迨至梧桐叶落，天下皆秋，文宗帝运已终，竟染了一种奇症，整日昏昏，谵言呓语。皇后卜答失里，就榻侍疾，但听文宗所说，无非旧日阴谋，有时大声呼痛，竟似有人捶击一般。经医官朝夕诊视，也辨不出是什么病症，所开药方，全是不痛不痒，无效可言。

一夕，卜答失里侍侧，忽被文宗牵住两手，大呼哥哥恕我！嫂嫂恕我！吓得卜答失里毛发皆竖。急时抱佛脚，又只得在旁哀求，嗣见文宗神志稍清，才敢问明痛苦。文宗不禁叹息道："朕病将不起了，自思此生造了大孽，得罪兄嫂，目今悔不可追！惟朕殁后，这帝统须传与鄜王，千万勿可爽约！"卜答失里呜咽道："皇侄登基，皇子奈何？"文宗道："你还要顾全皇子么？恐你也保不住这性命！"卜答失里道："且召太平王商议何如？"文宗道："太平太平害死朕了！他也死在目前，召他何为？"卜答失里唯唯听命。

第四十七回　正官方廷臣会议　遵顾命皇侄承宗

嗣令太监密召燕帖木儿,果然抱病在床,溺血不起,乃改召伯颜入议。

伯颜到了御寝,闻文宗喃喃谵语,倒也未免心惊。及见过卜答失里,叙谈片时,卜答失里提及文宗身后,拟立鄜王事,伯颜道:"皇子年龄,也与鄜王相仿,何必另立皇侄?"卜答失里以手指床,似乎表明文宗的意思。伯颜不待明说,已经觉着,又悄语卜答失里道:"圣上不豫,或致心烦意乱,始有此说。且待圣躬康泰,再行定议未迟。"言尚未已,忽闻文宗噫声道:"你是太傅伯颜么?朕虽有疾,并不是时时昏乱,须知先皇即位,不过数月,我已御宇数年,倘有不讳,应把帝位传与鄜王,朕尚可见先皇于地下!你不要再生异议!"伯颜尚欲申说,文宗又向卜答失里道:"朕已决定意见,此后倘有改议,无论先帝后不依,我也死难瞑目呢!"这却是临终忏悔。伯颜又启奏道:"圣上春秋正富,稍稍违和,自能渐瘥,何必耽忧!"文宗摇首道:"朕已不济了!少年种种,自悔已迟,今日天禄告终,无可挽回。太平亦应遭劫,将来国事,仗卿做主。卿须迁善改过,竭忠尽诚,莫效那贪淫狡诈哩!"人之将死,其言也善,可惜伯颜不遵。伯颜闻了此言,也觉为之悚然。既而告退出宫。

是夕,文宗病势骤剧,竟痰喘交作,一命呜呼。临终时,犹谆嘱皇后,毋忘遗嘱。统计文宗在位五年,寿只二十九岁。

燕帖木儿闻了这耗,也只得勉强起床,踉跄入宫。是时皇子燕帖古思,早召归宫内,倚榻送终。他本是乳臭小儿,晓得什么悲戚!看看燕帖木儿到来,便跳跃而出,笑颜相迎。燕帖木儿便称他为小皇帝,拉住了手,入谒皇后。只见后妃以下,相率恸哭,不得已站住一旁,陪了数点眼泪。约一小时,后妃等哀尚未止,不禁烦躁起来,即大声道:"皇上大行,应由皇子嗣位!此时请皇后即颁遗诏,传位皇子为要!"皇后卜答失里也不回答,越加号咷不止。燕帖木儿很是惊讶,又只好婉言劝慰,至皇后哀声少辍,复将传位的问题,重行提起。皇后卜答失里道:"大行皇帝,已有遗嘱,命鄜王继承大统。"燕帖木儿顿足道:"传位鄜王么?臣不敢与闻!"卜答失里道:"这事不便改议。太傅伯颜,曾与先皇面洽,太平王可去问明,自然洞悉底蕴了。"燕帖木儿不好再说,就出宫而去。

当下安排丧葬,自有一番手续,不必细表。只是帝位虽定,鄜王年才七岁,不能亲听国政,当由太平王燕帖木儿召集诸王会京师,凡中书百司庶务,统须禀命中宫,方得决行。转瞬间已是十月,诸王毕会,由太师燕帖木儿及太傅伯颜奉廊王即位于大明殿,大赦天下,循例下诏道:

洪维太祖皇帝,启辟疆宇;世祖皇帝,统一万方,列圣相承,法度明著,我曲律皇帝,即武宗。入纂大统,修举庶政,动合成法,授大宝位于普颜笃皇帝,即仁宗。以及格坚皇帝,即英宗,详注俱见上。历数之间,实当在我忽都笃皇帝,忽都笃三字,蒙古语,有禄之谓,即明宗尊号。扎牙笃皇帝,扎牙笃三字蒙古语,谓有天命,即文宗尊号。而各播越辽远。时则有若燕帖木儿建议效忠,戡平内难,以定邦国,协恭推戴札牙笃皇帝。登极之始,即以让兄之诏,明告天下,随奉玺绂,远迓忽都笃皇帝。朔方言还,奄弃臣庶,扎牙笃皇帝,荐正宸极,仁义之至,视民如伤,恩泽旁被,无间远迩,顾育眇躬,尤笃慈爱。宾天之日,皇后传顾命于太师太平王右丞相答剌罕燕帖木儿,太傅浚宁王知枢密院事伯颜等,谓圣体弥留,益推固让之初志,以宗社之重,属诸大兄忽都笃皇帝之世嫡,乃遣使召诸王宗亲,以十月一日来会于大都,与宗王大臣同奉遗诏,揆诸成宪,宜御神器。以至顺三年十月初四日,即皇帝位于大明殿,可大赦天下。自至顺三年十月初四日昧爽以前,除谋反大逆谋杀祖父母父母,妻妾杀夫,奴婢杀主,谋故杀人,但犯强盗,印造伪钞,蛊毒魇魅犯上者不赦外,其余一切罪犯,咸赦除之。大都、上都、兴和三路,差税免三年,腹里差发,并其余诸郡,不纳差发去处税粮,十分之率免二分,江淮以南,夏税亦免二分。

遵顾命皇侄承宗

第四十七回　正官方廷臣会议　遵顾命皇侄承宗

土木工役,除仓库必合修理外,毋复创造以纾民力。民间在前应有逋欠差税课程,尽行蠲免。监察御史肃政廉访司官,并内外三品以上正官,岁举才堪守令者一人,申达省部,先行录用。如果称职举官,优加旌擢,一任之内,或犯赃私者,量其轻重,黜罚其不贷。原免重囚淹禁三年以上,疑不能决者,申达省部详谳释放。学校农桑,孝弟贞节,科举取士,国学贡试,并依旧制。广海、云南梗化之民,诏书到日,限六十日内出官与免本罪,许以自新。于戏!肆予冲人,托于天下臣民之上,任大守重,若涉渊冰,尚赖宗王大臣百司庶府,交修乃职,思尽厥忠,嘉与亿兆之民,共保承平之治。咨尔多方,体予至意,故兹诏示,想知悉!

斯诏下后,又尊皇后卜答失里为皇太后,敕造玉册玉宝。又由皇太后降旨,命作两宫幄殿车乘供帐,一面告祭南郊,及社稷宗庙。至太后册宝告成,复敬奉如仪,太后御兴圣殿受朝贺。宫廷内外,赏赉有差。还有一桩咄咄怪事,七龄的幼主,居然立起一位皇后。这皇后名叫也忒迷失,也系弘吉剌氏,与幼主年龄,也不相上下。小子有诗记此事道:

欲赋桃夭贵及时,成年方始叶婚期;

如何七岁冲人子,也咏周南第一诗?

欲知立后后如何情形,待至下回表明。

有元一代,权奸最多。至燕帖木儿之恃功专宠,可谓极矣;然继起者尚有伯颜。陈思谦等虽抗直敢言,然豺狼当道,安问狐狸。所传谏草,无非徒供后人之览诵,著书人不忍掩没,故特志之。至若鄜王之立,于伯颜无甚关系,而于燕帖木儿,则有所顾忌,舍子立侄之议,无怪其不乐赞成。而皇后卜答失里,必导扬末命,不从燕帖木儿之请,彼未能容明宗后,讵转能爱明宗子乎?是必由明宗帝后,从中示儆可知也,证以四十五回,前后连贯,阅者应益恍然。

第四十八回

迎嗣皇权相怀疑　遭冥谴太师病逝

却说鄜王于十月即位，阅十余日，即立了一个皇后。同处宫中，两小无猜，倒也是一段元史奇闻。是时天已隆冬，转眼间又要残腊，乃诏群臣会议改元，并先皇帝庙号神主，及升祔武宗皇后等事。议尚未定，小皇帝又罹着绝症，不到数日，又复归天。

诸王大臣统惊异不置，独燕帖木儿喟然道："我意原欲立皇子，不知先帝何意，必欲另立鄜王？太后又是拘泥得很，定要勉遵顾命。到底鄜王没福，即位不过六七十日，便已病逝，此后总应立皇子了。"乃复入宫谒见太后，先劝慰了一番，然后提及继位问题。

太后道："国家不幸，才立嗣君，即行病殁，真令人可悲可叹！"燕帖木儿道："这是命运使然，往事也不必重提了！国家不可一日无君，今日正当继立皇弟呢。"太后道："据卿所说，莫非是吾子燕帖古思么？"燕帖木儿应声称是。太后道："吾子尚幼，不应嗣位，还宜另立为是。"燕帖木儿道："前日命立鄜王，乃是遵着遗嘱，化私为公。现在鄜王已崩，自然皇子应立，此外还有何人？"太后道："明宗长子妥欢帖睦尔，前居高丽，现在静江，今年已十三岁了，可以迎立。"毕竟妇人畏鬼，还不敢立己子。燕帖木儿道："先帝在日，曾有明诏，谓妥欢帖睦尔非明宗子，所以前徙高丽，后徙静江，今尚欲立他么？"太后道："立了他再说，待他百年后，再立吾子未迟。"燕帖木儿道："人心难料，太后优待皇侄，恐皇侄未必记念太后哩。"太后道："这也凭他自己的良心，我总教对得住先皇，并对得住明宗帝后，便算尽心了。"燕帖木儿尚是摇首，太后道："太平王，你忘却王忽察都的故事么？先皇帝为了此事，始终不安，我也吓得够了。我的长子，又因此病逝，现只剩了一个血块，年不过五六龄，我望他多活几年，所以宁立皇侄，无论妥欢帖睦尔是否为明宗自出，然明宗总称他为子，我今又迎他嗣立，阴灵有知，当不再怨我了！"燕帖木儿道："太后也未免太拘！皇次子出宫后，由臣奉养，并不闻有鬼祟，怕他

第四十八回　迎嗣皇权相怀疑　遭冥谴太师病逝

什么？"太后道："太平王，你休仗着胆力！先帝也说你不久呢。"燕帖木儿至此，也暗暗地吃了一惊，又默想了片时，方道："太后已决议么？"太后道："我意已决，不必另议！"燕帖木儿叹息而出。太后遂命中书右丞阔里吉思，速即驰驿，往广西的静江县，迎立妥欢帖睦尔。嗣主未来，残年已届，倏忽间已是元旦，仍依至顺年号，作为至顺四年。

过了数日，由阔里吉思遣使驰报，嗣皇帝将到京师了。太后乃命太常礼仪使，整具卤簿，出京迎接。文武百官皆往。燕帖木儿病已早愈，亦乘马偕行。既至良乡，已接着来驾，各官在道旁俯伏，只燕帖木儿自恃功高，不过下马站立。妥欢帖睦尔年才成童，前时曾见过燕帖木儿的威仪，至此又复晤着，容貌虽憔悴了许多，但余威尚在，未免可怕，竟尔掉头不顾。嗣经阔里吉思在旁密启道："太平王在此迎驾，陛下应顾念老臣，格外敬礼。"妥欢帖睦尔闻言，无奈下马，与燕帖木儿相见。燕帖木儿屈膝请安，妥欢帖睦尔也答了一揖。阔里吉思复宣谕百官免礼，于是百官皆起。妥欢帖睦尔随即上马，燕帖木儿也上马从行。

既而两马并驰，不先不后。<small>居然是并肩王。</small>燕帖木儿扬着马鞭，向妥欢帖睦尔道："嗣皇此来，亦知迎立的意思，始自何人？"妥欢帖睦尔默然不答。燕帖木儿道："这是太后的意旨。从前扎牙笃皇帝遇疾大渐，遗命舍子立侄，传位鄜王，不幸即位未几，遽尔崩殂。太后承扎牙笃皇帝余意，以弟殁兄存，所以遣使迎驾，愿嗣皇鉴察！"妥欢帖睦尔仍是无言。燕帖木无我，很是敬佩，所以命立鄜王，老臣不敢违命；此次迎立嗣皇，老臣亦很是赞同。"借太后先皇折到自己，前是宾，此是主，无非为希宠邀功起见。语至

迎嗣皇相权怀疑

此，眼睁睁地瞧着妥欢帖睦尔，不意妥欢帖睦尔仍然不答。燕帖木儿不觉动恼，勉强忍住，复语道："嗣皇此番入京，须要孝敬太后。自古圣王，统以孝治天下，况太后明明有子，乃甘心让位，授与嗣皇，太后可谓至慈，嗣皇可不尽孝么？"语带双敲，明明为着自己。说至尽孝两字，不由得声色俱厉，那妥欢帖睦尔总是一言不发，好似木偶一般。燕帖木儿暗叹道："看他并不是傀儡，如何寂不一言！莫非明宗暴崩，他已晓得我等密谋？看来此人居心，很不可测，我在朝一日，总不令他得志，免得自寻苦恼呢？"计非不佳，奈天不假年何！乃不复再言，惟与妥欢帖睦尔并驾入都。

至妥欢帖睦尔入见太后后，燕帖木儿又复入宫，将途次所陈的言语，节述一遍，复向太后道："臣看嗣皇为人，年龄虽稚，意见颇深，若使专政柄，必有一番举动，恐于太后不利！"太后道："既已迎立，事难中止，凡事只由天命罢！"燕帖木儿道："先事防维，亦是要着。此刻且留养宫中，看他动静如何，再行区处。且太后预政有日，廷臣并无间言，现在不如依旧办理，但说嗣皇尚幼，朝政仍取决太后，哪个敢来反抗呢？"太后犹豫未决，燕帖木儿道："老臣并非怀私，实为太后计，为天下计，总应慎重方好。"总是欺人。太后尚淡淡地应了一声。燕帖木儿告退。

越日，由太史密奏太后，略言迎立的嗣皇，实不应立，立则天下必乱。太后似信非信，召太史面诘，答称凭诸卜筮。于是太后亦迟疑不决，自正月至三月，国事皆由燕帖木儿主持，表面上总算禀命太后。妥欢帖睦尔留居宫中，名目上是候补皇帝，其实如没有一般，因此神器虚悬，大位无主。燕帖木儿心尚未惬，总想挤去了他，方得安心，奈一时无从发难，不得已迁延过去。

前平章政事赵世延，平时与燕帖木儿很是亲昵，燕帖木儿亦尝以心腹相待，日相过从。至此见燕帖木儿愁眉未展，也尝替他耽忧，因当时无法可施，只好借着花酒，为他解闷。

一日，邀燕帖木儿宴饮，并将他家眷也招了数人，一同列席。又命妻妾等亦出来相陪。男女杂沓，履舄交错，开琼筵以坐花，飞羽觞而醉月，任你燕帖木儿如何忧愁，至此也不觉开颜。酒入欢肠，目动神逸，四面一瞧，妇女恰也不少，有几个是本邸眷属，不必仔细端详，有几个是赵宅后房，前时也曾见过，姿貌不过中人，就使年值妙龄，毕竟无可悦目。

第四十八回　迎嗣皇权相怀疑　遭冥谴太师病逝

忽见客座右首,有一丽姝,豆蔻年华,丰神独逸,桃花面貌,色态俱佳。当醉眼模糊的时候,衬着这般美色,越觉眼花缭乱,心痒难搔,便顾着赵世延道:"座隅所坐的美妇,系是何人?"世延向座右一瞧,又指语燕帖木儿道:"是否此妇?"燕帖木儿点首称是。世延不禁微笑道:"此妇与王爷夙有关系,难道王爷未曾认识么?"这语一出,座隅妇人,已经听着,嗤嗤地笑将起来。就是列坐的宾主,晓得此妇的来历,大都为之解颐,顿时哄堂一笑。燕帖木儿尚摸不着头脑,徐问世延道:"你等笑我何为?"世延忍着笑道:"王爷若爱此妇,尽可送与王爷。"燕帖木儿道:"承君美意,但不知此妇究竟是谁?"世延道:"王爷可瞧得仔细么？这明明是王爷宠姬,理应朝夕相见,如何转不认识?"燕帖木儿闻言,复抽身离座,至少妇旁端详一番,自己也不觉赧然,便对世延道:"我今日贪饮数杯,连小妾鸳鸯,都不相识,难怪座客取笑呢?"人而无目,宜乎速死。世延道:"王爷请勿动气！妇人小子,哪里晓得王爷苦衷！王爷为国为民,日夕勤劳,虽有姬妾多人,不过后房备数,所以到了他处,转似未曾相识哩。"善拍马屁。燕帖木儿也对他一笑,尽欢而罢。便挈鸳鸯同舆,循路而归。

是夕留鸳鸯侍寝,自在意中,毋庸细说。名曰鸳鸯,自应配对。只燕帖木儿忧喜交集,忧的是嗣皇即位,或要追究前愆;喜的是佳丽充庭,且图眼前快乐。

每日召集妃妾,列坐宴饮,到了酒酣兴至,不管什么嫌疑,就在大众面前,随选一妇,裸体交欢;夜间又须数人共寝,巫山十二,任他遍历。看官！你想酒中含毒,色上藏刀,人非金石,怎禁得这般剥削！况且杀生害命,造孽多端,相传太平王厨内,一宴或宰十二马,如此穷奢极欲,能够长久享受么?俗语说得好,铜山也有崩倒的日子,燕帖木儿权力虽隆,究竟敌不过铜山,荒淫了一二个月,渐渐身子尫瘵,老病复发,虽有参苓,也难收效!运退金失色,时衰鬼来欺,燕帖木儿从未信鬼,至此也胆小如鼷,日夜令人环侍,尚觉鬼物满前。

　　一日,方扶杖出庭,徐徐散步,忽大叫一声,晕倒地上。左右连忙扶起,舁入床中,他却不省人事,满口里胡言诞语,旁人侧耳细听,统是自陈罪状,悔泣不休。忙从太医使中,延请了数位名手,共同诊治。大众都是摇首,勉勉强强地公拟一方,且嘱王府家人道:"此方照饮,亦只可少延数日,看来精神耗尽,脉象垂绝,预备后事要紧,我等是无可为力了!"

　　王妃八不罕以下,俱惶急异常。俟进药后,却是有些应验,燕帖木儿溺了一次瘀血,稍觉神气清醒。但见妃妾等环列两旁,还有子女数人,一并站着,便喘吁吁道:"我与你等要长别哩。"八不罕接着道:"王爷不要这般说。"燕帖木儿道:"夫人!夫人!你负泰定帝,我负夫人!彼此咎由自取,尚复何言!"八不罕不禁垂泪,燕帖木儿复道:"人生总有一死;不过我自问生平,许多抱歉,近报在身,远报在子孙,这是不易至理,悔我前未觉悟哩!"晓得迟了。

　　正在诉别的时候,外面已有无数官员,统来问疾。由燕帖木儿召入,淡淡地谈了数语。惟问及太傅伯颜,未见到来,他却自言自语道:"一生一死,乃见交情,我前时尝替他出力,目今我病,他即视同陌路,可见生死至交,原是不易得呢!"暗伏下文。大众劝慰一番,告别而去。

　　燕帖木儿复召弟撒敦,及子唐其势、塔剌海嘱咐后事,教他勤慎保家。寻又自叹道:"炎炎者灭,隆隆者绝。我、我……"说了两个我字,痰已壅上,竟接不下去。须臾面色转变,两目双睁,但听得二语道:"先皇先后恕臣,臣去,臣去!"言毕遂逝。远远听得一片呼喝声,号惨声,阴气森森,令人发竖。

　　八不罕等又悲又惊,待惊魂少定,阖家挂孝治丧,不必絮述。惟八不罕身为皇后,曾已母仪八方,为了情根未断,甘心受辱,竟嫁燕帖木儿为妃;乃历时未几,又复守孀,总是一场别鹄离鸾,悔不该再行颠鸾倒凤!还有必罕姊妹,更不值得。可见妇人以守节为重,既以不幸丧夫,

第四十八回　迎嗣皇权相怀疑　遭冥谴太师病逝

何必另图改醮呢！大声疾呼,有关名教。小子走笔至此,且暂作一束,缀以俚句一绝云：

《国风》犹忆刺"狐绥",一念痴迷悔莫追；
尽说回头便是岸,谁知欲海竟无涯！

燕帖木儿已死,那时妥欢帖睦尔方得乘势出头,由太后卜答失里召集群臣,奉他即位,欲知嗣位情形,且看下回便知。

燕帖木儿大诈似忠,始仇泰定而迎二王,继助文宗以戕明宗,一再弑立,视君如奕棋。董卓、曹操之所不能为者,而燕帖木儿敢为之,一代奸雄,绝无仅有。惟文后初立郿王,继立妥欢帖睦尔,皆非燕帖木儿所赞成,彼挟震主之威,肆行无忌,讵不能抗违后命,另立嗣君乎？吾推其意,当郿王嗣立时,利其年幼,姑暂听之；至郿王夭逝,迎立妥欢帖睦尔,并马徐行,举鞭指示,而妥欢帖睦尔不答；燕帖木儿遂怀异志,暗中把持,三月无君,假使未死,则妥欢帖睦尔其能免彼暗算耶？乃溺之以酒,蛊之以色,俾其荒淫体羸,溺血以死,是殆天之福善祸淫,而阴夺其魄者？本书历叙权奸,而于燕帖木儿之生死,记载独详,其所以属戒之意,昭然若揭,余事已见细评,要无非一儆世也。

第四十九回

履尊择配后族蒙恩　犯阙称兵豪宗覆祀

却说妥欢帖睦尔留宫三月,因燕帖木儿已死,乃由太后与大臣定议,奉他即位,且约以万岁之后,传位燕帖古思,如武宗、仁宗故事。诸王宗戚,相率赞成,遂奉上玺绶,于至顺四年六月,赴上都即位,又有一道敕诏,其文云:

洪维我太祖皇帝,受命于天,肇造区夏。世祖皇帝,奄有四海,治功大备。列圣相传,丕承前烈。我皇祖武宗皇帝,入纂大统,及致和之季,皇考明宗皇帝,远居沙漠,扎牙笃皇帝,戡定内难,让以天下。我皇考宾天,扎牙笃皇帝,复正宸极,治化方隆,奄弃臣庶。今皇太后召大臣燕帖木儿、伯颜等曰:"昔者阔彻、脱脱木儿、只儿哈郎等谋逆,以明宗太子为名,又先为八不沙,始以妒忌妄构诬言,疏离骨肉,逆臣等既正其罪,太子遂迁于外。扎牙笃皇帝,后知其妄,寻至大渐,顾命有曰:朕之大位,其以朕兄子继之。"时以朕远征南服,以朕弟懿璘质班,登大位以安百姓,乃遽至大故。皇太后体承扎牙笃皇帝遗意,以武宗皇帝之玄孙,明宗皇帝之世嫡,以贤以长,在予一人,遣使迎还,征集宗室诸王来会,合辞推戴。今奉皇太后勉进之笃,宗亲大臣恳请之至,以至顺四年六月初八日,即皇帝位于上都。于戏!惟天惟祖宗,全付予有家,栗栗危惧,若涉渊冰,罔知攸济。尚赖宗亲臣邻,交修不逮,以底隆平。其赦天下,俾众周知!

诏书一布,帝位既定,这便是元朝末代皇帝。后来明兵入燕都,元主北去,明太祖以他知顺天命,退避朔漠,特加号曰顺帝。小子沿例乘便,从此就称为顺帝了。

顺帝有亲臣,名阿鲁辉帖木儿,上言天下事须委任宰相,庶有专责,可望成功;若亲目听断,必负恶名。<u>恐由伯颜运动得来。</u>顺帝信为真言,遂命伯颜为太师中书右丞相,监修国史,兼奎章阁大学士,领学士院、太

第四十九回　履尊择配后族蒙恩　犯阙称兵豪宗覆祀

史院回回、汉人司天监事。复置左丞相，令撒敦充任，并加号太傅。唐其势为御史大夫。

燕帖木儿有一女，名答纳失里，太后以燕帖木儿遗功卓著，遂将答纳失里纳入后宫，命顺帝册立为后。顺帝此时不敢专擅，自然遵命而行，一切仪注，悉循旧制。册文有云：

天之元统二气，配莫厚于坤仪；月之道循右行，明同贞于乾耀。若昔帝王之宅后，居多辅相之世勋；盖选德于亢宗，亦畴庸于先正；造周资任、姒之化，兴汉表马、邓之功。咨尔皇后钦察氏，雍肃慈惠，谦裕静淑，乃祖乃父，凤坚翼亮之心，于国于家，实获修齐之助，朕缵丕图之初载，亲承太后之睿谟，眷我元臣，简兹硕媛，相严禋而率典，奉慈极以愉颜，用彰祎翟之华，式著旂常之旧，爰援玉册宝章，命尔为皇后，备成嘉礼，宏贲大猷。于戏！嵩高生贤，予笃怀于良佐，关雎正始，尔勉嗣于徽音。永锡寿康，昭示悠久。录册后文，为下文被鸩张本。

立后以后，锡类推恩，复封撒敦为荣王，食邑庐州；唐其势袭爵太平王，进阶金紫光禄大夫。燕帖木儿的余荫，好算千古无两了。是谓天夺之鉴。又封伯颜为秦王，令与荣王左丞相撒敦，统理百官，总治庶政。一面定议改元，以至顺四年，改为元统元年。既而上札牙笃皇帝尊谥曰圣明元孝皇帝，庙号文宗，上鄜王尊谥曰冲圣嗣孝皇帝，庙号宁宗。鄜王庙号宁宗，特为补入，文笔不漏。惟升祔武宗皇后，议久未决。武宗正后真哥，未有子嗣；明宗母亦乞烈氏，文宗母唐兀氏，虽皆追尊为后，然原本返始，究系武宗妃嫔，太师右丞相伯颜，亦怀疑莫释，左右两难，因问太常博士逯鲁曾道："先朝以真哥皇后无子，不为立主，目今定议配飨，应属明宗母呢？抑系文宗母呢？"逯鲁曾道："真哥皇后在武宗朝，已膺宝册，名分已定，非文、明二母所比。文、明二母，位居妃妾，若以真哥皇后无出的缘故，遂将她废黜，竟以妾母为正，是为臣的人，敢废先君的嫡母！为子的人，私尊先君的妾媵，何以正名？何以传世？"

伯颜频频点首，适集贤学士陈颢，素与鲁曾未协，竟出来献议道："唐太宗时，尝册曹王明母为后，是古时亦有二后的成制；况文、明二母，各产英君，母以子贵，难道不可升祔么？"牵强得很。鲁曾正色道："尧母庆都，系帝喾庶妃，尧未尝以配喾，今不法尧舜，偏欲依唐太宗故例,殊不可解!"伯颜莞尔道:"博士言是,我当依言奏闻,升祔真哥皇后便了。"

议既决,奏入照准。乃以真哥皇后,配飨武宗,立主升祔。复上皇太后尊号,再行大赦,并免民租之半。

会左丞相撒敦,因多病辞职,顺宗眷念后族,命唐其势代任,凡有中书省事,仍令撒敦会议。唐其势就任数日,屡与伯颜龃龉,奏乞罢职。顺帝慰留不允,只得仍召撒敦,再命为左丞相,并追赠燕帖木儿公忠开济弘谟同德翊运佐命功臣,仪同三司太师中书右丞相,加封德王,谥曰"忠武"。其余廷右各臣,亦多邀封赏。惟奎章阁侍书虞集,谢病乞归。

集学问赅博,有长者风。先是御史中丞马祖常,尝求集荐引乡人袭伯燧,集不从所请,因此挟嫌。顺帝赴上都时,曾召集随往,祖常使人告集道:"御史已有后言,请公留意。"集知祖常有倾轧意,俟顺帝即位后,即托病谢归。看官!你道祖常如何寻隙,令集闻言即去?原来文宗尝命集书诏,言妥欢帖睦尔非明宗子,所以祖常乘隙而入,得肆挤排。不设暗箭,乃用明枪,令虞集归安故里,我谓马祖常还是好人。虞集去后,侍臣犹上启顺帝,谓虞集曾书旧诏,顺帝怅然道:"此朕家事,与他何涉?"顺帝初政,尚有一隙之明。说得侍臣失色而退。寻遣使赐他酒币,召使还朝,集终不起。阅十五年,卒于临川原籍,赐谥文靖,学者称为邵庵先生。这且搁过不提。

且说顺帝嗣位以后,天灾人异,相逼而至。京畿大水,黄河泛滥,两淮亢旱,徽州、秦州、凤州的大山,相继崩裂,至元统二年元旦,汴梁雨血,着衣皆赤。嗣到春季,彰德路雨白毛,继续似线,土人相率惊诧,或呼作菩萨线,或称为老君髯。既而民间编成歌谣,分作四句;首二句是"天雨线,民起怨",次二句是"中原地,事必变"。当时共议为不详。未几水旱疾疫,及山崩地震诸怪异,所在迭见,太白星屡昼见经天,经太史接连报闻,顺帝只知加恩肆赦,凡所有修省事宜,未闻举行。时光易过,又是元统三年。顺帝欲出猎柳林,御史台联衔进奏道:"陛下春秋鼎盛,宜思文皇付托的重任,修德行仁,勉致太平。方今赤县民生,供给繁劳,农务方兴,日不暇给,陛下乃驰骋朔方,既需调发,又防衔橛,恐非上承宗庙,下奠黎庶的至意。"顺帝乃收回原议,罢猎不行。

会左丞相撒敦病殁,伯颜独秉政,唐其势心甚不平,尝语密友道:

第四十九回　履尊择配后族蒙恩　犯阙称兵豪宗覆祀

"天下本我家的天下,伯颜何人,位置偏居我上,煞是可恨!"这语传入伯颜耳中,伯颜心甚不悦,遂缮疏入奏,请以右丞相职位,让与唐其势。又是奸雄手段。奉诏不允,只命唐其势为左丞相,唐其势仍是怏怏。

撒敦弟答里,曾封句容郡王,与诸王晃火帖木儿数相往来。唐其势贻书答里,极言伯颜专权,顺帝昏庸,应入清朝右,且行废立故事。才力不及乃父,竟思效乃父故智,无怪弄巧成拙。答里遂与晃火帖木儿商议,晃火帖木儿也蓄异图,竟劝答里备兵举行。答里乃复告唐其势,约以内外夹应,指日图功等语,唐其势遂决意发难。郯王彻彻秃,伺得逆谋,首先密报。有诏召答里入朝,待久不至。顺帝乃密告伯颜,预行防备。

至六月晦日,唐其势伏兵东郊,自率勇士突进宫阙,甫入禁城,卫兵齐起,伯颜率着完者帖木儿等,大刀阔斧,前来掩杀。唐其势惘惘进来,总道是出人不意,可以唾手成功,谁知四面八方,统是敌兵,那时叫苦不迭,慌忙抵御,战了数合,毕竟寡不敌众,手下健卒,渐渐死亡。伯颜复下令道:"生擒唐其势者赏万金,立即升官!"卫士闻得此令,没一个不奋力上前,把唐其势围住。唐其势只有进路,没有出路,也只好拼命死斗,怎奈双手不敌四拳,渐渐支持不住,竟被卫士扯落马下,七扛八抬地拖入宫中。也算阔绰。

伯颜扫清叛卒,复引兵驰往东郊,唐其势弟塔剌海,尚未知乃兄被擒,竟挈着伏兵,前来对仗。无如伏兵也是不多,经伯颜麾兵猛击,一阵驱杀,已将塔剌海手下,杀得东逃西溃。塔剌海回马急奔,被卫士射倒马下,活擒过去。

伯颜既执住唐其势兄弟,复驰入宫中,请顺帝登殿审讯,顺帝道:"逆谋已著,何庸再鞫,卿可照律惩办便了!"伯颜遂命卫士动手,将唐其势兄弟牵出。唐其势攀住殿槛,且朗声道:"陛下曾有明诏,宥臣父子孙九死,为何今日食言?"补前阙文。顺帝怒叱道:"谁叫你谋逆,兴兵犯阙?尚欲保全首领么?"卫士闻旨,都来牵扯唐其势,甚至殿槛攀折,方将唐其势曳出,一刀两段。还有塔剌海少年胆怯,竟避匿皇后座下,皇后以情关手足,牵裙遮蔽。伯颜喝令卫士,从皇后座下,牵出塔剌海,自己拔剑出鞘,把手一挥,竟将塔剌海杀死,血溅后衣,吓得皇后答纳失里战兢兢地缩作一团。

伯颜复启奏道:"皇后兄弟谋逆,皇后亦应有罪;况袒蔽兄弟,显系党恶,请陛下割情正法,为将来戒!"顺帝尚未回答,伯颜复叱卫士,牵皇后出宫。卫士未敢动手,伯颜大怒,竟走至后前,揪住皇后发髻,拖落座下。皇后号泣道:"陛下救我!陛下救我!"顺帝至此,亦呜咽道:"汝兄弟为逆,朕亦不能相救。"言未已,伯颜已将皇后牵去,交与卫士。伯颜可恶。卫士拥后出宫,到了开平民舍,暂令居住。伯颜不肯干休,竟遣人携了鸩酒,胁皇后饮讫。可怜皇后身入椒房,未满二载,为了兄弟谋逆,竟被伯颜鸩死!流水无情,落花有恨,这也由命数使然,徒令人叹息罢了!这是燕帖木儿害她,不专由她兄弟二人。逆党败奔答里,答里即举兵抗命。顺帝遣使臣哈儿哈伦阿鲁灰奉命招谕,答里不从,反将他捆缚起来,用以祭旗。顺帝再遣阿弼往谕,又被他杀死,于是命撧思监火儿灰、哈剌那海等,领兵前讨。答里亦率党和尚、剌剌等迎战,两军相遇,酣斗一场,和尚、剌剌等败走。答里亦遁,拟往投晃火帖木儿。不意行至中途,闪出了一支人马,主帅名叫阿里浑察,奉上都差遣,前来夹攻答里。答里正势穷力蹙,仓猝不及备战,被阿里浑察冲至马前,一戟刺下,把他擒住,押送上都,眼见得不能活了。

晃火帖木儿闻内外党羽,俱已败死,惊得甚么相似。忽又报元将孛罗晃火儿不花,引了万人,奔杀前来。不得已征兵数千,出去对阵,可奈兵心未固,遇了敌将,当即弃甲曳兵,纷纷溃散。晃火帖木儿自知难免,遂服毒自杀。

还有怯薛官阿察赤,也与唐其势勾连,欲杀伯颜。经伯颜调查确实,发兵掩捕,执付有司,统共伏辜。一场逆案,化作日出烟消。顺帝复将燕帖木

第四十九回　履尊择配后族蒙恩　犯阙称兵豪宗覆祀

儿及唐其势引用的人员,一并黜逐,并颁下一道谕旨,其文云:

曩者文宗皇帝,以燕帖木儿尝有劳伐,父子兄弟,显列朝廷,而辄造事衅,出朕远方。文皇寻悟其妄,有旨传次于予。燕帖木儿贪利幼弱,复立朕弟懿璘质班,不幸崩殂;今丞相伯颜,追奉遗诏,迎朕于南。既至大都,燕帖木儿犹怀两端,迁延数月。天陨厥躬,伯颜等同时翊戴,乃正宸极。后撒敦、答里、唐其势相袭用事,交通宗王晃火帖木儿,图危社稷。阿察赤亦尝与谋。伯颜等以次掩捕,明正其罪。元凶构难,贻我皇太后震惊,朕用兢惕。永惟皇太后后其所生之子,一以至公为心,亲挈大宝,畀予兄弟,迹其定策两朝,功德隆盛,近古罕比,虽尝奉上尊号,揆之朕心,犹未为尽,已命大臣特议加礼。伯颜为武宗捍御北边,翼戴文皇,兹又克清大憝,明饬国宪,爰赐答剌罕之号,至于子孙,世世永赖,可赦天下,俾众咸悉!

嗣是秦王伯颜,愈得宠任,遂命他独任中书右丞相,仿佛与前日燕帖木儿同一宠荣。一面将唐其势家产,尽行籍没。小子有诗咏道:

追原祸始是骄盈,人事由来满必倾;
若使权奸生令子,怎教善恶得分明!

欲知元廷后事,且从下回交代。

燕帖木儿家族之亡,不由顺帝之追究前嫌,而由唐其势之自行谋逆,是正燕帖木儿生时之所不料,实即天道之巧于报应也。燕帖木儿贪淫骄恣,得保全首领以殁,可谓幸矣。厥后子封王,女册后,烜赫尊荣,一时无匹,乃曾几何时,子弟族诛,女后被鸩,遗资宿产,悉数籍没。乃知天之所以福彼者,不啻所以加祸,愚者特不自觉耳!虽然,燕帖木儿之后,尚有伯颜,未鉴前车,复循覆辙,胁主掉后,任所欲为,是殆愚之又愚者。传曰:其兴也暴,其亡也忽。观于此文益信!

第五十回

辱谏官特权停科举　尊太后变例晋徽称

却说秦王右丞相伯颜，自削平逆党后，独秉国钧，免不得作威作福起来。<small>小人通弊。</small>适江浙平章彻里帖木儿，入为中书平章政事，创议停废科举，及将学校庄田，改给卫士衣粮等语。<small>身非武夫，偏创此议，无怪后之顽固将官，痛嫉学校，动议停办。</small>小子前述仁宗朝故事，曾将所定科举制度，一一录明，嗣是踵行有年，科举学校，并行不悖。彻里帖木儿为江浙平章时，适届科试期，驿请试官，供张甚盛。彻里帖木儿心颇不平，既入中书，遂欲更张成制。

御史吕思诚等，群以为非，合辞弹劾。奏上不报，反黜思诚为广西佥事。余人愤郁异常，统辞官归去。参政许有壬也代为扼腕。会闻停罢科举的诏旨，已经缮就，仅未盖玺，不禁忍耐不住，竟抽身至秦王邸中，谒见伯颜，即问道："太师主持政柄，作育人材，奈何把罢除科举的事情，不力去挽回么？"伯颜怒道："科举有什么用处？台臣前日，为这事奏劾彻里帖木儿，你莫非暗中通意不成？"<small>确是权相口吻。</small>有壬被他一斥，几乎说不出话来，亏得参政多年，口才尚敏，略行思索，便朗声答道："太师擢彻里帖木儿，入任中书；御史三十人，不畏太师，乃听有壬指示，难道有

第五十回　辱谏官特权停科举　尊太后变例晋徽称

壬的权力,比太师尚重么?"伯颜闻言,却掀髯微笑,似乎怒意稍解。奸相。

有壬复道:"科举若罢,天下才人,定多觖望!"伯颜道:"举子多以赃败,朝廷岁费若干金钱,反好了一班贪官污吏!我意很不赞成。"有壬道:"从前科举未行,台中赃罚无算,并非尽出举子。"伯颜道:"举子甚多,可任用的人材,只有参政一人。"有壬道:"近时若张梦臣、马伯庸辈,统可大任,就是善文如欧阳元,亦非他人所及。"伯颜道:"科举虽罢,士子欲求丰衣美食,亦能有心向学,何必定行科举?"有壬道:"志士并不谋温饱,不过有了科举,便可作为进身的阶梯,他日立朝议政,保国抒才,都好由此进行呢。"

伯颜沉吟半晌,复道:"科举取人,实与选法有碍。"本意在此,先时尚欲自讳,至此无从隐蔽,方和盘托出。有壬道:"今通事知印等,天下凡三千三百余名,今岁自四月至九月,白身补官,受宣入仕,计有七十三人,若科举定例,每岁只三十余人,据此核算,选法与科举,并没有什么妨碍;况科举制度,已行了数十年,祖宗成制,非有弊无利,不应骤事撤除。还请太师明察!"伯颜道:"箭在弦上,不得不发,此事已有定议,未便撤销,参政亦应谅我苦心呢!"遁辞知其所穷。有壬至此,无言可说,只得起身告辞。

伯颜送出有壬,暗想此人可恨,他硬出头与我反对,我定要当着大众,折辱他一次,作为儆戒,免得他人再来掣肘。当下默想一番,得了计划,遂于次日入朝,请顺帝将停办科举的诏书,盖了御宝,便把诏书携出,宣召百官,提名指出许有壬,要他列为班首,恭读诏书。有壬尚不知是何诏,竟从伯颜手中,接奉诏敕。待至眼帘映着,却是一道停办科举的诏书,那时欲读不可,不读又不可,勉勉强强地读了一遍,方将此诏发落。

治书御史普化,待他读毕,却望着一笑,弄得有壬羞惭无地。须臾退班,普化复语有壬道:"御史可谓过河拆桥了。"有壬红着两颊,一言不发,归寓后,称疾不出。原来有壬与普化,本是要好的朋友,前时尝与普化言及,定要争回此举。普化以伯颜揽权,无可容喙,不如见机自默,作个仗马寒蝉。保身之计固是,保国之计亦属未然。有壬凭着一时气恼,不服此言,应即与普化交誓,决意力争,后来弄到这般收场,面子上如何过得下去？因此引为大耻，只好托称有疾罢了。

伯颜既废科举，复敕所在儒学贡士庄田租改给宿卫衣粮。卫士得了一种进款，自然感激伯颜，惟一般士子，纷纷谤议，奈当君主专制时代，凡事总由君相专裁，就使士子交怨，亦只能饮恨吞声，无可如何。这叫作秀才造反。

这且慢表。惟天变未靖，星象又屡次示异，忽报荧惑犯南斗，忽报辰星犯房宿，忽报太阴犯太微垣，余如太白昼见，太白经天等现象，又连接不断，顺帝未免怀忧。辄召伯颜商议，伯颜道："星象告变，与人生无甚关系，陛下何必过忧！"伯颜似预知西学。

顺帝道："自我朝入主中夏以来，寿祚延长，莫如世祖。世祖的年号，便是至元，朕既缵承祖统，应思效法祖功，现拟本年改元，亦称作至元年号，卿意以为何如？"愚不可及。伯颜道："陛下要如何改，便如何改，毋劳下问！"顺帝乃决意改元。

这事传到台官耳中，大众又交头接耳，论个不休。监察御史李好文，即草起一疏，大意言年号袭旧，于古未闻，且徒袭虚名，未行实政，亦恐无益。正在摇笔成文的时候，外面已有人报说，改元的诏旨，已颁下了。好文忙至御史台省，索得一纸诏书，其文道：

> 朕祗绍天明，入纂丕绪，于今三年，夙夜寅畏，罔敢怠荒。兹者年谷顺成，海宇清谧，朕方增修厥德，日以敬天恤民为务，属太史上言，星文示儆，将朕德菲薄，有所未逮欤？天心仁爱，俾予以治，有所告戒欤？弭灾有道，善政为先，更号纪元，实惟旧典。惟世祖皇帝在位长久，天人协和，诸福咸至。祖述之志，良切朕怀，今特改元统三年，仍为至元元年。通遵成宪，诞布宽条，庶格祯祥，永绥景祚，可赦天下。

好文览毕，哑然失笑，即转身返入寓内，见奏稿仍摆在案头，字迹初干，砚坳尚湿，他凭着残墨秃笔，写出时弊十余条，言比世祖时代的得失，相去甚远，结束是陛下有志祖述，应速祛时弊，方得仰承祖统云云。属稿既成，从头至尾地读了一遍，自觉言无剩意，笔有余妍，遂换了文房四宝，另录端楷，录成后即入呈御览。待了数日，毫无音信，大约是付诸冰搁了。

好文愈觉气愤，免不得出去解闷。他与参政许有壬，也是知友，遂乘暇进谒。时有壬旧忿已消，销假视事，既见了好文，两下叙谈，免不得说起国事。好文道："目今下诏改元，仍复至元年号，这正是古今未有的奇闻。某于数日间曾拜本进去，至今旬日，未见纶音，难道改了'至元'二字，便可与全盛时代，同一隆平么？"

有壬道："朝政煞是糊涂，这还是小事呢。"好文道："还有什么大事？"有壬道："足下未闻尊崇皇太后的事情么？"好文道："前次下诏，命大臣特议加礼，某亦与议一二次，据鄙见所陈，无非加了徽号数字，便算得尊崇了。"有壬道："有人献议，宜尊皇太后为太皇太后，足下应亦与闻？"此处尊皇太后事，从大臣口中叙出，笔法不致复沓。好文笑道："这等乃无稽谰言，不值一哂。"有壬道："足下说是谰言，上头竟要实行呢！"好文道："太皇太后，乃历代帝王，尊奉祖母的尊号，现在的皇太后，系皇上的婶母，何得称为太皇太后？"有壬道："这个自然，偏皇上以为可行，皇太后亦喜是称，奈何！"

好文道："朝廷养我辈何为？须要切实谏阻。"有壬道："我已与台官商议，合词谏诤，台官因前奏请科举，大家撞了一鼻子灰，恐此次又蹈覆辙，所以不欲再陈，你推我诿，尚未议决。"好文道："公位居参政，何妨独上一本。"有壬道："言之无益，又要被人嘲笑。"顾上文。好文不待说毕，便朗声道："做一日臣子，尽一日的心力；若恐别人嘲笑，做了反舌无声，不特负君，亦恐负己哩！"有壬道："监察御史泰不华也这般说，他已邀约同志数人，上书谏阻，并劝我独上一疏，陈明是非。我今已在此拟稿，巧值足下到来，是以中辍。"好文道："如此说来，某却做了催租客了。只这篇奏稿，亦不要什么多说，但教正名定分，便见得是是非非了。"有壬道："我亦这般想，我去把拟稿取来，与足下一阅。"言毕，便命仆役去取奏稿。不一刻，已将奏稿取到，由好文瞧着，内有数语道：从好文目中述及许有壬奏稿，又是一种笔法。

> 皇上于太后，母子也；若加太皇太后，则为孙矣。且今制封赠祖父母，降父母一等；盖推恩之法，近重而远轻，今尊皇太后为太皇太后，是推而远之，乃反轻矣！

好文阅此数语，便赞着道："好极！好极！这奏上去，料不致没挽回了。"说着，又瞧将下去，还有数句，无非是不应例外尊崇等语。瞧毕，即起身离座，将奏稿奉还有壬道："快快上奏，俾上头早些觉悟。某要告别了。"

有壬也不再留,送客后,即把奏稿续成,饬文牍员录就,于次日拜发。监察御史泰不华亦率同列上章,谓祖母徽称,不宜加于叔母。两疏毕入,仍是无声无臭,好几日不见发落。有壬只咨嗟太息,泰不华却密探消息,非常注意。

一日到台办事,忽有同僚入报道:"君等要遇祸了,还在此从容办事么!"泰不华道:"敢是为着太皇太后一疏么?"那人道:"闻皇太后览了此疏,勃然大怒,欲将君等加罪,恐明日即应有旨。"言未已,台中哗然,与泰不华会奏的人员,更是惶急,有几个胆小的,益发颤起来,统来请教泰不华想一条保全性命的法儿。挖苦得很。泰不华神色如故,反和颜慰谕道:"这事从我发起,皇太后如要加罪,由我一人担当,甘受诛戮,决不带累诸公!"于是大家才有些放心。

奇太后燕衎膺徽称

越日,也不见诏旨下来,又越一日,内廷反颁发金币若干,分赐泰不华等,泰不华倒未免惊诧,私问宫监,宫监道:"太后初见奏章,原有怒意,拟加罪言官,昨日怒气已平,转说风宪中有如此直臣,恰也难得,应赏赐金币,旌扬直声,所以今日有此特赏。"泰不华至此,也不免上书谢恩。许有壬不闻蒙赏,未免晦气。只是太皇太后的议案,一成不变,好似金科玉律一般,没人可以动摇,当由礼仪使草定仪制,交礼部核定,呈入内廷,一面饬制太皇太后玉册玉宝。至册宝告成,遂恭上太皇太后尊号,称为赞天开圣徽懿宣诏贞文慈佑储善衍庆福元太皇太后,并诏告中外道:

第五十回　辱谏官特权停科举　尊太后变例晋徽称

钦惟太皇太后,承九庙之托,启两朝之业,亲以大宝付之眇躬,尚依拥佑之慈,恪遵仁让之训。爰极尊崇之典,以昭报本之忱,用上徽称,宣告中外。

是时为至元元年十二月,距改元的诏旨,不过一月。小子前于改元时,未曾叙明月日,至此不能不补叙,改元诏书,乃是元统三年十一月中颁发,史家因顺帝已经改元,遂将元统三年,统称为至元元年。或因世祖年号,已称至元,顺帝又仍是称,恐后人无从辨别,于至元二字上,特加一"后"字,以别于前,这且休表。上文叙改元之举,不便夹入,至此才行补笔,亦是销纳之法。

且说太皇太后,于诏旨颁发后,即日御兴圣殿,受诸王百官朝贺。自元代开国以来,所有母后,除顺宗后弘吉剌氏外,见三十三回。要算这会是第二次盛举,重行旷典,增定隆仪,殿开宝翣,仰瞻太母之丰容;乐奏仙璈,不啻钧天之逸响。这边是百僚进谒,冠履生辉;那边是群女添香,珮环皆韵。太皇太后喜出望外,固不必说,就是宫廷内外,也没一个不踊跃欢呼,非常称庆。唯前日奏阻人员,心中总有些不服,不过事到其间,未便示异,也只有随班趋跄罢了。插写每为下文削去尊号,故作反笔。

庆贺已毕,又由内库发出金银钞币,分赏诸王百官,连各大臣家眷,亦都得有特赐。独彻里帖木儿异想天开,竟将妻弟阿鲁浑沙儿,认为己女,冒请珠袍等物。

一班御史台官,得着这个证据,乐得上章劾奏,且叙入彻里帖木儿平日尝指斥武宗为"那壁"。看官!你道"那壁"二字,是什么讲解?就是文言上说的"彼"字。顺帝览奏,又去宣召伯颜,问他是否应斥。伯颜竟说是应该远谪,乃将彻里帖木儿夺职,谪置南安。相传由彻里帖木儿渐次骄恣,有时也与伯颜相忤,因此伯颜袒护于前,倾排于后。正是:

　　　　贵贱由人难自主,诪谀无益且招殃。

毕竟后事如何,且看下回分解。

科举之得失,前人评论甚详,即鄙人于三十回中,亦略加论断,毋容赘说。惟伯颜之主停科举,实有别意。一则因彻里帖木儿之言,先入为主;二则朝纲独擅,无非欲揽用私人,若规规于科举,总不无掣肘之虞,故决议罢免之以快其私,非关于得失问题也。其后若改元,若尊皇太后为太皇太后,俱事出创闻,古今罕有,伯颜下行私,上欺君,逢迎蒙蔽,借邀主眷,权奸之所为,固如是哉!此回叙元廷政事,除罢免科举外,似与伯颜无涉,实则暗中皆指斥伯颜。项庄舞剑,意在沛公,阅者体会入微,自能知之。

第五十一回

妨功害能淫威震主　竭忠报国大义灭亲

却说元顺帝宠用伯颜,非常信任,随时赏给金帛珍宝,及田地户产,甚至把累朝御服,亦作为特赐品。伯颜也不推辞,惟奏请追尊顺帝生母,算是报效顺帝的忠忱。顺帝生母迈来迪,出身微贱,小子于前册中,已略述来历。见四十四回。此次伯颜奏请,正中顺帝意旨,遂令礼部议定徽称,追尊生母迈来迪为贞裕徽圣皇后。追尊所生,未始非报本之意,惟出自伯颜奏请,不免贡谀。顺帝以伯颜先意承旨,越加宠眷,复将"塔剌罕"的美名,给他世袭,又敕封伯颜弟马扎尔台为王。马扎尔台夙事武宗,后侍仁宗,素性恭谨,与乃兄伯颜谦傲不同,此时已知枢密院事,闻宠命迭下,竟入朝固辞。顺帝问以何意,马扎尔台道:"臣兄已封秦王,臣不宜再受王爵,太平故事,可作殷鉴,请陛下收回成命!"善鉴前车,故不俱亡。顺帝道:"卿真可谓小心翼翼了!"马扎尔台叩谢而退。顺帝尚是未安,仍命为太保,分枢密院往镇北方。

马扎尔台只好遵着,出都莅任,蠲徭薄赋,颇得民心。惟伯颜怙恶不悛,经马扎尔台屡次函劝,终未见从,反且任性横行,变乱国法,朝野士民,相率怨望。广东朱光卿,与其党石昆山、钟大明聚众造反,称大金国,改元赤符。惠州民聂秀卿等,亦举兵应光卿。河南盗棒胡,又聚众作乱,中州大震。此为顺帝时代乱祸四起之肇始。元廷命河南左丞庆童往讨,获得旗帜宣敕金印,遣使上献。

伯颜闻报,即日入朝,命来使呈上旗帜宣敕等物。顺帝瞧着道:"这等物件,意欲何为?"瘟皇帝。伯颜奏道:"这皆由汉人所为,请陛下问明汉官。"参政许有壬正在朝列,听着伯颜奏语,料他不怀好意,忙出班跪奏道:"此辈反状昭著,陛下何必下问,只命前乱大臣,努力痛剿便了!"顺帝道:"卿言甚是!汉人作乱,须汉官留意诛捕,卿系汉官,可传朕谕,命所有汉官等人,讲求诛捕的法儿,切实奏闻,朕当酌行。"诛捕汉贼,责成汉官,若诛捕蒙逆,必责成蒙官,此乃自分畛域,适足召亡。许有壬唯唯遵谕。顺帝即退朝还宫。伯颜不复再奏,怏怏趋出。看官!你道伯颜寓何意思?他料汉官必讳言汉贼,可以从此诘责,兴起大狱;孰意被有壬瞧透机关,竟尔直认,反致说不下去,以此失意退朝。

嗣闻四川合州人韩法师,亦拥众称尊,自号南朝越王,边警日有所闻。当由元廷严饬诸路督捕,才得兵吏勠力,渐次荡平。各路连章奏捷,并报明诛获叛民姓氏,其间以张、王、刘、李、赵五姓为最多。伯颜想入非非,竟入内廷密奏,请将五姓汉人,一律诛戮。亏得顺帝尚有知觉,说是五姓中亦有良莠,不能一律尽诛,于是伯颜又不获所请,负气而归。

转眼间已是至元四年,顺帝赴上都,次八里塘。时正春夏交季,天忽雨雹,大者如拳,且有种种怪状,如小儿环块狮象等物,官民相率惊异,谣诼纷纷。未几有漳州民李志甫,袁州人周子旺,相继作乱,骚扰了好几月,结果是同归于尽,讹言方得少息。顺帝又归功伯颜,命在涿州、汴梁二处,建立生祠。嗣复晋封大丞相,加元德上辅功臣的美号,赐七宝玉书龙虎金符。元无大丞相名号,伯颜得此,可称特色。

伯颜益加骄恣,收集诸卫精兵,令党羽燕者不花,作为统领,每事必禀命伯颜。伯颜偶出,侍从无算,充溢街衢。至如帝驾仪卫,反日见零落,如晨星一般。天下但知有伯颜,不知有顺帝,因此顺帝宠眷的心思,反渐渐变作畏惧了。

会伯颜以郯王彻彻秃,颇得帝眷,与己相忤,暗思把他摔去,免做对头;遂诬奏彻彻秃隐蓄异图,须加诛戮。顺帝默忖道:"从前唐其势等谋变,彻彻秃先

第五十一回　妨功害能淫威震主　竭忠报国大义灭亲

发逆谋，彼时尚不与逆党勾结，难道今反变志？此必伯颜阴怀嫉忌的缘故，万不可从。"乃将原奏留中不发。

次日伯颜又入内面奏，且连及宣让王帖木儿不花，威顺王宽彻普化，请一律诛逐。顺帝淡淡地答道："这事须查有实据，方可下诏。"伯颜恰说了许多证据，大半是捕风捉影，似是而非，说得顺帝无言可答，只是默然。<small>顺帝惯作此状。</small>

伯颜见顺帝不答，愤愤地走了出去。顺帝只道他扫兴回邸，不复置念，谁知他竟密召党羽，捏做一道诏旨，传至郯王府中，把彻彻秃捆绑出来，一刀了讫。复伪传帝命，勒令宣让王、威顺王两人，即日出都，不准逗留。待至顺帝闻知，被杀的早已死去，被逐的也已撵出，不由得龙心大怒，要将伯颜加罪，立正典刑。怎奈顺帝的权力，不及伯颜，投鼠还须忌器，万一不慎，连帝位都保不住，没奈何耐着性子，徐图良策。然而恶人到头，终须有报，任你位高权重的大丞相，做到恶贯满盈的时候，总有人出来摆布，教他自去寻死。<small>傲世名言。</small>

这位大丞相伯颜的了局，说来更觉可奇，他不死在别人手中，偏偏死在他自己的侄儿手里，正是天网难逃，愈弄愈巧了。看官听着，他的侄儿，名叫脱脱，<small>一作托克托。</small>就是马扎尔台的长子。先是唐其势作乱时，脱脱尝躬与讨逆，以功进官，累升至金紫光禄大夫，伯颜欲令他入备宿卫，侦帝起居，嗣因专用私亲，恐干物议，乃以知枢密院事汪家奴，及翰林院承旨沙剌班，与脱脱同入禁中。脱脱得有所闻，从前必报知伯颜，寻见伯颜揽权自恣，也不免忧虑起来。

时马扎尔台尚未出镇，脱脱曾密禀道："伯父骄纵日甚，万一天子震怒，猝加重谴，那时吾族要灭亡了，岂不可虑！"马扎尔台道："我也曾虑及此事，只我兄不肯改过，奈何！"脱脱道："总要先事预防方好哩。"马扎尔台点头称是。至马扎尔台奉命北去，脱脱无可禀承，越加惶急，暗思外人无可与商，只有幼年师事的吴直方，气谊相投，不妨请教。

当下密造师门，谒见直方，问及此事，直方慨然道："古人有言，大义灭亲，汝但宜为国尽忠，不要专顾甚么亲族！"脱脱拜谢道："愿受师教！"言毕辞归。

一日，侍帝左右，见顺帝愁眉不展，遂自陈忘家殉国的意思。顺帝尚未见信，私下与阿鲁、世杰班两人述及脱脱奏语，令他密查。阿鲁、世杰班,算是顺帝心腹,做了数年皇帝,只有两人好算心腹,危乎危乎!至此奉顺帝命,与脱脱交游,每谈及忠义事,脱脱必披胆直陈,甚至歔献涕泣,说得两人非常钦佩。遂密报顺帝,说是靠得住的忠臣。

会郯王被杀,宣让、威顺二王被逐,顺帝敢怒不敢言,只日坐内廷,咄咄书空。脱脱瞧着,便跪请为帝分忧。顺帝太息道:"卿固怀忠,但此事不便命卿效力,奈何!"脱脱道:"臣入侍陛下,总期陛下得安,就使粉骨碎身,亦所不恨。"顺帝道:"事关卿家,卿可为朕设法否?"脱脱道:"臣幼读古书,颇知大义,毁家谋国,臣不敢辞!"顺帝乃把伯颜跋扈的情迹,详述一遍,并且带语带哭,脱脱也为泪下,遂奏对道:"臣当竭力设法,务报主恩!"顺帝点头。

脱脱退出。复去禀告吴直方,直方道:"这事关系重大,宗社安危,在此一举,但不知汝奏对时,有无旁人听着。"脱脱道:"恰有两人,一为阿鲁,一为脱脱木儿,想此两人为皇上亲臣,或不致漏泄机密。"直方道:"汝伯父权焰熏天,满朝多系党羽,若辈苟志图富贵,竟泄秘谋,不特汝身被戮,恐皇上亦蹈不测了。"脱脱闻了此语,未免露出慌张情形。直方道:"时刻无多,想尚不致遽泄,我尚有一计,可以挽回。"脱脱大喜,当即请教。直方与他附耳道:"如此如此!"此处为省文起见,所以含浑。喜得脱脱欢跃而出,忙去邀请阿鲁及脱脱木儿至家,治酒张乐,殷勤款待,自昼至夜,始终不令出门。自己恰设词离座,出访世杰班,议定伏甲朝门,俟翌晨伯颜入朝,拿他问罪。当下密戒卫士,严稽宫门出入,螭坳统为置兵,待晓乃发。

脱脱暂归,天尚未明,伯颜已遣人召脱脱,脱脱不敢不去。及见伯颜,竟遭诘责,说是宫廷内外,何故骤行加兵?消息真灵。那时脱脱心下大惊,勉强镇定了神,徐徐答道:"宫廷为天子所居,理宜小心防御;况目今盗贼四起,难保不潜入京师,所以预为戒严!"伯颜又叱道:"你何故不先报我?"脱脱惶恐,谢罪而去。料知事难速成,又去通知世杰班,教他缓图。果然伯颜隐有戒心,于次日入朝时,竟带卫卒至朝门外候着,作为保护。及退朝无事,又上一奏疏,请顺帝出畋柳林。

是时脱脱返家,已与阿鲁、脱脱木儿约为异姓兄弟,誓同报国。忽来宫监宣召,促脱脱入议,脱脱与二人相偕入宫。顺帝即将伯颜奏章,递与脱脱。脱脱阅毕,便启奏道:"陛下不宜出畋,请将原奏留中为

第五十一回　妨功害能淫威震主　竭忠报国大义灭亲

是。"顺帝道："朕意也是如此,只伯颜图朕日急,卿等务替朕严防!"言未已,宫监又呈进奏牍,仍是伯颜催请出猎。顺帝略略一瞧,即语脱脱道："奈何?他又来催朕了。"脱脱道："臣为陛下计,不妨托疾,只命太子代行,便可无虑。"顺帝道："这计甚善,明晨就可颁旨,劳卿为朕草诏便了。"脱脱遵谕,即就顺帝前领了笔墨,写就数行,复呈顺帝亲览。由顺帝盖了御宝,于次日颁发出去。自此脱脱等留住禁中,与顺帝密图方法,三个缝皮匠,比个诸葛亮,这遭伯颜要堕入计中了。

伯颜接诏后,暗思太子代行,事颇尴尬,但诏中命大丞相保护,又是不好不去。默默地思索多时,竟想出废立的一条计策来,拟乘此出畋时候,挟了太子,号召各路兵马,入阙废君。又蹈唐其势覆辙,这正是暗中报应。计划已定,便点齐卫士,请太子启行,簇拥出城,竟赴柳林去讫。

看官!这太子却是何人,原来就是文宗次子燕帖古思。从前顺帝嗣位,曾奉太后谕旨,他日须传位燕帖古思,所以立燕帖古思为太子。应四十九回。

伯颜既奉太子出都,脱脱即与阿鲁等密谋,悉拘京城门钥。命所亲信布列城下,黄夜奉顺帝居玉德殿,召省院大臣,先后入见,令出五门听命。一面遣都指挥月可察儿,授以秘计,令率三十骑至柳林,取太子还都。又召翰林院中杨瑀、范汇二人,入宫草诏,详数伯颜罪状,贬为河南行省左丞相。命平章政事只儿瓦歹,赍赴柳林。脱脱自服戎装,率卫士巡城。俟诸人出城后,阖了城门,登陴以待。

说时迟,那时快,不到数时,月可察儿已奉太子回来,传着暗号,由脱脱开城迎入,仍将城门关住。

原来柳林距京师，只数十里，半日可以往返。月可察儿自二鼓起程，疾驰而去，至柳林，不过夜半。当时太子左右，已由脱脱派着心腹，使为内应，及与月可察儿相见，彼此不待详说，即入内挈了太子，与月可察儿一同入都。

伯颜正在睡乡，哪里晓得这般计划。至五鼓后，睡梦始觉，方由卫士报闻太子已归，急得顿足不已。正惊疑间，只儿瓦歹又到，宣读诏敕。伯颜听他读毕，还仗着前日势力，不去理睬，竟出帐上马，带着卫士，一口气跑至都门。

时已天晓，门尚未辟，只见脱脱剑佩雍容，踞坐城上，他即厉声喝着，大呼开城。威权已去，厉声何益！城上坐着的脱脱，起身答道："皇上有旨，黜丞相一人，诸从官等皆无罪，可各归本卫！"伯颜道："我即有罪，被皇上黜逐，也须陛辞皇上，如何不令我入城？"脱脱道："圣旨难违，请即自便！"伯颜道："你是我侄儿脱脱么？你幼年的时候，我曾视若己子，如何抚养，你今日怎得负我？"脱脱道："为国家计，只能遵着大义，不能顾着私恩；况伯父此行，仍是保全宗族，不致如太平王家，祸及灭门，还算是万幸呢！"确是万幸。

伯颜尚欲再言，不意脱脱已下城自去。及返顾侍从，又散去了一大半，弄到没法可施，不得已回马南行。道出直定，人民见他到来，都说丞相伯颜，也有今日。有几个朴诚的父老，改恨为悯，奉进壶觞。伯颜温言抚慰，并问道："尔等曾闻有逆子害父的事情么？"父老道："小民等僻处乡野，只闻逆臣逼君，不曾闻逆子害父！"伯颜被他一驳，未免良心发现，俯首怀惭。旋与父老告别，狼狈南下，途次又接着廷寄，略称伯颜罪重罚轻，应再行加罚，安置南恩州阳春县。看官！你想南恩州远在岭南，镇日里烟瘴薰蒸，不可向迩，如这位养尊处优的大丞相伯颜，此时被充发出去，受这么苦，哪里禁当得起！他亦明知是一条死路，今日挨，明日宕，及行抵江西隆兴驿，奄奄成病，卧土炕中。那驿官又势利得很，还要冷讥热讽，任情奚落，就使不是病死，也活活地气死了。争权夺利者，其鉴诸。

伯颜既贬死，元廷召马扎尔台还朝，命为太师右丞相，脱脱知枢密院事，余如阿鲁、世杰班等，俱封赏有差。嗣复加封马扎尔台为忠王，赐号答剌罕。马扎尔台固辞，且称疾谢职。御史台奏请宣示天下以劝廉

第五十一回 妨功害能淫威震主 竭忠报国大义灭亲

让,得旨允从。台官又来拍马。乃诏令马扎尔台,以太师就第,授脱脱为右丞相,录军国重事。脱脱乃悉更伯颜旧政,复科举取士法,雪郯王彻彻秃冤诬,召还宣让、威顺二王,使居旧藩,又弛马禁,减盐额,蠲宿逋,并续开经筵,慎选儒臣进讲,中外翕然,称为贤相。小子也有诗咏脱脱道:

　　春秋书法本森严,公义私恩不两兼;
　　鸩死叔牙诛子厚,忠臣法古有谁嫌?

　　脱脱秉政后,元廷忽又发生一种奇闻。欲知详细情形,且待下回再表。

　　伯颜以平唐其势功,敢弑顺后,目无尊长,至专政以后,日益鸱张,生杀予夺,任所欲为,追弑郯王,逐宣让、威顺二王,矫制罪人,不法盖已极矣,仅加贬逐,尚为失刑。然非脱脱之以公灭私,恐贬逐犹非易事也。脱脱大义灭亲,为《麟经》所特许,固无待言;但天娭伯颜之专擅,独假手于其犹予以报之,何其巧欤! 本回依次铺叙,好似无数精彩,随笔而下,其实不过一叙事文而已。然读《元史》至伯颜、马扎尔台、脱脱诸传,不如读此一回文字,较有兴味,是非用笔之长,曷克臻此,阅者宁得徒以小说目之!

第五十二回

逐太后兼及孤儿　用贤相并征名士

却说顺帝既放逐伯颜,好似摔掉了一个大虫,非常喜悦,所有宫禁中一切近臣,俱给封赏,自不消说。惟顺帝是个优柔寡断的主子,每喜偏信近言,优柔寡断四字,是顺帝一生注脚。前此伯颜专政,顺帝无权,内廷一班人物,专知趋奉伯颜,买动欢心,每日向顺帝前,历陈伯颜如何忠勤,如何练达,所以顺帝深信不疑,累加宠遇。到了伯颜贬死,近臣又换了一番举动,只曲意逢迎顺帝。适值太子燕帖古思不服顺帝教训,顺帝未免愤懑,近臣遂乘隙而入,都说燕帖古思的坏处,且奏称他不应为储君。顺帝碍着太皇太后面子,不好猝然废储,常自犹豫未决。偏近臣等摇唇鼓舌,助浪生风,更把那太皇太后故事,及文宗当日情形,一股脑儿搬将出来,又添了几句诬陷话儿,不由顺帝不信。但顺帝虽是信着近臣,终因太皇太后内外保护,得以嗣位,意欲宣召脱脱,与他解决这重大问题。近臣恐脱脱进来,打断此议,又奏请此事当由宸衷独断,不必与相臣商量。并且说太皇太后离间骨肉,罪恶尤重,就是太皇太后的徽称,也属古今罕有,天下没有婶母可做祖母的事情,陛下若不明正罪名,反贻后世恶谤。因此顺帝被他激起,竟不及与脱脱等议决,为脱脱解免,似有隐护贤相意。只命近臣缮就诏旨,突行颁发,宣告中外。其诏云：

昔我皇祖武宗皇帝,升遐之后,祖母太皇太后惑于俭憸,俾皇考明宗皇帝出封云南。英宗遇害,正统浸偏,我皇考以武宗之嫡子,逃居朔漠,宗王大臣,同心翊戴。于是以地近先迎文宗,暂总机务。继知天理人伦所在,假让位之名,以宝玺来上。皇考推诚不疑,即授以皇太子宝。文宗稔恶不悛,当躬迓之际,乃与其臣月鲁不花、也里牙、明里董阿等谋为不轨,使我皇考饮恨上宾。归而再御宸极,又私图传子,乃构邪言,嫁祸于八不沙皇后,谓朕非明宗之子,遂俾出居遐陬,祖宗大业,几于不继。内怀愧慊,则杀也里牙以杜口。上天不佑,随降殒罚,叔婶卜答失里,怙其势焰,不立明考之

第五十二回　逐太后兼及孤儿　用贤相并征名士

冢嗣,而立孺稚之弟懿璘质班。奄复不年,诸王大臣,以贤以长,扶朕践位。每念治必本于尽孝,事莫先于正名,赖天之灵,权奸屏黜,尽孝正名,不容复缓,永惟鞠育罔极之恩,忍忘不共戴天之义?既往之罪,不可胜诛,其命太常脱脱木儿,撤去文宗图帖睦尔在庙之主。卜答失里本朕之婶,乃阴构奸臣,弗体朕意,僭膺太皇太后之号。迹其闺门之祸,离间骨肉,罪恶尤重,揆之大义,削去鸿名,徙东安州安置。燕帖古思昔虽幼冲,理难同处,朕终不陷于覆辙,专务残酷,惟放诸高丽。当时贼臣月鲁不花、也里牙已死,其余明里董阿等,明正典刑。以示朕尽孝正名之至意!此诏。

这诏颁发,廷臣大哗,公举脱脱入朝,请顺帝取消前命。脱脱却也不辞,便驰入内廷,当面谏阻。顺帝道:"你为了国家,逐去伯父。朕也为了国家,逐去叔婶;伯父可逐,难道叔婶不可逐么?"数语调侃得妙,想是有人教他。说得脱脱瞠目结舌,几乎无可措辞。旋复将太皇太后的私恩,提出奏陈,奈顺帝置诸不理!又做哑子了。脱脱只好退出,众大臣以脱脱入奏,尚不见从,他人更不待言,一腔热忱,化作冰冷。太皇太后卜答失里,又没有什么能力,好似庙中的城隍娘娘一般,前时铸像装金,入庙升殿,原是庄严得很,引得万众瞻仰,焚香跪叩,不幸被人侮弄,舁像投地,一时不见什么灵效,遂彼此不相敬奉,视若刍狗,甚至任意蹴踏,取快一时,煞是可叹!此附确切。且说文宗神主,已由脱脱木儿撤出太庙,复由顺帝左右奉了主命,逼太后母子出宫。太后束手无策,唯与幼儿燕帖古思相对,痛哭失声。怎奈无人怜惜,反且恶语交侵,强行胁迫,太后由悲生忿,当即草草收拾,挈了幼儿,负气而出。一出宫门,又被那一班狐群狗党,扯开母子,迫之分道自去,不得同行。古人有言,生离甚于死别,况是母子相离,惨不惨呢!适为御史崔敬所见,大为不忍,忙趋入台署中,索着纸笔,缮就一篇奏牍,大旨说的是:

文皇获不轨之愆,已撤庙祀;叔母有阶祸之罪,亦削鸿名,尽孝正名,斯亦足矣。惟念皇弟燕帖古思太子,年方在幼,罹此播迁,天理人情,有所不忍;明皇当上宾之日,太子在襁褓之间,尚未有知,义当矜悯!盖武宗视明、文二帝,皆亲子也,陛下与太子,皆嫡孙也,以武皇之心为心,则皆子孙,固无亲疏,以陛下之心为心,未免有彼此之论。臣请以世俗喻之:常人有百金之产,尚置义田,宗族困厄者为之教养,不使失所,况皇上贵为天子,富有四海,子育黎元,当使一夫一妇,无不得其所。今乃以同气之人,置之度外,适足贻笑边邦,取辱外国!况蛮夷之心,不可测度,倘生他变,关系非轻,兴言至此,良为寒心!臣愿杀身以赎太子之罪,望陛下遣近臣迎归太后母子,以全母子之情,尽骨肉之义。天意回,人心悦,则宗社幸甚!

缮就后,即刻进呈,并不闻有甚么批答,眼见得太后太子,流离道路,无可挽回。太后到了东安州,满目凄凉,旧有女侍,大半分离,只剩了老媪两三名,在旁服役,还

太后及燕帖儿

是呼应不灵,气得肝胆俱裂,即成痨疾。临殁时犹含泪道:"我不听燕太师的言语,弄到这般结果,悔已迟了!"嗣复倚榻东望道:"我儿!我儿!我已死了!你年才数龄,被谗东去,料也保不全性命,我在黄泉待你,总有相见的日子!"言至此,痰喘交作,奄然而逝。阅至此,令人呜咽,然复阅四十四回鸩杀八不沙皇后时,则斯人应受此苦,反足称快!此时的燕帖古思,与母相离,已是半个死去,并且前后左右,没人熟识,反日日受他呵斥,益发啼哭不休。监押官月阔察儿,凶暴得很,闻着哭声,一味威喝。无如孩童习性,多喜抚慰,最怕痛詈,况前为太子时,何等娇养,没一人敢有违言,此时横遭惨虐,自然悲从中来。月阔察儿骂得愈厉,燕帖古思哭得愈高,及行到榆关外面,距都已遥,天高皇帝远,可恨这月阔察儿,竟使出残酷手段,呵叱不足,继以鞭挞,小小的金枝玉叶,怎禁得这般蹂躏,几声长号,倒地毙命!惨极!月阔察儿并不慌忙,命将儿尸

瘗葬道旁,另遣人驰报阙中,捏称因病身亡。顺帝本望他速死,得了此报,暗暗喜欢,还去究诘什么?从此文宗图帖睦尔的后嗣,已无子遗了。害人者必致自害,阅者其鉴诸!顺帝既逐去文后母子,并杀了明里董阿等人,尚是余怒未息,再将文宗所增置的官属,如太禧宗禋等院,及奎章阁艺文监,皆议革罢,翰林学士丞旨巙巙。一作庫庫。奏言人民积产千金,尚设有家塾,延聘馆师,堂堂天朝,一学房乃不能容,未免贻讥中外。顺帝不得已,乃改奎章阁为宣文阁,艺文监为崇文监,余悉裁去。褊窄至此,宜其亡国。一面追尊明宗为顺天立道睿文智武大圣孝皇帝,亲祼太室。既而腊鼓频催,岁星又改,顺帝复想除旧布新,敕令改元。当由百官会议,把至元二字的年号,留一至字,易一正字。改元为正,有何益处?议既定,于次年元旦下诏道:

  朕惟帝皇之道,德莫大于克孝,治莫大于得贤。朕早历多难,入绍大统,仰思祖宗付托之重,战兢惕厉,于兹八年。慨念皇考久劳于外,甫即大命,四海觖望,夙夜追慕,不忘于怀。乃以至元六年十月初四日,奉玉册玉宝,追上皇考曰顺天立道睿文智武大圣孝皇帝,被服衮冕,祼于太室,式展孝诚。十有一月六日,勉徇大礼庆成之请,御大明殿,受群臣朝贺。忆自去春畴咨于众,以知枢密院事马扎尔台为太师右丞相,以正百官,以亲万民,寻即陛辞,养疾私第。再三谕旨,勉令就位,自春徂秋,其请益固。朕悯其劳日久,察其至诚,不忍烦之以政,俾解机务,仍为太师,而知枢密院事脱脱,早岁辅朕,克著忠贞,乃命为中书右丞相;宗正扎鲁忽赤、帖木儿不花,尝历政府,嘉绩著闻,为中书左丞相,并录军国重事。夫三公论道,以辅予德,二相总政,以弼予治,其以至元七年为至正元年,与天下更始。前录改元诏,见顺帝之喜夸;此录改元诏,见顺帝之无恒。

自是顺帝乾纲独奋,内无母后,外乏权臣,所有政务,俱出亲裁。起初倒也励精图治,兴学任贤,并重用脱脱,大修文事。特诏修辽、金、宋三史,以脱脱为都总裁官,中书平章政事铁木儿塔识,中书右丞太平御史中丞张起岩,翰林学士欧阳玄,侍御史吕思诚,翰林侍讲学士揭傒斯为总裁官。先是世祖立国史院,曾命王鹗修辽、金二史,及宋亡,又命史臣通修三史。至仁宗、文宗年间,复屡诏修辑,迄无所成。脱脱既奉命,饬各员搜检遗书,披阅讨论,日夕不辍。又以欧阳玄擅长文艺，所有发凡起例，论赞表奏等类，俱令属稿，略加修正，先成辽史，后成金、宋二史，中外无异辞。脱脱又请修至正条格，颁示天下，亦得顺帝允行。

顺帝尝幸宣文阁，脱脱奏请道："陛下临御以来，天下无事，宜留心圣学，近闻左右暗中谏阻，难道经史果不足观么？如不足观，从前世祖在日，何必以是教裕皇！"顺帝连声称善。脱脱即就秘书监中，取裕宗所受书籍，进呈大内，又举荐处士完者图、执理哈琅、杜本、董立、李孝光、张枢等人，有旨宣召。完者图、执理哈琅、董立、李孝光就征到京，诏以完者图、执理哈琅为翰林待制，立为修撰，孝光为著作郎。唯杜本隐居清江，张枢隐居金华，固辞不至。不没名儒。顺帝闻二人不肯就征，很加叹息。

既而罢左丞相帖木儿不花，改用别儿怯不花继任，别儿怯不花与脱脱不协，屡有龃龉，相持年余，脱脱亦得有羸疾，上表辞职。顺帝不许，表至十七上，顺帝乃召见脱脱，问及何人代任。脱脱以阿鲁图对。阿鲁图系世祖功臣博尔术四世孙，曾知枢密院事，袭爵广平王，至是以脱脱推荐，乃命他继任右丞相。另封脱脱为郑王，食邑安丰，赏赉巨万，俱辞不受。阿鲁图就职后，顺帝命他为国史总裁，阿鲁图以未读史书为辞，偏顺帝不准所请。幸亏脱脱虽辞相位，仍与闻史事，所以辽、金、宋、三史，终得告成。

至正五年[……]重，前代君主[……]朕当鉴戒，这[……]臣，卿等亦宜[……]隐蔽！"如顺帝[……]等顿首舞蹈而[……]

会翰林学士承旨巙巙卒于京，顺帝闻讣，嗟悼不已。巙巙幼入国学，博

用贤相益敬名士

第五十二回　逐太后兼及孤儿　用贤相并征名士

览群书，尝受业于许衡，得正心修身要旨。顺帝初年，曾为经筵官，日劝顺帝就学。顺帝欲待以师礼，巎巎力辞不可。一日，侍顺帝侧，顺帝欲观画，巎巎取比干剖心图以进，且言商王纣不听忠谏，以致亡国。顺帝为之动容。又一日，顺帝览宋徽宗画图，一再称善，巎巎进奏道："徽宗多能，只有一事不能。"顺帝问是何事，巎巎道："独不能为人君！陛下试思徽宗当日，身被虏，国几亡，若是能尽君道，何致如此！可见身居九五的主子，第一件是须能为君，外此不必留意。"巎巎随事箴规，可谓善谏，其如顺帝之亦蹈前辙何？顺帝亦悚然道："卿可谓知大体了。"后来如何失记？至正四年，出拜江浙平章政事，次年，复以翰林院承旨召还。适中书平章阙员，近臣欲有所荐引，密为奏请。顺帝道："平章已得贤人，现在途中，不日可到了。"近臣知意在巎巎，不敢再言。巎巎到京，遇着热疾，七日即殁。旅况萧条，无以为殓，顺帝闻知，赐赙银五锭，并令有司取出罚布，代偿巎巎所负官钱，又予谥文忠，这也不在话下。

且说左丞相别儿怯不花，与阿鲁图同掌国政，彼此很是亲昵，有时随驾出幸，每同车出入。时人以二相协和，可望承平，其实统是别儿怯不花的诡计。别儿怯不花欲倾害脱脱，不得不联络阿鲁图作为帮手。待至相处既洽，遂把平日的私意，告知阿鲁图。阿鲁图偏正色道："我辈也有退休的日子，何苦倾轧别人！"这一语，说得别儿怯不花满面怀惭，当下恼羞成怒，暗地里风示台官，教他弹劾阿鲁图。阿鲁图闻台官上奏，即辞避出城，亲友均代为不平。阿鲁图道："我是勋臣后裔，王爵犹蒙世袭，偌大一个相位，何足恋恋！去岁因奉着主命，不敢力辞，今御史劾我，我即宜去。御史台系世祖所设，我抗御史，便是抗世祖了。"言讫自去，顺帝也不复慰留，竟擢别儿怯不花为右丞相。所有左丞相一职，任用了铁木儿塔识。别儿怯不花也伪为陛辞，至顺帝再行下诏，乃老老实实地就了右相的位置，大权到手，逞言得逞，故右相脱脱一家，免不得要遭祸了。正是：

黜陟无常只自扰，贤奸到底不相容。

欲知脱脱等遭祸情形，待小子下回续表。

是回叙顺帝故事，活肖一庸柔之主，忽而昧，忽而明，明后而复昧；庸柔者之必致覆国，无疑也。太后卜答失里，虽未尝无过，然既自悔前愆，舍子立侄，又始终保护顺帝，俾正大位。人孰无良，乃竟忘德思怨，骤行迁废耶！且上撤庙主，下戮皇弟，反噬不仁，莫此为甚，其所为忍而出此者，由有浸润之谮，先入为主也。改元至正，与民更始，观其任贤相，召儒臣，勉阿鲁图之交儆，惜巙巙之遽殁，亦若有一隙之明。乃天日方开，阴霾复集，可见小善之足陈，卒无补于大体，特揭录之以垂炯戒，俾后世知一节之长，殊不足道云。

第五十三回

宠女侍僭加后服　闻母教才罢弹章

却说别儿怯不花执政,以与脱脱有宿憾,遂一意排挤,屡入内廷,密陈脱脱过失。顺帝尚疑信参半,嗣由别儿怯不花,陈请脱脱父马扎尔台,佯称就第养疾,意实结党营私,暗图不轨。于是顺帝转疑为信,竟下了一道严谕,放逐马扎尔台,安置西宁州。马扎尔台奉诏欲行,脱脱愿随父同往,即拜疏上陈,力请与俱。得旨准奏,乃整装出都,时马扎尔台已老,状态龙钟,起居服食,随在需人。亏得脱脱随着,寸步不离,朝视寒,夕问暖,一切供应,俱小心监察,极至膏车秣马,亦必亲自检点,因此出都以后,沿途奔走,虽未免风雨交侵,独马扎尔台一人,毫不觉苦,竟安安稳稳地到了西宁。书此以见脱脱之孝。

别儿怯不花闻马扎尔台父子,安抵戍地,心中尚是未快,复唆使省台各员,上书告变,牵及马扎尔台。顺帝时已着迷,不辨真伪,竟接连下诏,徙马扎尔台至西域,地名撒思,乃是一个著名的苦地。马扎尔台父子,不敢违旨,又只好冒险起行!到了途中,复接诏召回甘州,免他远戍。原来别儿怯不花专政后,河决地震的变异,时有所闻;河南、山东,盗贼蔓延;江淮一带,亦多暴徒,四出劫掠;湖广又遭瑶乱。有几个刚正不阿的台官,劾奏宰辅非人,以致调燮失宜,乱端屡见等语,别儿怯不花也觉不安,入朝辞职。有诏令以太师就第,御史大夫亦怜真班趁着这个机会,保奏脱脱父子;略称马扎尔台谦让可风,脱脱为国宣劳,有功无过,奈何谪戍远方,迫入险地!于是顺帝稍稍觉悟,又有召回甘肃的谕旨。孱主寡断,于此益见。

马扎尔台从中道折回,途次不免受些感冒,及抵甘州,病日加剧,脱脱衣不解带,服侍了好几日,毕竟天定胜人,寿难再借,苟延数夕,竟尔去世。脱脱经此变故,悲愤交集,恨不得将朝中佞臣,一概除灭,抵那老父的生命。暗伏后来报怨事。

可巧别儿怯不花又遭台官弹击,贬戍渤海,得病而死。这也是冥中报应。左丞相铁木儿塔识,也殁于任中,元廷用了朵儿只一作多尔济。为右丞相,太平为左丞相。朵儿只系元勋木华黎六世孙,即故丞相拜住从弟,初为御史大夫,因铁木儿塔识病殁,升任左丞相,旋即调任右丞相,性颇宽简,务存大体。太平本姓贺,名惟一,至正四年,为中书平章政事,六年,超拜御史大夫。元制重蒙轻汉,凡省院台三署正官,非国姓不得授,惟一援例固辞,顺帝不允,特赐国姓,并改名太平。太平与脱脱父子,本来是没甚友谊,因闻马扎尔台身死甘州,不能归葬,未免存一兔死狐悲的观念,遂上疏力请,令脱脱奉枢归都,以全孝道。疏入不报,太平竟入廷面奏道:"脱脱尽忠王室,大义灭亲,今父已病殁,不许归葬,将来忠臣义士,宁不灰心?乞陛下特恩赦还,为善者劝!"顺帝踌躇不答,太平又道:"陛下曾亦记及云州故事么?"顺帝不待说毕,便道:"非卿言,朕几忘怀。脱脱确系忠臣,卿即传朕面谕,遣使召归。"太平叩谢而出。

看官!这云州故事,前文未曾叙及,此次突由太平口中说出,转令阅者无从捉摸,诸君不要性急,待小子补叙出来。借此一段文字补叙宫闱事实,即是文中销纳处。原来元统三年,顺帝后钦察氏答纳失里,因兄弟谋逆,被迁出宫,鸩死民舍。应四十九回。答纳失里无出,越二年,改册皇后弘吉剌氏,名伯颜忽都,系真哥皇后侄孙女,父名字罗帖木儿,曾封毓德王。后既册立,旋生一子,名真金,二岁而夭。

先是徽政院使秃满迭儿,曾进高丽女子奇氏入宫,作为服役。奇氏名完者忽都,秀外慧中,善伺主意,顺帝爱她秀媚,又因她善于烹茗,命司饮料,好似一个党家奴。她遂日夕侍侧,眉目传情,引得顺帝欲心渐炽,竟与她同

宠女倚立加后殿

第五十三回　宠女侍僭加后服　闻母教才罢弹章

入龙床，做一对鸳交凤友。酒色二字，本系相连，不意司茶女亦邀王眷。事为正宫皇后钦察氏所悉，怒召奇氏，箠辱了好几次。答纳失里之不得令终，于此事亦有关系。至后被鸩死，顺帝已欲立奇氏为继后。大约是怜她箠辱耳。偏偏大丞相伯颜，硬行谏阻，又是一个奇氏对头。弄得顺帝没法，只得改立弘吉剌后。这位弘吉剌后与前后大不相同，性本节俭，量独宽宏，不愿与奇氏争夕，所以奇氏仍得专宠。时来福凑，又产下一个麟儿，取名爱猷识理达腊，一作阿裕锡哩达喇。益得顺帝欢心。那时奇氏因宠生骄，因骄成妒，除皇后弘吉剌氏无所嫌怨，不与计较外，凡内如太后母子，外如权相伯颜，俱视若眼中钉，尝在顺帝前说他短处。后来伯颜被黜，太后母子被逐，虽有种种原因牵涉，然大半由奇氏暗中媒蘖，所以先后发生变端，几致出人意外。加罪奇氏，不特补前文所未及，且足发正史所未明。

奇氏私愿既偿，遂与嬖臣沙剌班秘密商量，欲乘此升为皇后。不过因皇后待她有恩，恩将仇报，未免心怀不忍，因此不能决议。奇氏还是好良心。沙剌班情急智生，猛记起先代皇后曾有数人，此时援着祖制，奏请一本，何人敢有异言！祖宗贻谋不臧，转使若辈借口。当下禀知奇氏，奇氏大喜，便命他即日上奏。果然数语入陈，纶音立下，即命册立奇氏为第二皇后。大礼已成，奇氏居然衮服委佗，安居兴圣西宫。

转眼间，皇子爱猷识理达腊已离怀抱，渐渐地长大起来，顺帝爱母及子，辄令皇子随侍，凡有巡幸，亦令偕行。时脱脱尚秉国钧，为顺帝所亲信，所以脱脱入内廷时，顺帝曾饬皇子拜他为师，并命他随时教育。脱脱受命不忘，格外注意，有时皇子出游脱脱家，一留数日，稍遇疾病，脱脱即亲为煎药，先尝后进。

一日，顺帝幸上都，皇子随行，脱脱亦从驾。道过云州，猝遇烈风暴雨，山水大至，车马人畜，多被漂溺，顺帝不及提携皇子，只顾着自己性命，即登山避水。脱脱见顺帝自去，忙涉水至御辇旁，抱出皇儿，负在背上，跣着足奔上山冈。顺帝正系念皇子，在山盼望，但见脱脱负子而来，好似得了活宝贝一般，即趋前抱下皇子，一面慰抚脱脱道："卿为朕子，勤劳至此，朕必不忘！"未必未必。脱脱当即谢恩，谁知过了一两年，顺帝竟信了谗言，将脱脱父子谪戍，所以太平为之不平，提出云州故事，教顺帝自己反省。顺帝被他一说，也自悔食言，遂命脱脱奉父柩还葬。

脱脱既还京师，葬父毕，拜表谢恩，复得旨命为太子太傅，综理东宫事宜。脱脱受命后，默念此次起复，定是有人从中调停，不可不密图酬报。凑巧来了侍御史哈麻，一作哈碼尔。由脱脱延入，与谈年余阔别情状，甚是欢洽。看官！你道这哈麻是何等人物？他是宁宗乳母的儿子，父名图噜，受封冀国公。哈麻与母弟雪雪，早备宿卫，两人均得主宠，唯哈麻口材尤捷，益为顺帝所袭幸，累次超擢，得任殿中侍卫史。亡元者哈麻之力，故出名时不嫌求详。当脱脱为首相时，哈麻日事过从，曲意趋附，至脱脱罢职，随父出戍，哈麻在顺帝前，稍稍替他缓颊。至是与脱脱叙旧，自然把前日营护的功劳，一一说明，且添了许多诡话，说是如何记念，如何排解，小人专会捣鬼。脱脱秉性忠厚，总道他语语是真，非常感激。哈麻说一句，脱脱谢一声，至哈麻去后，脱脱还称他是第一个好人。独太平秉公办事，把保奏脱脱的事情从未提起，所以脱脱全然不知。

会太平以哈麻在宫，导帝为非，意欲将他驱逐，商诸御史大夫韩嘉纳。嘉纳很是赞成，便授意监察御史沃呼海寿，教他弹劾哈麻，历陈罪状。第一款，是在御幄后僭设账房，犯上不敬。第二款，是出入明宗妃子脱忽思宫闱，越分无礼。还有私受馈遗，妄作威福诸条款，亦列入奏中。尚未拜发，偏已漏泄消息，传入哈麻耳中，哈麻即至顺帝前哭诉，略称太平、韩嘉纳有意构陷，唆使海寿出头，将臣劾奏，即乞解臣职以谢二人等语。顺帝摸不着头脑，只说是并无奏章，何必着急，哈麻复称海寿已缮就奏牍，明日即要进呈。看官！你想台官的疏奏尚未上陈，那哈麻已先闻知，预为哭诉。若使明白的主子，见哈麻如此狡黠，定要疑他潜布爪牙，暗通声气，所以事前侦悉，先使机诈。这种鬼蜮伎俩，一加斥责，便无遁形。怎奈顺帝昏愦得很，平时甚宠爱哈麻，掷骰击毬，联为狎侣，此次闻他辞职，如何肯依，免不得温语慰留。

次日视朝，果然由韩嘉纳代呈奏章，内系沃呼海寿署名，劾哈麻数大罪，顺帝不待瞧毕，便掷诸案上，悻悻退朝。韩嘉纳料知不佳，忙与太平计议。太平到了此时，也不禁气愤道："有哈麻，无太平，有太平，无哈麻，明晨当入朝面奏。"

翌日昧爽，即偕韩嘉纳入朝，俟顺帝登殿，便直陈哈麻兄弟，盘踞宫禁，权倾内外的罪状。顺帝徐徐答道："哈麻罪状，当不至此。"太平道："历代以来的奸臣，若非显行构逆，定是献媚贡谀，表面上很是爱君，暗地里都是罔上，齐桓公宠用三竖，终致乱国，宋徽宗信任六贼，遂以丧

第五十三回　宠女侍僭加后服　闻母教才罢弹章

身。陛下试借鉴前车,便可知哈麻兄弟,实兆祸阶,理应即日黜逐!"太平有识。顺帝默然不答,韩嘉纳复出班叩首道:"左相太平的奏请,关系国家兴亡,幸陛下采纳施行。"顺帝艴然道:"卿何量狭,不肯容这哈麻兄弟!"明是左袒哈麻,偏说他量狭难容,令人一叹。嘉纳复顿首道:"臣非为一身计,实为天下国家计;似哈麻兄弟欺君误国,所以请陛下斥逐。陛下果立斥哈麻兄弟,臣亦甘心受罪,以谢哈麻!"嘉纳有胆。顺帝尚是不悦,太平复启奏道:"陛下如信用哈麻兄弟,臣愿解职归田!"顺帝道:"朕知道了,卿毋多言!"说毕,拂袖还宫。

是时哈麻已详闻消息,复至顺帝前吁请罢官,惹得顺帝厌烦起来,索性一概黜退。当命侍臣拟定两道诏旨,一道是免哈麻及雪雪官职,出居草地;一道是罢左丞相太平,降为翰林学士承旨,出御史大夫韩嘉纳,为江浙行省平章政事,谪沃㕦海寿为陕西廉访副使。诏既下,朵儿只亦不安于位,奏请免官。顺帝准奏,遣他出镇辽阳。仍任脱脱为右丞相,赐上尊名马,袭衣玉带,复令他管理端本堂事。端本堂系皇子肄业处,顺帝曾命李好文为谕德,归旸为赞善,教导皇子,开堂授书。

脱脱既兼握大权,尊荣如旧,闻哈麻兄弟被黜,未免代为扼腕。脱脱丞相,私心萌矣。适哈麻至脱脱处辞行,并诉太平攻讦状,脱脱劝慰道:"我若在朝,必不使若辈得志!你且出居数日,得有机会可乘,便当代请复官,幸勿过忧!"哈麻欢谢而去。脱脱遂将中书省内属员,一一稽考,查得参政孔思立等,俱由太平荐拔,竟不问贤否,坐罪黜退,改用乌古孙良桢、龚伯遂、汝中柏等为僚属。汝中柏系左司郎中,素与太平有隙,至是即入语脱脱,捏称太平罪恶,并言平子也先忽都,僭娶宗女,勾结诸王,觊觎要职等情。

脱脱正私憾太平,遂将汝中柏所言,列入奏稿。正待拜发,适为老母蓟国夫人所见,即语脱脱道:"我知太平是好人,你何故谎言诬奏,指善为恶?"脱脱道:"是由郎中汝中柏所言,想系调查确实,不致说谎。"蓟国夫人道:"无论是真是假,尽可听他自由,他与你何嫌何怨,必欲将他加害!"脱脱被母一诘,转有些嗫嚅起来。蓟国夫人怒道:"你如不听吾言,从此休认母了!"脱脱本具孝思,见老母含有怒色,忙跪称不敢。蓟国夫人复取了奏稿,信手撕毁,于是一场弹案,化作冰消。不没贤母。

不意太平、嘉纳等人,正交晦运,一降一谪,尚似未足,不到半年,又有严谕颁下，削沃呼海寿官，流韩嘉纳于尼噜罕，并放太平归里。太平即襥被出都，故吏田复，劝他自裁，太平道："我本无罪，当听天由命；若无故自尽，转似畏罪而

开母教烧罢哗章

死，死亦蒙羞。"言已，即踯躅而去，径归奉元原籍。韩嘉纳秉性刚直，未免丛怨，被成诏下，又经仇人诬奏赃罪，加杖一百，才令起行，途中受了无数苦楚，杖疮复溃烂不堪，竟致殒命。小子有诗咏道：

　　千秋忠骨瘗荒原，地下犹含不白冤，
　　休怪盈廷多仗马，由来乱世莫危言。

当时廷臣等还疑脱脱主使，其实内中尚有隐情，不得归咎脱脱。欲知详细。请阅下回。

元季贤相，莫若脱脱，著书人于脱脱多誉辞，非轻袒脱脱也。自古忠臣必出于孝子之门，脱脱随父出戍，尽心侍奉，其孝可知；厥后拟劾奏太平等人，卒以老母一言，撤销奏牍，非夙具孝思者其能若是乎？或谓哈麻为佞人之尤，而脱脱信之，汝中柏为谮夫之尤，而脱脱昵之，至若皇子爱猷识理达腊，为奇氏所出，脱脱乃竭力保护，取悦宠妃。是而谓贤，孰非贤臣？不知贤者未尝无过，观过益足以知仁。脱脱之信哈麻，昵汝中柏，实为老父被戍而起，父谪远方，因而病殁，脱脱以为终天之恨，而太平等适当其冲，太平有德于脱脱，脱脱固未之闻也，未闻太平之有德，反疑太平之不仁，于是哈麻之佞，汝中柏之谮，得以乘隙而入。虽曰比之匪人，然略迹原心，尚堪共谅。若谓皇子为宠妃所出，不应视若储君，似矣；然钦察后无子，弘吉剌后有子而夭，当时顺帝膝下，只有此儿，奉命教养，自应效忠，安能遽论嫡庶乎？故本回所叙，实以脱脱为主，余人皆宾也，借宾定主，而他事皆借此销纳。尤见其天衣无缝云。

第五十四回

治黄河石人开眼　聚红巾群盗扬镳

却说太平归田,韩嘉纳贬死,沃哷海寿削职为民,这事从何而起?原来由脱忽思皇后泣诉帝前,致有此诏。脱忽思皇后,系明宗妃,即顺帝庶母。顺帝嗣位,尝尊称脱忽思为皇后,海寿奏劾哈麻时,曾说他出入无忌,越分无礼。应上回。此语被脱忽思皇后闻知,想是由哈麻报闻。哪里禁受得起,况哈麻复被迁谪,更觉与之有嫌,卿试自问,曾与哈麻相昵否?当下入白顺帝,只说海寿等挟嫌诬控,含血喷人,一面说着,一面流泪。妇人常态。顺帝见她凄楚情状,自然怒上加怒,遂颁发一道严厉的诏敕,这且按下不提。

且说右丞相脱脱,仍执朝政,复经顺帝亲信,其弟也先帖木儿,亦得任御史大夫。兄弟同据要津,一班大小臣工,免不得又来迎合。适中统、至元等钞币,流通日久,致多伪钞,脱脱欲另立钞法,吏部尚书偰哲笃,遂建言更造至正交钞,以钞为母,以钱为子。是之谓巧于迎合。脱脱集台省两院诸臣,共议可否,众皆唯唯如命。独国子祭酒吕思诚道:"钱为本,钞为辅,母子并行,奈何倒置?且人民皆喜藏钱,不喜藏钞,今如历代钱,为至正钱,及中统钞,至元钞,交钞分为五项,钱钞相等,民尚喜钱恶钞;如更增新钞一种,钞愈多,钱愈少,下必病民,上必病国。"偰哲笃道:"至元钞多伪,所以改造。"思诚道:"至元钞何尝是伪?乃是奸人牟利仿造,以致伪钞日多。公试思旧钞流通有年,人已熟睹,尚有伪钞掺杂,若骤行新钞,人未及识,伪且滋多,岂不可虑!"偰哲笃道:"钱钞兼行,便无此弊。"思诚正色道:"钱钞兼行,轻重不论,何者为母?何者为子?汝不明财政,徒然摇唇鼓舌,取媚大臣,如何使得!"义正词严,为《元史》中所仅见。偰哲笃被他驳斥,由羞成愤道:"汝有何议?"思诚道:"我只知有三个大字。"偰哲笃复问何字?思诚却厉声道:"行不得!行不得!"脱脱在座,见两人争论起来,便出为解劝,但说是容后缓图,思诚乃退。

脱脱弟也先帖木儿道："吕祭酒的议论，也有是处；但在庙堂中厉声疾色，未免失体。"脱脱也为点头。台官瞧着脱脱情形，遂于会议散班后，草就一篇奏牍，竟于次日进呈，奏劾思诚狂妄。毕竟直道难行。有旨迁思诚为湖广行省左丞。未几，即造至正新钞，颁行全国。钞多钱少，物价腾踊，至逾十倍，所在郡县，均以物质相交易，由是公私所积的钞币，一律壅滞，币制大坏，国用益困。近今亦有此弊，恐将循元覆辙。

会黄河屡决，延及济南、河间，大为民害。脱脱复集群臣会议。大众议论纷纷，莫衷一是，独工部郎中贾鲁，方授职都水监，探察河道，留意要害。至是便议称塞北疏南，使复故道，方可无虞。看官！这贾鲁所说的黄河故道，究在何处？小子欲详叙巅末，很觉烦杂，只好胪举大略，俾人人一览了然，方不至辞烦义晦，取厌诸君呢。原来黄河发源昆仑山。曲折东流，入中国甘肃境，道出长城，由北趋东，由东折南，成一大曲，名为河套，自是南下，行壶口、龙门两山谷中，为山西、陕西两省的界线，复东折入潼关，经砥柱山麓，直入河南省，始由高地陡落平原，地势散漫，迁流无定。从古时大禹治河以后，河不为患，约八百年，殷代已屡有河患，嗣后屡次横决，忽北忽南，总计自殷、周起，至元朝顺帝年间，河流变迁，不可胜纪，惟大变迁共有五六次。大禹治水，就大陆以北，分为九河，合于天津入海。大陆即今直隶省西北的宁晋泊。至周定王五年河徙，由运河达天津入海。新莽始建国三年又徙，由徒骇达利津入海，宋仁宗庆历八年又徙，又由今运河达天津入海。金章宗明昌五年又徙，分为南北两派，北派合济水入海，南派合淮水入海。元世祖至元二十五年又徙，两派河流，总合淮水入海，就是今江苏省内的淤黄河。以上所述今字，俱就著本书时立说，盖至清季咸丰五年，河道又徙入山东，合大清河入海，咸丰以前之河流出海，实在江苏省东北旧淮安府境内，至今陈迹犹留，称为淤黄河。世祖后，河又屡决，累岁筑防，终乏成效。顺帝至元元年，河决开封，至正四年，河决曹州，未几又决汴梁，五年又决济阴，乃立山东、河南等处行都水监，一意治河。贾鲁所说的塞北疏南，使复故道，就是要河流仍合淮水，照前出海的意思。原原本本，殚见恰闻。但欲依议而行，必须大兴工役，方可成事。脱脱令贾鲁估算，需用兵民二十万人，倒也未免吃惊。遂遣工部尚书成遵，与大司农秃鲁，先行视河，核实以闻。成遵等自京出发，南下山东，西入河南，沿途履勘，悉心规划，所有地势的高下，

第五十四回　治黄河石人开眼　聚红巾群盗扬镳

与水量的浅深，统已测量明白，绘就略图，附加臆说，于是相偕还都，径入相府，来见脱脱。脱脱立即延入，问明河道情形。成遵开口，便说河流故道，断不可复，贾鲁计议，断不可行。脱脱问是何故？成遵即将图说呈上，由脱脱阅了一周，置诸案上，大约是莫名其妙。淡淡地答道："汝等沿途辛苦，且休息一天，明日至中书省中核议便了。"两人辞去，翌晨，即赴省署中候着，不一时，脱脱到来，贾鲁亦随入，余如台省两院各官，亦先后会集。当下开议，成遵与贾鲁两人，意见互歧，彼此各主一说，免不得争论起来。各官吏等未曾亲历，兼以平日在都，也不暇留意河防，只好眼睁睁地看他辩论。一班行尸走肉的人物，乐得揶揄数语。自辰至午，两人争议未决，方由各官劝解，散坐就膳。膳毕，复行核议，仍是双方扞格。脱脱乃语成遵道："贾友恒的计划，实为一劳永逸起见，公何固执若是？"成遵道："河流故道，可复不可复，尚不暇辨；据国计民生上立论，府库日虚，司农仰屋，若再兴大工，尤恐支绌！是顾及国计。且如山东一带，连岁歉收，百姓困苦已极，倘调集二十万众，骚扰民间，是顾及民生。将来祸变纷乘，比河患还怕加重哩！"脱脱变色道："汝谓百姓将反么？"成遵道："恐防难免！"半语不让，恰也倔强。各官见成遵执性，竟与丞相斗起嘴来，未免不雅，遂将成遵劝开，令他归去。贾鲁何在，如何噤不一言。脱脱余怒未息，复语众官道："主上视民如伤，做大臣的应为主分忧。明知河流湍急，最不易治，但或迁延过去，他时为祸尤大；譬如人有疾病，迁延不治，终致毙命。黄河为中国大病，我欲将它治愈，偏有人硬来拦阻，奈何！"众官闻言，齐声答道："傅相首秉国钧，这事但凭钧裁，何庸他顾！"脱脱又道："好在今日得了贾友恒，使他治河，必能奏功。"原来友恒系贾鲁别字，脱脱契重贾鲁，所以称字不称名。补笔不漏。众官又齐声赞成。乐得逢迎。贾鲁独上前固辞。脱脱道："此事非汝不办，明日入奏便了。"言已，命驾而去，众官陆续散归。

次日入朝，成遵亦到，有几个参政大员，与遵为友，密语遵道："丞相已决计修河，且已有人负责，公此后幸毋多言。"成遵道："腕可断，议不可易！"硬汉子。既而随班入朝。及顺帝升殿，脱脱即奏言贾鲁才可大用，令他治河，必能胜任。顺帝大悦，便宣召贾鲁。鲁奏对称旨，当命他退朝候敕。成遵不便出奏，只好一同退班。越宿有诏颁发，罢成遵官，出为河间盐运使，特授贾鲁为工部尚书，充总治河防使，进秩二品，赏给银章，发大河南北兵民十七万，令归节制，便宜兴缮。原来脱脱退朝后，又将贾鲁计划，详奏一本，并有成遵悾

怯无能，大非鲁比等语，所以有此诏旨。

　　成遵奉诏，交卸原职，出都就任，自不消说。惟贾鲁受职治河，倒也竭诚行事，不敢少懈，当日出都就道，到了山东，一面征集工役，一面巡视堤防，某处派万人缮修，某处派万人增筑，统是主张障塞，不使泛溢。是塞北河。自山东驰入河南，由黄陵冈起，南达白茅，直抵黄固、哈只等口，见有淤塞地方，浚之使通，遇有曲折地方，导之使直，随地派工，锹锸兼施。又自黄陵冈西至杨青村，在北加防，在南施凿，通计修治地段，共二百八十里有奇。这位敏达干练的贾尚书，整日里往来跋涉，仆仆道旁，入夜又估工考绩，阅簿稽财，真是耐劳任怨，不惮勤劳；元廷虽派了中书右丞玉枢虎儿吐华，与知枢密院事黑厮，率兵弹压，作为贾尚书帮手，怎奈若辈只袖手旁观，不能为力，所以一切兴缮，全要贾尚书主持。归功贾鲁，亦是平允之论。至正十一年四月兴工，七月疏凿告竣，八月决水故河，九月舟楫通行。十一月诸埽堤亦成，河复故道，南汇淮水，东流入海。贾鲁以河平入告，顺帝欢慰异常，即遣使报祭河伯，并召鲁还都。鲁至京入朝，由顺帝温言慰谕，面授鲁为集贤大学士。并因脱脱荐贤有功，赐号答剌罕，令他世袭。他如从鲁治河各官，俱特旨迁赉。复敕翰林学士承旨欧阳玄，制河平碑，旌扬脱脱丞相，及贾尚书鲁功绩。真是一夫创议，万夫胪欢。

第五十四回　治黄河石人开眼　聚红巾群盗扬镳

脱脱方私下告慰,不意河流方顺,兵变迭兴,有元一百数十年江山,一百数十年,指自太祖开国而言。竟从此土崩瓦解,化作乌有子虚。说也奇怪,那元代灭亡的应兆,偏似从贾鲁治河,开衅起来。语有分寸。先是至正十年,河南北已有童谣道:"石人一只眼,挑动黄河天下反!"当时有人闻着,大都不解所谓,及贾鲁治河,督工开凿黄陵冈,果从地下掘起一个石人,眼睛只有一只,作启视状,役夫相率惊讶,报知贾鲁,鲁出瞧石人,也觉暗暗称奇。只面上恰毫不动容,命役夫用锄击碎,搬开了案。嗣后功成返京,全未提及,偏偏汝、颍乱起,应着童谣。小子欲历叙乱事。因头绪纷烦,只好编列一表,说明如下:

(一)颍州人刘福通奉韩山童子林儿为主,倡乱颍州。

韩山童系栾城人,其祖父以白莲会烧香惑众,谪徙永平,传至山童,诡言天下大乱,弥勒佛出世,河南及江淮间愚民,信为真言。颍州人刘福通,与其党杜遵道、罗文素、盛文郁、王显忠、韩咬儿等,复诡称山童系宋徽宗后裔,当为中国主,乃集众设誓,起乱京畿,地方官即饬兵搜捕,擒住山童,福通挈山童妻杨氏,及其子林儿,遁入河南,号召党羽,至数万人,均以红巾为号,称为红巾贼,横行河南。

(二)萧县人李二,倡乱徐州。

李二亦一无赖子,尝烧香聚众,联结党人赵均用、彭早住等,攻陷徐州,作为盘踞地。李二绰号芝麻李。

(三)罗田人徐寿辉,倡乱蕲水。

徐寿辉系一商人,素贩布。有僧彭莹玉,好言妖异,见寿辉以状貌魁奇,称为贵相,遂与党人邹普胜、倪文俊等奉寿辉为主,攻陷蕲水及黄州路,亦以红巾为号,时人也称为红军。

这三路寇乱,骚扰河南及江淮间,《元史》上称为汝、颍妖寇。还有先时发难的方国珍,后时响应的郭子兴、张士诚,倒也鼎鼎有名,小子也应把他来历,略述于下。

(一)台州人方国珍作乱,在至正八年十一月间。

方国珍素贩盐,浮海为业。时有蔡乱头为海盗,经有司缉捕,或告国珍亦尝通寇,国珍惧,遂航海为乱,劫掠漕运,执江、浙参政朵儿只班,胁使奏闻元廷,赦罪授官。诏授国珍为定海尉,国珍嫌官卑禄微,不肯受命,寻进攻温州,猖獗日甚。

（二）定远人郭子兴作乱，在至正十二年二月间。

郭子兴少有侠气，喜与壮士结交，及见汝、颍兵起，亦与其党孙德崖等，举兵作乱，自称元帅，攻陷濠州。

（三）泰州人张士诚作乱，在至正十三年三月间。

张士诚与弟士德、士信等，皆以操舟运盐为业，富家多视为贱役，动加侮弄，弓手邱义，窘辱尤甚。士诚大怒，率壮士十八人，杀邱义及诸富家；遂召集盐丁，占据泰州。嗣复陷高邮，戕知府李齐，自称诚王。

寇氛扰扰，战鼓咚咚，警报似雪片般飞达元廷，顺帝大惊，连忙调发兵马，分道出征。正是：

胜广揭竿秦社覆，窦杨起衅隋廷亡。

毕竟胜败如何，容俟下回再表。

秦亡于渔阳之戍，唐亡于桂林之卒，元亡于开河之役，论者多归咎贾鲁及脱脱，其实未然！元之乱，由上下宴逸所致，并不系于河之开不开。且治河所以保民，贾鲁塞北疏南之议，亦非全无识见，惟当时山东一带，连岁饥馑，何弗以工代赈，为一举两得之计，而乃徒发兵役，多至十七万人，未苏民困，转耗民食，此不得为无咎，而治河之得失无与焉。石人开眼，童谣本属无稽，贾鲁凿河，适与童谣相应，安知非草泽之徒，隐为埋藏，借此以图煽惑耶？本回叙治河事，词不厌详，而下语多有分寸，至于群盗之起，仅列表以明之，盖前应化简为繁，后应删繁就简，作者之着意在此，阅者之醒目亦在此，毋视为寻常铺叙也！

第五十五回

失军心河上弃师　逐盗魁徐州告捷

却说顺帝迭闻警报，很是焦灼，忙与首相脱脱商议。脱脱道："中州为全国腹心，今红巾贼起，适在中州，中州即河南。实是腹心大患。臣拟先发大兵，剿红巾贼，肃清腹地，然后依次进兵，讨平余寇。"顺帝道："各处亦统来告急，奈何！"脱脱道："各地非无守将，请陛下分道颁诏，令他就近赴援，剿抚兼施，一俟中州平定，余寇自然瓦解。这是目前最要的计策。"顺帝道："何人可遣？"脱脱道："臣受恩深重，督师平寇，报答皇恩。"顺帝道："卿系朕股肱耳目，不可一日相离，朕闻卿弟亦有才名，何妨遣他讨贼。"脱脱道："臣弟可去，但必须添一臂助。"顺帝道："卫王宽彻哥何如？"脱脱道："宸衷明鉴，谅必得人。"脱脱议先剿河南，计非不是，惟乃弟素不知兵，如何说是可去？

计议已定，便命御史大夫也先帖木儿知枢密院事，与卫王宽彻哥，率诸卫兵十余万，出讨河南妖寇，一面颁诏各路就近剿抚。也先帖木儿奉命，即日会同卫王，调兵出都。

他本是个矜才使气的人物，握着了这么大权，益发趾高气扬，目无全虏。反射下文。到了上蔡，城已为寇党韩咬儿所据，当即在城下扎营，安排攻具，鸷夜围城。韩咬儿登陴守御，见元兵四面攒聚，好似蜂蚁一般，顿吃了一大惊，怎奈事已到此，无可如何，只得带领党羽，勉强守着。元兵围了好几日，尚是不能攻入，也先帖木儿大怒，严申军令，限日破城，逾限立斩。将士闻命，相率惊惶，幸上蔡城池卑狭，寇党不过数千人，城外又无余寇接应，但教合力进攻，不难得手；当下将士效命，互约进行，四面布着云梯，冒死登城。韩咬儿顾此失彼，顿被元兵杀入，劈开城门，招纳大兵，与韩咬儿巷战起来，两下厮杀多时，把寇党大半屠戮，剩了韩咬儿孤身，还有什么伎俩，自然被元兵擒住。

也先帖木儿大喜，便遣使报捷，并将韩咬儿囚解至京。顺帝诛了韩咬儿，传旨奖赏，颁给钞币数千锭。也先帖木儿得此快事，越加骄倨，小小一个孤城,且围攻了多日,方得幸胜,如何便骄倨起来?不但虐待军士,就是同行的卫王,也看他与傀儡相似,不屑协议,所有一切军政,统是独断独行。卫王以下,无人敬服,不过因受了主命,一时不便解散,没奈何随他前进。

刘福通闻咬儿被擒,忙分派死党,严守所得要害,阻住元兵。也先帖木儿麾下,虽有十多万人,大都观望不前,任你也先帖木儿如何严厉,总是不肯出力,或且潜行逃避,因此也先帖木儿无威可逞,只好逗留中道,待贼自毙。

偏偏杀运方开,寇焰愈炽。刘福通猖獗如故,固不必说;他如芝麻李等,亦相率横行;最厉害的莫如徐寿辉。寿辉据蕲水后,居然自称皇帝,僭号天完国,改元治平;以邹普胜为太师,出兵江西,攻陷饶州、信州,号派部将丁普郎等,溯江而上,连陷汉阳、兴国、武昌等处,威顺王宽彻普化,及湖广平章政事和尚,弃城遁去。转陷沔阳,推官俞述祖被擒,怒骂寿辉,被他磔死。复陷安陆府,知府丑驴阵亡。寿辉又派别将欧祥等寇九江,沿江各兵,闻风宵遁。江州总管李黼,传檄兵民,募集丁壮,与寇众血战数仗,水陆获胜,嗣因附近城堡,多被陷落,寇众四集城下,昼夜环攻,平章秃坚不花,又缒城潜走,中外援绝,势难再守,李黼犹力捍数日,至寇入东门,尚挥剑斫数十人,与从子秉昭,一同殉难。不没忠臣。

江州既陷,袁州、瑞州等,接连失守,元廷连日闻警,免不得又开廷议。当由脱脱等议定各路进兵,责成统帅,以觇后效。其时授诏讨贼的官员,约有数处。

四川行省平章政事咬住,率兵徇荆襄。江西行省左丞相亦怜真班,率兵守江东西关隘。知枢密院事也先帖木儿,与陕西行省平章政事月鲁帖木儿,讨南阳、襄阳贼。刑部尚书阿鲁,讨海宁贼。江西右丞火尔赤,与参知政事朵馞,讨江西贼。江西右丞兀忽失等,讨饶信等处贼。

分派既定,宫廷少安。嗣闻方国珍兄弟,忽降忽叛,浙东道宣慰使都元帅泰不华战殁,泰不华见第五十回。乃复饬江浙左丞左答纳失里往讨国珍。

原来国珍入海,攻掠沿海州郡,官军多不战自溃。元廷遣大司农达什帖木儿等,南下黄岩,招之使降,国珍居然受命,挈二弟登岸罗拜道

第五十五回　失军心河上弃师　逐盗魁徐州告捷

旁。达什帖木儿喜甚，遽授以官，国珍兄弟，欢跃而去。独浙东宣慰使泰不华，料其狡诈，夜访达什帖木儿，拟命壮士袭杀国珍。达什帖木儿不从，且斥泰不华违

诏喜功，计遂不行。及达什帖木儿还都，国珍果复率党羽，入海剽掠。泰不华遣义士王大用往谕，被国珍羁住，另遣戚党陈仲达报闻，如约愿降。泰不华乃率部下数十人，偕仲达乘舟，张受降旗，乘潮而前。舟触沙不能行，猛见国珍鼓棹前来，急呼仲达与伸前议，仲达目动气索，泰不华知有异谋，手刃仲达，即前搏国珍船，射死贼目五人。国珍船中尽藏伏兵，至是齐起，跃登泰不华舟，泰不华夺刀乱挥，复毙贼数人。贼攒槊竞刺，中泰不华颈，鲜血直喷，犹直立不仆，卒被贼投尸海中，余众皆战死。事闻于朝，追封魏国公，谥忠介，命左丞左答纳失里克日进讨，不得违慢。左答纳失里也奉命去讫。此段为说明文，亦为销纳文，因欲明泰不华之忠，方国珍之狡，所以插入。

元廷又颁下诏旨，令各路统帅，便宜行事。满望他旗开得胜，马到成功，不意第一路注意人马，竟无端溃散，自沙河退驻朱仙镇，几不成军。看官欲问这统帅姓氏，就是脱脱丞相的母弟，叫作也先帖木儿。加入脱脱丞相母弟六字，句中有刺。他自上蔡得胜后，进至沙河，驻扎了两三月，未曾对仗。忽军中自起讹言，竟称刘福通纠合众寇，前来劫营，累得也先帖木儿日夕防备，连寝食都是不安。忙乱了好几日，并不见有一寇到来，顿时懊恼得很，把所有军官，斥辱一番，并令此后不得妄言，违令者斩。不把军官立斩，还算仁恕，但也亏有此着，才得逃命。一班军官，本已心

怀怨望，又被他严加训斥，索性一哄而散，贪夜逃去。也先帖木儿并未预闻，到了日上三竿，升帐检阅，只有亲兵数百名，兀自守着，其余不知去向。慌忙去请卫王，卫王也骑马走了。那时也先帖木儿仓皇失措，也只好上马急奔，行了三十六策中的第一策。奔至朱仙镇，方遇卫王宽彻哥，带着一半散卒，在镇扎营。他尚莫名其妙，及与卫王相见，欲问底细，卫王又模模糊糊地说了数语，没奈何上书奏闻。嗣得诏敕，遣中书平章政事蛮子一作曼济。代为统帅，召他还京。他即将兵符缴与卫王，即日北归。

既到京师，仍受命为御史大夫。西台御史范文，抱着一腔忠愤，联络刘希曾等十二人，上书奏劾，说他丧师辱国，罪无可原。中台御史周伯琦，反劾范文等越俎上言，沽名钓誉。两篇奏章，先后进呈。顺帝竟从伯琦言，斥责范文等十二人，统降为各郡判官。又加罪西台御史大夫朵尔直班，说他授意属僚，好为倾轧，外徙为湖广平章政事。真是愦愦。朵尔直班素感风疾，及出都门，老病复发，行至黄州，又奉诏令他司饷，各路统帅，日来絮聒，总是迎合当道。卒至忧愤填胸，呕血而死。脱脱不能辞其咎。

盈廷人士，从此噤不敢言。惟脱脱虽多蒙蔽，心终忧国，默念各路已有重兵，只徐州被李二占据，尚未克复，决意自请出征，规复徐州。遂入朝面请，奉旨特许，命以答剌罕太傅右丞相，分省于外，总制各路军马，爵赏诛杀，悉听便宜行事。并命知枢密院事咬咬，中书平章政事挪思监，也可扎鲁忽赤此六字系元代官名。福寿，坊间小说有赤福寿，想系福寿以上误添一赤字，遂致以讹传讹。从脱脱出师。脱脱临行时，复奏请哈麻兄弟，可以召用。恩怨太明，反致自误。顺帝自然准奏，立召哈麻为中书右丞，雪雪为同知枢密院事。两人星夜进京，来送脱脱，脱脱以国事相托，教他尽职效忠。看错了人。两人唯唯听命。脱脱便麾兵出都，渡河而南，直抵徐州，于西门外安营。

李二本是剧盗，闻丞相脱脱亲自到来，便号召群盗，一齐杀出，冲突过去；亏得脱脱军律严明，一些儿不见慌忙，各自携械抵御。正交战间，但听李二阵内，梆声一响，飞箭便应声射来。元兵前队未曾预防，被射死了数十名。脱脱恐中军惊退，忙策马向前，领兵杀上，说时迟，那时快，脱脱所乘的马首，已中着一箭，箭镞甚长，饰以铁翎，这马负着痛楚，

第五十五回　失军心河上弃师　逐盗魁徐州告捷

几乎支持不住，卫士忙来扶住脱脱。脱脱叱开卫士，下马易骑，仍旧麾旗前进。麾下见主帅拼命，哪个还敢退后，一阵冲杀，竟将李二部众，逼回城中；李二忙令闭城，方阖半扉，元兵已如潮涌入，势不可当。幸徐州尚有内城，外郭虽破，内城尚可自保。李二急呼众奔入，闭门固守。

脱脱乘胜攻城，城上矢石如雨，眼见得一时难下，方命各军休养一宵，越日复督军围攻，喊声如雷，震动天地。那李二恰也厉害，把平日积贮的守具，尽行取出，对付元兵。一连数日，相持未下，脱脱以李二负嵎，持久非计，遂令军士撤退西南，专攻东北，日间命他猛击，夜间更迭退休。城内的赵均用、彭早住二人，见元兵如此举动，遂向李二献计道："元兵远来，攻战数日，必致疲乏，所以锐气渐衰，撤围自固。我等可乘夜出兵，掩杀过去，必可获胜。"李二道："今夜已来不及了，明天夜半，我率众出南门，你两人率众出西门，左右夹攻，尤为妙计。"赵、彭二人鼓掌称善。计固妙矣，奈城内无人何。

到了次日，城上下攻守如旧，二更时候，李二与赵、彭二人，分头出城，竟来掩袭元营。营外有元兵站着，见李二等并力杀来，一声呐喊，纷纷四走，李二等便捣入营中，来擒脱脱，谁知营内只有灯烛，并无人马。至此才知中计，忙令退兵，忽听炮声四响，元兵尽行杀到，把李二等困在垓心。李二此时，也顾不及赵、彭二人，只好拼命杀出，奔回南门，举头一望，叫苦不迭。看官，你道何故？原来城楼上面，万炬齐明，火光中现出一位紫袍金带，八面威风的元丞相。突如其来，令人叫绝。惊得这个芝麻李，魂飞天外，回马急逃。元兵又复追至，杀得李二手下，七零八落，李二已无心恋战，只管夺路奔走。元军尚欲追赶，但闻城内已经鸣金，遂相率勒马，由他自去。此时彭、赵二盗，料无可归，早杀开血路，逃出外城，向濠州去讫。至李二出外城，二人已去得很远。李二垂头丧气，径投汩阳，后来不知下落，想是穷途致死了。芝麻变油，成了流质，所以无从稽考。天已大明，各元将入城献功，斩首约数千级，并获得黄伞旗鼓等，由脱脱一齐检阅，录功行赏有差。脱脱复下令屠城，福寿上前谏阻道："剧盗如李二等，傅相尚不欲穷追，百姓何辜，偏令屠戮？"脱脱道："汝但知其一，不知其二。我围城数日，但见盗贼人民，齐心守御，料是不易攻入，所以我撤围西南，故意示懈，令他前来掩袭。我先授诸将密计，四处埋伏，截住他的归路，以便我乘隙入城。我入城时，百姓还来抗拒,被我杀退,嗣见李二等出走,尚有百姓随着,我恐城中再扰,所以鸣金收军。看来此等顽民,不便再留,一律屠戮,才无后虞。"攻城之计,从脱脱口中自叙,又开一补述文法。福寿不便再言,当由众将奉令,把城中老少男女,尽行杀讫。然后上书告捷。脱脱之罪,莫如此举。

顺帝闻报,立遣平章政事普化等,颁赏至军,且加封脱脱为太师,召使还朝,并改徐州为武安州,立碑表功。脱脱班师北归,由顺帝遣使郊迎,入见后,赏给上尊珠衣白玉宝鞍,一面赐宴私第,命皇太子亲去陪宴,这正是异数宠荣,一时无两。盛极必衰。

脱脱因东南盗起,漕运为难,复请于京畿立分司农司,自领大司农事,令右丞悟良哈台,左丞乌克孙良桢兼大司农卿,作为襄办。西至西山,东至迁民镇,南至保

定、河间,北至檀顺州,均导引水利,立法耕种,不到一年,居然禾麦芃芃。收入京仓,可充食俸。顺帝以宰辅得人,一切国政,委他处理,自己恰日居宫中,恣情酒色,于是贡谀献媚的哈麻,又在宫中日夕伺候,想出了一条极乐的法儿,导帝肆淫。小子有诗咏道:

　　得人兴国失人亡,况复宫廷已色荒;
　　莫谓误君由嬖幸,君昏何自望臣良?

欲知哈麻所献何术,容待下回表明。

　　本回叙写战事,独于脱脱兄弟之出征,演述较详,其他随笔叙过,概行从简;非详于此而略于彼也;文法有宾主,上文已备言之。若不问主宾,依事类叙,徒使阅

者眩目,毫无兴味,何足观乎?且不特法分宾主已也,又有宾中主,主中宾之法,如本回前半,叙也先帖木儿事,主中宾也,而脱脱实为宾中主;后半叙脱脱事,似为主文,然亦一主中宾,所足称宾中主者,实为顺帝。由是类推,则虽为夹叙之文,亦有主宾之分,与主中宾、宾中主之分,在阅者默揣而得耳。若论脱脱兄弟之战略,则乃弟远不及乃兄,文已叙明,毋庸赘说。惟著书人颇重视脱脱,故虽不掩脱脱之短,而独喜述脱脱之长。意者其亦善善从长之意乎?然元代贤相,绝无仅有,如脱脱者,固不容尽没其功也。

第五十六回

番僧授术天子宣淫　嬖侍擅权丞相受祸

却说哈麻兄弟,得脱脱荐引,复召回重用,适顺帝厌心国事,寻乐解忧,哈麻遂引进一个番僧,日侍左右;这番僧无他技能,只有一种演揲儿法,独得秘传。什么叫作演揲儿?译作华文,乃是大喜乐的意义。大喜乐三字,尚是含糊,小子从《元史》上考查,实是一种运气的房术。顺帝正考究此道,得了番僧,如获圣师,当即授职司徒,令他在宫讲授,悉心练习,到了实地试行的时候,果然比前不同,就是六宫三院的妃嫔,也暗中欣慰。

哈麻有一妹婿,名叫秃鲁帖木儿,曾为集贤院学士,出入宫禁,甚得帝宠,至是亦密奏顺帝道:"陛下虽贵为天子,富有四海,其实不过一保存现世罢了。臣闻黄帝以御女成仙,彭祖以采阴致寿,陛下若熟习此术,温柔乡里,乐趣无穷,并且上可飞升,下足永年。"顺帝不待说毕,便道:"你难道不闻演揲儿么?朕已粗得此诀了。"秃鲁帖木儿道:"尚有一双修法,比演揲儿尤妙,演揲儿仅属男子,双修法并及妇女,陛下试想房中行乐,阳盛阴不应,上行下不交,还是没甚趣味。"双修法得此解释,足补元史音注之阙。顺帝喜道:"卿善此术否?"前称汝,后即称卿,其意可知。秃鲁帖木儿道:"臣且不能,现有西僧伽璘真,一作结琳沁。颇善此术。"郎舅俱能荐贤,好算是顺帝功臣。顺帝道:"卿速为朕宣召,朕当拜他为师。"可谓屈尊尽礼。

秃鲁帖木儿奉旨,立召伽璘真入宫。顺帝接见毕,敬礼有加,便命他传授秘诀。伽璘真道:"这须龙凤交修,方期完美。"顺帝道:"朕的正后,素性迂拘,不便学习,忽都皇后,史称其贤,所以借顺帝口中代为解免。其他后妃,或可勉学,但一时也恐为难呢。"伽璘真道:"普天下的子女,何一非陛下的臣妾,陛下何必拘定后妃,但教采选良家女子,入宫演习,自多多益善了。"顺帝大喜,便面授为大元国师。一面亲受秘传,一面命秃鲁帖木儿督率宦官,广选美女入宫,演习种种秘术。

第五十六回　番僧授术天子宣淫　嬖侍擅权丞相受祸

伽璘真一团和气，蔼然可亲，入宫数日，宫娥彩女们，无不欢迎。是谓无量欢喜佛。就是前次入宫的西番僧，也与他往来莫逆，联为知交。顺帝各赐他宫女三四人，

番僧授术天子宣淫

令供服役，称作供养。二僧日授秘密法，夜参欢喜禅，无拘无束，逍遥自在。他又想出一法，令宫女学习天魔舞。每舞必集宫女十六人，列成一队，各宫女垂发结辫，首戴象牙佛冠，身披缨络大红销金长裙，云肩鹤袖，锦带凤鞋，手中各执乐器，带舞带敲，逸韵悠扬，仿佛月宫雅奏；霓裳荡漾，浑疑天女散花。临舞时先宣佛号，已舞后再唱曼歌，乐得顺帝心花怒开，趁着兴酣的时候，就随抱宫女数人，入秘密室，为云为雨，亲试这演揲儿法及双修法。佛法无边，乐何如之。两僧也乐得随缘，左拥右抱，肉身说法，还有一个亲王八郎，是顺帝兄弟行，乘这机会，也来窃玉偷香。又由秃鲁帖木儿联结少年官僚八九人，入宫伺候，分尝禁脔。秃鲁帖木儿也来偷香，不怕哈麻妹子吃醋么？顺帝赐他美号，叫作"倚纳"。倚纳共有十人，连八郎在内。得入秘密室。秘密室的别名，叫作"色济克乌格"。一作皆即几该。色济克乌格五字，依汉文译解，系事事无碍的意思。后来愈加放恣，不论君臣上下，统在一处宣淫，甚至男女裸体，公然相对，艳话淫声，时达户外。两僧又私引徒侣，出入禁中，除正宫皇后外，统是一塌糊涂，不明不白。佛经所谓"皆大欢喜"者意在斯乎？

顺帝复敕造清宁殿，及前山、子月宫诸殿宇，令宦官留守也速迭儿，及都少水监陈阿木哥等监工。日夕赶造，穷极奢华。工竣后，遂于内苑增设龙舟，自制样式，首尾长一百二十尺，广二十尺，上有五殿，龙身并

殿宇俱五采金装，用水手二十四人，皆衣金紫，自后宫至前宫，山下海子内，往来游戏。舟一移碇，龙首及口眼爪尾，无不活动，栩栩如生。又制宫漏高六七尺，阔三四尺，造木为匮。藏壶其中，运水上下，匮上设西方三圣殿，匮腰设玉女，捧腰刻筹，时至辄浮水上升，左右列二金甲神，一悬钟，一悬钲，夜间由神人司更，自能按更而击，不爽毫厘。鸣钟钲时，左狮右凤，自能翔舞。匮东西又有日月宫，设飞仙六人，序立宫前，遇子午时，又自能耦进，度仙桥，达三圣殿，逾时复退立如前，真是穷工极巧，异想天开。目今西人虽巧，尚不能有此奇制，不知顺帝从何处学来？岂西僧所教如演撮儿法及双修法中亦有此秘传耶？皇子爱猷识理达腊，日渐长成，见宫中如此荒淫，恨不将这班妖僧淫贼，立加诛逐，可奈权未到手，力不从心，整日间忐忑不定，乃潜出东宫，往访太师脱脱。适脱脱自保定还京，得与皇子相见，叙过寒暄，即由皇子谈及宫闱近况。脱脱叹息道："某为屯田足食起见，往来督察，已无暇晷；近且寇氛不靖，汝、颍、江、淮，日见糜烂，每日调遣将士，分守各处，尚且警报频来，日夜焦烦，五中如焚，所以并宫禁事情，无心过问了。"皇子道："现在乱事如何？"脱脱道："刘福通出没汝颍，徐寿辉扰乱江淮，方国珍剽掠温台，张士诚盘踞高邮，剧盗如毛，剿抚两难。近闻池州、太平诸郡，又被贼党赵普胜等陷没，江西平章星吉，与战湖口，兵败身死。"赵普胜作乱，星吉殉节事，从脱脱叙出，亦为省文计耳。某正拟上奏，再出督师，如何宫禁中闹得这般情形，难道哈麻等日侍皇上，竟不去规谏么？"皇子道："太师休提起哈麻，他便是祸魁乱首哩。"脱脱大为惊异，复由皇子申述淫乱原因。脱脱道："哈麻如此为恶，不特负皇上，并且负某，某当即日进谏，格正君心。"皇子道："全仗太师！"脱脱道："食君禄，尽君事，这是人臣本分呢。"脱脱著元史，恃有此心。皇子申谢而别。脱脱还未免怀疑，再去私问汝中柏。汝中柏极陈哈麻不法，恼动了脱脱太师，立即命驾入朝。原来汝中柏得脱脱信用，由左司郎中，入为中书省参议。应五十三回。他仗着脱脱权力，遇事专断，平章以下，莫敢与抗，独哈麻不为之下，屡与龃龉。一恃相权，一恃主宠，安能协和？汝中柏衔恨已久，遂乘机发泄，极力指斥哈麻，这且不必絮述。

且说脱脱盛气入朝，至殿门下舆，大着步趋入内廷，不料被司阍的宦官，出来阻住。脱脱怒叱道："我有要事奏闻皇上，你为何阻我进

第五十六回　番僧授术天子宣淫　嬖侍擅权丞相受祸

去?"宦官道:"万岁有旨,不准外人擅入!"脱脱道:"我非外人,不妨入内。"宦官再欲有言,被脱脱扯开一旁,竟自闯入。这时候的元顺帝,正在秘密室演法,忽由秃鲁帖木儿报道:"不好了!丞相脱脱来了!"顺帝喘着道:用一喘字妙。"我句我无暇见他!司阍句司阍何在?如何令他擅入!"顺帝行淫,秃鲁帖木儿得以入报,是回应事事无碍语。秃鲁帖木儿道:"他是当朝首相,威焰熏天,何人敢来拦阻?"只此三语,脱脱已是死了。顺帝道:"罢了!罢了!我便出来,你速去阻住,教他在外候着!"秃鲁帖木儿出去,顺帝方收了云雨,着了冠裳,慢腾腾地出来。只见脱脱怒目立着,所有秃鲁帖木儿以下,俱垂头丧气,想已受脱脱训责,所以致此。当下出问脱脱道:"丞相何事到此?"脱脱听着,便收了怒容,上前叩谒。顺帝命他立谈,脱脱起身,谢过了恩,遂启奏道:"乞陛下传旨,革哈麻职,逐西番僧及秃鲁帖木儿等,以杜淫乱!"顺帝道:"哈麻等有何罪名?"脱脱道:"古时所说的暴君,莫如桀纣,桀宠妹喜,祸由赵梁,纣宠妲己,祸由费仲,今哈麻等导主为非,也与赵梁、费仲相类,若陛下还要信任,不加诛逐,恐后世将比陛下为桀纣哩。"顺帝道:"哈麻系卿所举荐,如何今日反来纠劾?"此语颇问得厉害。脱脱道:"臣一时不明,误荐匪人,乞陛下一律加罪!"顺帝道:"这却不必!朕思人生几何,不妨及时行乐,况军国重事,有卿主持,朕可无虞,卿且让朕一乐罢!"脱脱道:"变异迭兴,妖寇日炽,非陛下行乐之时,陛下亟宜任贤去邪,崇德远色,方可拨乱致治,易危为安,否则为祸不远了!"顺帝道:"丞相且退,容朕细思。"脱脱乃趋出内廷,守候数日,并不见有什么诏旨。只各省警报,复陆续到来。先是张士诚据高邮,脱脱命平章政事福寿,发兵招讨,嗣得福寿禀报,士诚负固不服,且转寇扬州,杀败达什帖木儿军。于是脱脱上疏自请出兵,并再劾宫中嬖幸,冀清君侧。顺帝只左调哈麻为宣政使,余人不问。一面下诏命脱脱总制各路军马,克日南征。脱脱奉命即行,途次会齐各路来兵,次第南下。这番出师,比前番还要烜赫,所有省台院部诸司听选官属,一律随行,禀受节制。还有西域西番,亦发兵来助,旌旗蔽天,金鼓震野,数百里卷云扫雾,十万众掣电追风,真个是无威不扬,无武不耀。全为下文反射。脱脱到了济宁,遣官诣阙里祀孔子,过邹县又祀孟子。及达高邮,张士诚已遣兵抵御,两下不及答话,便即开仗,脱脱的兵将,仿佛如虎豹出山,蛟龙搅海,任你百战耐劳的强寇，也是抵挡不住，战了数合，士诚兵已是败退。脱脱率军进逼，直抵城下，士城复自行出战，奋斗半日，也不能支持，退守城中。脱脱一面攻城，一面分兵西出，规复六合，绝他援应。士诚恐城孤援绝，如入阱中，千方百计地谋解重围，或率锐出斗，或缒师夜袭，都被脱脱麾兵杀退，急得士诚惊惶万状，无法可施。

脱脱正拟策励将士，指日破城，忽闻京中颁下诏敕，命河南行省左丞相太不花，中书平章政事月阔察儿，知枢密院事雪雪，代统脱脱所部兵。脱脱正在惊异，帐外守卒，又报宣诏使到来，军中参议龚伯遂，料知此诏必加罪脱脱，忙向脱脱密禀道："将在外，君命有所不受，丞相只管一意进讨，休要开读诏书；若诏书一开，大事去了！"脱脱道："天子有诏，我若不从，便是抗命；我只知有君臣大义，生死利害，在所不计。"言毕，遂延入宣诏使，跪听诏命。与宋时之岳忠武大致相同。诏中略称丞相脱脱，劳师费财，不胜重任，着即削去官爵，安置淮安。将吏闻诏皆惊，独脱脱面不改色，且顿首道："臣本至愚，荷天子宠灵，委臣军国重事，早夜兢兢，惧弗能胜，今得释此重负，皇恩所及，也算深重了！"言毕而起，送归宣诏使。

当下召集将士，令各率所部，听后任统帅节制。又命出兵甲及名马三千，作为分赐。各将士一律垂泪，客省副使哈剌答，奋身跃起道："丞相此行，我辈必死他人手中，今日宁死相公前，借报知遇。"言至此，即拔剑在手，向颈上一横。脱脱忙出座拦阻，已是不及，只见颈血四溅，倒仆地上。脱脱抚尸大恸，众将亦不胜悲感，哭声如雷。读至此我亦泪下。

嗣命将尸首安葬，并把军符封固，遣送太不花，自率数十骑径赴淮安。途次闻母弟也先帖木儿也削职出都，安置宁夏，虽是意料所及，究不免愁上加愁，况复时当岁暮，四野萧条，寒风惨惨，雨雪霏霏，百忙中叙入景色，殊有关系，不应作闲文看。脱脱被贬在至正十四年十二月中，故特书以揭之。人孰无情，谁能遣此！驿馆中过了除夕，至正月初始到淮安，才阅数日，又接到廷寄，命徙甘肃行省亦集乃路。脱脱又不能不行，甫启程，复来了一道严厉的诏敕，不但命他转徙云南，并将他弟也先帖木儿移徙四川，他长子哈剌章，充戍肃州，次子三宝奴，充戍兰州，所有家产，尽籍没入官。脱脱闻命太息道："罢罢！哈麻，哈麻！你也太恶毒了。"就脱脱口中叙出哈麻，是行文过脉处。原来哈麻左迁，闻系由脱脱劾奏，气得三

第五十六回　番僧授术天子宣淫　嬖侍擅权丞相受祸

尸暴跳,七窍生烟,暗思脱脱如此可恶,定要将他处死,才肯干休。于是一面联结宠后奇氏,一面嘱托台官袁赛因不花,教他内外交谮,构陷脱脱全家,顺帝沉湎酒色,已是昏迷得很,且因前次脱脱强谏,暗怀愤怒。打断欢情,宜乎动气。至此内惑女蛊,外信俭言,如火添油,越加沸烈,遂不问是非,迭下乱命。补叙情由,言简而赅。

脱脱转徙云南,行次大理腾冲,遇着知府高惠,殷勤接见,盛筵款待,酒过数巡,高惠启口道:"公系国家柱石,偶遭晦塞,转瞬间就要光明,还请勿忧。"脱脱道:"某无状,已负国恩,皇上不赐某死,令某安置此方,尚称万幸。"高惠道:"这是太谦了。"

正谈话间,忽屏后有一妙年丽姝,冉冉出来,柳眉半蹙,杏脸微酡,此八字含有无数情绪,阅者接读下文,自知妙处。缩缩捏捏的,至高惠座旁站住。高惠命拜见脱脱,惊得脱脱连忙离座,答了半礼,一面忙问高惠道:"这是公家何人?"高惠道:"就是小女;因公不是常人,所以令小女拜谒。"脱脱愈觉怀疑,口中只连称不敢。

高惠乃令女入内,复请脱脱就座,再行斟酒道:"公此来不挈眷属,一切起居,诸多不便,小女蓬门陋质,虽不值一盼,然奉侍巾栉,倒还可以使用,鄙意拟即献纳,望勿却为幸!"脱脱惊答道:"某一罪人,何敢有屈名媛!"高惠不待说毕,便道:"公今日到此,明日即当起复,此后鸿毛遇顺,无可限量,鄙人等俱要托庇哩。"原来为此,不然,一知府女儿,何必下嫁罪人耶!

脱脱摇首道："某自知得罪当道，区区生命，尚恐难保，还望什么显荣？"高惠道："不妨！当为公筑一密室，就使有人加害，有我在此，定可无虞。"脱脱只是固辞。教他金屋藏娇，尚不肯允，毋乃太愚。高惠不禁愤愤，俟脱脱别后，竟派铁甲军监察行踪，至阿轻乞地方，竟将他驿舍围住。是不中抬举之故。脱脱心中已横一死字，倒也没甚惊慌，怎禁得都中密诏又飞驿递到云南，这一番有分教：

巨栋自摧元室覆；大星陡落滇地寒。

欲知密诏内容，且看下回分解。

番僧进，房术行，上下宣淫，恬不知耻，脱脱在朝，宁无闻知，而《元史·脱脱列传》中，不闻其有进谏之举，是脱脱固未足道者，何以死后留名，即乡曲妇孺，亦啧啧称道之？且《列传》言脱脱信汝中柏之谱，改哈麻为宣政使，若仅缘此生隙，哈麻虽恶，度亦不过排挤出外，至于安置远方而止，胡心置诸死地，且敢冒大不韪之举，竟传矫诏乎？本回演述史事，已觉渲染生妍，至插入脱脱进谏一段，尤足补史之阙。揆情度理，应有此文，不得以虚伪少之。

第五十七回

朱元璋濠南起义　董搏霄河北捐躯

却说脱脱流徙滇边，忽又接到密诏，竟是要他的性命，还有一樽特赐的珍品。看官道是何物？乃是加入鸩毒的药酒，原来这道诏敕，实是哈麻假造出来，他此时已接连升官，进为左丞相，因脱脱未死，总是不安，所以大着胆子，假传上命，赐脱脱鸩酒，令他自尽。余少时阅坊间小说，至英烈传中载脱脱自尽事，由丞相撒敦及太尉哈麻主使，其实当时只有哈麻，并无撒敦，正史俱在，不应臆造一人。脱脱只知君命，辨什么真伪，竟遥向北阙再拜，接过鸩酒，一饮而尽，须臾毒发，呜呼哀哉！年仅四十二。强仕之年，正可为国出力，乃为贼臣害死，令人愤叹。

脱脱仪状雄伟，器宇深沉，轻货财，远声色，好贤下士，不伐不矜，且始终不失臣节，尤称忠荩，惟为群小所惑，急复私仇，报小惠，后来竟被构陷，流离致死，都人士相率叹惜。逮至正二十三年，监察御史张冲等，上书讼冤，乃诏复脱脱官爵，并给复家产，召哈剌章、三宝奴还朝，只也先帖木儿已死，无从召归。至正二十六年，台官等复上言奸邪构害大臣，以致临敌易将，我国家兵机不振从此始，钱粮耗竭从此始，盗贼纵横从此始，生民涂炭从此始；若使脱脱尚在，何致大乱到今，乞加封功臣后裔，并追赐爵谥，以慰忠魂。顺帝闻言，也觉追悔，立授哈剌章、三宝奴官职，且命廷臣拟谥。事尚未行，明师已至，连逃避都来不及，还有何心顾着此事，所以脱脱丞相的谥法，竟无着落！著书人深惜脱脱，所以详述始末。

闲文休提。单说河南行省左丞相太不花，本无军事知识，至代为统帅，尤骄蹇不遵朝命。部下兵士，看主帅如此怠玩，乐得四出劫掠，抢些子女玉帛，取快目前，还想夺什么徐州。台官因劾他慢功虐民，应即黜退，另易统帅。顺帝乃命平章政事答失八都鲁，往代太不花，又削太不花官职，令他在军效力。军中一再易帅，头绪纷繁，自然无心攻贼，外如各路招讨的大员，也大半胆小如鼷，一些儿没有功绩。于是乱党愈炽，势益燎原。

　　河南盗刘福通,居然奉韩林儿为小明王,僭称皇帝,建都亳州,国号宋,改元龙凤,以林儿母杨氏为太后,自为丞相。当下分兵四出,焚掠河南郡县,大为民害。元廷即命答失八都鲁,引军往援。答失八都鲁奉命西行,驰至许州,适遇刘福通派来的兵队,一阵厮杀,竟大败亏输,逃得无影无踪。

　　答失先已遁去,到了中牟,溃卒方稍稍还集,忽又有一路兵马到来。慌忙着人探听,乃是都中遣来的援师,统领叫作刘哈剌不花。还好,还好。答失方才少慰,出营接见,叙及败溃情状。刘哈剌不花颇有些忠勇气象,便道:"连年征战,并没有一处平靖,我辈身为将帅,宁不羞死!明日决去一战,我为前茅,公为后劲,若得着胜仗,还可为我辈吐气哩。"答失八都鲁也只好依从。

　　翌晨,刘哈剌不花誓师出营,仗着一股锐气,往扑敌寨。敌寨不及防备,猛被元兵攻入,车驰马骤,扫了一个精光。答失八都鲁麾军趋至,已是不见一敌,只觉水碧山清。当下两军并进,从汴梁直达太康,刘福通自行出战,又被刘哈剌不花杀退,乘胜抵亳州,昼夜攻击,吓得韩林儿魂胆飞扬,与刘福通僭开后门,遁走安丰。

　　刘哈剌不花等入城,即飞章告捷。元廷以亳州既破,召刘哈剌不花还都,猛将既去,寇众复张,刘福通又四处驰檄,勾结各路枭雄,作为犄角。于是潜龙起蛰,鸣凤朝阳,濠州大陆,竟出了一位不文不武,亦文亦武的真人,拨乱致治,诞膺天命。这位真人姓甚名谁? 就是大明太祖朱元璋。叙明太祖,下笔不苟。

　　元璋先世居沛,再徙泗州,及父世珍复徙濠州,居钟离县。至元璋年十七,父母相继去世,孤苦无依,乃入皇觉寺为僧,游食诸州,寻复还寺。至郭子兴起兵濠州,民间不得安居,相率趋避。元璋亦思避难,卜诸神,去留皆不吉,不禁嬉笑道:"莫非要我做皇帝不成?"再卜得吉占,遂决意弃僧投军。径入濠州投郭子兴。子兴见他状貌魁奇,留为亲兵。会元将彻里不花,引兵来攻,元璋随子兴出战,格外奋勇,竟将元兵杀败。嗣元廷复遣贾鲁进围,城几被陷,亏得元璋募集死士,出城冲杀,才把贾鲁击退。子兴大喜,署为镇抚,复将养女马氏,给予元璋为妻。后来妻随夫贵,竟做了明朝第一代的皇后,这真所谓天生佳偶了。同是出

第五十七回 朱元璋濠南起义 董搏霄河北捐躯

身微贱,所以称为佳偶。

时李二余党赵均用、彭早住,奔投子兴,所部暴横,几乎喧宾夺主。元璋以子兴懦弱,不足与共大事,乃自率里人徐达、汤和等,南略定远,计降驴牌寨民兵三千。

复东行,夜袭张知院于横冈山,收降卒三万人,道遇定远人李善长,与语大悦,遂用为谋士,进拔滁州。旋闻子兴为赵均用所困,以计救免,迎子兴入滁。另遣将张天佑攻陷和州,子兴即命元璋往守,总制诸军。

既而子兴病殁,子天叙嗣,得刘福通檄文,令为都元帅,张天佑及元璋为左右副元帅,元璋不受。继念伪宋主韩林儿,气焰方盛,暂可倚借,乃用龙凤年号,号令军中。就刘福通事折入朱元璋,就朱元璋事带过郭子兴,此是文中绾合法。惟元璋为开国英雄,而叙次如此简略,盖由详细情形,应入《明史演义》中,故本文只从简略而已矣。忽闻怀远人常遇春来归,元璋忙令延入,见他燕颈豹额,相貌堂堂,立擢为帐下总兵,接连复报闻巢湖渠帅,有书到来,愿率水师千艘,前来投诚。元璋阅书毕,大喜道:"我正虑渡江无舟,今巢湖帅廖永忠、俞通海等,愿来归附,真是天赐成功了!"当下率兵至巢湖,与廖、俞等人相见,推诚接待,彼此欢洽。留驻三日,扬帆出发,至铜城闸,遇元中丞蛮子海牙军,阻住要口,舟不得出。会天雨水涨,得从小港纵舟,出袭元兵,一鼓退敌,遂顺风直抵牛渚。牛渚南岸有采石矶,向称要隘,与牛渚为犄角,两岸统有元兵扎驻,刀枪森列,壁垒谨严。元璋命先攻牛渚,后攻采石矶,众将士应声齐出,争登牛渚渡。元兵也齐来抵御,禁不住这边奋勇,渐渐倒退。常遇春徒步挥戈,杀死元兵无数，元兵遂一律逃去。牛渚既下，复攻采石，采石矶高出水面，约有丈余，众将士舣舟进攻，都被矢石击退。常遇春左手持盾，右手持矛，一跃而登，刺死守矶头目老星卜喇，单身直入。各将士见遇春登矶，自然随势拥上，霎时间攻破采石，扫荡元兵，遂乘胜进拔太平，元总管靳义赴水死节。众将迎元璋入城，乃置太平兴国翼元帅府，自领元帅事。召当涂人陶安参议戎幕，进耆儒李习为知府，揭榜安民，严申军禁，民心大悦。太平路真太平了。

休息数月，复率兵进侵集庆，连破元将大营，直逼城下。此时元将福寿为江南行台御史大夫，奉命守集庆路，屡督兵出战，终未获胜。至城陷，百司皆溃，福寿独踞床高坐，为乱兵所杀。不没忠臣。

元璋入城，慰抚吏民，改集庆路为应天府，自称吴国公。一面遣将四出，分徇邻郡，镇江、广德等处，相继攻下。

这时候的刘福通，召集亡命，势焰日张，分兵略地。遣毛贵出山东，李武、崔德出陕西，关先生、破头潘、冯长舅、沙刘二、王士诚出晋、冀，白不信、大刀敖、李喜喜出秦陇，自居河南调度，节制各军。毛贵颇有智勇，率众东趋，连陷胶州、莱州、益都、般阳诸郡县。济南路飞章告急，顺帝遣知枢密院事卜兰奚，率同董搏霄等，兼程往援。

援军既发，御史张桢，上书陈十祸，语语剀切，字字苍凉，好算元末一位大手笔。小子曾阅《元史·张桢列传》，尚能约略记述。所说根本上祸端，记有六条：一曰轻大臣，二曰解权纲，三曰事安逸，四曰杜言路，五曰离人心，六曰滥刑狱，这统是根本上的关系。所说征讨上祸端，计有四条：一是不慎调度，二是不资群策，三是不明赏罚，四是不择将帅，这统是征讨上的关系。他又逐条分释，每条数百言，内有事安逸的祸源，及不明赏罚的祸源，最说得淋漓痛快，小子试略录如下：

臣伏见陛下以盛年入纂大统，履艰难而登大宝，因循治安，不预防虑，宽仁恭俭，渐不如初。今天下可谓多事矣，海内可谓不宁矣，天道可谓变常矣，民情可谓难保矣，是陛下警省之时，战兢惕厉之日也。陛下宜卧薪尝胆，奋发悔过，思祖宗创业之难，而今日坠亡之易，于是而修实德，则可以答天意；推至诚，至可以回人心。凡土木之劳，声色之好，宴安鸩毒之戒，皆宜痛撤勇改，有不尽者，亦宜防微杜渐，而禁于未然。黜宫女，节浮费，畏天恤人，而陛下乃安

第五十七回　朱元璋濠南起义　董搏霄河北捐躯

焉处之,如天下太平无事,此所谓根本之祸也。以上言事安逸。臣又见调兵六年,初无纪律之法,又无激劝之宜,将帅因败为功,指虚为实,大小相谩,上下相依,其性情不一,而邀功求赏则同。是以有覆军之将,残民之将,怯懦之将,贪婪之将,曾无惩戒;所经之处,鸡犬一空,货财俱尽,及其面谀游说,反以克复受赏。今克复之地,悉为荒墟,河南提封三千余里,郡县星罗棋布,岁输钱谷数百万计,而今所存者,封邱、延津、登封、偃师三四县而已;两淮之北,大河之南,所在萧条。夫有土有人有财,然后可望军旅不乏,馈饷不竭。今寇敌已至之境,固不忍言,未至之处,尤可寒心,即使天雨粟,地涌金,朝夕存亡,且不能保,况以地方有限之费,供将帅无穷之欲哉!颍上之寇,始结白莲,以佛法诱众,终饰威权,以兵抗拒,视其所向,骎骎可畏,其势不至于亡吾社稷,烬吾国家不已也。堂堂天朝,不思靖乱,而反阶乱,其祸至惨,其毒至深,其关系至大,有识者为之扼腕,有志者为之痛心,此征讨之祸也。以上言不明赏罚。

奏入不报,权臣恨他多言,反劾他市直沽名,出为山南道廉访佥事。看官,你想顺帝如此糊涂,还能保得住一座江山么。

卜兰奚到了山东,遣董搏霄援济南,自赴益都路。搏霄提兵急进,连败寇众于济南城下。寇众却退,诏命为山东宣慰使都元帅。此时太尉纽的该,方总诸军守御东昌,闻济南已靖,促搏霄从征益都。搏霄道:"我去,济南必不保;且我适有疾,不如令我弟昂霄前往。"乃将此意奏闻元廷,顺帝准奏,授昂霄为淮南行院判官,调赴益都。

未几复有朝旨,命搏霄移守长芦,搏霄不得已北行,谁知毛贵已乘隙而入,进陷济南,且率精锐蹑搏霄后。搏霄才到南皮县,望见毛贵率大队赶来,红巾迷目,铁骑扬氛。搏霄部下的将士,惊告搏霄道:"彼众我寡,营垒未完,奈何!"搏霄道:"我受命到此,只有以死报国,此外尚有何言!"遂拔剑出营,督军奋战,杀死敌众多名。怎奈敌人前仆后继,反张了两翼,围裹搏霄,自午至暮,搏霄兵伤亡过半,寇众突至搏霄前,刺搏霄下马,叱问道:"汝系何人?"搏霄瞋目道:"我就是董老爷!汝何为?"言未毕,寇众用矛攒刺,但见数道白气,冲入空中,凝作一团,向天而去。尸身上并不见有血迹,连寇众都是骇愕,惊以为神。是日,益都兵亦败,昂霄亦战死。不求同年同月同日生,但愿同年同月同日死,可为董氏兄弟注脚。事闻于朝,追封搏霄为魏国公,谥忠定,昂霄为陇西郡侯,谥忠毅。

毛贵已破董军,遂由河间趋直沽,陷蓟州,略柳林,逼畿甸。枢密副使达国珍战殁,元廷大震,廷臣纷议迁都。只有此策。亏得同知枢密院事刘哈剌不花,又复出现。督率禁军,直趋柳林,与毛贵酣斗一场,杀得毛贵大败而逃,逐出畿辅,京师稍安。毛贵退回济南,气焰渐衰,后被赵均用杀死。均用又被续继祖所杀。惟李武、崔德趋陕西,破商州,攻武关,直逼长安,分掠同华诸州。白不信、李喜喜等趋秦陇,据巩昌,陷兴元,入围凤翔。关先生、破头潘等趋晋、冀,分兵二道:一出绛州,一出沁州,逾太行山,焚上党郡,攻破辽州,专掠辽阳,进陷上都,把元朝祖宗历代经营的宫阙,付诸一炬,尽变作乌焦巴弓!趣语!刘福通乘这机会,攻入汴梁,逐去守将竹贞,迎伪宋帝韩林儿居住,大河南北,袤延万里,几无一块乾净土。那时复出了一个著名人物,为元效力,转战东西,竟将所失各地,克复了一大半。想是回光反照。正是:

　　　　八方抢攘无宁日,一将驰驱得胜时。

未知此人是谁,待小子下回声明。

是回前叙朱元璋事,后叙刘福通事,两两相对,似元璋之势力,远不及福通,不知真人出世,必别有二三揭竿之徒,为之先驱:秦无胜、广,不足以亡秦而启汉;隋无窦、李,不足以亡隋而启唐,韩、刘揭竿,正为朱氏先驱之兆,犹之胜、广、窦、李等也。惟叙朱元璋事,概从简略,已见细评。至于毛贵陷山东时,独录入张桢奏疏,百忙中叙及此奏，所以明元季之失政，以致将骄卒惰，盗贼四起，祸由自召，一疏尽之，若董搏霄之殉，虽独有白光之异，且兄弟同日战死，尤为难得，故叙述亦较他人为详，可见下笔时具有斟酌，非率尔操觚者比也。

第五十八回

扫强虏志决身殉　弑故主行凶逞暴

却说刘福通奉了韩林儿，分道出兵，正在猖獗得很，其时有一颍州沈邱人，名叫察罕帖木儿，募集子弟，仗义讨贼。他本是阔阔台后裔，阔阔台收河南时，留家颍州，所以子孙相传，未尝他徙。会颍州盗起，遂募子弟数百人，与罗山人李思齐，同设奇计，袭破寇众，平定罗山。元廷闻报，授察罕帖木儿为汝宁府达鲁花赤，达鲁花赤系元代官名。李思齐知府事。于是所在义士，统率兵来会，得万余人，自成一军，转战南北，所向无前，颍上群盗，与战辄败，因此威名大震，莫敢争锋。

嗣因刘福通遣兵西出，攻据陕州，知枢密院事答失八都鲁方入河南，节制诸军，见上回。闻陕州被陷，急檄察罕帖木儿、李思齐赴援。察罕帖木儿闻命独行，至陕州，见城坚不可拔，便想了一计，就营中焚着马矢，如炊烟状，作为疑兵，自率军夜袭灵宝。灵宝与陕州，倚为唇齿，此时亦被寇所陷，守城的寇党，毫不防备，被察罕帖木儿驱众登城，逐去守贼，还攻陕州。陕寇闻见远扬，复由察罕帖木儿追杀数十里，毙贼无算，以功加河北行枢密院事。

至寇党李武、崔德等逼长安，分掠同、华诸州，陕西行台长官为豫王阿剌忒纳失里，用侍御史王思诚言，移书察罕帖木儿，求发援兵。察罕帖木儿新复陕州，得书大喜，遂提轻兵五千，与李思齐倍道往援。李武、崔德等已闻察罕帖木儿大名，不敢轻敌，当下挑选健卒，前来对垒。察罕帖木儿与李思齐分队夹攻，人自为战，如鹰驱雀，似獭祭鱼，当锋者死，逃命者生，霎时间寇卒四散，李武、崔德阻遏不住，只得败阵退走。察罕帖木儿与李思齐追至南山，杀获无数，方才回军。豫王忙拜表告捷，归功两人，诏擢察罕帖木儿为陕西左丞，李思齐为四州左丞，协守关陕，并许便宜行事。了李武、崔德。

过了数月，白不信、李喜喜等，复自巩昌窥凤翔。察罕帖木儿侦悉，先分兵入守凤翔城，俟白不信等进薄城下，立率铁骑数千，衔夜趋至。

第五十八回 扫强虏志决身歼 弑故主行凶逞暴

将近敌营,分军为左右两翼,掩杀过去,城中守兵,亦鼓噪出来,内外合击,呼声震天地,吓得白不信等抱头鼠窜,不知下落,余党自相践踏,死伤数万人,只有命不该死的几个毛贼,逃生去了。了白不信、李喜喜等。

关、陇方定,四川复乱。随州人明玉珍,初投徐寿辉部下,随寿辉党倪文俊攻破沔阳,留守城中。嗣见蜀中空虚,遂率舟师五十艘,进袭重庆,右丞完者都出走,城被陷没。完者都走至嘉定,会集平章朗华歹,参政赵资,召集散卒,谋复重庆,不期玉珍兵又复猝至,三人措手不及,各被擒去。玉珍胁降,皆不屈遇害,蜀人称为三忠。自是蜀中郡县,多为玉珍所据。随手叙入明玉珍及四川乱事,亦一销纳法也。

察罕帖木儿得知此信,拟开关西出,往讨玉珍,忽接京中飞敕,因毛贵内犯京畿,命他入卫,他即遣部将关保等,分屯关陕要口,自率重兵东行。至山西,闻关先生、破头潘等,正从塞外大掠,饱载而归,不禁忠愤填膺,投袂而起,忙麾兵趋闻喜、绛阳,截住关先生等归路,并遣别将伏南山要隘,堵塞间道。两下里安排妥当,专待寇至,好来祭刀。所谓磨厉以须。关先生等却也小心,侦得察罕帖木儿屯兵要路,不敢前来冒犯,只得舍了大道,潜行僻径。方入南山,炮声四响,前后左右,统竖起陕西左丞的旗帜,一队队的雄师猛将,分头杀来。关先生忙令部众弃去辎重,遁入山谷,这辎重真是不少,遗弃道旁,阻碍出入,伏兵虽是得势,未免为所牵羁,只杀了数百人,即便休战,各搬辎重而回。察罕帖木儿闻寇党入山,恐他复出,急分军三道,阻住贼踪。一军屯泽州,塞碗子城;一军屯上党,塞吾儿谷;一军屯并州,塞井陉口。果然寇兵屡出,血战了五六次,统由屯兵杀败,斩首数万级,余党远遁,河东又平。了关先生、破头潘等。

顺帝闻他连捷,擢为陕西行省右丞,兼行台侍御史,扼守关陕、晋冀,镇抚汉沔、襄阳,便宜行阃外事。统录头衔,名副其实。察罕帖木儿益练兵训农,志平中原,休养了半年,即大发秦、晋人马,直捣汴梁。

是时韩林儿自安丰入汴,名目上算做皇帝,却事事为刘福通所制,在外诸将,又不服刘福通,弄得上下解体,内外离心,各路兵马,多半败殁,河南诸郡,旋得旋失,因此汴梁一城,已陷入孤危。蓦闻察罕帖木儿提着大兵,水陆齐下,韩林儿等,都抖作一团。还是刘福通有些胆力,招集全城丁壮,登陴守御,自督军出城逆战,列阵以待。察罕帖木儿麾兵驰至，迎头痛击，差不多似泰山压顶，所当辄碎。福通勉强支持，杀了数十回合，究竟敌他不过，只好勒马退回。察罕帖木儿见福通败退，忙跃马前进，紧追福通。福通方入城门，策马回顾，收束部队，不防察罕帖木儿也到门限，那时闭城不及，只好舍命相搏，再行厮杀。可奈察罕帖木儿的兵将，一拥齐上，眼见得门不能闭，战亦无益，忙命兵民弃了外城，驰入内城。察罕帖木儿尚欲追入，内城门已经阖住，不能进去。于是环城设垒，悉力围攻，刘福通婴城固守。察罕帖木儿督攻数日，终不能下，乃夜于城南设伏，至天明，遣苗军略城而东。守卒出追，伏发多死，又佯令老弱立栅外城，守卒复出城来争，因纵铁骑突击，把守卒悉数擒住。嗣是屡诱不出，相持多日，城中粮食将尽，刘福通正拟出走，猛听得城头鼎沸，喊杀连天，料知外兵已入，忙挈伪主韩林儿，从东门窜去，复返安丰，守卒不及随逃，多弃械乞降。福通亦未了将了。

察罕帖木儿下令安民，即驰书奏捷，诏进察罕帖木儿为河南平章兼知行枢密院事。察罕帖木儿再修车船，缮甲兵，厉兵秣马，谋复山东。忽由冀宁递到急报，大同镇将孛罗帖木儿，自石岭关进兵，径来攻城了。此孛罗帖木儿与忽都皇后父同名异人，阅后便知。察罕帖木儿道："冀宁一带，由我手定，何物孛罗，敢来掩击！"当下调遣人马，倍道往援。看官到此，必要问这孛罗帖木儿究系何人？小子查明《元史》，就是答失八都鲁的儿子。答失八都鲁在河南统军，屡战屡败，元廷颇加诘责，答失忧患而死。其子孛罗帖木儿，曾任四川左丞，随父在军，父殁后所遗部众，归他代领，颇得胜仗，克复曹、濮诸州。至察罕帖木儿移军河南，孛罗帖木儿

戕身决志冤强掳

第五十八回　扫强虏志决身歼　弑故主行凶逞暴

恰奉命移镇山西,驻扎大同,令卫京师,他想并据晋冀,扩充权力,所以发兵掩击冀宁,坐实孛罗帖木儿罪状。察罕帖木儿怎肯干休,自然调兵拒战。为将帅不和之始。元廷闻两帅互争,忙遣参知政事也先不花等,往与调停,令孛罗帖木儿守石岭关以北,察罕帖木儿守石岭关以南,两下各遵约退兵。不意隔了数日,又有旨命孛罗守冀宁,真是愦愦。孛罗帖木儿即出兵趋冀宁城下,守兵不纳,察罕帖木儿亦派兵往袭孛罗帖木儿,彼此混战一场,互有杀伤。自残同类,适以召亡。嗣是构兵数月,又经元廷遣使谕解,方各罢兵还镇。

察罕帖木儿以宿怨已解,一意东征,自陕抵洛,大会诸将,与议师期;发并州兵出井陉,辽沁军出邯郸,泽潞兵出磁州,怀卫军出白马,汴洛军出孟津,五道并进,水陆俱下。当时山东群盗,自相攻杀,惟伪宋将田丰,据守济宁,王士诚据守东平,最称强悍。察罕帖木儿渡河而东,大纛所经,相率披靡,复了冠州,降了东昌,将乘势攻济宁、东平。养子扩廓帖木儿,一作库库特穆尔。凡《元史》上所称帖木儿三字,《通鉴辑览》俱改作特穆尔。请诸父前,以大军攻济宁,自率偏师捣东平。察罕帖木儿即拨兵五万,佐以关保、虎林赤等良将,令扩廓帖木儿统兵自行。扩廓本姓王,小字保保,系察罕帖木儿的外甥,察罕帖木儿爱他骁勇,养为己子,时已受职为副詹事。他领着五万人马,踊跃前进,途次遇着敌众,奋力冲杀,如摧枯拉朽,斩首万余级,直抵城下。王士诚出战又败,势渐穷蹙,忙遣人求救田丰,谁知田丰已归降察罕帖木儿。那时士诚孤立无援,也只好开城请降。原来察罕帖木儿因田丰久据济宁,颇得民心,先贻书详陈利害,劝他投诚,田丰料知难敌,所以出降。

济宁、东平既复,只有济南、益都一带,尚有悍寇占住。察罕帖木儿遂自将大军逼济南,另派别将攻益都。济南城守坚固,经察罕帖木儿费尽心力,至三阅月乃下。濒海诸郡,望风送款,独益都孤城不能拔。元廷进察罕帖木儿为中书平章政事,余职如故。察罕帖木儿复移兵围益都,大治攻具,诸道并进,寇众悉力拒守,忽天空白气如索,长五百余丈!自危宿起,直扫紫微垣,军中相率惊异,察罕帖木儿毫不为意,降将田丰,请他阅营,诸将以天象示儆,争来谏阻。察罕帖木儿慨然道:"吾推心待人,人将自服;若变生意外,也是命数使然,何能预防?"诸将复请多带卫士,察罕帖木儿又不许,只命十一骑从行,甫入丰营,帐下伏甲突出,一将挺枪猛刺,贯入察罕帖木儿腹中。察罕帖木儿从马上跃起,大叫一声而亡。悲哉痛哉!

这行刺的将官,究是何人?乃是降将王士诚。原来益都贼目,叫作陈猱须,本与田丰、王士诚等一气勾通,及城围已急,复遣人密来引诱,啖以重贿,田丰、王士诚利令智昏,又复谋变,遂设计刺死察罕,察罕既殁,全军失主,幸有扩廓帖木儿代为支持,军心复固。扩廓帖木儿含哀举丧,正在发讣,京使已到,赍传诏旨,说是天变恐应在山东,戒勿轻举。扩廓奉诏大恸,当与京使说明祸变,京使匆匆去讫。

越数日,又有诏敕颁到,追封察罕帖木儿为颍川王,谥忠义,所有各军,令扩廓代父职守,袭有全权。扩廓拜命后,誓师复仇,攻城益急。田丰、王士诚已入城中,助贼协御。城外百计攻扑,城内亦百计守备,相持数月,仍不能下。扩廓大愤,密令人掘穿地道,以重赏募死士,从地道入城,自率大军从城外猱登,守贼只防外敌,掷射矢石,不意城中钻出健卒,纵起火来。若在《封神传》中,定说是土行孙、哪吒等举法。顿时全城骇乱,大军一半登城,一半尚在外兜围,登城的军士,杀入城内,擒住贼目陈猱须,并其下悍寇二百余人。兜围的军士,正在城门旁伏着,巧遇田丰、王士诚两人出逃,一声鼓响,奋起兜拿,两人中捉住一双。设伏袭人,自己亦中伏被擒,正是天道好还。扩廓扫尽贼寇,便设起香案,供父牌位,推田丰、王士诚至案前,洗剥上衣,剖心致祭。祭毕,复将陈猱须等二百余人,槛送阙下,然后再遣兵略定余邑。山东悉平,乃引兵归河南去了。

这是至

袭克行偶弑逆主

第五十八回　扫强虏志决身歼　弑故主行凶逞暴

正十六年起,至二十一年间事。点醒年月,万不可少。惟这四五年间,北方一带,原是兵戎倥偬,南方一带,恰亦扰乱不已。小子只有一支笔,不能并叙,所以将北方事总叙一段,稍有眉目,才好说到南方。南方的徐寿辉,自僭据江西后,遣倪文俊陷沔阳,应五十五回及本回全文。进破中兴路。元统帅朵儿只班战死。文俊复转拔汉阳,迎寿辉入居,据为伪都。沔阳人陈友谅,粗知文墨,初投文俊麾下,为簿书掾,寻亦自领一军,几与文俊相埒。文俊佯奉寿辉,暗思行逆,被友谅察觉,袭杀文俊,并有其众,自称平章政事。盗贼行径,大率类是。一面亲督水师,顺流而下,直捣安庆。淮南行省左丞余阙,正奉诏守安庆城,号令严明,防戍慎固,江淮推为保障。至是督军堵御,屡败友谅军。友谅忿甚,飞召饶州党魁祝寇,巢湖党魁赵普胜,水陆毕集,直逼城下。阙徒步提戈,开城血战,杀毙敌兵无数,阙亦身中十余枪,方入城暂憩,西门已被攻入,火焰冲天,自知事不可为,引刀自刎。妻耶卜氏,子德生,女福童,皆赴井死。守臣韩建,亦阖门被害。居民誓不从贼,多被焚死。友谅又进陷龙兴,杀死平章政事道童,再派悍将王奉国,引兵寇信州。江东廉访副使伯颜不花的斤,自衢州往援,与守兵内外夹击,战退奉国,既而友谅弟友德,又前来接应奉国,再行攻城,日夜鏖战,不分胜负。嗣因城中食尽,至杀老弱以饷士卒,军心虽未涣散,卒因乏力支持,竟被奉国等攻入,伯颜不花的斤及守将海鲁丁等,皆战死。死事诸臣多半录入,以表孤忠。

友谅既略地千里,亦思南面自尊,称孤道寡,适寿辉欲徙都龙兴,引兵东下。至江州,友谅设伏城西,自服橐鞬出迎。及寿辉入城,门闭伏发,竟将寿辉所部亲兵,尽行杀死。只饶了寿辉,及文吏数人与之东行,仗着战舰数十艘,攻入太平。太平系朱元璋所略地,留守花云,及养子朱文逊等,力战被擒,不屈而死。

友谅志益骄纵,急谋僭窃,进据采石矶,募壮士数人,佯使白事寿辉前,俟寿辉接见,由壮士袖出铁锤,奋力猛击,扑通一声,寿辉的头颅,化作两截,脑浆迸流,死于非命。想做皇帝的趣味。友谅遂以采石五通庙为行殿,称皇帝,国号汉,改元大义,仍以邹普胜为太师,张必先为丞相。方拟排班行礼,忽然天昏似墨,石走沙飞,似车轮般的旋风,从大江吹来。小子有诗咏道:

　　　　莫言天命本无常,盗贼终难做帝王。
　　　　试看飙风江上卷,怒威我已仰穹苍。
　　欲知后事如何,且至下文说明。

　　察罕帖木儿起自颍邱,仗义讨贼,一战而破罗山,二战而定河北,三战而复陕州,四战而下汴梁,五战而入山东,出奇制胜,所向必克,何其智且勇也!虽与孛罗互斗,似犯蚌鹬相争之忌,然孛罗实为祸始,不得尽为察罕咎,惟田丰诈降,祸生不测,以智勇之察罕帖木儿,竟为小丑谋毙,良将亡,胡运终矣!若徐寿辉僭号蕲水,起讫共十年,卒毙命于陈友谅之手,盗性靡常,何知仁义,以视田丰、王士诚辈,狡黠相似,而凶暴尤过之。然察罕帖木儿之死,似属可悲;徐寿辉之死,殊不足惜。观此回之用笔,不特一详一略,隐寓机缄,而一可悲一不足惜之意,亦流露于楮墨间。文生情耶!情生文耶!即文见情,是在阅者。

第五十九回

阻内禅左相得罪　入大都逆臣伏诛

却说陈友谅僭称帝制,适狂风骤至,江水沸腾,继以大雨倾盆,连绵不已,弄得这班亡命徒,统是拖泥带水,狼狈不堪。大众在沙岸称贺,不能成礼,连友谅一团高兴,也变作懊丧异常。忽接朱元璋麾下康茂才来书,促他速攻应天,愿为内应。茂才与友谅,相识有年,至是奉元璋命,来诱友谅。友谅大喜,遂引兵东下,到江东桥,四面伏兵齐起,杀得友谅落花流水,单舸遁还。元璋复进兵夺江州,降龙兴,略定建昌、饶、袁各州,声势大震,自称吴王。

友谅遁至武昌,日渐衰敝。明玉珍本事徐寿辉,闻寿辉为友谅所害,未免愤恨,遂整兵守夔关,拒绝友谅,不与交通,因此友谅益成孤立。玉珍复遣兵陷云南,据有滇、蜀,僭称帝号,立国号夏,改元天统。朱元璋、明玉珍事,俱从陈友谅事带出。减赋税,兴科举,蜀民咸安。元末盗贼横行,专事淫掠,彼此比较,还算明玉珍稍得民心,惟偏据一方,已断胡元左臂。还有方国珍、张士诚等,出没江浙,元廷屡遣使招抚,毕竟狼子野心,反复无常,忽降忽叛,始终不服元命。其余跳梁小丑,乘乱四出。江西平章政事星吉,战死鄱阳湖,江东廉访使褚不华,战死淮安城,二人系元朝良将,身经百战,毕命疆场,于是东南半壁,捍守无人,只有那草泽英雄,自相争夺。南方一带,亦大略表明,下文接叙内政。

元廷虽时闻寇警,反若习以为常,顺帝昏迷如故,任他天变人异,杂沓而来,他是个全然不管,一味荒淫,所有左右丞相,不是谄佞,就是平庸;所以外患未消,内乱又炽。健笔凌云。

先是哈麻为相,其弟雪雪,亦进为御史大夫,国家大柄,尽归他兄弟二人。哈麻忽以进番僧为耻,何故天良发现,想是要变死耳。告父图噜,谓妹婿秃鲁帖木儿在宫导淫,实属可恨。我兄弟位居宰辅,理应劾佞除奸,且主上沉迷酒色,不能治天下,皇子年长聪明,不若劝帝内禅,尚可易乱为治云云。图噜也以为然,适其女归宁,遂略述哈麻言,并嘱他转告女夫,速令改过。

秃鲁帖木儿得了此信,暗思皇子为帝,必致杀身,忙去报知顺帝。顺帝惊问何故,秃鲁帖木儿道:"哈麻谓陛下年老,应即内禅。"顺帝道:"朕头未白,齿未落,何得谓老?谅是哈麻别有异图,卿须为朕效劳,除去哈麻!"秃鲁帖木儿唯唯而出,即去授意御史大夫搠思监,教他劾奏哈麻。搠思监自然乐从,即于次日驰入内廷,痛陈哈麻兄弟罪恶。顺帝偏说哈麻兄弟待朕日久,且与朕弟宁宗同乳,姑行缓罚,令他出征自效。隔了一宵,又变宗旨,极写顺帝昏庸。搠思监默念道:"这遭坏了!"飞步退出,奔至右丞相第中。

是时右丞相为定住,见他形色仓皇,问为何事?搠思监道:"皇上欲除去哈麻,密令秃鲁帖木儿授意与我,教我上书劾奏。我思上书不便,不如入内面陈,谁知皇上偏谕令缓罚,倘被哈麻闻知,岂不要挟嫌生衅,暗图陷害?我的性命,恐要送掉了!"定住笑道:"你弄错了主见,没有奏章,如何援案处罚?"顺帝之意,未必如是。搠思监道:"如此奈何?"定住道:"你不要怕,有我在此,保你无事!"搠思监还要细问,经定住与他密谈数语,方喜谢而去。定住遂与平章政事桑哥失里,联衔会奏,极言哈麻兄弟不法状。果然奏牍夕陈,诏书晨下,将哈麻兄弟削职,哈麻充戍惠州,雪雪充戍肇州。两人被押出都,途次忤了监押官,活活杖死。宫廷不加追究,想总是相臣授意,令他如此。上文密谈二字,便已寓意,然亦可为脱脱泄愤。

罢摠相左禅内廷

顺帝即拜搠思监为左丞相,已而定住免官,搠思监调任右相,这左丞相一职,仍起复故相太平,令他继任。搠思监内媚奇

第五十九回　阻内禅左相得罪　入大都逆臣伏诛

后,外谄皇子,独太平秉正无私,不肯阿附。时皇子爱猷识理达腊已正位青宫,因见顺帝昏迷不悟,常以为忧,前闻哈麻倡议内禅,心中很是赞成,及哈麻贬死,内禅辍议,不禁转喜为悲,密与生母奇皇后商议,再图内禅事宜。奇皇后恐太平不允,乃遣宦官朴不花,先行谕意,令他勉从,太平不答,嗣又召太平入宫中,赐以美酒,复申前旨。可奈太平坚执如前,虽经奇皇后晓谕百端,总是拿定主意,徒把那依违两可的说话,支吾过去。奇后母子,缘是生嫌,左丞成遵,参知政事赵中,皆太平所擢用,皇太子令监察御史买住等,诬劾他受赃违法,下狱杖死。太平知不可留,称疾辞职,顺帝加封太保,令他养疾都中。

会阳翟王阿鲁辉帖木儿拥兵抗命,将犯京畿,顺帝命少保鲁章,引兵截击,未分胜负。皇太子禀诸顺帝,请饬太平出都督师,顺帝照准。太平知皇子图己,立即奉命出都。可巧阳翟王兵败,其部将脱骦缚王以献,太平不受,令生致阙下,正法伏诛,于是太平幸得无事。嗣后上表求归,顺帝命为太傅,赐田数顷,俾归奉元就养,太平拜谢而归。

既而顺帝欲相伯撒里,伯撒里面奏道:"臣老不足任宰相,若必以命臣,非与太平同事不可。"顺帝道:"太平方去,想尚未到原籍,卿可为传密旨,饬他留途听命。"伯撒里连声遵旨;退朝后,亟遣使截住太平,太平自然中止。不料御史大夫普化,竟上书弹劾太平,说他在途观望,违命不行。这位昏头磕脑的元顺帝,也忘却前言,竟下诏削太平官。并非贵人善忘,实系精血耗竭,因此昏昏。搠思监又受奇后密敕,再诬奏太平罪状,有旨令太平安置土蕃。太平被徙,行至东胜州,复遇密使到来,逼他自裁,太平从容赋诗,服药而死,年六十有三。太平之死,与脱脱相类。

太平子也先忽都,尚为宣政院使,搠思监阳为劝慰,阴谋加害,遂酿成一场大狱,闯出漫天祸祟,扰得宫阙震惊,一股脑儿送入冥途,连有元百年的社稷,也因此灭亡。一鸣惊人。原来奇后身边,有一宦官,与奇后幼时同里,及奇后得宠,遂召这宦官入宫,大加爱幸,如胶似漆,这宦官叫作何名,就是上文所说的朴不花。朴不花内事嬖后,外结权相,气焰熏灼,炙手可热,宣政院使脱欢,与上文脱骦异。曲意趋附,与他同恶相济,为国在蠹。监察御史傅公让等,联衔奏劾,被奇后母子闻知,搁起奏折,把傅公让等一律左迁,恼动了全台官吏,尽行辞职。仿佛同盟罢工。

治书侍御史陈祖仁上书太子,直言切谏,太子虽是不悦,奈已闹成大祸，不得不据实奏闻。顺帝方才得悉，令二人暂行辞退。祖仁犹强谏不已，定要将二竖斥逐，同台御史李国凤，亦言二竖当斥，顺帝接连览奏，怒他絮聒，竟欲将陈、李二人加罪。御史大夫老的沙，系顺帝母舅，力言台官忠谏，不应摧折，乃仅命将二人左调。惟奇后母子，怀恨不已，竟谮及老的沙。顺帝尚不忍加斥，封为雍王，遣令归国。<small>尚有渭阳情。</small>一面命朴不花为集贤大学士。老的沙愤愤西去，知枢密院事秃坚帖木儿，素与老的沙友善，且与中书右丞也先不花有隙，至是亦随了老的沙西赴大同。

大同镇帅孛罗帖木儿与秃坚帖木儿，又是故友，遂留他二人在军。搠思监侦知消息，竟诬老的沙等谋为不轨，并将太平子也先忽都也加入在内。<small>注意在此。</small>此外在京人员，稍与忤协，即一网牵连，锻炼成狱。也先忽都等贬死，又遣使至大同，索老的沙等。孛罗帖木儿替他辩诬，拒还来使，搠思监与朴不花遂并劾孛罗帖木儿私匿罪人，逆情彰著，顺帝头脑未清，立下严旨，削孛罗帖木儿官爵，使解兵柄归四川。

看官！你想孛罗帖木儿本是个骄恣跋扈的武夫，闻着这等乱命，哪里还肯听受，当下分拨精兵，令秃坚帖木儿统领，驰入居庸关。知枢密院事也速等，与战不利，警报飞达宫廷，皇太子率侍卫兵出光熙门，拟去邀击。行至古北口，卫兵溃散，无颜可归，只得东走兴松。秃坚帖木儿乘势直入，竟至清河列营，京城大震，官民骇走。顺帝遣国师达达，驰谕秃坚帖木儿，命他罢兵。秃坚帖木儿道："罢兵不难，只教奸相搠思监，权阉朴不花，执送军前，我便退兵待罪。"达达回报，急得顺帝没法，不得已如约而行。此时的奇皇后，也只有急泪两行，不能保庇两人，眼见他双双受缚，出界外军。<small>谋及妇人，宜其死也。</small>秃坚帖木儿见此两人，不遑诘责，立命军士将他剁死。<small>死有余辜。</small>乃引兵入建德门，觐顺帝于延春阁，伏哭请罪。顺帝慰劳备至，赐以御宴，并授为平章政事，且复孛罗帖木儿官爵，并加封太保，仍镇大同，秃坚帖木儿，乃驱军退还大同去了。

顺帝以外兵已退，召还太子。太子还宫，余恨未息，定要除孛罗帖木儿，遂遣使至扩廓帖木儿军前，命他调兵北讨，扩廓素嫉孛罗，便即应命发兵。孛罗帖木儿察知此事，不待扩廓兵到，先与老的沙、秃坚帖木儿两人，率兵内犯，前锋入居庸关。皇太子又亲督卫后，守御清河，军士

第五十九回　阻内禅左相得罪　入大都逆臣伏诛

仍无斗志,相率惊溃。太子孤掌难鸣,遂由间道西去,往投扩廓帖木儿。孛罗等长驱并进,如入无人之境,既抵建德门,大呼开城。守吏飞奏顺帝,顺帝又束手无策,忙与老臣伯撒里商议。伯撒里拟出城抚慰,并自请一行,顺帝喜甚。忽忧忽喜,好似黄口小儿。当日伯撒里出城,会晤孛罗帖木儿,表明朝廷调遣,事由太子,非顺帝意。孛罗因请入觐。伯撒里请留兵城外,方可偕入。孛罗应允,只与老的沙、秃坚帖木儿二人,随伯撒里入朝。既见帝,并陈无罪,且诉且泣,顺帝也为泪下。尝谓妇人多泪,不意庸主逆臣,亦复如是。当下赐宴犒军,并授孛罗帖木儿为左丞相,老的沙为平章政事,秃坚帖木儿为御史大夫。寻复进孛罗为右丞相,节制天下军马。

孛罗既专政,将所有部属,布列省台,逐宫中西番僧,诛秃鲁帖木儿等十余人。此举差快人心。且遣使请太子还京,并赍诏夺扩廓官。扩廓拘留京使,奉太子名号,檄召各路人马,入讨孛罗帖木儿。孛罗大怒,带剑入宫,硬要顺帝缴出奇后。顺帝只是发抖,不能出言。孛罗仿佛曹阿瞒,顺帝仿佛汉献帝。惹得孛罗性起,指挥宦官宫女,拥奇后出宫,幽禁诸色总管府,并调也速御扩廓军。也速以孛罗悖逆不法,阳为奉命,阴遣人连结扩廓,并及辽阳诸王。待至安排妥当,竟声明孛罗罪状,倒戈相向。

孛罗帖木儿闻警,忙遣骁将姚伯颜不花,出拒通州,适遇河溢,留驻虹桥。不意夜间河水灌入,仓猝警醒,几已不及逃生,姚伯颜还恃着骁勇,凫水出营。突来了许多小筏,分载军士,首先一筏,上立大将,挺枪来刺姚伯颜。姚伯颜忙躲入水中,谁知下面已伏着水手,竟将他一把抓住。看官!你道这大将为谁?就是知院也速。他乘着水涨,来袭姚伯颜营,顺流决灌,淹入营中,以致姚伯颜中计,被他擒去,受擒以后,哪里还能活命!孛罗帖木儿愤甚,自将兵出通州,途遇大雨,三日不止,只得还都。

凑巧来了一个宦官,带着美女数人,入府进献。孛罗瞧着,统是亭亭弱质,楚楚丰姿,不由得喜笑眉开,忙问宦官道:"何人有此雅意,送我许多美姬?"宦官答说,是由奇皇后遣送,为丞相解忧。孛罗大悦道:"难得奇后这般好心,你去为我代谢,且致意奇后,尽可即日还宫。"奸雄如曹阿瞒犹悦张济之妻,何况孛罗。宦官受命去讫。孛罗帖木儿忙去邀请老的沙,来府宴饮,老的沙即刻赴召,主宾入席,美女盈前,正是花好月圆,金迷纸醉。迨至半酣,那美女起座歌舞,珠喉婉转,玉佩铿锵,差不多与飞燕、玉环一般神妙。怕就是学天魔舞的宫女。待酒阑客去,孛罗帖木儿任意交欢,自不必说。嗣是连日沉迷,厌闻外事,到了警报四至,乃遣秃坚帖木儿出御,自己仍淫乐如常。一日奉到急诏,促他入宫,不得已跨

入大都诛伏逆臣

马驰入,甫到宫门,放缰下马,猛见数勇士持刀出来,方欲启问,刀锋已刺入脑中,脑浆直流,倒地而亡。作恶多端,总难逃过此关。原来威顺王子和尚,恨孛罗无君,密禀顺帝,结连勇士上都马、金那海、伯达儿等,暗伏宫门,一面召他入宫,乘便下手。孛罗果然中计,遂被斫死。老的沙闻孛罗被杀,急至孛罗家中,挈他眷属,出都北遁,伯达儿等复奉旨赶杀,中途追及,一阵乱剁,不分男女老幼,尽行杀死,连老的沙也化作肉糜。老的沙等不必惜,只惜美女数人,也同受死。秃坚帖木儿接着京报,引兵自遁,到八思儿地方,亦为守兵所杀。

　　顺帝乃函孛罗首,遣使赍往冀宁,召太子还,扩廓帖木儿扈从至京师,途次忽接奇后密谕,令他率兵拥太子入城,胁帝内禅。奇后又出风头。扩廓意不谓然,将到京城,即遣还随军,只带数骑入朝。奇后母子,复怨及扩廓,独顺帝见了太子,很是喜欢。尚在梦中。并嘉谕扩廓,令为右丞相,扩廓面辞,乃以伯撒里为右丞相,扩廓为左丞相。伯撒里是累朝老臣,扩廓系后生晚进,两下意见,未能融洽。过了两月,扩廓即请出外视师。是时江、淮、川蜀,已尽陷没,皇太子屡拟往讨,为帝所阻。至扩廓奏请视师,遂加封太傅河南王,总制关、陕、晋、冀、山东诸道,并迤

南一应军马,所有黜陟予夺,悉听便宜行事。扩廓拜辞去讫。

会皇后弘吉剌氏去世,顺帝即册立次皇后奇氏为皇后。又因奇氏系出高丽,立为正后,未免有背祖制,当由廷臣会议,于没法中想出一法,改奇氏为肃良合氏,算作蒙族的遗裔,仍封奇氏父以上三世,皆为王爵。小子有诗咏奇后道:

　　果然哲妇足倾城,外患都从内衅生。
　　我读残元《奇氏》传,悍妃罪重悍臣轻。

奇氏既立为正后,母子权势益盛,免不得愈闹愈坏。有元一代,从此收场,请看下回交代。

　女宠也,宦官也,权臣也,强藩也,此四者,皆足以亡国,顺帝之季,盖兼有之,而祸本则基于女宠!看此回陆续叙来,有宦官朴不花,有权臣搠思监,有强藩孛罗帖木儿及扩廓帖木儿,彼此迭起,如层峦叠嶂,目不胜接,而最主要线索,则觑定奇后母子。奇后母子谋内禅,于是朴不花、搠思监,表里为奸,乘间希宠;于是孛罗、扩廓,先后入犯,借口诛奸。倘非顺帝之素耽女宠,何自致此奇祸耶?哲妇倾城,我亦云然!

第六十回

群寇荡平明祖即位　顺帝出走元史告终

　　却说奇后母子,既怨恨扩廓,自然专伺扩廓的间隙,以便下手。扩廓尚不及防,出都南下,军容甚盛,卤簿甲仗,亘数十里。既到河南,便传檄各路将帅,会师大举。是时两河南北,总算平靖,前时受调的军马,多半还镇,如咬住、亦怜真班、月鲁帖木儿等,死的死,老的老,或内用,或罢官,收束第五十五回的将官。只关陕一带,尚有李思齐、张良弼、孔兴、脱列伯诸人,拥兵自固,隐蓄异图。会接扩廓帖木儿檄文,张良弼首先拒命。良弼曾为陕西参政,驻兵蓝田,当察罕帖木儿奉命总军,良弼已不受节制。察罕尝与李思齐联兵往攻,经元廷遣使调解,方才罢手。看官!你想察罕是扩廓的父亲,良弼尚欲抗拒,况轮到扩廓身上,哪里肯低头忍受?扩廓帖木儿以镇将未受调遣,不便讨贼,遂遣关保、虎林赤等,西攻良弼,一面遣人与李思齐联盟。思齐与察罕为老友,至是要受制扩廓,意亦不平。良弼又结欢思齐,愿遣子弟为质,连兵拒守,因此思齐却扩廓使,竟与良弼相连。统有私意用事,如何可以保国?关保等进战不利,扩廓帖木儿遂亲自往攻,留弟脱因帖木儿驻济南,防遏南军。良弼闻扩廓自至,忙邀同孔兴、脱列伯等会议,推思齐为盟主,合兵防御。两下角逐,互有胜负,皇太子乘隙进言,谓扩廓奉命南征,反行西进,显有跋扈情状。顺帝乃遣使驰谕扩廓,令他速即罢兵,专事江淮,扩廓复奏,须平定关陕,然后东行,廷臣大哗。太子亦自请出征,遂由顺帝下诏道:

　　　　囊者障塞决河,本以拯民昏垫,岂期妖盗横造讹言,簧鼓愚顽,涂炭郡邑,前察罕帖木儿仗义兴师,献功敌忾,迅扫汴洛,克平青齐,为国捐躯,深可哀悼。其子扩廓帖木儿,克继先志,用成骏功,皇太子爱猷识理达腊,计安宗社,累请出师,朕以国本至重,讵宜轻出。遂授扩廓帖木儿总戎重寄,畀以王爵,俾代其行。李思齐、张良弼等,各怀异见,构兵不已,以致盗贼愈炽,深贻朕忧。询诸众

第六十回　群寇荡平明祖即位　顺帝出走元史告终

谋，佥谓皇太子聪明仁孝，文武兼资，聿遵旧典，奚命以中书令枢密使，悉总天下兵马，一应军机政务，如出朕裁。其扩廓帖木儿总领本部军马，自潼关以东，肃清江淮，李思齐总统本部军马，自凤翔以西，进取川蜀，以少保秃鲁为陕西行省左丞相，总本部及张良弼、孔兴、脱列伯各支军马，进取襄樊。诏书到日，宜洗心涤虑，共济时难，毋负朕命！

此诏下后，扩廓帖木儿及李思齐、张良弼等，俱不受诏，仍是互相残杀。皇太子亦留都不行，但遣人运动扩廓麾下，阴使脱离关系，自归朝廷。于是关保、貊高等，都叛了扩廓，愿从朝命。皇太子禀准顺帝，罢扩廓兵柄，削太傅左丞相职衔，仍前河南王，食邑汝州，所有前统各军，概派别将分领。扩廓帖木儿仍不受命，惟退军还泽州。顺帝又命李思齐、张良弼等，东向出关，关保、貊高等，西向进逼，两路夹攻扩廓。扩廓大愤，竟引兵据太原，尽杀元廷所置官吏，居然行逆。<small>坐实一个逆字，书法谨严。</small>顺帝再削他爵邑，令诸军四面进麾，扩廓也觉势孤，由太原退守平阳。

正在难解难分的时候，忽然霹雳一声，各军瓦解，把纷纷扰扰的江山，尽行扫净，发现一个大明帝国出来！<small>又作惊人之笔。</small>原来河北诸将，自相争战，无暇顾及南方。那时吴国公朱元璋，搜集人材，招募兵士，武有徐达、常遇春、胡大海、俞通海、李文忠等，文有李善长、刘基、宋濂、叶琛、章溢、王祎等，先略浙东，次平江表，所经各地，秋毫无犯，人心相率归向，望风投诚。<small>帝王之师，比众不同。</small>

元廷曾遣户部尚书张昶至江东，授元璋为江西平章政事。元璋极陈元廷失政，难与共事，说得张昶亦被感动，竟留住元璋营中，愿佐戎幕。就是海上魔王方国珍，也因他威德服人，遣使奉书，愿献温、台、庆元三郡，只陈友谅与张士诚勾结，共抗元璋。士诚遣将吕珍，攻入安丰，杀刘福通，拘韩林儿。元璋率徐达、常遇春等，倍道赴援，击走吕珍，迎林儿归居滁州。友谅闻元璋救安丰，大兴水师，来围洪都。洪都系龙兴改名，元璋留从子文正，及偏将邓愈等协守，至友谅进攻，一面率兵备御，一面飞书告急。元璋亲率大兵往援，师至湖口，友谅亦撤围东行，渡鄱阳湖，至康郎山，遇着元璋军。元璋督兵死战，纵火焚友谅舟，友谅大败，中矢而死。<small>是战为朱氏兴亡关键，因与《元史》无甚关系，应另详《明史演义》</small>

中,故叙述从略。

友谅骁将张定边,挟友谅次子陈理,遁还武昌。元璋遣常遇春督军进攻,自还应天,称为吴王,复率军自捣武昌,降陈理及张定边,湖广、江西诸郡县,次第荡平。友谅了。

再下令讨张士诚,时士诚所据地,南至绍兴,北有通、泰、高邮、淮安、濠泗,直达济宁。徐达、常遇春等,奉元璋命,攻取淮安诸路,连败士诚军,濠、徐、宿诸州,相继攻下。又分兵徇浙西,拔湖州、嘉兴、杭州,东入绍兴。会韩林儿死,乃除去龙凤年号。韩林儿了。建国号吴,立宗庙社稷。复命徐达等进逼平江,士诚固守数月,援尽力穷,城遂陷没,执士诚归应天,士诚自缢死。士诚了。

方国珍前降元璋,后又据境称雄,经元璋将汤和、廖永忠等,水陆夹攻,国珍乃穷蹙乞降。汤和以国珍归应天,未几病殁。国珍了。

嗣是取福州,拔永平,杀福建平章陈友定,复进徇广州,降广东行省左丞何真,诛海寇邵宗愚,各郡县相继归降,连九真、日南、朱崖、儋耳诸城,

章冠盗平明祖即位

亦俱纳印请吏,心悦诚服。于是南方大定,吴相国李善长等,连表劝进,奉吴王朱元璋为帝。当于元顺帝至正二十八年正月初四日,载明年月日,为元明绝续之界限。行即位礼,国号明,建元洪武。一个秃头和尚,居然做到皇帝,可见天下无难事,总教有心人。一班开国功臣,于是日辰刻,簇拥吴王朱元璋,出应天城,先至南郊,祭告天地,由太史官刘基,代读祝文。其文云:

第六十回　群寇荡平明祖即位　顺帝出走元史告终

惟大明洪武元年，岁次戊申，正月壬辰朔，越四日乙亥，皇帝臣朱元璋，敢昭告于皇天后土曰：伏以上天生民，俾以司牧，是以圣贤相承，继天立极，抚临亿兆，尧、舜禅让，汤、武吊伐，行虽不同，受命则一。今胡元乱世，宇宙洪荒，四海有蜂虿之忧，八方有蛇蝎之祸；群雄并起，使山河瓜分，寇盗齐生，致乾坤弃灭。臣生于淮河，起自濠梁，提三尺以聚英雄，统一旅而救困苦。托天之德，驱陆军以破肆毒之东吴，仗天之威，连战舰以诛枭雄之北汉。因苍生无主，为群臣所推，臣承天之基，即帝之位，恭为天吏，以治万民。今改元洪武，国号大明，仰仗明威，扫尽中原，肃清华夏，使乾坤一统，万姓咸宁。沐浴虔诚，斋心仰告，专祈默佑，永荷洪庥。尚飨！

读祝毕，吴王朱元璋，率群臣行九叩礼。礼成，乃移就黄幄，南面称尊。文武百官，及都城父老，扬尘舞蹈，三呼万岁。但见天朗气清，风和景霁，居然现出一番升平气象。自是吴王朱元璋，便成了明太祖高皇帝。标清眉目。即位后，返都升殿，又受群臣朝贺，追尊列祖为皇帝，册马氏为皇后，世子标为皇太子，以李善长、徐达为左右丞相，诸功臣亦进爵有差。

越日即下诏伐元，命徐达为征虏大将军，常遇春为副将军，率师二十五万，即日北行。大军由淮入河，直趋山东，势如破竹，陷沂州，下峄州、般阳、济宁、莱州、济南、东平诸路，迎刃即解。转旆河南，入虎牢关，大破元将脱因帖木儿，即扩廓弟。乘胜攻入汴梁。元将李思齐、张良弼等，屡接顺帝诏敕，令出潼关御南军，他偏迁延不发，至明军已入河南，不得已率兵驻潼关。渔人到了，蚌鹬危矣。不防明军煞是厉害，数日即至，放起一把大火，将张良弼营兵，烧得焦头烂额。良弼遁去，思齐亦奔还凤翔。大好一座潼关，被明军占据去了。

扩廓帖木儿闻思齐等为明军所困，乘隙东出，来袭关保、貊高，两人不及防备，都被他生擒了去。还要驱兵内犯，险些儿逼入京畿。顺帝大恐，忙下诏归罪太子。复扩廓帖木儿官爵，仍前河南王左丞相，统军南下，截击明军。扩廓乃退屯平阳，逗留不发。

明将徐达，已连下卫辉、彰德、广平，进次临清，大会诸将，分道北攻。至德州，复合军长驱。元兵水陆俱溃，遂进陷通州。元知枢密院事卜颜帖木儿,力战被擒,不屈遇害,元廷大震。顺帝无法可施,只得集三宫后妃,及皇太子妃,同议避兵北行。左丞相失列门,暨知枢密院事黑厮,宦官赵伯颜不花等,极力谏阻,顺帝不从。赵伯颜不花恸哭道:"天下系世祖的天下,陛下当以死守,奈何轻出?臣愿率军民出城拒战,请陛下固守京都。"元末有此宦官,可谓庸中佼佼。顺帝尚是沉吟,偏偏警信又到,报称明军将抵京城。那时顺帝手忙脚乱,急令后妃太子等,收拾行装,一面命淮王帖木儿不花监国,以庆童为左丞相,同守京师。挨过黄昏,便挈后妃太子等,开建德门北去,待明军抵齐化门,都中已仓皇万状,淮王率着残兵,守御数日,哪里挡得住百战百胜的明军!至正二十八年八月二十日,明军入城,淮王帖木儿不花,左丞相庆童,及右丞相张康伯,平章政事迭儿必

顺帝出走元史告终

失,朴赛因不花,御史中丞满川,都路总管郭允中,皆死难。不没死事之臣。元亡,统计元自太祖开国,至顺帝北奔,共一百六十二年。自世祖混一中原,至顺帝亡国,只八十九年。

徐达督诸军入城后,禁士卒侵暴,封府库及图籍宝物,令指挥张胜,监守宫门,不得妄入。吏民安堵,市肆无惊,当下露布告捷,由太祖传旨奖赏,并命出师西略,徐达复率常遇春等,入山西,逐扩廓帖木儿,顺道趋关中,降李思齐等。寻闻元兵犹出没塞外,乃趋还燕都,准备北伐。至洪武二年,出师拔开平,元帝奔和林,三年复北伐,元帝奔应昌。未几元帝逝世,元人谥为惠宗。明太祖以元帝顺天退位,谥为顺帝。明军又进克应昌,元嗣君爱猷识理达腊,仓猝北窜,其子买的里八剌,及后妃诸

第六十回 群寇荡平明祖即位 顺帝出走元史告终

王等,不及随行,皆被获。未知奇后亦受擒否?送至应天,明太祖下诏特赦,且封买的里八剌为崇礼侯。元参政刘益,亦以辽阳降。朔漠又定,颁诏天下。四年,复遣汤和、傅友德进军四川,时明玉珍已死,子升袭位,发兵拒敌,屡战屡败,没奈何面缚舆榇,出降军前。明玉珍父子又了。明太祖封为归义侯。于是荡荡中华,尽入大明,《元史演义》,可从此告终了。惟还有一段尾声,不能不补叙出来,归结全书正传。

先是西域分封,共有四国,自察合台汗也先不花,并有窝阔台汗地,却成了鼎足三分。应三十二回。也先不花死后,国势渐衰,至元顺帝至正十九年,察合台后裔特库尔克嗣位,复简阅军马,征服叛乱。麾下有属酋帖木儿,系蒙古疏族,强健善战,所向有功。特库尔克死,子爱里阿司嗣与帖木儿不协。帖木儿遂占据中央亚细亚,自行建国,奠都撒马儿罕。嗣复逐爱里阿司,并有察合台汗国全土。适伊儿国汗亚尔巴孔,系旭烈兀弟,阿里不哥远孙。庸弱不振,部下多分据独立,互争不已,帖木儿又代为讨平,乘势占领,两国并合为一。只有一钦察汗国,与他抗衡。钦察汗统辖阿罗思各部,威振西方,拔都远孙月即别汗,及子札尼别汗二代,驱役阿罗思诸侯,气焰尤盛。莫斯科大公宜万一世,最得钦察汗信任,借势营殖,后来俄罗斯肇兴,实基于此。札尼别死,篡弑相继,国又大乱,阿罗思诸侯,亦各图分立。帖木儿引军入援,镇定全境,扶立脱克达米昔为钦察汗。及帖木儿还军,脱克达米昔别图拓地,侵入帖木儿境内。帖木儿怎肯干休!即亲率大军问罪,逐去脱克达米昔,另立一汗,叫作可里的克。表面上令他管辖,实际上仍归自己节制,仿佛近今国际法上,所称的被保护国。

帖木儿既并吞西域,复南略印度,侵母儿坦,陷叠尔黑。旋因突厥遗种阿斯曼国即今土耳其国。部长,名巴贾塞脱,连接阿非利加洲的埃及国,夹击帖木儿属地,帖木儿即还军拒战。一战破埃及军,再战擒巴贾塞脱,略定小亚细亚全境,兵威大震,遂招集蒙古各王族,大举而东,竟欲规复中原,混一区宇,仍追效那元太祖的雄图,元世祖的宏业。无如天已厌元,不使再振,这位大名鼎鼎的帖木儿,竟中道病亡,未损明朝片土。此事已在永乐年间,他日演述《明史》,再当详细交代,本书至元亡为止,不过应二十四回,及三十二回中,曾叙及西域四汗国事,若非补入此段,反似上文虚悬,无所归结。看官如嫌简略,请看日后出版的

《明史演义》，自知分晓。小子欲就此搁笔，惟尚有俚句四首，录述于后，作为全书的总束，看官不要诮我画蛇添足哩！诗曰：

　　开疆容易守疆难，文治无闻运已残；
　　八十九年元社稷，徒留战史付人看！
　　累朝佞佛太无知，释子居然作帝师；
　　果有如来应一笑，百年幻梦被僧欺。
　　到底华夷俗不同，上烝下乱竟成风；
　　濠梁幸有真人出，才把腥膻一扫空。
　　大好江山付劫灰，前车已覆后车来；
　　须知殷鉴原非远，试看全书六十回。

　　本回为结束文字，故于元末各将帅，及东南诸寇盗，一齐叙过，如风扫残云，倏然而尽。至后段述及四汗国事，亦随叙随略，传所谓其兴也勃，其亡也忽者，文境殆似之矣。或谓如许大事，一回了毕，究嫌太简，不知朱明之平定南方，应属诸《明史》中，细评中已屡次说明。至若帖木儿之奄有西域，亦在元亡后数十年间，必欲于此详述，试问元、明两代，将从何处分界耶？故宜详者不厌其烦，宜简者不嫌其略，著书人固自有深意也。

图书在版编目（CIP）数据

元史演义/(清)蔡东藩著. --北京：华夏出版社,2018.3
（蔡东藩中国历代通俗演义）
ISBN 978-7-5080-9396-3

Ⅰ.①元… Ⅱ.①蔡… Ⅲ.①章回小说-中国－现代
Ⅳ.①I246.4

中国版本图书馆CIP数据核字(2017)第316651号

元史演义

著　　者　　[清]蔡东藩
责任编辑　　韩　平
责任印制　　顾瑞清

出版发行　华夏出版社
经　　销　新华书店
印　　刷　三河市少明印务有限公司
装　　订　三河市少明印务有限公司
版　　次　2018年3月北京第1版
　　　　　2018年3月北京第1次印刷
开　　本　880×1230　1/32
印　　张　13.5
字　　数　450千字
定　　价　39.00元

华夏出版社　地址：北京市东直门外香河园北里4号　邮编：100028
　　　　　　网址：http://www.hxph.com.cn　电话：(010)64663331(转)
若发现本版图书有印装质量问题，请与我社营销中心联系调换。